绿房子

Mario Vargas Llosa
LA CASA VERDE

|略萨作品：精装珍藏版|

〔秘鲁〕马里奥·巴尔加斯·略萨——著

孙家孟——译

人民文学出版社
PEOPLE'S LITERATURE PUBLISHING HOUSE

著作权合同登记号　图字 01-2025-2129

Mario Vargas Llosa
LA CASA VERDE

Copyright © MARIO VARGAS LLOSA, 1966
Published by arrangement with Agencia Literaria Carmen Balcells S.A.
Simplified Chinese edition copyright © Shanghai 99 Readers' Culture Co., Ltd.
All rights reserved.

图书在版编目(CIP)数据

绿房子/(秘)马里奥·巴尔加斯·略萨著;孙家孟译.
—北京:人民文学出版社,2022(2025.6 重印)
(略萨作品:精装珍藏版)
ISBN 978-7-02-017220-7

Ⅰ.①绿… Ⅱ.①马… ②孙… Ⅲ.①长篇小说—秘鲁—现代 Ⅳ.①I778.45

中国版本图书馆 CIP 数据核字(2022)第 099390 号

责任编辑:　卜艳冰　　陶媛媛
装帧设计:　汪佳诗

出版发行　人民文学出版社
社　　址　北京市朝内大街 166 号
邮政编码　100705

印　　制　凸版艺彩(东莞)印刷有限公司
经　　销　全国新华书店等

字　　数　343 千字
开　　本　890 毫米×1194 毫米　1/32
印　　张　13.25
版　　次　2009 年 11 月北京第 1 版
印　　次　2025 年 6 月第 5 次印刷
书　　号　978-7-02-017220-7
定　　价　98.00 元

如有印装质量问题,请与本社图书销售中心调换。电话:010-65233595

献给

帕特丽西娅[①]

[①] 即作者的妻子帕特丽西娅·多拉。

秘鲁在南美洲的位置图

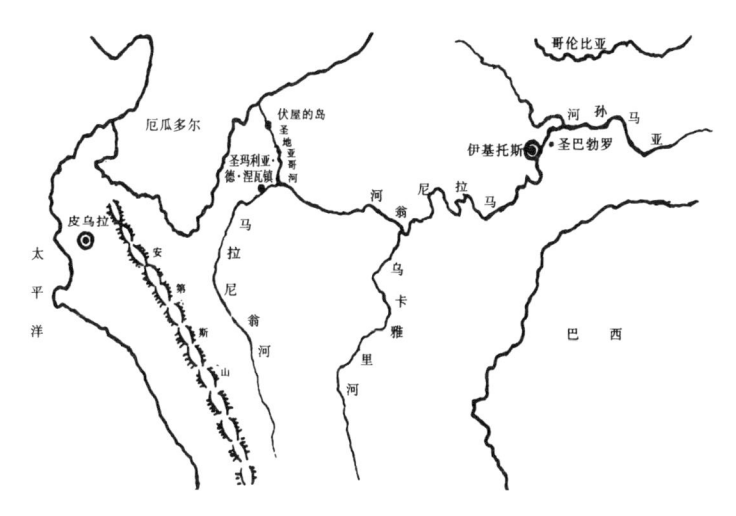

秘鲁北方,《绿房子》故事发生地相关示意图

目录

主要人物表
一九九八年西语版自序　001
第一部　003
第二部　103
第三部　181
第四部　281
尾声　357
译后记　409

主要人物表

安塞尔莫先生：皮乌拉城第一间妓院绿房子的创始人。

安东妮娅：盲哑女孩，被安塞尔莫先生引诱，生了琼加。

加西亚神父：安塞尔莫先生的死对头，率众烧了绿房子。

塞瓦约斯医生：皮乌拉城的医生。

琼加：安塞尔莫先生的私生女，成年后开妓院，仍称绿房子。

阿历杭德罗：乐师，安塞尔莫先生落魄后与其组成乐队，在琼加的绿房子中演奏。绰号"年轻人"。

圆球：绿房子的乐师，以前当过卡车司机。

利图马：皮乌拉城曼加切利亚区的二流子，后当了圣玛利亚·德·涅瓦镇警察局的警长，与鲍妮法西娅结婚后回皮乌拉。后因与当地富豪塞米纳里奥决斗而被捕，押往利马。获释后又回到皮乌拉。

猴子：皮乌拉城曼加切利亚区的二流子。

何塞：皮乌拉城曼加切利亚区的二流子。

何塞费诺：皮乌拉城曼加切利亚区的二流子。

鲍妮法西娅：圣玛利亚·德·涅瓦镇上传教所的孤儿，与利图马结婚后到了皮乌拉。利图马被捕后，被何塞费诺诱骗，进绿房子当了妓女，改名塞尔瓦蒂卡（意为丛林里的女人）。

伏屋：巴西籍日本人，逃犯，在亚马孙地区先搞走私，后占岛为王，对土著居民大肆掠夺。最后因患麻风病被隔离。

阿基里诺：伏屋的同伙。

潘达恰：伏屋的同伙，后被捕。

胡利奥·列阿德基：原圣玛利亚·德·涅瓦镇长，与官府有勾结的富商，曾与伏屋合伙走私橡胶。

法毕奥·古埃斯达：列阿德基的助手，后接替列阿德基成为圣玛利亚·德·涅瓦镇的镇长。

胡姆：琼丘族印第安人某村社的首领，因反抗掠夺和剥削，受到残酷迫害。

拉丽达：伏屋的情妇，后来先后与阿德连·聂威斯和汪巴恰诺同居。

阿德连·聂威斯：领水员，被抓丁，后开了小差，在岛上与伏屋结识。后同拉丽达私奔，到了圣玛利亚·德·涅瓦镇。后因与伏屋伙同而被捕，获释后去巴西。

讨厌鬼（汪巴恰诺）：圣玛利亚·德·涅瓦镇的警察。

黄毛：圣玛利亚·德·涅瓦镇的警察。

黑鬼：圣玛利亚·德·涅瓦镇的警察。

小个子：圣玛利亚·德·涅瓦镇的警察。

住持嬷嬷：圣玛利亚·德·涅瓦镇传教所的修女。

安赫利卡嬷嬷：圣玛利亚·德·涅瓦镇传教所的修女。

帕特罗西纽嬷嬷：圣玛利亚·德·涅瓦镇传教所的修女。

一九九八年西语版自序[①]

指引我创作这个故事的是几段记忆：首先是一九四六年我在皮乌拉市沙地区看到的一家妓院，它的外墙被涂成了绿色，给那片沙地增添了一抹亮色；然后是令人目眩的亚马孙雨林，那里满是冒险家、士兵、阿瓜鲁纳人、汪毕萨人、沙普腊人、传教士、橡胶和皮革走私犯——我是在一九五八年对马拉尼翁河上游进行持续数周的考察时才真正了解那片区域的。

不过，我写这本书时亏欠最多的人可能还得算是威廉·福克纳。我在他的书中发现了精雕细琢的结构和蕴含于风格之中的魔力：虚构小说的形式、交响乐般流畅切换的叙事视角、模糊性、细节处理方法、音韵感和透视法。

我于一九六二到一九六五年在巴黎写成这部小说。我像个疯子一样，写得既痛苦又高兴。我先是在拉丁区一家名叫韦特酒店的小旅店里写，后来在图尔农街的一间阁楼里写。伟大的热拉尔·菲利普[②]曾住在我隔壁，阁楼的前一位租客、阿根廷文艺评论家达米安·巴永说他曾听到热拉尔·菲利普在房间里排练高乃依《熙德》中的一小段独白，他花费数小时练习那几句台词，一练就是好几天。

马里奥·巴尔加斯·略萨
伦敦，一九九八年九月

[①] 本篇序由侯健先生翻译。
[②] 法国戏剧、电影演员，活跃于20世纪40至50年代。

第一部

警长扫了帕特罗西纽嬷嬷一眼，肉蝇仍停在她的额上。汽艇在浑浊的河水上颠簸不已，两岸墙一般的树木散发出黏糊糊炙人的蒸气。警察们光着上身，被中午黄绿色的太阳照射着，蜷缩在船篷下呼呼大睡。小个子的头枕在讨厌鬼的肚子上；黄毛汗出如雨；黑鬼张着嘴在打鼾。一群蚊蚋紧跟着汽艇；蝴蝶、蜜蜂、肉蝇在人体之间飞来飞去；马达均匀地咕嘟着，打了哽噎，接着又咕嘟起来。领水员聂威斯左手掌舵，右手拿烟，脸上亮油油的，头戴草帽，毫无表情。这些森林地区①的人跟常人不一样，不那么汗淋淋的。安赫利卡嬷嬷闭着眼，直挺挺地坐在船尾，脸上至少有一千条皱纹，她不时地伸出舌尖舔舔胡髭上的汗水，再吐出来。可怜的老太婆，怎么禁得起这种颠簸呢？肉蝇扇起蓝色的翅翼，轻轻一振，离开帕特罗西纽嬷嬷发红的前额，在白光中绕了几圈就消失了。领水员要去关掉马达，警长，快到了，峡谷后面就是奇凯斯村。心告诉警长，那儿是不会有人的。马达的响声停止了，嬷嬷们和众警察睁开眼睛，直起脖子张望。聂威斯站

---

① 秘鲁的地形分三部分：沿海地区、高山地区和森林地区。

起来，把撑篙左右摆动，汽艇悄悄地靠了岸。警察们站起来穿上衬衣，戴上警帽，套上长靴。在河流的急转弯处，右岸一排护栏般的草木突然中断，出现了一段悬崖，那是凭空插进来的一片红土；悬崖下面是小小的河湾，湾头一片泥泞，布满鹅卵石和一撮撮芦草与羊齿草。岸边看不到一只独木舟，悬崖上也没有一个人影。汽艇停住了，聂威斯和警察们跳下来，踏在铅灰色的泥泞里，发出扑嚓扑嚓的声音。这是块墓地，曼加切利亚①人说得对，心灵是不会骗人的。警长向船头弯下身去，领水员和众警察把船拖到陆地上，你们去帮助嬷嬷们，把她们抬下来，不要让她们弄湿了。安赫利卡嬷嬷神情严肃地坐在黑鬼和讨厌鬼的手臂上；帕特罗西纽嬷嬷却在小个子和黄毛搭起手来接她的时候犹疑起来，等坐到他们手臂上的时候，脸红得就像煮熟了的虾米。警察们摇摇晃晃地走过河滩，在没有泥泞的地方把两位嬷嬷放下来。警长边走边跳，到了悬崖脚下；安赫利卡嬷嬷毅然爬上了斜坡；帕特罗西纽嬷嬷跟在她的后面。两个人爬着，消失在扬起来的红色尘土之中。悬崖的地面很软，走一步陷一步；警长和四个警察弯腰向前走着，每一步都陷到膝头，被尘土呛得窒息。他们用手帕把嘴捂住；讨厌鬼一面打喷嚏，一面吐唾沫。到了崖顶，几个人互相掸着灰尘。警长一看，只见眼前有一块圆形空地、几座圆锥形房顶的茅屋、几垄木薯②和香蕉地，周围全是长着浓密植物的山峦。茅屋间的小树枝上吊着一个个椭圆形的袋状物，那是宝卡鸟③的巢。安赫利卡嬷嬷，我早就说过了，这回您相信了吧；你们瞧，这儿根本没有人。可是安赫利卡嬷嬷仍不停地左右寻找。她走进一间茅屋，又走了出来，接着又把头伸进隔壁的茅屋，还不住地用手掌轰赶着苍蝇。从远处看，由于被尘土弄得模糊不清，她的样子不像是个老太婆，而只是

---

① 秘鲁皮乌拉市的一个区，警长利图马是这个区的人。
② 一种根茎，可食用。
③ 音译，此鸟叫声似婴儿啼哭。

一件来回走动的笔挺长袍，一个精力充沛的影子。帕特罗西纽嬷嬷则相反，她一动不动，双手藏在袍下，眼睛一遍又一遍地在空荡荡的村庄上来回巡视。一些树枝摇晃起来，接着是一片尖叫，原来有一群绿翅黑嘴蓝胸的鸟儿在空荡荡的奇凯斯村上空聒噪飞翔。警察和嬷嬷跟在这群鸟的后面跑去，鸟儿被灌木丛吞没了，但鸣声仍持续了好一会儿。还有鹦鹉呢，没有饭吃，尝尝鹦鹉肉倒不错。要拉肚子的，嬷嬷，对胃不好。崖边出现了一顶草帽，接着是领水员聂威斯那晒得黝黑的面庞：亲爱的嬷嬷，阿瓜鲁纳人①都吓跑了；你们也太固执了，谁叫你们不听我的话。安赫利卡嬷嬷走近来，用她那布满皱纹的眼睛东瞧瞧，西看看，在警长面前挥舞着她那关节突出、长满栗色斑点的硬邦邦的手：肯定还在附近，他们没有把自己的东西都带走嘛，我们在这儿等等，他们会回来取东西的。四个警察互相看了看，警长点了一支香烟，两只宝卡鸟在空中盘旋，潮湿的黑黄色翅膀闪闪发光。讨厌鬼笑了：奇凯斯什么都有，连鸟儿都有，就是没有阿瓜鲁纳人，为什么不给他们来个措手不及呢？安赫利卡嬷嬷累得直喘。亲爱的嬷嬷，您难道还不了解他们？安赫利卡嬷嬷下巴上的一撮白毛轻轻地颤动着。他们害怕白人，都躲起来了，我们要是待在这儿，就根本别想他们会回来，连影子也别想看到。健壮而矮小的帕特罗西纽嬷嬷站在黄毛和黑鬼二人中间：去年他们还不躲藏呢，还走出来欢迎我们，送给我们一块鹿肉，警长，您还记得吗？可那时他们还没明白过来，帕特罗西纽嬷嬷，现在人家懂了，明白过来了。警长和领水员在地上坐了下来，脱下靴子，黑鬼打开行军壶，喝了一口水，喘了一口气。安赫利卡嬷嬷抬起头：警长，命令他们把帐篷支起来吧。一张布满了皱纹的脸，眼神迷惘：把蚊帐也挂起来，我们就等着他们回来吧。她的声音嘶哑：别摆出这副脸色来，我有经验。警长甩掉烟蒂，用脚一

---

① 琼丘族印第安人的一个部落。

踩：还等什么？弟兄们，动弹动弹吧。这时传来一阵咯咯的鸡叫，一只鸡从灌木丛中跑了出来。黄毛和小个子欢叫一声：是只黑鸡。二人追赶着：身上还带着白点呢。二人把鸡捉住。安赫利卡嬷嬷双眼冒火：你们干什么？强盗。她挥舞着拳头：这鸡又不是你们的，快放掉。警长：快，把鸡放了，不过，嬷嬷们，如果我们留下来等，就需要吃饭，可不能饿着肚皮呀。安赫利卡嬷嬷：我不允许你们偷盗，他们要是知道了你们偷了他们的东西，还会信任我们吗？帕特罗西纽嬷嬷点头称是：偷盗就是触犯上帝。她的脸又圆又红：你不懂摩西十诫吗？黑鸡扑在地上咯咯乱叫，接着抖抖两肋，一瘸一拐地逃掉了。警长耸了耸肩：嬷嬷们既然比我还了解他们，为什么还要对他们抱幻想呢？几个警察向崖边走去，鹦鹉和宝卡鸟在枝头歌唱，小虫子在嗡嗡作响，奇凯斯村茅屋上的雅里纳①树叶被风吹得摇摇摆摆。警长揉着帽子，骂骂咧咧，嘴都气歪了。领水员聂威斯在他肩上拍了一下：警长，别发脾气，既来之则安之。警长用手向嬷嬷们迅速一指：阿德连先生，这种杂差可把我整苦了。安赫利卡嬷嬷渴了，也许还有点儿发烧，情绪虽然振奋，但身体不支了：帕特罗西纽嬷嬷，别，别对他们说我病了。安赫利卡嬷嬷，现在警察到崖边去了，您喝点儿柠檬汁也许会好些，您等着吧。警长双眼茫然地观察着四周：她们在背后说我的坏话，她们大概拿我当傻瓜了。他用帽子扇着：这两个老秃鹰。他突然转向领水员：当众窃窃私语是没有教养的表现。领水员：警长，您瞧。警察们跑着回来了。一条独木舟？黑鬼：是的。有阿瓜鲁纳人吗？黄毛：有，警长。小个子：有。讨厌鬼：有。两个嬷嬷也不停地问。有，有，有人来了，但不知是往哪里去的。警长命令黄毛回到崖边，叫他等阿瓜鲁纳人一上来就报告。警长和其余的警察钻进一间茅屋，嬷嬷们仍然待在空地上。嬷嬷们，你们也藏起来吧。她们互相看

---

① 音译，印第安人常用此树的树叶铺屋顶。

了一眼，嘀咕着三跳两跳也钻进了对面的茅屋。黄毛藏在树丛中用手指着河流：警长，他们从船上下来了，把船拴住了，上来了，警长。警长：这些胆小鬼，黄毛你过来吧，藏起来，可别睡觉。讨厌鬼和小个子俯卧着，透过棕榈板壁的隙缝向外偷看。黑鬼和领水员站在茅屋最里面，黄毛跑着进来蹲在警长面前。安赫利卡嬷嬷，他们来了，他们来了。安赫利卡嬷嬷虽然上了年纪，但眼力还好：帕特罗西纽嬷嬷，我看见了，一共六个人。一个老太婆，头发浓密，穿着发白的短裤，两团黑黝黝、软瘫瘫的肉一直垂到腰间。老太婆的后面是两个年龄不辨的男人，矮个子、大肚皮、细腿，腰里用藤条系着一块棕色的布，遮着下身，屁股却露在外面，刘海一直垂到眉上，肩上扛着几串香蕉。接着是两个小女孩，头上戴着植物纤维做的头冠，其中一个鼻子下戴着一个环，另一个脚踝上套着兽皮做的脚镯，都光着身子。她们后面还有一个小男孩，也光着屁股，看上去更小一些，更瘦一些。六个人看了看空无一人的空地，老太婆张嘴说话，两个男人摇摇头。安赫利卡嬷嬷：要不要出去跟他们谈谈？警长说好吧。嬷嬷们出去了。注意，弟兄们。六个阿瓜鲁纳人同时转过头来，呆住不动了。两个嬷嬷微笑着齐步向前走去，那六个人同时地、几乎不知不觉地互相靠拢，突然形成了泥土般紧紧的一团，六对眼睛紧盯着两身长袍向他们飘去。他们一抬脚，那就是想跑，弟兄们，但是不准开枪，不准吓唬他们。黄毛：警长，他们就这样看着嬷嬷走过去，我还以为他们一看见嬷嬷们就会跑呢。警长，俩小女孩真嫩、真年轻，是吧？警长：你这个讨厌鬼，真没治。嬷嬷们止了步，两个小女孩向后退去，伸手搂住老太婆的腿。老太婆张开双手开始在自己肩上拍打起来，每拍一下，乳房就颤动一下，摇晃一下。上帝与你们同在，安赫利卡嬷嬷咕哝了一句，吐了一口唾沫，然后吐出一连串叽叽咕咕、嘘嘘哈哈、硬邦邦的话语，中间有时停顿，以夸大的动作大吐口水，然后又咕哝起来，在六个阿瓜鲁纳人那苍白而毫无表情、一动不动的脸前不停地打手势，庄重地比画着。警长：她在用土语跟他们讲话，弟兄们，这亲爱的嬷嬷还跟琼丘人一样吐唾沫呢。他们一定很高兴白人用他们的话跟他们交谈。小声点儿，弟兄们，要让他们听见，又该吓跑了。安赫利卡嬷嬷那有力但不和谐的讲话声清晰地传进了茅屋，黑鬼和领水员聂威斯这时也脸贴板壁向空地张望。安赫利卡嬷嬷把他们说服了，弟兄们，这修女真行。两个嬷嬷和两个阿瓜鲁纳男人互相笑了，还互相敬了礼。您瞧，嬷嬷们倒挺有文化的，警长，她们是不是成天在传教所里学习？其实她们每天都在为尘世的罪孽祈祷，小个子。帕特罗西纽嬷嬷向老太婆微笑，老太婆躲开目光，手扶着两个女孩的肩膀，神情严肃如故。他们在讲些什么呀，警长？瞧他们讲话那副样子。安赫利卡嬷嬷同两个男人又是做表情又是打手势，吐口水，抢话说。突然，三个孩子离开了老太婆，连跑带跳地戏耍起来。弟兄们，那男孩看见我们了，直盯着这儿看。瞧他多瘦啊，您注意到没有，警长？大脑袋，小身子，像个蜘蛛。男孩一绺头发下的大眼睛直愣愣地望着茅屋，皮肤晒得像蚂蚁一样黑，两条腿又弯又细。男孩蓦地一挥手，大叫起来。糟了，弟兄们。警长！板壁后面一阵骚动。空地上也是怒骂声撞击声不绝，爆发了阿瓜鲁纳人的喉音。原来警察们已经跌跌撞撞地跑到了空地上。安赫利卡嬷嬷愤怒地朝警察挥着手：把枪放下，蠢货们，瞧中尉①怎么收拾你们。两个女孩把头藏在老太婆的胸前，紧压着她那对软瘫的乳房；男孩的眼睛瞪得大大的，站在警察和嬷嬷中间；一个阿瓜鲁纳男人放下香蕉，这时在某处，那只公鸡又咯咯叫了起来。领水员聂威斯站在茅屋门口，草帽戴在后脑，嘴里叼着香烟。安赫利卡嬷嬷跳了起来：警长，怎么不等招呼就冒出来？放下枪就没事了，嬷嬷。她却还是挥舞着长满斑点的拳头。警长命令：把枪放下，弟兄们。安赫利卡嬷嬷又滔滔不绝地轻声对阿瓜鲁纳人讲了起

---

① 此人及后文提到的希普里亚诺中尉都是警长利图马的上司，是警察中尉，不是军队中的中尉。

来，她那硬邦邦的双手做着缓慢的、带有说服性的动作。阿瓜鲁纳人渐渐地缓和了下来，还用单音节的声音回答着。嬷嬷微笑着继续在讲。男孩凑近警察，嗅嗅枪支，还用手摸摸。讨厌鬼在他额上打了一下，男孩蹲下身子大叫，讨厌鬼一阵大笑，笑得细腰、下颚和颧骨直颤动：还不相信我们，婊子养的。帕特罗西纽嬷嬷脸色变了：无耻！你在说什么？为什么对人这么不尊重？太粗野了。讨厌鬼困惑地摇着牛一样的脑袋：请您多原谅，我说漏了嘴，嬷嬷，我舌头不灵了。两个女孩和那男孩在警察中间走来走去，观看他们，还用手指碰碰他们。安赫利卡嬷嬷同两个男人友好地交谈着。太阳虽然还在远方照射，但周围已经发暗，树林上空堆起了另一片树林，那是浓密的云层；要下雨了。嬷嬷，安赫利卡嬷嬷从前也骂过他们，那人家又怎么说呢？帕特罗西纽嬷嬷笑了：蠢东西，说他们的脑袋比顽石还硬，那不是骂人。安赫利卡嬷嬷转向警长：我们请他们吃饭吧，您派人把礼物和柠檬汁拿上来吧。警长点点头，朝崖边指了指，向小个子和黄毛下了命令：弟兄们，把绿香蕉和生鱼也拿来，他妈的举行个宴会吧。孩子们在讨厌鬼、黑鬼和领水员聂威斯中间转来转去；安赫利卡嬷嬷、两个男人和老太婆在地上铺开香蕉叶，走进茅屋拿出黏土盆和木薯，燃起了一个小火堆，把巴鱼和小嘴鱼包在香蕉叶里，用藤条捆好，放在火旁。要不要等其余的阿瓜鲁纳人回来，警长？领水员聂威斯把烟蒂丢在地上：那就不知要等到什么时候了，他们不会回来的，他们跑掉就是因为不愿有人到村子里来。你一不小心，这几个也会跑掉的。警长：我懂，我懂，但对这俩嬷嬷有什么办法呢？小个子和黄毛拿着几只小口袋，提着暖瓶回来了。两个嬷嬷和阿瓜鲁纳人还有众警察围成一圈，在香蕉叶前坐了下来。老太婆拍着手驱赶小飞虫；安赫利卡嬷嬷分发礼物，阿瓜鲁纳人接受了，但没有高兴的表示。然而当嬷嬷们和警察们用手扯下鱼肉开始吃起来的时候，两个阿瓜鲁纳男人也不互相看一眼就打开了袋子，在小镜子和项链里摸来摸去，把五颜六色的珠子分掉了。老太婆的眼中突然闪出贪婪的目光。两个女孩在抢一个瓶子,男孩在使劲地咀嚼。警长:我的胃会得病的,他妈的,我要拉肚子的,肚皮会胀得像个大肚鸟,身体里会产生一股股的气,迸出来,把脓也带出来的。他眨眨眼,鱼肉停留在嘴边。黑鬼、小个子和黄毛也是一副苦相;帕特罗西纽嬷嬷闭上眼,强行把东西咽下去,脸抽搐起来,只有领水员聂威斯和安赫利卡嬷嬷不停地把手伸向香蕉叶,带着一种急切的欢快表情把雪白的鱼肉撕成小块,剥掉鱼刺,送进嘴里。森林地区的人都有那么点儿琼丘人的样子,连嬷嬷们也是这样,瞧她们那副吃相。警长打了一个嗝,大家朝他看去,他干咳了一声。阿瓜鲁纳人戴上了项链,互相展示给对方看。项链的珠子是石榴石做的,同那个一臂戴六只珠镯、另一臂戴三只珠镯的男人胸部的花纹恰好形成对照。警察们看看警长。警长说:我们什么时候走,安赫利卡嬷嬷?阿瓜鲁纳人不吃了,两个女孩胆怯地伸出手去触摸那耀眼的项链和手镯。警长,我们还是等其他那些人回来吧。文身的阿瓜鲁纳男人咕哝了几句,安赫利卡嬷嬷连连点头:警长,您看到了吧,快吃吧,您这副表示厌恶的样子惹得他们生气了。警长:我没有胃口,我想跟您说几句话,亲爱的嬷嬷,我们不能在奇凯斯村久留。安赫利卡嬷嬷的嘴里塞得满满的:警长,您是来帮助我们的。她那石头般的小手紧抓着盛柠檬汁的暖瓶:不是来命令我们的。小个子:我听到中尉的命令了。他怎么说?他要我们八天之内赶回去,嬷嬷。现在已经出来五天了,回去需要多少天,阿德连先生?不下雨需要三天。您听见了吗,嬷嬷,这就是命令,可不能把中尉惹火了。在警长和安赫利卡嬷嬷谈话的时候,另外一组生硬的谈话也在进行,那是阿瓜鲁纳人在高声交谈,互相碰着手臂比较手镯。帕特罗西纽嬷嬷把口中的东西勉强咽下去,睁开眼:那些人不回来怎么办?要是一个月以后才回来怎么办?当然,这只是我的一个意见。她又闭上眼睛:也许是我错了。接着又咽下一口。安赫利卡嬷嬷皱皱眉头,脸上又增加了新的皱纹,她用手摸着下巴上的那撮白毛。警长拿起水壶喝了一口水:这水比泻药还难喝;这鬼地方,什么都发烫;我们那个地方也热,可是同这里不一样,这里热得什么东西都会腐烂。讨厌鬼和黄毛仰面朝天地躺了下去,把帽子盖在脸上。小个子:阿德连先生,我想知道一下,这事有人看到过吗?黑鬼:真的,阿德连先生,您讲下去,讲讲嘛。那东西生得一半是鱼,一半是女人,它们在湖底等着溺水者,一有独木舟翻了,它们就游过去,把人抓回水底宫殿,放在不是用麻而是用蛇做的吊床上同他们寻欢作乐。帕特罗西纽嬷嬷:你们又在讲迷信了。警察们:没有,没有。你们还是基督徒呢。根本没有讲迷信,亲爱的嬷嬷,我们在议论会不会下雨。安赫利卡嬷嬷弯身同阿瓜鲁纳人低声交谈着,她一直笑容可掬,双手交叉,而那两个男人在自己的位子上一动不动,但身子渐渐挺直,伸出脖子,仿佛河边晒太阳的苍鹭。这时他们发现了汽艇,眼中流露出一种惊奇的神情,其中一个深吸了一口气,胸上的花纹饰条凸了出来,接着又缩回去,又凸出来。两个人慢慢向安赫利卡嬷嬷凑了上去,神情专注而严肃,但一言不发。身材矮小的老太婆张开双手把两个女孩搂了过去,男孩则还在吃。弟兄们,好戏开始了,注意!领水员、小个子和黑鬼住了口;黄毛眼睛发红,也坐了起来,推推讨厌鬼。一个阿瓜鲁纳男人偷眼看着警长,又朝天空看了看,这时老太婆搂住两个小女孩,把她们的头按在自己那晃荡着的长长双乳中间;男孩的眼睛从安赫利卡嬷嬷身上转到两个阿瓜鲁纳男人身上,又转到老太婆身上,再转到警长身上,又转回到安赫利卡嬷嬷身上。文身的阿瓜鲁纳男人开始讲话了,另一个接了上来,老太婆也接了上来,暴风雨般的讲话声淹掉了安赫利卡嬷嬷的声音。安赫利卡嬷嬷摇头摆手地加以否认。两个阿瓜鲁纳男人一面讲话一面吐唾沫,突然庄重地慢慢摘下项链和手镯,玻璃珠子像雨点一样落在香蕉叶上。阿瓜鲁纳人把手伸向吃剩的鱼,但是鱼上已经爬满一长串褐色的蚂蚁。弟兄们,他们要撒野了。我们也准备好了,警长,就等您下命令了。阿瓜鲁纳人把蓝白色的鱼肉擦干净,用指甲把蚂蚁抓下来捏死,然后仔细地包在多筋的香蕉叶里。警长嘱咐:小个子和黄毛负责女孩子。讨厌鬼:你俩可真走运。帕特罗西纽嬷嬷脸上发白,嘴唇发颤,手指紧捏着念珠上的珠子:警长,可别忘了她们还是孩子呢。警长:我知道,我知道;讨厌鬼、黑鬼,你们要逼住那俩男人;嬷嬷,您别担心。帕特罗西纽嬷嬷:他们要坏事的。领水员,您负责带好东西,弟兄们,可不准乱来。帕特罗西纽嬷嬷:圣母玛利亚,上帝之母啊①!众人朝帕特罗西纽嬷嬷那失掉血色的嘴唇看去。她用手捻着黑色的念珠:为我们这些罪人祈祷吧。安赫利卡嬷嬷:镇静点儿,嬷嬷。警长:好,是时候了。他不紧不慢地站了起来,讨厌鬼和黑鬼拍拍裤子,俯身拿起步枪。这时人们乱跑起来,惊叫声和脚步声乱成一片,小男孩用手捂住脸。在我们死去的时候为我们祈祷吧。两个阿瓜鲁纳男人直挺挺地站住了。阿门。他们的牙齿在打战,眼睛困惑地看着逼住他们的步枪,这时老太婆正在那儿同小个子扯来扯去,两个女孩在黄毛的臂中像鳗鱼那样挣扎着。尘土扬起,越来越浓。安赫利卡嬷嬷用手帕捂住嘴,讨厌鬼打了个喷嚏。警长:好了,弟兄们,可以到崖边去了。安赫利卡嬷嬷:谁去帮助黄毛一下,警长?您没看见女孩可能逃脱吗?小个子和老太婆扭在一起在地上打滚。警长:黑鬼,你去帮小个子一下,我来替你监视光屁股的男人。两个嬷嬷互相搀扶着走到崖边,黄毛拖着抱在一起又哭又闹的女孩,黑鬼上去扯住老太婆的头发,小个子脱身站立起来,但是老太婆在他们身后一跳赶上他们,伸手就抓。警长:好了,讨厌鬼,都走了。二人一面用枪逼住阿瓜鲁纳男人,一面后退,但脚一滑都跌倒了。两个阿瓜鲁纳男人同时站起来朝枪走去。老太婆像只大手猴似的跳着,跌倒在地,抱住小个子和黑鬼的腿,两个人站立不稳,也倒了

---

① 帕特罗西纽嬷嬷念的这段祷词为《圣母颂》的第二部分。

下去。圣母啊。帕特罗西纽嬷嬷,您还是别喊叫吧。河上吹来一阵风,风爬上悬崖,卷起一阵橘黄色的尘土,把大块的泥土也卷了起来,像大苍蝇似的在空中飞舞。两个阿瓜鲁纳男人在步枪前面显得很驯服。悬崖近了,讨厌鬼:要不要把他们干掉?开枪吗?安赫利卡嬷嬷:野蛮,不许杀人。黄毛在崖边一手抓起一个女孩的胳膊,另一手抓住另一个女孩的脖子:警长,她们怎么不愿意下去?两个女孩企图挣脱黄毛,她们不喊不叫,只是用头和肩,用脚和腿乱撞乱踢,左右扭动地挣扎。领水员聂威斯提着暖瓶走了过来。快了,阿德连先生,没别的东西了吧?没有了,您什么时候下命令,就什么时候走,警长。小个子和黑鬼抓住老太婆的肩膀,扯住她的头发,老太婆尖叫着坐了起来,时而无力地拍打小个子和黑鬼的腿。嬷嬷,嬷嬷,这是您出的点子。两个女孩还在黄毛手里挣扎,文身男人盯住讨厌鬼的步枪,老太婆哇的一声放声大哭,泪水在她那蒙满尘土的脸上开出两道沟沟。警长,别让讨厌鬼发疯,他会干掉他的,他只要用枪托一打,就会把他的脑壳掀掉。警长:好了,别开玩笑了。安赫利卡嬷嬷把手从嘴上放下:太野蛮了,他为什么要说这种吓人的话?您怎么能允许他开这种玩笑,警长?黄毛:我们可以先下去了吗?这两个鬼丫头可把我整苦了。两个女孩的手够不着黄毛的脸,只能刚刚碰到他的脖子,因而他的脖子上布满了一道道的抓痕,他的衬衣撕破了,扣子也扯掉了。女孩们有时显得累了,身子软了下来,不停地呻吟,但突然又进攻起来,用赤脚踢着黄毛的靴子,黄毛骂骂咧咧地推搡她们,她们还在进行无声的挣扎。嬷嬷,您先下去,还等什么?黄毛,你也快下去。安赫利卡嬷嬷:你干吗抓得这么紧?她们还是孩子呢。耶稣啊,这都是您出的点子,嬷嬷。小个子和黑鬼:我们要是一松手,老太婆就可能扑过来,警长,怎么办?黄毛:嬷嬷,您过来抓住她们,您来试试,您没看见她们直抓我吗?警长把枪晃了晃,两个阿瓜鲁纳男人身子一挺,向后退了一步。小个子和黑鬼放了老太婆,腾出双手准备自卫，但老太婆没有动，只是用手揉了揉眼睛。男孩像片风卷的残叶那样蹲在那里，把脸埋在老太婆耷拉的双乳之间。小个子和黑鬼朝崖下走去，一堵红色大墙慢慢地把二人吞没。安赫利卡嬷嬷走近警长：怎么回事？那俩人怎么下去了？黄毛一个人怎么能把俩女孩拖下去的？她下了决心：我去帮助黄毛。她伸手去抓崖上的女孩，没等碰到就弯下了腰。小拳头又揍了她一下，长袍矮了半截，安赫利卡嬷嬷哀叫一声蹲了下来。黄毛像抖破布似的摇撼着女孩：嬷嬷，我说什么来着？简直是两头小兽。安赫利卡嬷嬷蜷缩着身子，脸色发白，她又上前去抓女孩的胳膊。圣母啊！她哼叫起来。上帝之母啊！两个女孩踢她。圣母啊！两个女孩抓她。大家都咳嗽起来。警长火了：圣母，圣母，别祷告了，还是下去吧，帕特罗西纽嬷嬷，瞧您吓得这副鬼样子，这样要拖到什么时候？你们还是先下去吧，他妈的。帕特罗西纽嬷嬷一转身冲下崖消失了。讨厌鬼把枪一伸，文身男人后退一步：警长，您瞧他眼光中充满了仇恨，这婊子养的，太傲气了，丘亚-恰基①大概就是这样看人的，警长。走下崖去的人们头上的乌云飞远了，老太婆一面哭一面扭动着身子，两个男人盯着两副枪筒、枪托和圆圆的枪口。讨厌鬼，你可别发疯。我不会发疯的，警长，可您瞧他是怎样在看我们，妈的，他有权利这样看人吗？黄毛、安赫利卡嬷嬷和两个女孩也在飞扬的尘土中消失了。老太婆爬到崖边，望着河流，乳房耷拉在地上。两个男人发出一种奇异的声音，像不吉祥的鸟儿在咕噜噜地叫着。讨厌鬼：我不喜欢这俩光屁股的家伙离我这么近，警长，现在就剩下我们俩了，怎么下去？这时汽艇的马达响了，老太婆止住哭声，抬起脸，望了望天空；男孩也学着她的样子，两个男人也仰头望着天空。讨厌鬼：这群傻瓜在找飞机呢，他们不知道是汽艇；现在该走了。二人收起枪，然后突然向前一刺，两个男人脸色一变，

---

① 传说中的一种怪物。

向后跳去，于是警长和讨厌鬼用枪口对着他们，后退着走了下去，直到看不见了膝盖。马达声越来越响，空中充满了突突啵啵的声音，空气震动起来。崖边和空地不一样，没有风，只有一团团热气和发红的尘土，刺激得人们直打喷嚏。崖顶上几个模糊不清、蓄长发的脑袋仍然在观察着天空，轻轻地左右摆动着，像是在天空中寻找着什么。汽艇在那边，在有女孩哭声的那边，讨厌鬼。什么？警长，我走不动了。二人跑着穿过泥地，到了汽艇上，气都喘不过来了，舌头吐在外面。时间到了，你们怎么耽搁这么久？讨厌鬼：我怎么上船？你们坐得倒挺舒服，妈的，给我腾个地方。不过你得瘦一点儿，大家看他多胖呀。讨厌鬼上了船，船一下子沉了一大截。这不是开玩笑的时候，警长，快走吧。安赫利卡嬷嬷，这就开船。在我们死的时候为我们祈祷吧。阿门。

1

　　门砰地响了一下，住持嬷嬷从写字台上抬起头来。安赫利卡嬷嬷一阵风似的冲进办公室，把发紫的双手按在一只椅子背上。
　　"怎么了，安赫利卡嬷嬷？您怎么这副模样？"
　　"嬷嬷，都逃掉了，"安赫利卡嬷嬷结结巴巴地说，"一个也没剩，我的上帝啊！"
　　"您在说些什么，安赫利卡嬷嬷？"住持一跳站了起来，朝门口走去，"孤儿们都逃跑了？"
　　"上帝啊，我的上帝！"安赫利卡嬷嬷像母鸡啄米似的连连点头。
　　圣玛利亚·德·涅瓦镇位于涅瓦河汇入马拉尼翁河的交叉点，两河环抱着小镇，也是小镇的边界。小镇前面的马拉尼翁河中有两座小岛，居民们就用这两座岛测量水位的涨落。在不下雾的晴天，从镇上可以看到后面树木葱郁的山丘和前面宽阔河流的下游。高耸的安第斯山被马拉尼翁河切断，形成了曼塞里切峡谷，整整十公里都是漩涡、岩石和湍流。这十公里峡谷的一端是宾克洛警备队，另一端是博尔哈警备队。
　　"嬷嬷，是从这儿跑的，"帕特罗西纽嬷嬷说道，"您看，门还开着呢,是从这儿跑的。"

住持嬷嬷举灯弯腰,只见一片黑乎乎的杂草,上面爬满小昆虫。她手扶半开半闭的大门,向嬷嬷们转过身去,但嬷嬷们的长袍已经消失在黑夜之中,只有白色头巾仍然像苍鹭的羽毛在熠熠闪光。

"安赫利卡嬷嬷,请您把鲍妮法西娅找来,"住持低声说道,"把她带到我办公室来。"

"是,嬷嬷,我这就去。"油灯把安赫利卡嬷嬷颤巍巍的下巴和眨着的眼睛照亮了片刻。

"格莉塞尔塔嬷嬷,请您通知一下法毕奥先生。您,帕特罗西纽嬷嬷,通知一下中尉,请他们现在就去把孤儿都找回来。快,嬷嬷们。"

两道白光离开众人向传教所的庭院走去,住持也在众嬷嬷的簇拥下朝宿舍走去。宿舍紧贴果园的外墙,果园里一片噪声,时断时续地盖住了蝙蝠的扇翅声和蟋蟀的鸣叫声;果树间闪着光点,那是萤火虫还是猫头鹰的眼睛?住持在小教堂前停了下来。

"请进,嬷嬷们,"住持低声说道,"祈求圣母保佑不要发生什么不幸吧,我马上就来。"

圣玛利亚·德·涅瓦镇就像一座不规则的金字塔,它的底座就是两条河流,码头建在涅瓦河上,浮动码头周围停泊着阿瓜鲁纳人的独木舟和白人的汽艇和舢板。上去一点儿就是棕色地面的广场,广场中间竖着两根光秃秃的粗大卡皮罗纳①树干,其中一根上面还挂着警察们在国庆节时升起的国旗。广场的周围是警察局、镇长的家、白人的住宅和帕雷德斯的酒馆。帕雷德斯经商兼做木匠,此外还会制作迷药,一种使人发生恋情的草药。再往上是两座小山丘,也就是镇上的制高点,上面就是传教所的所在地。锌板房顶,泥土支柱,用石灰刷

---

① 音译。

得雪白的墙,上面开着带有纱门的窗子和木门。

"我们别浪费时间了,鲍妮法西娅,"住持说道,"把事情全部说出来。"

"她那时候是在小教堂里,"安赫利卡嬷嬷说道,"是别的嬷嬷发现的。"

"我问了你一个问题,鲍妮法西娅,"住持说道,"你还等什么?"

鲍妮法西娅穿着一件直筒的蓝袍子,把身子从肩膀到脚踝都套住;她那双同棕色地板一样颜色的脚并立着,露出了脚趾。

"你没听见还是怎么的?"安赫利卡嬷嬷说道,"快回答。"

围在脸周围的暗色头巾和屋子里暗淡的光线使人辨不清她那表情,不知是阴郁还是淡漠。她那一双大眼睛盯着写字台,有时从果园吹来一阵风把油灯吹得摇摇摆摆,照亮了她那闪出绿色柔光的眼睛。

"她们偷了你的钥匙?"住持嬷嬷问道。

"你总是改不了粗心大意!"安赫利卡嬷嬷的手在鲍妮法西娅的头发里乱挠,"瞧你的粗心大意造成了什么样的后果。"

"让我来问,"住持说道,"别让我浪费时间了,鲍妮法西娅。"

鲍妮法西娅双臂垂在身子两侧,低着头,长袍里微微显露出颤动的胸部;那厚实的、线条分明的嘴唇紧闭着,绷着面孔,鼻孔翕动着,额头有节奏地一张一蹙。

"我要生气了,鲍妮法西娅,我好好地跟你讲话,而你却像在听雨声,"住持说道,"你是什么时候离开她们的?你没把宿舍门锁上?"

"快说,魔鬼!"安赫利卡嬷嬷抓住鲍妮法西娅的长袍,"上帝会惩罚你这股傲气的。"

"你整天都可以去小教堂,但是到了晚上,你的责任是看管孤儿,"住持说道,"可你为什么不得到允许就离开宿舍?"

办公室的门短促地响了两下,两个嬷嬷扭头望去。鲍妮法西娅也抬起了眼皮,在这一刻,她的眼睛显得更大,露出深邃的绿光。

站在镇子的这两座山丘上极目眺望，在一百米开外可以看到领水员阿德连·聂威斯在涅瓦河右岸的茅屋和他的田地，再往前看就是一片藤蔓、灌木丛、枝丫横生的树木和高耸的山峰了。广场不远处是土人的居住区，树干支撑的茅屋挤在一起，在那里，泥泞吞没了野草，泥泞中到处是生满蝌蚪和蚯蚓的水坑，几小片方形的木薯田、玉米田和矮矮的果园稀稀疏疏地分散在各处。一条高低不平的石子小路从传教所直通广场；传教所的背后有一面土墙，抵御着树木的推挤和茂密植物的侵入。土墙上有一扇门，但是常年紧闭着。

"嬷嬷，是镇长，"帕特罗西纽嬷嬷说道，"可以进来吗？"

"可以，请他进来吧，帕特罗西纽嬷嬷。"住持说道。

安赫利卡嬷嬷举起油灯，驱散门口的黑暗，看到两个模糊不清的人影。法毕奥先生身披斗篷，手执电筒，一面鞠躬，一面走进来。

"我都睡下了，后来没顾上换衣服就起来了，嬷嬷，请原谅我这副样子。"法毕奥先生把手伸向住持和安赫利卡嬷嬷，"竟发生了这种事，我发誓，我真不敢相信。我也想象得出，你们受惊了，嬷嬷。"

法毕奥先生的秃顶显得湿漉漉的，瘦脸对着嬷嬷们露出笑容。

"请坐，法毕奥先生，"住持说道，"谢谢您赶来了。安赫利卡嬷嬷，把椅子端过来给镇长坐。"

法毕奥先生坐了下来，吊在左手上的电筒亮了，一道黄色的圆形光柱落到藤编的地毯上。

"已经派人去找了，嬷嬷，"镇长说道，"中尉也去了，您放心吧，没准儿今天晚上就能找到。"

"可怜的孤儿不知怎么样了，法毕奥先生，您想想吧，"住持叹了一声，"幸亏没下雨。您不知道，我们真给吓坏了。"

"她们是怎么跑的？"法毕奥先生说道，"简直令人不能相信。"

"是这个姑娘疏忽了，"安赫利卡嬷嬷指着鲍妮法西娅说道，"她离开孤儿到小教堂去了,忘了锁门。"

镇长看了鲍妮法西娅一眼,脸上露出严厉、痛苦的神情,但马上又微笑着向住持点了点头。

"小孩子不懂事,法毕奥先生,"住持说道,"她们不懂什么是危险,这最使我们担心。出了事,碰上野兽可怎么办?"

"唉,这些孩子!"镇长说道,"你瞧,鲍妮法西娅,以后可得当心点儿噢。"

"鲍妮法西娅,你应该求上帝保佑她们平安无事。要是出了事,你会后悔一辈子的。"

"她们逃出去,你们一点儿都没听到,嬷嬷?"法毕奥先生说道,"她们肯定没有入镇,也许是从树林那边跑的。"

"是从果园的门跑的,所以我们一点儿也没察觉,"安赫利卡嬷嬷说道,"她们从这傻瓜的手里偷走了钥匙。"

"您别叫我傻瓜,亲爱的嬷嬷,"鲍妮法西娅说道,眼睛睁得大大的,"她们没有偷我的钥匙。"

"你就是傻瓜,不折不扣的傻瓜,"安赫利卡嬷嬷说道,"你还敢顶嘴?你别再叫我亲爱的嬷嬷了。"

"是我给她们开的门,"鲍妮法西娅微启双唇说道,"是我放她们走的。您瞧,我是傻瓜吗?"

法毕奥先生和住持同时向鲍妮法西娅伸出了脖子;安赫利卡嬷嬷的嘴一张一合,声音嘶哑了,话也说不出来了。

"你说什么?"她哑声说道,"是你放走她们的?"

"是的,亲爱的嬷嬷,"鲍妮法西娅说道,"是我放她们走的。"

"伏屋,你又在伤心了,"阿基里诺说道,"别这样,伙计,来,我们聊聊天,悲伤就过去了。给我讲讲你到底是怎么逃出来的。"

"我们这是在什么地方,老头?"伏屋说道,"还要多久才能进入马拉尼翁河?"

"早就进入了,"阿基里诺说道,"你没有注意,你像天使一样在呼呼大睡。"

"是夜间进来的?"伏屋说道,"我怎么没听到峡谷里的急流声,阿基里诺?"

"刚才天空明亮得就像清晨一样,伏屋,"阿基里诺说道,"满天星斗,那是最好的时机了,连一只苍蝇都没有。白天还有打鱼的和巡逻船,到了晚上就保险了。凡是有峡谷的地方我都记得清,你怎么会听得到呢?别摆出这副脸色,伏屋。你要是愿意就坐起来,盖着毯子太热了。这里一个人也没有,我们俩就是这条河的主人。"

"我就在这儿待一会儿吧,"伏屋说道,"我感到很冷,浑身发抖。"

"好吧,怎么舒服你就怎么办吧,"阿基里诺说道,"讲吧,讲讲你到底是怎么逃出来的。你是为什么给关进去的?你那时多大岁数?"

我是上过学的,所以有个土耳其人在他的铺子里给了我一份小小的工作;我替土耳其人管账,就是算那种收付流水账,阿基里诺。虽说那时我很诚实,但也梦想发财。我是怎样地积蓄啊,老头,每天只吃一顿饭,烟酒不沾,一心想积蓄点儿本钱做买卖。事情就是这样,不知怎么的,那土耳其人却异想天开地认为我偷了他的钱,这完全是胡说八道,他叫警察局把我逮捕了。没有人愿意相信我是诚实的,就把我跟两个土匪一起关进了牢房。这不是太不公道了吗,老头?

"这些你在刚离开岛子的时候都讲过了,"阿基里诺说道,"我希望你给我讲讲你是怎么逃出来的。"

"这儿有个撬锁器,"昌戈说道,"是依利古奥用行军床上的铁丝做的,我们试过,开门时一点儿声音都没有。你想看看吗,小日本?"

昌戈年纪最大,是因为贩毒关进来的,对伏屋很亲热。而依利古奥却总是嘲弄他曾编造了遗产之类的鬼话敲诈了许多人,越狱计划就是这个人制定的。

"结果计划实现了，对吧，伏屋？"阿基里诺说道。

"就这么办，"依利古奥说道，"你们没看见他们过新年都要走吗？只留下一个人在岗楼里。我们必须先把钥匙夺过来，免得他把钥匙抛到铁栅门外面去。成败就在此一举，伙计们。"

"快把门打开，昌戈，"伏屋说道，"我等不及了，把门打开。"

"你应该留下来，小日本，"昌戈说道，"反正你只判了一年，时间过得又快。我们倒不要紧，要是失败了，你就完蛋了，很可能再关上两年。"

但是我坚决要出来，于是我们仨一起走出牢房。岗楼上空无一人，我们发现看守正靠在铁栅门上睡觉，手里还握着一只酒瓶。

"我用床腿打了他一下，他就倒在地上了，"伏屋说道，"现在想来他是给我干掉了，昌戈。"

"快跑，笨蛋，钥匙到手了，"依利古奥说道，"跑步穿过院子。你拿到他的手枪了吗？"

"让我先过去，"昌戈说道，"大门的守卫大概也同这位一样，已经喝得酩酊大醉。"

"但是他们还醒着，老头，"伏屋说道，"一共有两个人，在掷骰子。我们闯了进去，那两个人吓得眼睛都发直了。"

依利古奥用手枪对准他们：把大门打开，不然就把你们全干了，婊子养的。你们只要一喊，我就开枪，快点儿，不然我要开枪了，婊子养的。

"小日本，用他们自己的腰带把他们捆起来，"昌戈说道，"用他们自己的领带把他们的嘴堵上。快，小日本，快点儿。"

"都对不上，昌戈，"依利古奥说道，"没有一把钥匙能开大门，我们要在这最后一刻翻船了，伙计们。"

"里面肯定有一把是开大门的，再试试，"昌戈说道，"伙计，你在干什么？你为什么要踢他们？"

"你为什么要踢他们，伏屋？"阿基里诺说道，"我不懂，这种时候人们一心一意想的是逃跑，不会想别的。"

"我恨透了这群狗，"伏屋说道，"你知道他们是怎样对待我们的吗，老头？我把他们踢得最后住了院。后来报纸上说什么日本人很残酷，还说什么这是东方式的报复行为，可我从来没有离开过大坎普①，我是个地地道道的巴西人。真好笑。"

"现在你又成了秘鲁人，伏屋，"阿基里诺说道，"我在莫约潘巴刚认识你的时候还可以说你是巴西人，讲话怪声怪气的，可现在你讲话就跟这儿土生土长的人一样。"

"我既不是巴西人，也不是秘鲁人，"伏屋说道，"我是一堆可怜的粪土，一堆垃圾，老头，仅此而已。"

"你干吗这么粗野？"依利古奥说道，"你打他们干什么？他们要是抓住我们，非把我们乱棍打死不可。"

"一切顺利，没有时间争吵了，"昌戈说道，"依利古奥，我们俩先躲起来；你，小日本，去把车子开出来，马上跟上来。"

"他们钻进墓地了？"阿基里诺说道，"这可不是基督徒干的事。"

"他们根本不是基督徒，而是匪徒，"伏屋说道，"报纸上说什么他们钻进墓地想掘坟。你瞧，人们什么都说得出。"

"你去偷土耳其人的车子？"阿基里诺说道，"为什么他们被抓回去了，你却没有？"

"他们躲在墓地里等了我一夜，"伏屋说道，"天一亮，警察就扑了过去，而我那时早已离开大坎普远走高飞了。"

"也就是说，你出卖了他们，伏屋。"阿基里诺说道。

"我没出卖过谁？"伏屋说道，"我对潘达恰干的是什么？我对那些汪毕萨人②干的是什么？我对胡姆干的又是什么？老头，还不都是

---

① 巴西城市。
② 琼丘族印第安人的一个部落。

出卖?"

"可你早先并不是个坏人呀,"阿基里诺说道,"你自己不是说过你是个诚实的人吗?"

"那是入狱以前的事喽,"伏屋说道,"进了监狱,我就不再诚实了。"

"你是怎么到秘鲁来的?"阿基里诺说道,"大坎普大概很远吗?"

"从玛托格罗索①过来的,老头,"伏屋说道,"报纸上说日本人正向玻利维亚逃去,我可不那么傻。我到过很多地方,很长一段时间里,我一直到处流窜,阿基里诺,最后到了玛纳奥②,从玛纳奥再到伊基托斯③就容易了。"

"你就是在伊基托斯认识胡利奥·列阿德基先生的吧,伏屋?"阿基里诺说道。

"那次没有见面,"伏屋说道,"但听说过他的名字。"

"瞧你这段经历,伏屋,"阿基里诺说道,"你走过不少地方,见过不少世面。我就喜欢听你讲,太有意思了。你不愿讲这些事吗?你不觉得这样行船就显得快点儿吗?"

"不,老头,"伏屋说道,"我只感到冷。"

风从安第斯山上刮下来,穿过海滨的沙丘地带就变得炙热而强烈。这风卷着沙土沿河吹来,到了城里,远远望去,就像天地之间有副耀眼的盔甲。在城里,风卸下了全部沙土。一年之中,每天的黄昏时分,一种仿佛木屑、又干又细的沙尘如雨般落下,到了黎明时分才停止。这种沙尘落在广场上、屋顶上、望塔上、钟楼上、凉台上以及树上;还给皮乌拉城④的街道铺上一层白色。外地人说:"这个城市

---

① 巴西的一个州。
② 巴西城市,位于亚马孙州。
③ 秘鲁城市,洛列托省省会,位于亚马孙地区。
④ 秘鲁皮乌拉省省会。

的房子快要倒塌了。"其实他们弄错了。夜间咯吱咯吱的声响不是来自那些虽然古老但还结实的建筑物,而是那看不见、数不清的沙尘簌簌落下时撞在门窗上发出的声音。这些外地人认为:"皮乌拉是个孤独凄凉的城市。"他们又错了。人们在黄昏时分把自己关在家里,是为了躲避那令人窒息的热风,免受尘沙的袭击。这种尘沙像针刺般地伤人肌肤,使之发红、溃烂。但是在卡斯提亚区的小木屋里,在曼加切利亚区的竹栅泥屋里,在加依纳塞腊区的辣味饭馆和小酒店里,在堤岸区和阿玛斯广场①的富豪宅邸里,人们同任何其他地方的人一样在消遣作乐:饮酒、听音乐、闲聊。一迈入家家户户的门槛,包括屠场那边沿河盖起来的那些摇摇欲坠的陋室的门槛,城市那种破败、阴郁的外表就消失得无影无踪了。

　　皮乌拉城的夜晚充满了奇闻逸事。农民们谈论着鬼神,妇女们在自己的角落里一面烧饭,一面说长道短或者讲些不幸的事件。男人们用瓶子喝着黄澄澄的玉米酒,用粗碗喝着甘蔗酒,这些酒,山区人和外地人浅尝一口就会辣得掉泪。孩子们在地下翻滚厮打,堵住蠕虫的洞穴,设计弄谋捉条蜥蜴,要么就张大眼睛一动不动,专注地听大人们讲故事:强盗埋伏在甘恰盖、汪卡潘巴或阿雅瓦卡等地的峡谷里剪径行劫,杀人越货;深宅大院里,精灵备受折磨;巫师治病创出奇迹;铁链声和哭泣声暴露出埋藏金银之地;起义的骑兵队因当地的财主分成两帮,驰骋沙场,在滚滚尘烟中互相追击。人们在少年时期还看见过这些骑兵队像火山喷发一样拥进皮乌拉城,在阿玛斯广场安营扎寨,满场分发红蓝两色的军装。还有那些关于寻衅、通奸、天灾的故事:什么有妇女看到教堂的圣母哭了,什么耶稣基督抬起手了,什么圣婴莞尔一笑了,等等,不一而足。

　　一般说来,每星期六都组织各种晚会。欢快的情绪像电波一样传

---

① 即城市的中心广场。

遍了曼加切利亚区、卡斯提亚区、加依纳塞腊区，还有那些河边的泥屋。皮乌拉全城回响着民谣、舞曲、缓慢的华尔兹、山里人赤脚踏地而跳的瓦依诺、动作敏捷的玛丽内拉和带有通德罗①赋格曲式的悲歌。当醉意盎然，人们停止歌唱，六弦琴不再弹拨，响鼓不再拍击，三角琴停止啜泣的时候，一些黑影顶着风沙，以急切的动作，从那些像一堵墙似的围绕着皮乌拉城的茅屋中闪了出来。这是一对对的青年情侣，他们偷偷摸摸地溜到那片被遮住的沙地、隐没在河中的沙滩和面朝卡达卡奥斯洞穴的稀疏稻豆地之中，一些胆子最大的则一直溜到荒漠边缘——他们在那里相爱。

　　在市中心，也就是说，在阿玛斯广场周围的方形地带，在墙上涂着石灰、凉台安有百叶窗的高大房子里，住着本城的富豪、商人、律师和官员。他们每晚都在果园的棕榈树下聚会，谈论本年度威胁着棉花、甘蔗生长的虫灾；谈论河床里会不会流过水来，水会不会很多；谈论吞噬了恰皮罗·塞米纳里奥那片耕耘过的土地的那场火灾；谈论星期日的斗鸡；谈论为了欢迎新来的彼德罗·塞瓦约斯医生而组织的烤肉野餐。在他们玩着骨牌或"三人赌"的同时，太太小姐们则在铺满地毯的大厅里，坐在椭圆形的油画、高大的镜子和垫有花缎的家具所造成的若明若暗的暗影中捻着念珠祈祷，商谈婚事，设计酒会，筹备慈善演出，拈阄轮流组织迎神赛会，装饰祭坛，筹备举行游艺会，等等；要么就对当地的报纸，一张叫做《回声与新闻》的全彩报纸上登载的社会上的是是非非加以评论。

　　外地人对本城的内部生活一无所知，他们讨厌皮乌拉城的是什么呢？是它的孤立状态：使之与全国各地隔绝的广大荒漠、道路的缺乏、在炙热的阳光下骑马长途跋涉，还有剪径的盗匪。他们来到北方星旅馆，这家旅馆位于阿玛斯广场，其实是一座斑驳破败的宅院，但

---

①　秘鲁传统音乐。

是很高大，就像举行星期露天音乐会的凉亭那样高。乞丐和擦皮鞋的一般都喜欢坐在这家旅馆墙脚下的阴凉处。外地人从下午五时就得关在旅馆中不出来，他们要么透过窗幔凝视着沙尘落在这座孤独城市上方的情景，要么在北方星旅馆的酒吧里喝得酩酊大醉。他们说："这里同利马不一样，没有地方去玩。皮乌拉人倒还不坏，就是太严肃了，没有夜生活。真不如找个有火的地方把赚来的钱都烧光呢。"因此，在他们离去的时候，总是说皮乌拉的坏话，甚至到了污蔑的地步。难道还有比皮乌拉人更热心好客的吗？皮乌拉人像欢迎凯旋而归的英雄那样对待外来人。旅馆住满了，他们就争相给外来人提供住处。对那些牲口贩子、棉花掮客和官员，本城的权贵都竭尽全力招待他们娱乐一番，为他们在丘鲁卡纳斯山区组织猎鹿，引导他们参观田庄，招待他们吃烤肉。卡斯提亚、曼加切利亚两个区更是为那些从山区流入城里又饥又怕的印第安人、被神父驱逐出村的巫师，还有那些到皮乌拉城来碰碰运气的小杂货商敞开着大门。酒店女主人、运水夫和洒水员总是亲热地招待他们，同他们分享饭菜和住所。外地人临走时也总是带着各种礼物满载而归。但他们并不满足，他们想的是女人，他们对皮乌拉的夜晚简直不能忍受：到处只有那从天而降的尘沙。

这些没良心的人这么想女人，想夜生活的娱乐，最后上苍（按照加西亚神父的说法，是"魔鬼，万恶而狡猾的魔鬼"）终于满足了他们。就这样，欢腾、轻浮、提供夜生活的绿房子就应运而生了。

罗贝托·德尔加多班长在阿尔德缪·基罗加上尉办公室的门前徘徊了好久，还是下不了决心。一块块黑云在铅灰色的天空和博尔哈警备队之间不断飘过，附近广场上，几个中士正在训练新兵：他妈的立正，他妈的稍息。空气中，潮气严重。豁出去了，最多不过挨顿骂。班长一推门走进办公室，就向坐在办公桌后挥手扇风的上尉行了个礼。你有什么事？你要干什么？班长：我想请假到巴瓜去一趟，可以吗？出了什么事吗？上尉突然用手使劲扇了起来：这是什么虫子咬了我？罗贝托·德尔加多班长：小虫子就是不咬我，因为我是森林地区长大的，是巴瓜人，上尉，我想请探亲假。他妈的又下雨了。上尉站起来关上窗子，又回到座位上，手和脸都淋湿了：这么说，小虫子是不咬你的喽，大概你的血里有毒，小虫子不愿被毒死，所以不咬你。班长点点头：这也可能，上尉。军官像个机器人似的笑了，雨点像石块一般打在屋顶的锌板上，狂风在木板墙的隙缝间嘘嘘作响，整个办公室充满了雨声。上尉的面孔抽搐了一下：你上次是什么时候请的假？去年？噢，好吧，那就是另外一回事了，这回我给你三个星期的探亲假。他把手一抬：怎么，你要到巴瓜去？给我买点儿东西行不行？他在面颊上啪地拍了一下，脸上立即红了一块。班长的表情却依然严肃。你怎么不笑我，我打自己的嘴巴难道不可笑吗？班长：当然不可笑，您想到哪儿去了，这也是没办法，上尉。一线调皮的光芒闪过军官的眼睛，他把声音放得甜甜的：亲爱的乔洛①，你不哈哈大笑，我就不给你假。罗伯托·德尔加多困惑不解地望着房门、窗子，最后终于咧嘴大笑起来，开初还是做作的假笑，随后自然起来，最后笑得非常开心：刚才咬您的长脚蚊是母的。班长笑得浑身颤抖：只有母蚊子才咬人，您知道吗？公蚊子是吃素的。上尉：滚开。班长一下子哑口不笑了。你净说笑话，当心不要在去巴瓜的路上给野兽吃了。这不是笑话，是科学，只有母蚊子才吸人血，这是德·拉·弗洛尔中尉说的，上尉。他妈的，不管是公的还是母的，咬我一样痛，谁问你这些了，你是个百事通？我真的不是寻开心，你瞧，上尉，有一种药很灵，是一种药膏，乌腊库萨人都涂这种药膏，我给您带一大瓶来吧，上尉。上尉：你最好跟我讲西班牙语，乌腊库萨人是什么人？班

---

① 白人和印第安人的混血儿，有时带有贬义。

长：住在乌腊库萨村的阿瓜鲁纳人就叫乌腊库萨人，这怎么能用西班牙语讲？难道您看见过小虫子咬琼丘人？他们有秘方，他们用树胶做成一种药膏，搽上以后，蚊子一来就死；我给您带一瓶来，上尉，一大瓶，一言为定，我一定带来。你今天早晨兴致蛮好嘛，等那些土人给你缠头①，你就要哭丧着脸了。班长：那太好了，太好了，您瞧我的脑袋已经这么小了。你到乌腊库萨去干什么？光是为了给我弄药？班长：那当然，那当然，再说，也是条近路，上尉，要不然光是走路，我的假期都不够，就不能同亲朋叙旧了。巴瓜人都跟你一样吗？班长：比我还坏。跟你一样厚脸皮？比我厚多了，上尉，没法提。上尉开心地笑了，班长也学着他的样笑了起来；他望着上尉，眯着眼打量着他，突然：我能带个领水员一起去吗，上尉？我还想带个用人，可以吗？阿尔德缪·基罗加上尉：怎么，你不是个百事通吗？班长还是嬉皮笑脸地想打动上尉。上尉笑了：你是得寸进尺呀。要是我单独一个人走，那就要耽搁很多天，上尉，又没有路，这么几天假，去巴瓜来回一趟，没有个领水员怎么行？再说军官们都托我带东西，总得有个人帮我拿大包小包的呀，还是允许我带个领水员和一个用人吧，我一定给您带一大瓶杀虫药膏来，上尉。你这个鬼东西，算是把我说服了。班长：您真是个好心人，上尉。上星期招的新兵里有个领水员，你就把他带去吧，再带个用人，可别找本地的，好吧，就三个星期，不准超期。班长：一天也不迟到，上尉，我向您发誓。班长脚跟一碰，行了个礼，走到门口又停了下来：对不起，上尉，那领水员叫什么？上尉：阿德连·聂威斯。你快走吧，我还有许多事要办呢。罗贝托·德尔加多班长打开门走了出去，一阵潮湿的热风闯进了办公室，轻轻地吹乱了上尉的头发。

---

① 按印第安土著风俗，人死后缠头，使头缩小，以利保存。

有人在敲门，何塞费诺·罗哈斯出去把门打开，但街上一个人也没有。天色已暗，达克纳大街的街灯还未亮。微风荡漾，吹拂着城市。何塞费诺朝桑切斯·塞罗①大街走了几步，看见雷昂兄弟坐在小广场上画家梅利诺雕像旁的长凳上。何塞嘴里叼着一支香烟，猴子在用火柴棍剔着指甲。

"谁死了？"何塞费诺说道，"干吗摆出这副哭丧脸来？"

"二流子，你站稳脚跟，我一说，你非吓趴下不可，"猴子说道，"利图马回来了。"

何塞费诺张了张嘴，话没有说出来，几秒钟内一个劲地眨着眼，一丝尴尬但又淡漠的微笑弄皱了他的面孔。他开始轻轻地搓起手来。

"他是两小时前乘罗亥罗公司的公共汽车到的。"何塞说道。

圣米盖尔中学的窗户透出明亮的灯光，学校门口，一名学监拍着夜校学生的肩膀，催他们快点儿进去。还有一些学生在自由大街沙沙作响的苏洋木树下边走边谈。何塞费诺把手插进裤兜。

"你最好来一下，"猴子说道，"他在等我们。"

何塞费诺转身穿过大街，关好自己的家门，又回到小广场，三个人一声不响地上了路。走过阿雷基帕大街几米之后，迎面碰见了加西亚神父。神父围着他那灰色的围巾，喘着气驼着背迤逦而行；他对这仨伸出拳头喊道："不信神的东西！""纵火犯！"猴子回嘴喊道。何塞："纵火犯！纵火犯！"三个人在右边的路上走着，何塞费诺走在中间。

"罗亥罗的公共汽车只有早晨和晚上才到达，从来没有在这种时候到达过。"何塞费诺说道。

"在榆树坡抛锚了，"猴子说道，"轮圈裂了，换了一个，又裂了两个。瞧他们这运气。"

---

① 皮乌拉人，1930—1933年任秘鲁总统。

"我们一看到利图马,浑身就凉了半截。"何塞说道。

"他本来想到这儿来热闹一番的,"猴子说道,"我们让他准备准备,就先来找你了。"

"真是没想到,妈的。"何塞费诺说道。

"我们现在怎么办?"何塞说道。

"听你的,老兄。"猴子说道。

"那么,你们就去把那伙计叫来,"利图马说道,"我们跟他喝几杯,去找他吧,就说四号二流子回来了,看他有何脸面见我。"

"老兄,你这可是真话?"何塞说道。

"当然是真话,"利图马说道,"我带来了几瓶伊卡太阳牌的酒,我们跟他先喝上一瓶。说真的,我很想见见他。去吧,我还可以换换衣服。"

"他每次提到你,总是叫你'伙计',他也是二流子嘛,"猴子说道,"他很看重你,跟看重我们并无二致。"

"我想他一定盘问了你们许多话,"何塞费诺说道,"你们都胡说了些什么?"

"你错了,那件事我们一句也没说,"猴子说道,"他连她的名字都没提,也许把她给忘了。"

"到了他家,他肯定要提出一大堆问题,"何塞费诺说道,"我们今天就得谈清楚,免得他听信别人胡说。"

"你去说?"猴子说道,"我可不敢。你怎么对他说?"

"不知道,要看情况,"何塞费诺说道,"他回来起码应该先通知一声,可现在一下子就到了,他妈的,我真没有料到。"

"你别总是搓手了,"何塞说道,"你这紧张劲儿都传染给我了,何塞费诺。"

"他变得很厉害,"猴子说道,"看得出他老了,何塞费诺,也不像以前那么胖了。"

桑切斯·塞罗大街的路灯刚刚点亮，两旁那些墙壁洁白、带有木雕阳台和青铜门环的住宅显得更为宽敞、豪华，但大街尽头的暮色已经泛蓝，在一片嘈杂声中，曼加切利亚区那破败模糊的侧影隐约可见。一队卡车在大道上朝着新桥列队驶去，人行道上一对对情侣依偎着缩在门道里，还可以见到一群群的小孩和拄杖慢行的老人。

"阔佬们现在胆子也大起来了，"利图马说道，"他们像在家里一样在曼加切利亚区散步了。"

"都怪这条大街，"猴子说道，"真是对准曼加切利亚人的一支枪。早在修这条街的时候，琴手就说过：这下子我们要倒霉了，独立性失掉了，什么人都可以把鼻子拱进来了。老兄，他的话应验了。"

"现在阔佬们都到酒店里来凑热闹了，"何塞说道，"你没看到皮乌拉发展了吗？到处都是新盖的大楼，虽说你到过利马，这也许引不起你的注意。"

"我要告诉你们一件事，"利图马说道，"我再也不外出了。近来我一直在想，我发现我的运气不好，正是因为我没有像你们那样留在自己的故乡。这点教训我起码是得到了。我死也要死在故乡。"

"等他了解了事情的真相就会改变主意的，"何塞费诺说道，"人们在大街上对他指指点点，他会感到难堪，就要离开此地了。"

何塞费诺停了下来，抽出一支香烟，雷昂兄弟搭起手不让微风吹熄火柴。接着三个人又继续走。

"他要是不离开呢？"猴子说道，"到那时，光是你们两个人就能把皮乌拉闹翻天。"

"利图马要离开此地也难，"何塞说道，"他从头到脚都变成皮乌拉人了。这回可不像上次从山里回来时那样了。上次，这里的一切他都看不惯，这次去了一趟利马，反倒激起了他对故乡的热爱。"

"不想吃中国菜，"利图马说道，"我想吃皮乌拉菜：干烧羊肉、什锦拼盘，还有泡沫酒，越多越好。"

"那我们就到安赫利卡·梅赛德斯的酒店去吧,老兄,"猴子说道,"她在烹调方面一直是首屈一指的,你没忘记她吧?"

"老兄,最好还是去卡达卡奥斯,"何塞说道,"到沉船酒店去,那是我去过的酒店中最好的。"

"利图马一回来,瞧你们俩那份高兴劲儿,"何塞费诺说道,"像过节一样。"

"他究竟是我们的弟兄,何况又是个二流子,"猴子说道,"故人重逢总是高兴的。"

"我们必须带他到一家酒店去,"何塞费诺说道,"谈话之前先松松劲儿。"

"你等等,何塞费诺,"猴子说道,"我还没讲完呢。"

"我们明天再到安赫利卡太太那儿去吧,"利图马说道,"要是你们愿意,到卡达卡奥斯去也行,可是今天我已经选好了给自己接风的地方,你们可得依着我。"

"他想到什么鬼地方去?"何塞费诺说道,"王后还是三星?"

"到琼加,小琼加那儿去。"利图马说道。

"你瞧?"猴子说道,"他哪儿也不去,就是要去绿房子,你明白吗,二流子?"

2

"你简直是个魔鬼。"安赫利卡嬷嬷弯腰对鲍妮法西娅说道。鲍妮法西娅躺在地上,像一只黑色的大山猫。"坏胚,忘恩负义!"

"忘恩负义可不好,鲍妮法西娅,"住持慢慢地说道,"连动物都懂得感恩,你没见田凫吗?人们扔香蕉给它吃,它们是什么样子的?"

在仓库的暗影中,两位嬷嬷的面孔、双手和面纱仿佛在闪出磷火。鲍妮法西娅仍然一动不动。

"你早晚有一天会明白过来你干了件什么样的事,而且会后悔,"安赫利卡嬷嬷说道,"你要是不后悔就得进地狱,坏胚。"

孤儿们睡在一间井一般又长又窄又深的房间里,光秃秃的墙上,临涅瓦河开有三扇窗子,只有一扇门通向传教所的庭院,地上倚墙排放着折叠床,孤儿们每天起床后把床折起来,到了晚上再放下铺好。鲍妮法西娅睡在门外位于庭院和宿舍之间、一间犹似摇篮的小房间里的一张木床上,床上放着一个十字架和一只箱子。嬷嬷们的住处在庭院的另一端,房子是白色的,房顶是人字形的,开有许多对称的窗子,还有一排结实的木栏杆。嬷嬷住所的附近是膳堂和劳作室。在劳作室里,孤儿们学习讲西班牙语、拼写、算术、缝纫和绣花;宗教课和伦理课在小教堂里上。在庭院的一个角落里，与传教所的果园相邻，有一个类似棚子的地方，它那红砖烟囱穿过树林中的枝丫，伸向天空，那是厨房。

"当你还这么大的时候，人们就看出你将来是个什么样的人了，"住持把手放在离地半米的高度上，"我在说什么，你是知道的，对不对？"

鲍妮法西娅转过身，抬起头来，两眼盯着住持的手。果园里，鹦鹉的叫声传进了仓库，透过窗户可以看到树林间交错的枝叶已经暗了下来。鲍妮法西娅以肘支地：我不知道，嬷嬷。

"难道连我们为你费了多少心血你也不知道？"安赫利卡嬷嬷吼道，攥紧拳头，来回不停地走着，"我们收留你的时候，你是什么样的，你也不知道？"

"我怎么知道？"鲍妮法西娅低声说道，"我那时那么小，亲爱的嬷嬷，我不记得了。"

"嬷嬷，您听她讲话的声音，好像很驯服似的。"安赫利卡嬷嬷尖叫起来，"你以为能骗过我吗？我不了解你？谁允许你叫我亲爱的嬷嬷了？"

晚祷后，嬷嬷们走进膳堂，孤儿们由鲍妮法西娅带回到宿舍，铺好床就睡下了。鲍妮法西娅熄掉油灯，把门锁上，跪在十字架前祈祷后也躺了下来。

"你那时跑进果园，在地上乱抓，捉到了蚯蚓和小虫就往嘴里塞，"住持说道，"你那时爱生病，是谁给你治病、照料你的？这也不记得了吗？"

"你那时光着屁股，"安赫利卡嬷嬷喊道，"我好心给你做了一套衣服，可你扯下衣服就往外跑，还把那东西露在了外面呢。你那时大概有十多岁了吧？你的本性就是坏，魔鬼，你只喜欢干脏事。"

雨季已经过去，天黑得很早，窗外那交错的枝丫后面，黑色天空中闪着几颗光点。住持坐在一只麻袋上，身子笔挺。安赫利卡嬷嬷来回走动,挥舞着拳头,有时袍袖滑下来,露出蛇一般又白又细的胳膊。

"我没想到你会干出这种事来,"住持说道,"这是为什么?鲍妮法西娅,你为什么要这样干?"

"你没想到她们会饿死、会在河里淹死吗?"安赫利卡嬷嬷说道,"她们要是发了寒热怎么办?你什么都没想到吗,强盗?"

鲍妮法西娅呜咽起来,仓库里充满了酸土和腐殖土的气味,天越黑,气味越浓,这刺激性的夜间浓味仿佛穿过窗户,同外面蟋蟀和知了那已经很清晰的鸣叫声混合了起来。

"你那时就像一只小兽,我们在这儿给你吃的、住的,给你取了名字,"住持说道,"还给你一位上帝,你认为这都不算什么?"

"你那时无衣无食,"安赫利卡嬷嬷咕哝道,"是我们养活了你,给你衣穿,给你受教育。坏胚,为什么要把女孩们放走?"

鲍妮法西娅从腰到肩不时地在颤抖,头纱落了下来,直发掩住了一部分前额。

"别哭了,鲍妮法西娅,"住持说道,"快说出来。"

天一亮,整个传教所都醒了,鸟鸣代替了虫叫,鲍妮法西娅摇着铃走进宿舍,孤儿们跳下床,口念圣母玛利亚,穿上罩衣,然后按传教所的规定,根据不同的工种分成若干组。年龄最小的打扫庭院、嬷嬷宿舍和膳堂,年龄大的打扫小教堂和劳作室。五名孤儿把垃圾箱拉到庭院里等着鲍妮法西娅,鲍妮法西娅带领她们走下小路,穿过圣玛利亚·德·涅瓦镇的广场,再走过田地,在离领水员聂威斯的茅屋不远的地方,拐进一条蜿蜒的小径。一路上全是卡帕纳瓦树①、棕榈树和藤蔓,最后到了一处狭口,这就是镇上的垃圾站,镇上的行政长官曼努埃尔·阿基拉每星期派人烧一次垃圾。附近的阿瓜鲁纳人每天下

---

① 音译。

午都来这里转来转去，一些人挖着垃圾寻找可以吃或用的东西，另一些人则大喊大叫，用棍子轰跑在狭口处贪婪地盘旋着的兀鹰。

"这些小姑娘可能又回到了那不体面的罪恶生活中去，你不在乎吗?"住持说道，"她们会忘掉在这儿学到的东西，你不在乎吗?"

"你的灵魂还是异教徒的灵魂，虽然你也讲几句西班牙语，也不光屁股了。"安赫利卡嬷嬷说道，"她不仅不在乎，嬷嬷，她让她们跑掉就是为了让她们再去过那种野蛮生活。"

"是她们自己想走，"鲍妮法西娅说道，"她们来到庭院，到了门口，我从她们的脸上看出她们想同昨天刚到的那两个小女孩一起走。"

"你就满足了她们!"安赫利卡嬷嬷说道，"这是因为你讨厌她们，她们给你添了不少活干，而你最恨干活! 懒虫! 魔鬼!"

"镇静点儿，安赫利卡嬷嬷。"住持站了起来。

安赫利卡嬷嬷把手放在胸前，又摸摸前额: 对不起，嬷嬷，我最恨撒谎了。

"亲爱的嬷嬷，都是为了您昨天带回来的那两个小姑娘，"鲍妮法西娅说道，"我并没想放全体孩子们走，只是想放那两个。我很可怜她们，亲爱的嬷嬷; 您别喊，您会生病的，您一发火就生病。"

鲍妮法西娅同五个孤儿回到传教所的时候，格莉塞尔塔嬷嬷和助手已经把早餐准备好了，有水果、咖啡，还有传教所自己烤制的一小片面包。吃过早饭，孤儿们走进小教堂听教义课和圣史课，并学做祈祷。中午时分，大家来到厨房，在格莉塞尔塔嬷嬷（她面色红润，唠唠叨叨，一刻也闲不住）的指挥下准备午餐。午餐包括菜汤、鱼、木薯块、两个小面包、水果和蒸馏水。午饭后，孤儿们可以在庭院里跑着戏耍一会儿，或在果园的树荫下坐一会儿，接着走进劳作室。对新来的人，安赫利卡嬷嬷教她们西班牙语，认字母表和数字。住持嬷嬷负责历史课和地理课，安赫利卡嬷嬷负责图画课和家政课，帕特罗西纽嬷嬷担任算术课老师。到了下午，嬷嬷们和众孤儿一起在小教堂里念经，接着又分为若干组干活：有的在厨房，有的在果园，有的在仓库，有的在膳堂。晚餐比早餐要少一些。

"她们两个给我讲了她们故乡的事，想说服我，嬷嬷，"鲍妮法西娅说道，"她们表示什么都答应给我，我很可怜她们。"

"你连撒谎都不会，鲍妮法西娅，"住持那白白的双手在黑蓝色的空中乱摆，接着又合起来，"安赫利卡嬷嬷从奇凯斯村带回来的两个女孩根本不会讲西班牙语，瞧，你连犯罪都不会。"

"可我会土话，嬷嬷，只是您不知道，"鲍妮法西娅抬起头，两道绿光在发缯下闪了闪，"我听孤儿们听得多了，就学会了。我没有告诉您。"

"撒谎，魔鬼，"安赫利卡嬷嬷喊道，合着的双手分开了，微微挥动着，"瞧她现在编造的瞎话，嬷嬷，这个强盗！"

一阵咕哝声打断了她，好像在仓库里藏着一个动物，这动物突然发起怒来，在黑暗中又哼又叫，叽叽呀呀，时而高昂，时而吱吱嘎嘎，像是在撒野，也仿佛在挑战。

"您听见了吧，亲爱的嬷嬷？"鲍妮法西娅说道，"您听不懂我的土话吗？"

每天早餐之前都有弥撒，那是附近一个耶稣会传教所的修士来做的，一般都是由这位维兰修神父主持。每到星期天，小教堂就打开边门，让圣玛利亚·德·涅瓦镇的居民也可以来参加，每次都少不了当地的要人、农场主和橡胶业人士，许多阿瓜鲁纳人也半裸着身子拘束地挤在门口。到了下午，安赫利卡嬷嬷和鲍妮法西娅把孤儿们领到河边，让她们戏水、钓鱼、爬树。星期日的早餐比较丰富，经常有肉吃。孤儿一共二十几个，从六岁到十五岁都有，全是阿瓜鲁纳人，有时其中也有个把汪毕萨姑娘，甚至还有一个沙普腊①女孩，但这种情

---

① 都是属于琼丘族印第安人的部落。

况并不常见。

"我真不愿意变成废物，阿基里诺，"伏屋说道，"我多么希望还跟从前一样呀，我们能轮流划船多好，你还记得吗？"

"记得，伙计，"阿基里诺说道，"多亏你，我才有今天这个样子。"

"真的，我要是不去莫约潘巴，你现在大概还在挨门挨户地卖水呢，"伏屋说道，"你那时对河流还怕得要命呢。"

"我只是害怕玛约河，因为小时候我差点儿淹死在那河里，"阿基里诺说道，"可我一直在鲁米雅古河里洗澡。"

"鲁米雅古河？"伏屋说道，"也经过莫约潘巴吗？"

"那条河可平静了，伏屋，"阿基里诺说道，"就是流经拉米斯人①居住地附近废墟的那条河。那儿有许多橘子园，你连那世界上最甜的橘子都不记得了？"

"看着你整天汗淋淋的，而我却像个死人一样，真不好意思。"伏屋说道。

"船其实也用不着划，我不过掌掌舵而已，伙计，"阿基里诺说道，"现在峡谷已经过去，可以让马拉尼翁河水推着走了。我不希望你沉默不语，像看到丘亚-恰基那样看着天空。"

"我从来没见过丘亚-恰基，"伏屋说道，"在这森林地区，大家都看到过，只有我没有，在这一点上，我的运气可不好。"

"你应该说运气好，"阿基里诺说道，"你知道吗，有一次胡利奥·列阿德基先生撞见了，据说是在涅瓦河的一个峡谷里。他看到丘亚-恰基走路瘸得很厉害，他还无意之中发现它的爪子很小，于是他就开枪把它赶跑了。伏屋，顺便问一声，你是为了什么跟列阿德基先生闹翻的？你大概让他吃了什么苦头？"

---

① 属于琼丘族印第安人的部落。

我给他吃了不少苦头呢。第一次是我刚到伊基托斯,那时还不认识他,老头。很久以后我才告诉他,他却笑了:这么说来,欺骗那可怜的法毕奥先生的人就是你?阿基里诺:你骗了法毕奥先生?就是现在的圣玛利亚·德·涅瓦镇的镇长?

"为您效劳,先生,"法毕奥先生说道,"您有何吩咐?要在伊基托斯逗留很久吗?"

我要在伊基托斯住一段时间,也许就此定居下来。我想搞一笔木材生意,您知道吗?我要在瑙达办个锯木厂,所以得在这儿等几位工程师。往后活儿多起来了,我会重谢您的,不过目前我需要一间宽敞舒适的房间。法毕奥先生:没说的,先生,鄙人就是专为顾客服务的。阿基里诺:你这下子可把他坑了。

"他把旅馆里最好的房间给我住,"伏屋说道,"窗子一开,就是长着巴拿马草的花园。他请我共进午餐,席间,唠唠叨叨地跟我谈起他的老板。我几乎听不懂,那时我的西班牙语很不好。"

"那阵子,列阿德基先生不在伊基托斯?"阿基里诺问道,"他那会儿很有钱吗?"

"没钱,说真的,他也是后来搞走私才发财的,"伏屋说道,"不过那家旅馆倒是他开的,而且已经开始同土人部落做生意了,所以他才钻到圣玛利亚·德·涅瓦镇收买橡胶、皮货,然后运到伊基托斯倒卖。也就是在伊基托斯,我才起了做生意的念头,阿基里诺。不过干什么都得有本钱,可我那时一文不名。"

"你偷了他不少钱吧,伏屋?"阿基里诺说道。

"五千索尔①,胡利奥先生,"法毕奥先生说道,"还有我的护照、一套银制餐具,我算完蛋了,列阿德基先生。我知道您会往坏处想我的,但我可以发誓,我要用我头上的汗水把一切损失补偿回来,直到

---

① 秘鲁货币名。

最后一分钱。"

"你从来没有后悔过,伏屋?"阿基里诺说道,"多年来,我一直想问你这个问题。"

"为偷走列阿德基那狗东西的钱而后悔?"伏屋说道,"这家伙有钱是因为他比我偷得更多,老头。不过他开始时还有点儿本钱,我则是白手起家。我运气不好,就得从零开始。"

"你的脑袋是干什么用的?"胡利奥·列阿德基先生说道,"您怎么没想到应该叫他把身份证拿出来看看呢,法毕奥先生?"

我问他要来着,他的护照很新,但谁知道是伪造的呢,胡利奥先生?再说他的穿着打扮又有气派,说话也令人信服,我甚至还想等您列阿德基先生从圣玛利亚·德·涅瓦镇回来把他介绍给您呢,两位可以大干一番。我太不谨慎了,胡利奥先生。

"当时你那箱子里装的是什么,伏屋?"阿基里诺问道。

"亚马孙地区的地图,列阿德基先生,"法毕奥先生说道,"地图有军营里用的那么大,他把地图挂在房间里,说是为了了解从什么地方可以把木材运出来;他还用巴西文①在上面画线、加注呢,事情真稀奇。"

"没什么稀奇的,法毕奥先生,"伏屋说道,"除木材外,我还想搞点儿买卖,同土人接触接触有时也是有好处的,所以我把部落的位置都标上了。"

"他连马拉尼翁河沿岸和乌卡雅里地区的部落都标上了,胡利奥先生,"法毕奥先生说道,"我想他是个很有事业心的人,跟您列阿德基先生倒可以凑成一对。"

"你还记得我们是怎么把你的那些地图烧掉的吗?"阿基里诺说道,"一塌糊涂,绘地图的人根本不知道亚马孙这地区就像个热情的

---

① 巴西使用葡萄牙文,此处说话人没有文化,故有巴西文一说。

女人,一刻也安静不下来。一切都在动,河流、动物、树木都在动。瞧我们摊上的这块疯狂的土地,伏屋。"

"列阿德基先生对森林地区了解得很清楚,"法毕奥先生说道,"等他从马拉尼翁河上游回来,我就把您介绍给他,先生。你们会成为好朋友的。"

"在伊基托斯,大家都对我说这个人很了不起,"伏屋说道,"我非常想认识他。他什么时候从圣玛利亚·德·涅瓦镇回来,您知道吗?"

"他在那边有点儿生意,外加行政事务占去他不少时间,不过总是能抽空来一趟的,"法毕奥先生说道,"胡利奥先生有着钢铁般的意志,先生,是他父亲遗传给他的。他父亲也是好样的,在伊基托斯繁荣时期,在橡胶生意场上是个叱咤风云的人物,后来破了产就开枪自杀了,连衬衣都赔光了。但是胡利奥先生东山再起,单枪匹马地又干起来了,所以我说他有着钢铁般的意志。"

"有一次他到了圣玛利亚·德·涅瓦镇,人们举行了午宴欢迎他,我还听到他的演说了呢,"阿基里诺说道,"演说里提到他的父亲,骄傲着呢,伏屋。"

"他的父亲就是他的一个话题,"伏屋说道,"我们一起做生意的时候,一张口就提他的父亲。唉,列阿德基这狗东西真他妈的交了好运,我一直很羡慕他,老头。"

"他很像个富翁,举止和蔼可亲,"法毕奥先生说道,"您想,我还不赶快奉承拍马?他住进旅馆来,连耶稣基督[1]都高兴得翘尾巴呢,可没想到这个人真坏,胡利奥先生。"

"你在大坎普脚踢看守,在伊基托斯又弄死一只猫,"阿基里诺说道,"瞧你是怎么离开这些地方的,伏屋。"

"法毕奥先生,"胡利奥·列阿德基说道,"说真的,弄死猫这件

---

[1] 猫名。

事，我倒觉得没什么。我最恨的是他偷走了我的钱。"

但是我感到很可惜，胡利奥先生。他把猫用一条被单吊在蚊帐上，我一进屋，突然看到猫僵硬地在空中晃荡，眼珠子都突出来了。我不懂他干吗要干这种缺德事，列阿德基先生。

"一个人为了生活，什么事都干得出来的，所以你偷钱我理解，"阿基里诺说道，"但是你为什么要把一只猫吊死呢？是不是你因为没有本钱做生意，一怒之下干的？"

"这也是原因之一，"伏屋说道，"另外，那只猫太讨厌了，在我床上撒尿撒了好几次。"

这只有亚洲人才干得出来，胡利奥先生，亚洲人的习惯很恶劣，谁也不懂。我调查过，就拿伊基托斯人来说吧，他们把猫养在笼子里，用牛奶喂肥，为的是放进锅里煮了吃掉，列阿德基先生。不过我现在想跟您谈谈进货的事，法毕奥先生，我就是为了这事才从圣玛利亚·德·涅瓦镇赶来的，把这不愉快的事忘掉吧。您买进了吗？

"凡是您订的货都买进了，胡利奥先生，"法毕奥先生说道，"小镜子、刀子、布匹、小珠子都买好了，还打了折扣。您什么时候回马拉尼翁河上游去？"

"我那时不能单独进山做买卖，需要一个伙伴，"伏屋说道，"但是出了那件事以后，我不得不到离伊基托斯远一点儿的地方去找。"

"因此你就来到了莫约潘巴，"阿基里诺说道，"为了让我陪你到部落中间去，你就跟我交上了朋友。就这样，你还没见到列阿德基，还没有成为他的雇员就开始学他的样子。你那时跟我说的都是如何发财致富的话：阿基里诺，跟我去吧，一年之后管保你发财。你那老一套都快把我搞疯了。"

"那也是一时心血来潮，"伏屋说道，"我比任何人的牺牲都大，没有人像我冒了这么多的险，老头。难道就这么完了吗？这太不公平了，阿基里诺。"

"这是上帝的事，伏屋，"阿基里诺说道，"判断不应由我们下。"

十二月一个炎热的清晨，皮乌拉来了一个外乡人。这个人骑着一头疲惫不堪蹒跚而行的驴出人意料地出现在城南的沙丘堆上。从侧面望去，这个人戴着宽檐帽，披着一件薄薄的斗篷。当太阳的火舌开始折射在荒漠上的时候，这个外来人透过黎明微红的光线，第一眼就发现了仙人掌丛、烤焦了的稻豆和卡斯提亚区那些离河越近越挤在一起的众多白房屋。他高兴了。他穿过浓雾向着城里前进。他早已从远处望见了河对岸宛如一面镜子在反光折射的城市。他穿过卡斯提亚区唯一一条此时尚无人迹的街道，到了老桥就下了驴。他观察了一下对岸的建筑、石子铺的街道和带有凉台的住宅，空中布满了徐徐落下的沙尘，教堂的坚固塔楼上挂着烟垢色的圆钟。北面，田野像一片片绿色的斑点，沿河向卡达卡奥斯伸展开去。他手提缰绳，牵驴过了老桥。他一面不时地用鞭子抽打自己的裤腿，一面在城里主要的街道上行走，这条街道笔直、漂亮，从河边一直通到阿玛斯广场。到了阿玛斯广场，他止住脚步，把驴拴在罗望子树上，就在地上坐了下来。他把帽檐往下拉了拉，抵挡那袭击眼睛的无情沙尘。这个人准是经历了长途跋涉，因为他现在的动作迟缓而疲乏。尘雨下过之后，当首批居民出现在被阳光照得耀眼的阿玛斯广场上的时候，这外来人睡着了。驴也在他身边倒了下来，满嘴绿沫，双眼翻白。谁也不敢唤醒他。消息在周围传开了，阿玛斯广场登时挤满了好奇的人。他们在外来人的附近低声传话，互相推搡着挤到他的身边。有人爬上凉亭的顶部，也有人攀在棕榈树上观望。这个人年轻、健壮，肩膀宽宽的，拳曲的胡子遮盖了面孔，衬衣没扣，露出肌肉结实、满是细毛的胸部。他张着嘴在酣睡，发出轻微的鼾声。干裂的双唇间露出猛犬般的牙齿，又黄、又大、又尖利。他那肮脏的长裤、靴子和退了色的斗篷都撕裂成了条条，帽子也是如此。他倒是没有带武器。

他一觉醒来就一跃而起,摆出一副自卫的架势。他那红肿的眼皮下,一双充满惶惑的眼睛打量着众人的面孔。人们露出了笑容,从四面八方自发地向他伸出手来。一位老年人连推带搡地挤到他的身旁,递给他一瓢清凉的水。这时陌生人笑了。他喝得很慢,贪婪地品尝着,眼神也放松了。周围的低语声越来越高了,人们争着要同这个新来的人谈话,询问他的旅途情况,惋惜他那头驴的死去。他这时也笑出了声,同许多人握手,接着他从驴背上一下子拖下褡裢,打听有没有旅馆。他在殷勤的居民簇拥下穿过阿玛斯广场,走进了北方星旅馆。但是客满了,居民们安慰他,许多人表示愿意接待他,于是他在梅尔乔·埃斯宾诺沙的家里住了下来。这位老人单身住在老桥附近的堤岸上,在契腊河岸有一小块土地,离家很远,所以每月只去两次。那一年,梅尔乔·埃斯宾诺沙打破了纪录,接待了五个外地人。通常这些客人在皮乌拉只是逗留一段时间,购买棉花,卖掉牲口,寄卖一些别的产品,等等,也就是说,几天,最多几个星期也就够了。

这位外来人却留了下来。居民们对他的事情知道得极少,而且几乎都是否定的:他不是牲口贩子,不是收税官员,也不是旅行推销员。他叫安塞尔莫,自称秘鲁人,然而没有人能从他的口音里听出他到底是什么地方的人。他没有利马人那种女里女气、爱用疑问句的口气,也没有奇克拉约人那种类似歌唱的声调;不像特鲁希略人讲话时那样讲究发音,也不像山区人在发"rr"和"s"音时那样总是把舌头咂得噼噼作响。他的口音与众不同,懒洋洋的,很有音乐感。他用的短句和成语也是闻所未闻。他跟人争论起来时,那种激烈的声调令人想起那位骑兵队队长。构成他唯一行装的那个褡裢里大概装满了钱财,但他怎么能穿过荒沙地带而未遭到匪徒的袭击?居民们对他从哪里来、为什么选择皮乌拉作为目的地都不得而知。

他到达的第二天就在阿玛斯广场再次露面了,脸上刮得光光的,人们对他那满脸的朝气感到惊讶。他在西班牙人欧塞比奥·罗梅罗开的百货店里买了一条新裤子、一双靴子,而且是现金付款。两个星期之后,又在卡达卡奥斯有名的女编织工萨杜妮娜那里定做了一顶白色草帽,这种草帽可以放在衣袋里,而拿出来时没有一个褶子。每天早晨,安塞尔莫都来到阿玛斯广场,坐在北方星旅馆院里的平台上邀请过往的行人喝一杯,就这样交上了许多朋友。他既健谈,又善于插科打诨;他也博得了当地居民的欢心,因为他对城市的迷人之处大加赞扬:男人和蔼可亲,妇女美丽可爱,夕阳明亮耀眼。他很快学会了本地话以及那懒洋洋的炽热的声调。几个星期之后,他就用"瓜"字来表示惊奇,称孩子们为"丘列",把驴叫做"代脚",在形容词最高级上再加最高级。他还学会了区分玉米酒和泡沫酒,区分各种不同的辣味菜。每个人的名字和街道名称,他都记得清清楚楚。他跳起通德罗舞来就和曼加切利亚区人一模一样。

　　他的好奇心也是无休无止的。他贪婪地对城市的风俗习惯表现出极为浓厚的兴趣,哪家生了孩子、哪家死了人都打听得详详细细。他什么都想知道:谁富有?为什么?几时发家的?警察局长、市长和主教是否清正廉明?是否受到爱戴?人们的娱乐是什么?有些什么样的通奸或丑闻足以震动那些虔诚的女教徒和神父?居民们怎样履行教规和对待道德问题?在这个城市里通常采取什么形式谈情说爱?等等。

　　每星期日,他都到圆形露天剧场去看斗鸡,情绪激昂得就像是老练的行家。每晚,他都是最后一个离开北方星旅馆的酒吧。他玩牌时风度优雅,下注极狠,输赢不动声色,赢得了商人和老财们的友谊,很快出了名。当地的权贵们邀请他到丘鲁卡纳斯去打猎,他枪法极准,令人折服。农民们在街上遇见他都亲热地直呼他的名字,而他也亲切地用手大力拍拍这些人。人们很欣赏他性格活泼,办事爽快,慷慨大方,但对他的钱财的来源、他本人的身世都一直抱着怀疑的态度。于是有关他的一些小小的神话就传开了,传到了他耳朵里,他听了只是哈哈大笑,既不肯定也不否定。有时他带着朋友走遍了曼加切利亚区的每家小酒馆,而最后总是留在安赫利卡·梅赛德斯开的那家,因为那家酒馆里有一架三角琴,而他是娴熟的演奏者,别人简直难望其项背。人们踏地而舞、举杯痛饮的时候,他则坐在角落里得心应手地弹拨着琴弦。这架三角琴在他手里既能低声软语、开怀欢笑,又能呜咽啜泣。

居民们唯一不满的是他那粗俗的性格。他喝醉了酒就肆无忌惮地盯着女人看,不管是经过阿玛斯广场去市场买东西的赤脚女仆,头顶泥盆瓦罐沿街叫卖李子汁、芒果汁和山上做的新鲜干酪的女贩子还是戴着手套、脸蒙面纱、手执念珠依次走进教堂的太太,他都扯着脖子向她们提出某种建议,或是即兴编些污秽的打油诗。他的朋友对他说:"小心,安塞尔莫,皮乌拉人喜欢嫉妒。某个尊严受到伤害的丈夫,某个毫无风趣感的父亲,早晚有一天会向你提出决斗。你还是对女人尊重些吧。"但是安塞尔莫对此话只是报以哈哈大笑,举起酒杯为皮乌拉干杯。

安塞尔莫来到皮乌拉城的第一个月,一切相安无事。

阳光在胡利奥·列阿德基的眼睛里闪闪发光,一只装满水的桶里放着酒瓶,他亲自为大家斟满酒杯,白色泡沫扑扑作响,涨大了爆开来溅成水点:还不至于这样吧。再说,世界上没有过不去的桥,你们不用发愁,先喝杯啤酒。曼努埃尔·阿基拉、彼德罗·埃斯卡维诺、阿雷瓦洛·本萨斯三人把酒喝下,用手擦了擦嘴唇。透过纱窗可以望见圣玛利亚·德·涅瓦镇的广场上有一群阿瓜鲁纳妇女在大肚瓦罐里舂木薯块,几个小孩围着卡皮罗纳树跑来跑去,山丘上有一栋三角形的红砖建筑,那是嬷嬷们的宿舍。胡利奥·列阿德基:我认为用不着这么大惊小怪,首先,那不过是个长远规划,而在我们这里,凡是规划都不会有进展。但是曼努埃尔·阿基拉并不这样认为:事情并不这么简单,镇长。他说着站了起来:我们有证据,胡利奥先生。曼努埃尔是个秃顶、金鱼眼的矮个子：那两个家伙把土人都教坏了。阿雷瓦洛·本萨斯也站了起来：胡利奥先生，我可以证明，我早就说过在那几面旗帜和识字课本的后面肯定有鬼，我当时就反对那两个教师到这里来。彼德罗·埃斯卡维诺用杯子敲着桌子：胡利奥先生，合作社早就成为事实了，阿瓜鲁纳人要自己到伊基托斯去卖橡胶，头人们已经在奇凯斯开会讨论过这个问题，这就是目前的真实情况，别的都是假的。胡利奥·列阿德基：可我连一个了解伊基托斯的情况、晓得什么是合作社的阿瓜鲁纳人都没见过，你是怎么知道这事的，彼德罗·埃斯卡维诺？我求你们一个一个地讲，先生们。杯子闷声在桌子上顿了一下：胡利奥先生，我在伊基托斯住了很久，自从那两个家伙来了以后，当地就骚动起来了，只是由于事情太多，我一直没察觉。胡利奥·列阿德基的声音一直很轻：彼德罗先生，镇上的事务占了我不少时间，费了我不少钱财。说着，他的神色变得严厉起来：我本来不愿接受这个镇长的职务，许多人非让我接受不可，你就是其中的一个，你还求我考虑一下你的话。彼德罗·埃斯卡维诺：我知道您对我恩重如山，我不想惹您生气，只是我刚从乌腊库萨村回来，阿瓜鲁纳人连一个橡胶球都不肯卖给我，预付钱都不干。杯子又闷声地在桌子上顿了一下：十来年这还是第一次呢，胡利奥先生。阿雷瓦洛·本萨斯：他们还带他去看合作社呢，胡利奥先生，您别笑，他们特地搭了一间茅屋，里面装满了橡胶和皮毛，但就是不肯卖给埃斯卡维诺，说是要拿到伊基托斯去卖。矮个子、秃顶、金鱼眼的曼努埃尔·阿基拉：镇长，您看见了吧，根本不应该让那两个家伙到部落里去，阿雷瓦洛说得对，他们把土人都教坏了。胡利奥·列阿德基斟满了杯子：以后这种人不会再来了，先生们，我要去一趟伊基托斯，不光是为了自己的事，也是为了你们的事，部里已经取消了在森林地区普及文化的计划，教师小组也解散了。彼德罗·埃斯卡维诺第三次"砰"的一声把杯子在桌子上顿了一下：可他们已经来了，而且成了祸害，胡利奥先生。你们不能同琼丘人谈谈吗？您瞧，我们早就谈过了，我们还把那两个家伙带到乌腊库萨去的翻译也叫来了，让他本人跟您讲吧，胡利奥先生。那个赤着脚蹲在门口、棕色皮肤的人站起身来，神色迷惘地向圣玛利亚·德·涅瓦镇的镇长跟前走了几步。

鲍尼诺·佩雷斯：他们卖给他的橡胶多少钱一公斤？你问问他。翻译开始吼叫，又是比手画脚，又是大口吐唾沫。胡姆一言不发地听着，两臂交叉在裸露的胸前，涂绿的颧骨上分别画着两个红十字叉作为装饰，方方的鼻子上刻着三根像蠕虫一样细的横杠。他表情严肃，仪态庄重。乌腊库萨人挤在空场上，一动不动，太阳直射在树上和他们的茅屋上。翻译翻完了，胡姆和一个小老头叽里咕噜地讲了起来，还一面打着手势。翻译：质量好的两索尔一公斤，质量一般的一索尔一公斤，老板。特奥费洛·卡尼阿斯眨眨眼睛：瞧这价钱。一条狗在远处叫着，鲍尼诺·佩雷斯：我早知道了，兄弟，这群婊子养的，狡诈透了。他转向翻译：秘鲁人太坏了，他们一转手就卖二十索尔一公斤，中间人在拿你们当傻瓜，你们不能就这样任人掠夺，伙计，你们还是把橡胶和皮毛拿到伊基托斯去卖吧，别再跟这些中间人做生意了，把这些话翻给他听。翻译：都翻给他们听？鲍尼诺：对。告诉他们说中间人在掠夺他们？特奥费洛：对。告诉他们说秘鲁人太坏了？对，对。说中间人在拿他们当傻瓜？鲍尼诺和特奥费洛：对，对，当然都翻给他们听，告诉他们，那些人都是魔鬼，都是强盗，都是坏蛋，告诉他们，不能再忍受下去了，妈的，你别害怕，把这些话统统翻过去。翻译又是叽叽咕咕又是吼叫地讲了起来，还不停地吐着唾沫。胡姆也叽咕地讲着，也吼叫，也吐唾沫。老头捶着胸，他的皮肤已出现粗糙的皱纹。翻译：他说伊基托斯从来没来过，中间人埃斯卡维诺倒是常来，还带来刀子、砍刀和布匹。特奥费洛·卡尼阿斯：兄弟，真是滑稽，他们把伊基托斯当成人了，真是白费力气，鲍尼诺。翻译：他说，他们用那些东西换橡胶。鲍尼诺·佩雷斯走近胡姆，指着刀子问道：他腰上挂的刀是用几公斤橡胶换来的？问问他。胡姆抽刀高举，阳光射在刀上，光芒溢出刀刃。他露出骄傲的笑容，身后的乌腊库萨人也都笑了，其中许多人也抽出刀，高举过顶，在阳光照射下闪闪发光。翻译：胡姆的刀是用二十个橡胶球换来的，其他人的是用十个、十五个橡胶球换来的。特奥费洛·卡尼阿斯：我想回利马去了，兄弟，我在发烧，鲍尼诺，再说，这生意这么不公平，而这些人又不懂，我们还是忘掉这一切吧。鲍尼诺·佩雷斯用手指连加带减地算着：特奥费洛，这些人不会打算盘，胡姆的刀要花四十索尔，不是吗？翻译：这也要告诉他、翻给他听吗？特奥费洛：不用了。鲍尼诺：你就告诉他这一点就行了，那些中间人都是魔鬼，这把刀连一个橡胶球都不值，是从垃圾堆里捡来的，告诉他，伊基托斯不是中间人，是城市，就在河的下游，在马拉尼翁河的下游，叫他们把橡胶拿到那里去卖，价钱要合算一百倍，在那里还可以买到他们喜欢的刀，什么东西都有。翻译：先生，我没听懂，请您重复一遍，慢点儿讲。鲍尼诺：妈的，应该从头到尾把一切都向他们解释清楚，特奥费洛，你别扫我的兴。

他们仨也许有道理，但胡利奥·列阿德基还是坚持：不要再费脑筋胡思乱想了，那两个家伙不是已经走了吗？而且永远也不会来了，被鼓动起来的也仅仅是阿瓜鲁纳人，而我一直是同沙普腊人做生意的，再说一切都会有办法的，我想我会妥当地履行我作为镇长的职责，先生们，你们瞧着好了。阿雷瓦洛·本萨斯：胡利奥先生，还有别的事呢，您不知道博尔哈警备队的一个班长、一个领水员和一个用人在乌腊库萨发生的事吧？事情就发生在上星期，胡利奥先生。他说：你说什么？又出了什么事？

"高兴点儿，我们到曼加切利亚区了。"何塞说道。
"沙子刺得我脚痒，我还是把鞋脱掉吧。"猴子说道。

桑切斯·塞罗大街到了头，柏油马路、白色的门面、坚实的大门和电灯也就消失了，代之出现的是蒲草做的大门，稻草、白铁和硬纸板铺的屋顶，尘土，苍蝇，弯弯曲曲的小巷，没有窗帘的方形小窗里闪烁着的烛光和曼加切利亚区特有的油灯的光。家家户户都在街头乘凉，雷昂兄弟不时向熟人招手致意。

"你们为什么这样骄傲？曼加切利亚有什么值得你们这样称赞？"何塞费诺说道，"臭气熏天，人们活得像畜生，一间破屋子里至少睡十五个人。"

"加上几条狗和桑切斯·塞罗的照片，共有二十个，"猴子说道，"这是曼加切利亚区的又一个优点：一视同仁，人、狗、羊一律平等，都是曼加切利亚区的成员。"

"我们骄傲，是因为我们出生在这里，"何塞说道，"我们称赞曼加切利亚，是因为它是我们的家乡。何塞费诺，说穿了，你是羡慕得要命。"

"这个时候，皮乌拉城已睡去，"猴子说道，"只有这里，你听，生活正在开始。"

"在这里，我们大家不是朋友就是亲戚，光是这一点就值得称赞，"何塞说道，"而在城里，人们是看人上菜，你不是阔佬就得给阔佬舔屁股。"

"去他妈的曼加切利亚，"何塞费诺说道，"等有一天像加依纳塞腊区一样让人拆掉了，我才高兴呢；我会喝个酩酊大醉。"

"你现在是心情紧张，有火没处发，"猴子说道，"不过，你要是想说曼加切利亚区的坏话，可得小声点儿，叫人听到了，非把你揍扁不可。"

"我们像小孩一样，"何塞费诺说道，"这是什么时候，还要吵嘴？"

"让我们和好吧，让我们唱队歌吧。"何塞说。

坐在沙地上的人一声不响，所有的嘈杂声——歌声、干杯声、吉他音乐声、鼓掌声——都来自酒店。所谓酒店也仅仅是比其他茅屋稍大点儿的茅屋而已,不同的是灯火更亮些,门前飘扬着一面用竹竿撑起的红色或白色的幌子罢了。温暖的空气里散发着各种味道,街上渐渐黑暗下来,随后出现了狗、鸡、猪,都神情阴郁,咕咕嘟嘟地在地上滚来滚去;大眼睛山羊则系在木桩上,头上飞满了嗡嗡作声的小虫子。三个二流子不慌不忙地在曼加切利亚区仿佛丛林中弯曲小道似的街上走着,不时地避开把席子搬到外面来睡觉的老人,绕过那些像出现在海上的鲸鱼一样突然从街心冒出来的茅屋。天空布满了星斗,有的又大又亮,有的像点点磷火。

"三圣星出来了,"猴子指着空中三颗同时在闪闪发光的星星说道,"你们瞧这三颗星闪得多厉害啊。多米迪拉·雅腊说过,三圣星非常清楚的时候,人们就可以向它乞求上天的恩赐。何塞费诺,你趁此机会来求求吧。"

"多米迪拉·雅腊!"何塞费诺说道,"可怜的老太婆,我虽然有点儿怕她,但自从她死后,我还真想念她呢,不知她是不是原谅了我们在她守灵仪式上闹的那件事。"

何塞费诺双手插在衣兜里,头垂到胸前,一声不响地走着。雷昂兄弟则叽叽咕咕地讲个不停,有时同声问候:"晚安,先生。""晚安,太太。"地上不知是谁用一种充满睡意的声音也向他们问候,还指名道姓地称呼他们。三个人在一座茅屋前停了下来,猴子推开门,利图马正脸朝里站着,他身穿李子色的衣服,上衣的臀部处显得鼓鼓囊囊,头发又湿又亮,墙上钉着的一张剪报在他头上飘来飘去。

"老兄,第三号二流子驾到。"猴子说道。

利图马像个陀螺一样转过身来,微笑着张开双臂快步走过来。何塞费诺迎上去,二人紧紧地握手,久久地互相拍打着。久违了,兄弟。很久没见了,利图马,真高兴你又回来了。二人就像两条嗅觉灵敏的狗在互相摩磳。

"老兄,你这身衣服的料子可真不错啊。"猴子说道。

利图马退后几步,让三个二流子好好地欣赏他那花哨的新装:硬领白衬衣,灰点玫瑰红领带,绿袜子,尖头皮鞋擦得跟镜子一样亮。

"你们喜欢吗?我穿这身衣服是为了庆贺我重返故乡。是三天前在利马买的,领带和鞋子也是。"

"你简直成了王子,老兄,"何塞说道,"这好极了。"

"没什么,也就是料子好,"利图马捭着上衣的领子说道,"只是这衣服骨架开始被虫蛀了,不过还能靠它搞搞女人,反正现在我又成了光棍,也该轮到我了。"

"我差点儿认不出你来了,"何塞费诺打断他,"伙计,很久没到你穿便服了。"

"你还不如说很久没看到我本人了。"利图马说着,脸色变了,但随即又微笑起来。

"你还是这样好,比穿警察制服好,"猴子说道,"这才是真正的二流子的样子。"

"还等什么?"何塞说道,"唱我们的队歌吧。"

"你们都是我的兄弟,"利图马说道,"是谁教会你们站在老桥上跳水的?不记得了吗?"

"你还教会我们喝酒、嫖女人呢,"何塞说道,"老兄,你把我们都带坏了。"

利图马抱住雷昂兄弟,亲热地摇晃着;何塞费诺则不停地搓着手,嘴角虽然露出微笑,但目光一动不动,闪出一丝隐蔽而警惕的光芒。他挺胸凸肚,双腿微曲,整个身子既僵硬又不安,一副防卫的架势。

"我们得尝尝伊卡太阳酒,"猴子说道,"这可是您老答应的。答应的事,欠下的债。"

四个人在煤油灯下的席子上坐了下来。煤油灯吊在屋顶,晃动一下,就把暗影中土坯墙上的裂缝、乱涂的字迹和破烂的壁龛照亮,壁龛中有一个石膏做的怀抱婴儿的圣母像,圣母像的脚下有一个空烛台。何塞点燃了壁龛里的一支蜡烛,烛光照亮了一张剪报,报纸上印的是一位身佩军刀、挂满勋章的将军发黄的侧身像。利图马把一只箱子挪近席子,打开箱子取出一瓶酒,用牙齿咬开软木塞,猴子帮他把四个杯子斟得满满的。

"又回到你们中间来了,真没想到,何塞费诺,"利图马说道,"我很想念你们仨,想念我的故乡。为久别重逢干杯!"

四个人碰了杯,一饮而尽。

"噢,简直是一团火!"猴子叫了起来,眼睛里盈满了泪水,"你肯定不到四十度吗,老兄?"

"这酒才柔和呢,"利图马说道,"这种皮斯科酒在利马连女人和小孩都喝,跟甘蔗酒可不一样。你还记得吗?那时候我们拿甘蔗酒当汽水喝呢。"

"猴子喝酒不行,"何塞费诺说道,"两杯下肚就晕头转向了。"

"我一喝就醉,可我比别人都顶得住,"猴子说道,"我可以一连几天地醉下去。"

"你总是第一个倒下,兄弟,"何塞说道,"利图马,你还记得吗,我们总是把他抱到河里,把他的头按在水里让他醒酒?"

"有时还打我耳光呢!"猴子说道,"你们总打我耳光,所以我现在连胡子都长不出来。"

"我提议干一杯。"利图马说道。

"等我先把杯子斟满,老兄。"

猴子抓起皮斯科酒瓶开始倒酒;利图马脸色沉了下来,两条细细的皱纹出现在眼角,眼睛似乎在出神。

"来,干吧,二流子。"何塞费诺说道。

"为鲍妮法西娅干杯!"利图马说道,慢慢地举起杯子。

3

"你别以为自己还是个孩子，"住持说道，"你已经痛痛快快地哭了一整夜。"

鲍妮法西娅抓住住持的长袍底边吻着：

"您告诉我，安赫利卡嬷嬷不会来，告诉我，您是好人。"

"安赫利卡嬷嬷骂你骂得对，"住持说道，"你冒犯了上帝，背叛了我们对你的信任。"

"我不想惹她发火，嬷嬷，"鲍妮法西娅说道，"您没见她一发火就生病吗？她骂我倒没关系。"

鲍妮法西娅拍拍手，孤儿们叽叽喳喳的声音小了，但没有停止；她又拍了一下手，比刚才更响，于是孤儿们住口了。这时只有凉鞋走在庭院石板地上发出的嚓嚓声。鲍妮法西娅打开宿舍的门，等最后一个孤儿迈进门槛，就把门关上，把耳朵贴在门上听。那不是每天的嘈杂声，除了忙忙碌碌的铺床声外，还有一种惊慌的、闷声闷气的窃窃私语。中午时分，她们看到安赫利卡和帕特罗西纽两位嬷嬷带回两个小女孩时，这窃窃私语声就开始了，因而住持在念经时生了气。鲍妮法西娅又听了一会儿，就到厨房去了。她点了一盏油灯，拿起一只装满煎香蕉的白铁盘子,拔下仓库的门闩,走了进去。黑暗中,只听得见类似老鼠在仓库后部跑来跑去的声音。她举起油灯在房间里巡视着,发现玉米麻袋后面有一只瘦小的脚踝,戴着皮制的脚镯;一双赤脚在互相揉擦着、扭动着。她们想互相遮掩吗?麻袋和墙壁之间的空隙很窄,要么就是二人挤在一起了。鲍妮法西娅并没听到她们在哭。

"也可能是魔鬼在诱惑我,嬷嬷,"鲍妮法西娅说道,"但我并没有察觉,我只是感到她们可怜,请您相信我。"

"你可怜什么?"住持说道,"这又和你的所作所为有什么关系?鲍妮法西娅,你不要装傻。"

"我可怜那两个奇凯斯村的土著女孩,嬷嬷,"鲍妮法西娅说道,"我跟您说的是实话,您没看见她们哭的那样子?您没看见她们互相拥抱在一起时那种样子吗?格莉塞尔塔嬷嬷把她们带到厨房去,她们什么也不吃,您没看见吗?"

"她们这样,不能怪两位嬷嬷,"住持说道,"她们不明白,把她们弄到这儿来是为了她们好,她们以为我们会伤害她们。别人不也是这样吗?后来习惯了也就好了。她们不明白,可你应该明白,鲍妮法西娅。"

"可是我不由得可怜起她们来了,"鲍妮法西娅说道,"有什么法子呢,嬷嬷?"

鲍妮法西娅跪下来,用油灯照了照麻袋。两个女孩就躺在那儿,像两条泥鳅似的蜷在一起,一个把头埋在另一个的胸前,后者背靠墙壁,油灯的光照进角落,她没来得及把脸藏起来,只好闭上眼睛呻吟起来。二人的头发一直覆到背部,又浓又黑,沾满尘土、草屑,无疑还有虱子。格莉塞尔塔嬷嬷的剪刀和滚烫的红色杀菌水都还没有接触到她们的头发呢。她们赤裸的双腿简直是小小的垃圾堆,在那又脏又乱的麻屑中,只有在油灯的照射下才能看得出她们瘦细的四肢、棕色的皮肤和一根根的肋骨。

"好像是偶然发生的,我没有考虑,嬷嬷,"鲍妮法西娅说道,"我不是故意的,我连想都没有想过,真的。"

"你既没有想也不是故意的,但事实是你把人放跑了,"住持说道,"不仅放跑那两个,而且还放跑了别的孩子。你一定早就同她们计划好了,对不对?"

"没有,嬷嬷,我发誓,没有,"鲍妮法西娅说道,"那是前天晚上我到仓库那儿给她们送饭的时候。现在想起来,我也吃惊,当时我变成另外一个人了,我当时以为我是出于可怜她们,也许是像您说的那样,魔鬼诱惑了我,嬷嬷。"

"这也不是理由,"住持说道,"你不要总是拿魔鬼作挡箭牌,魔鬼诱惑你,是因为你愿意,还说什么已经变成另外一个人了。"

在那堆乱草般的头发下,两个互相拥抱着的小身体开始哆嗦,互相把颤抖传染给对方,牙齿也在打战,就像受了惊的大手猴被关在笼子里那样。鲍妮法西娅看了看仓库的门,弯下腰,开始不成声调地慢慢咕哝了几句,声音中带有劝说的意味。气氛有所改变,仿佛一阵清风突然驱散仓库里的黑暗,垃圾堆下的身体不再颤抖,两个脑袋动了起来,但很谨慎,令人不易察觉。鲍妮法西娅继续低声咕哝着。

"孤儿们自从看到了那两个新来的女孩,一直很紧张,"鲍妮法西娅说道,"她们在嘀嘀咕咕,窃窃私语。我一走近,她们就讲别的事,装模作样,但是我知道她们是在谈论那两个土著女孩,嬷嬷,你不记得她们在小教堂里的那种异常表现了吗?"

"她们有什么可紧张的?"住持说道,"又不是第一次看到传教所来新人。"

"我也不知道为什么,嬷嬷,"鲍妮法西娅说道,"我只是向您讲事情的经过,我也不知道为什么会这样。她们也许回忆起了她们刚来时的情景,谈的也是这事。"

"那两个女孩在仓库里怎么样?"住持说道。

"您答应我，不要把我赶出去，嬷嬷，"鲍妮法西娅说道，"我一整夜都在祷告，希望您不要把我赶走，嬷嬷，我孤身一人怎么生活呢？您要是答应我，我一定改正，也把一切都告诉您。"

"改正错误还要提条件，"住持说道，"这还了得？我不明白你为什么愿意留在传教所，你不是因为孤儿待在这里可怜才把她们放跑的吗？你离开这儿不是应该更高兴吗？"

鲍妮法西娅把白铁盘子送上去，两个女孩不抖了，她们呼吸着，胸部有节奏地一起一伏。鲍妮法西娅一面用不高不低的声音亲热地咕哝着，一面把盘子向坐起来的女孩递过去。那女孩突然仰起头来，一堆长发后面出现了两点亮光，像是两条小鱼。这眼光从鲍妮法西娅的眼睛移到白铁盘子上，一条胳膊极为谨慎地伸了出来，小手胆怯地在油灯下一晃，两根肮脏的手指夹起一根香蕉，送进了乱草般头发下面的嘴里。

"可我跟她们不一样，嬷嬷，"鲍妮法西娅说道，"安赫利卡嬷嬷和您一直对我说，说我已经摆脱了愚昧，有教养了。我到哪儿去呢，嬷嬷？我不愿意再成为野蛮人。圣母是慈悲的，对吗？她是宽宏大量的，对吗？您可怜可怜我吧，嬷嬷，发发善心吧，对我来说，您就是圣母。"

"你别用甜言蜜语来打动我，我可不是安赫利卡嬷嬷，"住持说道，"你既然认为自己有教养了，跟基督徒一样了，为什么还要放跑孤儿？你就不怕她们再变成野蛮人吗？"

"会找到她们的，嬷嬷，"鲍妮法西娅说道，"警察会把她们送回来的。那些孤儿的事，您可不能怪我，她们自己到了院子里，想逃掉，这事连我也没有发觉。嬷嬷，请您相信我，我当时真是变成另外一个人了。"

"你是变成疯子了，"住持说道，"变成白痴了。你没有发觉，可是她们是在你的鼻子底下跑掉的。"

"我还不如白痴,我变成跟那两个奇凯斯女孩一样的野蛮人了,"鲍妮法西娅说道,"现在想起来,我也很吃惊。您为我祈祷吧,我愿意忏悔,嬷嬷。"

女孩手不离嘴地咀嚼着,一面吞咽一面不停地往嘴里塞香蕉。她把头发掠开,披在脸的两边,口里一嚼,鼻梁就微微一动。她偷眼看着鲍妮法西娅,突然伸手抓住那蜷缩在她胸前的女孩的头发,另一只手伸向白铁盘子,抓起一根香蕉。躲藏着的小脑袋被那只抓住头发的手强转了过来,这个女孩的鼻孔没有钻洞,眼皮肿得像发红的袋子。女孩的手往下把香蕉放在她那紧闭着的唇边,她的嘴却疑惧而固执地闭得更紧了。

"你为什么不来告诉我?"住持说道,"你躲进小教堂,因为你明白自己干了坏事。"

"我很害怕,但不是怕您,而是怕我自己,嬷嬷,"鲍妮法西娅说道,"我再也看不到她们了。我好像在做噩梦,所以我进了小教堂。我对自己说:这不是真的,她们并没有走掉,什么事也没有发生,是我在做梦。告诉我,您不会把我赶走吧,嬷嬷?"

"是你自己把自己赶走的,"住持说道,"我们对你比对任何人都好,鲍妮法西娅,你本来一辈子都可以留在传教所里,可现在,等孩子们回来,你就不能留在这里了。我也很遗憾,可是你的行为太坏了。我也知道安赫利卡嬷嬷舍不得你,但是为了传教所,你必须离开。"

"就把我当作用人留下吧,嬷嬷,"鲍妮法西娅说道,"我可以不再照管孤儿,我只管打扫,倒垃圾,给格莉塞尔塔嬷嬷帮厨。我求求您,嬷嬷!"

躺着的女孩在抗拒,身子硬挺,双眼紧闭,嘴唇咬紧,但是坐着的女孩使劲掰着她的嘴,想使她张开口。两个人扭在一起,汗水直流,一绺绺的头发贴在发光的皮肤上。突然,她把那女孩的嘴掰开了,就飞快地把弄烂了的一段香蕉塞进她的嘴里,连同发梢也塞了进去。鲍妮法西娅向她使了个眼色,她才又用手指把那缕发梢抓住,轻轻拨开。躺着的女孩喉头一上一下地吞了起来,片刻之后,她又张开嘴,闭着眼睛等着。鲍妮法西娅和带脚镯的女孩在油灯的照射下互相看了一眼,同时笑了。

"不再吃点儿了?"阿基里诺说道,"你应该多吃点儿,伙计,不能光靠空气过活啊。"

"我无时无刻不在想念那婊子,"伏屋说道,"都怪你,阿基里诺,这两天我似乎每夜都看见她,听到了她的声音,她还像是个黄花姑娘,跟我认识她那时候一样。"

"你是怎么认识她的,伏屋?"阿基里诺说道,"是我们分手以后很久才认识的吗?"

"大约一年前,波尔蒂约律师,"妇人说道,"我们那时住在伯利恒区①,那年发大水,我们家都进了水。"

"对,那当然,太太,"波尔蒂约律师说道,"不过,还是谈谈那个日本人吧,好吗?"

我就是在谈日本人,那年发大水,伯利恒区成了一片汪洋。日本人每星期六都从我家门口路过,波尔蒂约律师。妇人:这人是谁?穿得这么好,还自己装运货物,真怪,也不雇个人干这种事。那时是我最发达的日子,老头,我在伊基托斯开始赚大钱了,但是是给列阿德基那狗东西干活,有一天,一个姑娘由于水太大,过不了街,我就出钱雇一个驮夫把她背了过去,她的母亲走出来向我道谢,这位母亲原来是个拉皮条的老手,阿基里诺。

"他每次去码头之前或是从码头回来的时候,总是停下来很和气地同我们谈一会儿,波尔蒂约律师。"妇人说道。

---

① 伊基托斯市的一个贫民区。

"您那时知道他是做什么生意的吗？"波尔蒂约律师问道。

"虽说是个日本人，但看上去很正派、很潇洒，"妇人说道，"还送给我们礼物，衣服啦、鞋子啦，有一次还送来一只小鸟。"

"太太，这是送给您光脚女儿的，"伏屋说道，"鸟儿一唱，就能唤醒您的女儿。"

虽说语言不通，我们谈得还是很投机，老头，那个拉皮条的女人很了解我的意图，我也了解她要的是钞票。阿基里诺：拉丽达呢？她怎么说？

"拉丽达有一头长发，"伏屋说道，"脸上的皮肤细腻极了，连一个斑点都没有。她真美啊，阿基里诺。"

"他打着阳伞，穿一套白色衣服，鞋子也是白色的，"妇人说道，"他带我们出去散步、看电影，有一次还带拉丽达去看马戏，就是从巴西来的那个马戏团，您还记得吗？"

"他给了您不少钱吧，太太？"波尔蒂约律师说道。

"没有，给也给得很少，律师，"妇人说道，"难得给一次，他光是送些小礼物。"

拉丽达年龄大了，不能上学了，他办公室里有个位置要给她。薪水对你们两位会大有裨益的，对这想法，拉丽达会感到高兴吧？我女儿的前途、我们的困难、我们的拮据处境，我都想过了，波尔蒂约律师，简短地说吧，拉丽达同日本人在一起工作了。

"那是同居，太太，"波尔蒂约律师说道，"您别不好意思，律师对他的顾客来说就是忏悔神父。"

"我敢说，拉丽达一直回家睡觉。您不信可以去问邻居，律师。"

"他给您女儿的是什么工作，太太？"波尔蒂约律师说道。

虽说是一种笨重的工作，可要是能再干几年，我非成为富翁不可。但有人把事情告发了，列阿德基安然无事，我却要承担一切责任，只好逃跑了，从此我就倒了霉。老头，这工作再笨重不过了：收购橡胶，撒上滑石粉去掉气味，储藏起来，然后按烟草的样子打包，最后运出去。

"你那时真的爱上了拉丽达？"阿基里诺说道。

"我跟她发生关系的时候，她还是个黄花闺女，"伏屋说道，"还不懂事呢。碰上我情绪不好，她一哭，我就给她一个耳光；碰上我情绪好，就买点儿糖果给她吃。对我来说，她既是老婆又是女儿，阿基里诺。"

"这事你怎么能责怪拉丽达呢？"阿基里诺说道，"我敢说不是她告发的，很可能是她母亲干的。"

但我也是从报纸上知道的，律师，我敢对您指天发誓，我人虽然穷，可是无比诚实。我只去过仓库一次。这都是些什么呀，先生？日本人：烟草。我这个人很老实，也就信以为真了。

"那根本不是烟草，太太，"波尔蒂约律师说道，"包上写的是烟草，可您要知道，里面装的是橡胶。"

"那拉皮条的女人确实一无所知，"伏屋说道，"是那几个帮我撒滑石粉、打包的狗东西说出去的。因为我拐走了她的女儿，报纸上还说那女人是我的一个受害者呢。"

"可惜你没有把那些报纸保存下来，还有大坎普的报纸，"阿基里诺说道，"否则现在读读，了解了解你那时的名气有多大，倒是挺有意思的，伏屋。"

"你学会认字了？"伏屋说道，"我们共事的时候，你还不识字呢，老头。"

"你可以给我读嘛！"阿基里诺说道，"不过我不懂，为什么胡利奥·列阿德基先生没出什么事？你东藏西躲的，而他却安然无事。"

"生活太不公道了，"伏屋说道，"他出钱，我出命。橡胶名义上是我的，而实际上我得到的只是些残羹剩饭。虽说如此，我倒也能发财，阿基里诺，当时生意可顺手呢。"

拉丽达什么也没对我讲过，我死命追问，这姑娘只是回答不知道，我说的都是实话，律师，干吗要往坏处想人家呢？日本人倒是经常外出，但别的好多人也外出呀，再说我怎么知道运橡胶是走私而运烟草不算走私呢？

"烟草不是战略物资，太太，"波尔蒂约律师说道，"而橡胶是，而且只能卖给盟国，因为我们的盟国正在跟德国人作战。您不知道秘鲁也参战了吗？"

"你那时应该把橡胶卖给美国人，伏屋，"阿基里诺说道，"那样就不会出事了，美国人还会付给你美元呢。"

"盟国是用战时价格购买我国橡胶的，太太，"波尔蒂约律师说道，"而日本人偷偷地卖给别国可以赚四倍的钱，这您也不知道吗？"

"这我倒是第一次听说，律师，"妇人说道，"我们是穷人家，对政治不感兴趣。早知如此，我决不会让我女儿同一个走私犯来往。听说他还是个奸细，是吗，律师？"

"那姑娘那么年轻，舍不得离开母亲吧？"阿基里诺说道，"你是怎么说服拉丽达的，伏屋？"

拉丽达可能很爱她的母亲，但同我在一起有饭吃，又有鞋穿。要是留在伯利恒区，她最后不是给人洗衣服就是当妓女、女仆，老头。阿基里诺：这你未免言过其实了，伏屋，你准是爱上她了，要不然干吗要带她一起逃走呢？单身逃跑总比拖上一个女人容易得多。你要是不爱她，就不会拐走她了。

"在丛林里，拉丽达像金子一样值钱，"伏屋说道，"我不是跟你说过吗？她很漂亮，没有人能禁得住她的诱惑。"

"像金子一样值钱，"阿基里诺说道，"你好像要拿她做生意似的。"

"我确实是拿她做了一笔赚钱的生意，"伏屋说道，"这婊子没对你讲过？我敢说列阿德基那狗东西一辈子也不会饶过我的。我总算报复了他一下。"

"有一天晚上,她没回家,第二天也没见人,随后她来了一封信,说是要同日本人一起到国外去,而且打算结婚,"妇人说道,"我把信给您带来了,律师。"

"交给我吧,我来保存,"波尔蒂约律师说道,"您女儿私逃,您为什么不报警,太太?"

"我当时还以为这是感情纠纷问题呢,律师,"妇人说道,"我想,他可能有了老婆,所以要和我女儿私奔。仅仅几天以后,报纸上就登出来了,说这个日本人是土匪。"

"拉丽达在信里给您寄了多少钱?"波尔蒂约律师说道。

"比那两条母狗加在一起值的钱还多,"伏屋说道,"一千索尔。"

"两百索尔。您瞧他多吝啬,亲爱的律师,"妇人说道,"我把这钱用光了,都还了债。"

我是看透了那个老太婆,她比把我送进监狱的那个土耳其人的老婆还坏,阿基里诺。

波尔蒂约律师:我想知道一下,您跟我说的这些话同您报告给警察的一样不一样,太太?

"除了两百索尔的事,其他丝毫不差,律师,"妇人说道,"我要是说了出来,他们早就把钱要去了,你是了解警察局里那些人的。"

"让我好好研究一下这个案件吧,"波尔蒂约律师说道,"一有新的情况,我就通知您。如果法院或警察局传唤您,我会陪您去的。我不在场时,您什么也别申诉,太太。对任何人都不能讲,懂吗?"

"就照您的话办,律师,"妇人说道,"不过,这损失呢?人们都说我有权要求赔偿。他骗了我,拐走了我的女儿,律师。"

"等他被捕归案,我们再要求赔偿,"波尔蒂约律师说道,"这由我负责,您用不着担心。不过,您要知道,为了不把问题搞复杂,您必须在您的律师不在场的情况下只字不提。"

"也就是说后来你又同胡利奥·列阿德基先生见面了,"阿基里诺说道,"我还以为你是从伊基托斯直接逃到岛上去的呢。"

你叫我怎么去?游泳过去还是步行穿过丛林,老头?我那时只有几个索尔。我晓得列阿德基这老狗想摆脱我,因为我对他已经没用了,不过幸亏我带着拉丽达,而人们又各有弱点。胡利奥·列阿德基:我当时正在伊基托斯,这一切我早就听说了,难道那老太婆一点儿都不知道?波尔蒂约:他那副样子就叫人感到是个不可信赖的人,老兄。列阿德基:我担心的是他拖着个女人逃走,热恋中的人是什么蠢事都干得出来的。

"他要干蠢事,就随他便吧,"波尔蒂约律师说道,"可是他想把你牵连进去是办不到的,反正我们一切都研究好了。"

"关于那个拉丽达,他对我只字未提,"胡利奥·列阿德基说道,"他一直和那姑娘同居,你知道吗?"

"也是只字未提,"波尔蒂约律师说道,"这个人大概很爱吃醋,把姑娘管得严严的,连那可爱的老太婆都蒙在鼓里。我想不会有什么危险了,我估计这对情人大概早已到了巴西。今晚我们一道吃饭,好吗?"

"不行,"胡利奥·列阿德基说道,"乌恰玛拉那里有急事要我去,来了一个小工通知我的,不知发生了什么鬼事情,我想尽可能星期六赶回来。我估计法毕奥先生已经到了圣玛利亚·德·涅瓦镇,应该通知他暂时不要再买橡胶了,等事情平息下来再说。"

"你同拉丽达到底躲到哪儿去了?"阿基里诺说道。

"乌恰玛拉,"伏屋说道,"那是列阿德基老狗在马拉尼翁河上经营的一座庄园。我们就要路过那里,老头。"

牛群在午后离开庄园,天擦黑时进入荒漠地带。雇工们带着这些又笨又慢的牲口走到河岸整整用了一夜。他们用斗篷蒙着脸,抵御风沙的袭击。黎明时分,他们望见了皮乌拉。河对岸的皮乌拉像灰蒙蒙的海市蜃楼，房屋挤成一团，一动也不动。人畜不是经老桥来到城里的，因为桥身太不结实了。在河道干枯的季节，他们走河道，扬起一阵尘土；在发水的月份里，牛群就用宽大的嘴巴拱地，用角顶翻柔嫩的稻豆，发出阵阵的哀鸣。人们则一边吃着熟食喝着甘蔗酒当作早餐，一边安静地聊天，要么就蜷缩在斗篷里打瞌睡。用不了多久，卡洛斯·罗哈斯就来到了码头，有时他比畜群到得还早。他的家在城市的另一端，他从那里乘船沿河而来。这位乘船而至的人数了数牲口，估了估斤两，就决定有多少牲口可以上船。河对岸，从屠场来的人理好绳索、锯条和刀子，还有一只用来煮牛头汤的桶，这种浓肉汤只有屠场工人才喝得下而不致晕倒。工作完毕，卡洛斯·罗哈斯把船拴在老桥的一根桩子上，就朝贪早的人常去的加依纳塞腊区的一家小酒馆走去。那天早晨，小酒馆中有许多运水员、清道夫和广场上的女贩子，都是加依纳塞腊区的人。酒馆主人给他端上一瓢羊奶，问他为什么脸色这么难看、老婆身体好吗、孩子们怎样。好，都挺好，何塞费诺都会走路了，会叫爸爸了，不过我得跟你们大家讲一件事。他的嘴张得大大的，眼睛吓得快要瞪出来了，好像刚刚看到了长角的鬼怪。我在船上工作二十年了，每天起床后，不算屠场区的人，还从来没看到过街上有人。那时太阳还没有出来，周围一片黑暗，又是沙尘落得最厉害的时候，谁会异想天开地在这种时候出来散步呢？加依纳塞腊人说，你说得对，谁也不会这么干的。他激动地述说着，话语就像连珠炮似的滚滚而出，还借助着有力的手势；停顿时，嘴巴总是张得大大的，眼睛也瞪得大大的。我就是为此受惊的，妈的，真怪，这是什么声音？我又全神贯注地听了起来，显然，这是马蹄声，我并没有发昏，我把周围都看了一遍。别忙，让他讲下去。我看到那个东西走上了老桥，我立刻认出来了，是梅尔乔·埃斯宾诺沙的那匹马。那匹白马吗？是的，先生，正因为是匹白马，我才认出来的。白马在清晨显得十分耀眼，仿佛是个幽灵。加依纳塞腊人大失所望：你这个嚼舌头的,这有什么新鲜?也许人家堂梅尔乔老糊涂了,偏要摸黑外出旅行呢?我也是这么想的,一切准备好了,白马却自己跑了出来。要去把它抓回来,我从船上一跃而下,大步跨上岸坡。幸好白马跑得不快,为了不使马受惊,我慢慢地靠近,这样就可以走到它的跟前,一把抓住马鬃,咂着嘴说:喂,你可别撒野,这样我就可以腾身而上,把马还给它的主人。我在马的旁边平行前进,就这样人马一齐走进了卡斯提亚区。哎哟,正在此刻,我一眼发现了他。加依纳塞腊人又兴奋了起来:卡洛斯,出了什么事?你到底看见谁了?先生,我看见的是安塞尔莫先生。他正坐在马鞍上盯着我看,这全是真话。原来安塞尔莫先生是用一块布蒙着脸的,说实在的,当时我真是吓得毛骨悚然:对不起,安塞尔莫先生,我还以为马是自己跑出来的呢。加依纳塞腊人:他在那里干什么?他想到哪儿去?他是不是像小偷那样想偷偷地逃出皮乌拉?妈的,让他讲完嘛。安塞尔莫先生盯着我放声大笑,简直要笑破肚皮。白马在原地打着旋。你们猜他说什么?罗哈斯,瞧你吓得这副样子;我睡不着觉,出来转悠转悠。听见了吗?这就是他说的话。那天晚上,热风简直就像一团火,猛烈地刮着,非常非常猛烈。我当时真想问问安塞尔莫:你是不是看我长了一副傻相,以为我会相信你?一个加依纳塞腊人:这话你最好不要对他讲,不要当面拆穿人家的谎言,再说这和你又有什么关系呢?但是事情还没有完,过了一会儿,我又远远地望见安塞尔莫在通向卡达卡奥斯的小路上走着。一个加依纳塞腊女人:在那片沙地上吗?可怜的人,那么他的面孔、眼睛和双手一定会被沙尘打坏的,那天风刮得多么厉害啊。喂,还是让他讲下去吧,讲完他就可以走了。是的,安塞尔莫先生骑着马来回溜达,看看河流,又看看老桥和城市。接着他下了马,手里摆弄着那块布,像个兴高采烈的孩子那样又蹦又跳,简直活像我那个何塞费诺。加依纳塞腊人:他是不是疯了?真可惜,这么一个好人,也许是喝醉了吧?卡洛斯·罗哈斯:不是的,不像是发疯,也不像是喝醉,分手的时候他还把手伸出来给我握呢,还问候我的家人,托我带个好呢。你们想想我进来时那副吃惊的样子,是不是有道理?

当天早晨,安塞尔莫先生又照例按时出现在阿玛斯广场上了。他面带微笑,滔滔不绝地讲着话。人们注意到他非常愉快,凡是走过平台的人,他都敬上一杯。开玩笑对他来说是一种控制不住的需要;他的嘴里一个接一个地吐出妙语双关的玩笑。北方星旅馆的小伙计哈辛托听了笑得直不起腰来。安塞尔莫先生的笑声在广场上回荡着。他夜间外出的消息传遍了各区,皮乌拉城的人追问他,他却笑而不答,要么就回答几句不着边际的话。

卡洛斯·罗哈斯讲的事情激起了全城人的好奇,若干天里成了人们谈论的话题。有几个人还到梅尔乔·埃斯宾诺沙家里去打听,而这个老农夫却一无所知,但也不去问问自己的房客,因为他不愿意惹人讨厌,再说他也不是一个搬弄是非的人。他倒是发现他的马卸了鞍,而且刷得干干净净。他不想了解更多的东西:你们快走吧,让我安静安静吧。

当人们不再谈论那次夜间外出的时候,一个更加令人吃惊的消息又传了出来。安塞尔莫先生向市政府买下了老桥对面的一块地皮,比卡斯提亚区最远的几间茅屋还要远,地处荒漠地带,也就是卡洛斯·罗哈斯那天清早看到他蹦跳的那个地方。这位外地人既然决定在皮乌拉定居,买地盖房也就不足为奇了。然而他偏偏要在沙地上盖房子,沙尘不久就会把房子吞没的,就像吞掉枯树、死人那样把房子吞没。发白的沙地不是固定不动的,沙丘每夜都改变着位置。热风把沙尘堆成沙丘,又把沙丘吹散,任意地把沙丘刮来刮去,随意地把沙丘变大变小。众多的沙丘威胁着城市,像一堵长长的墙那样把皮乌拉包围起来。这堵墙早晨是白色的,黄昏时发红,到了晚上又成了棕色,次日又都逃掉,稀疏地分散在远处,表面仿佛盖上了一层火山的熔岩。到那时,每天下午,安塞尔莫先生就得与世隔绝,任风沙摆布。许许多多的本城居民都来试图阻止他这一不明智的举动，关怀之情溢于言表。他们举出许多理由来说服他，劝他还是在城里买块地皮吧，不要这么执拗。然而安塞尔莫先生对这些劝告一概不理不睬，要么就用令人费解的话语搪塞一番。

载着士兵的小船是在中午前后到达的。士兵们把头顶着岸，而不是像一般应该做的那样让船身平行地靠在岸边。河水把船冲得东摇西摆。阿德连·聂威斯：等等，长官们，我来帮你们。他跳进河水，取出船桨，把船定在岸边。士兵们谢也不谢，反而莫名其妙地用绳子往他身上一套，把他捆上就往村子里跑。长官们，你们来晚了，全村人差不多早就逃到山里去了。他们最后只抓住六个人，回到博尔哈警备队。基罗加上尉大发雷霆：你们怎么把一个残废人也抓来了？上尉转向毕拉诺：瘸子，你滚吧，你在军营里没用。训练第二天就开始了，一大早把新兵唤了起来，给他们剃了光头，发了哔叽裤子和衬衣，还有一双夹脚的皮鞋。接着是基罗加上尉训话，他大谈保卫祖国等，并把新兵分了组。阿德连·聂威斯和另外十一个人被一名班长带去训练：立正，敬礼，开步走，卧倒，起立，立正他妈的，稍息他妈的。就这样，每天如此，根本没办法逃跑，监视得很严，稍有不慎就被拳打脚踢。基罗加上尉：没有一个开小差的不被抓回来，那时就要服双倍兵役。有一天，罗贝托·德尔加多班长来了：那个当过领水员的新兵，向前一步走。阿德连·聂威斯：遵命，班长，我就是。你对上游那片地方熟悉吗？聂威斯：了如指掌，班长，不要说上游，下游也熟悉。那你准备准备，我们要到巴瓜去。他自忖道：机会来了，阿德连·聂威斯，只有现在，这个机会一旦失去就别想再逃了。第二天一早就出发了：他们俩、一条小船，还有警备队里的一个阿瓜鲁纳用人。河水涨得厉害，航行很慢，要避开随时都会遇到的沙滩、杂草和断木。罗贝托·德尔加多班长一路上兴高采烈，不停地讲着：来了一个中尉,是沿海人,他想去看看那狭窄的河道,我们告诉他,这太危险了,中尉,刚刚下过大雨。可他非要去不可,于是去了。小船翻了,人马都淹死了,只有我得救,因为我找了借口说我得了隔日热,没跟他们去。班长叽叽呱呱地讲个不停,用人闭口不语,阿德连·聂威斯:班长,那个跟您谈话的基罗加上尉是森林地区的人吗?他哪是什么森林地区的人,两个月以前,他到圣地亚哥河一带出差,长脚蚊把他的腿咬得又红又肿,全是水泡,他就把腿伸进河水。我吓唬他说:当心雅古妈妈①会把您咬残废的,上尉,这种蛇不知不觉地游来,嘴一张,一口就能吞掉您一条腿。上尉说:让它来吞好了,蚊子咬得我失去了生活的乐趣,只有水才能使我稍微冷静些,妈的,我的运气太坏了。我对他说:上尉,您的腿在出血,血腥味会招来食肉鱼的,要是吃掉您几片肉怎么办?可是基罗加上尉反倒冒火了:他妈的,你想吓唬我。我一看他那两条腿就恶心了,又红又肿,满是脓疱,树枝稍微一碰,脓疱就裂开来,流出白水。阿德连·聂威斯:食肉鱼没过来,就是因为这气味太臭了,班长,吸了这种血会被毒死。用人还是一言不发,站在船头,用桨探着水的深度。两天后,三个人到达乌腊库萨村,一个阿瓜鲁纳人也没有,都钻进了山里,连狗都带走了。这些人真机灵,罗贝托·德尔加多站在空场中央,张大嘴喊了起来,露出一口雪白结实的马牙:乌腊库萨人!乌腊库萨人!你们不是有名的男子汉大丈夫吗?夕阳把他的牙齿照得闪着蓝色的碎光:回来吧,胆小鬼,都回来。用人:我可不认为他们是英雄好汉,一见人就都吓跑了。班长:给我搜茅屋,凡是能吃的、能穿的、能卖的,都给我捆成一包,现在就动手,快。阿德连·聂威斯:班长,我劝你别这么干,还躲在附近的乌腊库萨人正看着我们呢,我们一偷,他们就会扑过来,而我们才三个人。但是班长听不进任何人的劝告:他妈的,谁问

---

① 一种水蛇。

你了,让他们扑过来好了,我不用枪,几拳头就能把这些乌腊库萨人收拾了。班长在地上坐下来,跷起二郎腿,点了一支烟。阿德连·聂威斯和用人走进茅屋,出来的时候,罗贝托·德尔加多班长已经安安稳稳地睡着了,烟蒂还在地上燃烧,周围爬满了好奇的蚂蚁。于是二人吃起木薯根和巴鱼来,接着也点了烟。这时班长醒来了,拖着脚步走到他们跟前,拿起水壶喝了一口,接着打开包裹检查,其中有一张蜥蜴皮、一堆杂物、玻璃珠和贝壳做的项链。都在这儿了吗?还有黏土做的盘子、手镯。答应上尉的东西呢?还有脚镯、头冠。连一点儿杀虫药膏都没有?还有一只藤制的篮子、一瓢木薯酒。纯粹是堆垃圾。班长用脚在包裹里拨来拨去:我想知道在我睡觉的时候你们看到人没有。一个人也没有,班长。哈!这位还说附近有人呢。用人用手朝山里指了指。班长:我才不在乎呢,我们今天就在乌腊库萨睡一夜,明天一早赶路。他不满地咕哝着:他们躲什么?难道我们是瘟神?他站起来小便,脱下靴子朝一间茅屋走去,另外两个人跟在他的身后。天气倒不热,夜晚有些潮湿,充满了嘈杂声。一阵微风吹过,把腐烂植物的气味带到了空场上。用人:班长,我们还是走吧,这儿不好,不要待在这儿吧,这儿不好。阿德连·聂威斯耸了耸肩:谁说这儿不好了?别烦了。班长没有听见,早就呼呼地睡着了。

"你在那儿过得怎么样?"何塞费诺说道,"说说看,利图马。"

"还能怎么样,伙计,"利图马说道,小眼睛露出恐惧的神色,"坏透了。"

"他们揍你吗?"何塞说道,"只给你吃面包和水吧?"

"事情并非如此,他们待我还算不错。卡德纳斯班长给我的饭食比别人都多;他在森林地区的时候是我的下级,是黑白混血种,是个好心人,我们都叫他'黑鬼'。不过毕竟过的是苦日子。"

猴子手里拿着一支烟。突然向利图马伸伸舌头,挤挤眼。他一直在微笑，也不顾其他人，做出种种怪相，把两颊旋出了酒窝，把前额拱起了皱纹，还不时自顾自地鼓掌。

"他们都很佩服我，"利图马说道，"他们说：乔洛，你真有胆量。"

"他们说得对，老兄，你当然有胆量，谁会怀疑这一点？"

"伙计，全皮乌拉城都在谈论你，"何塞费诺说道，"大人小孩都在议论你。你走了以后很久，人们还一直在谈论你呢。"

"我走了以后？"利图马说道，"我可不是心甘情愿地走的。"

"我们这里有几份报纸，"何塞说道，"你会看到的。《时代报》把你骂得够呛，说你是坏蛋。《回声与新闻》和《产业报》却都承认你是个勇敢的人。"

"伙计，你成了大人物啦，"何塞费诺说道，"曼加切利亚人都为你感到骄傲呢。"

"但这一切对我又有什么用呢？"利图马耸耸肩，吐了口唾沫又用脚擦了擦，"再说，那都是一醉之下干出来的，平时我可没有这份胆量。"

"我们曼加切利亚人都是革命联盟①派，"猴子说着，一跃而起，"我们都是打从心眼里热忱地崇拜桑切斯·塞罗将军的。"

他走到剪报跟前，行了一个军礼，然后狂笑着回到席子上。

"猴子喝醉了，"利图马说道，"我们到琼加那儿去吧，等他倒下了就不好办了。"

"我们想跟你谈一件事，伙计。"何塞费诺说道。

"利图马，去年来了个美洲人民革命联盟党人，在这儿住下了，"猴子说道，"是杀害将军的那些人中间的一个。我恼火极了。"

"我在利马认识了许多美洲人民革命联盟党人，"利图马说道，"他们都是被关进监牢的，这些人肆无忌惮地说了桑切斯·塞罗许多

---

① 秘鲁的政党之一，创始人为桑切斯·塞罗。

坏话，说他是暴君。你想跟我谈什么，伙计？"

"你竟然允许他们在你面前说我们曼加切利亚伟人的坏话？"

"他是皮乌拉人，但不是曼加切利亚区的人，"何塞费诺说道，"那是你们编造出来的。我敢肯定桑切斯·塞罗根本没踏上过曼加切利亚区一步。"

"你想跟我谈什么？"利图马说道，"说吧，伙计，别叫我心痒难熬。"

"来的不是一个人，而是一家子，老兄，"猴子说道，"他们在帕特罗西纽·纳雅家附近盖了一幢房子，还在门前挂了美洲人民革命联盟的党旗。你瞧他们这股浪劲儿。"

"我想跟你谈谈鲍妮法西娅的事，利图马，"何塞费诺说道，"我从你的脸色就看得出你想知道她的情况，但你为什么不问呢，二流子？你不好意思吗？我们是兄弟，利图马。"

"我们整了他们一家子，"猴子说道，"叫他们不得安生，于是他们只好溜之大吉了。"

"什么时候问都不晚。"利图马说道，他挺直身子，用手撑地，动也不动，但说话的声调很平静，"她一封信也没给我写，这到底是怎么回事？"

"听说年轻人阿历杭德罗从小就是美洲人民革命联盟分子，"何塞赶紧说道，"听说有一次阿亚·德拉·托雷来了，他打着标语牌游行，还说什么'导师，年轻一代向您欢呼'呢。"

"纯属污蔑，年轻人可是个好人，是曼加切利亚区的光荣。"猴子说道，但已经有气无力了。

"住口，你没看见我们俩在谈话吗？"利图马在地上猛击一掌，拍起一阵尘土。猴子不笑了，何塞低下了头，何塞费诺直挺挺地抱着双臂，不停地眨眼。

"她出了什么事，伙计？"利图马差不多是亲热地轻声问道，"我可从来没问过你什么,是你先谈起来的,接着说下去吧,别像哑巴似的。"

"有些事情比甘蔗酒还刺激人,利图马。"何塞费诺用不高不低的声音说道。

利图马做了个手势制止他说下去。

"那我再开一瓶酒,"他的声音、他的动作没有显出丝毫不安,但皮肤开始出汗,呼吸也粗了,"喝酒有助于听坏消息,不是吗?"

他咬下瓶塞,斟满杯子,一口喝光自己的一杯,眼睛发红了,盈满了泪水。猴子则闭着眼,面孔歪扭成一副怪相,小口小口地啜着,突然一阵窒息使他咳了起来,他张开手在胸前拍打。

"这个猴子,总是这么不识相,"利图马咕哝道,"说吧,伙计,我等着你呢。"

"皮斯科,皮斯科,独一无二的好酒,使我眼睛旋转晕悠悠,"猴子哼起小调来,"别人想醉去喝尿。"

"鲍妮法西娅当了妓女,兄弟,"何塞费诺说道,"在绿房子里。"

猴子又是一阵咳嗽,杯子滚落在地,地上出现一片湿渍,接着慢慢地消失了。

4

"两个小孩的牙直打战,咯咯地响,嬷嬷,"鲍妮法西娅说道,"我跟她们讲土语,好让她们不害怕。您没看到她们那副样子呢。"

"你为什么从来没告诉过我们你会讲阿瓜鲁纳话,鲍妮法西娅?"住持说道。

"您没听见吗?嬷嬷们总是对我说:你那野蛮相又露出来了,"鲍妮法西娅说道,"你又在用手抓饭吃。所以我不好意思说我会讲土话,嬷嬷。"

鲍妮法西娅领着两个女孩走出仓库,让她们在她那狭窄的宿舍的门槛前等着。两个女孩靠墙蜷缩在一起。鲍妮法西娅走进去,点上油灯,打开箱子翻了一会儿,取出一串钥匙,又走了出来,拉起女孩们的手。

"听说把那个土人吊在卡皮罗纳树上了,是吗?"鲍妮法西娅说道,"还给他剃了光头,脑袋光秃秃的,是吗?"

"你简直疯了,"安赫利卡嬷嬷说道,"想到什么就说什么。"

我知道了,亲爱的嬷嬷,是士兵们乘船押他来的,把他绑在挂国旗的那棵树上。孤儿们爬到嬷嬷宿舍房顶上都看见了,您还给她们吃了顿鞭子。那些小鬼还一直在谈这事？她们是什么时候告诉你的？

"是一只黄色的鸟儿飞进来告诉我的，"鲍妮法西娅说道，"真的给他剃了光头？像格莉塞尔塔嬷嬷给土著女孩剃光头一样？"

"是当兵的给他剃的，傻孩子，"安赫利卡嬷嬷说道，"两者不能相比。格莉塞尔塔嬷嬷给孩子们剃头是为了不生虱子，而给那个土人剃头是一种惩罚。"

"那土人干了什么事，亲爱的嬷嬷？"鲍妮法西娅说道。

"坏事、丑事，"安赫利卡嬷嬷说道，"他作了孽。"

鲍妮法西娅和两个小女孩蹑手蹑脚地走了出来。院子分为两个部分。月亮照亮了小教堂的三角形门面和厨房的烟囱；另一部分则是湿漉漉的漆黑一团，砖墙在藤蔓和树枝的掩盖下显得矮了、模糊不清了，嬷嬷宿舍则仿佛消失在黑夜之中。

"你看问题的方法不对头，"住持说道，"嬷嬷们关心的只是你的灵魂，而不是你的肤色和讲什么话。你太没良心了，鲍妮法西娅，你一到传教所就受到安赫利卡嬷嬷的宠爱。"

"这我知道，嬷嬷，所以我求您为我祈祷，"鲍妮法西娅说道，"那天晚上，我又变成野蛮人了，您瞧多么可怕啊。"

"别哭了，"住持说道，"我已经知道你又变成野蛮人了，现在我想知道的是，你是怎么干的？"

鲍妮法西娅放开女孩们的手，示意她们别出声，然后踮着脚向前跑去。一开始她走在她们的前面，但到了院子中间，两个女孩又赶到她的身旁了。三个人来到后门前，鲍妮法西娅弯腰用那串粗重的、生了锈的钥匙一把一把地试着，门锁吱吱地响着。她张开手推门，门板潮湿的木头发出空洞的声音，但没有开。三个人焦急地喘着气。

"我那时候很小吗？"鲍妮法西娅说道，"有多大，亲爱的嬷嬷？你用手给我比比看。"

"这么大，"安赫利卡嬷嬷说道，"你小的时候就是个魔鬼。"

"我那时到传教所有多久了?"鲍妮法西娅说道。

"不久,"安赫利卡嬷嬷说道,"只有几个月。"

对了,那个时候魔鬼就钻进了我的身体,亲爱的嬷嬷。傻孩子,你在说些什么呀?说吧,说吧,看你还要说些什么。其实我是同那个土人一起被抓到圣玛利亚·德·涅瓦镇上来的,孤儿们都告诉我了,安赫利卡嬷嬷。您得为您说的谎话去忏悔,不然要入地狱的,亲爱的嬷嬷。

"那你干吗还要问我?机灵鬼!"安赫利卡嬷嬷说道,"这是对我不尊敬,也是罪行呀。"

"问问好玩嘛,亲爱的嬷嬷,"鲍妮法西娅说道,"我知道您是会升上天堂的。"

试到第三把,钥匙转动了,门也动了,但是堆积在门外的树干、杂草、爬藤、鸟巢、蛛网和野葛顽固地顶着门,使门打不开。鲍妮法西娅全身顶着门用力推,只听得门外噼啪吱嘶地乱响。最后门开了,挤出一道刚够走出一个人的隙缝。她抓住半开的门,感到一丝丝的东西在轻轻地触挠自己的面孔,听到那看不见的树枝在喃喃低语。突然,她的背后响起了另一种低语。

"我又变成跟她们一样的人了,嬷嬷,"鲍妮法西娅说道,"鼻子上戴环的女孩吃了,还迫着另一个也吃,用手指硬是把香蕉塞进她的嘴里,嬷嬷。"

"这和魔鬼又有什么关系?"住持说道。

"一个还抓住另一个的手,吮吸她的手指,"鲍妮法西娅说道,"另一个接着也这样做。你没有看见她们的那股饿劲儿呢。"

住持:她们怎么能不饿呢?在奇凯斯一口东西没吃,鲍妮法西娅,我知道你可怜她们。鲍妮法西娅:我几乎听不懂她们在说什么,她们讲的话很怪,嬷嬷。我对她们说,在这儿天天有吃的,可她们非要走。我说,在这儿她们会幸福的,可她们还是要走,于是我开始给她讲述土著女孩都喜欢听的关于圣婴的故事,嬷嬷。

"你这样做,算是对了,"住持说道,"讲故事。还有呢,鲍妮法西娅?"

鲍妮法西娅吃了一惊,她那双绿色的眼睛像是一只萤火虫:回去,回宿舍去。她朝孤儿们走了一步:你们得到谁的允许出来的?后门又被草木无声地挤složen上了。孤儿们一声不响地看着她,那是二十四只蝙蝠,形成一个奇形怪状的大黑影,使她看不清她们的面孔和罩衣。鲍妮法西娅朝嬷嬷宿舍看了看,一盏灯也没亮。她又命令孤儿们回到宿舍去,但她们既不动也不回答。

"那个土人是我的爸爸吗,亲爱的嬷嬷?"鲍妮法西娅说道。

"不是你的爸爸,"安赫利卡嬷嬷说道,"虽说你可能生在乌腊库萨村,但你是另一个人的女儿,不是这个坏人的女儿。"

嬷嬷,您不是骗我吧?安赫利卡嬷嬷是从来不说谎的。我疯了,她干吗要骗我呢?为了不让我感到痛苦?为了不让我感到羞耻?难道我的爸爸就不能是坏人吗?

"为什么一定是坏人呢?"安赫利卡嬷嬷说道,"你爸爸很可能是个好人,许多土人都是好人。你干吗要操这份心?你现在不是有了一个更伟大、更慈祥的父亲吗?"

孤儿们还是不听鲍妮法西娅的话。回去,回宿舍去!两个女孩围在她的脚边哆嗦着,抓住了她的袍子。鲍妮法西娅蓦地跑向后门,把门一推。门开了,她用手朝黑暗的山峦一指,两个女孩还是偎依着她,没有决心跨过门槛,脑袋在鲍妮法西娅和黑洞洞的门缝之间摆动。这时,那群蝙蝠飞了过来,影子罩在鲍妮法西娅身上。她们开始低声说话,有的人还碰碰鲍妮法西娅。

"两个女孩互相捉着虱子,嬷嬷,"鲍妮法西娅说道,"她们捉下虱子就用牙咬死,这不是干坏事,这是在玩耍,嬷嬷。在咬以前还要把虱子给对方看:瞧,我给你抓下来了。这是玩耍,也是表示亲热,嬷嬷。"

"她们既然相信你了,你就应该劝说她们,"住持说道,"不要让她们干这种脏事。"

但是我想的是第二天怎么办,嬷嬷。我想:明天最好不要到来,格莉塞尔塔嬷嬷不要给她们剪头发,不能剪掉,也不能洒杀菌水。住持:你怎么净想傻事?

"你没看见给别的孤儿剪头发时的那副样子呢,那时我必须紧紧地抓住她们,"鲍妮法西娅说道,"洗澡时也得抓住她们,因为肥皂水会钻进她们眼睛里去。"

格莉塞尔塔嬷嬷不让虱子把她们的脑袋吃掉,这你也可怜她们吗?她们吃了虱子会生病,会生鼓胀病的。我连做梦都梦见格莉塞尔塔嬷嬷的剪刀呢,这想法一直折磨着我,也许就是这个原因。

"你太不聪明了,鲍妮法西娅,"住持说道,"看到两个女孩变成了动物,干猴子干的事,你倒是应该为此而可怜她们。"

"那你更要生气了,嬷嬷,"鲍妮法西娅说道,"会更加恨我的。"

你们要干什么?为什么不听话?过了一会儿,鲍妮法西娅提高了声音:你们也想走?想去再过野蛮生活?孤儿们跟两个女孩混在一起了。鲍妮法西娅眼前一片都是罩衣和急切的眼睛。上帝明白,她们自己也明白,回宿舍、逃跑或者死去,同我又有什么关系?鲍妮法西娅朝嬷嬷宿舍看了看,还是一片黑暗。

"把那土人的头剃光是为了把他脑袋里的魔鬼赶出去,"安赫利卡嬷嬷说道,"好了,别再想那个土人。"

我总是在想,给他剃了头,他会变成什么样子,亲爱的嬷嬷?魔鬼是不是跟虱子一样?你这小疯子净说些什么呀,给他剃头是为了驱除魔鬼,给孤儿们剪头是为了去掉虱子。嬷嬷,虱子和魔鬼都是藏在头发里的吗?安赫利卡嬷嬷:你真傻,鲍妮法西娅,你这个傻瓜。

孤儿们就像每星期天到河边去那样,一个一个地依次走了出去。

有的人在经过鲍妮法西娅身边时还伸手亲热地碰碰她的袍子和手臂。鲍妮法西娅：快，上帝会帮助你们的，会为你们祈祷的，上帝会照料你们的。她用背部顶住门，谁在门槛上停下来朝嬷嬷宿舍看，她就推谁一把，推向大嘴般的、黑洞洞的树丛，踏上泥泞的土地，消失在黑暗中。

"那女孩忽然推开同伴的手，朝我爬过来，"鲍妮法西娅说道，"就是那个年龄小一点儿的，我还以为她是过来拥抱我的呢，但是她开始给我捉起虱子来了。原来是为了这个，嬷嬷。"

"你为什么不把两个女孩带回宿舍？"住持说道。

"原来那女孩是为了感谢我，感谢我给了她们吃的，您知道吗？"鲍妮法西娅说道，"她的脸上露出了一种悲哀，因为没有找到虱子。唉，我真希望我有虱子，让那可怜的女孩找到一个。"

"嬷嬷们一说你是个野蛮人，你就要生气，"住持说道，"你这是一个基督徒应该说的话吗？"

我也在她的头上找虱子，可我没有感到恶心，嬷嬷，我也是捉到一个就用牙咬死一个。厌恶吗？也许有点儿。住持：你这样讲，好像你对干这种肮脏事感到很骄傲似的。是的，嬷嬷，可怕的就在于此，那女孩装作替我找到了一个虱子的样子，伸手给我看，接着把手放到嘴里，好像在咬。另一个女孩也开始给我捉了起来，嬷嬷，我也给她捉了起来。

"你别用这种口气跟我讲话，"住持说道，"再说，够了，我不要你再讲下去了，鲍妮法西娅。"

鲍妮法西娅：请进吧，嬷嬷们，来看看我吧，安赫利卡嬷嬷，还有您，住持嬷嬷。我当时真想骂你们，我愤怒极了，我恨啊，嬷嬷，两个女孩不见了，大概是随着头几个女孩迅速爬着出去的。鲍妮法西娅穿过院子，在小教堂前停了下来，走进去在一张凳子上坐下。月光斜射在祭坛前，在那用来把孤儿们和星期日前来做弥撒的圣玛利亚·

德·涅瓦镇的信徒们分开的栏杆上消失了。

"你简直是头小兽,"安赫利卡嬷嬷说道,"传教所的人跟在你后面追赶你,你还咬了我一口呢,小鬼。"

"我那时也不知道我都干了些什么,"鲍妮法西娅说道,"您没见我当时还是个野蛮人吗?我现在要是在您那被我咬过的地方吻一下,您会原谅我吗,亲爱的嬷嬷?"

"瞧你跟我说话的这副油腔滑调的样子,我真想抽你一顿鞭子,"安赫利卡嬷嬷说道,"我再给你讲个故事好不好?"

"不,嬷嬷,"鲍妮法西娅说道,"我正在祷告呢。"

"你怎么不在宿舍里?"安赫利卡嬷嬷说道,"谁允许你在这个时候到小教堂里来的?"

"孤儿们都跑了!"雷奥诺尔嬷嬷说道,"安赫利卡嬷嬷在找你。快,快去,住持想找你谈话,鲍妮法西娅。"

"她年轻的时候一定很漂亮,"阿基里诺说道,"我认识她的时候,她那一头长发就引起了我的注意。可惜脸上后来长了疙瘩。"

"列阿德基那狗东西说:喂,你快走吧,警察会来的,你会把我牵连进去的,"伏屋说道,"但是那婊子成天在他眼前晃来晃去,他也就慢慢地上钩了。"

"伙计,是你叫她干的,"阿基里诺说道,"不是她淫荡,而是听了你的话才这么干的,你干吗还要骂她?"

"因为你太美了,"胡利奥·列阿德基说道,"我要在伊基托斯最高级的商店里给你买一件衣服,你想要吗?离树远点儿,来,到我这儿来,别害怕。"

她披着一头浅色的长发,赤着脚。在巨大的树干前面,她那侧影的轮廓从茂密树顶光闪闪的枝叶之下显现出来。树的下方有一段粗糙坚硬的灰色断根。在一般人看来,这里面是坚实的木材;而在土人看来，这里面住着魔鬼。

"老板，您也害怕鲁布纳树?"拉丽达说道,"我倒没有想到呢。"

她用讥讽的眼神望着他，头一仰，大笑起来。长发掠过晒得黝黑的肩头，双脚在潮湿的羊齿草间闪闪发亮，比肩头还黑，脚踝很粗。

"我还要给你买鞋子和袜子，亲爱的姑娘，"胡利奥·列阿德基说道，"再买个钱包。你要什么都给你买。"

"你干什么去了?"阿基里诺说道，"不管怎么说，她是你的老婆呀，你不吃醋?"

"我当时满脑子想的是警察，"伏屋说道，"拉丽达把他搞得神魂颠倒，他跟她说话时声音都发抖了。"

"胡利奥·列阿德基先生竟对女人流口水了，"阿基里诺说道，"他想搞拉丽达，我到现在也不相信，伏屋，她可从来没对我讲起过，那时我好像是她的忏悔神父呢，她有什么事都对我讲。"

"那些鲍腊①老太婆真聪明，"胡利奥·列阿德基说道，"简直不知道这些颜料她们是怎么做出来的。你瞧，这红色多么鲜艳。还有这黑色，都二十年了，或许更久，还是那么鲜艳。来，亲爱的姑娘，披上，让我看看你披上披肩好看不好看。"

"他叫拉丽达披上披肩干吗?"阿基里诺说道，"真是怪念头，伏屋。不过我不明白你为什么像没事儿似的，换别人早就动刀子了。"

"老狗躺在吊床上，她站在窗前，"伏屋说道，"那乱七八糟的谈话我都听见了，真是笑死人。"

"可你现在为什么态度变了?"阿基里诺说道，"为什么又这么恨她?"

"这是两码事，"伏屋说道，"这次她没得到我的允许，偷偷摸摸的，而且手段很恶劣。"

"您别做梦啦，老板，"拉丽达说道，"您向我祈祷，对我痛哭，

---

① 印第安人的一个部落。

我也不干。"

但她还是披上了。木制的风扇随着吊床的摆动扇动着,发出一种断断续续的声音,像是紧张而结结巴巴的低语。拉丽达披着红黑两色的披肩站在那里,一动不动,纱窗蒙上绿色的、浅紫色的和黄色的轻雾,房子和树林之间的咖啡树远远望去显得很嫩,也许正在散发着芬芳。

"你真像蚕茧里的蛹、落在纱窗上的蝴蝶,"胡利奥·列阿德基说道,"拉丽达,把披肩取下来,让我高兴高兴,没关系。"

"简直是疯子干的事,"阿基里诺说道,"先让人家披上,又让人家脱下来,这些阔佬尽是些怪念头。"

"你从来没动心过吗,阿基里诺?"伏屋说道。

"你要什么都行,"胡利奥·列阿德基说道,"你说吧,拉丽达,随你要什么;来,过来。"

披肩落到了地上,这代表着一次光辉的全面胜利。姑娘那纤细的身材也像出水兰花一样破苞而出;一对优美的乳房乳晕暗黑,乳头突出;衬衣下透出平滑的腹部和结实的大腿。

"我装作什么也没看见的样子走了进去,"伏屋说道,"我笑嘻嘻的,为的是叫那狗东西别不好意思。他一下子从吊床上跳了下来,拉丽达也赶快披上了披肩。"

"一千索尔就卖掉一个姑娘,头脑清醒的人是干不出来的,"阿基里诺说道,"一台马达也不过是这个价钱,伏屋。"

"她值一万索尔呢,"伏屋说道,"我现在是不得已,您很清楚为什么,胡利奥先生,我不想被女人拖累。我想今天就离开此地。"

不过,不这样就不能让他掏出一千索尔来,再说他还让我躲藏了几天呢。另外,我看橡胶生意已经完蛋,大水一发,今年木材也运不出去。伏屋:胡利奥先生,这些洛列托①的姑娘简直像火山,能把一

---

① 秘鲁森林地区的一个省份,其首府是伊基托斯。

切烧成灰烬,我真舍不得抛下她。她不光长得漂亮,还会做饭,心肠也好,胡利奥先生,决定了没有?

"你真的舍不得把拉丽达丢在乌恰玛拉同列阿德基先生在一起,还是不过说说而已?"阿基里诺说道。

"什么舍不得,我从来没爱过这婊子。"伏屋说道。

"你先别从塘里出来,我来和你一道洗澡,"胡利奥·列阿德基说道,"你别什么都不穿,要是水虫子来了怎么办?穿上点儿衣服。哦,等一等,现在先别穿。"

拉丽达蹲在塘里,水慢慢地浸上来,在她的身体周围绽开一个个圆形的涟漪。水面上有一片藤,胡利奥·列阿德基察觉到了什么:拉丽达,快穿上衣服,这水虫子又小又有刺,会钻进毛孔里去的,亲爱的姑娘,一钻进去就会蔓延开来,浑身发炎,还得吃鲍腊人的草药,要拉一个星期的肚子呢。

"老板,不是水虫子,你没看见那是小鱼?"拉丽达说道,"你碰到的是下面的藤。这水温暖极了,真舒服,不是吗?"

"跟一个女人钻到河里去洗澡,两个人还都光着身子,"阿基里诺说道,"我年轻的时候怎么没想到这么干呢?现在真有点儿后悔了。一定很美吧,伏屋?"

"我要沿着圣地亚哥河到厄瓜多尔去,"伏屋说道,"这条路线很危险,胡利奥先生,我们可能再也见不到了,您想好了没有?我今晚就出发。她还只有十五岁,我是第一个接触她的男人呢。"

"有时我想,我为什么不结婚呢?"阿基里诺说道,"不过,像我过的这种日子也没法结婚,东跑西颠的,在河上是找不到女人的。你现在是没有什么遗憾的事了,伏屋,该有的你都有过了。"

"我们就算说定了,"伏屋说道,"你把汽艇和罐头也给我。这是互利,胡利奥先生。"

"圣地亚哥河还很远呢,你还没到就得被人发现,"胡利奥·列阿德基说道,"在这种季节乘船去,可能要花一个星期;去巴西不是很好吗?"

"警察在巴西等着我呢,"伏屋说道,"为了大坎普那件案子,边界两边都有人在等着我,我才没那么傻呢,胡利奥先生。"

"那你永远也到不了厄瓜多尔。"胡利奥·列阿德基说道。

"实际上,你根本没去厄瓜多尔,而是在秘鲁待了下来。"阿基里诺说道。

"事情总是这样,阿基里诺,"伏屋说道,"我所有的计划弄到后来总是不如人意。"

"她要是不愿意怎么办?"胡利奥·列阿德基说道,"在我给你汽艇之前,你要亲自去说服她。"

"她也很了解我过的是一种颠沛流离的生活,会遭到各种不幸,没有一个女人愿意跟着一个倒霉人奔波,"伏屋说道,"她留在你这儿会感到幸福的,胡利奥先生。"

"可你看到了,她还是跟你走了,而且在各方面帮助了你,"阿基里诺说道,"她跟你一样过着野猪般的生活,毫无怨言;她不管怎么坏,从前的确是个好老婆,伏屋。"

绿房子就是这样诞生的。工程持续了好几个星期。木板、房椽和砖坯都得从城市的另一端拖来,安塞尔莫先生租来的驴在沙地上可怜巴巴地行走着。工程只能在早晨尘雨稍歇的时候才能进行,到了热风加剧的时候就得停工。每天下午和晚上,沙漠吞没了地基,掩埋了墙壁;蜥蜴啃啮着木料,兀鹰在刚刚开始成形的房屋中筑巢。所以每天早晨总得把开始了的工程重新搞过,改动图纸,增添木料。一场无声的战斗紧紧抓住了全城人的心。"这外地人什么时候才会认输?"居民们互相询问。但是,日子一天天地过去,安塞尔莫先生并未因各种损失而灰心,也未被熟人和朋友们的悲观情绪传染,他继续进行这项令人钦佩的工程。他光着上身指导各项工作,一撮撮胸毛被汗水浸得湿漉漉的,满嘴都是鼓舞干劲的话语。他给小工们分发甘蔗酒和玉米酒,亲自运砖坯,钉房椽,还赶着驴在城里穿来穿去。一天,皮乌拉人远远望见河对岸,面朝着城市,有一个结结实实、纹丝不动的木架子耸立起来了,就像城市的使者跨入了荒漠地带的门槛。皮乌拉人这才对安塞尔莫先生定将取胜这一点深信不疑。从此,工程的进展就快了起来。卡斯提亚区和屠场附近茅舍里的人每天早晨都来到那里观看施工,提出建议,有时还自发地给小工们助一臂之力。凡是来参观的人,安塞尔莫先生都敬之以酒。最后几天,工地周围一派民间集会的气氛。卖玉米酒、水果的女贩子和卖干酪、糖果、冷饮的女贩子都赶来向工人和好奇的参观者兜售自己的商品。财主们路过工地时也停下来,在马上向安塞尔莫先生说几句鼓励的话。一天,当地有权势的庄园主恰皮罗·塞米纳里奥赠给他一头牛和十二坛玉米酒。工人们为此搞了一次烤肉野餐。

房子盖成之后,安塞尔莫先生下令全部刷上绿色。看到房子外墙罩上一层翠绿的颜色,迎着阳光粼粼发亮,连孩子们都哈哈大笑起来。老老少少、穷人富人、男人女人人都因为安塞尔莫先生异想天开地把自己的房子这样乱涂乱抹而嬉笑不止。人们立即给它取了一个名字:"绿房子"。使大家开心的不光是这房子的颜色,还有它那离奇的结构。房子有两层,但是底层根本算不上是房子,实际上是一间大厅,由四根同样是绿色的房柱支撑着屋顶;还有一个露天院子,地上铺着鹅卵石,围墙有一人高。二楼分为六小间,一字排开,前面是一道走廊,木栏杆正好成为底层大厅的屋檐。除了正门,绿房子还有两扇后门、一间马厩和一间大贮藏室。

在西班牙人欧塞比奥·罗梅罗开的百货商店里,安塞尔莫先生买了席子、油灯和花哨的窗帘,还有许多椅子。一天早晨,加依纳塞腊区的两个木匠宣布:"安塞尔莫先生向我们定做了一张写字台,一个同北方星旅馆那个一模一样的柜台，还有六张床！"这时，堂欧塞比奥·罗梅罗才又说出来："还向我买了六只洗脸盆、六面镜子、六只高脚便盆呢。"所有的居民都纷纷议论起来，好奇之中夹杂着激动情绪和流言蜚语。

各式各样的猜想出现了。挨家挨户，每个客厅里，虔诚的女教徒在窃窃私语，太太们用不信任的眼光望着自己的丈夫，邻居们交换着狡黠的微笑。一个星期天，午祷的时候，加西亚神父在讲经台上说道："有人正在准备败坏本城的道德。"皮乌拉人在街上纠缠着安塞尔莫先生，要求他出来讲话，但毫无结果。"这是个秘密。"他对众人说道，快活得简直像个中学生，"耐心点儿，你们就会晓得了。"安塞尔莫先生对这种骚动漠然置之，每天照旧去北方星旅馆喝酒，开玩笑，遇到人就干杯，遇到走过广场的女人就调戏几句。到了下午，他就关在绿房子里不出来，那时他已经搬进了绿房子，临走时送给梅尔乔·埃斯宾诺沙一箱皮斯科酒和一副轧花的鞍子。

不久，安塞尔莫先生骑着刚买来的黑马走掉了。他离开这个城市同来的时候一样，也是在清晨时分，也是无人看见，不知去向。

眼下，皮乌拉人对原来的那座绿房子，也就是妓院的发源地，谈论得那么多，但它原来是什么样子、它真正的历史详情如何，没有人确切地知道。那个时代留下来的人虽说为数不多，但说得也都含糊不清，互相矛盾，最后还是把所见所闻同自己造的谣言混淆在一起了。有的人已经老朽不堪，守口如瓶，问他们也没有用。总之原来的绿房子已不复存在。直到几年前，才在当年它盖起来的地方——卡斯提亚区和卡达卡奥斯之间的一片荒漠上——发现了几块烧焦的木料和一些家用器皿，但是荒漠和后来开辟的公路以及开垦出来的田地最终将这些遗迹也都抹掉了，所以现在没有一个皮乌拉人能够指出当年那座灯火辉煌、充满音乐和欢笑的绿房子以及它那白天光亮耀眼、夜间远远望去则变成一条闪着磷光的方形爬虫的墙壁是在荒漠上哪个位置耸立着的。据曼加切利亚区流行的传说,绿房子是盖在老桥对岸附近,同当年大部分建筑物一样,非常高大。五颜六色的灯悬挂在窗前,照得人睁不开眼,还染红了周围的沙地,连老桥也被照得通亮。但它的主要特点还是音乐,每天一到下午,绿房子里就乐声大作,很准时。乐声彻夜不息,一直传到教堂里。据说,为了招募乐师,安塞尔莫先生跑遍了各区的酒馆,甚至连附近的市镇都去了。他从各地招来了演奏六弦琴、响鼓、马颚①的乐师、鼓手和号手,但从来不雇用演奏三角琴的人,因为他本人会演奏这一乐器。他的三角琴无疑是绿房子里的音乐指挥者。

"连空气也像中了毒,"住在堤岸区的老太婆们说道,"那时,尽管把窗子关得严严的,但音乐还是从四面八方传进来,连吃饭、祷告、睡觉的时候都得听着音乐。"

"还是看看男人们听到了音乐时的那副嘴脸吧!"用面纱裹得透不过气来的虔诚女教徒们说道,"音乐一下子就把他们拖出家门,赶到街上,又把他们推向老桥。"

"祷告也不管用,"母亲们、妻子们、未婚妻们说道,"我们的哭泣、哀求,神父的讲道,九日祷,三位一体的圣歌,都不管用。"

"我们的眼前就是地狱,"加西亚神父咆哮着说道,"随便什么人都看得到这一点,你们却瞎了眼。皮乌拉简直就是所多玛,就是蛾摩拉②。"

"也许真是绿房子招来了厄运,"老人们舐着嘴唇说道,"但是人们都在这厄运中得到了享受。"

没过几个星期,安塞尔莫先生就带着一群妓女回到了皮乌拉,绿房子站住了脚。起初,嫖客们还偷偷摸摸地出城,等待黑夜来临,谨慎地穿过老桥,然后消失在荒漠之中。后来出出进进的次数多了,年

---

① 用马下巴骨做的一种打击乐器。
② 《圣经》中腐化堕落的城市,见《旧约·创世记》第十九章。

轻人就越来越放肆,他们根本不在乎被堤岸区那些躲在窗棂后面的太太小姐们认出来。这件事成了茅屋、客厅和庄园里唯一的话题。讲道台上不断发出告诫和劝说,加西亚神父引经据典地谴责这种放荡行为。慈善和品行委员会成立了,委员会中的女士们走访了警察局长和市长,当局同意她们的说法,但垂头丧气地表示为难:说真的,你们是有道理的,绿房子玷污了皮乌拉,但是有什么法子呢?利马这座腐化的首都颁布的法律支持安塞尔莫先生,绿房子的存在并不触犯宪法,故而不能依法取缔。于是女士们便不再理睬这些当权人士,对他们关上了客厅的大门。与此同时,年轻人、成年人,还有那些平和的老年人,成群地向这座热闹而辉煌的建筑物拥去。

最终,连那些最俭朴勤劳、作风最正派的皮乌拉人也扑了过去。原本是一片沉寂的城市,现在夜间却梦魇般地充满了闹声和活动。翌日黎明,绿房子里的三角琴和六弦琴停止了演奏,而在城里,一种嘈杂的喧嚣却越来越响,那是回家的人们走在大街上开怀大笑,纵声歌唱。他们或是成群结队,或是单身独行,那被沙尘刺伤了的脸上露出熬夜的痕迹。在北方星旅馆里,人们谈论着一些离奇的故事,这些故事一一传开,连孩子也跟着讲述。

"你们瞧,你们瞧,"加西亚神父颤抖着说,"就差来一场天火把皮乌拉烧掉了。世上一切灾难都落到我们头上来了。"

说实在的,这一切正好是同一些不幸事件同时发生的。第一年,皮乌拉河涨了水,而且不断地涨,摧毁了护田堤,淹没了沿河的庄稼,淹死了几头牲口,塞丘拉沙漠很大一片地方都湿润了。大人们在诅咒,孩子们却用湿沙建筑城堡玩耍。第二年,好像是对那些被淹土地的主人骂出的污言秽语进行报复,河水根本没有来,皮乌拉河的河床长满了青苔和牛蒡,但刚冒头就枯死了,只留下一条长长的、斑驳的隙缝。甘蔗田干枯了,棉花过早地打了苞。到了第三年,虫害又毁了收成。

"这就是罪孽带来的灾难,"加西亚神父吼道,"不过还来得及,敌人就在你们的血液之中,赶快用祷告把它们干掉吧。"

茅屋区的巫师把羔羊的血洒在庄稼上,倒在田畦里打滚,口念咒语,驱虫求雨。

"上帝啊,我的上帝,"加西亚神父痛苦地叫道,"挨饿受苦还不接受教训,还要去作孽,作孽。"因为水灾也好,旱灾也好,虫灾也好,都不能阻挡绿房子日益扩张的名声。

城市的面貌发生了变化。那安静的内地街道上充满了外地来的人,他们在声名已经越出荒漠的绿房子传说的诱惑下,每个周末从苏依阿那、拜达、汪卡潘巴甚至冬贝斯和奇克拉约等地蜂拥而至。他们在皮乌拉过夜,一到城里就表现得非常粗鲁,令人厌恶。他们喝得酩酊大醉,逞强般地在大街上蹒跚而行。居民们很讨厌他们,有时就发生了斗殴。斗殴不是发生在夜间,也不是发生在老桥底下那块专作斗殴场所的空地上,而是发生在光天化日,发生在阿玛斯广场、格劳①大街,或是随便什么地方;还发生过打群架的事件。街道变得危险起来。

当某个妓女不顾当局的禁令,贸然走过城里的时候,太太们就把自己的女儿拖进家门,拉上窗帘。加西亚神父带着难看的脸色走出来朝着不速之客迎上去,居民们得牢牢抓住他,阻止他去殴打妓女。

第一年,绿房子只有四个妓女。到了次年,这四个妓女离去之后,安塞尔莫先生又外出旅行了,回来时带回了八个。据说在绿房子全盛时期,妓女多达二十个。她们是直接到城郊这座房子里来的。人们从老桥上远望去,只见她们叽叽喳喳、扭扭摆摆地迤逦而来。她们那五颜六色的服装、头巾和各式各样的装饰在那荒凉的景色中像一堆贝壳,闪闪发光。

---

① 米盖尔·格劳(1834—1879),秘鲁海军上将,在与智利的战争中牺牲。文中的格劳军营和格劳总会均以此人命名。

安塞尔莫先生倒还是经常到城里来，骑着那匹黑马在街上逛。他教会黑马做各种妖里妖气的动作：看到女人走过就快活地摇头摆尾，屈膝致敬；听到音乐就起步而舞。安塞尔莫先生发胖了，身上的穿戴过分惹眼：软草帽、丝围巾、麻布衬衫、雕花腰带、瘦腿裤、带有马刺的高跟皮靴，手上还戴满了戒指。他有时在北方星旅馆里坐下来喝两杯，众多权贵就立即在他的桌子旁坐下来同他聊天，还陪着送他出城。

安塞尔莫先生的发达还体现在绿房子向周围和高处扩展。绿房子就像一个有生命的有机体一样不断生长、成熟。第一个改进是造了一道石头围墙。为了吓退小偷，围墙上种了蓟草，插满了瓦片、芒刺和荆棘，这样就把底楼围住，掩盖了起来。围墙和房子之间的这块空地，起初只是个小院子，地面格棱不平，后来成了一间摆了仙人掌花盆的前厅，地上也搞平了。继而又改建为一座圆形大厅，地面和屋顶铺上了席子。最后草席撤掉，代以木料，大厅砌上了石板，屋顶铺上了瓦片。二楼之上又加了一层，这一层是圆形的，较小，像是一座岗楼。自然，这后来添上去的每一块石头、每一片瓦片、每一根木料也都刷上了绿色。到头来，安塞尔莫先生所选择的这种颜色给周围的景色增添了一抹清凉的感觉，既像草木，又像流水。旅行者们老远就能望见这座围有绿墙的房子，仿佛一半融化在沙尘所反射的黄色强光之中。他们感到正在走近一片绿洲，那里有殷勤好客的棕榈，淌着潺潺不绝的流水。这遥远的景色仿佛在许下诺言，将使他们疲惫的身体得到补偿，这种补偿对那些被炙热的荒漠搞得情绪低落的人有着无穷的诱惑力。

据说安塞尔莫先生住在最高层那个狭窄的顶楼里。任何人，就连他那些最要好的嫖客——恰皮罗·塞米纳里奥警察局长、堂欧塞比奥·罗梅罗和彼德罗·塞瓦约斯医生——都不能进入这个地方。毫无疑问，安塞尔莫先生在顶楼可以观察那些穿过荒漠、列队而至的客人，可以看到他们那被沙尘遮得模糊不清的身影。这些饥饿的畜生早在太阳刚落山的时候就在城市的周围游荡起来了。

除了妓女,绿房子在其全盛时期还住了曼加切利亚区的一个年轻姑娘,那就是安赫利卡·梅赛德斯。她从她母亲那里继承了智慧和烹调辣味菜的手艺。安塞尔莫先生同她一起到市场和商店订购食品和饮料。商人和女店主们每逢他们一到,就像风中芦苇那样一躬到底。安赫利卡·梅赛德斯用某种神秘药草和香料烹制的山羊肉、兔肉、猪肉和绵羊肉成了绿房子招徕嫖客的手段之一。有的老年人指天发誓:"我们到那里去只是为了尝尝美味。"

绿房子周围车水马龙,流浪汉、乞丐、杂货贩、水果贩纷纷而至,围着进进出出的嫖客纠缠不休。城里的小孩也在夜间逃出家门,躲在灌木丛中窥视嫖客,偷听音乐和笑声。有的则抓手抓脚地攀墙而上,贪婪地向屋里张望。有一天是教堂的休息日,加西亚神父来到离绿房子不远的地方,站在荒漠中逐个斥骂嫖客,劝说他们返回城里悔过自新,但是他们提出好多借口,什么要商谈一桩买卖啦;什么去解解闷,不然灵魂就会烂掉啦;什么这是事关名誉的一次打赌啦,等等。有的人则恶作剧地邀请加西亚神父陪他们一同前往,还有人甚至大发雷霆,掏出手枪。

又有一些关于安塞尔莫先生的神话在皮乌拉出现了。有人说他曾秘密前往利马去存款或买地,也有人说安塞尔莫先生只不过是包括警察局长、市长及若干财主在内的一家合伙企业的代理人而已。在人们的想象中,关于安塞尔莫先生身世的说法愈来愈多了,每天都有一些不是高尚的就是血淋淋的事实加添在他一生的经历中。曼加切利亚区的老人们硬说他就是那个几年前在该区行劫的小伙子。也有人坚称:"他是一个逃犯,是个老骑兵,是个落魄的政客。"只有加西亚神父有勇气说"他浑身都是硫黄味"[①]。

---

① 指安塞尔莫是个诱人堕落的魔鬼。

翌日清晨，三个人起身继续赶路。从崖边下来一看，小船不见了，阿德连·聂威斯到一处、罗贝托·德尔加多班长和用人到另一处开始寻找。突然，喊杀声大作，石块乱飞，班长被一群赤身裸体的阿瓜鲁纳人包围了，棍棒雨点般落在他身上，也落在用人身上。这时，琼丘人又看见了阿德连·聂威斯，朝他奔去。他：他妈的，阿德连啊，你的机会来了。他一头扎入又冷又急的浑水里：别露头，往下钻，让水流托住，上面有飞箭吗？水流把他向下游冲去，上面有子弹、石块吗？妈的，肺里缺氧，脑袋感到似陀螺在旋转，当心，可别抽筋。他伸出头一看，还能看到乌腊库萨村和崖边上班长的那身绿军装，琼丘人正在揍他。这都怪他，我早就警告过他了。那用人呢？逃跑了？被打死了？他抓住一根树干，任凭河水把他向下游冲去。后来他爬上河岸，全身疼痛，就在河滩上睡了一觉。醒来时气力都还没有恢复，却有一只蝎子在随心所欲地蜇他。必须点上篝火把手烤一烤，虽说会很烫，但也得让手出点儿汗。接着他用嘴吮吸伤口，吐了出来又漱漱口。我还从来没有被蝎子蜇过呢，他妈的。随后，他沿着山脚走去，虽说没有碰到一个琼丘人，不过最好还是离开此地，到圣地亚哥河一带去。可要是让巡逻队抓住送回博尔哈警备队怎么办？但是又不能回到自己村里去，士兵们早晚会发现的。眼下倒是需要先做个木筏。做木筏要耽搁很长时间，唉！阿德连啊，要是有把砍刀多好啊。两只手累了，要想推倒一棵粗树干是没有力气了。他挑了三棵被虫蛀过的白色枯树，手一推就倒了。他把三棵树用藤条绑在一起，又做了两支桨，一支是备用的。此时此刻不能到大河里去，要寻找水洼和河汉穿行，这倒是不难，这个地区全是水道，只是要辨清方向。这片高地和他的故乡可不一样，河水上升了许多，这样走能到圣地亚哥河吗？还得一个星期。阿德连，你是个有经验的领水员了，竖起鼻子闻闻，气味是不会骗人的，噢，这个方向是对的，那是鸟蛋，伙计，有许多鸟蛋。但是，我现在是在什么地方？河汉似乎在打转，我是在摸黑航行。森林密得阳光和空气都几乎透不进来，一股朽木、泥沼的气味，空中蝙蝠成群，为了赶跑这些蝙蝠，手臂挥痛了，嗓子喊哑了。还要走一个星期！他此时进退两难，退向马拉尼翁河或进向圣地亚哥河都不成，只得随波逐流。身体累得不行了，最糟的是又下起雨来，日夜不停地下。最后终于驶出了河汊，一片湖泊出现在他面前，这是一片小水洼，岸上长满了刺藤。天正黑下来，他在一座小岛上睡着了。醒来后吃了几口苦味的野草，继续航行。两天之后才用木棍打死一只瘦弱的、类似牛的动物，肉烤得半生不熟就吃掉了。手臂的肌肉再也划不动木桨了，蚊子肆无忌惮地叮咬他，皮肤痛得要命，两条腿肿得像班长所讲的基罗加上尉一样。班长现在怎么样了？乌腊库萨人会不会放了他？他们都被激怒了，也许索性把他干掉？阿德连啊，也许回博尔哈警备队反而好些，当兵总比变为尸体强，饿死、病死在山里可不是件开心的事。他伏卧在木筏上，就这样漂流了许多天。走完一条河汊，又进入一片大水洼，这是什么地方？这片水洼大得像里玛奇湖，这是什么地方？大概就是里玛奇湖吧？不可能，怎么能上行到了这么远的地方！湖中央有一座岛，悬崖顶上有一排墙一样的鲁布纳树。他也不起身就划起桨来，终于在粗糙的树干间隙中看到了一些赤身裸体的人影。他妈的，大概又是阿瓜鲁纳人吧：过来，帮帮忙。这些人容易打交道吗？他举起双手向他们致意。他们鼓噪起来，尖声叫着。帮帮忙吧。他们跳着过来了，朝他指指点点。木筏靠岸后，他看到一男一女正在等候他。他懵住了：老板，看到自己人真高兴，您救了我的命，老板，我还以为活不成了呢。他笑了，人们又给他一杯酒，是又甜又辣的茴香酒。老板身后站着一个年轻女人，漂亮的脸蛋，美丽的长发。我像是在做梦，老板娘，您也救了我一命，老天，我真得感谢你们。他一觉醒来，他们还守在他的身边。老板：喂，伙计，该醒醒了，你睡了整整一天了。他终于睁开了眼睛。你感觉还好吧？阿德连·聂威斯：好，很好，老板，这儿有军队吗？没有，你问这个干什么?你干坏事了?阿德连·聂威斯:我根本没干坏事,老板,也没杀人,只是个逃兵,关在军营里简直活不下去;我只想呼吸自由的空气。我叫阿德连·聂威斯,被抓丁以前当过领水员。领水员?这么说你很熟悉这片山区,能领船在任何时候航行到任何地方去?他:当然可以,老板,我生下来就会领水这一行。我刚才迷了路是因为涨水了。不过我不愿意被士兵发现,这行吗,老板?老板:行,你可以在岛上住下来,我给你活干,这地方安全,军队和警察都从来不到这儿来。这是我老婆,叫拉丽达。我叫伏屋。

"伙计,你怎么了?"何塞费诺说道,"你别发抖啊。"

"我要到琼加那儿去,"利图马说道,"你们跟我去不?不去?用不着你们,我自己去。"

雷昂兄弟抓住他的臂膀;利图马待在原地不动,面孔涨得通红,满头大汗,一对小眼睛痛苦地在房间里东张西望。

"你干吗要去呢,兄弟?"何塞费诺说道,"我们在这儿不是很好吗?冷静点儿。"

"我要去听听那位巧手琴师的演奏,"利图马泣声说道,"二流子们,仅此而已,我们去喝两杯就回来,我发誓。"

"伙计,你一直是个硬汉,这次可别出丑啊。"

"我比任何人都男子汉气十足,"利图马含混地说道,"但我的心肠是软的。"

"哭出来吧,"猴子柔声说道,"哭出来就舒服了,老兄,别不好意思。"

利图马望着空中发呆,李子色的上衣沾满了尘土和口水。四个人沉默了许久,各人自顾自地喝着酒,也不碰杯。这时传来通德罗舞和圆舞曲的音乐,空气中充满了玉米酒和煎炒的气味。油灯不停地摇摆,把四个投射在席子上的影子有节奏地弄得忽大忽小。壁龛中的蜡烛已经燃短,冒出一股旋转的黑烟,像一缕黑发笼罩在石膏制的圣母像上。利图马吃力地站起来,掸掸衣服,神色迷惘地向周围环视了一眼,忽然把手指伸进嘴里抠起喉咙来。另外三个人注视着他,看到他脸色发白,最后大声吐了起来,吐得全身震颤。接着他又坐下来,用手捂了捂脸,上气不接下气,眼圈发黑。他用发抖的手点了一支香烟。

"我好了,伙计。接着说吧,不要紧了。"

"利图马,我们知道的也不多。到底是怎么回事,我们了解得很少。你被关进去以后,我们也就搬家了,因为当时我们都在场,他们完全有可能把我们也关进去,你知道塞米纳里奥是有钱人家,很有影响。我到苏伊亚那去了,你的两位老弟搬到丘鲁卡纳斯去了。等我们回来时,她早就离开了卡斯提亚区的那间小房子,谁也不知道她当时在什么地方。"

"这可怜的女人当时孤身一人,"利图马咕哝着说道,"一文不名,又怀有身孕。"

"这倒用不着担心,兄弟,"何塞费诺说道,"孩子没生下来。不久我们得知她在一些酒馆里鬼混。有一天,我们在里奥酒吧碰到了她和一个男人待在一起,那时已经没有身孕了。"

"看到你们的时候,她在干什么?"

"没干什么,伙计。她毫不在乎地向我们问好。以后我们总是到处遇到她,而且总是有人陪伴着她。最后,有一天,我们在绿房子里看见了她。"

利图马用手帕抹了抹脸,用力吸了一口烟,喷出一大口浓烟。

"你们为什么不给我写信?"他的声音越来越嘶哑。

"你被关在远离故乡的地方已经够受的了,我们干吗还要给你的生活增添烦恼呢?不能再给你愁上加愁了。"

"好了,老兄。你似乎很喜欢苦恼,"何塞说道,"你们换个话题谈吧。"

一股亮晶晶的口水从利图马嘴里流出,一直流到脖子上。他的头随着席子上影子的晃动,机械而沉重地慢慢摇着。何塞费诺斟满酒杯,四个人继续喝着,一言不发。这时壁龛中的蜡烛灭了。

"我们在这儿待了两个小时,"何塞指了指烛台说道,"一支蜡烛正好点两个小时。"

"老兄,我很高兴你回来了,"猴子说道,"不要哭丧着脸,笑笑吧。所有的曼加切利亚人都会因为重新看到你而感到高兴的。老兄,笑笑吧。"

他凑近利图马,搂住他,用他那活泼而火辣辣的大眼睛盯住他看,这时利图马在他头上拍了一下,笑了起来。

"我就喜欢这样,老兄,"何塞说道,"曼加切利亚万岁!我们唱队歌吧。"

这三个人一下子又谈起往事来。那时他们还是孩子,他们不是跳过财政学校的土坯墙到河里去洗澡,就是骑着别人的驴在尘土仆仆的小路上穿过田畦和棉花地朝着纳里瓦拉墓地走去,那里一片狂欢节式的嘈杂声,果皮和气球雨点般落在发怒的行人的头上。他们用水把警察泼得浑身精湿,而警察却不敢把他们从屋檐下或树底下藏身的地方拖出来。他们每天都在炎热的早晨进行一场热烈的足球赛,球是用破布做的,球场就是那广袤无边的荒漠。何塞费诺一言不发地听他们讲,眼光中充满了羡嫉之意。两个曼加切利亚人指责利图马:可你却真的当上了警察,叛徒,太不够朋友了。于是雷昂兄弟和利图马笑了起来。又开了一瓶酒。一直不做声的何塞费诺用香烟喷着烟圈。何塞吹起口哨,猴子口含皮斯科酒像咀嚼那样地在漱口,还做出各种怪相:我并不感到恶心,也不感到烧心,好酒一看颜色就知道。

"站住,二流子!"何塞费诺说道,"你到哪儿去?抓住他。"

雷昂兄弟在门口赶上了他,何塞抓住他的肩膀,猴子搂住他的腰,二人发怒地摇撼着他,但声音里充满了惊恐和哭意:

"你这是怎么了,老兄?不要去吧,你的心在淌血,听我的话,利图马,亲爱的老兄。"

利图马笨拙地在猴子脸上摸了一下,把鬓发一甩,慢慢推开猴子,摇摇晃晃地走了出去,三个人也跟了出来。外面,曼加切利亚人沿着一排茅草搭的房子躺在星光下睡觉,静悄悄地在沙地上排成一行。酒店里的喧闹声越来越大,猴子不停地哼着小调,每当听到三角琴的声音,他就张开双臂:安塞尔莫先生简直是举世无双。他和利图马走在前面,臂挽臂地踉跄而行。黑暗中,地上不时地发出警告声:"小心,别踩着。"这二人则齐声答道:"对不起,先生。""请原谅,太太。"

"你跟他编的故事简直像一部电影。"何塞说道。

"但他都相信了,"何塞费诺说道,"我想不出别的说法,可你们一点儿忙也不帮,连口也不开。"

"可惜我们现在不是在拜达,老兄,"猴子说道,"不然你把我和衣按在水里多好啊,那才舒服呢。"

"雅西拉有波有浪,那才真是大海呢,"利图马说道,"拜达海不过是小湖,连马拉尼翁河都比拜达海雄壮。老弟,星期六我们到雅西拉去。"

"我们把他带到菲利贝那儿去,"何塞费诺说道,"我有钱。何塞,不能让他到绿房子去。"

桑切斯·塞罗大街空无一人,每盏街灯油腻腻的灯罩上都有飞虫在嗡嗡作响。猴子在地上坐下来系鞋带。何塞费诺凑近利图马:

"伙计,你瞧,菲利贝酒店开门了,这家酒店给我留下了多少回忆啊,来,让我请你喝一杯。"

利图马甩开何塞费诺的胳膊,连看也不看他一眼,说道:"兄弟,再说吧,等回来的时候再说。现在我要到绿房子去,那里也给我留下了许多回忆,比任何其他地方都多呢。不对吗,二流子们?"

接着,路过三星酒店的当儿,何塞费诺又试图邀他进去,一面向灯火通明的店门飞快走去,一面喊道:

"反正要找个地方解解渴,来吧,伙计们,我请客。"

但是利图马仍然朝前走,丝毫不为所动。

"怎么办,何塞?"

"怎么办?兄弟,到琼加,到小琼加那儿去呗!"

第二部

一艘汽艇突突地停靠在码头，胡利奥·列阿德基跳上岸，走上圣玛利亚·德·涅瓦镇的广场。广场上，一名警察正在把一块木头抛向天空，一条狗跳起来悬空接住，送还警察。胡利奥·列阿德基走到卡皮罗纳树干附近的时候，一群人从镇公所走了出来，他招手致意，众人一见是他，兴奋起来，赶紧迎了上去：很高兴见到您，真没想到。法毕奥·古埃斯达握着他的手：您来怎么不通知一声？曼努埃尔·阿基拉握着他的手：这可不能原谅您。佩德罗·埃斯卡维诺握着他的手：早知道，我们应该准备一下欢迎您。阿雷瓦洛·本萨斯握着他的手：这回要待几天，胡利奥先生？一天也不能等，我这次是闪电式访问，马上就得走，你们知道我过的是怎样一种生活啊。众人走进镇公所的茅屋，法毕奥先生开了几瓶啤酒，举杯敬酒，涅瓦镇的事情还顺利吧？伊基托斯呢？跟土人出问题了吗？茅屋的门前和窗前有几个宽嘴、冷目、高颧骨的阿瓜鲁纳人。接着，胡利奥·列阿德基和法毕奥·古埃斯达走了出来，广场上的那名警察还在同狗戏耍。二人上了斜坡，向传教所走去，各家各户的人都看着他们。啊，法毕奥先生，女人家的事真没办法，为这事我得浪费一天的时间，看样子我得到晚上才能到达营地了。法毕奥先生：出外靠朋友嘛，胡利奥先生。我本来想给您写几个字，您负责办一下就行了，可是，法毕奥先生，一封信一个月才能到，我又禁不住我太太的唠叨。二人敲门，嬷嬷宿舍的门马上开了。您好，眼前是一件油腻的围裙，格莉塞尔塔嬷嬷，接着是一件黑袍，您瞧谁来了，接着是一张红润的面孔，您不记得了？这是列阿德基先生。一声轻呼：请进。连手也在笑：请进，请进，胡利奥先生，真高兴见到您。胡利奥先生：瞧我这副样子，认不出来也不奇怪，嬷嬷。格莉塞尔塔嬷嬷嘴里不停地讲着，一瘸一拐地把二人领到黑暗的走廊，打开一扇门，指了指帆布椅：住持嬷嬷一定很高兴见到您，胡利奥先生，不管您有多忙，您也得去看看小教堂，您会看到，这儿的变化可大了，住持马上就来。写字台上有一个十字架和一盏油灯，地上铺着藤席，墙上挂着一幅圣母像。太阳那灿烂的火舌从窗子射进来，舔着天花板上的梁柱。胡利奥·列阿德基：我每次走进教堂或修道院就有一种异样的感觉，法毕奥先生，什么灵魂啊，死亡啊，这些想法从小就使人不得安生。镇长：我也一样，胡利奥先生，我每次拜访嬷嬷们，回去时脑子里想的东西可深呢。也许我们是心有灵犀呢。法毕奥先生摸着头顶：我也想过这一点，真有意思，是有点儿玄妙。我太太要是听到我们的谈话，一定又要发笑了，她总是对我说：胡利奥，你满脑子都是异教徒的想法，你非得下地狱不可，噢，顺便告诉你一下，她去年总算如愿以偿了，我们十月份去了利马一趟。去参加迎神赛会？是的，去参加奇迹上帝的迎神赛会。法毕奥先生：我看过照片，不过亲自参加恐怕更有意思，听说黑人都穿紫袍，是吗？黑白混血种人、印欧混血种人和白人也都穿紫袍，半个利马都穿上了紫袍，真有点儿吓人，法毕奥先生，一连三天挤来挤去，真不舒服，气味难闻极了，我的太太也要我穿上紫袍，但是她这位亲爱的丈夫还不至于蠢到如此地步。这时，一阵笑语声、脚步声传了进来，二人朝窗外望去：一片笑语声，一片脚步声。大概下课了，现在有不少孤儿了吧？从这声音估计，有一百了吧？法毕奥先生：也就二十来个，星期天她们举行了一次检阅，唱了国歌，还挺合调的呢，胡利奥先生，像要求的那样，用西班牙语唱的。法毕奥先生，毫无疑问，您在玛丽亚·德·涅瓦镇混得不错吧？瞧您讲这儿的事多么骄傲啊，在这儿难道比管理一家旅馆还要好？我看您如果留在伊基托斯，情况恐怕比现在更好，法毕奥先生，我是说经济情况。法毕奥先生：我老了，说来您列阿德基先生不信，我是个胸无大志的人，您说我在圣玛利亚·德·涅瓦镇恐怕连一个月都待不下去，胡利奥先生，您瞧，我却忍受下来了，如果上帝允许，我一辈子也不离开此地。胡利奥·列阿德基：您为什么坚持要得到这个任命呢？我不明白，您为什么想代替我到这儿来？您想得到什么？法毕奥先生：您别见笑，我只是想受到尊重，在伊基托斯的最后几年里，我很伤心，谁也想象不到我感到多么羞耻，受到多么大的屈辱。您把我带到旅馆，我是靠您的慈悲生活的。列阿德基：您别伤心了，在圣玛利亚·德·涅瓦镇，人们都很喜欢您，法毕奥先生，您不是得到了您想要的东西了吗？是的，人们很尊重我，薪水虽然不多，但是您帮衬我的那几个钱足够我安安稳稳地生活了，这也得感谢您，哎，胡利奥先生，不是用言语所能感谢的。果园里的嬉笑声中又加进了狗叫声和鹦鹉的饶舌声。胡利奥·列阿德基闭上了眼睛，法毕奥先生也沉思起来，用手抚爱地摸着自己的秃头：说真的，阿松森嬷嬷去世了，您知道吗？您接到我的信了吗？接到了，我的太太给嬷嬷们写了信表示哀悼，我也加了几句。那嬷嬷可真是个好人，胡利奥先生，我干了一件不太合法的事，我把镇上的旗降了半旗表示哀悼。安赫利卡嬷嬷好吗？她还是硬得像块石头？这时传来了脚步声，二人站了起来，向住持嬷嬷迎了上去。胡利奥先生：嬷嬷！一只白手伸了出来：又能在我们传教所里欢迎您，真是十分荣幸，列阿德基先生，真高兴见到您，请坐。我俩正在说阿松森嬷嬷呢，我们很怀念这位可怜的嬷嬷。可怜？升了天堂还有什么可怜的？列阿德基太太好吗？我们什么时候还能见到我们小教堂的保护人？我的太太做梦都想来，但是从伊基托斯到这儿来太麻烦了，涅瓦镇简直是与世隔绝，在森林地区旅行不是太可怕了吗？住持笑了：可您列阿德基先生并不感到可怕，您在亚马孙地区来来往往，就像在自己家里一样。胡利奥·列阿德基：我也是不得已，一个人是不能掌握自己的命运的，嬷嬷，命运是由魔鬼掌握的，请原谅我这个说法。您没说什么不得体的话，胡利奥先生，人们要是不小心，即使是在这里，魔鬼也会得逞的。这时孤儿们在同声歌唱，有人在指挥，在每个休止的地方，法毕奥先生就用手指肚鼓掌，微笑着称赞：嬷嬷，您收到列阿德基太太的信了吗？收到了，上个月就收到了，但我没想到列阿德基先生这么快就想把她带走，我一般总是希望孤儿们在年底而不是年中离所，可既然列阿德基先生不辞辛苦亲自跑了一趟，那就开个例吧，当然这也只是对您。列阿德基：对，我这次也是一箭双雕，嬷嬷，我这次来还想看看涅瓦镇的营地，伐木工人大概发现了稀有的木材，我利用这次来的机会一下子办了。住持点点头：你们想让她照看两位女公子？我太太是这么说的，啊，我那两个孩子太可爱了，您要是看见了才好呢，嬷嬷。法毕奥先生：可以想象。嬷嬷：我见过，列阿德基太太寄过照片来，大的就像个洋娃娃，小的那双眼睛可大呢。法毕奥先生：那当然，要看是谁生的，列阿德基太太就很漂亮嘛，胡利奥先生，我这话可完全是出于尊敬。原来的保姆已经结婚好久了，嬷嬷，您简直想象不出，我太太可犯愁了，好多姑娘她都看不上眼，说什么太脏了，会把病传染给孩子，总是往坏处想。她就是这种人。两个月了，她宁可自己带孩子。法毕奥先生在椅子上向前探了探身子：列阿德基太太对你们这儿就很放心。他拍了一下手掌：你们这儿出来的人不脏，也没有病。他微笑着：对吧，嬷嬷？他鞠了一个躬：看到这儿的孩子那股干净劲儿，真叫人喜欢。列阿德基：这倒是真的，嬷嬷，还有波尔蒂约律师的太太……她的保姆也出问题了？是的，法毕奥先生，在伊基托斯想找个保姆越来越困难，从这儿给他领去一个姑娘可以吗？可以倒是可以，住持抿抿嘴唇：不过您可不能这样讲话。她的声音低了下来：传教所可不是介绍所。列阿德基呆住了，严肃起来，困惑地用手拍着椅子扶手：您大概误解了我的话，我是说……住持盯着十字架。法毕奥先生摸摸秃头，在椅子上坐立不安，眨眨眼睛：嬷嬷，您误解胡利奥先生的话了吧？他知道这些孩子是从什么地方来的、在进传教所以前是怎样生活的。胡利奥·列阿德基：嬷嬷，我敢说，您误会了，您误解了我的话，孤儿们在这儿待过之后是没有地方可去的，印第安人村庄也不安全，即使找到一个家庭，她们也不会习惯的，难道再去过赤身裸体的生活吗？住持缓和了下来。难道再去供奉蛇？嬷嬷笑了，但笑容是冷淡的。难道再让她们去吃虱子？这怪我，嬷嬷，我词不达意，您就往坏处想了。法毕奥先生：不过孩子们也不能总留在传教所呀，这就不对了，胡利奥先生，对吗？应该给新来的孤儿腾出位置来，胡利奥先生的想法是由我们来帮助嬷嬷们把孩子们带到文明世界去，帮助她们进入社会，这就是列阿德基先生的想法，嬷嬷，您还不了解他吗？我们传教所收留了孤儿，给她们受教育，这是为了替上帝拯救灵魂，而不是为了给人家提供保姆，胡利奥先生，请原谅我直言。这我清楚，嬷嬷，因此我和我太太一直同传教所进行合作，嬷嬷，如果不方便也没什么，就当我没说，您放心好了。我不是不放心你们，我知道列阿德基太太是个好心人，姑娘会受到照顾。波尔蒂约律师是伊基托斯最好的律师，嬷嬷，也当过众议员，如果不是正派的名门，我胡利奥·列阿德基敢为他办这事吗？不过，不要再谈这事了。住持又笑了：您生我的气了？没关系，经常听听训诫，对任何人都有好处。胡利奥·列阿德基在椅子上坐坐舒服：您提醒了我，嬷嬷，您使我感到我太不慎重了。既然您为那位先生担保，胡利奥先生，我是相信您的，我提几个问题没关系吧？嬷嬷，随便您问什么，我理解您这种审慎的态度，这是合理的，可您应该相信我，波尔蒂约律师和他的太太都是大好人，姑娘会受到很好的待遇，管吃，管穿，还有工资。住持：我不怀疑这一点，胡利奥先生。她又微微地抿了一下薄嘴唇：那另一件事呢？您是担心姑娘能不能保持在这儿学到的东西？传教所教给她们的东西会不会被粗心地毁掉？这正是我担心的，胡利奥先生。您真是不了解波尔蒂约律师，她太太每年都为穷人办理耶诞节的事务；她亲自到商店去募捐，然后分发到贫民区；嬷嬷，您可以放心，她还会让姑娘参加伊基托斯的每次迎神赛会。住持：好吧，那我就不再多嘴了，不过还有，您能对这两个孩子负责吗？无论出什么问题、发生什么事，我都负责，嬷嬷，一句话，我负责，需要的话我可以签字，而且是高高兴兴地签字，以我的名义签，而且代表波尔蒂约签。住持：我们达成协议了，胡利奥先生，我去把孩子找来；噢，格莉塞尔塔嬷嬷大概给你们准备了冷饮，天气这么热，喝点儿冷饮倒不错，对吧？法毕奥先生高兴地举起手：您总是这么客气，别的嬷嬷也是这样。住持走出房间，一道道环绕房梁的光不那么明亮了，天暗了下来，屋旁果园中的孤儿还在唱歌。伙计，这是怎么回事？太不像话了，这修女太叫人难堪了，法毕奥先生。我也这么想，胡利奥先生，太一本正经了，不过嬷嬷们很喜爱孤儿，孤儿走了，她们也很难过，这就是原因。她们也向博尔哈的军官们提这种问题吗？也对路过这儿的工程师们进行这种说教吗？请你告诉我，法毕奥先生。镇长脸上露出了尴尬的神情：这一次，嬷嬷大概是为了什么事心情不太好，您别理她，胡利奥先生。列阿德基：要说军人们对待孩子们比我们还好，我不相信，他们让孩子们像牲口那样干活，您可以注意一下，他们肯定一个子儿也不付给孩子们，法毕奥先生。军人们挣的工资也少得可怜，您知道吗？再说，她们对我的为人应该很了解，我既然把孩子介绍给波尔蒂约，肯定有道理。法毕奥先生，您说说，这种修女真没见过。果园里的合唱突然停止了。镇长：我也不明白，住持一贯是很和气的，也很有教养，事情过去了，胡利奥先生，别往心里去。我才不往心里去呢，我就是看不惯这种不公平的事，任何人都是这样。休息时间过了，法毕奥先生用指节弹着椅子：这嬷嬷搞得我很尴尬，胡利奥先生，我感到就像进了忏悔室。门开了，二人转头去看，只见住持端来一个果盘，上面堆满了厚块的饼干；格莉塞尔塔嬷嬷端进来一个泥制平盘，上面放着两只杯子和一罐冒着气泡的果汁。两个孤儿站在门边，面露惊色，神情阴郁，身穿奶色罩衣。巴婆果汁，太好了，这位格莉塞尔塔嬷嬷太宠我们了。法毕奥先生站了起来，格莉塞尔塔嬷嬷捂着嘴笑了，她同住持把杯子分给二人，倒满了。两个孤儿互相偎依地站在门边偷眼看着，其中一个半张着嘴，露出细小的尖牙。胡利奥·列阿德基举起杯子：真是太感谢了，我都快渴死了。你们应该尝尝饼干，猜猜是用什么做的。用什么做的？好，先尝尝。法毕奥先生：嗯？我猜不出，嬷嬷，这是用什么做的？又松又软，玉米做的？比玉米可要松软，白薯做的吧？格莉塞尔塔嬷嬷格格地笑了起来：是木薯做的！这做法是我发明的，您给列阿德基太太带点儿去，我把配料法也教给她。法毕奥先生喝了一口，眯起眼睛：格莉塞尔塔嬷嬷有一双天使般的巧手，光是这一点就可以进天堂。格莉塞尔塔嬷嬷：别说了，快别说了，法毕奥先生，再喝点儿吧。二人喝了之后，掏出手帕揩掉嘴上的黄色汁液，列阿德基额上出了汗，镇长的秃头也在发亮，最后格莉塞尔塔嬷嬷收拾起盘子、杯子和罐子，在门口调皮地一笑，走了出去。列阿德基和镇长朝两个一动不动的孤儿望去，两个孤儿同时低下了头。你们好，姑娘们。住持朝她们走了一步：来，过来，干吗站在那儿不动？尖牙齿的姑娘拖着脚步走了过来，头也不抬地停住了，另一个却留在原地未动。胡利奥·列阿德基：你，你也过来，孩子，不要怕，我又不是怪物。孤儿没有回答，住持突然做了一个令人不解的表情，还带点儿嘲笑的意味，看了看列阿德基，后者的眼中露出一丝好奇的光芒。镇长招手叫那女孩走近，住持用手指着站在门边的女孩：胡利奥先生,您不认得她了?住持笑得更厉害了,还做了个肯定的手势。列阿德基又转向女孩,眨着眼观察起来,嘴唇动了动,把手指捏得咯咯作响:啊,嬷嬷,是她吗?是的。我简直吃了一惊,真没想到。她的变化很大,是不是,堂列阿德基?太大了,嬷嬷,她要是跟我去,我的太太一定很高兴。孩子,你们是老朋友了,你不记得这位先生了吗?尖牙齿姑娘和法毕奥先生好奇地看看这个,又看看那个。站在门边的孤儿微微抬起头,一双绿色的眼睛跟黑色的皮肤形成了鲜明的对比。住持叹了一口气:鲍妮法西娅,大家在跟你讲话呢,这是什么态度?胡利奥·列阿德基一直在观察着她:哎哟,嬷嬷,一晃快四年了,时间过得真快,孩子,你长大了,那时候还是个小鬼头呢,可现在,你们瞧。住持点头称是:喂,鲍妮法西娅,还不快向列阿德基先生问好。住持又叹了一口气:你要尊敬这位先生,也要尊敬他的太太,他们二位都会对你很好的。列阿德基:孩子,别不好意思,我们来谈谈,你的西班牙语讲得很好,对吗?镇长从椅子上跳了起来:啊,原来是那个乌腊库萨村的姑娘。他敲着自己的额角:对,瞧我多笨,现在才想起来。住持:别装傻了,胡利奥先生还以为我们把你的舌头割下来了呢,嗯?孩子,你怎么哭了?你怎么了,孩子?你为什么哭?鲍妮法西娅抬起头,泪水淋湿了双颊,厚实的嘴唇紧闭着。法毕奥先生弯下身表示同情:哎哟,小傻瓜,你应该高兴嘛,你会有个家的,列阿德基太太的两个孩子可爱极了。住持脸色发白:这孩子!这时她的脸色同手一样白:你这傻瓜,你哭什么?鲍妮法西娅张大湿润的绿色眼睛,挑战似的走过地上的席子。孩子!她跪倒在住持面前。傻瓜!她抓住住持的一只手,把脸凑上去。尖牙齿女孩笑了一下。住持结结巴巴,看了列阿德基一眼:鲍妮法西娅,镇静点儿,你已经同意了,也答应了安赫利卡嬷嬷。住持使劲想把手抽出,摆脱鲍妮法西娅面孔的摩擦。列阿德基和法毕奥先生困惑而善意地笑了。鲍妮法西娅用她那厚实的嘴唇贪婪地吻着住持那极力想抽出的白白的手指。尖牙齿女孩毫不掩饰地笑了。你没见这是为了你好吗？还有别的地方对你更好的吗？你不是在半个小时以前答应下来了吗？也答应了安赫利卡嬷嬷，你就是这样履行诺言的吗？法毕奥先生站了起来，搓着手：女孩就是这样的，太容易动感情了，动不动就哭鼻子。克制一下，你会看到伊基托斯可漂亮呢，列阿德基太太心肠可好了。住持：胡利奥先生，您瞧，还得求她，真对不起，这个孩子向来听话，我真不了解她；鲍妮法西娅，别哭了。胡利奥·列阿德基：没说的，嬷嬷，她对传教所有了感情，这也难怪，还是不要勉强吧，不要让她去了，还是让她留在嬷嬷们的身边吧，我只带走一个就行了，让波尔蒂约在伊基托斯找一个用人吧，您用不着为此抱歉，嬷嬷。

1

"你们看，"讨厌鬼说道，"雨停了。"

天空中露出了一片片的蓝色长条，灰蒙蒙的积云中还回响着雷声，然而雨停了。但是警长、警察和聂威斯周围的树林还在滴着雨点，滚热的雨珠从树上、帐篷檐上和偶然出土的根茎上流下，直达积满鹅卵石的泥泞河滩。雨滴落在河滩上，泥泞里出现了许多火山口般的孔洞，像水在沸腾。汽艇在岸边摇摇摆摆。

"警长，等水下去一点儿再说吧，"领水员聂威斯说道，"一下雨，狭谷处的水流就更急了。"

"那当然，阿德连先生，但我们总像沙丁鱼似的挤在一起也不是事儿呀，"警长说道，"我们把另一顶帐篷也支起来吧。弟兄们，我们可以在这儿睡觉。"

众人的背心和长裤都湿透了，靴子上满是泥斑，皮肤亮晶晶的。人们擦着身子，拧着衣服；领水员聂威斯啪啪地在河滩上走着，到了船边，全身仿佛涂满了油脂。

"最好还是脱光，"黄毛说道，"反正还得弄一身泥。"

讨厌鬼早已脱下了短裤，肥胖的屁股引得众人发笑。人们走出帐篷，小个子颠踬了一下，坐倒在地，骂骂咧咧又站了起来。几个人手牵手穿过泥地，聂威斯把蚊帐、罐头、暖瓶等一件一件地递给他们，他们扛上肩朝帐篷走去，一路上故作大惊小怪，边跑边喊，踩入泥泞，溅起一团团泥浆。警长，这样一来，一块好的饼干也不剩下了，快把这些拿开吧，没准茴香酒也坏了。小个子倒喜欢这种森林地区的天气，可黑鬼讨厌透了。众人在河中把身上的泥斑洗掉，把食品堆在树下，就在树下钉好木桩，打开帆布，把绳子系在刚露出土的、弯弯曲曲的褐色树根上，石头下不时出现几条蠕动着的红色昆虫；领水员聂威斯在点燃火堆。

"在树下支帐篷，"警长说道，"蜘蛛会整夜地往我们身上落。"

柴堆在噼啪作响，开始冒烟，片刻后迸出一点蓝火，接着是一点红火，最后冒出了火焰。六个人在火堆周围坐了下来。饼干湿了，茴香酒也发烫了。

"我们怎么也脱不掉一顿骂，警长，"黑鬼说道，"回到涅瓦镇，非挨一顿臭骂不可。"

"这种出差只有疯子才干得出来，"黄毛说道，"中尉应该知道。"

"他也知道我们是白跑一趟，"警长耸耸肩，"你们没见嬷嬷们和法毕奥先生的那副样子吗？为了应付他们，就把我们派出来了，就是这么回事。"

"我当警察可不是为了当保姆，"小个子说道，"对这种差事，您不烦吗，警长？"

警长：我干了十年，经过锻炼了，小个子，对什么都不烦。他掏出一支香烟，在指间转来转去，在火旁烤干。

"你为什么要当警察？"讨厌鬼说道，"你还嫩呢，像个吃奶的孩子。对我们来说，这种东奔西跑的生活是家常便饭，小个子，你会学会的。"

小个子：我才不嫩呢，我在胡利亚卡待过一年，高原地区比山里还艰苦,讨厌鬼,小虫子和大雨我倒不怕,可是派我进山抓孤儿,我就烦了。这次抓不到也好。

"这些淌鼻涕的孩子也许自己会回去呢,"黑鬼说道,"也许等我们回到玛丽亚·德·涅瓦镇,她们早就回去了呢。"

"这些鬼孩子,"黄毛说道,"什么事都干得出来,应该给她们吃顿鞭子。"

讨厌鬼:相反,应该对她们更亲热。他笑了:警长,年龄大一点儿的都发育了,是不是?看见没有?她们每星期都去河边洗澡。

"你净往歪处想,讨厌鬼,"警长说道,"从起床到入睡,你一天到晚光想女人。"

"可我说的是真的,警长,这儿的女孩发育得快,十一岁就成熟了,什么事都可以干。要是有机会,您也会跟她们亲热的,对吧?"

"讨厌鬼,你把我的火逗起来了,"黑鬼打了个哈欠,"我要跟小个子去睡了。"

领水员在火堆里添上树枝。天黑下来,远处的太阳在树丛中像红羽鸟扇动翅膀似的在挣扎,河水像一块铁板,一动不动,岸边灌木丛中,青蛙在咯咯地鼓噪,空中升起一团团潮湿的蒸气,充满了电流。有时一只小飞虫落在火堆里,噼噼啪啪地被火焰吞掉。黑暗中,树林把植物在夜间生长的气味和蟋蟀的鸣叫声送进了帐篷。

"我不喜欢干这种差事,在奇凯斯村,我差点儿生了病,"小个子带着厌恶的表情不停地说道,"你们还记得那个大乳房老太婆吗?把人家的孩子硬是抢走,这不好。我两次做梦都梦见了那两个女孩。"

"你还没像我那样被她们抓过呢,"黄毛说着笑了,但马上又严肃起来,接着说道,"那也是为了她们好,小个子,为了让她们学会穿衣服、念书、讲西班牙话。"

"你愿意她们过野蛮人的生活?"黑鬼说道。

"再说,还给她们饭吃,给她们种牛痘,让她们睡在木床上,"讨厌鬼说道,"在涅瓦镇,她们过的是从来没有过的好日子。"

"但是远离亲人,"小个子说道,"你们要是永远见不到家里人,你们不伤心吗?"

讨厌鬼表示怜悯地摇摇头:这是两回事,小个子,我们是文明人,而那些琼丘女孩连什么是家庭都不懂。警长把香烟塞到嘴里,弯腰在火堆上点火。

"再说,也只是一开始伤心几天,"黄毛说道,"嬷嬷们是干什么的?她们都是好心人。"

"谁知道传教所里面是怎么回事呢,"小个子说道,"也许嬷嬷们都是坏人呢。"

讨厌鬼:住口,小个子,要提嬷嬷们可先得漱漱口。我什么都不在乎,可是说嬷嬷们的坏话不行,对宗教信仰要尊重。小个子也提高了嗓门:我也是天主教徒,我愿意说谁的坏话就说谁的坏话,你要怎么样?

"我要是火起来呢?"讨厌鬼说道,"我要是给你一记耳光呢?"

"别吵了,"警长喷了一口烟,"别耍你那流氓腔,讨厌鬼。"

"讲道理行,威胁我,我可不怕。警长,"小个子说道,"我难道没有权利说出我的想法吗?"

"你有权利,"警长说道,"我也部分地同意你的说法。"

小个子嘲讽地看了别的警察一眼:"你们听见了?"他把手叉在腰间,对讨厌鬼说道:"谁有理?"

"事情可以讨论,"警长说道,"我认为孩子们逃离传教所一定是因为在那儿不习惯。"

"警长,这又有什么了不起的,"讨厌鬼说道,"您小时候没淘气过?"

"您也宁可让她们过野人的生活吗,警长?"黑鬼说道。

"教她们学文化是好的,"警长说道,"但为什么要强迫呢?"

"那些可怜的嬷嬷又有什么别的办法呢,警长?"黄毛说道,"土人是什么样的人,您是了解的,明明答应了,到了把孩子送进传教所的时候又不干了,于是跑掉了。"

"他们不愿学文明与我们有什么关系?"小个子说道,"各人有各人的习惯,妈的。"

"你可怜那些孩子,因为你不知道她们在村子里受到的是什么样的待遇,"黑鬼说道,"一出生,就给她们在鼻子和嘴唇上钻个孔。"

"琼丘人喝醉了,就当众奸污她们,"黄毛说道,"不管年纪多大,不管是自己的女儿还是姐妹,看见了就干。"

"老太婆们还用手把姑娘们撕破,"黑鬼说道,"把那东西吃掉,说是可以交好运。不是这样的吗,讨厌鬼?"

"是这样,用手撕,"讨厌鬼说道,"这事我知道,我是尝过琼丘女人的,但到目前为止,我还从来没碰上过一个真正的黄花闺女呢。"

警长摆摆手:你们在围攻小个子,这可不好。

"您是站在他那边的,警长。"黄毛说道。

"问题是这些孩子令人心痛,"警长承认道,"住在传教所里的孩子肯定都因为远离亲人而感到伤心,当然,别的孩子在自己的村里日子也不好过。"

"看得出来,您是皮乌拉人,警长,"黑鬼说道,"皮乌拉人都是重感情的。"

"很荣幸,"警长说道,"嘿,看你们谁敢讲皮乌拉人的坏话。"

"重感情,而且是地方主义者,"黑鬼说道,"不过在这方面,阿雷基帕[①]人超过你们皮乌拉人,警长。"

黑夜降临了,火堆在噼啪作响,领水员聂威斯还在往火里添加树枝和枯叶。人们手中传递着茴香酒,警察们也点上了香烟。大家在出

---

① 秘鲁第二大城市。

汗，眼睛里反映出跳动着的火苗。

"不过孩子们倒是挺干净的，"小个子说道，"相反，你们看见嬷嬷们在那次到奇凯斯村的路上洗过澡吗？"

讨厌鬼呛了一口烟：你又议论嬷嬷们了。他大声咳嗽起来：妈的，你又说嬷嬷们的坏话了。

"你光会冲着我喊，可你回答我的问题呀，"小个子说道，"我的话是真的不是？"

"你说话太粗俗了，"黄毛说道，"你想让嬷嬷们当着我们的面洗澡？"

"也许人家偷偷地洗呢。"黑鬼说道。

"反正我从来没看到过，"小个子说道，"你们也没看到过。"

"你还没看到过她们大小便呢，"黄毛说道，"但这不等于她们一路上忍住不拉啊。"

讨厌鬼：且慢，我看到过。有一次我们都睡下了，她们悄没声地爬起来，像幽灵似的走到河边。警察们都笑了。警长：这个讨厌鬼，你偷看了？你想看她们光屁股？

"我说警长，"讨厌鬼尴尬地说道，"您别净说粗话，亏您想得出。我那天睡不着觉，就看见了。"

"我们换个话题吧，"黑鬼说道，"不要净拿嬷嬷们开玩笑了。再说，我们也说服不了这个家伙；小个子，你比驴还固执。"

"他是个傻瓜，"讨厌鬼说道，"拿琼丘女孩同嬷嬷们相提并论，我发誓，我感到遗憾。"

"算了，别说了，"警长说道，截住刚要张口的小个子，"睡觉吧，明天好早点儿出发。"

众人不讲了，眼睛盯着火堆，盛茴香酒的暖瓶又传了一圈。人们走进帐篷，但是一会儿过后，警长嘴里叼着香烟又回到火堆旁，领水员聂威斯递给他一根火棍。

"您总是那么沉默,阿德连先生,"警长说道,"您为什么不参加争论?"

"我一直在听,"聂威斯说道,"我不喜欢争论,警长。再说我也不愿卷入他们之中。"

"您是说这些弟兄们?"警长说道,"他们对您不礼貌了?为什么不告诉我,阿德连先生?"

"他们太骄傲了,看不起我们土生土长的人,"领水员低声说道,"您没看见他们是怎样对待我的?"

"他们跟所有的利马人一样,都很骄傲,"警长说道,"不过,您别理他们,阿德连先生。下次他们再对您不礼貌,您就告诉我,我会叫他们规矩点儿的。"

"对比之下,您倒是个好人,警长,"聂威斯说道,"这话我早就想跟您说了。您是唯一对我讲礼貌的人。"

"因为我很看重您,阿德连先生,"警长说道,"我一直想跟您说,我想同您交个朋友,可是您同谁都不接近。您是个孤独的人。"

"您现在就是我的朋友了,"聂威斯笑了,"找一天到我家里来吃饭,我把拉丽达和放跑孤儿的那个女孩介绍给您?"

"怎么?那个鲍妮法西娅跟您住在一起?"警长说道,"我还以为她离开涅瓦镇了呢。"

"她没处去,我们就把她收留下来了,"聂威斯说道,"不过,您可别说出去,她不想让人知道她在何处,因为她变成半个修女了,见了男人就吓得要死。"

"你计算日子了吗,老头?"伏屋说道,"我已经失去了时间的概念。"

"时间跟你还有什么关系?算日子还有什么用?"阿基里诺说道。

"自从我们离开了岛,到现在,好像过去了一千年,"伏屋说道,"再说我也知道这没有什么用处,阿基里诺,你不了解人。你瞧着吧,到了圣巴勃罗，人们又该叫警察敲诈我们了。"

"你又发愁了？"阿基里诺说道，"我也知道路途很长，但有什么办法呢？小心点儿就是了。圣巴勃罗的事你就不用操心了，伏屋，我不是告诉过你我在那儿有熟人吗？"

"我太疲乏了，伙计，这样东奔西跑的可不是开玩笑，你跟我合作算是中了头彩，"波尔蒂约律师说道，"你瞧瞧可怜的法毕奥先生那疲劳的样子，不过我们至少可以向你报告了。你先抓住椅子，因为你一听到消息，非高兴得跳起来不可。"

"作物长得很好、很漂亮，列阿德基先生，"法毕奥·古埃斯达说道，"工程师也很和气。平整土地、播种都已结束。人们都说这地区种咖啡最合适不过了。"

"在这方面一切正常，"波尔蒂约律师说道，"可是橡胶、皮货生意却正在遭受损失，都是让那帮土匪闹的，老兄。"

"波尔蒂约？我从来没听说过，伏屋，"阿基里诺说道，"是伊基托斯的一个医生？"

"是个律师，"伏屋说道，"给列阿德基打赢了好几场官司，傲慢极了，阿基里诺，一股傲气。"

"我敢说这不是中间人的过错，列阿德基先生，"法毕奥·古埃斯达说道，"他们也很恼火，您没看到他们受的损失最大吗？看样子真的有土匪。"

波尔蒂约律师：一开始我也以为是那些中间人在背着你做生意，为了不把橡胶卖给你，就编造出什么土匪的鬼话来，胡利奥。但事情并非如此，现在他们要想搞到货物可费劲呢，老兄。我和法毕奥先生到处跑，到处调查，确实有土匪。法毕奥先生干得真是没说的，都跑出病来了，可还是跟着我跑，胡利奥。当然，跟当局合伙干，还是有好处的，圣玛利亚·德·涅瓦镇的镇长在那一带是蛮有权威的。

"只要一提列阿德基先生，就没有二话，"法毕奥·古埃斯达说道,"别说这点儿事,再多点儿都行,这您是知道的,胡利奥先生。叫我头痛的倒是那些土匪,因此要想说服中间人把货物卖给您而不卖给银行,那才费劲呢。"

"瞧他对待我的那股劲头,简直是高高在上,"伏屋说道,"他只请我到他家去过一趟,这你相信吗?我恨死那臭律师了,阿基里诺。"

"你总是恨呀恨的,伏屋,"阿基里诺说道,"你一出事就恨别人,上帝要为此再次惩罚你的。"

"还要惩罚我?"伏屋说道,"从我还没干坏事的时候就惩罚我了,老头。"

"博尔哈警备队帮了我们不少忙,"波尔蒂约律师说道,"给我们派了向导和领水员,你可得谢谢上校,胡利奥,给他写上几笔表示感谢。"

"那上校可是个大好人,列阿德基先生,"法毕奥·古埃斯达说道,"又殷勤,又有办法。"

"他们只有接到利马的命令才能跟土匪干,老兄,你最好到利马跑一趟交涉交涉,叫军队参与此事,这样一切就解决了,真的,伙计,当然是值得跑一趟的。"

"我们本来也不相信,列阿德基先生,"法毕奥·古埃斯达说道,"可是所有的中间人都发了誓,指天指地地发誓,说的情况也一模一样,这不可能是事先商量好的。"

老兄,事情很简单,中间人到了部落里,什么东西都光了,既没有橡胶也没有皮货,只有一些痛哭流涕、捶胸顿足的琼丘人:他们把我们抢光了,都抢光了,土匪、魔鬼,诸如此类。

"律师带着法毕奥先生(他那时已经当上了圣玛利亚·德·涅瓦镇的镇长)和博尔哈警备队的士兵到圣地亚哥河的上游去了,"伏屋说道,"在此之前,他们还到阿瓜鲁纳人和阿丘阿尔人①居住的地方

---

① 琼丘族印第安人的部落。

调查过。"

"哦,我还在马拉尼翁河上遇到过他们呢,"阿基里诺说道,"这事我没对你讲过?我还跟他们一块儿待了两天呢,那是在我第二次,也许是第三次到岛上去的路上,有法毕奥先生,还有那位……他叫什么来着?波尔蒂约?他们抓住我就问。我想:阿基里诺,这回你还债的日子到了。我当时害怕极了。"

"可惜他们没到岛上来,"伏屋说道,"那臭律师要是见到我,非吓一跳不可,而且会回去报告列阿德基那老狗。法毕奥先生现在怎么样了,老头?他没死吗?"

"没死,还是圣玛利亚·德·涅瓦镇的镇长。"阿基里诺说道。

"我并不那么傻,"波尔蒂约律师说道,"我首先想,如果不是中间人捣鬼,那一定是琼丘人了,他们会不会也在搞乌腊库萨人那一套,也在搞什么合作社之类的玩意儿,所以我们到部落去了一趟,但结果也不是琼丘人。"

"妇女们哭着迎接我们,列阿德基先生,"法毕奥·古埃斯达说道,"匪徒们不光抢走了橡胶、橡胶汁、皮毛,不用说,还抢走了许多姑娘。"

这群土匪算盘打得倒不错,老兄,你列阿德基把钱预付给中间人,中间人又把钱预付给琼丘人,等琼丘人从山上把橡胶、皮毛搞回来,这些野兽就一拥而上,来个一锅端,一分钱也不用投资,这倒是笔没有本钱的生意。你还是去利马交涉一下吧,胡利奥,越快越好。

"你为什么总是搞一些肮脏又危险的生意?"阿基里诺说道,"这简直成了你的癖好,伏屋。"

"一切生意都是肮脏的,老头,"伏屋说道,"问题是我开始的时候没有本钱。如果你有本钱,你就可以做最坏的生意,而且丝毫没有危险。"

"要是我不帮你一手,你就非得老老实实地去厄瓜多尔了,"阿基里诺说道,"我也不知道当时我干吗要帮你,你害得我这几年真苦,一直胆战心惊,伏屋,总是提心吊胆的。"

"你帮我,因为你是好人,"伏屋说道,"你是我认识的最好的人了,阿基里诺,我如果是个富翁,一定把全部财产都给你。"

"但你并不是富翁,也永远成不了富翁,"阿基里诺说道,"再说,我这个人不知哪天就会死去,你的钱对我又有什么用处呢?在这一点上,我俩倒是有点儿相像,伏屋,我俩快到头了,但还是像刚从娘胎里出来的那样一无所有。"

"关于土匪,传得可神了,"波尔蒂约律师说道,"连传教所里的人都对我们讲过,但不管是教士还是修女,了解的也并不多。"

"在塞内帕河沿岸一个阿瓜鲁纳人的村庄里,一位妇女对我们说她看到过土匪,"法毕奥·古埃斯达说道,"匪帮里的汪毕萨人。但她这情报用处不大,你是了解琼丘人的,列阿德基先生。"

"匪帮里有汪毕萨人倒是事实,"波尔蒂约律师说道,"他们外表都一样,是有人从他们的语言和衣着上认出来的,不过汪毕萨人是去捣乱的,你知道这些汪毕萨人最喜欢打架斗殴。问题是没办法了解到那几个领头的白人是些什么人,听说有那么两三个白人。"

"其中有一个是山区人,胡利奥先生,"法毕奥·古埃斯达说道,"这是阿丘阿尔人告诉我们的,因为他们也能咕哝几句克丘亚话。"

"虽说你不承认,但你的运气还是不错的,伏屋,"阿基里诺说道,"他们从来没抓住过你。你要是没遇上这一系列倒霉的事,本来可以在岛上过一辈子的。"

"这真得感谢汪毕萨人,"伏屋说道,"除了你,他们对我的帮助最大了,老头。不过,你也看到了,我对他们的报答也很可观。"

"很明显,不管是你还是他们都不该再留在岛上了,"阿基里诺说道,"你对甩掉潘达恰和汪毕萨人感到痛心,对自己干的坏事却像没事一样。你呀,你到底是怎样的一个人啊,伏屋!"

尽管他们只出售以前数量的一半,但橡胶的收购量在当地并未减少,甚至在巴瓜还有所增加,这一点倒是得到了应有的证实,老兄。那是因为这些匪徒很聪明,列阿德基先生,您知道他们是怎么干的吗?肯定是通过第三者把赃物运到远处去卖掉的;橡胶反正是白白得来的,售价便宜点儿又有什么关系?不,事情不是这样的,老兄,抵押银行的管理人员从来没看到过陌生人,去卖橡胶的总是那几个人,他们干得太漂亮了,这些歹徒一点儿风险都不担。他们大概认识了一两个中间人,这些中间人低价购进赃物,然后向银行转售。因为都是熟人,根本没有什么监督。

"为了赚这几个钱冒这么大的风险值得吗?"阿基里诺说道,"说真的,我看不值得,伏屋。"

"但这不是我的过错呀,"伏屋说道,"别人有工作可干,又没有警察追捕,可我不行,就得碰上什么干什么。"

"有一次有人跟我谈到你,我直出冷汗,"阿基里诺说道,"你要是被部落里的人抓住,看他们怎么收拾你吧,伏屋。不过你要是被那些中间人抓住,事情就更糟,我也不知道他们哪一方对你更感兴趣。"

"有一件事想问问你,咱们是男子汉对男子汉,"伏屋说道,"你现在可以坦率地告诉我了:你从来没扣过佣金吗?"

"一分钱都没扣过,"阿基里诺说道,"我从不说假话。"

"这可有点儿不合常理,老头,"伏屋说道,"我知道你不会骗我。但说真的,我想不通,换了我是不会这么干的,尽管你是我的好朋友,你知道吗?"

"那当然,"阿基里诺说道,"要是你,早就连我的命都要了。"

"我们向当地所有的警察局都提出了控诉,"波尔蒂约律师说道,"但是不管用,你还是乘飞机到利马去求军队吧,胡利奥。这样一来他们就害怕了。"

"上校也说他倒是很愿意帮助我们,列阿德基先生,"法毕奥·古埃斯达说道,"但他们只能奉命行动。我在圣玛利亚·德·涅瓦镇也可以略尽绵薄之力。顺便说一下,胡利奥先生,大家都亲切地问你好呢。"

"你怎么停下来了?"伏屋说道,"天还没黑呢。"

"我累了,"阿基里诺说道,"我们就在河滩上睡吧。再说,你没看见马上就要下雨了吗?"

皮乌拉的北头有一座小广场。这小广场很古老。早先,广场上的长凳是用光滑的木板和闪光的金属做成的。几棵修长的苏洋木树的阴影落在长凳上。就在这树荫下,附近的老年人每天来晒太阳,观看孩子们在喷泉周围跑跳嬉耍。喷泉的四周用石头砌成,圆圈中心矗立着一座女性雕像,身裹轻纱,双手高举,状似意欲起飞。泉水从这雕像的发间冒出。而现在,长凳满是裂缝,喷泉空空如也,美女满脸伤痕,苏洋木树也半死不活地佝偻起来。

基罗加每次进城来的时候,安东妮娅都要到这里来玩耍。他们住在瓦卡庄园,那是皮乌拉最大的庄园之一,像山脚下的一片海水。基罗加一家每年进城两次:过耶诞节和参加迎神赛会。每次进城都住在小广场拐角处一座高大的砖房里,现在这房子就是以他的名字命名的。罗贝托先生①留着浓密的小胡子,一说话就轻轻地咬着胡子,举止带有贵族气派。当地灼人的阳光对娜露西亚女士②不起作用,她是一位脸色苍白、弱不禁风、笃信神明的妇女。她亲自动手编制花环,迎神队伍在她家门口停留的时候,就把花环放在圣母的抬架上。耶诞节晚上,基罗加家举行晚会,不少权贵都赶来参加,每个宾客都能收到一份礼物;到了午夜,就从窗子里向聚集在大街上的乞丐和流浪汉抛下钱币。基罗加夫妇身穿黑衣跟在迎神队伍的后面,穿过市区和郊

---

① 基罗加的名字。
② 基罗加妻子的名字。

区，慢慢地走着，一走就是四个小时。他们手里牵着安东妮娅，孩子只要停止祈祷，他们就提醒她。他们在城里逗留期间，安东妮娅每天一早就来到小广场同邻居小孩玩"看守捉贼，输者爬地"的游戏，他们爬上苏洋木树，向那石雕女投石块，要么就脱得光光的，像条鱼似的在泉水内洗澡。

这女孩到底是什么人？为什么基罗加夫妇要收养她？他们是某一年六月间把孩子带进城的，那时候孩子还不会说话。罗贝托先生讲述了孩子的来历，但没有人相信。一天夜里，庄园的狗汪汪大叫，他惊恐万状，来到前厅，在地上发现了女孩，身上还裹着一条毯子。基罗加夫妇没有子女，贪图钱财的亲戚们劝他把孩子送进孤儿院，也有人毛遂自荐愿意收养这个孩子。但是娜露西亚女士和罗贝托先生既未听从前者的劝告，也未被后者的自荐所动，他们对各种闲言碎语毫不在意。一天早晨，在皮乌拉市中心玩"三人赌"的时候，罗贝托先生若无其事地宣布，他已决定把安东妮娅收为养女。

但此事并未办成，因为那年年底，基罗加夫妇没有到皮乌拉来，这是从未有过的事，人们感到不安了。为了怕出什么意外，一支骑兵队于十二月二十五日顺着通往城北的道路飞奔而去。

在离城一百公里处，人们发现了这对夫妇。黄沙抹去了脚印，毁掉了一切痕迹，荒凉和炎热笼罩着一切。基罗加夫妇被匪徒毒打致死，衣物、马匹和行装被洗劫一空，两个仆人也都倒地而死。发臭的伤口上蠕动着蛆虫，太阳使裸露的尸体继续腐烂。骑兵们不得不放几枪才把那些围啄女孩的兀鹰驱散。当时发现女孩还活着。

"她怎么没有死？"居民们说道，"舌头被扯断，眼睛被啄瞎，怎么还能活下来？"

"很难说，"彼德罗·塞瓦约斯医生困惑地摇着头说，"也许是阳光和沙尘使伤口结了痂，止住了血。"

"天意如此，"加西亚神父说道，"这是上帝神奇的意志。"

"当时还有蜥蜴在舔她,"茅屋一带的巫师说,"蜥蜴的绿色涎水不仅能治小产,也能治溃烂。"

没有捉到匪徒。最得力的骑兵驰遍沙漠地带,最熟练的跟踪者到森林、洞穴里去侦察,甚至还到阿亚瓦卡山去了一趟,都未能寻到匪徒。警察局长、警察和军队一次又一次地组织讨伐队到边远的村庄和茅屋里去搜查,但全无结果。

各区的人一窝蜂地加入了尾随在基罗加夫妇棺材之后的送葬队。权贵们的阳台挂上了黑纱。主教和当权人物都出席了葬礼。基罗加夫妇的不幸在省内不胫而走,也原封不动地被搬进了在曼加切利亚和加依纳塞腊两区流传的故事和寓言中。

瓦卡庄园被分成若干份,罗贝托先生和娜露西亚女士的亲戚每人得到一份。安东妮娅出院后,由加依纳塞腊区一个名叫胡安娜·宝拉的洗衣妇收去抚养,此人曾经服侍过基罗加夫妇。每当安东妮娅手执盲杖来到阿玛斯广场时,妇女们都走上来同她亲热,给她糖果。男人们则把她抱上马,带她到堤岸一带去散步。有一次,安东妮娅病倒了,恰皮罗·塞米纳里奥和其他几个在北方星旅馆喝酒的庄园主强行带领市府乐队来到加依纳塞腊区,在胡安娜·宝拉门前为她演奏乐曲。在迎神赛会那天,安东妮娅立即尾随着抬物架走去,有两三个人自动围成一圈,把她和混乱的人群隔开。这小姑娘举止温顺,沉默寡言,引起了人们的爱怜。

他们看见我们了,上尉。罗贝托·德尔加多班长指着崖顶说道,他们回去报告了。小船一条挨着一条停在浅滩上,十一个人跳上岸,两个士兵把船拴在尖石上。胡利奥·列阿德基用行军水壶喝了一口酒;阿尔德缪·基罗加上尉把衬衣脱下,汗水湿透了他的双肩和背部,他一面拧着衬衣,一面说道:胡利奥,这倒霉的热天气把人的脑子都烤焦了。一群群的蚊子围着人们乱飞,崖顶传来了狗叫声。他们来了,上尉,您往上看。大家都抬起头,只见尘烟滚滚,众多人头出现在崖顶。几个上身赤裸的人顺着沙土斜坡滑下。几条狗在这些乌腊库萨人的脚下连吠带跳,张牙舞爪。胡利奥·列阿德基转向士兵:向他们招手致意,您,班长,低下头,到后面去,不要让他们认出来。罗贝托·德尔加多班长:是,镇长先生,我看见他了,那个人就是胡姆,上尉。十一个人一齐挥动手臂,有几个还做出微笑的样子。斜坡上的乌腊库萨人越来越多了,有人几乎跪着滑下来,一面打着手势,一面尖声叫喊,其中女人最为吵嚷。上尉:要不要迎上去?胡姆的疑心最重。胡利奥·列阿德基:别,等等,你没看见他们那股高兴劲儿吗?我了解他们,重要的是先在精神上战胜他们,先让他们下来,班长,哪个是胡姆?走在前面的那个,先生,举着一只手的那个。胡利奥·列阿德基:注意!他们会像山羊一样跑掉的,不要让他们跑掉,特别要注意胡姆。半裸的乌腊库萨人挤在崖脚下一道狭窄的堤岸上,同那些摇头摆尾、连跳带吠的狗一样激动。他们眼盯着讨伐者指指点点,叽叽咕咕不停地讲着。人身上发出的汗味与紫红色文身的皮肤上发出的气味混合着河流、土地和树木的气味。乌腊库萨人有节奏地拍打着臂膀和前胸,突然,一个人穿过尘土飞扬的土堤。就是他,上尉,就是他。这个人身躯健壮,迈着孔武有力的步伐向岸边走来,其余的人跟在他的身后。胡利奥·列阿德基:翻译,告诉他,我是圣玛利亚·德·涅瓦镇的镇长,来找他们谈谈。一个士兵走出来,连比带画,流利地咕哝了几句。乌腊库萨人停了下来,那健壮的汉子点点头,用手慢慢地比画了一个圈圈,表示让讨伐者们走近前来,于是后者靠了上去。胡利奥·列阿德基:你就是乌腊库萨村的胡姆?那汉子张开双臂:我就是胡姆。他喘了一口气:你们是屁鲁人?上尉和士兵们互相看了一眼。胡利奥·列阿德基点头称是,又向前走了一步,这时双方只有一米的距离。胡利奥·列阿德基不慌不忙,神色自若地看了这个乌腊库萨人一眼,拿下吊在腰间的手电筒,紧抓着慢慢地举了起来。胡姆刚要伸手去接,列阿德基突然往下一击,只听得一阵呼叫声、跑步声、尘土遮天,加上上尉的尖叫声,乱成一片。尘烟之中,涂着绿颜色的棕色身体吼叫着乱跑起来,有的摔倒在地,又爬了起来。电筒仿佛一只白色的飞鸟,又击了一下、两下、三下。接着,微风把河滩上的尘土吹去,尘烟四散,也吹走了哭喊声。士兵们分散开来围成圈,用枪对准挤成一团互相紧抱着的乌腊库萨人。一个小女孩抱着胡姆的腿呜呜地哭着,胡姆用手捂脸,从指缝间偷偷地打量着士兵、列阿德基和上尉,额上的伤口鲜血直流。基罗加上尉用手指拨弄着左轮枪:镇长,您刚才听到他说什么了吗?屁鲁人就是秘鲁人吧?胡利奥·列阿德基:谁知道这家伙是从哪儿学来的这个脏字,上尉,最好还是把这些人押到上面去,在村子里总比在这儿好。上尉:好的,上面蚊子也少,喂,翻译,听到没有?命令他们上去。那个士兵连比带画又咕哝了几句,包围圈开了一个口,乌腊库萨人开始挤在一起缓慢地走动起来,又扬起一阵尘土。罗贝托·德尔加多班长放声大笑:上尉,他认出我来了,直盯着我看,像要吞掉我一样。上尉看了胡姆一眼:班长,还等什么?还不往上走?班长推了胡姆一下,胡姆踉跄地向前走了一步,手还捂在脸上,小女孩依然抱着他的腿,使他不得迈步。班长上前一把抓住小女孩的头发,使劲扯着,想把她拉开:躲开,放开酋长。小女孩不肯,用手乱抓,像田凫一样叫着。妈的,班长扬手就打。胡利奥·列阿德基:见鬼,怎么了?怎么能这样对待一个小女孩?见鬼,你有什么权利这样?见鬼。班长放开女孩:先生,我并没想打她,只是想叫她放开胡姆,您别操心了,先生,再说,是她先用手抓我的。

"是三角琴的声音,"利图马说道,"也许我是在做梦吧,二流子们?"
"我们都听到了,"何塞说道,"也许我们大家都在做梦。"
猴子歪着脸听着,眼睛睁得大大的,充满钦佩的神情:

"简直是个艺术家,谁敢说他不是最伟大的艺术家!"

"可惜他太老了,"何塞说道,"眼睛也不管用了,老兄。他从不单独走动,得由年轻人和圆球搀着走。"

琼加的绿房子坐落在体育场的后面,在把城市和格劳军营隔开的那块空地前面一点儿,离"撞枪"的灌木丛不太远。在这片草枯土软的荒地上,每天一清早或是黄昏时刻,都有一些喝得醉醺醺的士兵躲在苏洋木树盘结交错的枝丫下面等待着,见到从河边洗衣归来的洗衣妇、去市场购物的布宜诺斯艾利斯区的女仆,就几个人一起扑上去抓住,把她们推翻在沙地上,裙子撩到脸上,分开她们的双腿,然后挨个上去,事毕撒腿就逃。皮乌拉人把受害者叫做"撞了枪的女人",称此事为"撞枪",把生下的后代叫做"撞枪女人养的""撞枪儿""杂种",等等。

"我到山里去,太不是时候了,"利图马说道,"我要是留在此地不走,早就和丽拉结婚,现在是个幸福的人了。"

"也不一定那么幸福,老兄,"何塞说道,"你瞧丽拉现在变成什么样子了。"

"简直像头母牛,老兄,"猴子说道,"肚皮大得像面鼓。"

"生起孩子来像头母猪,"何塞说道,"有十个小鬼了。"

"一个是婊子,一个是母牛,"利图马说道,"瞧我看上的都是些什么女人,二流子们?"

"伙计,你答应过我,可现在又说话不算话了,"何塞费诺说道,"过去的事就算了。要不,我们就不陪你到琼加那儿去了,你老实点儿不?"

"一言既出,驷马难追,"利图马说道,"我刚才只是开开玩笑而已。"

"你只要有点儿不检点,你就完蛋了。兄弟,你知道吗?"何塞费诺说道,"你有过前科,利图马,你会再次入狱的,那就谁也难说要关多长时间了。"

"你太关心我了,何塞费诺。"利图马说道。

在体育场和空地之间,从城里过来的公路分成两条笔直的幽暗道路,直贯荒漠地带,一条通向拜达,一条通向苏依那。就在离公路半公里的地方,有一些土坯、白铁、硬纸板搭的茅屋,杂七杂八地挤在一起。这个贫民区比起曼加切利亚区来,年代不久,面积不大,但更穷困、破旧。就在此地,像处在特殊的中心地位的教堂一样,耸立着琼加开的妓院,这妓院又名绿房子。它高大、结实;砖砌的墙、锌板铺的房顶,从体育场远远就能望见。每星期六晚上,观看拳击赛的观众都能听到圆球的钹声、安塞尔莫先生的琴声和年轻人阿历杭德罗的六弦琴声。

"猴子,我向你发誓,我在那儿好像听到了这琴声,裂人肝肠,跟现在听到的一样清楚。"

"你在那儿简直是活受罪,亲爱的老兄。"猴子说道。

"我说的不是在利马,而是在圣玛利亚·德·涅瓦镇,"利图马说道,"当我值班的时候,周围的黑夜一片死寂,谁也不跟谁讲话,年轻人打着鼾,蛙鸣、蟋蟀声一停止,我就听到三角琴声,而在利马却从来没有听到过。"

夜晚清凉明净,苏洋木树歪歪扭扭的侧影一段一段地映在沙地上。四个人走在一条线上,何塞费诺搓着手,雷昂兄弟吹着口哨,而利图马则低着头,手插在衣袋里,不时地仰起脸,以一种狂怒的神情盯着天空。

"我们来赛跑吧,像小时候那样,"猴子说道,"一、二、三。"

他一下子冲了出去,猴子般的瘦小身影消失在黑暗之中。何塞越过看不见的障碍也跑了起来,但马上又回转身来,向利图马和何塞费诺说道:"还是甘蔗酒好,皮斯科是骗人的,"他大声吼道,"我们什么时候唱队歌?"

在该区附近，三个人找到了猴子。猴子四脚朝天地躺在地上，气喘如牛，三个人把他扶了起来。

"我的心都跳出来了，他妈的，真是难以相信。"

"到底年纪大了，老弟。"利图马说道。

"还是曼加切利亚万寿无疆。"何塞说道。

琼加的妓院结构很简单，有两道门。正门进去是一间宽敞的四方形舞厅，墙壁上涂满了人名和象征性的图画：心、箭、胸脯，还挂着电影明星、拳击家和模特儿的照片，一台日历，一张皮乌拉的全景略图。另一道是小门，又矮又窄，进去是酒吧，一张木板柜台把酒吧和舞池隔开，柜台后面就是琼加，外加一把藤摇椅和一张堆满酒瓶、杯子和罐子的桌子。柜台对面的一个角落是乐师们演奏的地方。安塞尔莫先生坐在一只小矮凳上，背靠着墙，把三角琴夹在两腿之间。他戴着眼镜，头发覆盖着前额，衬衣扣子上、脖子上、耳朵上都挂着几丝灰发。演奏六弦琴、嗓音柔润的是那孤僻寡言的年轻人阿历杭德罗，他除了演奏还作曲。坐在藤椅上打鼓敲钹的是那以前当过司机的圆球，他是三人之中肌肉最发达但技巧最差的一个。

"别这样拉着我，你们别怕，"利图马说道，"我什么也不干，你们瞧，我只是找找她，想看她一眼有什么不好？放开我。"

"她可能走了，老兄，"猴子说道，"她跟你有什么相干？想想别的事吧。来，我们也乐乐，庆祝你重返故乡。"

"我什么也不干，"利图马又说，"我只是在回忆过去，干吗这样拉拉扯扯的，二流子们？"

四个人坐在舞池边上，面对着挤作一团、成双成对的人。三只分别包裹着蓝色、绿色和紫色玻璃纸的灯泡发出俗艳的光线，笼罩着人们。一群模糊不清的人影挤满了各个角落，发出谈笑声和碰杯声。一股浓浓的、透明的烟雾在屋顶飘动，跳舞者的脑袋在散发着啤酒味、汗臭和劣质烟草味的空气中攒动。利图马在座位上晃来晃去，何塞费诺一直抓着他的胳膊,而雷昂兄弟早就放开了他。

"那张桌子在哪儿,何塞费诺?是那一张吗?"

"就是那一张,兄弟。但事情已经过去了,你正在开始另外一种生活,忘掉它吧。"

"老兄,走,去问候问候琴师,"猴子说道,"也问问候年轻人和圆球,他们一直很想念你。"

"我怎么看不到她?"利图马说道,"她为什么老是躲着我?我不会对她怎么样,只是想看看她。"

"我来负责,利图马,"何塞费诺说道,"我准能把她给你找来,但是你要说话算数,过去的事就算完。你去跟琴师打个招呼,我这就去找她。"

乐队停止了演奏,舞池中的一对对跳舞者挤在一起一动不动,叽叽喳喳地低语着,有人在酒吧那里大声争吵。利图马跌跌撞撞地向乐师们走去:亲爱的安塞尔莫先生。他张开双臂:老琴师啊。他身后紧紧跟着雷昂兄弟:您不记得我了?

"他的眼睛看不见了,老兄,"何塞说道,"得告诉他你是谁。安塞尔莫先生,你猜谁来了?"

"怎么?"琼加一跳,站了起来,摇椅则继续摇摆着,"是警长回来了?是你把他带来的?"

"我也是没有办法啊,琼加,"何塞费诺说道,"他今天一到就非来不可,我们拦也拦不住。事情他是知道了,他倒也不在乎。"

利图马被安塞尔莫先生抱住在怀里,年轻人和圆球不停地拍打他的肩背。三个人七嘴八舌地说道,连酒吧那里都能听得到他们那激动、惊讶、感情冲动的话语。猴子坐在钹前,把钹敲得叮当乱响。何塞拿起三角琴看来看去。

"我要叫警察了,"琼加说道,"赶快把他弄走。"

"他醉狠了,琼加,连走路都不行了,你没看到吗?"何塞费诺说道,"我们来照看他,他不会惹是生非的,真的。"

"你们这几个人简直是我的冤家,"琼加说道,"尤其是你,何塞费诺,再像上次那样,我可要叫警察了。"

"他不会闹事的,小琼加,真的,"何塞费诺说道,"塞尔瓦蒂卡①在楼上?"

"不在楼上还能在哪儿?"琼加说道,"要是出了事,我可要找你这婊子养的算账。"

---

① 即鲍妮法西娅。

2

"我在这儿感觉就好,阿德连先生,"警长说道,"我的老家晚上就是这样,温暖而明净。"

"山区那种地方真少见,"聂威斯说道,"帕雷德斯去年到山区去了一趟,回来说那里景色单调,一棵树都没有,只有石头和云。"

月亮高高挂在天上,照亮了平台;天空和河中一片繁星,树林后面有一座幽暗的山谷,安第斯山支脉像一座座紫色的庞然大物,青蛙在茅屋脚下灯芯草丛中和羊齿草丛中扑嚓扑嚓地跳来跳去。拉丽达的讲话声和烧火的噼啪声从茅屋中传出。田野里,群狗狂吠。

领水员:警长,狗在争夺田鼠,您要是看见狗逮田鼠才好玩呢。狗躲在香蕉树下装睡,等田鼠一靠近,扑的一声就咬住了田鼠的脖子。是我训练出来的。

"在卡哈玛尔卡,人们还吃豚鼠呢,"警长说道,"连爪子、眼睛、胡子一起吃。豚鼠和田鼠一模一样。"

"有一次,我和拉丽达到山区去了一趟。走得很远,"聂威斯说道,"我们不得不以田鼠充饥,味道很难闻,但是肉又白又嫩,跟鱼肉一样。小阿基里诺中了毒,差点儿死了。"

"您的长子叫阿基里诺?"警长说道,"长着细长眼睛的那个?"

"就是他,警长,"聂威斯说道,"您老家有不少风味菜吧?"

警长抬起头:是啊,阿德连先生。片刻后,他显得喜不自胜:您要是走进曼加切利亚区的一家辣味店,尝一盘干烧羊肉,那味道非叫您馋死不可,真的,举世无双。领水员聂威斯点点头:家乡菜总是好的,警长,您有时也想回皮乌拉吗?警长:我每天都想,但穷人是不能想怎么干就怎么干的,阿德连先生,您是出生在圣玛利亚·德·涅瓦镇的吗?

"还在下游,"领水员说道,"在那儿,马拉尼翁河的河面很宽,雾天时都望不到对岸。不过我在涅瓦镇也习惯了。"

"饭好了,"拉丽达隔着窗子说道,她那披散的长发像瀑布一样垂落在板壁上,两条健壮的臂膀湿漉漉的,"警长,您要在外面吃?"

"如果不麻烦,我想还是在外面吃吧,"警长说道,"在您家里,我感到像在自己故乡一样,太太。只是我们那条河太窄了,而且不是一年到头都有水;也没有树,尽是黄沙。"

"这么说来,根本不一样,"拉丽达笑了,"不过,皮乌拉肯定同这里一样漂亮。"

"也就是说天气也热,也有闹嚷声,"聂威斯说道,"女人们根本不懂故乡不故乡的,警长。"

"我是开个玩笑,"拉丽达说道,"您不介意吧,警长?"

"您说到哪儿去了,我是喜欢开玩笑的,开玩笑可以使人互相信任,啊,顺便问一句,太太是伊基托斯人吧?"拉丽达看了聂威斯一眼:"我是伊基托斯人吗?"她把脸一仰,金属般发光的皮肤上汗水淙淙,还有一些小疙瘩。警长:我是从您口音里听出来的,太太。

"她离开伊基托斯有许多年了,"聂威斯说道,"现在您还能听出她的口音来,倒也怪。"

"我的耳朵很好使,跟所有的曼加切利亚区人一样,"警长说道,

"我小时候唱歌唱得可好呢,太太。"

拉丽达:我听说北方人六弦琴弹得很好,人也好,是这样吗?警长:是的,没有人能禁得住我们家乡歌声的诱惑,太太,在皮乌拉,一个男人要是恋爱了,就去找自己的朋友,朋友们就拿出六弦琴来唱歌。小夜曲唱完了,姑娘也就投降了,我们那儿有不少出色的音乐家呢,太太,我认识好几个,其中有一位弹三角琴的老人,弹得妙极了;我还认识一位作曲家,专作圆舞曲。阿德连·聂威斯朝屋内指了指,问拉丽达:"她不出来吗?"拉丽达耸耸肩:

"她害羞呢,不愿意出来,"她说,"也不睬我。鲍妮法西娅像头小鹿,警长,有点儿小事就竖起耳朵,吓得要命。"

"至少叫她出来向警长问声好嘛。"聂威斯说道。

"别打扰她了,"警长说道,"她不想出来就不出来吧。"

"改变生活习惯不是那么容易的,"拉丽达说道,"她以前一直同女人在一起,所以见男人就怕。她说男人都是毒蛇,这大概是嬷嬷们教她的。现在又躲到屋里去了。"

"怕男人的女人一尝到滋味就不怕了,"聂威斯说道,"到那时就完全变了,变成吃男人的女人了。"

拉丽达走进房间,片刻后传出了她的声音,有点儿生气:这话对我不适用,我从来不怕男人,也不是吃男人的女人,阿德连,你指的是谁?领水员放声大笑,弯身向警长说道:拉丽达是个好心的女人,就是性子太烈。小阿基里诺来到了平台,他身材瘦小,皮肤白净,一双细长的眼睛显得很精神:晚上好,我把油灯拿来了,因为天黑了。他把油灯放在栏杆上,他身后的两个小鬼抬出一张小桌,二人都是头发硬直,身穿短裤,打着赤脚。警长叫住他们,在他们身上呵痒,三个人嬉笑起来。这时拉丽达和聂威斯端出了水果、熏鱼和木薯块。警长:这些菜卖相真好,太太,噢,还有瓶茴香酒。领水员给三个孩子分菜,他们却跑开了,朝通向田地的台阶跑去。警长:您这三个丘列真可爱，我们皮乌拉人把孩子叫丘列，太太，一般来说，我是喜欢孩子的。

"祝您健康，警长，"聂威斯说道，"为您的光临干杯。"

"鲍妮法西娅胆子小，可是很勤劳，"拉丽达说道，"她帮我种田，又会做饭，她做的饭可好吃了。您看见小鬼们穿的裤子了吗，警长？都是她做的。"

"不过你应该劝劝她，"聂威斯说道，"总这么胆小，一辈子也找不到丈夫。您不晓得她那不爱说话的劲头呢，只有问到头上才开口。"

"还是这样好，"警长说道，"我不喜欢叽叽喳喳的女人。"

"这么说，您很喜欢鲍妮法西娅喽，"拉丽达说道，"她可以一声不吭地过一辈子。"

"警长，我告诉您一个秘密，"聂威斯说道，"拉丽达想让您娶鲍妮法西娅。她一直对我这么说，所以让我把您请了来。您考虑一下，还有时间。"

警长露出一副微笑而沉思的表情：太太，我有一次差点儿结了婚。我刚当警察的时候，认识了一个姑娘，她爱我，我也有点儿爱她。她叫什么？叫丽拉。为什么没结婚呢？不为什么，太太，我调离了皮乌拉，丽拉不愿意跟我走，那段浪漫史就结束了。

"换作鲍妮法西娅，她会跟着丈夫随便到哪儿去，"拉丽达说道，"我们山区女人就是这样，从不讲条件。警长，您应该找一个本地女人结婚。"

"您瞧，拉丽达要想干一件事，不成功她是不肯罢休的，"聂威斯说道，"洛列托女人都是些强盗，警长。"

"你们太客气了，"警长说道，"在圣玛利亚·德·涅瓦镇上，人们都说聂威斯一家有怪癖，不合群，可是我在这儿住了这么久，你们是请我做客的第一户人家呢，太太。"

"警长，那是因为人们都不喜欢警察，"拉丽达说道，"您没见警察们都不太讲道理吗？净欺骗人家姑娘，先是引诱，等人家怀了孕，他们又走掉了。"

"那你干吗还要让鲍妮法西娅同警长结婚？"聂威斯说道，"你这不是自相矛盾吗？"

"不是你跟我说警长与众不同吗？"拉丽达说道，"不过谁知道是不是真的呢。"

"是真的，太太，"警长说道，"我可是个正派人，就像本地人所说的那样，我是个真正的基督徒。像我这样的朋友，天底下找不出第二个来，您会看到的。我真心感谢你们，阿德连先生，因为我在您家感到特别高兴。"

"您随时都可以来，"聂威斯说道，"来看看鲍妮法西娅，不过可别招惹拉丽达，我是个醋坛子。"

"对，阿德连先生，"警长说道，"您太太太漂亮了，要是我，也会吃醋的。"

"您说得太好听了，警长，"拉丽达说道，"不过我知道您不过是说说而已，我已经不漂亮了，从前年轻的时候倒还可以。"

"您现在依然是个年轻姑娘呢。"警长表示反对。

"我可不相信您，"聂威斯说道，"警长，我不在家的时候，您最好别来。"

群狗仍在田地里吠着，有时还能听到孩子们的声音，小飞虫在油灯周围拍打着翅膀。聂威斯夫妇和警长边喝边谈边开玩笑。领水员聂威斯！三个人一齐向河边丛林处转过头去：黑夜笼罩着通向圣玛丽亚·德·涅瓦镇的小径。领水员聂威斯！警长：这是讨厌鬼的声音，真讨厌，出了什么事？这个时候还来麻烦人，阿德连先生。三个孩子冲到平台上来，小阿基里诺朝领水员走来，领水员低声说道：请他上来吧。

"看样子又要出差了，警长。"领水员聂威斯说道。

"讨厌鬼大概又喝醉了，"警长说道，"别理他，这讨厌鬼，三杯下肚，什么事都干得出来。"

台阶上噔噔地响起来，小阿基里诺身后出现了讨厌鬼粗壮的身影：哎呀，警长，可找到您了，中尉和弟兄们一直在到处找您；二位晚上好！

"我今天休假，"警长嘟囔道，"找我有什么事？"

"找到孤儿们了，"讨厌鬼说道，"是一个伐木工人在上游营地里遇到的。两个小时以前，他们派了一个人到传教所来通知，嬷嬷们把所有人都叫起来了，警长。听说有一个孤儿在发烧呢。"

讨厌鬼挽起袖子，把帽子当扇子扇着。拉丽达不停地问这问那，领水员和警长这时站了起来。太扫您的兴了，太太，得马上去把孤儿们接回来，我们想等明天再说，可是那些修女说服了法毕奥先生和中尉。警长：他们想夜间出发？是的，警长，嬷嬷们担心伐木工人会把那几个年龄大一点儿的孤儿干了。

"嬷嬷们讲得对，"拉丽达说道，"可怜的孩子们，在山里待了这么多天。快，阿德连，去吧。"

"有什么法子呢？"领水员说道，"您同警长先喝一杯，我去给汽艇加油。"

"喝一杯倒不坏，多谢了，"讨厌鬼说道，"我们过的这是什么生活呀，警长？对不起，我打断你们吃饭了。"

"都找到了吗？"从板壁后边传来了一个声音，众人望去，只见一个前额一绺短发、模糊不清的身影，女人的胸部映在窗旁，油灯的光线稀稀疏疏的，刚好射在那里。

"还少两个，"讨厌鬼说着朝窗子探身望去，"少了奇凯斯村的那两个女孩。"

"他们为什么只来报信而不直接送回来？"拉丽达说道，"不过找到就算不错了，感谢上帝，总算找到了。"

讨厌鬼：他们没有船，太太。讨厌鬼和警长把头伸向板壁，但是那身影躲掉了，只露出一张面孔和一绺黑发。栏杆的另一头，阿德连·聂威斯在下命令，传来孩子们击水的声音、水拍河岸的声音和羊齿草丛中来来往往的脚步声。拉丽达给二人斟上茴香酒。讨厌鬼：警长，我们来为您的健康干一杯。警长：还是为这位太太的健康干杯吧，傻瓜。

"我知道中尉会把这事交给我的，"警长说道，"我想，不会是我一个人去接孩子们吧？谁陪我去？"

"小个子和我，"讨厌鬼说道，"还有一位修女。"

"是安赫利卡嬷嬷吗？"板壁后又传来了声音，二人又把脖子扭过去。

"很可能，因为安赫利卡嬷嬷懂医学，"讨厌鬼说道，"好给那病孩子治病。"

"给她吃奎宁就行了，"拉丽达说道，"不过去一次还不够，汽艇装不下所有的孤儿，恐怕得去两三次。"

"幸亏有月亮，"领水员聂威斯在台阶上说道，"再过半个小时就准备好了。"

"讨厌鬼，你去通知中尉，我们这就去。"警长说道。

讨厌鬼点点头，道了再见，走下平台，经过窗子时，那模糊不清的身影向后退去，消失了；等讨厌鬼吹着口哨走下去之后又出现了。

"过来，鲍妮法西娅，"拉丽达说道，"我介绍一下，这是警长。"

拉丽达抓住警长的胳膊，把他拉到门前，片刻后，一个女人的身影在门槛上出现了。警长伸出手，困惑地看着两粒不动的光点。一个娇小的身影在黑暗中出现了，她的手指碰到了他的手。非常高兴认识您。手指逃掉了。愿意为您效劳，小姐。拉丽达笑了。

"我还以为他是跟你一样的人呢，"伏屋说道，"你瞧，结果犯了个大错误，老头。"

"我也有点儿被他的假象搞迷糊了，"阿基里诺说道，"没想到阿德连·聂威斯会做出这种事来，表面看起来，这个人对什么都无所谓。难道没有人注意到事情是怎么开始的吗？"

"谁也没注意，"伏屋说道，"潘达恰、胡姆，还有那些汪毕萨人都没有发觉。这群狗东西根本就不该生到世界上来，老头。"

"你又满嘴恨呀恨的了，伏屋。"

聂威斯看见毛蜘蛛躲在土瓮和板墙之间，毛茸茸、黑黝黝的，个头挺大。他悄悄地从板床上起来，用手摸索着衣服、胶鞋、绳子、瓦罐和藤篮，但都用不上。毛蜘蛛仍然缩在角落里，无疑是透过它那细长的褐色爪子在窥探。这爪子反映在土瓮那淡红色的鼓肚上，像蔓藤。聂威斯跨了一步，摘下砍刀。毛蜘蛛没有逃。仍在窥视，大概把他的每一个动作都看在它那邪恶的眼睛里了；它那红色的大肚皮大概正在鼓动。聂威斯踮着脚朝墙角走去，毛蜘蛛突然痛苦地向后退缩。聂威斯一刀砍去，只听得一声干树叶般的嘎吱声，接着，地上的席子出现了一道裂口，染上几滴黑红色的血。毛蜘蛛的爪子却毫无损伤，身上长长的软毛又黑又亮。聂威斯挂上砍刀，但没有再回到板床上去，而是待在窗前抽起烟来。他脸上感到了丛林里的气息和噪声；他用香烟的火头去烧在窗纱上盘旋着的蝙蝠的翅膀。

"难道他们俩在岛上从来没有单独在一起过？"阿基里诺说道。

"只有一次，因为那狗东西生病了，"伏屋说道，"但是起初他们还没这种胆量，那会儿根本不可能有什么。他们不敢，怕我呢。"

"难道还有比下地狱更可怕的事？"阿基里诺说道，"可人们还是干坏事。不是在所有的事情上人们因为害怕就不干了，伏屋。"

"可谁也没见过地狱，"伏屋说道，"这对狗男女每时每刻见到的却是我。"

"不管怎么说，一对男女要是爱上了，谁也挡不住，"阿基里诺说道，"肉体在烧炙着他们，就仿佛内心有一团火。你难道没有过这种感觉吗?"

"还不曾有一个女人使我有过这种感觉,"伏屋说道,"可是现在有了,老头,现在反倒有了,身体里像有一团炭火在燃烧,老头。"

聂威斯望见右边树林里有一片篝火,汪毕萨人的身影忽隐忽现。而左边,在胡姆搭过茅屋的地方却是一片黑暗。鲁布纳树的顶端在高空摇摆,同那青蓝色的天空相互辉映。明月把丛林小径照得发白,小径沿着长满灌木和羊齿植物的斜坡下行,在塘里那堆河龟周围绕了一圈之后直通河滩。塘边想必没有人了,静谧且呈蓝色。河龟堆中的水会不会已经退光?木桩和网是不是已经干了?不久,陷进沙中的河龟就会露出头来,那粗糙的长脖就要伸向天空,布满眼屎的眼睛流露出窒息的神色。要用砍刀的刀锋砍碎龟壳,然后把白肉切成碎块用盐腌起来,否则,天热,潮气又重,会腐烂的。聂威斯甩掉香烟,正要吹灭油灯,听到有人敲门。他拔下门闩,进来的是拉丽达,身穿一条汪毕萨人的裙子,赤着双脚,披着及腰的长发。

"如果在他们两个人中间只能对一个人进行报复,我就挑她,阿基里诺,"伏屋说道,"这条母狗,肯定是她主动的,那时候我在生病嘛。"

"你待她也太坏了,还总打她,再说,女人也有女人的自尊心,伏屋,"阿基里诺说道,"你每次外出总是带个女人回来摆在她面前,这谁能忍受?"

"你以为她是对那些琼丘女人生气?"伏屋说道,"你尽说傻话,老头。那母狗因为我不能跟她干了,就熬不住了。"

"你最好还是别说这些了,伙计,"阿基里诺说道,"我看得出你又伤心了。"

"事情准是这么开始的,确实是因为我不能跟拉丽达干了,"伏屋说道,"你瞧,这病多么不幸,阿基里诺,太可怕了。"

"我把您吵醒了吧?"拉丽达说道,声音中还带有睡意。

"不,您没把我吵醒,"聂威斯说道,"晚上好,您有何吩咐?"

他把门关好,提了提裤子,双手交叉在胸前,但接着又把手放了下来。他站着一动不动,不知如何是好。最后他指着土瓮:刚才钻进来一只毛蜘蛛,被我打死了,洞才堵上一个星期。拉丽达在木床上坐了下来。可是这些毛蜘蛛每天都钻个洞。

"这东西也饿嘛,"拉丽达说道,"这个季节就是这样。我跟您说,有一次,一只毛蜘蛛把我咬醒了,我的腿都不能动了,冒了个红点,后来就肿了起来。汪毕萨人把我的腿放在火上烤,让它出汗,可最后还是留下了痕迹。"

她把手伸向裙边撩起裙子,露出浑圆结实的茶色大腿,上面有一个蠕虫般的疤痕。

"您怕什么?"拉丽达说道,"您干吗转过身去呀?"

"我没害怕,"聂威斯说道,"您光着身子,而我是个男人。"

拉丽达笑了,放下裙子,她的脚摆弄着一只瓦罐,用脚背、脚趾和脚跟不断地摆弄着。

"母狗!婊子!什么事都干得出来,"阿基里诺说道,"不过我倒是很喜欢拉丽达,我不在乎这个,她就像我的亲生女儿。"

"看到自己的男人快要死了却干这种事,比母狗和婊子还不如,"伏屋说道,"叫我骂她什么好啊!"

"死?在圣巴勃罗,大部分人是老死而不是病死,伏屋。"阿基里诺说道。

"你这样讲不是为了安慰我,而是我骂了那婊子让你不高兴了。"伏屋说道。

"有一次,他当着我的面骂您:你又裙子底下什么都不穿了,再这样我叫大蚂蚁咬你,"聂威斯说道,"您还记得吗?"

"好几次他都说:我把你送给汪毕萨人;我把你的眼睛挖出来,"拉丽达说道,"他还总对潘达恰说:你再偷看她,我就宰了你。他只是吓唬人而已，骂过了，火就消了。他打我，您看了难过，对不对？"

"也恼火，"聂威斯笨拙地抚摸着门闩说道，"尤其是他骂您的时候。"

我们俩单独在一起的时候更糟：哈，你的牙都掉了；哈，你满脸疙瘩；哈，你的身子不如以前了；哈，你的肉都松了，你马上就要变成汪毕萨老太婆了。他什么话都骂得出来，您不难过吗？聂威斯：别说了。

"她很了解你的为人，对你还是信任的，"阿基里诺说道，"我每次到岛上去，拉丽达总说：他就要带我离开这里了，今年如果橡胶丰收，我们就到厄瓜多尔去结婚。阿基里诺先生，您做好事，出的价钱高一点儿。这可怜的拉丽达。"

"她先前不跑，是因为要等我发财，"伏屋说道，"真是个畜生，老头。她身上的肉还结实、脸上没有疙瘩的时候，我都没跟她结婚。到了不能逗人上火的年纪，反倒想着我会跟她结婚了。"

"可她把阿德连·聂威斯的火逗起来了，"阿基里诺说道，"要不他就不会带她私奔了。"

"老板也要把那些女人带到厄瓜多尔去吗？"聂威斯说道，"也要同她们结婚？"

"只有我才是他的老婆，"拉丽达说道，"别人都是奴仆。"

"不管怎么说，我看得出您很痛苦，"聂威斯说道，"他把别的女人带到家里来，您要是不痛苦才叫没心肠呢。"

"他没有把女人带到家里来过，"拉丽达说道，"她们同牲口一起睡在畜栏里。"

"可他当着您的面跟她们睡觉呀，"聂威斯说道，"您别装作不懂我的话。"

他又看了她一眼。拉丽达凑近床边，双膝并紧，眼睑低垂。聂威斯：我说这话是无心的。他结结巴巴地说：您说您要和老板到厄瓜多尔去，我就有点儿恼火。他看了看窗外：靛蓝色的天空、篝火、羊齿植物间闪闪发光的萤火虫。请您原谅，我是无心的。拉丽达抬起眼睛。

"当他不再喜欢那些女人的时候，不是把她们送给你或者潘达恰了吗？"她说，"你同他都是一路货。"

"我是单身汉，"聂威斯说道，"一个人总得有个女人来做伴，您干吗把我同潘达恰相提并论呢？不过，我很高兴您用'你'来称呼我了。"

"起初她利用我外出的机会用手去抓那些女人，把一个阿丘阿尔姑娘抓出了血。后来她习惯了，还跟她们交上了朋友，教会她们说我们的话，很谈得来呢，并不像你想的那样，老头。"

"可你还不满足，"阿基里诺说道，"一般人做梦都想像你这样风流呢，有几个人能今天一个女人明天一个女人的，伏屋？"

"可都是些琼丘女人呀，阿基里诺，"伏屋说道，"阿瓜鲁纳女人、阿丘阿尔女人、沙普腊女人，都是些肮脏货，伙计。"

"还有，那些女人都是些畜生，"拉丽拉说道，"她们对我可亲热了，对汪毕萨人却很害怕，所以我很可怜她们。你要是老板，也会同他一样骂我的。"

"您了解我吗，就轻易下结论？"聂威斯说道，"我对自己的老婆是不会这么做的，特别是，如果您是我老婆。"

"在岛上，她的肉体很快就松弛了，"伏屋说道，"拉丽达早衰难道是我的过错？再说浪费青春才是傻瓜呢。"

"所以你抢女人都抢年轻的，"阿基里诺说道，"年轻女人的肉体结实，对吧？"

"也不完全如此，"伏屋说道，"同任何男人一样，我喜欢黄花闺女，可是那些狗异教徒不等她们发育完全就让她们破了身，只有我遇到的那个沙普腊女人还是个姑娘。"

"我只有想起我在伊基托斯时的模样，才伤心，"拉丽达说道，"那时我的牙齿又白又齐，脸上一个斑点都没有。"

"您总是喜欢用胡思乱想来折磨自己，"聂威斯说道，"为什么老板不允许汪毕萨人接近这一带？还不是因为您一走过，他们的眼睛都快瞪出来。"

"他还不许你、不许潘达恰接近呢，"拉丽达说道，"那倒不是因为我漂亮，而是因为在这儿我是唯一的女人。"

"我一直对您是有礼貌的，"聂威斯说道，"您干吗把我和潘达恰同等看待呢？"

"你比潘达恰好，所以我才来看望你，"拉丽达说道，"你现在还发烧吗？"

"你还记得我没去码头接你的那一次吗？"伏屋说道，"你都到了，我还待在橡胶库房里。就是那一次，老头。"

"对，我想起来了，"阿基里诺说道，"你仿佛在闭目养神，我还以为潘达恰刚给你吃过药呢。"

"你还记得我喝醉酒那一次吗？"伏屋说道，"那一次我喝的是你带回来的茴香酒。"

"也记得，"阿基里诺说道，"那一次你要烧掉汪毕萨人住的茅屋，简直像着了魔，我们不得不把你捆起来。"

"那是因为差不多长达十天我一直想跟那母狗干却力不从心，"伏屋说道，"不管是跟拉丽达还是跟那些琼丘女人都没干成，老头。我简直要发疯了，老头。我一个人暗自哭泣，老头。我当时真想自杀，死了算了。一连十天都失败了，阿基里诺。"

"别哭了，伏屋，"阿基里诺说道，"你那时为什么不对我讲？也许能治好呢。我们可以到巴瓜去，医生会给你打针的。"

"我那时双腿麻木了，老头，"伏屋说道，"我用手捶也没用，就点火柴烧，可这双腿还是像死人一样，老头。"

"别再用这些伤心事折磨自己了，"阿基里诺说道，"你看，到船边来。你看，飞鱼真不少，这种鱼身上带电。你瞧，还追着我们不放呢。空中、水下都是星星斑斑的光点,多好看啊。"

"接着我浑身又出了红块,老头,"伏屋说道,"当着那母狗的面,我都不敢脱衣服,整日整夜地掩盖着,也没个人可以诉说,只能独自饮恨。"

这时有人挠墙。拉丽达站起身来走到窗前,把脸贴在窗纱上咕哝了几句,外面也有人在轻轻地低语。

"小阿基里诺生病了,"拉丽达说道,"这可怜的孩子吃什么吐什么,我去看看他。要是明天老板还不回来,我就过来给你烧饭。"

"但愿他不回来,"聂威斯说道,"我不需要您来给我烧饭。您光是来看看我,我就满足了。"

"我既然跟你以'你'相称了,你也可以对我用'你'了。"拉丽达说道,"至少在没人的时候。"

"要是有网,可以捕上成堆的鱼来,伏屋,"阿基里诺说道,"要不要我扶你起来看看这鱼?"

"随后又是这只脚,"伏屋说道,"走路一瘸一拐的,老头。后来就像蛇似的蜕起皮来;蛇还能长出新皮,可我不行,老头。浑身都是烂疮,阿基里诺,老天爷太不公平了,太不公平了。"

"我也知道这世道不公平,"阿基里诺说道,"快过来,你瞧这种龟鱼多好看啊。"

胡安娜·宝拉和安东妮娅每天定时离开加依纳塞腊区,也总是走固定的路线:走过两个笔直且尘土满地的街区,就到了市场。女贩子们正开始在苏洋木树下铺毯子,摆好商品。到了出售梳子、香水、衬衣、裙子、缎带和耳坠的奇异商店,向左一拐,再往前走上一百米,就是阿玛斯广场,广场周围是一圈棕榈树和罗望子树。她们从北方星旅馆对面的一个街口进入广场。在整个行程中,胡安娜·宝拉用一只手向熟人打招呼,另一只手搀着安东妮娅。到了广场,胡安娜观察一下那里的长凳，选择一条最阴凉的，把姑娘安置在那里。如果姑娘一动不动地坐着，洗衣妇就一路小跑回家里，解开驴，把要洗的衣服收拢起来，朝河边走去。如果安东妮娅的双手不安地抓住她的手，胡安娜就在她身边坐下来，温存地安慰她，反复地低声问她怎么了，直到姑娘放她离去。到了中午，洗好衣服，胡安娜再来找她；有时让安东妮娅骑驴返回加依纳塞腊区；看到安东妮娅同一个和蔼的女邻居在广场圆亭周围散步或是听到擦皮鞋的、乞讨的和那个哈辛托告诉她说"某某人带她到教堂里去了"或者"到堤岸那边去了"（这一切对胡安娜来说都已习以为常），就独自返回加依纳塞腊区，而安东妮娅到了下午也牵着某富翁家女仆的手回来了。

那一天，她们出门的时候比往日早，胡安娜要顺便去格劳军营送一套军装。那时，市场上空无一人，几只兀鹰在奇异商店的房顶上打瞌睡。清道夫还没上工，垃圾堆和水洼散发着臭气。空荡荡的阿玛斯广场微风轻拂，旭日初升，天空一望无云。此时，沙尘已无，胡安娜用自己的裙子擦了擦长凳，感到姑娘的双手是镇静的，便在姑娘的面颊上亲了一下，走了。在回家的路上，她遇到了住在堤岸区的埃莫赫内斯·雷安德罗的老婆，二人继续上路。此时太阳已升到了头顶，直射在市镇的房顶。胡安娜佝偻着身躯，不时地用手揉着腰。她的女友：你生病了？她：几年来，我一直有抽筋的毛病，特别是在早上。两个人又谈起了病痛、药物、晚年及生活的劳碌，等等。接着胡安娜告辞，走进了家门。出来时，她抱着一大包脏衣服，腋下还夹着用几张《回声与新闻》包着的军装。她沿着荒漠边缘朝格劳军营走去；地面炙热，蜥蜴在她双脚间窜来窜去。一个士兵迎了上来：上尉要发火了，为什么不把军装早点儿送来？士兵一把夺过纸包，付了钱。胡安娜向河边走去，这次她没有去老桥，尽管她平时总是在那里洗衣服；而是去屠场那边的一片圆形河滩，在那里又遇到了两个洗衣妇。三个女人跪在河滩边一边洗着，一边谈天，干了整整一个上午。胡安娜先洗完走了。这时，在直射阳光的照耀下显得格外耀眼的街道上满是本地人和外地人，但安东妮娅不在广场上，不管是乞丐还是哈辛托都未曾看到她。胡安娜于是回加依纳塞腊区去了，一路上，双手一会儿拍驴，一会儿揉腰。她一到家就开始晾衣服，晾了一半就躺倒在草垫上了。等她睁开眼睛，沙尘又下了起来。她呻吟着走到后院，有些衣服又脏了。她拉上护绳的帆布罩，收起衣服回到房间里，在床垫底下翻了一通，找到了药水，用药水把一块布浸湿，撩起裙子就用力在胯部和臀部揉擦起来。药水有一股尿味，令人作呕。胡安娜堵住鼻孔，等待皮肤晾干。她为自己做了些干粮，正当她吃饭的时候，有人敲门。但不是安东妮娅，而是一个女仆，手里拎着一篮子衣服。她们站在门外谈了起来。沙尘还在下，虽然看不见尘粒，但脸上和臂上都有一种蜘蛛脚在抓搔的感觉。胡安娜谈着她的抽筋病，谈着倒霉的药水。女仆讲话却很激烈：让他给你换一种药，要么就把钱退给你。接着女仆贴着墙、顺着房檐走了。剩下胡安娜一个人坐在床垫上，嘴里继续嘟囔着：我星期天就到你家找你去，你以为我老了，就可以欺骗我吗？擦了你的药水，我的腰反倒颤抖起来，强盗。说着又躺了下来。等她醒来，已是黄昏时分。她点上了蜡烛，但安东妮娅还是没有回来。她走到后院，驴竖起耳朵叫了起来。胡安娜拿起一条披肩，披在肩上，走上街。外面漆黑一团，加依纳塞腊区的每扇窗户里都露出了烛灯、油灯和灶火的光芒。她头发散乱，快速地走着。到了市场附近，在一道大门洞中，有个人说她是鬼。她一路小跑：你还是给我一些治昏睡的药吧，总是想睡觉；要么你把钱退给我。广场上行人很少，她走近所有的人询问安东妮娅的下落，没有一个人知道。沙尘下得密了，也可见了，胡安娜把嘴和鼻子捂起来。她走了许多条街道，敲门问了许多户人家，同一个问题问了二十遍。回到阿玛斯广场时，她吃力地跑着，最后扶在墙上不动了。有两个人戴着草帽，正坐在长凳上谈话。她：安东妮娅在哪儿？彼德罗·塞瓦约斯医生：晚安，胡安娜夫人，这种时候您还在街上干什么？另一个人带有外地口音：沙尘真大，要打破我们的脑壳了。塞瓦约斯医生摘下草帽递给胡安娜，她接过来戴上。草帽很大，连耳朵都盖住了。医生：瞧您累得都说不出话了，坐一会儿吧。胡安娜夫人，出了什么事？告诉我们吧。她：安东妮娅在哪儿？两个男人互相看了一眼。另一个人：最好还是把她送回家吧。医生：好，我认识，她家就在加依纳塞腊区。他们架起她的臂膀。胡安娜·宝拉咆哮着：她是瞎子，你们看到她没有？塞瓦约斯：胡安娜夫人，安静些，到家再讲。另一个人：这是什么气味？塞瓦约斯医生：是江湖郎中卖的药水的气味，可怜的老太婆。

胡利奥·列阿德基擦了擦前额，看了翻译一眼：蔑视当局，这可不好，你要吃亏的。把这话翻给他听。乌腊库萨村的空场是一片不大的三角形空地，周围一片树林，树枝和藤蔓从茅屋顶摇摇摆摆地伸出。这些茅屋用硬木桩支撑着架在空中，四周凹进，犹如鸭尾。翻译比画着咕哝了几句，胡姆注意地听着。茅屋共有二十几间，式样一模一样：芦草铺的屋顶，藤条扎起来的棕榈木片做板壁，树干做的梯子极为粗糙。两个士兵在挤满被俘乌腊库萨人的茅屋前聊天，另外几个士兵正在崖边支帐篷。基罗加上尉用手挖着蚊子，女孩安静地站在罗贝托·德尔加多班长身边，不时地望着胡姆。女孩眼睛明亮，仍像男孩似的胸部微微显出两点紫色的乳晕。这时胡姆讲话了，从那两片发紫的嘴唇吐出一种干巴巴的声音，并且一口一口地吐着唾沫。胡利奥·列阿德基把腿闪开，免得落上雨点般的唾沫。翻译：他说班长偷东西，也就是说，想偷东西，他们就用棍子揍了他一顿，但最后还是放了他。滚吧，下次别偷了。还给了他一条独木舟，就是胡姆本人的那条。领水员跑了，他没看见，是跳河跑的。德尔加多班长朝胡姆走了一步：你说谎。基罗加上尉使了个眼色阻止了他：先生，他在说谎，班长是到巴瓜去探亲的，要是偷他们的东西，岂不浪费了许多时间？上尉，就算我们想偷，又能偷到什么？您没见乌腊库萨村这副穷相？上尉：说你们杀了那个新兵也并无其事喽？他到底跳河没有？见鬼，他要是没有死，就是开小差。班长把手指交叉起来做亲吻状：他们肯定是把领水员杀了，还说我们偷了他们的东西，真是弥天大谎，上尉，我们只是稍微搜查了一下，也是为了找到我对您讲的那种杀虫药，他们就把我捆起来毒打，还捆打了用人。领水员是他们杀掉后埋起来的，为了不让人发现。胡利奥·列阿德基朝女孩微微一笑：这孩子在偷看我，是害怕还是好奇？女孩系着一块阿瓜鲁纳人的遮羞布，沾满尘土的浓发随着头的摇摆而飘动不止；头上、臂上都没戴装饰品，只是脚踝上系着两个小小的干葫芦。胡利奥·列阿德基：为什么不同佩德罗·埃斯卡维诺做生意？为什么今年不像往年那样把橡胶卖给他？把这话翻给他听。翻译又比画着咕噜了几句。胡姆把双臂交叉在胸前听着，与此同时，镇长示意女孩走近，女孩一扭身背对着他。翻译：先生，他说再也不卖给他们了，那个埃斯卡维诺是魔鬼，叫他滚了，那个中间人太坏，以后乌腊库萨村、奇凯斯村……任何阿瓜鲁纳人的村子都不会跟他做生意。胡利奥·列阿德基：乌腊库萨人既然不愿卖给中间人埃斯卡维诺，他们那么多的橡胶怎么办？镇长一直用温和的眼光看着女孩。还有那么多的皮毛，怎么办？翻给他听。翻译向胡姆咕噜了几句，又是吐唾沫，又是打手势。列阿德基观察着他们，身子微微倾向这个乌腊库萨人。女孩向前走了几步，看到了胡姆头上的伤口，伤口肿起来，但血止住了，然而一只眼睛红肿着。胡利奥·列阿德基：合作社？阿瓜鲁纳话里可没有这个字眼，他是跟你说合作社这个字了吗？翻译：他是用西班牙语说的，先生。基罗加上尉：是的，我也听见了，事情这么复杂，列阿德基先生，他们为什么不跟埃斯卡维诺做生意了？他们怎么想得出要到伊基托斯去卖橡胶？他们连伊基托斯是什么都不知道呢。胡利奥·列阿德基似乎在出神，摘下帽盔，理了理头发，看了上尉一眼：十年来，佩德罗·埃斯卡维诺一直给他们运来布匹、猎枪和刀子,这些都是进树林割橡胶需要的工具,上尉;之后埃斯卡维诺再来,他们就把割集来的橡胶交给他,他再用布匹、食品补上差价,这些也是他们需要的;今年他们也接受了预付的东西,到后来却不愿意卖了,上尉。这就是全部事实。士兵搭好了帐篷,都走了过来,其中一个伸手去摸女孩,女孩吓得一跳,小葫芦也跳了起来,发出一阵铃鼓声。上尉:啊哈,这可是贪污,我还不知道呢,不但殴打军人,还要诈骗老百姓,干掉那个新兵也就不足为奇了。镇长:抓住她,别让她跑了。三个士兵跟在女孩后面跑着,她太灵活了,滑来滑去,最后他们在空场中央抓住了她,把她带到镇长跟前。镇长伸手摸她的脸蛋:这女孩眼睛机灵,动作优美,对吗,上尉?可惜生在这种地方。上尉:这女孩肚子也不大,鼓胀病对孩子来说太可怕了,他们食物里的寄生虫太多。罗贝托·德尔加多班长:这孩子年纪小,吃得也不错,要是带到部队去,一定会受宠爱,上尉。士兵们笑了。是他的女儿吗?翻译:不是,先生,不是乌腊库萨村人,倒是个阿瓜鲁纳族姑娘;他说这孩子是在帕托·哇恰纳出生的,先生。胡利奥·列阿德基叫来两个士兵:把她带到帐篷里去,谁要是跟她动手动脚,你们可得小心。一个士兵抓起女孩的臂膀,她也不抗拒,任士兵抓住。胡利奥·列阿德基转向正在同看不见、也许是想象中的空中敌人作斗争的上尉:上尉,有几个自称教师的人曾经到过这儿,他们是借口教土人讲西班牙语而钻到这里来的,现在看出来后果了,把班长揍了一顿,毁掉了佩德罗·埃斯卡维诺的买卖。上尉,你想过没有,要是所有的土人都把预付实物的中间人撇开了,事情将会怎么样?上尉抓了抓下巴,表情严肃地:造成经济灾难?镇长点点头:这都是外来人给我们招来的麻烦,上尉,上回是外国人,几个英国人,说是什么植物学家,钻进山里把橡胶树种拿走了,于是世界上充满了英国殖民地出产的橡胶,比秘鲁和巴西的还便宜,结果亚马孙河流域被毁了。上尉:列阿德基先生,从前真的有歌剧团到伊基托斯来演出吗？橡胶工人真的用钞票点雪茄吗？胡利奥·列阿德基微微一笑：你可以想想，我父亲那时专门雇一个厨师给狗做饭。上尉笑了，士兵们也笑了，但是胡姆仍然表情严肃，双臂交叉，不时地用眼睛瞥向挤满乌腊库萨人的茅屋。胡利奥·列阿德基叹了一口气：那时候不费力气就能赚大钱，现在赚几个子儿得流血流汗，还得跟这些人打官司，解决这种混账问题。这时上尉也严肃起来：胡利奥先生，我相信您的话，现在亚马孙河流域的人生活可苦了。列阿德基转向翻译，声音突然严厉起来：阿瓜鲁纳人不能到伊基托斯去卖橡胶，他们必须履行诺言，那些到过这儿的外地人欺骗了他们，什么合作社不合作社的，中间人埃斯卡维诺就要到这儿来了，要像往常那样好好做生意，翻给他听。翻译：先生，您讲得太快了，您最好再说一遍。上尉：他说得够慢的了，别开玩笑。胡利奥·列阿德基：不忙，上尉，我再说一遍就是。翻译比画着咕哝起来，胡姆听着。一丝微风吹过乌腊库萨村，树林的枝叶发出微弱的沙沙声，一阵嬉笑声传了过来，女孩正在同士兵在帐篷前玩耍。上尉不耐烦了：怎么不说话？他摇着胡姆的肩膀：这回还没听懂？胡姆昂起头，用那只好的眼睛打量着镇长，用手一指，嘴里咕哝了几句。胡利奥·列阿德基：他说什么？翻译：他在骂你，先生，说你是魔鬼，先生。

走廊里空无一人，只有从大厅传来的嘈杂声。天花板上吊着的电灯罩着一层蓝色的玻璃纸，一丝晨曦笼罩着快要落下来的墙纸和几扇结实的房门。何塞费诺走近第一扇房门听了听，又走近第二扇房门；第三扇房门里有人在喘着粗气，木床吱吱作响。何塞费诺用手指敲了一下，接着听到塞尔瓦蒂卡的声音：谁呀？一个陌生的男人声音：谁？何塞费诺立即向走廊尽头跑去，这个地方仿佛不是清晨，还处在黄昏的样子；他一动不动地躲在暗影中。一阵吱吱的门锁声，一头黑发拥到蓝色的灯光里，一只手像撩窗帘般地把黑发向后一掠，一双绿色的眼睛闪闪发光。何塞费诺露出身影,向她做了一个手势。几分钟之后,一个穿着衬衣的男人嘴里哼着小调消失在楼梯口。何塞费诺走过走廊进了房间。塞尔瓦蒂卡正在扣上黄色衬衫的纽扣。

"利图马今天下午回来了,"何塞费诺下命令似的说道,"就在下面,同雷昂兄弟在一起。"

塞尔瓦蒂卡突然浑身一震,双手停留在扣眼上不动了,但是既未转过身子也不讲话。

"你别怕,"何塞费诺说道,"他不会对你怎么样的,事情他是知道了,但一点儿也不在乎。我们一起下楼吧。"

她还是一言不发,又扣起衬衫来,但这回扣得特别慢,在扣上之前把纽扣扭来扭去,手指好像冻僵了一样,然而脸上却冒出汗,衬衫的背部和两腋也渗出几块汗渍。房间很狭小,又没有窗子,只有一盏淡红色的灯,屋顶波浪形的锌板快要碰到何塞费诺的头。塞尔瓦蒂卡套上一条奶油色的裙子,好一会儿才费力地拉上拉链。何塞费诺弯下身子捡起一双白色的高跟鞋递给她。

"瞧你吓得都出汗了,"他说,"擦擦脸,没有什么好怕的。"

他转身把门关上,再回过身来,看到塞尔瓦蒂卡死盯着自己的眼睛,嘴唇半张半合,鼻翼迅速地翕动着,好像呼吸很吃力,或是闻到一股臭味的样子。

"他喝醉了吗?"停了一刻,她用胆怯的、游移不定的声调问道,同时用一条毛巾使劲地擦着嘴。

"有点儿醉,"何塞费诺说道,"我们在雷昂兄弟那儿欢迎了他,他从利马带来了一种很好的皮斯科酒。"

二人走出房间,在走廊里,塞尔瓦蒂卡手扶着墙壁,走得很慢。

"简直不能相信,你到现在还不习惯穿高跟鞋,"何塞费诺说道,"要不,你就是太激动了,对吧,塞尔瓦蒂卡?"

她没有回答。在微弱的蓝色灯光照射下,她那直线条的厚嘴唇像一个攥紧的拳头,面部表情僵硬而死板。二人走下楼梯,迎面扑来一阵热气和酒味,光线减弱。当灯光暗淡而喧闹拥挤的舞厅出现在他们脚下的时候,塞尔瓦蒂卡停住了,弯腰扑在楼梯扶手上,眼睛睁得大大的,用野性的目光在一片模糊不清的人影中巡视。何塞费诺用手指了指酒吧柜台:

"在柜台那边,在碰杯的那群人里。你认不出他来了,他瘦多了。在琴师和雷昂兄弟中间那个穿着闪光上衣的就是他。"

塞尔瓦蒂卡僵直地抓住扶手,半边脸被头发掩住,一阵急切的气喘胀满了胸部。何塞费诺扶住她,二人走进互相拥抱着的舞伴中间,像在泥泞中跋涉,也像在出汗的肉墙、臭气和难以辨别的喧闹中开辟道路。圆球的小鼓和钹正在演奏一支科里多①,其间不时地插进年轻人阿历杭德罗的六弦琴伴奏。这时音乐显得很活跃,但是六弦琴一停,音乐就失去了和谐,带有一种悲壮的意味。二人走出舞池,来到酒吧柜台前,何塞费诺放开塞尔瓦蒂卡。琼加在摇椅上直起身子,四个脑袋同时转过来看他们,他俩也止住了脚步。雷昂兄弟似乎很快活;安塞尔莫先生头发蓬乱,眼镜掉了下来;利图马扭歪着满是泡沫的嘴,用手摸索着柜台想把杯子放下,一双小眼睛一刻也不离开塞尔瓦蒂卡,另一只手开始慌乱而机械地梳理起头发来。他一下子摸到柜台,放下杯子,腾出手把猴子推开,向前冲去,但刚迈了一步,就像失去劲头的陀螺在原地摇晃起来,两眼发直,眼看要倒下去。雷昂兄弟扶住了他。他面无表情地继续盯着塞尔瓦蒂卡,最后深深地叹了一口气,在雷昂兄弟的搀扶下缓慢地向何塞费诺和塞尔瓦蒂卡走去,胸前沾满了泡沫和唾涎。只是在这时,一丝冷冷的、不自然的苦笑才在他的嘴角出现,下巴也抖动起来:很高兴见到你,亲爱的。他整个面孔扭歪了,一双小眼睛流露出难以忍受的痛苦。很高兴看到你,利图

---

① 一种墨西哥民间小调。

马,塞尔瓦蒂卡说道。他:很高兴见到你,亲爱的。身子又摇晃了起来。雷昂兄弟和何塞费诺围住他。他的小眼睛蓦地一亮,浑身感到一阵轻松,身子一歪靠在何塞费诺身上:你好,亲爱的伙计。利图马倒在何塞费诺的怀里:真高兴见到你,兄弟。他抱住何塞费诺不放,说着谁也听不懂的话,还不时地叫几声,但是当二人分开的时候,利图马显得较为镇静,小眼睛不再紧张地转动,表情也正常起来,露出了真正的笑容。塞尔瓦蒂卡双手敛在裙前,一动也不动,面孔被又黑又亮的发丝遮住。

"亲爱的,我们又见面了。"利图马近乎结结巴巴地说道,笑得越来越舒畅,"过来,干一杯。应该欢迎我回来,我是四号二流子。"

塞尔瓦蒂卡朝他走去,头一摇,把头发甩开,两颗小小的绿色火焰在眼中柔和地闪烁。利图马伸出一只手抓住她的肩膀,把她拉到柜台前。琼加眼神错乱地死盯着他们。安塞尔莫先生把眼镜扶正,双手在空中乱抓,摸住了利图马和塞尔瓦蒂卡,亲热地拍着他们:这样我就高兴了,年轻人。他像父亲般地说道。

"今晚是故人相逢,亲爱的老头,"利图马说道,"您瞧我表现得不坏吧?琼加,小琼加,把杯子斟满,你自己也倒一杯。"

他一饮而尽,呛了一口,啤酒和涎水流了满嘴,一直滴到上衣脏乎乎的翻领上。

"你的心肠太好了,"猴子说道,"像太阳一样。"

"安塞尔莫先生,奏一支《心、灵魂与生活》吧,"利图马说道,"我就想听听这支圆舞曲,行行好,让我高兴高兴。"

"对,你还得照顾乐队,"琼加说道,"那头在抗议,叫你呢。"

"让他跟我们待会儿吧,小琼加,"何塞怪声怪气地说道,"让这位伟大的艺术家跟我们喝一杯吧。"

但是安塞尔莫先生已经转过身,用手摸索着墙壁,拖着脚步,温驯地向乐师们所处的角落走去。利图马虽然一直搂着塞尔瓦蒂卡,但并不看她一眼，只一个劲儿地喝酒。

"我们来唱队歌吧，"猴子说道，"你的心肠像太阳，老兄。"

琼加也喝起酒来，用半死不活的黯淡目光无精打采地打量着众人；一会儿看看四个二流子，一会儿看看塞尔瓦蒂卡，一会儿看看舞池中边嬉笑边扭摆的男人、妓女和一对对走上楼梯的男女，一会儿看看角落里一群群隐约可见的人影。何塞费诺肘撑着柜台，也不喝酒，只是斜眼看着碰杯的雷昂兄弟。这时，三角琴、六弦琴、小鼓和钹响了起来。一阵骚动掠过舞池，利图马的小眼睛流露出热情：

"《心、灵魂与生活》，唉，这支圆舞曲使人回忆往事。亲爱的，我们来跳一个。"

他拉起塞尔瓦蒂卡就走，还是不看她一眼，二人消失在挤作一团的人体和暗影之中。雷昂兄弟击掌而唱。这时琼加一动不动地用令人不快的眼光盯着何塞费诺，像是要把自己那无限的懒意传染给他。

"真是奇迹，小琼加，"何塞费诺说道，"你也喝起酒来了。"

"你比谁都害怕，"琼加说道，眼里闪出一丝嘲讽，"瞧你吓得那副样子，二流子。"

"有什么可害怕的?"何塞费诺说道，"你瞧我说话算数吧？没给你惹是生非吧？"

"我看你都快吓死了，"琼加漠然地笑了，"你的声音都发抖了，何塞费诺。"

3

警长把赤裸的双腿垂在哨所的台阶下。周围的一切都在摇摆,生长着树木的山丘、圣玛利亚·德·涅瓦镇广场上的卡皮罗纳树,连茅屋都在摆来摆去,仿佛被嗖嗖的暖风一吹就倒。镇上一片漆黑,警察们脱得精光在蚊帐里打鼾。警长点了一支香烟,吸完最后几口的时候,突然,在灯芯草丛中,一艘汽艇沿着涅瓦河悄悄地出现了,艇尾有一顶帐篷,甲板上,几个人影在走来走去。这时没有下雾,在月光的照射下,从哨所可以清楚地看到码头。一个人影从艇上一跃而下,躲着河滩上的木桩跑了起来,最后消失在黑暗的广场中。片刻后,这人影又在哨所附近出现了,这时警长认出了拉丽达的面孔,她那有力的步伐、她的头发以及在肥大臀部两旁摆动着的手臂。警长欠身起来等着她来到台阶下面。

"晚上好,警长,"拉丽达说道,"幸亏您还没睡。"

"我今天值班,太太,"警长说道,"晚上好,请您原谅。"

"原谅您只穿着短裤?"拉丽达笑了,"放心吧,琼丘人不是穿得更少吗?"

"天气这么热,他们光屁股是情有可原的,"警长侧着身子用栏杆遮住自己,"不过小虫子把我饱餐了一顿,我现在浑身火辣辣的。"

拉丽达仰着头,哨所的灯光照在她那长了无数干巴巴疙瘩的面孔上和那披在背上像棕榈丝做的披肩似的长发上。

"我们全家要到帕托·哇恰纳去,"拉丽达说道,"那儿有个人过生日,一大早就要开始庆祝,我们得早一点儿出发。"

"当然得去了,"警长说道,"别忘了为我的健康干一杯。"

"孩子也跟去,"拉丽达说道,"可是鲍妮法西娅不愿意去,她还是那么怕见人,警长。"

"这姑娘真傻,"警长说道,"失去了一次机会。这种祝寿活动在此地是不常有的。"

"我们要到星期三才回来,"拉丽达说道,"那可怜的姑娘如果需要些什么,您愿意帮助她吗?"

"非常高兴,太太,"警长说道,"只是我去了您家三次,她一次也没出屋门,这您都看见了。"

"女人都是很狡猾的,"拉丽达说道,"您没发现?现在剩下她一个人了,就不得不出来了。明天您就去转转。"

"我一定去,太太,"警长说道,"你知道吗?您的船一出现,我还以为是魔船呢,就是那艘装满骷髅、载着梦游人的魔船。我以前并不迷信,可是到了此地,被你们传染上了。"

拉丽达在胸前画了个十字,用手示意警长不要再讲了:警长,您没见我们要在晚上出发吗?怎么净说些不吉利的话?星期三见,噢,阿德连向您问好呢。拉丽达像来时那样跑着回去了,警长等那人影又出现在河滩木桩间并登上汽艇之后,才走进哨所去穿衣服。他暗自说道:伙计,他们是在给你牵线呢。警长在周围警察的平静呼吸声中慢慢地穿上衬衣、长裤和鞋子。他想:汽艇在独木舟之间行驶,大概正在进入马拉尼翁河,阿德连·聂威斯正在艇尾把撑篙插入水中又抽出。这些森林地区的人外出时总带上全家人和所有的东西,跟那个叫阿基里诺的老头一样。他真的在船上生活了二十多年吗？这是什么习惯呀！传来了马达的嘶哑叫声，这有力的吼声盖住了夜间鸟儿的扑翅声、各种嘈杂声和蟋蟀的鸣声，接着马达声减弱了，远去了，山间的嘈杂声又一个一个地复苏，占据了夜晚，使夜晚充满了植物和动物发出的响声。警长嘴里叼着香烟，袖子挽到肘部，环视着周围走下台阶，直达中尉睡的茅屋，只听得里面那几乎是颤动着的闷声呼吸透过窗纱传了出来。随后他迅速地沿小径走去，周围是一片混沌不清的聒噪声，猫头鹰闪着发光的眼睛，蟋蟀唱出低低的、刺耳的旋律。他感到什么东西在皮肤上一触即逝，什么东西像针一样地刺他。他踏倒的嫩草发出嘎吱嘎吱的声音，枯叶在他脚下被踏碎时也发出了低低的呻吟。到达领水员聂威斯的茅屋前时，他回头一望，只见镇上笼罩着一层透明的薄雾，但山丘上嬷嬷宿舍的灯光清晰地照亮了传教所的墙壁和锌皮房顶，还能清楚地看到小教堂正门上的装饰，细高的灰色顶楼直冲暗蓝色的天空；圆形的、围墙般的树林一直在微微地摇摆着，不停地发出单调的呼噜声，像人们不歇地从喉咙里发出的鼾声。警长的脚陷在田地里，水蛭那发黏而滚热的身体不断地碰在他的脚踝上。他弯身撩水擦了擦前额，接着登上了台阶。茅屋里一片漆黑，散发出浓烈的气味，这种不同于树林的气味是从房柱上发出来的：房柱上仿佛吊有剩饭，或是某种腐烂的尸体。这时田间有一条狗吠了起来，警长：很可能有人从屋顶和板壁间的缝隙中盯着我，那两个光点可能是女人的眼睛，而不是萤火虫。身为曼加切利亚区的人还害怕这个？你的勇气去哪里了？他左右看了一眼，跐起脚走过平台。远处的狗还在吠。窗帘是拉上的，黑洞洞的门里散发出更浓烈的气味。

"阿德连先生，我是警长，"他大声地说道，"请原谅我叫醒您。"

茅屋里好像有人愣了一下，接着是一阵慌乱、一声叹息，随后又静了下来。警长走到门口，举起电筒，打开开关，一团月光般的黄色光柱模糊而紧张地射在土瓮、盛玉米的凹锅和水桶上。警长结结巴巴：阿德连先生，您在吗？我要跟您谈谈，阿德连先生。这时光柱变成了苍白色，悄悄地爬上了板壁，照亮了堆满罐头盒的台架，接着蜿蜒而下，贪婪地照亮了地板，从一只熄灭了的火盆照到几支船桨，从毯子照到几捆绳子；突然，一个人的脑袋缩进毯子里，一双膝盖、两条胳臂弯了起来。警长：晚上好，阿德连先生在不在？电筒的光柱停在蜷缩着的女人身影上，微光颤抖着在她那一动不动的胯部照着。警长：您干吗装睡？我在同您讲话呢。她不回答。警长：您怎么这样呢？他又向前走了两步。她把脑袋深深地埋在双臂中。为什么这样，小姐？她的皮肤同照在她身上的电光同样白，一条鲜艳的长裙从膝到肩遮住了她的身体。警长：我是懂得怎样对待人的，您为什么怕我？难道我是来偷东西的不成？他抹了抹前额，电筒的光抖了起来，仿佛在发病，原来女人不见了。黄色的光柱到处搜寻，先发现一双脚和脚踝，她还是保持原来的姿势，但这时身体躺在那里抖得厉害，仿佛是阵阵强风吹得她在发抖。我不是小偷，作为警长没有什么了不起，但是有工资、住房和吃的，不需要偷人家的，我也没有病，小姐，您为什么要这样？起来吧，我只是为了更好地互相了解，想跟您谈一谈，好不好？他又向前走了两步，蹲下身来。她不抖了，但身子硬挺挺的，连呼吸都听不见。您为什么要怕我？来。警长胆怯地伸出手去摸她的头发。来，不要怕，亲爱的姑娘。他的指尖触到了几丝粗发，黑暗中，突然一震，她直挺挺地坐了起来，把他一推。他坐倒在地。警长在黑暗中摸索着，用电筒照了一会儿，发现一个人影正在迈出门槛，平台的地板在慌乱的脚步踩踏下发出吱嘎的声音。警长跑出茅屋，她已经到了平台的另一头，俯在栏杆上，像疯了一样摇着头。亲爱的姑娘，不要跳河。警长滑了一下：妈的。他继续向前跑：这姑娘太骄傲了，过来，亲爱的姑娘。她仍在发抖，在栏杆上撞来撞去，惊恐得像困在油灯罩里的昆虫。她没有跳河，也不回答，但是警长一把抓住她肩膀的时候，她蓦地一转身，仿佛一只老虎，与他面对面地对峙着。亲爱的姑娘,你干吗抓我?板壁和平台的地板开始吱吱作响,盖住了两个扭在一起的身体发出的闷声气喘。你干吗抓我,亲爱的姑娘。姑娘发出了急切的磨牙声,警长身上的衬衣、裤子都湿透了,树林散发出的热气犹如太阳射出的气浪,罩住身体,使他浑身是汗。亲爱的姑娘。他最后抓住了她的手,用身子把她挤压在板壁上。他突然蹬了她一脚,把她绊倒在地,自己也倒在她的身旁。弄痛了吗,小傻瓜?在地上,她无力地抵抗着,吃力地呻吟着,警长似乎动了心:亲爱的姑娘,我亲爱的姑娘,他咬着牙低声唤着。你看你。他渐渐地爬到了她的身上。亲爱的小妈妈,是你逗起我的兴致来的,亲爱的姑娘。姑娘的身体在他身下躲来躲去,最后屈服了。当警长用手去扯她裙子的时候,她微微动了一下,随后,当警长抚摩她那湿润的双肩、胸脯和腰肢的时候,她安静了下来。亲爱的姑娘,你使得我发疯了,我看见你的第一天就做梦都想你,你为什么总是躲着我,小傻瓜?你不想有个男人吗?她不时地抽泣着,但已经不挣扎了,然而依然硬挺着没有反应,有时也软下来,但仍然没有反应,紧夹着双腿。傻瓜,亲爱的姑娘,来,别这样,抱抱我。警长用自己的嘴想把她的双唇分开。他的身体开始摆动起来,撞击着她的身子。亲爱的姑娘,你真坏,你为什么不愿意?张开嘴巴,张开嘴巴,亲爱的小妈妈,从第一天起我就想你。最后,警长静了下来,他的嘴也离开了那紧闭着的双唇,身子滚了下来,仰躺在地上,吃力地喘着气。当他张开眼睛的时候,她已经站起来,望着他。黑暗中,她的眼睛闪着光辉,但已没有敌意,只带有一种平静的惊讶。警长扶着栏杆坐了起来。向她伸出手去。她任凭他抚摩自己的头发和脸蛋。亲爱的姑娘,瞧你把我搞成这个样子,你真傻,是你逗起我的兴致来的。他猛然把她搂在怀里吻了起来。她没有抗拒,片刻后,她胆怯地把手搭在警长的背部,像是在无力地休息。亲爱的姑娘,你从来没有接触过男人?她弓了弓身子,把嘴贴到警长的耳朵上:从来没有,我的主人。

"有一次,我们在阿帕加河一带转悠,汪毕萨人发现了一些足迹,"伏屋说道,"这些狗东西把我像傻瓜一样骗:要跟踪下去,老板,他们可能带着很多橡胶,大概要把今年割的橡胶卖给公家。我听了他们的话,顺着足迹一路追了下去,可那些狗东西找橡胶是假,寻衅斗殴是真。"

"汪毕萨人嘛,"阿基里诺说道,"你应该了解他们,伏屋。就是那一次,你们跟沙普腊人干了一仗?"

"不错,就在布沙加河岸边,"伏屋说道,"连一个橡胶球都没有,在我们上船之前,有一个汪毕萨人被他们杀死了,其他人愤怒了。我们阻止不了他们,你简直想象不出,阿基里诺。"

"我怎么想象不出?肯定是一场可怕的互相残杀,"阿基里诺说道,"这些土人报复心极重。杀死了他们很多人吗?"

"没有,差不多所有的沙普腊人都及时钻到山里去了。"

伏屋说道:"我们进村的时候只看到两个女人,一个被砍了头,另一个是你认识的。不过把她带到岛上来可难了。他们还想把她也杀掉,于是我不得不掏枪。那沙普腊姑娘就这样来到了岛上,老头。"

回来了两个汪毕萨人?拉丽达向居民点跑去,小阿基里诺拉着她的裙子跟在后面。几个妇女连哭带喊:老板娘,在布沙加河,我们的一个人被杀死了,是被沙普腊人用毒箭射死的。老板和其他人呢?他们都没事,他们要晚一些才能到,他们走得慢。因为载着很多从阿帕加河边阿瓜鲁纳人的一个村庄里搜来的货物。拉丽达没回茅屋,站在鲁布纳树旁望着水塘和河湾的出口处等待他们出现。后来等厌了,就在岛上到处转悠:养河龟的水塘、白人住的三间茅屋、汪毕萨人的居民点;小阿基里诺一直抓着她的裙子跟在后面。这些土人不再害怕鲁布纳树了,他们就住在鲁布纳树中间,也敢触摸这种树了。死者的亲人仍在地上打着滚大号大哭,小阿基里诺跑到正在编织蒲叶的老太婆跟前。该把屋顶换换了,她们说道,要是下起雨来,雨漏进来,我们就会给弄得精湿。

"你把沙普腊姑娘弄到岛上来那会儿,她有多大年纪?"阿基里诺说道。

"还小呢,也就十二岁的样子,"伏屋说道,"还是个闺女呢,阿基里诺,还没有人碰过她。她表现得不像动物,老头,你跟她亲热,她也跟你亲热,娇滴滴的,像只小猫。"

"可怜的拉丽达,"阿基里诺说道,"看到沙普腊姑娘跟你一起回来,她的脸色一定很难看,伏屋。"

"你不要同情那母狗,"伏屋说道,"我没叫这忘恩负义的母狗受够罪还感到遗憾呢。"

不是说汪毕萨人残忍好斗吗?也许是,但他们对小阿基里诺很好。他们教小阿基里诺做弩箭、鱼叉,还随便他摆弄他们为了搭茅屋正在削光的木棍。可能有些事情他们懒得去干,但是盖房屋、撒种子、织毯子不正是他们干的吗?阿基里诺先生运回来的罐头吃光了,不也是他们烧的饭吗?伏屋:幸亏都是些土人,只要能打架、报仇,他们就心满意足了;如果他们也要求分摊利润,那就非落得大家都穷困潦倒不可。拉丽达:要是我们有一天发了财,这都是人家的功劳,伏屋。

"我们年轻的时候,在莫约潘巴,总是一伙人去偷看拉米斯人的老婆,"阿基里诺说道,"有时一个女人落单了,我们也不管是年轻的还是年老的,是美的还是丑的,就扑上去。不管怎么说,琼丘女人的味道和白种女人总是不一样。"

"可是那个沙普腊姑娘妙不可言,老头,"伏屋说道,"我不光喜欢跟她干,而且喜欢跟她一起躺在吊床上逗她笑。我总是说,可惜我不懂得沙普腊话,不能跟她好好地谈谈。"

"妈的,伏屋,你现在笑了,"阿基里诺说道,"你一想起这沙普腊姑娘就笑逐颜开。你想跟她谈些什么?"

"随便谈点儿什么,"伏屋说道,"你叫什么名字啦,你仰天躺好啦,再笑一笑啦;要么就让她就我的一生提问题,我给她讲。"

"瞧你,伙计,"阿基里诺说道,"你是恋上这个琼丘姑娘了。"

一开始大家都好像没有看见拉丽达,或者好像她根本不存在。她走来走去,可是大家仍然捣着麻秆,抽着纤维,头也不抬。过了一会儿,汪毕萨女人们开始转过头来向她笑了,但是还不回答她的问题。拉丽达:你们不懂我的话还是怎么的?还是伏屋不许你们跟我讲话?然而她们却同小阿基里诺玩耍;一个汪毕萨姑娘跑过来追上他们,把一个用种子和贝壳做的项链给小阿基里诺套在脖子上。她就是那个不辞而别的姑娘,从此没再回来。伏屋:想来就来,想走就走,过了几个月,又像没事儿似的回来了,这最坏;跟土人打交道最难办了,拉丽达。

"那可怜的沙普腊姑娘很怕他们,只要有一个汪毕萨人走近她,她就跪在我的脚下,搂着我发抖,"伏屋说道,"她怕汪毕萨人甚过怕魔鬼。"

"没准儿那个在布沙加河被杀死的女人就是她的母亲,"阿基里诺说道,"再说,不是所有的人都怕汪毕萨人吗?汪毕萨人骄傲自大,看不起别人,比别的部落都坏。"

"我倒挺喜欢汪毕萨人,"伏屋说道,"这倒不光是因为他们帮助了我。我喜欢他们的为人。你难道看见过有汪毕萨人给人做仆人、当小工的吗?他们才不肯受人剥削呢,他们只喜欢打猎,喜欢跟人打架斗殴。"

"所以他们会把别的部落都消灭掉,连一个做样本的都留不下来,"阿基里诺说道,"不过你倒是随意地剥削他们,伏屋,他们在莫罗纳河、帕斯达萨河和圣地亚哥河流域造成了祸害,都是为了使你赚钱。"

"他们的枪支是我给搞来的,他们寻找敌人是我带的路,"伏屋说道,"他们没把我看作老板,而是同伙。不知这会儿他们把那沙普腊姑娘怎么样了,肯定把她从潘达恰手里夺走了。"

死者的亲属还在大哭,他们用荆棘把自己刺得浑身冒血,老板娘,我们这是为了休息一下,恶血流出来,悲痛、难过也就过去了。拉丽达:没准儿真是如此,等有一天我要是心中难过,我也刺刺,看看怎么样。蓦然,男男女女都站了起来,向崖边跑去,有的还爬到鲁布纳树上朝着水塘处指指点点。他们到了吗?到了。河汊入口处出现了一条独木舟,这是打头的独木舟,伏屋到了,货物真不少啊。还有一条独木舟,潘达恰和胡姆也到了。后面又是一批货,是汪毕萨人和领水员聂威斯。拉丽达:你瞧,小阿基里诺,多少橡胶啊,从来没看到过这么多的橡胶,上帝帮了忙,我们要发财了,可以到厄瓜多尔去了。小阿基里诺尖叫着。你懂吗?这是用被杀的汪毕萨人的血换来的。

"潘达恰现在可能又是既无女人又无主人了,"伏屋说道,"这可怜的人会到处找我的,他会伤心得又哭又叫的。"

"你不要可怜潘达恰,"阿基里诺说道,"他是无可挽救了,吃草药把他吃疯了,你离岛时他都没有发现。我最近一次到岛上去,他连我都认不出来了。"

"自从那对狗男女走了之后,你猜是谁喂我吃饭的?"伏屋说道,"还不是他?他给我做饭吃,为我去打猎捕鱼。我起不来床,他成天守在我的床边,像条狗一样忠实。老头,我肯定他会哭的。"

"我也吃过几次草药,"阿基里诺说道,"但是潘达恰是吃上了瘾,他很快就会死掉的。"

汪毕萨人卸着黑色的橡胶球和皮毛,在独木舟中间来来往往,把水踏得啪啪作响。拉丽达在崖边向他们打招呼,这时沙普腊姑娘出现了;这不是汪毕萨人,也不是阿瓜鲁纳人。她似乎穿着节日的盛装:戴着红、黄、绿三色项圈,还有羽冠、耳环,身穿黑花长裙。崖上的汪毕萨女人也打量着她。是沙普腊部落的?对,是沙普腊部落的。大家在低声议论。拉丽达拉起小阿基里诺跑回茅屋,在台阶上坐了下来。人们还在卸货,远远望去,可以看到汪毕萨人来来往往,潘达恰把皮毛晾在阳光下。领水员聂威斯终于回来了,手里拿着草帽:老板娘,我们走得太远了,又碰上许多漩涡,所以这次行程拖了这么长时间。拉丽达:有一个多月了。在布沙加河上,他们干掉了我们的一个汪毕萨人。拉丽达:我知道了,今天早晨先回来的人告诉我的。领水员戴上草帽钻进了自己的茅屋。接着伏屋也回来了,沙普腊姑娘跟在他的身后。她面带喜色,涂着脂粉,一走路,耳环和项圈就哗哗作响。拉丽达,我给你带来了一个仆人,是布沙加河上沙普腊部落的,她被汪毕萨人吓坏了,什么都不懂,你得教她点儿我们的话。

"你总是诅咒潘达恰,"伏屋说道,"你对所有的人都好,唯独对他不好,老头。"

"是我收留了他,把他带到了岛上,"阿基里诺说道,"要不是我,他早死了。但是我讨厌他,他像头畜生,伏屋,比畜生还不如,不三不四的。"

"我可不讨厌他,因为我了解他的历史,"伏屋说道,"这个人没有心眼,睡一觉,力气就来了,就忘掉了过去的不幸,忘掉了在乌卡雅里河死去的朋友。你是在什么地方遇到他的,老头?是不是大约在乌卡雅里河那一带?"

"还要下去一点儿,在一个小河滩上,"阿基里诺说道,"他正在睡觉,半裸着身子,快要饿死了。我发现他是个逃犯,就给他东西吃,他就像你刚才所说的那样,像条狗似的舔我的手。"

"给我来杯酒,"伏屋说道,"我现在去睡了,睡他个二十四小时。我们这次外出太危险了,在进入河道之前,潘达恰的独木舟翻了,在布沙加河又同沙普腊人干了一仗。"

"把这个姑娘给潘达恰吧,要不就给领水员,"拉丽达说道,"我现在有仆人了,不需要这个姑娘。你干吗要把她带回来?"

"让她给你帮忙呀,"伏屋说道,"再说,这些汪毕萨狗东西想杀掉她。"

拉丽达抽抽噎噎地哭了起来:难道我这个老婆不好吗?我不是一直跟着你吗?你认为我笨?我不是你要怎样都依着你吗?伏屋一言不发地脱着衣服,把脱下的衣服随手乱抛:在这儿谁说了算?你从什么时候学会跟我吵嘴了?不管怎么说,妈的,男人跟女人不一样,总得换换胃口,我可不喜欢哭哭啼啼的,再说这沙普腊姑娘不会夺走你什么的,你干吗还要嘟嘟囔囔?我说过了,她是来做仆人的。

"你还把她打晕过去了,流了一摊血,"阿基里诺说道,"我是一个月以后到的,那时拉丽达身上还是青一块紫一块的呢。"

"她光告诉你我揍了她,可她没说她想杀死那沙普腊姑娘,"伏屋说道,"我睡着了时候,发觉她在抽我的手枪,这下子我火了。这母狗,我每回揍她,她都要报复一番。"

"拉丽达其实心肠慈善着呢,"阿基里诺说道,"她跟聂威斯私奔倒不是为了向你报复,而是爱上他了。她要杀死那沙普腊姑娘,是出于嫉妒,而不是由于恨她。后来她不是跟那沙普腊姑娘成了朋友吗?"

"比跟那些阿丘阿尔姑娘还要好,"伏屋说道,"你还看不出来吗?她其实不愿意让我把那沙普腊姑娘给聂威斯,她说:还是让她留下来吧,她可以帮帮我。聂威斯把那姑娘转送给潘达恰的时候,她俩还抱头痛哭呢。她教会了那姑娘说我们的话,还有别的一些事。"

"女人们真是怪,有时令人百思不解,"阿基里诺说道,"我们来吃点儿东西吧,只是火柴被打湿了,怎么点炉子呢?"

她已经老了,只身一人生活。她唯一的伴侣就是驴,那头皮毛发黄、步履缓慢而又高傲的驴。每天早晨,她总是把装满前一天从富人家收来的衣服的篮子放在驴背上,沙尘刚停止,就走出加依纳塞腊区,一路上手里拿着一根苏洋木棍,不时地催打着驴。她在堤岸尽头拐弯，顺着一道尘土滚滚的斜坡跳跃着下去，穿过老桥下的铁桥墩，在皮乌拉河沿岸形成的一处小小的水湾停下来。水深及膝，她坐在水中一块大石头上，开始洗起来。与此同时，驴则像个无所事事或疲惫不堪的人那样倒在软绵绵的河滩上睡觉、晒太阳。有的时候，还有别的洗衣妇来到此地，胡安娜就同她们闲谈。要是只有她一个人，她就一面拧着一块台布，一面哼哼小调。她拧着衬裙：杀千刀的郎中，差点儿把我害死。她在被单上抹着肥皂：明天是本月第一个星期五，加西亚神父，我要去忏悔我的罪孽。河水把她的足踝和双手泡得发白，然而仍保持得很滑润、鲜嫩、年轻，但是身体的其他部分都被岁月弄得越来越皱、越来越黑了。每次走进河中，她的双脚老是陷入河床的柔软沙土之中，有时碰到的不是沙土具有的轻微的反作用力，而是一块坚硬的金属，或者是一种又黏又滑、像藏在泥浆中的鱼一样的东西。这些小小的不同是唯一扰乱她每天早晨老一套习惯的东西。然而那一个星期六，她突然听到背后有人在哭泣，哭得裂人肝肠，而且哭声很近。她失去了平衡，一下子坐在水中，顶在头上的篮子也翻倒了，衣服漂散在水面上。胡安娜一面嘟囔着，一面双手乱抓乱挠，最后总算把篮子、衬衣、短裤、外衣等捞了起来。这时她看到了安塞尔莫先生，他正抱头痛哭，岸边的浅水打湿了他的靴子。篮子一下子又掉在河里，没等被河水淹掉，胡安娜就走到河滩，来到安塞尔莫先生身边。她迷惑不解地含含糊糊说了几句表示惊讶和安慰的话。安塞尔莫先生头也不抬，仍然痛哭不止。"别哭了，"胡安娜说道，这时河水已把衣服淹没，无声无息地冲向远处，"看在上帝的分上，镇静下来，安塞尔莫先生，出什么事了？您生病了？塞瓦约斯医生就住在对面，要不要我去唤他来？您瞧您把我吓的！"驴早已睁开眼睛，斜眼望着他们。安塞尔莫先生待在那里大概有一会儿工夫了：他的裤子、衬衣、头发都沾满了沙土，帽子落在脚下，几乎被泥沙盖住。"不管怎么说，"胡安娜说道，"您得告诉我到底出了什么事。您哭得像个女人，一定发生了什么不幸。"胡安娜在胸前画了个十字。这时候安塞尔莫先生抬起头来，眼皮发肿，眼圈发黑，胡子又长又脏。胡安娜："安塞尔莫先生，您说，我能帮您的忙吗?"安塞尔莫先生："太太，我一直在等着您。"他的声音发抖。"等着我? 安塞尔莫先生。"胡安娜问道，眼睛睁得大大的。他点点头，把头埋在臂间又哭了起来。胡安娜："安塞尔莫先生，您这是怎么啦!"他号啕大哭："托妮达①死了，胡安娜太太。"胡安娜："您说什么，上帝啊，您在说什么?""她一直跟我住在一起，您可别恨我啊!"他的声音又发抖了。他用力伸出胳臂，指向荒沙地，绿房子在蔚蓝的天空下闪电般地发光。但胡安娜·宝拉并没有看见，她跌跌撞撞地向堤岸跑去，一边跑，一边惊叫。随着她的脚步声，窗子打开了，人们露出了惊愕的面孔。

　　胡利奥·列阿德基把手一扬：好了，让他滚吧。罗贝托·德尔加多班长直起身子，放下皮带，揩了揩充血的脸上的汗水。基罗加上尉：你干得很漂亮，他是聋子还是听不懂命令? 上尉走近躺在地上的乌腊库萨人，用脚踢了踢，地下的人发出一阵低吟。他醒过来了，上尉，您瞧吧，他还要逞强。班长嘴里骂骂咧咧，搓搓双手，使足劲一脚踢了过去。第二脚踢过后，那阿瓜鲁纳人像猫一样蹿了起来。妈的，还是班长说得对，这家伙真抗打住。那人猫着棕色的身躯一溜烟跑了。上尉：我还以为他死了呢，列阿德基先生，除了胡姆，还剩下一个，给胡姆也来一顿? 不，把这个顽固脑袋带到圣玛利亚·德·涅瓦镇去，上尉。胡利奥·列阿德基从行军壶里喝了一口酒，吐了一口唾沫：把那个人带来，打完就算了，上尉，你累了吧? 来两口。罗贝托·德尔加多同两个士兵穿过空地中央向关着俘虏的茅屋走去。一阵哭声打破了村子里的宁静，大家朝帐篷望去，小女孩和一个士兵正在

---

① 安东妮娅的爱称。

岸边厮打，天黑下来了，两个人的身影模糊不清。胡利奥·列阿德基站起身来，双手做话筒状：喂，当兵的，我是怎么跟你说的来着？不能让她看见，为什么不把她带到帐篷里去？上尉：真他妈的浑蛋。他举起拳头：要跟她玩耍，要让她开心。一阵细雨落在乌腊库萨村的茅屋顶上，几片乌云从崖边升起，树林把一股股热气吹向空地，天空已然满布星斗。士兵和女孩消失在帐篷里，罗贝托·德尔加多班长和两个士兵把一个乌腊库萨人拖过来，在上尉面前站定。此人咕哝了几句，胡利奥·列阿德基向翻译做了个手势：他蔑视当局，应受处罚，下次不准再打军人，不准再欺骗中间人埃斯卡维诺，否则他们若回来报告，就要加倍惩罚。翻译连比带画，吼叫着翻译着，与此同时，班长一边运气，一边搓手，拿起皮带。翻过去了吗？翻过去了。他懂了吗？懂了。这个矮个子、大肚皮的乌腊库萨人来回走动着，像只蟋蟀一样跳来跳去，斜眼窥探着，企图冲出包围圈。士兵们也像旋风一样旋转着把他推来搡去。最后这个人静了下来，用手捂住脸蜷作一团。他硬挺了好一会儿，皮带抽一下，就大叫一声，接着昏了过去。镇长一抬手：让他去吧，蚊帐准备好了吗？准备好了，胡利奥先生，一切都准备好了。不过有没有蚊帐反正都一样，一路上，上尉的脸早就被蚊子咬烂了。镇长：上尉，要小心胡姆，不要让他一个人待着。德尔加多班长笑了：就算他是个巫师也逃不掉，我把他捆了起来；再说整夜都派了值勤的。那个乌腊库萨人坐在地上，眼睛一会儿看看这几个人，一会儿看看那几个人。雨不下了，士兵们砍来干柴燃起篝火，阿瓜鲁纳人身旁顿时升起高高的火焰，他不停地揉着自己的前胸和脊背。你还等什么？还等挨鞭子？士兵中发出一阵笑声。镇长和上尉看了士兵一眼，只见他们蹲在篝火前，噼啪作响的火焰映红了也扭曲了他们的面孔。他们在笑什么？喂，你过来。翻译走上前来：待在这儿的是个丈夫。上尉：我不懂，你说清楚点儿。胡利奥·列阿德基微微一笑：这个人是关在茅屋里一位妇女的丈夫。上尉：噢，怪不得这匪徒不走呢,我懂了。胡利奥·列阿德基:真的,我把那几位太太忘了呢,上尉。士兵们悄没声地站起来凑到镇长身边;他们两眼发直,张大着嘴,带着火辣辣的神色:在这儿,镇长您说了算,胡利奥先生,这回可得由您决定了,上尉不过是执行者。胡利奥·列阿德基朝那些像脓包一样模糊不清地挤在一起的士兵看了一眼,只见他们一个个向他伸出脖子,篝火把他们的面颊和前额照得闪闪发光。他们既不笑,也不低下头来,而是张着大嘴动也不动地等待着。镇长:好吧,既然你们这样请求。人群发出了一阵混杂的嗡嗡声。这堆士兵分散成若干黑影,脚步杂乱地穿过空地走掉了。上尉咳了一声,胡利奥·列阿德基做了一个无可奈何的表情:这些士兵算是半开化了,上尉,可还是对这些满身虱子的丑婆娘感兴趣,男人真是不可理喻。上尉剧烈地咳嗽了一阵:难道森林里的生活不苦吗,胡利奥先生?他恼火地摸摸自己的脸:森林里没有女人,抓着一个是一个。他在自己的额上拍了一下,最后神经质地笑了起来:年轻女孩的乳头跟黑人妇女一样。胡利奥·列阿德基抬起头寻找上尉的目光,上尉的神情严肃起来。列阿德基:当然,这倒是真的,我也许老了;我要是还年轻,也许就同这些当兵的一道去找女人了。上尉不停地拍打着面孔和手臂:胡利奥先生,我要去睡了,小虫子快要把我吃掉了,我真的觉得我被吃掉了;有时我就做这种梦,胡利奥先生,我梦见蚊子仿佛密云般压顶而至。胡利奥·列阿德基拍了一下他的手臂:回到涅瓦镇,我给您弄点儿药。出门在外更糟,一到夜晚,蚊子就多得要命,祝您睡个好觉。上尉大步向帐篷走去,咳声被无耻的嬉笑声、叫骂声及乌腊库萨村夜间爆发的哭泣声湮没,这哭泣声仿佛是男人发泄兽欲时的回声。胡利奥·列阿德基点燃了一支香烟,那乌腊库萨人仍然坐在他对面偷偷地观察着他。列阿德基伸手把烟雾挥向天空,天空中繁星密布,犹如一片染了色的海,烟雾袅袅上升,飘散,消失,他脚下的篝火像一条老狗已然奄奄一息。这时那乌腊库萨人动了起来,用脚蹬地,一点点挪动着,仿佛在水中游泳。后来篝火熄灭了,这时突然听到一声尖叫,是从茅屋中发出来的?声音很短促,不会的,对,是从帐篷里发出来的。胡利奥·列阿德基抓起帽盔,一下子冲了过去,随手甩掉烟蒂,一路不停地跑到帐篷门前。尖叫声停止了,行军床发出吱吱的响声,黑暗中还听到一种受了惊的呼吸声。谁在那儿?原来是您,上尉。女孩受惊了,胡利奥先生,我来看看,好像是士兵们把她吓坏了,我刚才骂了他们。二人走出帐篷,上尉递给镇长一支香烟,镇长表示不吸:上尉,这个女孩由我负责好了,您不用操心了,去睡吧。上尉走进隔壁的帐篷,胡利奥·列阿德基摸黑到帐篷中的行军床旁,在床沿上坐了下来,用手轻轻地摸着那硬挺挺的娇小身躯,滑过赤裸的背部,摸到干燥的头发:好了,好了,那个粗人走了,幸亏你喊了,到了圣玛利亚·德·涅瓦镇,你会高兴的,你会看到嬷嬷们的心肠好极了,她们会很好地照料你,我的太太也会照料你。他用手摸摸女孩的头发和背部。最后,女孩的身子软了下来,呼吸也平稳了。外面空地上的叫喊声和骂骂咧咧声仍在继续,而且更加激烈,还有嬉笑声、跑步声和骤然的沉寂。好了,好了,可怜的孩子,睡吧,我来守护你。

一曲奏毕,雷昂兄弟鼓掌,利图马和塞尔瓦蒂卡回到柜台,琼加斟满杯子,何塞费诺仍在独饮。舞池中不多的几对舞伴稀稀拉拉地仍在周围一片嗡嗡声和谈话声的伴奏下昏沉沉、机械地旋转着,各个角落里,桌子旁的人已剩下不多。男人中的常客和妓女中的台柱子以及在夜间得到了满足的人都集中在酒吧那里,他们七嘴八舌,挤在一起喝着啤酒。黑白混血姑娘桑德腊的尖笑声像报警器。一个留着小胡子、戴眼镜的胖子像高举战旗一样举起黄澄澄的酒杯,他曾以普通一兵的身份参加过厄瓜多尔战役①:是的,先生,饥饿、虱子、乔洛们

---

① 指1941年秘鲁同厄瓜多尔发生的边界冲突,秘鲁获胜。

的那股勇敢劲,还有那些跳蚤,钻进指甲里,大炮都轰不出来,这些我永远也忘不掉,是的,先生,永远也忘不掉。猴子突然扯着嗓子喊了起来:厄瓜多尔万岁!男人和妓女们一下子静了下来,猴子却眯着笑眼向左右挤眉弄眼。胖子愣住了,但犹疑了片刻之后就推开何塞,抓住猴子的衣领,像揉破布似的推来搡去:您想跟我找麻烦?你要是男子汉就再喊一声,有种的你再喊。猴子笑得更厉害了:秘鲁万岁!这下子大家都笑了。桑德腊笑得像头美洲豹,胖子咬着胡子,何塞费诺和何塞拉开了二人。猴子整理了一下衣服。

"拿爱国主义开玩笑,我可不答应,朋友,"胖子拍打着猴子,但已无敌意,"你开了我一个玩笑,来,让我请你喝一杯。"

"我多么热爱生活啊!"何塞说道,"我们来唱队歌吧。"

大家分开来趴在柜台上围成一圈,不停地要着啤酒。他们就这样醉眼迷离,尖声呼叫,汗流浃背,兴高采烈,不分彼此地饮着酒,吸着烟。一个发硬似刷子的斜眼青年搂住混血姑娘桑德腊:伙计,我来介绍一下,这是我的未婚妻。桑德腊张着嘴笑得浑身发抖,露出了血红贪食的牙床和镶金的牙齿。她突然像只大猫那样倒在青年身上,在他唇上狂吻起来,那青年在她那黝黑的双臂间仿佛一只落入蜘蛛网中的苍蝇似的挣扎着、抗议着。几个二流子互相使了个眼色,按住斜眼青年叫他不得动弹:桑德腊,给你,我们把他送给你了,随你处置吧。桑德腊把这个青年又吻又咬。一股疯狂的兴奋在众人之中蔓延开来,几对男女也压了上去。乐师离开了自己的角落,躲在远处;年轻人阿历杭德罗懒洋洋地微笑着;安塞尔莫先生跟在圆球的身后激动地来回走着,向喧闹的地方探问:怎么了?发生什么事了?告诉我。桑德腊放开自己的俘虏,斜眼青年用手帕抹了抹脸,顿时被口红弄得东一块西一块,像个小丑。有人递给他一杯啤酒,他一下子把啤酒倒在自己头上,众人为他鼓掌叫好。何塞费诺突然在人群中寻找起来,他一会儿挺直身子,一会儿弯下腰,最后走出了圈子,在大厅中到处寻找,在腾腾的烟雾中一会儿消失,一会儿出现,椅子也被撞翻了,最后他跑回柜台。

"二流子,还是我说得对吧?"琼加张着没有嘴唇的嘴说道,"你太紧张了。"

"他们在哪儿,小琼加?上楼去了?"

"这关你什么事?"琼加用死气沉沉的眼睛盯着何塞费诺,像盯着一只飞虫,"你吃醋了。"

"他会杀死她的,"何塞说道,像只鬼一样拉起何塞费诺的胳膊,"快来!"

二人连推带搡地挤出人群,猴子站在门口指着暗处格劳军营的方向,三人一齐跑出大门,沿着该区荒凉的茅屋跑去。到了荒漠地带,何塞颠颠踬踬,跌倒了又站起来再接着跑,双脚不断地陷在沙土里。又是逆风,一阵阵带沙的旋风迎面扑来,跑时必须闭上眼睛,为了不使胸部爆烈,还得屏住呼吸:"他妈的,都怪你们,"何塞费诺吼道,"你们太大意了。"接着他又扯开嗓门喊道:"妈的,跑到哪儿为止啊?"这时,在沙地和布满星斗的天空的交接处,一个黑影出现在他们的面前。这是一位复仇者的高大身影:

"到此为止,不要再跑了,浑蛋,狗东西,不够朋友。"

"猴子!"何塞费诺惊喊道,"何塞!"

但雷昂兄弟同利图马也向他扑来,又是拳打脚踢又是用头撞。他跪在地上,周围布满了黑暗和残暴。他正要站起来逃脱这令人晕头转向的打击,又有一只脚把他踢翻在地,又有一记拳把他打得蜷曲起来,一只手抓住他的头发,拉他抬起头来。他任凭人们殴打,任凭一股股涌进嘴里、鼻里的黄沙啄刺。最后,三人像一群筋疲力尽的鬣狗,待在那里,嗥叫着在一个已被击败但余息尚存的野兽周围转来转去,时而闻闻嗅嗅,时而暴躁一番,无谓地咬上几口。

"还在动,"利图马说道,"拿出男子气概来,我想看看你,给我站起来。"

"他眼前都是三圣星,老兄。"猴子说道。

"放了他吧,利图马,"何塞说道,"你已经满足了,这仇也算报了。你没看见他可能送命吗?"

"你会再一次被关进监狱的,老兄,"猴子说道,"行了,别固执了。"

"揍他,揍他,"塞尔瓦蒂卡走上前来说道,但声音并不激烈,而是低低的,"揍他,利图马。"

利图马没有理睬她,反而转身朝她扑去,把她推倒在沙地上狠踢起来:婊子,堕落的女人,滥货。他一直骂到声嘶力竭,筋疲力尽,最后一下子坐在沙地上,像孩子一样大哭起来。

"老兄,别这样,静一静。"

"你们也不是好东西,"利图马一面低泣,一面说道,"你们欺骗了我,浑蛋,不够交情。你们死后也要后悔的。"

"难道不是我们帮你把他从绿房子里引出来的吗,利图马?难道不是我们帮你揍了他吗?"

"我们帮你报了仇,老兄。连塞尔瓦蒂卡都帮了一手,你没瞧见她直抓他吗?"

"我是说从前,"利图马说道,一面打嗝一面哭,"你们都是商量好了的,而我在外地像个傻瓜,什么都不知道。"

"老兄,男子汉大丈夫不落泪,别这样,我们一直是喜爱你的。"

"兄弟,过去的就让它过去吧,拿出男子气概来,拿出曼加切利亚人的气派来,别哭了。"

塞尔瓦蒂卡离开蜷伏在地上低声呻吟的何塞费诺,同雷昂兄弟一起安慰着利图马:坚强些,人总是在不幸中成长的。三人拥抱他,为他掸着衣服。忘掉一切?一切重新开始?是的,老兄,兄弟,利图马。他嘴里咕哝着,情绪有点儿平静下来,只是有时又大怒起来,朝躺在地上的那个狠踢。最后他笑了,心中却感到一阵悲哀。

"我们走吧，利图马，"何塞说道，"没准儿区里有人看到我们了，要是叫来警察，事情就麻烦了。"

"我们到曼加切利亚区去吧，亲爱的老兄。"猴子说道，"把你带来的皮斯科酒喝光，这会使你的情绪好起来的。"

"不，"利图马说道，"我们回绿房子去。"

他毅然决然地沿黄沙地走去。当雷昂兄弟和塞尔瓦蒂卡在区里的茅屋间赶上他的时候，他正狠狠地吹起口哨来。何塞费诺远远地跟在后面，一瘸一拐，骂骂咧咧地叫疼。

"里面可热闹了，"猴子拉住门让别人先进去，"就差我们了。"

留胡子、戴眼镜的胖子走出来迎接他们：

"祝你们健康，身体好，伙计们。你们刚才怎么不见了？快过来，夜晚刚刚开始。"

"琴师，来段音乐，"利图马喊着，"圆舞曲、通德罗、玛丽内拉，都可以。"

他跌跌撞撞地走到乐队所在的角落，倒在圆球和年轻人的怀里，与此同时，胖子和斜眼青年把雷昂兄弟拖到酒吧柜台，递给他们两杯啤酒。桑德腊为塞尔瓦蒂卡梳理着头发，丽达和玛丽贝儿像要把她吃掉似的向她问这问那。四个妓女像蜜蜂一样在嗡嗡地讲着。乐队又开始演奏了，柜台旁已经没人，舞池里，五六对舞伴在蓝、绿、紫三色灯光的照射下翩翩起舞。利图马来到柜台，笑得直不起腰来：

"琼加，小琼加，这仇报得可痛快了。你听，他在叫喊，就是不敢进来，我们把他揍了个半死。"

"我不管别人的闲事，"琼加说道，"你们简直是我的冤家，上次也是由于你，我被罚了款。这次事情不是在我这房子里发生的，还算不坏。我给你倒点儿什么喝？不喝酒的都给我滚。"

"瞧你讲话这么粗鲁，小琼加，"利图马说道，"不过今天我很高兴，随便来点儿什么都行。你也来一杯，我请客。"

这时胖子想拉塞尔瓦蒂卡到舞池去跳舞,但她龇了龇牙,做了个怪相,推却了。

"这位怎么了,琼加?"胖子边喘边问。

"你怎么了?"琼加问道,"人家请你跳舞,别这么没礼貌;为什么不跟这位先生跳一个?"

塞尔瓦蒂卡还是挣扎着不肯:

"利图马,叫他放开我。"

"别放开她,伙计,"利图马说道,"您呀,还是做您的生意去吧,婊子。"

第三部

直到小艇在河上变成一个白点，中尉才停止挥手送别；警察们扛起箱子上了码头，到了圣玛利亚·德·涅瓦镇的广场停了下来。警长向山丘方向指了指，在长有树木的沙丘中间，几堵白墙和锌板屋顶在闪闪发光：中尉，那就是传教所，那石块棱棱的斜坡上没有居民，人们称之为嬷嬷宿舍，修女们就住在那里，左边是小教堂。当地的土人在镇上来来往往，川流不息，茅屋顶是用棕榈叶铺的，看上去就像一件带兜帽的大斗篷。几个满身泥垢、无精打采的妇女在两棵光秃秃的树干下磨着什么。一行六人继续走着，军官转向警长：连跟希普里亚诺中尉谈几句的时间都没有，他为什么不多留一会儿向我介绍介绍情况呢？他要是不搭这班船走，就得再等一个月，中尉，希普里亚诺中尉想离开此地，想得都快发疯了；您别担心，我一会儿工夫就能把情况给您介绍完。黄毛把箱子放在地上，指了指茅屋：这就是警察局，中尉，秘鲁最穷的警察局。讨厌鬼：对面的茅屋就是您未来的家，中尉。小个子：过几天再给您雇两个阿瓜鲁纳女人当用人。黑鬼：在这穷乡僻壤，唯有女仆多。中尉进门时在房梁上挂着的国徽上敲了一下，发出金属的响声。茅屋的台阶没有栏杆，地板、墙板粗糙不平。

第一间房里有几把藤椅、一张写字台、一面退色的小旗子。房间后部的门是敞着的，里屋有四张吊床、几支步枪、一只小炉子和一个垃圾桶，太寒伧了。中尉，您想喝啤酒吗？现在大概凉了，我们从早晨就把啤酒放在水桶里了。军官点点头，小个子和黑鬼走出了茅屋。这儿的镇长叫法毕奥·古埃斯达吧？是的，是个和气的小老头，您还是等一下再去拜访他吧，现在他正在睡午觉呢。小个子和黑鬼拿着酒瓶和杯子回来了，几个人喝起了啤酒；警长为中尉的健康干杯，警察们向中尉打听利马的情况，中尉则想了解圣玛利亚·德·涅瓦镇的人和事：某某人是谁、传教所的嬷嬷人品好不好、琼丘人是不是很难弄。好吧，晚上再谈，我想休息一会儿。为了欢迎您的到来，给您向帕雷德斯定了一份特菜，中尉。帕雷德斯是酒店老板，我们都在他的店里吃饭。黑鬼：他还是个木匠呢。讨厌鬼：也是半个巫师，我们会把他介绍给您的，这个帕雷德斯可是个大好人。众警察把箱子搬到对面的茅屋，军官打着哈欠随着他们也走了进去，一进屋就倒在房间中央的木床上，用带睡意的声音打发走了警察。中尉身子也不抬，摘下军帽，脱掉鞋子。房间里布满了尘土，充满了劣质烟草的气味，家具不多：一只衣柜、两条板凳、一张桌子、一盏灯吊在天花板上，窗子上装着铁条，望出去只见妇女们仍在广场上磨着东西。中尉从床上站起来，里间屋是空的，有一扇门。他打开这扇门，只见外面的地面比地板低约两米，地上野草丛生，不远的外面就是一片森林。他解开裤子小了便，回到第一间屋子时，警长回来了：又是那个倒霉的家伙，中尉，是个叫做胡姆的阿瓜鲁纳人。

翻译：他说那个当兵的是魔鬼，尽说谎，还说起什么利马的识字课本、利马政府，先生。阿雷瓦洛·本萨斯以手搭作凉棚仰头望去：这人倒不是胆小鬼，胡利奥先生，他想让我们以为他疯了。胡利奥·列阿德基摇摇头表示不同意：也不尽然，他总是这一套，我都背下来了，都是识字课本那劳什子把他的脑子灌糊涂了，谁他妈的听得懂。

炙热的红太阳拥抱着圣玛利亚·德·涅瓦镇,聚集在卡皮罗纳树周围的士兵、土人和中间人个个满头大汗,又是眨眼,又是低语。曼努埃尔·阿基拉用蒲扇扇着风:您累了吧,胡利奥先生?在乌腊库萨遇到不少麻烦吧?是有点儿累了,以后再慢慢跟你们谈,我现在要到传教所去一趟,一会儿就回来。本萨斯和阿基拉表示同意:我们先到镇公所等您,基罗加上尉和埃斯卡维诺已经去了。翻译:他说去乌腊库萨的人都放回来了,领水员逃走了,还说什么乌腊库萨是祖国,见鬼,政府的旗帜,等等。曼努埃尔·阿基拉用扇子作为盾牌挡着太阳,但还是被阳光照得直流泪。

中尉慢慢地扣上裤扣,警长手插在裤兜里在房中来回走着:他来过好几趟了,有一次,希普里亚诺中尉都发火了,就吓唬了他一下,后来这个土人就不来了。您瞧这个人多精明,他肯定知道希普里亚诺中尉要离开圣玛利亚·德·涅瓦镇,所以马上来探探新来的中尉是不是支持他。军官系好鞋带直起身来:这个人至少还可以打交道吧?警长的脸上露出犹疑的表情:人不太坏,就是太倔强,像头驴,没有人能使他改变看法。这场纠纷是什么时候开始的?是胡利奥·列阿德基当镇长的时候,那时还没有警察局呢。中尉恼火地把茅屋门砰的一声关上:简直令人不能忍受,我刚来还不到两个小时就有事儿干了,那琼丘人不能等到明天再说吗?

翻译:班长,他说德尔加多班长是魔鬼,阿尔德缪上尉也是魔鬼。罗贝托·德尔加多班长并没生气,和士兵们一样笑嘻嘻的,几个当地土人也在笑。班长:让他说下去,让他把班长、上尉骂个痛快,让他说下去,看谁笑到最后。翻译:班长,他说他饿了,头昏,肚子里直叫唤;他说他渴了,要不要给他点儿水喝?不,让他去骂个够吧。班长提高嗓门:谁要是给他吃的、喝的,谁就得尝尝我的厉害,把这话翻译给圣玛利亚·德·涅瓦镇的全体土人听;他们表面装疯卖傻,笑嘻嘻的,内心指不定多恨我呢。翻译:班长,他还在骂,什么婊子养的,什么埃斯卡维诺是魔鬼。士兵们光是笑,偷眼望着班长;班长:好极了,好极了,让他再骂一回娘,等把他放下来,有他好受的。

一个棕色皮肤的瘦个子摘下草帽迎了上来,警长作了介绍:中尉,这就是阿德连·聂威斯,他会讲阿瓜鲁纳话,有时就给我们当翻译,是本地区最好的领水员,两个月前开始为警察局工作。中尉和聂威斯握握手。黑鬼,小个子、讨厌鬼和黄毛离开写字台:中尉,那就是他,那个土人,我们这儿的人把琼丘人都叫土人。中尉微微一笑:我还以为土人都把头发留得长长的,一直拖到脚下呢,没想到却看见了一个秃头。几根发丝覆盖着胡姆的秃头,一道笔直的疤痕直贯他那狭窄的前额;他身材粗壮,中等个子,穿着从腰部及膝的、软质的围裙,无毛的胸口刻着一个紫色的三角形,中间串着三个匀称的圆盘,颧骨上画着三道平行的直线,嘴角两旁也刺着两个小小的黑色十字。他神色安详,但黄眼珠里闪烁着半带狂热、桀骜不驯的光芒。自从他的头被剃光以后,他一直还自己继续剃。事情很怪,他们最恨人们动他们的长头发了,中尉,领水员聂威斯能解释这是为什么。长发对他们来说是一种骄傲。几个人一面谈论,一面等着胡姆走近。警长:这回看看阿德连先生能不能同他讲通,上次是巫师帕雷德斯当翻译,谁也听不懂。讨厌鬼:那位酒店老板假装懂得阿瓜鲁纳语,其实不是那么回事,根本一窍不通。聂威斯跟胡姆比比画画咕哝了一阵:他说,不拿回被抢走的东西,他是不能回乌腊库萨的;他虽然很想回去,但他自己剪了头发,想回去也回不成了。黄毛:这不是疯子干的事吗?中尉:是的,让他说明一下,他到底要人们归还给他什么东西。领水员聂威斯走近阿瓜鲁纳人,指着中尉连比带画地咕哝了几句。胡姆动也不动地听着,突然又是点头,又是吐唾沫。别吐了,这不是猪圈,告诉他不要吐唾沫了。阿德连戴上帽子:这是表示请您相信他说的是真话。警长:这是琼丘人的习惯,不吐唾沫的人一张口就说谎。中尉：这是什么习惯啊？他要用唾沫给我们洗澡了。聂威斯，告诉他我们相信他，叫他别吐唾沫。胡姆把双臂交叉在胸前，刺在胸上的圆盘变了形，三角形也皱了起来；他开始激烈地讲起来，一面几乎不停顿地讲着，一面向周围吐唾沫，他盯着中尉，中尉则用脚跟跺地，不高兴地望着他吐出的每一口唾沫。胡姆挥舞着双手，声音坚定有力。

翻译：班长，他说你们抢了乌腊库萨村的橡胶，还有小女孩，就是那些士兵们，那个鬼列阿德基干的。罗贝托·德尔加多班长为防日光照射眼睛，掏出眼罩戴在额上：随他去装疯卖傻，随他去嚷嚷吧，我肚皮都要笑破了，你问问他从哪儿学来的这么多骂人的话。翻译：他说，合同就是合同，订下来的，中间人埃斯卡维诺也懂，是订下来的，他还要把他放下来。士兵们在脱衣服，有几个已经朝河边跑去。德尔加多班长仍然站在树下：放下来？妄想！还是让他在树上吊着吧，你应该感谢阿尔德缪·基罗加上尉，他是个好人，你全靠了他。你应该记住他一辈子。你怎么不骂娘了？告诉他，有种就当着他同乡的面继续充好汉。翻译：班长，他又骂婊子养的了。再骂一句，叫他再骂一句娘，班长我待在此地就是听他骂娘的。

中尉把脚一翘，头一仰：简直是一派无头无尾的胡言乱语，这个可爱的人儿到底说的是什么识字课本？是一种带图画的书，向土人灌输爱国主义的。现在镇公所里还有几本，都叫虫蛀了，法毕奥先生可以拿给您看。中尉犹豫不决地看着几个警察，这时，阿瓜鲁纳人和阿德连·聂威斯用不高不低的声音叽咕地交谈着。军官转向警长：关于小女孩的事是真的吗？胡姆：小女孩！他异常激烈地：他妈的！讨厌鬼：嘘！中尉在讲话。警长：唉，谁知是真是假，在这里，女孩被抢的事每天都发生，也可能确有其事，不是有人说圣地亚哥河上的那些土匪都为自己建立了后宫吗？不过这个土人把什么事情都混在一起了，识字课本同他要求归还橡胶、同那女孩又有什么关系呢？我这位老兄脑子里简直是一锅粥。小个子：要是军队干的，跟我们有什么关系？他为什么不到博尔哈警备队去告？胡姆和聂威斯二人又比比画画地咕噜了一阵。领水员聂威斯：中尉，他说他去了两次，但没有一个人睬他。黄毛：那肯定是因为这事相隔太久了，使人感到烦了，中尉，也可能全忘了呢。胡姆和聂威斯又是一阵咕哝，一阵比画。聂威斯：村里的人都怪他，所以他如果要不回橡胶、皮毛、识字课本和小女孩，他是不愿回乌腊库萨的，这样可以让村里人看到他是有道理的。胡姆又讲了起来，这回讲得慢了，手也不动了，两个小十字叉随着嘴形也一起动了起来，像两个转不动的螺旋桨，转了几下又往回转；再转，又往回转。他在说什么，阿德连先生？领水员：他在讲过去的事，在骂那些吊打他的人。中尉不再用脚踩地：他被吊打过？小个子含含糊糊地指了指圣玛利亚·德·涅瓦镇的广场：就吊在其中的一棵卡皮罗纳树上，中尉，帕雷德斯可以讲给您听，他当时在场，他说简直像条巴鱼，此地晒巴鱼就是这样吊起来的。这时胡姆咕咕哝哝又讲了一串话，这回没有吐口水，但动作异常激烈：中尉，就是因为我说了真话，他们就把我吊在卡皮罗纳树上。警长：还是老一套，没完没了。军官：是真话？

翻译：班长，他说屁鲁人，屁鲁人见鬼去。但是德尔加多班长听懂了：不需要翻出来了，土人的话我不会说，但我还有耳朵，你以为我是个可怜的傻瓜？屁鲁人就是秘鲁人，对吧？

中尉在桌子上拍了一下：唉，上帝呀，讨厌的问题，照这样下去真是没完没了；他讲的是真话？

翻译：班长，他说吊打比处死还痛苦，还说什么鲍尼诺·佩雷斯、特奥费洛·卡尼阿斯，我也不懂。但是德尔加多班长懂得：那是两个颠覆者的名字，他说出这两个人的名字也没用，他们都走掉了，否则也得把他们吊起来。

黑鬼坐在写字台的边上，另外三个警察仍然站着：他们说这是为了惩罚他一下，所有当兵的和中间人都冒火了，都想控告那两个人。

后来还是当时的镇长胡利奥·列阿德基先生拦住了。那两个家伙是什么人？没再来过？中尉，似乎是两个煽动者，但伪称教师，乌腊库萨人听了他们的话就蛮干起来了，敲了一个向他们购买橡胶的中间人的竹杠。讨厌鬼：就是那个叫埃斯卡维诺的。胡姆：埃斯卡维诺！他大叫一声：鬼东西！军官：冷静点儿，聂威斯，叫他住口，这个人现在在哪里？可以跟他谈谈吗？相当困难，中尉，埃斯卡维诺已经死了，不过法毕奥先生了解他，最好跟法毕奥先生谈谈，他会详详细细地讲出来的，再者，这位现任镇长又是胡利奥·列阿德基先生的朋友。事情发生的时候聂威斯也不在此地？不在，他到圣玛利亚·德·涅瓦镇只有两个月，以前他住得很远，在乌卡雅里河一带。黑鬼：不光是敲诈中间人，还有博尔哈警备队那位班长的事，两件事凑在一起了。

翻译：他说德尔加多班长是魔鬼，妈的。德尔加多班长伸出两个手的指头给胡姆看：你骂十次娘了，我都给你记下来了，你要是高兴，还可以骂下去，我就站在这儿听你骂。

对，那是一个请假到巴瓜去的班长，与他同行的还有一个领水员，一个用人。在乌腊库萨村，阿瓜鲁纳人袭击了他们，把班长和用人揍了一顿，而领水员却失踪了，有人说他被放了，也有人说他是乘机开小差了，中尉，为此组织了一次讨伐，博尔哈的几个士兵和这儿的镇长都去了，他们把这个人捆了来，吊在卡皮罗纳树上惩罚了他一下。事情大致就是这样，对吧，阿德连先生？领水员点头称是：警长，我也是听说的，谁知道呢，我当时不在此地，嘿嘿，嘿嘿……中尉看了看胡姆，胡姆看了聂威斯一眼：他那时没有现在这么善良呀。领水员叽咕了几句，乌腊库萨人严厉地反驳，又是打手势，又是吐口水：警长说得不对，中尉。中尉：当然，那么我这位老兄的说法呢？聂威斯：他说是班长偷东西，村里人要他们把东西拿出来，领水员游水逃掉了，中间人在橡胶生意上很狡猾，所以他们不愿把橡胶卖给他。但是中尉似听不听，好奇而又有点惊奇地上下打量着阿瓜鲁纳人：他给吊了多长时间，警长？据巫师帕雷德斯说，整整吊了一天，后来还用鞭子抽了他一顿。黑鬼：就是那个博尔哈警备队的班长打的。黄毛：中尉，这是报复他在乌腊库萨村挨土人的那顿揍。胡姆向前凑了凑，站在中尉面前，吐了一口唾沫，这时他的面部露出了一丝笑容，黄眼珠调皮地转动着，嘴边露出一种淘气的意味，他摸了一下额上的疤痕，然后像魔术师一样庄严地慢慢转过身去，把背部给大家看，那里从肩到腰用红紫色画着几条闪闪发光的平行直线。中尉，这也是他的一种发疯行为，每次到这儿来，他都这样乱涂乱画的。小个子：这是他自己发明的，阿瓜鲁纳人没有在背上画画的习惯。黄毛：鲍腊人倒是有这种习惯，中尉，他们在背上、肚皮上、脚上、屁股上、整个身上都画了。领水员聂威斯：他自己解释说，这是为了不忘记他挨的那顿鞭子。

阿雷瓦洛·本萨斯擦了擦眼睛：在上面都快把我烤焦了，他在喊什么？胡利奥·列阿德基倚在卡皮罗纳树上：阿雷瓦洛，他在喊屁鲁人，一路上他一直骂屁鲁人。罗贝托·德尔加多点点头：先生，他把所有的人全骂了，上尉、镇长、连我也骂，火气怎么也消不下来。胡利奥·列阿德基朝上面很快地扫了一眼：我会让他消气的。当他低下头来的时候，汗水打湿了他的眼睛：别忙，班长，太阳太厉害了，把人眼都照花了。翻译：他说他的皮毛、识字课本，还有小女孩，先生，他说你们是胆小鬼。曼努埃尔·阿基拉：他像是喝醉了，喝醉了的人都这样发酒疯，我们还是走吧，人家在等着我们。您要不要我陪您到嬷嬷那儿去？

没有，中尉，嬷嬷们没有干预，您没看见她们是外国人①吗，不过巫师帕雷德斯说，安赫利卡嬷嬷——自从阿松森嬷嬷死后，这位嬷嬷就是传教所里最年长的了——那天晚上到广场去要求把他放下来，

---

① 传教所里的嬷嬷们是西班牙人。

甚至还跟当兵的吵了一架呢,这小老太婆很同情胡姆,虽说她是所有嬷嬷中最不好伺候的一个,现在都老掉牙了。黑鬼:最后他们还用热鸡蛋烫胡姆的两个腋窝,那个班长把他烫得一跳老高。胡姆:他妈的,这群屁鲁人。中尉又抖起腿来:见鬼,这可不是个办法。他用手指敲着写字台:这太过分了,不过,事情已经过去这么久了,我们能为他做点儿什么呢?中尉,他说只要叫他们还给他被抢走的东西,他就回乌腊库萨去。中尉:你没跟他说他这样做太固执了吗?橡胶早就做成鞋底,皮毛早就做成钱包和箱子,谁也不知道小女孩在哪里。中尉,跟他说过上百次了。中尉双手支颐考虑了一会儿:倒是可以去利马到部里告他们去,也许印第安事务部会负责赔偿,聂威斯,你跟他说说。二人咕哝了一阵,胡姆突然连连点头:利马政府?警察们微微发笑,只有领水员和中尉保持严肃的神色。还有利马的识字课本?警察放下交叉的双臂:您没看见他还是很不开化吗,中尉,什么事一讲,他就认真,可利马印第安事务部对他说来又意味着什么呢?但是阿德连和胡姆仍在兴致勃勃地咕哝着,互相交换着吐口水、打手势。其间,阿瓜鲁纳人停下来,闭上眼睛,仿佛在思考,接着他指着军官慎重地讲了几句话:他陪我去吗?伙计,我倒是很想去利马逛逛,但是,不行啊。胡姆又指了指警长。不行,不行,聂威斯,你告诉他,不管是中尉还是警长、警察,都不能去,叫他去找那列阿德基吧,去找博尔哈警备队吧,随便他去找谁,我们警察局可不能为了算旧账把死人也给挖出来,对吧?我快累死了,我还没睡觉呢,警长,快把他打发走吧。再说,既然是警备队的士兵和本地政府打了他,谁又能说他有理呢?阿德连·聂威斯用探询的眼光看了警长一眼:到底怎么对他说?然后又问中尉:这些话全部翻给他听?军官打了一个哈欠,有气无力懒洋洋地张了张嘴,警长赶忙弯身凑上去:中尉,最好先答应他,就说橡胶、皮毛、识字课本和女孩,凡是他想要的都会还给他的。讨厌鬼:警长,您怎么了,埃斯卡维诺早死了,谁来还?小个子：难道用您的薪水还？警长：为了叫他放心，可以给他签个字，希普里亚诺中尉就这么干过几次，还挺管用，在一张纸片上盖上一个印就行，就可以对他说：好了，你现在可以拿这个文件去找列阿德基先生，找那个魔鬼埃斯卡维诺，叫他们把东西都还给你。黑鬼：这不是开玩笑吗，警长？中尉也表示这么干不行：再说我也不愿为一件隔了这么久的事签字。警察：拿张报纸也行，假装签个字，只有这么办，他才能放心地回去；这些土人虽说很固执，但别人说什么他们就信什么，这样一来，他为了找到埃斯卡维诺和列阿德基先生，就得花上几个月的时间。

好了，现在给他点儿吃的，叫他走吧，谁也别去碰他，上尉，请您自己对他说。上尉：是，胡利奥先生。上尉叫来班长：你听见没有？惩罚完了，别再碰他了。胡利奥·列阿德基：现在重要的是叫他回乌腊库萨去，从此不要再打士兵，不要再欺骗中间人了，乌腊库萨人要是老老实实的，我们也会老实的；乌腊库萨人如再不老实，就不能怪我们了。把这话翻给他听。

警长哈哈大笑，整张圆脸都显得快活起来：中尉，我跟您说什么来着？是的，我们总算摆脱他了，但我不喜欢这样，我不习惯采取这种手腕。讨厌鬼：山区不是利马，在这儿必须学会跟琼丘人打交道。中尉站起身来：警长，这麻烦事搞得我头昏脑涨的，天塌下来也别叫醒我。睡觉前不想再喝点儿啤酒了？不喝了。给您准备一盆洗澡水？等等再说吧。中尉向众警察举手行礼后就出去了。这时，圣玛利亚·德·涅瓦镇的广场上满是土著居民，妇女围成一圈坐在地上，其中几个怀里抱着吃奶的孩子。中尉在小路上停了下来，手遮阳光观察了一会儿高大挺拔的卡皮罗纳树。一条瘦狗在他身边走过，他的眼睛随着狗望去，只见领水员阿德连·聂威斯朝他走来，手中拿着几片发黄的报纸给他看：人家不像警长想的那么傻；他把报纸撕得粉碎扔在广场上了，我刚才捡到的。

1

"警长,我告诉您一件闻所未闻的秘密,"讨厌鬼压低了声音说道,"不能让别人听见。"

黑鬼、小个子和黄毛在柜台前同帕雷德斯谈天,帕雷德斯给每人倒了一杯茴香酒。一个小孩拿起三个瓦锅走出酒馆,穿过空荡荡的圣玛利亚·德·涅瓦镇的广场,朝警察局走去。强烈的阳光照亮了卡皮罗纳树干、茅屋的屋顶和板壁,但并没有射到地上。因为一层似乎是由河上飘来的白雾蒙在地面挡住了阳光,使它失去了光彩。

"这儿没有人能听到,"警长说道,"什么秘密?"

"我知道住在聂威斯家中的那个女人是谁了,"讨厌鬼吐出几粒巴婆果子,用手帕揩揩脸上的汗,"就是那天晚上引起我们好奇心的那个女人。"

"啊,真的?"警长说道,"她是谁?"

"就是替嬷嬷们倒垃圾的那个姑娘,"讨厌鬼向柜台扫了一眼,低声说道,"就是那个因为放跑孤儿被传教所赶出来的姑娘。"

警长掏了掏口袋,香烟原来摆在桌子上,他点了一支,深深吸一口,喷出一团烟。一只苍蝇在烟雾中痛苦地翻动着,最后嗡的一声飞走了。

"你是怎么调查出来的?"警长说道,"聂威斯夫妇给你介绍了?"

警长在装傻。讨厌鬼:我这阵子一直在领水员的茅屋周围转悠,今天早晨,我看见她同聂威斯的老婆在田里干活,她叫鲍妮法西娅。警长:你不会搞错吧,讨厌鬼?那姑娘怎么会同聂威斯夫妇住在一起呢?她不是成了半个修女了吗?讨厌鬼:她自从被赶出以后就不再是修女了,我就是在那儿认出来的;警长,她就是个子有点儿矮,年纪太轻了,但是发育得很好;您千万可别告诉别人。

"你以为我是个爱传闲话的人?"警长说道,"别啰唆了。"

帕雷德斯端来两杯茴香酒,警长和讨厌鬼喝了起来。帕雷德斯站在桌旁,接着用抹布把桌面擦干净,又回到柜台。黑鬼、黄毛和小个子走出酒馆,到了门口,阳光照红了他们的面孔和脖子。雾气越来越大,从远处看,三个警察像是少胳臂少腿的人,或是在泛着泡沫的河中涉水的人。

"你可不要去惹聂威斯夫妇,他们是我的朋友。"警长说道。

讨厌鬼:谁去惹他们了?不过,傻子才不利用这个机会呢,警长,只有我们俩知道,我们俩是好伙伴,对吧?我先去干她,然后交给您,对半分,同意吗?警长咳了起来:我可不喜欢跟人分享女人。烟雾从他的口鼻中同时喷出:他妈的,我不喜欢吃别人剩下的。

"是我首先看到她的呀,警长,"讨厌鬼说道,"是我调查出来的。喂,您瞧,中尉在那儿干什么?"

讨厌鬼指了指广场,中尉走了过来,他只有半个身子露在雾外,在日光照射下不停地眨眼;他穿着洁白的衬衣,当他从雾中走出来的时候,裤腿下半部和靴子都潮湿了。

"跟我来,警长,"中尉在台阶上命令道,"法毕奥先生找我们。"

"别忘了我跟您说的话,警长。"讨厌鬼低声说道。

中尉和警长陷入了雾中,一直陷到腰部。码头和周围低矮的茅屋已经被这片雾气吞没，现在雾气又升高了，向屋顶和栏杆滚滚而来，山丘却被一缕透明的光线环抱着，传教所依然闪着光。树干虽然被浓雾吞没，树顶却显得格外洁净，枝枝叶叶和上面的蛛网在熠熠闪光。

"您到嬷嬷们那儿去了吗，中尉？"警长说道，"她们鞭打孤儿们了吗？"

"嬷嬷们饶恕了她们，"中尉说道，"今天早晨还带她们到河边去了呢。住持说，那个生病的孤儿也见好了。"

到了镇长茅屋前的台阶时，二人抖了抖潮湿的裤腿，在台阶上擦了擦沾满泥的鞋底。护门纱窗的网眼很小，里面什么都看不见。一个赤脚的阿瓜鲁纳老妪给他们开了门，屋里倒挺凉爽，散发出青菜的气味。窗子是关着的，房间显得很暗，墙上挂的照片、吹箭筒和一束束的箭几乎都看不见，几张印花布摇椅摆在藤编地毯的周围。法毕奥先生在套间的门槛上出现了：中尉、警长。他那光亮的秃头下，面孔显得很干枯。他微笑着伸出手来：命令到了。他又在中尉的肩上拍了一下：身体还好吧？他做出亲热的样子：你们觉得这消息怎么样？噢，还是先喝点儿冷饮吧，来杯啤酒怎样？简直难以相信。他用阿瓜鲁纳语下了命令，老妪拿来两瓶啤酒。警长一下子就喝光一杯，中尉不停地把杯子从一只手转到另一只手，目光迷乱，心事重重，法毕奥先生像鸟儿一样小口小口地喝着。

"电台也把命令传达给嬷嬷们了吗？"中尉说道。

法毕奥先生：是的，就在今天早晨，紧接着也立即通知了我。胡利奥先生一直说那位前任部长是他的头号政敌，你们看，现在换了部长，命令就马上下来了。

"事情过去这么久了，"警长说道，"我早就把那些强盗忘记了，镇长。"

法毕奥·古埃斯达先生一直在微笑：我们必须尽早出发，在雨季到来之前赶回来。我不想让你们在圣地亚哥河涨水的时候才回来，到那时圣地亚哥河里就漂满了杂物,还有漩涡,不知多少人死在里面。

"我们局里只有四个人,人手不够啊,"中尉说道,"因为还得留一个人照管警察局。"

法毕奥先生狡狯地挤挤眼睛:新任部长是胡利奥先生的朋友,他提供了各种方便,不光是你们去,博尔哈警备队的士兵也同你们一道去,他们已经接到命令了,中尉。中尉喝了一口酒:哦。他冷淡地点点头:好吧,这就是另外一回事了,不过,我不明白。他迷惑不解地摇摇头:这事情就像拉撒路复活①一样。我们国家办事就是这样,中尉,有什么法子呢?前部长净是拖,他以为拖着不办只对胡利奥先生不利,但他不晓得这对大家都是个严重的损失。不过,迟办总比不办好,对吧?

"可现在已经没有人控告那些强盗了,法毕奥先生,"中尉说道,"最近的一次控告还是在我到达圣玛利亚·德·涅瓦镇之后不久呢,您瞧,这中间有多长时间了。"

这又有什么关系,中尉?在这方面没人来控告,而在别的方面却有。再说,这些逃犯也该还债了,再来杯啤酒吧。警长同意,又是一口喝掉了一杯。镇长,我不是说这个,我是怕白跑一趟,强盗们不会待在那儿了,如果雨季提前,我们就会困在山里不知多长时间。不会的,不会的,中尉,你们必须在四天之内赶回来,另外,您还得注意,中尉,胡利奥先生对这事可认真着呢,那些盗匪使他浪费了不少时间,他都失掉耐性了,这也是他所不能原谅的。中尉,您不是说想离开此地吗?如果事情干得好,胡利奥先生会帮助您的,他可是个金不换的朋友,中尉,我这是经验之谈。

"啊,法毕奥先生,"中尉笑了,"您对我倒挺了解的嘛,您算是搔到了我的痒处。"

---

① 典出《新约·约翰福音》第十一、十二章。指搁置了很久的事情又重新提起,就像拉撒路死了,基督又使之复活一样。

"连警长也会得到好处的，"镇长高兴地击了一掌，"那当然，我不是跟你们说了吗，胡利奥先生是现任部长的好朋友。"

好吧，法毕奥先生，我们尽力而为吧。再请我们喝一杯吧，好镇静镇静，一听到消息时，我们都惊呆了。三人喝完啤酒，又在散发气味的阴凉处聊了会儿天，开了会儿玩笑。镇长把二人送到台阶前，向他们告了别。这时雾气把他们掩住了，茅屋和树木仿佛在茫茫的大雾中荡漾着，时隐时现。广场上不断有人在跑动，一阵悲哀的细声歌唱从远方传来。

"先是追孤儿，现在又搞这鬼玩意儿，"警长说道，"我可不高兴在这种时候在圣地亚哥河上航行，烦死人了。中尉，把谁留在哨所里呢？"

"把讨厌鬼留下来，他干什么事都没长性，"中尉说道，"你自己是不是想留下来？"

"讨厌鬼在山里住过多年，"警长说道，"有经验了，中尉，为什么不把小个子留下来呢？他身体又不好。"

"还是留讨厌鬼吧，"中尉说道，"别一副哭丧脸，我也不愿意干这种事，你没听镇长说吗？没准儿出过这趟差后，就会时来运转，我们两个都能离开此地呢。你去把聂威斯叫来，把其他人也都找到我家来，一块儿订个计划。"

警长手插进口袋在雾中站了片刻，然后垂头丧气地穿过广场，走过湮没在浓雾中的码头，走上了潮湿而滑溜的小径。空气中充满了电流和飞鸟的噪声。到达领水员茅屋门前的时候，他仍在自言自语，手里揉着帽子。他的靴子、长裤和衬衣上都溅满了泥浆。

"是什么风把您在这个时候刮来的，警长？"拉丽达俯身在栏杆上，把头发一甩，面孔、双臂和衣服都是湿漉漉的，"快请进，上来吧，警长。"

警长犹豫不决，忧心忡忡地登上台阶，双唇不停地翕动着，在平台上同拉丽达握手。他一转身，鲍妮法西娅已经来到了他的身边，也是浑身湿漉漉的,本色的衣服贴在身上,潮湿的长发贴在脸上,仿佛戴着一顶风帽,一双绿色的眼睛欣喜地望着警长,一点儿也不拘束。拉丽达拧着裙边:警长,您是来看我们鲍妮法西娅的吧?几滴透明的水珠滚在她的脚上:她这不是来了吗?我们刚才去钓鱼了,雾太大,一下子落了水;您瞧,对面不见人,可河水暖和极了,真舒服。鲍妮法西娅插嘴道:我去拿点儿吃的来,茴香酒,好吗?拉丽达没有回答,只是放声大笑一阵,就走进了茅屋。

"你今天早晨让讨厌鬼看见了?"警长说道,"你为什么要让人看见?我不是跟你说过我不希望我被人看见吗?"

"您在吃醋,警长,"拉丽达在窗子里笑嘻嘻地说道,"她让人看见又有什么关系?您不至于让她一辈子总是躲着人吧?"

鲍妮法西娅神情严肃起来,望着警长的面孔,神态中既有些吃惊又有些疑惑不解。警长朝她走近一步,鲍妮法西娅的眼睛警惕起来;警长伸出手臂,把她搂过去:亲爱的,我不愿你跟讨厌鬼讲话,拉丽达太太,我不希望她同任何人讲话。

"我可不能禁止她,"拉丽达说道,小阿基里诺这时也在窗后出现了;拉丽达笑了,"您也不能,警长,难道您是她的兄长?只有做了她的丈夫才可以。"

"我根本没有看见他,"鲍妮法西娅喏喏地说道,"他说谎,他也没看见过我,他是说说而已。"

"你别那么低声下气的,傻瓜,"拉丽达说道,"最好让他吃吃醋,鲍妮法西娅。"

警长把鲍妮法西娅贴胸搂在怀里:你最好不要同讨厌鬼见面。他用两个手指托起鲍妮法西娅的下巴:她最好不要同任何男人见面,太太。拉丽达又是一阵大笑,小阿基里诺脸旁又出现了两个面孔,仨小孩用眼睛盯着警长。我不会同任何人见面的;鲍妮法西娅抓住警长的衣衫,双唇颤抖着:我答应你。

"你真傻,"拉丽达说道,"看得出你还不了解人,特别是不了解穿制服的人。"

"我得出差一趟,"警长搂着鲍妮法西娅说道,"三个星期以后才能回来,也许要一个月。"

"也要我跟去吗,警长?"阿德连·聂威斯穿着短裤出现在台阶上,用手抹着发亮的精瘦的身子,"是不是孤儿又跑掉了?"

"等我回来,我们就结婚。"警长的声音发抖了,接着傻笑起来。

这时拉丽达容光焕发,张开双臂叫喊着冲上平台;鲍妮法西娅迎上前去,二人紧紧地拥抱在一起。领水员聂威斯紧握着警长的手,警长说话也变了调:阿德连先生,我有点儿激动;当然了,我想请你们做傧相,拉丽达太太,我算是落在您的圈套里了。拉丽达:我从一开始就看出您是个正派的人,让她拥抱您一下,我们一定要好好庆祝一番,您看着吧,我们一定大大地热闹一下。鲍妮法西娅迷惘地拥抱了警长,又拥抱了拉丽达,接着又吻了吻领水员的手,最后把小孩举了起来。聂威斯和拉丽达:做您的傧相,我们当然高兴了,警长,今天晚上就在这儿吃饭吧。鲍妮法西娅的眼睛闪出了明亮的光芒。拉丽达:你们就在旁边盖所房子。警长露出了愁容。拉丽达:我们帮你们盖嘛。二人高兴了。警长:太太,您可得好好照顾她,我不希望在我出差期间她同任何人见面。拉丽达:那当然,她会大门不出二门不迈的,我们把她捆起来。

"我们这次去哪儿?"领水员说道,"又要同嬷嬷们一起?"

"那倒好了,"警长说道,"这回我们要吃苦头了,您瞧,来了命令,要我们到圣地亚哥河去搜捕那些来无踪去无影的土匪。"

"到圣地亚哥河去?"拉丽达脸色变了,愣住了,嘴张得大大的。

领水员聂威斯倚着栏杆,眼望着河流、大雾和树木。孩子们围着鲍妮法西娅嬉闹。

"同博尔哈警备队的人一起去,"警长说道,"咦,你们怎么这副样子？没有什么危险，我们人很多，没准儿那些土匪都老死了呢。"

"宾达多就住在下面，"阿德连·聂威斯朝雾茫茫的河流指了指，"他对那个地区很熟悉，也是个很好的领水员。得马上去通知他，他有时就在这个时候出去钓鱼。"

"怎么？"警长说道，"您不愿意跟我们去了，阿德连先生？三个星期可以赚不少钱呢。"

"我有病，在发烧，"领水员说道，"又是呕吐，又是头晕。"

"可是……阿德连先生，"警长说道，"我不信，您没生病。您为什么不愿意去？"

"他在发烧，他现在就得上床休息，"拉丽达说道，"您赶快到宾达多家去吧，警长，不然他要出去钓鱼了。"

天一擦黑，她就按照他的嘱咐逃了出来。她走下悬崖，伏屋：怎么耽搁这么久，快点儿，到船上去。两个人连马达也不开，几乎摸着黑划着船就离开了乌恰玛拉。他一个劲儿地问道：没人看到你吗，拉丽达？要是让人看见就糟了，我这是在拿脑袋冒险，我也不知道为什么我要这么干。拉丽达坐在船头：小心，有漩涡，左边有岩石。最后二人躲到一个河滩上，把船藏起来就躺在沙地上了。他：我可是个爱吃醋的人，你别再提列阿德基那狗东西了，不过我当时也是需要一条船和吃的东西的，等着我们的可是苦日子啊，你等着瞧吧，我早晚会有出头的日子。她：你会出头的，我帮助你，伏屋。他谈着边界线：所有的人都会以为我到巴西去了，也就懒得追捕我，拉丽达，可谁也想不到我却从这边过来了，我们越境到厄瓜多尔去一点儿问题也没有。蓦地，他说：拉丽达，把衣服脱掉吧。她：蚂蚁会咬我的，伏屋。他：那有什么关系。接着下了一整夜的雨，狂风卷走了他们盖着的大衣，于是二人轮流驱赶蚊虫和蝙蝠。天亮后，二人上船，除了出现激流的情况外，行程倒也顺利，只是在看到有小船的时候就躲一躲,看到一个村庄、一座军营、一架飞机都得藏一藏。一个星期滴雨未下,二人从日出到日落整天不停地划着。为了节约罐头,他们捕鲲鱼和鲇鱼吃,每到黄昏时分就找个岛、沙地或河滩,点起篝火就睡下来,到了深夜才敢通过一个村庄,还不敢开动马达。他:快,使劲儿,拉丽达。她:我的胳臂不听使唤了,水流太急了。他:使劲儿,加油,就要到了。在一处溪壑附近,他们迎面遇见了一个渔夫,三个人就一起吃起东西来。他们:我们逃出来的。渔夫:我能帮助你们些什么呢?伏屋:汽油快完了,我们想买点儿。渔夫:拿钱来,我到村里给你们买点儿回来。二人光是渡过几处峡谷就用了两个星期,接着又在小河汊、水塘和沼泽地中进进出出,不断迷路,翻了两次船,汽油又用光了。一天清晨,伏屋:拉丽达,不要哭了,我们到了,你瞧,汪毕萨人。汪毕萨人还记得他,以为他同以往几次一样是来买橡胶的,他们给了伏屋和拉丽达一间茅屋和吃的东西,还有两张铺席的板床,就这样过了许多日子。他:你看到了吧?黏住我不放就是这个样子,你真不如留在伊基托斯跟你妈妈在一起的好。她:伏屋,他们会不会有一天把你杀掉?他:到那时你就会变成汪毕萨人的老婆了,成天两只乳房露在外面,用靛蓝、大红、杏黄来梳妆打扮,叫你嚼碎木薯根做酒,你瞧瞧什么样的生活在等着你吧。她不停地哭,汪毕萨人却笑了起来。他:傻瓜,我是在同你开玩笑,这些汪毕萨人大概还是第一次看见你这白皮肤女人呢。那是很久以前了,我同一个莫约潘巴人①到过这里,那次他们拿出一个进入圣地亚哥河的淘金者的头颅给我们看,你害怕了?她:是的,伏屋。汪毕萨人给他们吃秋斯卡鱼、玛哈斯鱼、鲇鱼、木薯根,有一次还送来绿色的毛毛虫,他们见了就吐,也经常给他们一只鹿或其他的各种小动物。伏屋同他们从早晨一直谈到晚上。拉丽达:告诉我你问了他们什么话,他们又说了些什么

---

① 指老人阿基里诺。

话。伏屋：谈点儿事情，你别管，我第一次同阿基里诺来到此地的时候就用酒征服了他们，并且跟他们同住了六个月；我们给他们运来了刀子、布匹、猎枪、茴香酒，他们就换给我们橡胶、毛皮，所以到现在我对他们并没有什么不满意的地方。他们是我的主顾，也是我的朋友，没有他们，我就会死掉。她：是的，可我们还是走吧，伏屋，你不是说离边境很近了吗？他：他们比那些橡胶工人强多了，拉丽达，我是叫列阿德基这老狗搞垮了，你看看他是怎样对待我的，我让他赚了大钱，可他反倒不帮我一手了，这回汪毕萨人第二次救了我。她：可我们什么时候越境到厄瓜多尔去，伏屋？雨季马上就到了，那时就去不成了。到后来他再也不提越境的事了，每天晚上觉也不睡，不是坐在床上发呆，就是来回徘徊，自言自语。她：伏屋，你怎么了？让我来给你出出主意吧，我是你老婆，老婆不就是给你出主意的吗？他：别讲话，我在想问题。一天早晨，他一起床就跳下悬崖。她：别这样，我求求你，看在基督的面上，看在圣徒的面上。他仍然用砍刀继续砍着小船，最后砍穿了船底，把船沉在水底了。他走上悬崖，眼露喜色：衣衫褴褛，分文不名，又无护照，还要到厄瓜多尔去？你简直发疯了，拉丽达，各国的警察都是通气的，我们只是在这里多停留一段时间，在这儿我可以发财，一切都仰仗这些汪毕萨人了，还要看我能不能找到阿基里诺，我们太需要这个人了，过来，我跟你说说。她：你干的是什么事呀，伏屋，上帝啊！他：这一带不会有人来，等我们从这一带出去的时候，人们也早就把我忘掉了，再者，到那时我们也就有钱堵人的嘴了。她：伏屋，伏屋呀。他：我必须找到阿基里诺。她：你为什么要把船沉掉？我不愿意死在山里。他：傻瓜，得把痕迹抹掉呀。一天，他们俩带着两个汪毕萨人划手乘一条独木舟出发向圣地亚哥河驶去，四个人周围满了雨点般的黑斑蚊、长脚蚊和嘶声唱歌的鸣蚊。到了夜里，虽然点着篝火，蝙蝠还是在他们身上滑翔，咬他们的脚趾、鼻子和后颈等柔软的部位。他：不要靠近河岸，那儿有士兵。四个人头顶着枝丫横伸的簇叶，在黑糊糊的狭窄的河汊里、在发臭的沼泽里、在鳄鱼出没的湖泊里行驶；有时则把小船扛在肩上，由汪毕萨人手执砍刀一边开路一边行走。四个人碰到什么就吃什么：植物的根、带有酸汁的茎、草药。一天他们猎获了一头野猪，肉够一个星期吃的。拉丽达：伏屋，我不行了，我的腿没有感觉了，我的脸都刺破了。伏屋：路不远了。最后圣地亚哥终于出现了，他们吃了在河中石头底下抓住的螃蟹，是用烟熏着吃的，还吃了汪毕萨人捉来的犰狳。他：你瞧，我们这不是到了吗，拉丽达？这里的土地可肥呢，也有吃的，一切都会好起来的。她：我的脸在发烧，伏屋，真的，我不行了。他们休息了一天，接着就沿着圣地亚哥河上行，中间只是在有两三户人家的汪毕萨人村庄停下来睡觉、吃饭。一个星期之后，他们离开圣地亚哥河，在一条太阳射不进的狭窄河汊中航行了几个小时。河床很低，他们的头都快碰到了树木。驶出河汊后，他：拉丽达，你看，就是那座小岛，处在山脉和沼泽地之间，是个好地方。在上岛之前，他命令汪毕萨人在岛周围绕了一圈。她：我们要在这里住下来吗？他：这座岛非常隐蔽，整座岛沿岸都围着高大的鲁布纳树的森林，那边有个地方作为登陆点最好了。四个人登上岛，汪毕萨人眼睛乱转，挥舞拳头，叽叽咕咕地讲个不停。拉丽达：伏屋，怎么了？他们怎么发这么大的火？他：他妈的，他们害怕了，想回去，他们被鲁布纳树吓坏了。崖顶上，整个岛的周围生长着高大参天的鲁布纳树，犹如一排密密麻麻的栅栏，树干粗糙，长满了疙瘩，伸出的粗枝都可以坐人。她：你别对他们喊，他们会生气的。他们仍在争论，叽叽咕咕，眉眼乱动，最后伏屋把他们说服了，两个汪毕萨人跟在他们身后进入了遮掩小岛的灌木丛。他：拉丽达，你听见了吗，这里全是鸟儿，还有金刚鹦鹉呢，你听见了吗？他们看到一只汪卡胡伊①正在吃一条

---

① 一种动物，种类不详。

黑蛇，两个汪毕萨人吓得尖叫起来。他：这些胆小鬼。她：你疯了，这儿全是树林，伏屋，我们怎么能住下来？他：你以为我没考虑到吗？我同阿基里诺在这儿住过，我要在这儿再住一回，还要在这儿发财致富，你瞧着吧，我会实现我的理想的。四个人回到悬崖后，拉丽达就下崖到独木舟上去了，伏屋和两个汪毕萨人又进入丛林。突然，从鲁布纳树顶上升起一股灰色的浓烟，接着又闻到一股焦味。伏屋和汪毕萨人从丛林中跑了出来，跳上独木舟，穿过水洼，在对岸河口处停了下来。他：等大火烧完了就会有一大片空地，拉丽达，但愿不要下雨。她：也不要起风，伏屋，火可别烧到这儿来，要不连树林也会烧掉。没有下雨，大火足足烧了两天，四个人原地不动，闻着鲁布纳树和卡达华树那焦臭的浓烟味，望着在空中飘来飘去的灰烬、剑尖一样的蓝色火焰和落在水洼中噼啪作响的火星，整座岛都在嘎吱作响。他：好了，魔鬼给烧死了。她：你别逗他们了，那是人家的信仰嘛。他：他们听不懂我的话，再说他们也笑了，这下子我给他们治好了鲁布纳树恐惧症。大火慢慢扫荡着岛，灭绝着岛上的生物。成群的鸟儿从烟雾中飞出，大手猴、小猕猴和其他各种猴子出现在岸边，吱吱地叫着在树干和摇摇摆摆的树枝上跳来跳去。两个汪毕萨人跳下水去，过河捕捉了成堆的鸟儿，用砍刀砍掉鸟儿的脑壳。他：你瞧他们要举行宴会了，拉丽达，他们的火气消了。她：我也想吃点儿什么了，哪怕是猴肉也行，我饿狠了。四个人回到岛上的时候，已经烧出了几片空地，而悬崖却纹丝未动，在许多地方还残留着茂密的树林。四个人开始平整土地，整天地把烧焦的树干、烧死的禽类和蛇类抛到水里。他：告诉我，你高兴吗？她：高兴，伏屋。他：你现在相信我了吧？她：相信了。最后留出一块平地，汪毕萨人把树砍成木板，用藤蔓把木板联结起来。他：拉丽达，这不很像一幢房子吗？她：不太像，不过总比住在山上好。第二天早晨醒来，只见一只宝卡鸟在茅屋前筑了巢，黑黄色的羽毛在残叶中闪闪发光。他：要交好运了，拉丽达，这种鸟好交际，它来，是因为知道我们要在此地定居。

就在星期六当天，几个邻居把尸体抬了回来，送到洗衣妇家中。加依纳塞腊区许多男男女女聚集在胡安娜·宝拉家的后院参加守灵。胡安娜整整哭了一夜，不断地亲吻着死者的手脚和眼睛。天亮后，妇女们把胡安娜从房间里搀了出来，加西亚神父也帮助众人把尸体放进大家凑钱买来的棺材里。星期日，加西亚神父在市场上的小教堂里举行弥撒，送葬时走在前面，还陪同胡安娜从墓地回到加依纳塞腊区。居民们看到神父在妇女们的簇拥下走过阿玛斯广场，面色发白，两眼冒火，紧握双拳。乞丐、擦鞋匠、流浪汉也都加入了送葬队伍。到了市场的时候，队伍塞满了街道。加西亚神父跳上一条长凳，开始大声讲话，周围各家各户的门打开了，女贩子们也离开自己的摊子前来听讲。有两个警察想驱散人群，但挨了骂，还遭到了石击。加西亚神父的高声讲话传到了屠场，也传到了北方星旅馆，外地人惊讶地停止了谈话："从哪儿来的这种嘈杂声？这么多妇女是上哪儿去啊？"女人的那种唠叨不断的私语声传遍了全城。与此同时，加西亚神父仍在继续宣讲，每到停顿时，就听到跪在他脚下的胡安娜·宝拉的哭泣声，这时妇女们开始骚动起来，发出窃窃私语声。警察拿着警棍到达了，众人像是怒吼的海浪一样迎了上去。加西亚神父义愤填膺，右手擎着一个十字架走在众人的前面。警察企图拦阻妇女们前进，但飞来一阵石雨和一阵威胁的叫骂声。警察后退了，躲进人家的住宅里，有的则倒了下去。人海把他们冲倒、淹没、甩在后面。就这样，愤怒的浪潮汹涌澎湃，咆哮着冲进了阿玛斯广场。人们手里拿着棍棒、石子，所到之处，栅门倒塌，门窗关闭，权贵们躲进教堂，外地人躲藏在柱廊下惊愕地观看这滚滚向前的怒涛。加西亚神父是不是同警察搏斗过了？警察是不是殴打了他？你看他长袍撕破，露出瘦弱白皙的胸膛和那双瘦骨嶙峋的长臂，一直高举十字架嘶哑地在高声呼叫。怒潮经过北方星旅馆，抛出的石子把酒店的玻璃砸得粉碎。妇女们走上老桥，年久失修的桥架吱吱作响，像个醉汉似的摇晃起来。当妇女们冲过里奥酒吧、踏上卡斯提亚区的时候，许多人手里已经拿上了火把。人群滚滚向前，从小酒馆里又跑出许多人来。咆哮声更高了，火炬更多了。人们到达荒沙地带时卷起的滚滚尘烟，仿佛一个金黄色的巨大陀螺，直冲云霄。在这旋风的中心，妇女们的面孔、拳头、火把的火焰，隐约可见。

在雪白耀眼的午阳照射下，绿房子门窗紧闭，仿佛一座空荡无人的深宅大院。日光下，它那长满植物的围墙发出柔和的闪光，到了墙角处又胆怯般地悄悄消失了。它仿佛一只受伤的鹿待在原地不动，面对渐渐走近的人群，露出一副毫无防御能力、温驯而胆怯的样子。加西亚神父和众妇女来到绿房子门前，呼声停止了，一切都静止不动了。但这时，人们听到一阵尖叫，那些浓妆艳抹的半裸妓女推推搡搡、号叫着跑了出来，像河水冲淹了它们迷宫似的洞穴时一哄而逃的蚂蚁。加西亚神父提高了嗓门，仿佛大海上的雷鸣；在那翻腾的浪潮中，无数只手伸向妓女，抓住她们，把她们打翻在地，一阵拳打脚踢。接着，加西亚神父和众妇女一下子拥进绿房子，几秒钟的工夫就占据了它。绿房子里发出了进行破坏的嘈杂声，杯子和瓶子打破了，桌子砸烂了，床单和窗帘撕碎了，各种家庭用具的碎片像洪水一样从一楼、二楼和顶楼抛了出来。花盆、高脚便壶、打破了的脸盆、木盆、平盘、掏空了的床垫和化妆品在灼热的空气中横飞乱舞。每抛出一物，形成一条抛物线，落在沙地上，就有一阵欢呼声爆发。许多好奇的人，包括一些妇女在内，争夺各种物品，于是发生了冲突、争吵和相互叫骂。在这一片混乱之中，被打伤了的妓女悄悄地战栗着站立了起来；一些妓女倒在另一些妓女的怀里，她们在哭泣，互相安慰。绿房子在燃烧。灰色的浓烟裹着腾空而起的紫红色的火舌，直冲云霄，在皮乌拉上空慢慢翻滚。人群开始后退，叫嚷声也在慢慢减弱。

入侵的众妇女和加西亚神父剧烈地咳嗽着，两眼被烟熏得泪流连连，从绿房子的门里跑出，弃之而去。

一堆堆的人在老桥栏杆上、堤岸边、教堂的顶楼、房顶和凉台上观看这场大火。大火仿佛一条七头火蛇，在一顶黑色的帐篷下发出红蓝两色的火舌，噼啪作响。只是在那细高的顶楼倒塌之后，烧焦了的木料、碎片、灰烬在微风的吹拂下如雨点般落入河里好一阵子的时候，警察才出现。他们混杂在妇女群中，也同其他人一样，被这场大火的景象弄得束手无策，动作迟缓，疑惑不解。突然，人群骚动起来，互相抵肘相告，妇女和乞丐们窃窃私语："瞧，他来了，他来了。"

加依纳塞腊区的妇女们和好奇的人们转身望去，只见他从老桥走了过来，所到之处，人们纷纷退向两旁，没有人阻挡他。他向前走着，神情严肃，头发蓬乱，面孔肮脏，双眼露出吃惊的神色，嘴唇不断地颤抖。有人在前一天晚上曾看到他在曼加切利亚区的酒馆里喝酒。他下午就去了，怀抱三角琴，脸色苍白，泪痕斑斑。他在酒店里过夜，一面打嗝，一面哼小调。曼加切利亚区的人凑近他问道："安塞尔莫先生，怎么了？出什么事了？您真的同安东妮娅同居过吗？您把她弄到绿房子里去了？她真的死了？"他叹息着，声音发抖，最后醉倒在地上睡着了。一觉醒来还是要酒，喝个没完，还一面拨弄着琴弦。就这样，直到一个小孩跑进来告诉他："绿房子！安塞尔莫先生，绿房子着火了，是加依纳塞腊区的女人和加西亚神父干的，安塞尔莫先生！"

他走到堤岸的时候，一些男男女女迎了上去："你拐走了安东妮娅，你把她杀害了。"人们撕破了他的衣服，他逃跑，人们就向他扔石子。只是到了老桥的时候，他才高喊求饶。人们说他是在装样子，怕被处私刑。但他继续哭喊哀告，那些受了惊的妓女点头表示他的话是真的，婴儿也许还在里面。这时他已经跪倒在沙地上，哀求上天作证。于是人们的内心开始感到不安。警察在审问加依纳塞腊区的妇女们，而说法又是互相矛盾的。到底真相如何？还是看看吧，动动身子吧。去把塞瓦约斯医生也叫来。有几个曼加切利亚区的男人披上沾湿的麻布钻进浓烟，不一会儿就出来了，呛得跌跌撞撞：进不去，里面简直是地狱。这时候男人们妇女们开始找加西亚神父的麻烦了：您说的到底是真是假？加西亚神父啊，上帝会惩罚他的。他迷惘地环视着众人。安塞尔莫先生在警察中间挣扎着，要求人们给他一块麻布，他要进去：发发善心吧！这时安赫利卡·梅赛德斯出现了，众人发现一切都是真话，婴儿安然无恙，抱在厨娘怀里。人们看到琴师异常激动，向上天谢了又谢，抓住安赫利卡·梅赛德斯的手吻了又吻。许多妇女心肠软了下来，齐声向婴儿表示怜悯，向琴师表示慰问，有的则向加西亚神父发了火，责备神父。众人茫然若失，火气消了，受到感动，上前把安塞尔莫先生围了起来。所有的人，不管是妓女还是加依纳塞腊和曼加切利亚两区的人，都不再观看绿房子以及消耗着它的火焰；火焰已经被准时而至的沙尘扑灭，使绿房子所在的地方又变成了一片荒漠。

二流子们像往常那样用脚把门一踢闯了进来，口中唱着队歌：我们都是二流子，好逸恶劳，滥赌狂饮；我们都是二流子，今天来此嫖姑娘。

"我只能对你讲讲那天晚上我听到的，姑娘，"琴师说道，"我的眼睛几乎什么也看不到了，这你是知道的。这倒使我摆脱了警察，他们没找我的麻烦。"

"牛奶热了，"琼加在柜台里说道，"帮帮忙，塞尔瓦蒂卡。"

塞尔瓦蒂卡从乐师们的桌旁站起来，走到酒吧柜台，和琼加两个人拿出一罐牛奶，还有面包、咖啡和糖。大厅中的灯光还在亮着，但曙光已从窗外射进，是一个炎热、灿烂的白天。

"这姑娘还不知道是怎么回事呢，琼加，"琴师一面啜着牛奶一面说道,"何塞费诺没有告诉她。"

"我问他,他就打岔,"塞尔瓦蒂卡说道,"他说,你为什么这样感兴趣?别问了,我可是个爱吃醋的人。"

"外加无耻、虚伪、无赖。"琼加说道。

"他们仨进来的时候,只有两个顾客,"圆球说道,"就坐在那张桌子上,其中一个就是塞米纳里奥。"

雷昂兄弟和何塞费诺这时已经走到酒吧柜台,大喊大叫,装模作样地举杯敬酒:"琼加,小琼加,我们真喜爱你,你是我们的王后,我们的小妈妈,琼加,小琼加。"

"别装疯卖傻了,喝点儿什么?不喝就请出去,"琼加说着,接转向乐队,"怎么不演奏了?"

"我们当时不能演奏了,"圆球说道,"这些二流子简直闹翻了天,看得出他们真是高兴极了。"

"那天晚上他们简直是腰缠万贯的富翁。"琼加说道。

"你看,你看,"猴子一面嗫着嘴唇,一面把排成扇形的钞票给琼加看,"你猜猜有多少?"

"你太贪财了,琼加。瞧你的眼珠子都快瞪出来了。"何塞费诺说道。

"这钱肯定是偷来的,"琼加反驳道,"你们要喝什么?"

"他们恐怕早就喝醉了,"塞尔瓦蒂卡说道,"他们就是那么爱开玩笑,爱唱歌。"

受到喧闹声的吸引,三个妓女出现在楼梯口,她们是桑德腊、丽达、玛丽贝儿。但她们一看到是三个二流子,未免有些感到失望,赶忙收起笑脸;桑德腊却发出一阵大笑:原来是你们呀,一串宝贝。猴子向她们张开臂膀:下来吧,随便喝点儿什么。还把钞票掏出来给她们看。

"也给乐师们来点儿什么,琼加。"何塞费诺说道。

"这些小伙子太可爱了,"琴师微笑着说,"他们总是请我们。我认识何塞费诺的父亲呢,姑娘,是个船夫,摆渡从卡达卡奥斯来的牛群,叫卡洛斯·罗哈斯,人很和气。"

塞尔瓦蒂卡又给琴师倒了一杯牛奶,还加了糖。仨二流子同桑德腊、丽达和玛丽贝儿在一张桌子旁坐了下来,议论起刚刚在王后酒店玩的那场扑克牌。年轻人阿历杭德罗懒洋洋地喝着咖啡:我们都是二流子,好逸恶劳,滥赌狂饮;我们都是二流子,今天来此嫖姑娘。

"我们赢得真漂亮,桑德腊,真的,我们的运气好极了。"

"接连三次都是顺子,这种牌可少见呢。"

"他们在教姑娘们唱歌,"琴师慈祥地微笑着说,"接着就来到我们这里,叫我们演奏他们的队歌。我说,我倒是很愿意,不过你们得先去问问琼加。"

"你给我们做了个手势表示同意,琼加。"圆球说道。

"他们喝得比往常都多,"琼加向塞尔瓦蒂卡解释道,"为什么不满足他们的要求呢?"

"不幸的事件往往就是这么开始的,"年轻人神色郁闷地说道,"仅仅是为了一首歌。"

"唱呀,跟上音乐,"琴师说道,"年轻人、圆球,你们听好。"

仨二流子齐声高唱队歌,琼加则像个文静的家庭主妇,躺在摇椅里晃来晃去,三位乐师用脚踏着节拍,低声重复着歌词。接着大家在六弦琴、三角琴和钹的伴奏下扯开嗓门高唱起来。

"别唱了,"塞米纳里奥说道,"破歌烂调的,够了。"

"在此之前,他还对这闹嚷嚷的声音毫不在意呢,那时他很安静,跟他的朋友谈着话。"

"我看见他一下子站了起来,"年轻人说道,"一脸凶相,我还以为他要向我们扑过来呢。"

"他的声音不像是喝醉了的样子,"琴师说道,"我们听了他的话就不唱了，但他没完没了。他是什么时候来的，琼加？"

"他早就来了，是从自己的花园里直接来的。穿着长筒靴、马裤，还带着手枪呢。"

"这个塞米纳里奥简直是头牛，"年轻人说道，"一看他那眼神就知道他存心不良。一个人越是体格好，就越是坏。"

"那我要谢谢你啦，兄弟。"圆球说道。

"不过，像你这样的人世上少有，圆球，"年轻人说道，"拳击家的体格，绵羊般的心肠。大师也这么说。"

"别这样，塞米纳里奥先生，"猴子说道，"我们只是唱唱我们的队歌。请允许我们请你喝杯啤酒。"

"但他那时正没好气，"圆球说道，"受了气就到这儿来寻衅。"

"你们是小公鸡不成，成天在大街上广场上大吵大闹的？"塞米纳里奥说道，"现在倒想跟我装老实人了。"

丽达、桑德腊和玛丽贝儿踮着脚离开桌子向酒吧柜台走去；年轻人和圆球用身子遮住了琴师，琴师正坐在矮凳上，神情自若地拧着琴栓。塞米纳里奥还在骂骂咧咧：我也不是好东西，走路大摇大摆，专会寻欢作乐。他捶着胸：可我干活，在地里干活干弯了腰；我不喜欢游手好闲，无所事事。他那健壮的身躯沐浴在紫色的灯光中，口中滔滔不绝：这群饿死鬼，还装疯卖傻呢。

"我们也是年轻人，先生。我们并没干坏事呀。"

"我们知道您有力气，但也不能凭这点就骂人呀！"

"听说有一次您拿起一顶卡达卡奥斯草帽，一下子就把它抛到房顶上去了①，真的吗？真有其事吗，塞米纳里奥先生？"

"他们会对他这么低声下气？"塞尔瓦蒂卡说道，"他们会这样，我从来没想到。"

---

① 卡达卡奥斯草帽极轻，抛到房顶上需要费很大的力气。

"你们怕我了,"塞米纳里奥笑着说,气也消了,"拍我马屁了。"

"男人们到了关键的时刻就不逞强了。"琼加说道。

"可不是所有的男人都这样,琼加,"圆球说道,"要是有人惹我,我就不客气。"

"他当时带着武器,所以二流子们害怕了,"年轻人轻声说道,仿佛是下结论,"胆小同爱情一样,也是有人性的。"

"你自以为是个才子,"琼加说道,"我才不理你那套哲学呢,可你还不知趣。"

"糟糕的是这几个小伙子当时没有离开此地。"琴师说道。

塞米纳里奥回到了自己的桌旁,接着二流子们也回到了自己的桌旁,但前几分钟的那股快活劲没有了:等他喝醉了再说。不行,他带着手枪,还是忍耐一下,改日再说吧。我们干吗不去烧他的小卡车呢,就在外面,在格劳总会附近。

"我们最好都出去,把他锁在这里,然后放把火把绿房子烧掉,"何塞费诺说道,"两桶煤油、一根火柴就成了,加西亚神父就是这么干的。"

"那绿房子就会像柴禾一样烧起来,"何塞说道,"全区也会烧起来,一直烧到体育场。"

"最好把整个皮乌拉城都烧掉,"猴子说道,"放它一把火,叫奇克拉约都能看到,整片荒沙地也会烧成咖啡色。"

"灰烬可能一直吹到利马去,"何塞说道,"不过,得把曼加切利亚区救出来。"

"当然,那还用说,"猴子说道,"我们来想想办法看。"

"当年火烧绿房子时,我只有五岁,"何塞说道,"你们还记得吧?"

"不记得是怎么烧起来的了,"猴子说道,"我们是第二天去看的,跟区里几个小孩子一同去的,但警察直赶我们,大概是因为先去的人抢走了不少东西。"

"我只记得那股烧焦的气味,还能看到浓烟,许多苏洋木树都烧成炭了。"

"我们去找老琴师叫他给我们讲讲,"猴子说道,"请他喝几杯啤酒。"

"这大概是谣言吧,"塞尔瓦蒂卡说道,"要么就是另外一次失火事件。"

"皮乌拉人就是这样,姑娘,"琴师说道,"他们要是跟你谈这件事,你就别信他们的。纯粹是捏造。"

"您不累吗,大师?"年轻人说道,"快七点了,我们可以走了。"

"我还不困呢,"安塞尔莫先生说道,"让早点消化消化再走吧。"

仨二流子肘撑着柜台企图说服琼加:放安塞尔莫先生一会儿假吧,谈一会儿有什么关系。琼加呀,小琼加,别这么别扭。

"大家都很喜欢您,安塞尔莫先生,"塞尔瓦蒂卡说道,"我也喜欢您,您使我记起了我故乡的一位可亲的老人,他叫阿基里诺。"

"他们太大方、太客气了,"琴师说道,"他们把我领到他们的桌上,给我倒了一杯啤酒。"

琴师在出汗,何塞费诺把一杯啤酒塞在他的手里,他一仰脖子就喝了下去,嘴都闭不上了,接着用一条彩色手帕擦了擦前额和浓密的白眉,擤了擤鼻子。

"作为朋友,我们求您一件事,老人,"猴子说道,"给我们讲讲那次火烧事件吧。"

琴师的手在摸寻自己的杯子,但拿到的不是自己那一杯,而是猴子的,又是一饮而尽:你们说的是些什么呀?什么火烧不火烧的?接着又擤了一下鼻子。

"我那时还是个孩子,从堤岸上看到了火焰,也看到人们肩扛麻袋,手提水桶乱跑,"何塞费诺说道,"为什么不给我们讲讲呢,琴师?这么多年都过去了,讲讲又有什么关系呢?"

"从来没有过火烧事件,也没有过绿房子,"琴师断然说道,"这是人们捏造的,小伙子们。"

安塞尔莫先生把两根手指放在嘴上做出吸烟的样子。年轻人递给他一支香烟,圆球替他点上。琼加已经把大厅的灯关掉了,几缕阳光穿过窗子和铁栏杆流进大厅,照亮了墙上和地上的黄色斑渍,天花板上的锌皮也反射着阳光。三个二流子还是硬要安塞尔莫先生讲:听说还烧死了几个妓女,是真的吗?真的是加依纳塞腊区的妇女放火烧的吗?您那时在里面吗?加西亚神父这么干是出于恶意还是出于宗教上的原因?听说小琼加未被烧死,是安赫利卡太太救的,是真的吗?

"全是胡说八道,"琴师肯定地说道,"这都是人们为了刺激加西亚神父编造出来的,也该让这可怜的老人安静安静了。我得去演奏了,小伙子们,告辞了。"

琴师站起来,两手伸向前,拖着碎步,回到了乐队的角落里。

"你们看到了吧?总是装模作样的,"何塞费诺说道,"我早知道他不会讲的。"

"他这把年纪,脑瓜不灵了,"猴子说道,"兴许全忘了。倒是应该去问问加西亚神父,但又有谁有此胆量呢?"

这时门打开了,巡逻的走了进来。

"这些狡猾鬼,"琼加咕哝着说道,"又来白喝酒了。"

"巡逻的就是利图马和另外两个警察,塞尔瓦蒂卡,"圆球说道,"每天晚上都来。"

2

在香蕉树那弯弯曲曲的荫影下，鲍妮法西娅直起身子，向镇上望去，只见许多男男女女激动地挥着手穿过圣玛利亚·德·涅瓦镇的广场，向码头方向跑去。她向田畦俯下身子，片刻之后又直起身来；嘈杂的人群仍在不停地拥向码头。她偷偷地朝聂威斯的茅屋看了一眼：拉丽达在屋里哼唱着小调，一缕灰色的炊烟从板壁柱上袅袅升起，领水员的汽艇尚未在天际出现。鲍妮法西娅在茅屋周围绕了一圈，立即冲进河岸的灌木丛，蹚着齐脚的河水也向码头跑去。树顶与云层交织，树干与棕色的河岸一色，河水开始涨了，河中混杂着一股股黄色的、紫色的浊流，卷着树干、花枝、苔藓和一些分不清是石块、粪便还是死鼠的东西。她向周围环视一眼，像个跟踪者那样谨慎地、慢慢地走过灯芯草丛，过了河湾处就看到码头了。人群站在木桩和独木舟中间不动了，离浮动码头几米处停着一只木筏。暮色染蓝了阿瓜鲁纳妇女们的裙子和面孔，人群中也有男人，他们裸着上身，裤腿一直卷到膝头。鲍妮法西娅已经可以看到刚才的木筏那摇摇晃晃而又时松时紧的绳索、筏头的桩柱和筏尾的帆篷。一群苍鹭在小树林上空盘旋；鲍妮法西娅听到苍鹭的扇翅声离自己很近，就抬起头，看到了苍鹭那又细又白的脖颈、粉红色的身子。苍鹭飞远了,她弯着腰继续向前走,此时她不是走在岸边,而是钻进了杂草丛,叶边、荆棘、粗藤摩擦着她的手臂、面孔和双腿,耳旁蚊蚋嗡嗡作响,脚下黏糊糊的一片。快走到树林尽头的时候,她在离挤在一起的人群不远处止住脚步,蹲下身来,树林马上在她的头顶合拢,她这时只能透过绿色枝叶形成的种种复杂的菱形、圆柱形和多边形的孔隙观看那个刚刚乘木筏到达的老人。老人不慌不忙、从容不迫地在木筏上走来走去,在观看的人群面前小心而准确地排开箱子,摆好商品。观看的人低声嘀咕着,流露出不耐烦的神情。老人走进篷子,拿出布匹、鞋子和几串廉价珠子做的项链,像有怪癖那样认真小心地依次摆在箱子上。老人身形很瘦,风吹鼓了他的衬衣,像个驼背人。等风过去了,他就前胸贴后背,显出又细又窄的真正的侧影。他穿着短裤,鲍妮法西娅看到他的双腿瘦得像自己的胳臂;他的面孔晒得火红,柔软的、飘飘欲仙的白发在肩上不停地摆动。老人用了好长一段时间把家庭用具、五颜六色的摆设拿出来,把印花布慢慢摆好。老人每从篷子中拿出一物,叽喳声就高一阵。鲍妮法西娅也看到了土著妇女和白人妇女那种心醉神迷的表情,在小珠子、梳子、小镜子、手镯和爽身粉面前流露出来的那种狂喜、贪婪的目光。男人们则盯着木筏边上紧挨着罐头和腰带,与砍刀一起排列着的酒瓶。老人把自己的成果端详了一会儿,转身面对众人,这时众人蜂拥而上,在木筏周围发出啪啪的踩水声。但是老人甩了一下额上的白发,用手拦住众人,像舞矛一样挥舞着撑篙,迫使众人向后退去,要他们依次上筏。第一个上筏的是帕雷德斯的老婆,她又胖又笨,登不上筏子,还得由老人拉她一把。她一上去就摸这摸那,紧张地闻闻香水,揉揉布匹,摸摸肥皂,众人嘟嘟囔囔表示抗议,她这才回到码头上来。河水齐腰,她只得把一件印花衣服、一串项链和一双白色靴子举着走回来。就这样,女人们一个一个地上筏购物,有的动作极慢,选物时犹犹豫豫;有的不停地讨价还价,还有的哭哭啼啼，骂骂咧咧地要求减价。不过，最后每个人都是手里拿着一件东西从船上下来。有几个白人买了几袋粮食，一些土著妇女则只买了一袋小珠子回去自己串。

码头上的人走光了的时候，天也黑了下来，这时鲍妮法西娅站了起来。涅瓦河的水位升高了，层层的白色细浪冲到岸边的草丛里，到了她的膝盖处就消失了。她浑身泥点，头发上、衣服上沾满了杂草。老人有条不紊地收拾起商品，把箱子放回筏头。这时，圣玛丽亚·德·涅瓦镇的上空漆黑一片，像是沥青，只有几点猫头鹰眼睛般的星光，但是马拉尼翁河的对岸，天际的黑暗处，还有一线蓝光在抵御着黑夜的入侵。月亮开始在传教所的上空露头。老人那细长的身子满是泥泞，那头银发在黑暗中像鱼一样在闪光。鲍妮法西娅朝镇上看了一眼：镇公所和帕雷德斯的酒馆已经点了灯，山丘上，嬷嬷宿舍里也闪烁着几点灯光。黑夜在慢慢地一口一口地吞噬着广场上的茅屋、卡皮罗纳树干和坎坷不平的小径。鲍妮法西娅离开藏身之地，弯腰向码头跑去，河岸的泥地又软又烫，河湾处的河水一动不动，她感到河水沿着自己的身子在上升。在离岸几米的地方，她才感到河水的流动，一股温暖的水流冲击着她，为了不被河水冲走，她不得不用双臂划。到达木筏跟前的时候，河水已升到她的下巴处了，她仰头一看，看到了老人的白色长裤和一团白发。老人：天晚了，明天再来吧。鲍妮法西娅手撑着筏边挺起身子，又把肘支在筏沿上。老人弯身看着她：你讲西班牙语？你懂西班牙语？

"是的，阿基里诺先生，"鲍妮法西娅说道，"晚上好！"

"该睡觉了，"老人说道，"商店打烊了，明天再来吧。"

"您发发善心吧，"鲍妮法西娅说道，"让我上去一会儿吧。"

"你是因为偷了丈夫的钱，所以这时候才来？"老人说道，"他明天问我要怎么办？"

老人向河中吐了一口唾沫，笑了。他蹲下来，白发飘散在面孔周围。鲍妮法西娅看到他额头黝黑,但没有皱纹,双眼炯炯有神。

"不过这又干我什么事?"老人说道,"我只是做生意,好吧,上来吧。"

老人说着伸出手来,但鲍妮法西娅已经一跃上了船;她在甲板上又是拧衣服,又是擦手臂。你要项链还是鞋子?你带了多少钱来?鲍妮法西娅胆怯地笑了:阿基里诺先生,您不需要找个帮工吗?她用热切的目光盯着老人的嘴:您在圣玛利亚停留期间,让我给您做饭,为您采水果、打扫木筏吧,您不需要吗?老人凑近她:我好像在什么地方看见过你。老人上下打量着她:我以前好像看见过你,对不对?

"我只想要一块布,"鲍妮法西娅指着篷子,咬着嘴唇说道;过了一会儿,她的眼睛发亮了,"就是您留在最后卖的那种黄色的布。我用干活来换,您叫我干什么我就干什么。"

"我不需要帮工,"老人说道,"你没有钱?"

"我没有做一身衣服的钱,"鲍妮法西娅轻声而又固执地说道,"我给您送水果来还是送鱼来?要不,我可以祈祷您一路平安,阿基里诺先生。"

"我不需要祈祷,"老人说着凑上去看她,突然捏响手指,"啊,我认出你来了。"

"我就要结婚了,您发发善心吧,"鲍妮法西娅说道,"我想用那块布做一身衣服,我自己会缝。"

"你怎么没穿修女的衣服?"阿基里诺说道。

"我不住在嬷嬷们那儿了,"鲍妮法西娅说道,"她们把我从传教所赶出来了。我就要结婚了,把那块布给我吧,我马上就可以为您干点儿什么,等下次您来,我再付索尔给您,阿基里诺先生。"

老人把手放在鲍妮法西娅的肩上,把她向后推了推,让月光照射在她的脸上。他冷静地看着她那双带着热切神情的绿眼睛和那尚在滴水的纤小身体:嬷嬷们把你赶出来,是因为你同男人搞在一起了?就是要跟你结婚的那个男人？不是，阿基里诺先生，那是后来认识的，镇里没有人知道我住在什么地方。你住在什么地方？聂威斯夫妇收留了我。您到底要不要我帮工？

"你同阿德连和拉丽达住在一起？"阿基里诺先生问道。

"是他们把我介绍给那个即将成为我丈夫的人，"鲍妮法西娅说道，"他们夫妇对我可好了，就像我的亲生父母一样。"

"我这就去聂威斯家，"老人说道，"你同我一起去。"

"那布呢？"鲍妮法西娅说道，"您别难为我了，阿基里诺先生。"

老人无声地跳进水里，鲍妮法西娅看到那头白发直向码头漂去，接着又漂回来。阿基里诺先生肩上拖着绳索游回来，把绳子盘好，用撑篙把木筏向上一撑，紧靠在岸边。鲍妮法西娅举起另一支撑篙，站在筏边，像老人一样，也熟练地把撑篙在水中一插一升，丝毫不显得吃力。木筏到了灯芯草丛处，水流急了，阿基里诺先生施展本领，不使木筏被冲离岸边。

"阿德连先生一早就出去钓鱼了，不过现在大概回来了，"鲍妮法西娅说道，"我请您参加我的婚礼，阿基里诺先生。那块布，您会给我的，对吗？我要同一名警长结婚，您认识他吗？"

"跟一个穿老虎皮的人结婚？我不会把布给你。"老人说道。

"您别这么说，他可是个好人，"鲍妮法西娅说道，"您可以去问聂威斯夫妇，他们也是警长的朋友。"

领水员的家里点着油灯，可以看到栏杆那里有几个人影。木筏在台阶前停住，只听得一片欢迎声。阿德连·聂威斯跳下水，拿起绳子拴在木桩上，然后爬上筏子同阿基里诺拥抱起来，随后老人走上平台。鲍妮法西娅看见老人搂住拉丽达的腰，把脸凑上去，拉丽达在老人的前额上吻了数下：路上好吧？她又在老人面颊上吻了几下。三个孩子也抱住老人的腿尖叫着，老人抚摩着他们的头：就是遇上了小雨，今年雨季提前了。

"鲍妮法西娅,你到木筏上去了?"拉丽达说道,"我们到处找你,我可要告诉警长,说你到镇上去看男人了。"

"没有人看见我,"鲍妮法西娅说道,"只有阿基里诺先生。"

"没关系,我们就这样说,也让他吃吃醋。"拉丽达笑了。

"她是去看布料的,"老人说着把最小的孩子抱起来,两个人互相摸着头发,"我累了,卖货卖了一整天。"

"我先给您倒杯酒来,饭马上就好。"领水员说道。

拉丽达把一把椅子拿到平台上来让阿基里诺先生坐,然后回到屋里,只听得炉灶噼啪一阵响,发出煎炒的香味。三个孩子爬上老人的膝头,老人一面逗弄孩子,一面同阿德连·聂威斯干杯。拉丽达出来时,他们已经喝光了一瓶酒。拉丽达在裙子上擦着手。

"您这头白发太漂亮,"她说着也抚摩起老人的头发,"越来越白、越来越软了。"

"你也想让你丈夫吃醋?"阿基里诺先生说道。

饭马上就好,阿基里诺先生,我给您准备了您喜欢吃的东西。老人晃着头,想摆脱她的抚摩:你不让我安静,我以后就把头发剪掉。三个孩子一排站在他跟前,这时不说话了,只是热切地看着他。

"我知道你们在等什么,"老人说道,"我没有忘记,你们每人都有礼物。小阿基里诺,我送给你一件大人穿的上衣。"

大孩子那细长的眼睛发亮了。鲍妮法西娅倚在栏杆上看见老人站起来,走下台阶,回来时手里拿着几个包,孩子们上前就抢了过去。老人走近阿德连·聂威斯,二人低声谈了起来,老人还不时地斜眼看了鲍妮法西娅几眼。

"你说得对,"老人说道,"阿德连也说警长是个好人。你去吧,去挑块布料,是我送你的结婚礼物。"

鲍妮法西娅想吻老人的手,但老人厌恶地把手缩了回去。她登上木筏,在箱子里翻着,挑出一块布。这时她听到老人和领水员在神秘地低声交谈；她看到二人的脸凑得很近，不停地谈着。她走回平台，他们就不讲了。这时黑夜中传来了炸鱼的香味，一阵微风仿佛把山峦也吹得摇晃起来。

"明天要下雨，"老人嗅着空气说道，"我的生意要糟了。"

"他们现在恐怕已经到了岛上，"后来拉丽达在吃饭的时候说道，"已经去了十天。阿德连都跟您说了吗？"

"阿基里诺先生在路上遇到他们了，"领水员聂威斯说道，"除了警察，还有几个博尔哈的士兵。警长说的话是真的。"

鲍妮法西娅发现老人一面咀嚼一面斜眼看她，目光显得不安。片刻后，老人又笑了，讲起了旅行中的故事。

第一次外出掠夺仅十五天就回来了。那天，拉丽达正在崖边坐着，阳光染红了水洼，忽然，河汊的出口处出现了独木舟：一条、两条、三条；拉丽达一跃而起，想躲藏起来，但一看原来是他们：第一条独木舟上是伏屋，第二条是潘达恰，第三条是汪毕萨人。怎么这么快就回来了？不是说要去一个月吗？她飞快朝码头跑下去。伏屋：拉丽达，阿基里诺到了吗？她：还没有。他：这婊子养的老鬼。他们这次仅仅带回来几张蜥蜴皮，伏屋很恼火：我们要饿死的，拉丽达。汪毕萨人一面卸货，一面嘻嘻哈哈地笑着，他们的妻子也夹在中间转来转去，叽叽喳喳地讲个不停。伏屋：你瞧他们，这群狗东西多么高兴；我们到了一个村庄，连一个沙普腊人都没看见，他们就把村庄全烧光，还把一条狗的头砍了下来，毫无收获，简直是一次失败，白跑了一趟，连一个橡胶球都没捞到，只有这几张一钱不值的皮，可这群狗东西还蛮高兴呢。潘达恰只穿着裤衩，在腋窝里乱抓：还得往里走，那儿的树林才大呢，遍地是财宝。伏屋：浑蛋，再往深处走，我们就需要一个领水员了。他们回到茅屋，吃了香蕉和油炸木薯块。伏屋不停地谈着阿基里诺：这老头出了什么事吧？到目前为止他还没有失误过呢。拉丽达:这几天雨多,也许找地方避雨去了,免得把我们托他办的货淋湿。潘达恰躺在吊床里在头上、脚上、胸上乱抓乱搔:老板,他会不会在峡谷沉了船?伏屋:那我们就完蛋了,我也不知道怎么办才好。拉丽达:别怕,汪毕萨人在全岛都下了种,还盖了畜栏。伏屋:这他妈的有什么用?要到什么时候才能收割?琼丘人可以靠木薯根过活,可我们呢?我们再等两天,阿基里诺要是还不来,就得另想办法了。不一会儿,潘达恰就闭上眼睛打起呼来,伏屋推了他一下:赶快叫汪毕萨人把蜥蜴皮晾起来,要不他们又要喝醉了。潘达恰:老板,先让我睡个午觉,划船把我累得全身散了架。伏屋:浑蛋,你这么不懂事,让我和我老婆单独待一会儿。潘达恰嘴张得大大的:老板,谁像你呀,有个真正的老婆。他眼睛里流露出失意的神色:好多年来我都没碰过一个白种女人了。伏屋:快滚开,快,滚。潘达恰抽泣着走了。伏屋:他去做梦了,拉丽达,快脱衣服,还等什么。她:我月经来了。他:那有什么关系?黄昏时分,伏屋醒来,二人来到散发木薯酒味道的居民点,汪毕萨人都醉倒了,而潘达恰不知到哪儿去了。最后二人在岛的另一端找到他,他把自己的板床搬到了水洼边上。伏屋:我跟你说什么来着?他在做白日梦呢。潘达恰的手盖着脸,含糊不清地在说梦话,火堆还在燃烧,上面放着装满草药的小锅。几只臭甲虫在他的腿上爬着。拉丽达:他一点儿都感觉不到。伏屋熄掉火堆,一脚把锅子踢到水中:我们来把他弄醒。两个人又是摇他,又是掐他,又是打他嘴巴。潘达恰含混不清:他这库斯科人简直是生错了地方,他从心里喜欢乌卡雅里河,老板。伏屋:你听到了吧?她:听到了,像个疯子。潘达恰:他的心伤透了。伏屋推他,踢他:喂,山区人,猪猡。什么时候了还做梦?该醒醒了,不然我们要饿死了。拉丽达:他听不见,他是在另一个世界里呢,伏屋。潘达恰含混不清地:他在乌卡雅里河住了二十年,老板,后来染上了拜却鱼传染的病,身体硬得像棕榈木,连大蚊子都叮不进,他等待着疮口起疱，疮一发就好了，安德列斯，把鱼叉递给我，安德列斯，快，使劲叉，但独木舟翻在塔玛雅河里了，我得救了，安德列斯却丧了命，兄弟呀，你淹死了，是美人鱼把你拖到水底里去的，你现在大概做了她的丈夫，你为什么要死呀？安德列斯你这个小乌龟。两个人坐下来等着他醒来。伏屋：得等好一会儿呢，我可不能失掉这个乔洛，虽说好做梦，但对我还是有用的。拉丽达：他为什么总是吃这些草药汁？伏屋：为了不感到孤独。蟑螂、臭甲虫在板床上，在他的身上窜来窜去。潘达恰：干吗要去当伐木工人呢？老板，山上的生活可苦呢，我还是喜欢河水、巴鱼，我知道间歇热可不是好玩的。伏屋：潘达恰，沼泽地也不是好玩的，你跟我干吧，我给的工资高。来，抽支烟，我请你喝一杯，你就算是我的人了，带我到有雪松和硬木的地方去，给我找几个有经验的人，再搞一只木筏。潘达恰：我跟你们干，老板，你预付我多少钱？我要像个普通人一样有个家，娶妻生子，在伊基托斯住下来。突然，伏屋：亲爱的潘达恰，在阿圭迪亚河出了什么事？现在咱们是朋友了，讲给我听听吧。潘达恰睁开眼睛，接着又闭上了，他那双眼睛红得像猴屁股，接着含混不清地：那条河里流的全是血，老板。伏屋：什么人的血，乔洛？潘达恰：那鲜血又热又浓，就像橡胶树上滴出来的汁液，那里的水洼和河汊就像一块块伤口，老板，信不信由你。伏屋：我当然相信，到底是什么人流了这么多的血？拉丽达：别缠他了，伏屋，别再问了，他多痛苦啊。伏屋：住口，婊子；潘达恰，说下去，告诉我是什么人流的血。潘达恰含混不清地：巴克维克那骗子，是个南斯拉夫人，他把我们骗了，这家伙比魔鬼还坏，老板。伏屋：潘达恰，你为什么要杀他？你是怎么杀的？用什么东西杀的，乔洛？潘达恰：他不想付钱给我们，我就说，这儿的雪松不多，再往里面去看看，于是我就动了枪；我还干掉了一个偷了我一瓶酒的脚夫。伏屋：也是开枪打死的，乔洛？潘达恰：用砍刀砍死的，老板，我的一条胳膊砍得都发麻了。这时潘达恰双脚乱蹬，又哭又叫。拉丽达：你瞧他这是怎么了，伏屋？他发火了。伏屋：我套出了他的秘密，现在我总算知道了为什么阿基里诺遇到他的时候他总是东藏西躲了。二人坐到床旁等待他醒来；潘达恰静了下来，最后终于醒了过来，摇摇晃晃地站起身子，发疯般地抓挠着自己的身体：老板，您别生气。伏屋：瞧草药汁把你搞得疯疯癫癫的，早晚有一天我一脚踢开你。潘达恰：我没有亲人，生活很苦，老板，您有女人，还有汪毕萨人，有牲口，可我是单身一人，您别生气了，老板；您也别生气了，老板娘。

他们又等了两天，阿基里诺还是没有回来，汪毕萨人到圣地亚哥河去打听，也没带回任何消息，于是他们就找个地方想围个水塘。潘达恰：老板，码头另一边的崖壁太陡，鲁布纳树的树汁会落进去的。汪毕萨人点头称是。伏屋：好吧，我们就到那儿去围。男人砍树，妇女拔草，很快就搞出一片空地。汪毕萨人削木为桩，插桩成圈，地层表面是黑土，再往下是红土。男人掘土，妇女们把土兜在裙中，投入水洼。接着下了一场雨，不几天之后，水塘积满了水，可以养龟了。一天大清早，人们出发了。河汊的水涨了，一路上受到植物的根和藤蔓的纠缠，到了圣地亚哥河，拉丽达发了烧，浑身发抖。航行已经两天，伏屋：什么时候才能到？汪毕萨人指了指前方。最后到了一处沙滩，伏屋：听说这儿就有，但愿如此。他们靠岸停泊，躲藏在树木后面，伏屋：别动，别喘气，河龟要是听见就不来了。拉丽达：我头昏，大概是怀孕了，伏屋。伏屋：见鬼，别说话。汪毕萨人仿佛都变成了树木，一动不动，目光在枝丫间闪烁，就这样一直等到天黑，蟋蟀唱了起来，青蛙咯咯地叫了起来，一只肥大的蜘蛛爬到拉丽达的脚上，她真想一掌把它拍死，拍烂它的红眼睛，拍烂它那灰白色的肚皮。伏屋：别动。月亮出来了，拉丽达：像死人一样不能动，我受不了，伏屋，我想哭，想喊。月色清澈，微风轻拂，伏屋：他们拿我们当傻子了，一只河龟也没有，这些狗东西。潘达恰：别响，老板，您没看见那不是出来了吗？随着河水的微波，一只只黑大滚圆的河龟爬上来搁浅不动了，接着忽然又动了起来，慢慢地向前爬。河龟在月光的照射下闪闪发光，两只、四只、六只，在沙地上爬着，越来越近，梭子一样的头部伸在外面，边爬边晃。河龟在看我们？在嗅我们？有几只已在扒沙做窝，还有几只则刚从水中出来。几个棕色的人影无声无息地迅速跑出树林，伏屋：走，快跑，拉丽达。他们跑到河滩，潘达恰：您瞧，老板，还咬人呢，差点儿把我的手指咬下来，母龟更厉害。汪毕萨人早已翻转了好几只河龟；他们兴高采烈地叽叽喳喳讲个不停。翻转在地上的河龟把头缩回壳里，四脚乱蹬。伏屋：数数看。拉丽达：八只。汪毕萨人在龟壳上钻了孔，用藤串起来。潘达恰：我们先吃一只吧，老板，我等得都饿了。大家在当地睡了一觉，第二天接着航行，晚上又到了一个河滩，捉了五只河龟，也串成一串，睡了一觉又起航前进。伏屋：还不错，正好赶上产卵季节。潘达恰：我们这样干是违禁的吧，老板？伏屋：要想生活就得干违禁的事，乔洛。归途走得很慢，独木舟拖着一串串的河龟破浪缓行。河龟不愿走，拖住了独木舟。伏屋：狗东西，你们干什么？别打，会把河龟打死的。拉丽达：你听到没有，我想吐，你不管我？伏屋，我有孩子了。他：你总是往坏处想。在河汊中，河龟缠住了河底的草根，一步一停，汪毕萨人跳进水里，河龟就咬他们，他们抓住船舷大喊大叫。独木舟进入水洼，人们看到了一条小船，阿基里诺先生正站在码头上向他们挥巾致意；他带回了罐头、小锅、砍刀、茴香酒。伏屋：亲爱的老头，我还以为你掉在河里淹死了呢。阿基里诺：我碰上了一船当兵的，为了掩护自己，我一直跟他们在一起。伏屋：当兵的？阿基里诺：在乌腊库萨出了一件事，阿瓜鲁纳人把他们的一个班长揍了一顿，好像还干掉了一个领水员，圣玛利亚·德·涅瓦镇的镇长带领士兵去找他们算账，他们要不是逃得快，非遭毒打不可。汪毕萨人把河龟搬到水塘里，喂以树叶、果皮、蚂蚁。伏屋：这么说，列阿德基那狗东西也在那一带？阿基里诺：士兵们想让我把罐头卖给他们，我胡诌了一套骗过了他们。伏屋：他们没提起列阿德基老狗想辞职不干回伊基托斯吗？阿基里诺：说了，说是等解决了这场纠纷就走。拉丽达：阿基里诺，你回来得正好，我可不喜欢整个冬天都吃龟肉。

就这样，安塞尔莫先生终于变成了真正的曼加切利亚区人。然而不是像人们选地、造房、安家那样一个晚上一下子就变成的，而是慢慢地、不知不觉地变成的。起初，他总是怀抱三角琴出现在各家酒店，乐师们（几乎每个乐师都在绿房子里为他伴奏过几次）把他当作伙伴接受下来，人们喜欢叫他演奏，向他鼓掌。酒店老板娘对他都很尊敬，经常施舍酒饭给他。他喝醉了，就给他一张席子、一条毯子、一个角落，让他睡觉。卡斯提亚区一带再也看不到他的踪迹，他也不过老桥这边来了，像是决心回避往日的回忆和那片荒沙地。他甚至连河岸附近的市区、加依纳塞腊区、屠场区都不去了，只有曼加切利亚区倒是常去的；在他的过去和他本人之间隔着一座皮乌拉城。曼加切利亚区人把他和那缄口不言的琼加都看作自己人。每当安塞尔莫先生演奏三角琴或睡觉的时候，琼加就缩在一个角落里，双膝支着下巴，阴郁地望着空中出神。曼加切利亚区人谈论安塞尔莫先生时，称他为琴师，老琴师，因为自从火烧之后他衰老了，双肩下垂，胸部深陷，皮肤有了皱纹，肚皮膨胀起来，腰也弯曲了。人变得脏乎乎的，不修边幅，拖着他那双美好岁月里穿的靴子，上面满是尘土，已经磨得破旧不堪，裤子撕得一缕一缕的，衬衣上一个扣子也不剩，帽子千疮百孔，指甲又黑又长，双眼布满红血丝和眼屎，声音也嘶哑了，动作也迟缓了。起初权贵们还雇他在过生日的时候或者在洗礼和婚礼上演奏，他用赚来的钱说服帕特罗西纽·纳雅在家里给他一块栖身之地，给他和琼加每天做一顿饭，那时琼加开始会说话了。但他还是那么邋里邋遢，每饮必醉，所以有钱人不再唤他去演奏。于是他随便干点儿什么来混饭吃，例如帮人搬家、扛大包、擦门窗，等等。天一擦黑就不期而至地来到酒店，一手拖着琼加，一手提着三角琴。他在曼加切利亚区已是人人皆知的人物；每个人都是但又都不是他的朋友。他是个见人就脱帽致意的孤独者，但几乎从不与人交谈，似乎他的三角琴、他的女儿和烈酒占据了他的全部生活。他那些由来已久的习惯中，只有对加依纳塞腊区人的仇恨还保持不变，只要看见一只兀鹰①，他就拣起石子扔去，一面还破口大骂。他饮酒极多，醉了却很有节制，从不打架斗殴，也不高声喧哗。人们只要一看见他的步履就知道他是醉了，但既不蹒跚也不笨拙，而是有礼貌地、庄严地跨着大步，双臂笔直，表情严肃，双眼直视前方。

他的生活习惯很简单。中午离开帕特罗西纽·纳雅的家，有时手里牵着琼加，有时单独一人，以一副匆匆忙忙的样子朝大街走去。他迈着挺有精神的步伐走遍了曼加切利亚区迷宫般的小巷，来往于那些弯弯曲曲、东插西转的小路上，不是上坡走到该区南侧一直延伸到苏依那河的沙土地带，就是下坡来到种着一排苏洋木树、脚下流着水渠的皮乌拉城人口处。他大大方方走进酒店，静悄悄地也不开口，神情严肃地等待人家请他喝一杯泡沫酒或者一杯皮斯科酒。他点头致谢，然后出了酒店继续走路，继续散步，或者说，继续受罪。他迈着狂热的步履走着，直到曼加切利亚区人看到他在某个地方停下来，倒在一家房檐下的阴凉处，在沙土中躺躺舒服，把帽子盖在脸上，就这样几小时地待在那里，全然不怕鸡羊在他身上乱闻乱嗅，用羽毛和羊胡子搔触他，在他身上拉屎拉尿。他毫不在乎地拉住行人要烟抽；人家拒绝了，他也不生气，照旧继续高傲而庄严地赶路。到了晚上，回到帕特罗西纽·纳雅的住处，就拿起三角琴又回到酒店。这回他可是去演奏的；他用心地一遍又一遍地拨弄琴弦，一弹就是几个小时，但当他

---

① 与加依纳塞腊同音。

烂醉如泥的时候，手就不听使唤了，三角琴就走了调，于是他嘟嘟囔囔地抱怨起来，眼中露出悲伤的神色。

他有时也到墓地去，最近一次他是真的发了火。那是某年的十一月二日，警察把他在入口处拦住了。他破口大骂，挣扎着非要进去不可。他向警察扔石子，最后还是有几个邻居劝说警察放他进去了。第二年的十一月二日，他又去了。这一次，胡安娜·宝拉在墓地里看到了琼加，她那时快满六岁了，浑身泥垢，衣衫褴褛，在坟头之间跑来跑去。胡安娜把她叫到身边，跟她亲热了一番。从此以后，洗衣妇经常赶着驮衣服的驴到曼加切利亚区来找琴师和琼加，给琼加带来饭食、衣服、鞋子，给安塞尔莫先生带来的则是香烟和几块钱。老头子拿了钱就跑去花在附近的酒店里。有一天，琼加在曼加切利亚区的陋巷里不见了，帕特罗西纽·纳雅说是胡安娜·宝拉把她带到加依纳塞腊区去了，永远不回来了。老琴师却依然故我，仍然不断地走路，显得越来越衰老，越来越醒醐潦倒。不过大家对他这副样子也习以为常。交臂而过，看到他那镇静自若、神情严肃的样子，或者看到他躺在沙地上、为了不踩着他绕道而过的时候，从不回头来看他一眼。

几年后，琴师才开始走出曼加切利亚区的范围。城市的街道扩展了，变了模样，铺石加固，还修了便道，由于两旁盖了新房子，更显神气热闹。孩子们尾随汽车跑着，出现了酒吧间、旅馆和外地人的面孔。还修了一条公路通往奇克拉约，一条亮晶晶的铁轨把皮乌拉同拜达联系起来，还经过苏依阿那。一切都在变，皮乌拉人也在变。人们上街不再穿马靴、马裤，而是西装革履，还系上了领带。女人们也放弃了长及足踝的黑裙子，改穿上了颜色鲜艳的服装；出门再也不用跟着女仆，蒙着面纱，裹着披巾，而是单身外出，露出颜面，披着散发。每铺几条街道，每盖一批房子，城市就向外延伸，荒原就向后撤退。加依纳塞腊区已消失，取而代之的是富贵人家的住宅区。挤在屠场后面的茅屋，一个早晨就被烧光了。那一天，市长和警察局长带领警察到达之后，用卡车和棍棒把所有的居民赶了出去。第二天开始规划修筑笔直的街道和街区，开始盖起两层楼的房子。不久以后，任何人都想象不出在这有钱人居住的整洁住宅区里曾经居住过雇工。卡斯提亚区也发展了，变成了一个小型城市，街道铺了水泥，开设了电影院，办起了学校，修建了林荫大道。老人们感到仿佛被搬到了另一个世界，对各种的不方便、丑闻和暴行连声抱怨。

一天，老琴师夹着三角琴穿过更新了的城市来到了阿玛斯广场，坐在一棵罗望子树下演奏起来。第二天下午，以及之后的连续几天里，他都到这里来，特别是星期四、星期六以及举行露天音乐会的日子。皮乌拉人成群结队地到阿玛斯广场来听格劳军营乐队的演奏，而安塞尔莫先生总是提前到达，提前一小时举行自己的个人音乐会，然后拿起帽子收费，刚赚到几个索尔就返回曼加切利亚区。曼加切利亚区没有任何变化，曼加切利亚区人也没有变：茅屋、山羊、蜡烛、油灯、依然存在。尽管各方面都在进步，但没有一支警察巡逻队愿意来这里坎坷不平的街道上巡逻。无疑，老琴师感到自己确实是个十足的曼加切利亚人了，因为他奏乐赚来的钱都拿到这个区里来花掉，而且每天晚上他还是到杜拉、赫特露迪丝或是安赫利卡·梅赛德斯的酒店里弹琴。他从前的厨娘现在有了自己的酒店。曼加切利亚区没有了安塞尔莫先生是不可想象的，对曼加切利亚区人来说，第二天清早看不到他沉默地在街上游荡、用石子抛掷向兀鹰或者醉醺醺地从酒店里走出来、在阳光下睡觉、黑夜里从远处听不到他的琴声都是不可想象的。连他讲话的样子，当然他是极少讲话的，任何皮乌拉人看了都会认为他是个地地道道的曼加切利亚区的人。

"仨二流子叫警长到他们那桌去，"琼加说道，"但警长装作没有看见他们。"

"他一直是这么有教养，"琴师说道，"他走到我身边向我问好，还拥抱我。"

"这群捣蛋鬼老是跟我开玩笑,这样会使得我的下级对我失去尊敬,老头。"利图马说道。

俩警察待在酒吧柜台那里,警长则同安塞尔莫先生在聊天。琼加给他们倒了啤酒,雷昂兄弟和何塞费诺还在那儿讲呀讲的,讲个没完没了。

"最好还是不要讲下去了,您瞧塞尔瓦蒂卡又伤心了,"年轻人说道,"再说天也晚了,师傅。"

"别伤心了,姑娘,"安塞尔莫先生的手在桌上乱摸,打翻了一只碗,在塞尔瓦蒂卡的肩头拍了一下说道,"生活就是这样,谁也没有过错。"

"这个叛徒,一穿上老虎皮就六亲不认了,也不问声好,连看我们一眼都不想。"

"那俩警察并不知道这话指的是警长,"琼加说道,"他们毫不在意地喝着啤酒同我聊天。但是警长本人是知道的,他用枪一般的目光瞪着他们,两只手也准备着:住口!"

"是谁请这些穿老虎皮的喝酒的?"塞米纳里奥说道,"他们该走了,琼加,把他们轰出去。"

"这是庄园主塞米纳里奥先生,你们别理他。"琼加说道。

"早认出他来了,"警长说道,"别看他,弟兄们,他大概醉了。"

"他现在又去招惹警察了,"猴子说道,"这婊子养的是专门找碴来的。"

"我们的老兄会教训他,"何塞说道,"这制服是干什么用的?"

年轻人阿历杭德罗啜了一小口咖啡:

"他刚到的时候还心平气和,两杯酒下肚就发酒疯了,该是心里有什么不痛快的事;他这样大吵大叫,出口不逊,是想发泄。"

"别这样,先生,"警长说道,"我们这是工作,靠这工作赚钱的。"

"你们已经巡逻够了,这里一切平安无事,看到了吧?"塞米纳里奥说道,"现在你们可以走了,让老实人安安静静地乐一乐吧。"

"您别为我们操心了,"警长说道,"您乐您的吧,先生。"

塞尔瓦蒂卡的脸色越来越阴郁。

塞米纳里奥在自己的桌旁暴怒地动来动去:连臭警察也来拍我马屁了,皮乌拉的男子汉都死光了,这倒霉地方怎么了?真不像话。这时玉绣球和罂粟花凑过来,边奉承边开玩笑,总算使他安静了点儿。

"一个叫玉绣球,一个叫罂粟花,"安塞尔莫先生说道,"瞧你给她们取的名字,小琼加。"

"他们仨呢?"塞尔瓦蒂卡说道,"他说了皮乌拉这些坏话,他们会发火的。"

"他们眼睛都快瞪出来了,"圆球说道,"但有什么办法呢?他们都害怕得要命。"

他们没有想到利图马这么窝囊,他也有枪,应该跟他较量一番,塞米纳里奥太嚣张了,不能这么欺侮人嘛。丽达慢吞吞地:他会听到你们讲话的。玛丽贝儿:要有热闹看了。桑德腊还是尖声浪笑。不一会儿,巡逻队走了,但警长把俩警察送到门口又回来了,径直坐在仨二流子的桌旁。

"他倒不如也走了的好,"圆球说道,"这可怜的人。"

"他为什么可怜?"塞尔瓦蒂卡激烈地表示不同意,"他是个男子汉,不需要人同情。"

"可你总是叫他可怜的人儿,塞尔瓦蒂卡。"圆球说道。

"那是因为我是他老婆。"塞尔瓦蒂卡解释道。年轻人露出一丝迷惘的微笑。

利图马在教训仨二流子:你们干吗总是在我手下人面前揶揄我?仨二流子:你是个两面派,在手下人面前装得一本正经,然后把他们打发走,你就痛痛快快地乐一番。我们看到你穿这制服很痛心,简直变成另外一种人了。我看你们这种样子更感到痛心。不一会儿工夫,四个人又和好了,齐声高唱:我们都是二流子,好逸恶劳,滥赌狂饮;我们都是二流子,今日来此嫖姑娘。

"自己给自己编了个队歌唱着玩,"琴师说道,"唉,这些曼加切利亚区人,真没见过。"

"你不是曼加切利亚区人了,老兄,"猴子说道,"你让人驯服了。"

"我不知道你的脸皮怎么这么厚,老兄,"何塞说道,"谁看见过有曼加切利亚区人当警察的?"

"四个人大概又在互相讲俏皮话,胡言乱语了,"琼加说道,"他们之间还能讲什么?"

"有十年了,伙计们,"利图马叹了一口气,"日子过得真快,可怕呀。"

"干杯,为过去了的生活干杯。"何塞举杯建议。

"曼加切利亚区人一醉,就有点儿哲学家味道了,这都是年轻人传染的,"琴师说道,"他们还可能谈到死亡呢。"

"十年了,真是让人不敢相信,"猴子说道,"你还记得为多米迪拉·雅腊守灵的那天吗,老兄?"

"我从森林地区回来的第二天就遇见了加西亚神父,我向他问好,他连理也不理,"利图马说道,"他一直没有原谅我们。"

"我可不是什么哲学家,"年轻人脸红了一下说道,"我不过是个微不足道的艺人而已。"

"回忆回忆过去是最好不过的了,"塞尔瓦蒂卡说道,"他们到了一起就讲小时候干的事。"

"你现在也有皮乌拉口音了,塞尔瓦蒂卡。"琼加说道。

"你没有后悔过吗,老兄?"何塞说道。

"不当警察也总得干点儿什么事呀,有什么办法呢?"利图马耸耸肩说道,"做个二流子虽说一天到晚可以嘻嘻哈哈,招摇撞骗,可挨饿的日子也不少,伙计们。现在至少我早晚两顿吃得不错,总算还可以。"

"可以的话,我还想来点儿牛奶。"琴师说道。

塞尔瓦蒂卡站起来:安塞尔莫先生,我去给您倒。

"我唯一羡慕你的是你闯了许多地方,利图马,"何塞费诺说道,"我们恐怕要老死在皮乌拉了。"

"你还是代表自己讲话吧,"猴子说道,"我反正不去一趟利马就死不瞑目。"

"真是个好姑娘,"安塞尔莫先生说道,"干什么都那么稳重,又殷勤又可爱。她长得漂亮吗?"

"一般,只是又矮又胖,"圆球说道,"穿上高跟鞋走起路来就引人发笑。"

"但是她的眼睛很漂亮,"年轻人说道,"一双大大的、碧绿的眼睛,显得很神秘。你会喜欢的,大师。"

"绿色的吗?"琴师说道,"我当然喜欢了。"

"谁能相信你会当了警察,又结了婚呢?"何塞费诺说道,"而且很快就要当爸爸了,利图马。"

"森林地区的女人真的很多吗?"猴子问道,"是像人们所说的那么风骚吗?"

"比人们说的还要风骚,"利图马肯定道,"必须随时防备着,你一不小心就会被她们挤干,连我自己也不知道我怎么能脱身而又没得肺穿孔的。"

"这么说来,在那里可以随心所欲地玩女人了?"何塞说道。

"尤其是沿海的男人,"利图马说道,"这些土生白人简直使那儿的女人发疯了。"

"也许是个好姑娘,不过要看她是什么感情,"圆球说道,"为了养活丈夫的朋友而卖淫,而可怜的利图马却在坐牢。"

"你不要这么匆忙下结论,圆球,"年轻人伤心地说,"还得调查调查到底是怎么回事。要了解事物背后的东西是不那么容易的。你可别放第一炮,兄弟。"

"琼加,你听,他还说自己不是哲学家呢。"琴师说道。

"圣玛利亚·德·涅瓦镇的姑娘很多吧,老兄?"猴子盯着问道。

"可以每天换一个,"利图马说道,"多得很,而且热情。各式各样的,多得可以批发,白皮肤的、黑皮肤的,伸手一摸就是一个。"

"既然都漂亮,你为什么跟那位结婚?"何塞费诺说道,"不用问,又是那双大大的眼睛,利图马。可其他的就一钱不值了。"

"他在桌上猛击一拳,连教堂里都能听到,"圆球说道,"四个人好像为什么事吵了起来,利图马和何塞费诺似乎动了肝火。"

"也不过像是火星,像火柴,点着了马上就熄灭,他们的火气从来不会持久,"琴师说道,"皮乌拉人都是好心肠。"

"连跟你开个玩笑都不成?"猴子说道,"你脾气变了,老兄。"

"她也是我的姐妹呀,利图马,"何塞费诺大声说道,"你以为我说的是正经话?坐下吧,来跟我干一杯。"

"问题是我爱她。"利图马说道。

"你爱得对,"猴子说道,"琼加,拿啤酒来。"

"这可怜的女人很不习惯,在这么多人的面前,她总是胆战心惊的,"利图马说道,"这里跟她的故乡大不一样,你们要理解她。"

"我们当然理解她,"猴子说道,"来,为我们的嫂子干一杯。"

"她真是好极了,对我们照料得真周到,给我们做的饭食也丰富极了,"何塞说道,"我们仨真喜欢她,老兄。"

"还可以吗,安塞尔莫先生?"塞尔瓦蒂卡说道,"这牛奶不热吧?"

"很好,不错,"琴师眨了眨眼说道,"姑娘,你的眼睛真是绿色的吗?"

塞米纳里奥把椅子一转,人也转过来朝向他们:怎么这么大的声音?还让不让人安安静静地谈话?警长彬彬有礼地:先生,您管得太宽了,我们没惹您,您也不要惹我们。塞米纳里奥:你们是什么人?敢跟我顶嘴?我就要惹惹你们,碰碰你们四个人,还加上生你们的婊子,听到没有?

"他骂娘了?"塞尔瓦蒂卡眨着眼问道。

"那天晚上骂了好几次娘呢,刚才那是第一句,"圆球说道,"这些当地的有钱人以为随便对谁都可以骂娘。"

玉绣球和罂粟花飞快地跑开了;桑德腊、丽达和玛丽贝儿从柜台里伸出头来。警长激怒得声音都嘶哑了:先生,我们的家人可跟这事不相干。

"你要是不高兴,来,过来咱们谈谈,臭乔洛。"塞米纳里奥说道。

"但是利图马并没有过去,"琼加说道,"我和桑德腊拉住了他。"

"男人之间吵嘴,干吗要把母亲也卷进去?"年轻人说道,"母亲是世界上最神圣的字眼。"

玉绣球和罂粟花又回到了塞米纳里奥的桌旁。

"从那个时候起,我就再也没有听到四个人大笑了,他们也不再唱队歌了,"琴师说道,"四个小伙子被人骂娘骂得垂头丧气的。"

"他们一个劲地饮酒自慰,"琼加说道,"桌子上酒瓶都放不下了。"

"因此,我认为一个人内心的痛苦可以说明一切问题,"年轻人说道,"因此,最后有的人终日以酒浇愁,有的人当了和尚,有的人则当了杀人犯。"

"我去冲冲头,"利图马说道,"这家伙搅了我们一个晚上。"

"他跟你生气是有道理的,何塞费诺,"猴子说道,"没有人喜欢别人说自己的老婆丑。"

"他的虚荣心太重了,我看不惯,"何塞费诺说道,"我玩过的女人有上百,半个秘鲁我都跑遍了,什么场面我没见过,他才走了几个地方，就一天到晚在我面前卖弄。"

"说到底你是妒嫉他，他老婆根本不理你。"何塞说道。

"他要是知道你盯住他老婆不放，非杀死你不可，"猴子说道，"他太爱他老婆了，像头小牛。"

"这只能怪他自己，"何塞费诺说道，"他干吗总是吹牛？说什么她在床上一动一动的，像是一团火。我倒想尝尝她的滋味，看看到底是真是假。"

"她不会跟你的，咱们来打两块钱的赌，干不干？"猴子说道。

"那倒不一定，"何塞费诺说道，"第一次她想打我耳光，第二次只是骂了我几句，到了第三次连表示不愿意都没有，我甚至还摸了她。现在她已经有所松动了，我是了解女人的。"

"她要是落在你的手里，"何塞说道，"你得明白，一人有好处，三个人都得有份，何塞费诺。"

"我也不知道为什么我这么需要她，"何塞费诺说道，"而实际上她也没什么。"

"因为她是外地人，"猴子说道，"人们总是想发现外地人有些什么秘密和习惯。"

"她简直像头小兽，"何塞说道，"什么也不懂，一天到晚问这问那。我可不敢第一个去尝她，她要是告诉利图马怎么办？"

"她还没有这个胆子，"何塞费诺说道，"我早看透她了，是个没个性的女人。她要是告诉利图马，还不羞死？可惜她肚子大了，现在只能等她生下来以后再跟她干。"

"接着四个人就跳舞去了，跳得可高兴了，"琼加说道，"似乎什么事都没有了。"

"大祸也就从天而降。"年轻人说道。

"利图马那时跟谁在跳舞？"塞尔瓦蒂卡问道。

"跟桑德腊，"琼加用无神的眼睛打量着她，慢声慢气地回答，

"两个人贴得可紧了,还接吻呢;你吃醋了?"

"我只是问问而已,"塞尔瓦蒂卡说道,"我可不是个吃醋的人。"

塞米纳里奥突然大喊起来:滚出去,太放肆了,要不我就一脚把你们全踢出去。她向四个人喝道。

3

"一整夜都没有一点儿声音,没有一点儿灯光,"警长说道,"您不觉得有点儿怪吗,中尉?"

"也许他们在岛的另一头呢,"罗贝托·德尔加多中士①说道,"岛好像很大。"

"天亮了,"中尉说道,"让大家把船划过来,但是别弄出声音来。"

警察和士兵们的制服在树木和河水中间看来同植物的颜色一样;他们挤在一个狭窄的角落里,浑身精湿,目光因疲劳而显得呆滞。他们紧了紧裤子和长筒靴,一缕缕的绿光透过迷宫般的枝桠射进来,笼罩在他们身上。在树枝、树叶和藤蔓中间,许多人的面孔都有着被小虫子咬的肿块和紫色的擦伤。中尉走过水洼边,一手拨开树叶,一手把望远镜举到眼上,向岛上观察,只见一壁高高的悬崖、灰色的斜坡、粗大的树木和草木茂密的丘峰,河水波光粼粼,传来阵阵鸟鸣。警长猫着腰来到中尉跟前,脚下树草嘎嘎作响。二人身后,警察和士兵的身影在密林中几乎没有动静。他们悄悄地打开了水壶盖,点上了

---

① 此人显然已由班长升为中士。

香烟。

"他们现在不吵了,"中尉说道,"这就不能说人家一路光吵嘴。"

"这辛苦的一夜使他们结成了朋友,"警长说道,"又疲劳又不舒服,只有这些东西才能使人们互相了解,中尉。"

"我们要在天大亮以前给敌人来个两面夹击,"中尉说道,"所以需要在对岸埋伏一组人。"

"那就得涉水过去,"警长用手指了指水洼,"这片水洼有三百平方米左右,中尉,这样一来就会被敌人像打鸽子一样击中。"

罗贝托·德尔加多中士和其他人也凑了过来,两种制服被泥巴和雨水弄得分辨不清了,只有靠船形帽和军帽才能区别哪些是警察,哪些是士兵。

"我们先派一个人去谈判,中尉,"罗贝托·德尔加多中士说道,"我看他们只有投降一条路。"

"他们竟没有发现我们,这很怪,"警长说道,"同所有的琼丘人一样,汪毕萨人的耳朵可尖着呢,没准儿他们这时正在鲁布纳树丛中向我们瞄准呢。"

"居住在鲁布纳树丛中,却又害怕鲁布纳树,"罗贝托·德尔加多中士说道,"这事我看到了,可我不相信。"

众军警听着他们的谈话,个个都是皮肤发紫,伤痕累累,眼圈发黑,神色不安。中尉搔着面颊:还得再观察观察。他的太阳穴上有三颗痣,形成一个红色三角形,一缕脏发垂在他那被帽檐半遮的前额上:警长和中士是不是都害怕了?罗贝托·德尔加多中士:怎么样?您的警察是不是害怕了,中尉?我可不怕。这时爆发出一阵低语声,一阵骚动使得枝叶也晃动起来;小个子、黑鬼和黄毛离开了士兵:中尉,这可是侮辱人,不能允许他们,他们凭什么侮辱人?中尉把手放到子弹袋上:要不是公务在身,有你好看的。

"我这是开玩笑,中尉,"罗贝托·德尔加多中士说道,"在军队里，我们总是跟军官们开玩笑，他们并不生气，我还以为警察里也是这样呢。"

一阵水声盖住了人们的讲话声，接着又是一阵小心翼翼的扑哧扑哧的划桨声，有人滑了一下，在藤蔓和灯芯草丛下出现了几条小船，领水员宾达多和划船的士兵面带笑容，表情和动作中毫无倦意。

"不管怎么说，也许还是先谈判，让他们投降为好。"中尉说道。

"那当然，中尉，"罗贝托·德尔加多中士说道，"我提这个意见并不是由于害怕，而是出于策略：他们要是想逃，我们从这儿就可以射击。"

"而如果我们去进攻，在水洼里就可能被敌人打成烂泥，"警长说道，"我们只有十个人，他们有多少人、使用什么武器，我们一无所知。"

中尉转过身来，众军警紧张起来。谁是老兵？众人的脸上露出不安的神情，嘴唇不停地抖着，眼睛紧张地眨着。罗贝托·德尔加多中士向一个棕色皮肤的矮个子士兵一指，此人向前一步走：士兵依诺霍萨到，中尉。很好，中士，请你命令士兵依诺霍萨带领博尔哈全体士兵到水洼对面去，埋伏在岛的正对面，我同警察们留在此地监视河汊的出口处。罗贝托·德尔加多：那还要我来干什么，中尉？中尉脱下船形帽：干什么？他用手梳梳头发：我这就告诉你。他又戴上帽子，把那绺头发塞进去：警长和中士去劝他们投降，叫他们放下武器，举起手在崖上集合。他把手放在头上：警长，由宾达多送你们去。警长和中士互相看了一眼，一言不发。警察和士兵又凑到一起低语起来，他们已经没有惧色，而是松了一口气，眼光中还流露出一抹幸灾乐祸的意味。士兵们在依诺霍萨的率领下登上一条小船，小船摇晃了一下，有点儿下沉。领水员抽出撑篙，一阵水声，树枝颤动了一阵，军帽就消失在羊齿草和藤蔓之下了。中尉检查了一下警察们的衬衣：小个子，你的衬衣最白，脱下来，警长要把它绑在枪上；你们俩听好，他们要是不老实，你们就开枪，不要犹疑。警长和中士登上了船，小个子把衬衣递给他们，宾达多用桨把船一推，船在树桠中慢慢漂动起来。进入水洼以后，立即开动马达。单调的马达声一响，树林中的群鸟立即飞满了天，发出聒噪的鸣声。一缕橘红色的光线自鲁布纳树后面升起，旭日的长矛开始在暗淡的周围射出光芒，水洼里的水显得那么洁净而平稳。

"伙计，我本来就要结婚了。"警长说道。

"把枪举高点儿，"德尔加多中士说道，"让他们看清楚白衬衣。"

二人穿过水洼，但眼睛一直盯着悬崖和鲁布纳树。宾达多一手掌舵，一手在头上、脸上和臂上乱搔，口中抱怨着这突然而至的全身虫咬。这时，一片狭窄而泥泞的河滩已经在望，河滩上生长着光秃秃的灌木，还有几根大概是用来作码头的浮动着的树干。对岸，载士兵的船停靠了，士兵们跑步跳上岸，在露天下埋伏起来，用枪瞄准岛上。依诺霍萨的嗓子好极了，他昨夜用克丘亚语唱歌，真好听，对吗？是的，不过，敌人为什么没看见我们呢？他们为什么不出来呢？圣地亚哥河两岸住的都是汪毕萨人，伙计，一定有人看到我们就去报告了，所以他们有足够的时间从河汊中逃掉。小船进入了码头，浮动的树干是用粗藤绑在一起的，上面长满了苔藓和菌类。三人望着几乎垂直的悬崖和弯弯曲曲满是蛀洞的鲁布纳树。长官们，一个人也没有，他们吓跑了。警长和中士从船上跳下来，扑哧扑哧踏过泥泞，把身子匍伏在斜坡上，开始爬起坡来。警长高举着枪，一阵风把小个子的衬衣吹得呼呼直飘。当二人到达崖顶时，耀眼的阳光刺得他们闭上了眼睛，用手直揉。鲁布纳树中间的空隙都被盘结交错的野藤占据了，二人每次朝草丛中看去都有一阵恶臭迎面扑来。最后他们终于找到了一处立脚之地，在那齐腰的喃喃低语的野草丛中开始行进，接着走上一条小径。狭窄的小径在树林中蜿蜒延伸，消失了又出现。二人沿着小径来到一处灌木丛，也许是羊齿草丛。罗贝托·德尔加多中士紧张了起来：喂，把枪举高，好让他们看到我们是打着白旗来的。树冠形成一顶严密的苍穹,只有几缕阳光不时地穿凿进来,像是颤抖着的黄色布条垂直而下。处处闻鸟啼,却不见鸟影。二人用手捂着脸,但仍感到东扎一下,西扎一下,火辣辣的。小径忽然到了头,尽头处是一块平整的空地,铺着沙,没有杂草。他们还看到两间茅屋。喂,伙计,你瞧。茅屋高大结实,但是也一半被草木吞没,其中一间的屋顶没有了,门前黑糊糊地有一个大洞,像是一个滚圆的疤痕。另一间茅屋中却长出一棵树来,有力地把自己多毛的臂膀从窗子伸出来。两间茅屋的板壁都被常春藤掩没了,周围长满了高高的杂草;台阶倒塌了,也做了野藤的俘虏,上面爬满了根茎;鸟儿在台阶和木桩上筑了窠,蚂蚁挖了窝。

"不是昨天晚上逃的,而是逃掉很久了,"德尔加多中士说道,"差不多都变成荒地了。"

"这茅屋不是汪毕萨人住的,是白人住的,"警长说道,"土人的茅屋没有这么高大,而且土人搬家都是连房子一道搬的。"

"这儿还有一块空地,"德尔加多中士说道,"地上的树也是刚长出来的,可见这儿曾住过相当多的人,伙计。"

"中尉要发火了,"警长说道,"他本来满有信心,非抓几个回去不可呢。"

"我们把他叫来吧,"德尔加多中士说道,用枪瞄准一间茅屋放了两枪,远处发出一片回声,"他们会以为我们同强盗干上了呢。"

"老实说,我倒是希望没有人,"警长说道,"我要结婚了,我可不愿在这个岁数送掉性命。"

"在他们到达以前,我们先搜查一下吧,"德尔加多中士说道,"没准儿能找到些值钱的东西呢。"

二人只找到一些生了锈的废铜烂铁,上面也都布满了蛛网。地板上生了蛀虫,被白蚁掏得空空的,人一踩上去就松软地向下一沉。二人走出茅屋，又绕着岛子搜了一遍，在烧焦了的火堆、生锈的罐头和碎瓷片中找来找去。一片斜坡上有一口死水井，井里蒸发出阵阵臭气，飞满了云层般的蚊蚋；井周围有两排木桩，也都成了毛茸茸的网状物。罗贝托•德尔加多中士：这是什么东西？从来没见过嘛。还会是什么，琼丘人的东西呗，我们最好还是离开这儿吧，太难闻了，蚊子也多。二人回到茅屋附近的时候，中尉和警察及士兵正像夜游神一样在空地上转来转去，焦躁而困惑地向树木瞄准。

"白跑了十天，"中尉叫了起来，"傻跑了一场。你们估计他们是什么时候逃掉的？"

"我看有几个月了，中尉，"警长说道，"也许有一年了。"

"这儿原来有三间茅屋，不是两间，中尉，"黑鬼说道，"还有一间，被风连根卷走了，您瞧，还有房柱呢。"

"我看他们逃掉有几年了，中尉，"德尔加多中士说道，"屋里那棵树都长这么高了。"

中尉失望地笑了：一个月、十年，这都无关紧要。他累了：反正他们是跑了。德尔加多中士：依诺霍萨，去，好好搜查一下，把能吃的、能喝的、能穿的都拿来。士兵们在空地上散开了，消失在树林中。中尉蹲下来用树枝在地上挖着：黄毛，来，煮点咖啡，去去嘴里的苦味。警长和中士点了支香烟聊起天来，一群群嗡嗡作响的小虫子在他们头上飞过。领水员宾达多劈了树枝点起火堆。这时两个士兵从茅屋中抛出酒瓶、土瓮、破毯子。黄毛把暖瓶中的咖啡热了一下，倒在马口铁小杯子里，直冒热气。中尉、警长和中士刚喝完咖啡，突然听到一声大叫。怎么了？两个士兵跑了过来：发现了一个人。中尉一跃而起：什么？士兵依诺霍萨：一个死人，中尉，在下面小河滩上发现的。是汪毕萨人还是白人？中尉向小河滩跑去，后面跟着众军警。几分钟内，只听得脚踩在枯枝上发出的噼啪声和身体摩擦野草发出的窸窣声。众人迅速绕开木桩，从斜坡上跑下，跳过一个石坑到达了河滩。众人戛然止住脚步,围住了一个躺在地上的人。此人仰卧着,破烂的长裤几乎掩不住肮脏而细瘦的下肢,皮肤黝黑,腋下有两撮发黑、压扁了的野草,手和脚的指甲长长的,胸部和肩部满是疤痕和伤口,干裂的唇边吊着一段发白的舌头。军警们观察着他,突然,罗贝托·德尔加多中士笑了,弯下腰,吸了一口气,把鼻子凑近地上躺的人的嘴,接着发出一声嬉笑。他直起身子,在地上躺的人的两肋上踢了几脚。喂,浑蛋,别这样踢死去的人。但是罗贝托·德尔加多中士又踢了几脚:什么死人?中尉,您没闻到?众人俯身去闻那直挺挺一动不动的身体。根本没死,中尉,这位伙计在做梦呢。德尔加多中士又狂喜地踢了几脚,地上躺的人缩了缩身子,嘴里发出一种打鼾似的深沉的声音。妈的,真没有死。中尉抓住那人的头发摇晃起来,只听得他嗓子里又发出一阵轻微的呼噜声。这鬼东西在做梦呢。警长:是的,大家看,他喝过草药汁呢。在火堆的白灰和几段木柴旁边有一个瓦锅,里面装满了草药。还热着呢。十几个长甲黑脚的大蚂蚁在往他的身上爬,还有几个围成一圈仿佛在保护同伙。黄毛:要是死人,早就被虫子吃光,只剩骨头了,中尉。中尉:可现在已经开始吃了,从腿上开始吃的。几只大蚂蚁从他发黑的脚掌上往上爬,另外几只在窥视着他的脚背、脚趾和脚踝,用细细的触角去碰他的皮肤,碰到之处留下一串串紫红的斑点。罗贝托·德尔加多又在他肋上踹了几脚,地上躺着的人肋上鼓起了一个包,像是个长方形的山丘,顶端是黑色的。他仍然躺着不动,只是不时地发出空洞的鼾声,竖起舌头吃力地舔舔嘴唇。中尉:这鬼东西还在天堂里呢,什么都感觉不到,拿水来,快,把他的脚冲一冲,妈的,蚂蚁要啃他的脚了。小个子和黄毛把大蚂蚁踩死,两个士兵从水洼中用自己的行军壶灌来了水,洒在他的脸上。这时他意欲动一动四肢,脸上抽搐了一下,脑袋一会儿倒向左一会儿倒向右。他突然打了一个嗝,一条胳臂笨拙地慢慢抬了起来,用手摸索自己的身子,碰到肿包就停下来抚着。他的呼吸也急了，胸部胀了起来，腹部陷了下去。他伸了伸舌头，舌头发白，凝结着绿色的唾液，双眼仍然紧闭着。中尉命令士兵：再拿水来，弟兄们，不管怎么样，我们得把他弄醒。军警们一个个地走到水洼那里，取回水来，不停地往他身上浇。他张开嘴接水，用舌头吃力地舔着水滴，发出咂咂的响声。这时他的哼声自然起来了，有连续性了，不断抽搐着的身体也仿佛摆脱了无形的桎梏。

"给他喝点儿咖啡，让他醒醒，"中尉说道，"继续泼水。"

"我想他这样子根本到不了圣玛利亚·德·涅瓦镇，中尉，"警长说道，"在路上就会死掉。"

"我把他押到博尔哈去，博尔哈路近，"中尉说道，"你带着弟兄们回涅瓦镇，告诉法毕奥先生我们抓住了一个，别人也会落网的。我同士兵们到警备队去，到了那儿请个医生给他看看，不能让他白白死掉。"

中尉和警长离开人群几米远去吸烟，众军警在病人周围忙忙碌碌，又是泼水，又是摇撼。地上躺的人也好像没有信心地动着舌头，顽强地试着要发出声音。

"他要不是匪群里的人怎么办，中尉？"警长说道。

"所以我要把他押到博尔哈去，"中尉说道，"博尔哈有从被土匪洗劫的村子里来的阿瓜鲁纳人，看看他们能不能认出他来。你告诉法毕奥先生，叫他派人通知列阿德基。"

"那家伙说话了，中尉，"小个子喊道，"您来听听吧。"

"你们听得懂他的话吗？"中尉问道。

"河里流着血，一个白人死掉了，"黑鬼说道，"差不多都是这种话，上尉。"

"就差疯了，我的运气真不好。"中尉说道。

"一个人做梦总是胡说八道的，"罗贝托·德尔加多中士说道，"马上就会过去的。"

天色逐渐黑了下来,伏屋和阿基里诺吃着煮木薯根,嘴对瓶子喝烧酒。伏屋:天黑了,拉丽达,把油灯点上。她一弯腰,唉呀呀,第一次感到痛,痛得直不起腰来,倒在地上哭了起来。二人把她扶起来,扶到吊床让她躺下。伏屋点上油灯,她:我想是日子到了,我真害怕。伏屋:我还没见过有女人因为生产死去的。阿基里诺:我也是,你别怕,拉丽达,我是森林里最优秀的助产士。我可以摸摸吗,伏屋?你不吃醋吧?伏屋:犯不着吃你的醋,你太老了,去摸摸吧。阿基里诺先生把她裙子撩起,跪下来观察。伏屋:谁?潘达恰:汪毕萨人在和阿基里诺先生带来的一个阿瓜鲁纳人在打架。阿基里诺先生:在和胡姆打架?潘达恰的眼睛瞪得大大的,伏屋打了他一记耳光:狗东西,盯着别人的老婆看。他揉了揉鼻子:请原谅,老板,我只是来报告一声,汪毕萨人想把胡姆赶走,您是知道的,他们恨极了阿瓜鲁纳人,他们发了火,我和聂勒斯都拦不住;老板娘生病了?阿基里诺先生:你最好去看看,闹不好他们会把胡姆干掉的;我费了好大劲才说服他跟我到岛上来的。伏屋:这群婊子养的,最好给他们灌木薯酒,让他们喝醉,然后是互相干掉还是交朋友,随他们去。伏屋和潘达恰出去了,阿基里诺先生凑近拉丽达,在她的腿上揉了起来:把腿肌和肚皮放松了,孩子出来就顺利了。她啼笑皆非:我要告诉伏屋,您利用他不在的机会摸我。他笑了。她:唉哟,又痛了,背上的骨头痛,像裂开一样。阿基里诺先生:喝口酒镇静一下。她喝了一口,又吐了出来,喷了阿基里诺先生一身。阿基里诺先生还在摇着吊床:哦,哦,哦,拉丽达,美丽的姑娘,过一会儿就不痛了。几点红光在油灯周围跳跃:拉丽达,你瞧这些萤火虫和夜蝴蝶,人死了,灵魂就变成夜蝴蝶在夜间飞来飞去,照亮了树林,照亮了河流,照亮了水洼;拉丽达,等我死了,你的身边就会有一只夜蝴蝶陪伴,我给你当油灯照明。她:我害怕,阿基里诺先生,别再说什么死不死了。他:别怕。他摇晃着吊床:我是给你解解闷的。他用一块湿布给她揩了揩嘴角：没什么，天亮以前就会生下来的，我一摸就知道是个男孩。茅屋中弥漫着芥菜味、微风吹来树林的沙沙声、知了的嘈杂声、狗的吠叫声，还有七嘴八舌的争吵声。她：阿基里诺先生，您的手真柔软，我现在轻松些了，这芥菜味道真好，噢，您听到汪毕萨人在争吵了吗？您去看看吧，阿基里诺先生，他们会不会把伏屋杀掉？他：这根本不可能，拉丽达，伏屋是个魔鬼，你还不了解他？拉丽达：你们认识有多久了，阿基里诺先生？他：快十年了，他尽管总是惹是生非，干坏事，但从来没遭过殃；他就像水蛇一样总能从敌人手中滑掉。拉丽达：你们是在莫约潘巴认识的吗？阿基里诺先生：我本来是卖水的，是他叫我干了买卖人这一行。拉丽达：卖水的？阿基里诺先生：赶着驴，驴背驮着水罐，挨门挨户地串；莫约潘巴是个穷地方，赚点儿钱也都买了净水的明矾，水要是不净，就被罚款；有一天，伏屋来到了莫约潘巴，在我附近的一间茅屋住了下来，就这样我们交上了朋友。他那时候是个什么样的人，阿基里诺先生？他：当时人们问他从哪儿来的，他一副神秘的样子，谎话连篇，他连我们的话几乎都不会说，总是夹杂着巴西话。伏屋：打起精神来，伙计，你这简直是狗过的日子，还没够吗？我们一道做生意吧。阿基里诺先生：确实是狗过的日子。拉丽达：你们都干了些什么，阿基里诺先生？他：我买了一条船，伏屋买了几袋大米、粗棉布、细棉布、鞋子，载这么多东西，船都快沉了。伏屋，有人抢我们怎么办？伏屋：少废话，婊子养的，我还买了一支左轮枪呢。拉丽达：你们就是这样开始的，阿基里诺先生？他：我们来往于兵营之间；橡胶工人、伐木工人和淘金者也总是叫我们下次带这带那的，我们就给他们带去，然后我们就钻到部落里去，那儿的生意是一本万利的，用小珠子换橡胶球，用小镜子和小刀子换皮毛；伏屋就是在那时认识汪毕萨人的，拉丽达，这些汪毕萨人也跟伏屋成了莫逆之交，他们帮了他很大的忙，这你是看到了的，这些汪毕萨人把他看成了上帝。拉丽达：那时你们的生意很顺手吧？他：要不是伏屋总闯祸，会更顺手的；他见谁就偷谁，后来兵营把我们赶了出来，警察也到处搜捕我们，于是我们不得不分手了；他到汪毕萨人那里待了一阵子，后来到了伊基托斯就跟列阿德基一起干了，你不就是在伊基托斯跟他认识的吗？拉丽达：您那时候干什么去了，阿基里诺？他：我自由惯了，拉丽达，像河龟那样拖家带累又居无定所，我才不干呢；我还是单独一人做买卖，诚诚实实地做买卖。拉丽达：您到过许多地方，是吗，阿基里诺先生？他：我到过乌卡雅里河、马拉尼翁河、哇雅加河，我一开始没去亚马孙河，因为伏屋在那里留下了坏名声。但是过了几个月我就去了，说来你也许不相信，一天，在伊达雅河边的一个兵营里我又遇到了伏屋，拉丽达，他成了买卖人，还带着几个有经验的助手，他给我讲了他同列阿德基的那段事。你们旧友重逢，一定很高兴吧，阿基里诺先生？他：我们抱头痛哭，一面开怀畅饮，一面回忆往事。伏屋，幸运在向你微笑，头脑清醒点儿，清清白白地做人吧，别总闯祸了。伏屋：你还是跟我干吧，阿基里诺，什么事都像是抓彩票，战争最好还是打下去。他：这么说你是在走私橡胶？伏屋：而且是成批的，伙计，我们到伊基托斯来搞橡胶，然后把橡胶藏在说是烟草的包裹里运出去，列阿德基会成为百万富翁，我也会的。我不放你走，阿基里诺，我把你雇下了。拉丽达：您为什么不留下来跟他干呢？他：我老了，伏屋，我不愿意再担惊受怕了，我不愿意进监狱。唉哟哟，我痛死了，腰也痛。这回孩子可真的要生下来了；你别怕，哪儿有小刀？阿基里诺把小刀放在油灯上烧，这时伏屋走了进来。阿基里诺先生：他们没对胡姆怎么样吧？伏屋：他们在一起喝酒呢，潘达恰和聂威斯也在，我不会让他们把胡姆干掉的，我需要他，有了他，我们就能同阿瓜鲁纳人进行接触了；他可给整苦了，不知什么人用火烧了他的腋窝，脓水直流，老头，他背上一块一块的烂肉，要是发炎就糟了，得了破伤风就非死不可。阿基里诺先生：那是在圣玛利亚·德·涅瓦镇被士兵和中间人烧的，你那位朋友列阿德基在他额上砍了一刀；列阿德基最后还是回到伊基托斯去了，你知道吗？伏屋：他们给他剃了光头，比鳄鱼还难看。唉哟哟，我的骨头痛，痛死我了。阿基里诺先生：因为他搞了个鬼名堂，不肯把橡胶卖给一个好像叫埃斯卡维诺的中间人，说是要自己到伊基托斯去卖，最糟的是他们揍了一个去乌腊库萨的班长，杀掉了一个领水员。伏屋：胡说八道，那个领水员现在活得很快活，还有女人玩呢，他就是阿德连·聂威斯，是我上个月收留下的。阿基里诺先生：这我知道，可他们非这么说，你怎么办？拉丽达要分娩了：伏屋，不管怎么说，你总得管管我呀。伏屋：胡姆还恨我们白人吗？他要是能说服阿瓜鲁纳人把橡胶交给我们，那就最好不过了，这可是个好办法，老头，用了两年我就可以衣锦荣归，回伊基托斯去，看那些瞧不起我的人怎么迎接我吧。阿基里诺先生：伏屋，烧点儿水来，你也帮帮忙，你好像不是爸爸似的。伏屋把水罐装满水，点上火堆。拉丽达的叫喊声越来越响，一刻不停，几乎喘不过气来，脸也肿了，两眼翻白。阿基里诺先生跪下来给她按摩：开了一点儿口，拉丽达，别慌。伏屋：你应该向汪毕萨女人学学，人家一个人往山上跑，生下孩子再回来。阿基里诺先生烧着小刀，外面的吵闹声消失在柴禾的噼啪声和嘘嘘声之中。伏屋：你们听见没有，他们不再吵了，成了好朋友了。老人：可能是个男孩，拉丽达，我跟你说什么来着，你听，卡皮罗纳树在歌唱，我错不了。伏屋：胡姆这个人话不多。阿基里诺先生：但很讨人喜欢，这次在外，他一直帮助我；他说有两个白人把乌腊库萨人骗了个净光。伏屋：老头，下次外出你肯定会赚大钱的。阿基里诺先生：你什么时候不再做梦？伏屋：你不是自从干了第一回后就大有进步吗？阿基里诺：拉丽达，要不是为了你，我才不到岛上来呢，你给我的印象很好。她：您到的正是时候，我们快要饿死了，您还记得吗？我一见罐头和通心粉就放声大哭。伏屋：简直是一餐盛宴，许多人因为吃不惯都生病了呢，老头，你为什么不愿意帮助我，要我苦苦哀求？再说，你也能赚钱呀。老人：可你的货物是抢来的，伏屋，我会被捕的，我不能替你把这种橡胶和皮子卖掉。伏屋：大家都知道你是个老实人，你的那些橡胶工人、伐木工人和琼丘人不也是用皮子、橡胶和金砂换你的东西吗？要是有人问起来，你就说这是自己的好了。老人：我从来没带过这么多的货。伏屋：一次外出不要全部带去，每次带一点儿。唉哟，又痛了，阿基里诺先生，腿和腰都痛，唉哟，伏屋呀。阿基里诺先生：我不干，阿瓜鲁纳人早晚要去报告的，警察就会来查问，而中间人又不是白吃干饭的，能白白让你抢了他们的生意？伏屋：沙普腊人、阿瓜鲁纳人、汪毕萨人自相残杀，还不是因为他们互相仇恨，又有谁能想到是有白人插了一手？老人：这倒不会。伏屋：把货物藏好，运到远一点儿的地方，然后以便宜点儿的价格卖给橡胶工人，他们会高兴死的。老人终于接受了。伏屋：我这还是第一次利用一个人的诚实做买卖，拉丽达，这老头要是愿意，完全可以出卖我，卖掉所有的货物，囊获所有的利润，他知道我被捕过，他甚至可以去报告正在搜捕我的警察，说我在圣地亚哥河上游的一座岛上。有一次，老人耽搁了差不多两个月才回来，伏屋派汪毕萨人划船到马拉尼翁河去寻找。汪毕萨人回来了，都说没有，不在，没回来。这老狗。一天下午，老人顶着倾盆大雨在河汊口出现了，带回来了衣服、食物、砍刀，还有五万索尔。拉丽达：我可以像对父亲那样拥抱你，吻你吗？伏屋：老头，我从来没有见过像你这样诚实的人，我一辈子也忘不了你，阿基里诺，你对我太讲义气了，要是我换作你，早就携款潜逃了。老人：你是个没心肝的人，对我来说，友谊比生意更为重要，这也是我对你的感谢，伏屋，是你使我摆脱了莫约潘巴那种狗一般的生活，对这一切，我的心是不会忘记的。唉哟，唉哟。阿基里诺先生：这回真的要生了，拉丽达，用力，用力，不然不等生下来就憋死了，把吃奶的力气都使出来，喊出来。老人手拿小刀。她：唉哟，伏屋，为我祈祷吧。老人：我来给你揉，但你也得用力。伏屋把油灯端过去看。老人：你安慰安慰她吧，抓住她的手，伙计。她：我要喝水，我要撕裂了，圣母帮帮我吧，基督帮帮我吧，圣徒呀圣徒，你答应过帮助我的。伏屋：水来了，别这么大喊大叫的。等拉丽达睁开眼睛，伏屋正盯着席子看。阿基里诺先生：我把你的腿擦干净，拉丽达，好了，你瞧多快。伏屋：老头，是个小子，啊，是活的吗？怎么不动，也不喘气？阿基里诺先生弯腰把婴儿从席子上抱起，黑糊糊、油腻腻的，像只猴子，老人拍了他一下，婴儿哇地哭了出来：拉丽达，你瞧他，还认生呢，现在还是让他睡吧。拉丽达：多亏您，不然我早就死掉了，我希望我的儿子就叫阿基里诺。伏屋：这是为了友谊，只是这名字太难听了，阿基里诺先生，叫伏屋不好吗？我当爸爸了，真稀奇，老头，来庆贺一番吧。阿基里诺先生：你歇歇吧，姑娘，你想抱抱吗？抱着，太脏了，得先给他洗洗。阿基里诺先生和伏屋拿起酒瓶嘴对嘴地喝起烧酒来，外面仍是一片喧哗，汪毕萨人、那个阿瓜鲁纳人、潘达恰、领水员聂威斯大概都吐了。茅屋招来了蛾子，萤火虫在墙上乱撞。谁能想到在这远离伊基托斯的一座岛上，一个婴儿就像琼丘人那样诞生了。

乐队是在帕特罗西纽·纳雅的茅屋中诞生的。年轻人阿历杭德罗和卡车司机圆球经常到纳雅家吃午饭，总是看到安塞尔莫先生刚刚起床。帕特罗西纽去烧饭，这三个人就谈起天来。听说是年轻人首先跟他交上朋友的；他同安塞尔莫先生一样，也是光棍一条，也喜欢音乐，也境遇悲惨，因此他在精神上把安塞尔莫先生看作自己的孪生兄弟，向安塞尔莫先生讲述自己的身世、自己的痛苦。每次饭后，安塞尔莫先生拿起三角琴，年轻人就拿起六弦琴，双双演奏起来。圆球和帕特罗西纽二人听着，听到感动之处就鼓起掌来。有时卡车司机也击起木箱为他们伴奏。安塞尔莫先生向年轻人学会了不少歌曲，他说："这可是位艺术家，是曼加切利亚区最好的作曲家。"阿历杭德罗则说:"没有比这位老人弹的三角琴更好了,没有人能超过他。"他把他称作大师。三个人成了不可分离的朋友。很快,曼加切利亚区传开了一个说法,说是成立了一支新的乐队。中午前后,姑娘们纷至沓来,到帕特罗亚纽家门前听音乐,用懒洋洋的目光望着年轻人。有一天,听说圆球为了同他的两个朋友一样成为艺术家,从费霍公司辞了职,尽管他在那里干了十年司机。

那个时期,阿历杭德罗的确还很年轻,长长的褐色鬈发,白皙的皮肤,深深的眼睛流露出忧郁的神色。他瘦得像根竹竿,曼加切利亚区人说:"可别碰他,一碰非死不可。"他说话不多,说起话来也是慢条斯理的。他不是在曼加切利亚区出生的,而是同安塞尔莫先生和圆球等其他人一样,是选择来该区住下来的。他本是名门出身,出生在堤岸一带,在萨雷斯教派学校受教育,正当要去利马进大学深造之时,他热恋的一个出身极好的姑娘同一个路过皮乌拉的外乡人私奔了。他割破了自己的血管,在医院中住了许多日子,搞得死去活来。出院后,他感到一切皆空,就到处流浪。他彻夜不眠,借酒浇愁,同最下层的人在一起赌牌。最后,他家里人也厌烦了,就把他赶出家门。同许多绝望了的人一样,他也到曼加切利亚区来鬼混,并且住了下来。他起初在圆球的亲戚安赫利卡·梅赛德斯的酒店里弹琴谋生,后来认识了卡车司机,并且成了至交。他喝酒极多,但醉了从不打架斗殴,也不调戏妇女,而是谱曲作诗。他的歌曲和诗歌中表现的是颓唐的感情,把女人描写成没良心、背叛、虚伪、野心勃勃、专门给人罪受的人。

老琴师自从同圆球和年轻人阿历杭德罗交上朋友之后,连习惯也改变了。人变得温良了,生活有规律了,再也不像个幽灵一样成天在外游荡。他每天晚上来到安赫利卡·梅赛德斯的酒店里,年轻人催他弹奏,于是来个二重奏。圆球则讲述他开车旅行中的趣闻给大家开心、解闷。演奏停顿的时刻,老琴师和年轻人就同圆球凑到一张桌子上喝那么一杯，聊起天来。当圆球喝得微醉、两眼冒星的时候，就坐到一只木箱前或者拿起一块木板，随着节拍为他们伴奏，有时还放声歌唱。他的声音虽然沙哑，但还不算难听。圆球人很粗壮，拳击家的背脊，大手小额，口似悬钟。在帕特罗西纽家，安塞尔莫先生和阿历杭德罗教他弹琴，训练他的听力和手指。曼加切利亚区的人们透过芦苇偷看，看到圆球一跟不上拍子、忘记曲子或唱走了调，老琴师就大发雷霆。他们还听到年轻人阿历杭德罗用忧郁的声调给卡车司机解释他歌曲中那些神秘的句子，诸如"朝霞般的眼睛""清晨时光金黄色的彩霞""你这恶毒的女人用你的爱情把毒汁浇灌在我这颗痛苦的心上"，等等。

同这两个年轻人的接近仿佛使安塞尔莫先生重新尝到了生活的乐趣。再也没有人看到他在荒沙地上昏睡，也不再像患了梦游症似的到处乱跑了，甚至他对加依纳塞腊区人的仇恨也有所减弱。这三个人形影不离，像孩子一样臂挽臂，老琴师走在年轻人和圆球的中间。安塞尔莫先生不像以前那样龌龊、褴褛了。有一天，曼加切利亚区人还看到他穿了一条白色的裤子呢。人们以为这是胡安娜·宝拉或者是那些在酒店里碰到他请他喝一杯的昔日权贵中的某个人送他的礼物，但实际上是圆球和年轻人送给他过耶诞节的。

就在这个星期，安赫利卡·梅赛德斯正式雇用了这支乐队。圆球搞到了一只鼓、一对钹，打起来很熟练，而且不知疲倦；当年轻人和老琴师离开乐池去润润喉咙、补补身体的时候，圆球就继续演出，敲鼓独奏。也许三个人当中他最缺乏灵感，却是最快活的，不时还主动唱几首幽默的歌曲。

他们晚上在安赫利卡·梅赛德斯的酒店里演奏，早上睡觉，中午在帕特罗西纽·纳雅家吃饭，下午排练。在那炎热的夏天，他们一同到契贝河里游泳洗澡，讨论年轻人刚谱的曲子。他们赢得了众人的欢心，曼加切利亚区人对他们以"你"相称；他们无论对大人还是小孩都以"你"相称。既是接生婆也帮人打胎的桑切斯同一个警察结婚的时候,这个乐队就在婚礼上演奏,分文不取。年轻人阿历杭德罗在婚礼上首次演奏了一首悲伤的圆舞曲,这首圆舞曲是对爱情的诅咒,诅咒爱情枯萎、焦烂。从此,每当曼加切利亚区有洗礼、坚信礼、守灵、订婚仪式的时候,乐队就一次不落地去免费演奏,而曼加切利亚区人总是报以一些小礼品,请他们喝酒;有的妇女还以安塞尔莫、阿历杭德罗和圆球的名字给自己的孩子命名。乐队的名声巩固了,那几个自称二流子的人还在全城为乐队广为宣传,这样一来,权贵们和外地人都来光顾安赫利卡·梅赛德斯的小酒店了。一天下午,二流子们把一个装扮成邮差的有钱人带到曼加切利亚区,此人说他想雇乐队去奏小夜曲。到了晚上,他乘着一辆小卡车一溜烟把乐队找去了。但是半小时之后,几个二流子却自己回来了,说是姑娘的爸爸发了火,叫来警察把乐队押到局里去了。他们被拘留了一夜。第二天一早,安塞尔莫先生、年轻人和圆球高高兴兴地回来了,原来他们为看守演奏,看守请他们喝了咖啡,吸了香烟。不久,那个有钱人携他为之演奏小夜曲的姑娘私奔了。等他们回来结婚时,又雇了乐队在婚礼上演奏。曼加切利亚区人从自己的茅屋来到帕特罗西纽·纳雅的家中,送来鞋子和衬衣借给安塞尔莫先生、年轻人和圆球,为的是让他们穿得体面些。二流子们还提供了整套衣服和领带。从此,阔佬们专门雇这个乐队去在庆典上演奏或唱小夜曲就成了习惯。曼加切利亚区有许多乐队,解散了又有新的成员组织起来,但只有这个乐队永远不变,既没有扩充也没有减员。安塞尔莫先生有了白发,弯了背,步履更加蹒跚;年轻人也不年轻了,但他们的友谊和团体一直保持原样。

几年后,住在安赫利卡·梅赛德斯酒店对面的圣女多米迪拉·雅腊去世了。这位圣女的穿着总是浑身上下一色黑,头蒙黑纱,足穿黑袜。她是唯一当地出身的圣女。每当她走过,曼加切利亚区人就跪下来求她祝福,她就口念祷词,在他们前额上画个十字。她有一个圣母塑像，头发是用红、蓝、黄三色缎带做的，塑像包着玻璃纸，下端吊着用铁丝和纸带做的花朵。在圣母那受了伤的心脏下面，有一句手写的祷词，镶在马口铁做的框子中。塑像吊在一个扫帚柄的顶端晃来晃去。多米迪拉·雅腊总是像一面旗似的举着它来来往往。哪里生孩子了、死人了、生病了或是发生什么不幸了，这位圣女就带着圣母像和祷词赶去，一串每颗有蟑螂那么大的念珠从她那干瘦焦黄的手指间一直拖到地上。传说多米迪拉·雅腊曾创造过奇迹，说她和圣徒交谈过，每天晚上还鞭身自惩。她是加西亚神父的要好朋友，二人经常一起散步，神情阴郁地漫步在梅利诺小广场和桑切斯塞罗大道上。加西亚神父也参加了多米迪拉·雅腊的守灵仪式。茅屋门前挤满了曼加切利亚区人，他进不去，就连推带搡、拨开众人、骂骂咧咧地挤到门口，一看到乐队正悲伤地守在尸体旁演奏，他就暴跳如雷，一脚把圆球的小鼓踏掉了底，还要打破三角琴，扯断六弦琴的弦，一面对安塞尔莫先生大骂，什么"皮乌拉的瘟神""孽障""滚出去"，等等。老琴师嗫嚅着说："神父，我们在为死者奏哀乐。"加西亚神父："你们在玷污这个干净的房子，还是让死者安静安静吧！"最后曼加切利亚区人激怒了：你这么干不对嘛，你这样无缘无故地辱骂老琴师可不行。最后二流子们进来把加西亚神父高高举了起来。妇女们：这是犯罪，这是犯罪，所有的曼加切利亚区人都要进地狱的。人们把神父抬到大街上；神父像个大蜘蛛似的在空中手足乱蹬。孩子们向他叫着：纵火犯，纵火犯，纵火犯！从此加西亚神父再也不到曼加切利亚区来了，而且在讲经台上把这个区的人都称作坏坏。

乐队在安赫利卡·梅赛德斯的酒店里演奏了很长一段时期。

谁也没想到有一天乐队会到城里去演奏，所以一开始曼加切利亚区人都谴责这是"开小差"，后来大家才懂得，生活并不像曼加切利亚区一样。生活在变。自从多家妓院开张以来，邀请信就像雪片一样向乐队飞来。有些诱惑是抗拒不了的，不过安塞尔莫先生、年轻人和圆球虽然到皮乌拉城里去演奏，但仍然住在曼加切利亚区，仍然免费为这个区的各种庆典演奏。

这回事情可真的闹大了，乐队停止了演奏，四个二流子手里搂着舞伴待在舞池里，一动不动地望着塞米纳里奥。

"不幸的事件真正从此开始了，因为双方都掏出了枪。"年轻人阿历杭德罗说道。

"这醉鬼！"塞尔瓦蒂卡喊道，"总是向人挑衅，他也该死，太霸道了。"

警长放开桑德腊，向前迈了一步：先生，你以为是在对用人讲话？塞米纳里奥气得喘不过气来：你胆敢跟我顶嘴？说着也向前迈了一步：浑蛋。说着又凑上一步，他那结实的身影被蓝、绿、紫三色的灯光照得在地板上晃来晃去。突然，他一下子站住了，神色一愣，桑德腊的笑声变成了尖叫。

"原来利图马正用手枪指着他，"琼加说道，"他掏枪的动作真快，谁也没有发觉，真像个西部片里的牛仔。"

"就得这么干，"塞尔瓦蒂卡喃喃说道，"不能再低声下气的了。"

三个二流子和妓女一起跑到酒吧柜台，剩下警长和塞米纳里奥二人对峙着：先生，我利图马不喜欢刺儿头，我们并没惹您，您却像对待用人那样对待我们。很遗憾，先生，但我对你们只能这样。

"别往我脸上喷烟，圆球。"琼加说道。

"塞米纳里奥也掏了枪？"塞尔瓦蒂卡说道。

"他只是用手在枪套上摸来摸去，"年轻人说道，"像抚摩小狗。"

"他怕了！"塞尔瓦蒂卡叫起来，"利图马把他的气焰打下去了。"

"我还以为皮乌拉的男人都死光了呢，"塞米纳里奥说道，"我还以为皮乌拉人都变成了女人，变得娇嫩起来了呢，原来还有你这个臭乔洛，就差叫你认识认识我塞米纳里奥了。"

"为什么人们总是你斗我我斗你的？为什么不能和和平平地生活呢？"安塞尔莫先生说道，"否则，生活该是多么美好啊。"

"谁知道呢，大师，"年轻人说道，"也许到那时，生活比现在还要枯燥、愁苦。"

"好啊，老兄，你一下子把他给打懵了。"猴子说道。

"伙计，别大意，"何塞费诺说道，"一不小心，他就掏枪了。"

"你不了解我是谁，"塞米纳里奥一遍又一遍地说道，"所以才这么死硬，臭乔洛。"

"塞米纳里奥先生，您也不了解我是谁。"警长说道。

"要不是凭这支枪，谅你也不敢这么硬，臭乔洛。"塞米纳里奥说道。

"而我偏偏就是有枪，"警长说道，"塞米纳里奥先生，还没有人拿我当用人对待过。"

这时琼加跑来挡在二人中间。"琼加，当时你的胆子可真够大！"圆球说道。

"你们怎么不拉住她？"琴师伸手想去拉琼加，但琼加在摇椅里一曲身，琴师的手指只是碰了她一下，"他们俩手里都有枪，琼加，这太危险了。"

"没有什么危险的，二人光是动动嘴罢了，"琼加说道，"我说，诸位到这儿是开心来的，可不能动武。讲和吧，到酒吧这边来吧，喝杯啤酒，绿房子请客。"

琼加硬是叫利图马把枪收了起来，叫二人握了手，她抓起二人的胳膊拉到柜台旁：你们真好意思，像孩子似的。我还不了解你们？一对傻瓜！来，来，来，把枪掏出来，把我杀了算了。他们俩也笑了。琼加呀小琼加，亲爱的王后，我们的小妈妈——二流子们唱了起来。

"互相大骂之后又马上一同喝起酒来了？"塞尔瓦蒂卡惊讶地说道。

"他们没开枪，你是惋惜还是怎么的？"圆球说道，"天下竟有这种女人，就喜欢看人家流血。"

"琼加请他们喝酒，"琴师说道，"他们不好驳她的面子，姑娘。"

二人倚在柜台上喝酒，塞米纳里奥捏着利图马的腮帮子：小伙子，你是本地剩下的最后一个男子汉了，其余都是些窝囊废和胆小鬼。乐队奏起一支圆舞曲，挤在柜台边的人们散了开去。三个二流子和妓女们拥向舞池。塞米纳里奥摘下警长的军帽自己试了试：琼加，你看看，怎么样？肯定不像他戴得那么难看；喂，你可别生气。

"利图马倒并不难看，就是有些胖。"塞尔瓦蒂卡说道。

"他年轻的时候就像阿历杭德罗那么瘦，"琴师回忆道，"调皮透了，比他那两位老弟还坏。"

"他们把三张桌子拼起来一起坐下了，"圆球说道，"四个二流子、塞米纳里奥先生、他的朋友，还有妓女，看样子一切都解决了。"

"不过看得出来，都比较勉强，不会长久下去的。"年轻人说道。

"一点儿都不勉强，"圆球说道，"他们高兴极了，塞米纳里奥先生还唱二流子的队歌呢，接着又是跳舞又是打趣。"

"利图马一直在跟桑德腊跳吗？"塞尔瓦蒂卡问道。

"后来我记不清为了什么又吵起来了。"琼加说道。

"还不是为了什么男子汉不男子汉的，"圆球说道，"塞米纳里奥总是喋喋不休地讲这个话题，什么皮乌拉没有男子汉，其实就是在为他自己的叔叔吹牛。"

"圆球，可不能说恰皮罗·塞米纳里奥的坏话，这可是个大好人。"安塞尔莫先生说道。

"我叔叔在纳里瓦拉一拳打败了三个强盗，把他们的脖子一捆，一直押到皮拉乌。"塞米纳里奥说道。

"他叔叔还跟朋友打赌，说他现在这个岁数还有能耐，而且真的到绿房子来了，也赌赢了，"琼加说道，"至少罂粟花是这么说的。"

"我不是说他叔叔的坏话，安塞尔莫先生，"圆球说道，"我是说他太不识相了，说个没完没了。"

"我叔叔这个皮乌拉人跟海军上将格劳一样伟大，"塞米纳里奥说道，"你们可以到汪卡潘巴、阿雅瓦卡、丘鲁卡纳斯去打听打听，那里的女人会从四面八方出来骄傲地告诉你们，我叔叔恰皮罗跟她们睡过觉，我叔叔至少有千把个私生子。"

"您的叔叔也是曼加切利亚区人吧？"猴子说道，"曼加切利亚区这类人不少呢。"

塞米纳里奥绷起脸来：你他妈的才是曼加切利亚区人呢。猴子：那当然，而且不胜荣幸。塞米纳里奥火冒三丈：恰皮罗是位老爷，他倒是常到曼加切利亚区走走，不过仅仅是为了喝几杯玉米酒，玩玩黑种女人。猴子一拍桌子：先生，你又骂人了，本来大家好好的，像朋友一样，可又骂起人来了，先生，曼加切利亚区人最恨人家说曼加切利亚区的坏话。

"恰皮罗一来，就到您这位老人这儿来，大师，"年轻人说道，"瞧他拥抱您的那股亲热劲，简直像是久别重逢的亲兄弟。"

"我们老早就认识了，"琴师说道，"我太喜欢他了，他去世的时候我伤心透了。"

塞米纳里奥精神抖擞地站了起来：琼加，把门关上吧，今晚我们就是主人。我的田地里丰收了。叫琴师过来讲讲恰皮罗的事，还等什么？田地里堆满了棉花。把门闩上，我包了。

"凡是有客人来敲门，警长就把他轰走。"圆球说道。

"事情搞糟了，根本就不应该让他们待在一起。"琴师说道。

"我又不是算命的，"琼加说道，"客人付钱，就得满足人家。"

"那当然，小琼加，"琴师赶快道歉，"我不是说你一个人错了，而是说我们大家都错了。"

"九点钟了，师傅，"年轻人说道，"再晚你要吃不消了，让我去给你找辆出租车吧。"

"您真的和我叔叔你我相称吗?"塞米纳里奥说道,"老人家,您给这些人讲讲这位人间少有的皮乌拉伟人的事迹吧。"

"皮乌拉剩下的男子汉都在警察局里。"利图马肯定地说。

"他酒喝多了,被塞米纳里奥传染上了,"圆球说道,"他也喋喋不休地讲起什么男子汉不男子汉的来了。"

琴师清了清嗓门:嗓子发干,来杯酒润润嗓子。何塞费诺斟满杯子,安塞尔莫先生吹了吹上面的泡沫喝了一口。他张大了嘴,深深地吸了一口气:恰皮罗最引人注意的就是精力充沛,而且为人又是那么诚实。塞米纳里奥高兴了,不停地拥抱琴师:你们都过来,听听琴师是怎么讲的,您说什么来着?

"其实恰皮罗是个好斗的人,可怜的捣蛋鬼,仗着家里有钱才神气十足。"

每次他从田间骑马奔来,姑娘们就不顾禁令,登上顶楼去瞧他,恰皮罗把她们搞得疯疯癫癫的。安塞尔莫先生又喝了一口酒。在圣玛利亚·德·涅瓦镇,希普里亚诺中尉也把当地姑娘搞得疯疯癫癫的。警长也喝了一口酒。

"他酒一上头就要提起希普里亚诺中尉,"塞尔瓦蒂卡说道,"他最佩服这个中尉。"

虚荣心极重的恰皮罗骑马而来,扬起一阵尘土。他勒住马,还命马跪在姑娘们的面前。恰皮罗一来就带来了生气,愁眉苦脸的姑娘愉快起来了,本来愉快的姑娘更加愉快了。他的精力真是充沛,楼上楼下跑个不停,又是赌博又是饮酒,然后带了一个或者两个姑娘走上楼去。他就这样彻夜不眠,第二天一清早又回到自己的田里去干活,连眼睛都不闭一会儿,真是个铁打的人。安塞尔莫先生又要了啤酒。有一次,我看到中尉在玩俄式轮盘赌,警长拍了一下胸脯,向周围扫了一眼,仿佛等待人们为他鼓掌。恰皮罗是唯一让人信得过的人,是唯一付出最后一分钱的人,他总是说,钱就是用来花的嘛。他也最好客，而且总是在大街上、广场上宣传：是安塞尔莫先生给皮乌拉带来了文明。中尉不是为了赢钱，是因为生活太烦闷了，到处都是大山，把希普里亚诺中尉搞得绝望极了。

"说来谁也不会相信，"塞尔瓦蒂卡说道，"中尉那支左轮枪本来没有子弹，他掏枪只不过是在警察面前显显威风而已。"

安塞尔莫先生的这位至交在王后酒店门口遇见了他，拥抱了他：我知道得太晚了，兄弟，要是我当时在皮乌拉，他们就不敢放火了，安塞尔莫，我管保把神父和那些加依纳塞腊区的娘儿们制得服服帖帖的。

"琴师，恰皮罗跟您说的是放了什么火呀？"塞米纳里奥说道，"他到底为了什么事同情您呀？"

大雨倾盆，中尉：这个鬼地方把人弄得人不人，鬼不鬼，没有女人，没有电影院，人要是睡在山上，就会在肚皮上长出株树来，我可是沿海人，去他妈的森林吧，我再也不能忍受了。他掏出手枪，把转轮转了两圈，朝自己脑袋开了枪。讨厌鬼说他枪里没有子弹，说他是在耍花招，其实枪里是有子弹的，我可以证明，警长用手又拍了一下胸脯。

"一场火灾，安塞尔莫先生？"塞尔瓦蒂卡问道，"您出了什么事？"

"我们在怀念一个伟大的人物，姑娘，"安塞尔莫先生说道，"他叫恰皮罗·塞米纳里奥，这位老人是三年前去世的。"

"哎呀，琴师，您瞧，您太会撒谎了，"猴子说道，"您以前不愿意谈起绿房子的事，现在可以说了吧。讲吧，那次火烧到底是怎么回事？"

"瞧你们这些年轻人，"安塞尔莫先生说道，"净胡说八道，净说傻话。"

"老头，你又固执了，"何塞说道，"你刚才说的不就是绿房子？你说恰皮罗骑马而来，来什么地方？又是什么姑娘出来瞧他？"

"他是到他的田里来,"安塞尔莫先生说道,"出来瞧他的是摘棉花的姑娘。"

警长在桌子上猛拍了一下,笑声停止了,琼加又送来一升啤酒。希普里亚诺中尉极其镇静地吹了吹枪膛,众人看着他,但不相信他会开枪。塞米纳里奥把杯子往墙上一摔:希普里亚诺是个婊子养的,这臭乔洛总是打断我们,太叫人不能容忍了。

"他又骂娘了?"塞尔瓦蒂卡的眼睛眨得更快了。

"不是骂利图马,是骂中尉。"年轻人说道。

"塞米纳里奥先生,你代表恰皮罗,我代表希普里亚诺中尉,"警长镇静自若地建议,"咱们来一盘俄式轮盘赌怎么样?看看谁是男子汉大丈夫。"

4

"您认为领水员可能已经逃跑了，中尉?"罗贝托·德尔加多中士说道。

"当然，我又不傻，"中尉说道，"我现在才明白他当时为什么装病，不愿跟我们来。他一看见我们离开圣玛利亚·德·涅瓦镇，就会立即逃掉。"

"不过早晚会落网的，"德尔加多中士说道，"这傻瓜连姓名都没改。"

"我感兴趣的倒是那另外一个人，"中尉说道，"那是条大鱼，他到底叫什么，土屋？伏屋？"

"也许他真的不知道伏屋躲在什么地方，"德尔加多中士说道，"伏屋可能真的被蟒蛇吞掉了。"

"好吧，我们继续审问吧，"中尉说道，"喂，依诺霍萨，把那家伙带上来。"

士兵依诺霍萨正靠在板壁上蹲着打瞌睡，这时机械地站起来，眼也不眨一下，一声没吭就出去了。刚刚走出门槛就被雨淋湿；他举手挡雨，在泥泞中跟跟跄跄地走着。大雨无情地落在村子上，在雨水和呼啸的狂风中，阿瓜鲁纳人的茅屋就像一头头野兽。中尉：中士，在这森林地区，我变成个宿命论者了，我每天都在等着有一天会被一条蟒蛇咬死，或是患病死去。现在雨下个不停，我们得在这儿像洞里的老鼠似的待上一个月，唉，这一等就一切全完了。中尉那带有悲意的讲话声一停，树林中哗哗的雨声又传了进来，那是雨点落在树木和茅屋上的声音。空地变成了一片灰蒙蒙的水洼，几十条小水流向悬崖那里流去，空中和山间充满了水汽，散发出臭味。依诺霍萨用绳子牵着一个人回来了，那人跌跌撞撞，嘟嘟囔囔。士兵一跃跳上了台阶，俘虏跌了个嘴啃泥，倒在中尉面前。他双手反绑着，只得借助肘部站起身来。中尉和中士身靠栏杆坐在一块木板上，也不看他一眼，继续交谈了片刻，接着中尉向士兵做了个手势：拿咖啡和酒来，还有吗？有。你到别的士兵那儿去吧，我们要单独审问他。依诺霍萨又出去了。俘虏像树木一样浑身淌水，脚下积起一片水洼；头发盖住了他的前额，一双炭火般的突眼睛带着惊恐的神色，眼睛周围是一圈狐狸般的眼圈。他的衬衣破烂不堪，露出一条条发紫的、布满抓痕的皮肤，破烂的裤子露出一半屁股。他浑身发抖，牙齿打战。中尉：潘达恰，你不应该有所不满了，我们像照顾吃奶的孩子一样地照顾你，先是给你治了病，对不对？还帮你躲过了想打死你的阿瓜鲁纳人，看看今天我们能不能好好谈谈，我对你已经够耐心的了，潘达恰，可你不要滥用我的耐心。绳索像项链一样缠在潘达恰的脖子上，罗贝托·德尔加多中士弯身捡起绳子的一端，把潘达恰拉到木板跟前。

"到了塞帕河的监狱，你会有东西吃、有地方睡觉的，"德尔加多中士说，"那儿跟别的监狱不一样，没有高墙，你没准儿还能逃跑。"

"这不比吃一颗子弹强吗？"中尉说道，"我把你送到塞帕河的监狱总比把你当礼物送给阿瓜鲁纳人好吧？他们很想抓住你，把所有的仇恨在你身上报复，所以，你今天不要装疯卖傻了。"

潘达恰那火辣辣的目光闪烁不定，他抖得更加厉害了，牙齿激烈地打着战。他蜷缩起身子，显出饥饿的样子。德尔加多中士笑了：你不要傻了，你能把所有的抢劫罪和杀人罪都揽在自己身上吗？中尉也笑了：最好还是一下子都说出来，潘达恰，说出来以后，我们就把你爱吃的草药给你，我亲自给你煎，怎么样？依诺霍萨走进茅屋，把一暖瓶咖啡和一瓶酒放在木板上就跑出去了。中尉打开一瓶酒，把酒瓶伸向俘虏。潘达恰嘟囔着把脸凑上来，中士使劲一扯绳子：妈的。潘达恰跌倒在中尉的腿间，中尉：现在不能给你喝，要先讲后喝。中尉拿起绳子，使俘虏转过脸，面对自己。潘达恰那绺头发摆动起来，炭火般的眼睛仍然盯着酒瓶，浑身发出中尉从未闻过的臭味。中尉：潘达恰，你这臭味熏得我头昏脑涨，张开嘴，想喝吗？俘虏咕噜咕噜地喘着气：先生，我从心里发冷，喝口解解寒吧，先生，我只要一口。中尉：可以，但得一步一步地来，那个土屋藏在哪儿？说出来马上给你喝，噢，他叫伏屋，他在哪儿？先生，我早讲过了。潘达恰从头到脚浑身颤抖着：天一黑就走了，我们都没发觉。他的牙在打战，都快碎了：先生，您可以去问问汪毕萨人，他们说，雅古妈妈夜间来了，爬进茅屋，把他叼到水洼里去了，因为他坏事干得太多，先生。

中尉看看俘虏，皱皱眉头，露出颓丧的神色。他蓦地一侧身，用靴子在潘达恰那光屁股上猛踢一脚。潘达恰呻吟一声又跌倒在地，但是在地上还斜眼盯着酒瓶。中尉又一扯绳子，潘达恰那头发蓬乱的脑袋撞在地上，连撞了两下。中尉：潘达恰，你还要跟我装傻，他躲到哪里去了？潘达恰大叫起来：他在天黑的时候走掉了，先生。他的头又在地上撞了一下：雅古妈妈缓缓地爬了过来，爬过悬崖，钻进茅屋，用尾巴堵住他的嘴，先生，就这样把他带走了，一声不响地带走了，水洼的水肯定是自动分开的，汪毕萨人说，雅古妈妈还会再来，把我们全吞掉，所以他们全跑掉了，先生。中尉又踢了他几下，潘达恰不响了，他跪起来：就剩下了我一个人，先生。中尉用暖瓶喝了一口咖啡，舔舔嘴唇，罗贝托·德尔加多摆弄着酒瓶，潘达恰大声说道：我希望你们把我送到乌卡雅里河去，先生。他号哭起来，双颊也陷下去了：送我到我朋友安德烈斯死去的地方去吧，我也愿意死在那里。

"这样说来是雅古妈妈弄走了你的老板，"中尉用平静的口气说道，"也就是说，中尉我是个傻瓜，你潘达恰可以把我玩弄于掌股之间，哎，潘达恰呀。"

潘达恰的眼睛一直火辣辣地盯着酒瓶。外面雨下大了，远方响起了雷声，闪电不时地照亮被雨水鞭打着的屋顶、树木和村里的泥地。

"他撇下我，一个人走了，"潘达恰喊道，他的声音发恼了，眼神却是平静而迷醉的，"我喂他吃饭，这可怜的人都下不了床了，他却抛弃了我，其他人也都走了。先生，你为什么不相信我？"

"没准儿那家伙连名字也是他编造出来的，"德尔加多中士说道，"在山里我还没听说过有人叫伏屋的。这家伙在胡说，您不烦？要是我，就一枪毙了他，中尉。"

"那个阿瓜鲁纳人呢？"中尉说道，"那个胡姆也被雅古妈妈弄走了？"

"他也走了，先生，"潘达恰嘶哑着声音说道，"我没跟你讲过？也许是让雅古妈妈弄走了，谁知道呢？"

"我当时让那个乌腊库萨村的胡姆缠了一个下午，"中尉说道，"那个狡猾的领水员当翻译，我只听见他们两个不停地讲，弄得我莫名其妙，我要是算命的就好了。胡姆是我认识的第一个琼丘人，中士。"

"都怪当时的镇长列阿德基，中尉，"德尔加多中士说道，"我们本来不想把那阿瓜鲁纳人放掉的，是他下的命令，后果您是看到了的。"

"老板走了，胡姆走了，汪毕萨人也走了，"潘达恰抽泣起来，"就剩下了我一个人。我苦啊；我觉得冷。"

"我发誓，一定要抓到阿德连·聂威斯，"中尉说道，"他是靠我们付的工资生活的，却耍弄了我们。"

潘达恰泪流满面，伤感地深深叹了一口气：先生，别人都有老婆，我只是想要个白人老婆，哪怕光是为了聊聊天呢，我只要一个，可是连那沙普腊姑娘，他们都带走了，先生。靴子又抬了起来，踢了他一脚。潘达恰蜷缩起身子，痛叫起来。他闭上眼睛，片刻之后又睁开眼，温驯地瞧着酒瓶：就喝一口，先生，解解寒气，我从心里发冷。

"你熟悉这个地方，潘达恰，"中尉说道，"这倒霉的雨还要下到什么时候？我们什么时候可以出发？"

"明天就会晴的，先生，"潘达恰结结巴巴说道，"你一求上帝，天就会晴。发发善心吧，给我喝一口吧，解解寒气，先生。"

"妈的，我再也受不了，再也不能忍受了。"中尉抬起靴子，但这回没有踢下去，只是踏在潘达恰的脸上，把他的面颊踩到地上。

德尔加多中士从酒瓶里喝了一小口，接着又在暖瓶里喝了一口。潘达恰张开嘴，用又尖又红的舌头舔着嘴唇轻声说道：先生，只要一口。靴底对准了他。解解寒气。对准了。他那炭火般的突眼睛里带有活泼、调皮、献媚的意味：只要一口，行不行？潘达恰舔着肮脏的靴底：解解寒气，先生。他吻着靴子。

"你很狡猾，潘达恰，"德尔加多中士说道，"不是装出可怜相就是装疯。"

"你告诉我伏屋在什么地方，我把这一瓶酒都送给你，"中尉说道，"而且放了你，给你几个索尔。快讲，别惹我发火。"

潘达恰又啼哭起来，恨不得把全身钻进泥地里取暖，发出阵阵的痉挛。

"把他押回去，"中尉说道，"我也快让他搞疯了，我想吐，我好像看到了雅古妈妈。他妈的，这雨下得没完没了。"

罗贝托·德尔加多中士抓起绳子就跑,潘达恰像条狗一样跟在他后面爬着。到了台阶处,中士喊了一声,依诺霍萨走出来,冒着雨,一跳一跳地把潘达恰带走了。

"我们冒雨回去怎么样?"中尉说道,"反正警备队离此地又不远。"

"那两分钟内就会翻船,中尉,"德尔加多中士说道,"您没见河水有多大吗?"

"我是说步行,从山里走,"中尉说道,"三四天就可以到了。"

"您别着急,中尉,"德尔加多中士说道,"雨马上就会停,您还是忍着点儿吧。在这种天气里,我们根本不能动,森林地区就是这样,要有耐心。"

"妈的,这雨都下了两个星期了,"中尉说道,"我失去了调动和升级的机会,你懂不懂?"

"您别对我发火,"德尔加多中士说道,"天下雨能怪我吗,中尉?"

岛上只剩下了拉丽达一个人,她等呀等的;算日子又有什么用?要下雨了,不,不会下雨的,他们今天会回来吧?不会的,还太早,他们会带货物回来吧?上帝呀,圣徒呀圣徒,愿他们带回很多很多的货物:橡胶和毛皮;愿阿基里诺先生运回衣服和食品。您卖掉了多少?他:不少,拉丽达,价钱也好。伏屋:我亲爱的老头。圣母啊圣母,但愿我们能发财,到那时就可以离开这个荒岛,回到白人居住的地方去,然后我们就结婚,你说对吗,伏屋?对的,拉丽达。愿他能转变,爱我如初,每天晚上:要我到你床上来吗?好的。脱光衣服?是的。要我亲亲你吗?好的。你喜欢我吗?喜欢。胜过那些阿丘阿尔姑娘?是的。胜过那个沙普腊姑娘?是的,是的,拉丽达。我们再生个孩子吧。阿基里诺先生,您看这孩子像我吗?您瞧这孩子长得多么快呀,他那汪毕萨人的话讲得比我们的话还好。老人:拉丽达,你内心很痛苦吧?她:有一点儿,因为他不爱我了。老人:他对你很坏吧？你嫉妒那些阿丘阿尔姑娘和那个沙普腊姑娘吗？她：我恨她们，阿基里诺先生，不过他没有情妇，所以就让她们陪陪，您知道吗？他把这些姑娘送给潘达恰、聂威斯和汪毕萨人了，我还真有点儿舍不得呢。他们今天会回来吗？那天下午他们没有回来，胡姆却回来了。午睡时刻，沙普腊姑娘叫喊着走进茅屋，把吊床摇得乱晃，手镯、小镜子、小铃铛也随之不停地跳动。拉丽达：他们回来了？沙普腊姑娘：不是他们，是那个逃跑的阿瓜鲁纳人回来了。拉丽达走出茅屋去寻他，他在那儿，在养河龟的水塘边上，正在腌制鲇鱼。拉丽达：胡姆，你到哪儿去了，你为什么跑掉了？这些日子你都在干什么？胡姆一声不响。我们还以为你不会回来了呢。他一副谦卑的样子。胡姆，你说呀。他把鲇鱼递过去：这是我给你带来的。他同走掉的时候一样，还是剃着光头，背上露出一条条的鞭痕。拉丽达：别人都出去做生意了，他们到上游去非常需要你，你为什么不辞而别？他们到里玛奇湖一带去了，你了解姆腊托①人吗？他们凶吗？不知道他们会跟老板干仗还是痛痛快快地把橡胶交出来，胡姆。汪毕萨人去找胡姆，潘达恰：老板，没准儿汪毕萨人把他干掉了，他们很恨他。领水员聂威斯：我看不会，他们成了朋友了嘛。伏屋：这群狗东西是干得出来的。胡姆：他们没杀我，我到那一带去了一趟，现在又回来了。这回你要留下来不走了吧？是的。等老板回来非骂你不可，你可别再走了，胡姆，他发过火也就没事了，再者，说到底他还是很看重你的。伏屋：这个人有点儿疯疯癫癫的，不过对我们很有用，拉丽达，他很善于说服人，喂，阿瓜鲁纳人，白人真的都是魔鬼吗？你跟他们谈过话吗，胡姆？那个中间人是个胆小鬼，净说谎，是吗？拉丽达，你要是看见他怎么对土人做工作就好了，又是喊叫，又是恳求，还给他们跳舞，最后他们连比画带点头地说，好吧，你这个阿瓜鲁纳人，于是

---

① 琼丘族印第安人的一个部落。

每次总是痛痛快快地把橡胶给了我们。拉丽达：胡姆，你是怎么对他们说的，给我讲讲你是怎么说服他们的。伏屋：不过早晚有一天他们会干掉他的，那时他妈的就没有人能代替他了。拉丽达：你真的不愿意回乌腊库萨去？你那么恨白人？也恨我们？潘达恰：老板娘，他被那儿的人揍得够呛。聂威斯：那他干吗不趁我们睡觉的时候把我们干掉？伏屋：因为我们能替他报仇。拉丽达：他真的被人吊在一棵卡皮罗纳树上了吗？伏屋：他就是有些疯疯癫癫的，但并不粗野。拉丽达：他们烧你的时候，你叫喊了没有？伏屋：他做陷阱精极了，打猎、捕鱼没有人能胜过他，你有老婆？也被人杀了吗？没有吃的，他就钻进森林，捕捉石嘴鹦鹉、宝卡鸟和鹧鸪吃。你浑身乱涂乱抹的，是不是为了不忘记挨的鞭子？有一次有人看见他用吹箭射死了一条毒蛇，拉丽达，他明白他的仇人是哪些人，对吧？胡姆，是那些被我伏屋抢了生意的人，你以为他帮助我是因为我长得好看？潘达恰：今天我看到他站在崖边，摸着头上的伤疤迎风练习讲话。伏屋：最好他就这样替我去做工作，反正替他报仇不费我吹灰之力。潘达恰：他讲的是阿瓜鲁纳话，我一点都没听懂，因为阿基里诺先生的货船到达的时候，汪毕萨人一片喧哗，他们从鲁布纳树上一跃而下，像大头鱼那样雨点般地拥到码头，欢呼雀跃地接受每个人份下的盐巴、茴香酒和由伏屋分发的斧头和砍刀。人们陶醉在欢乐之中，而这时胡姆走掉了。你到哪儿去了？我到那一带去了，现在我不是又回来了吗。你什么也不要？不要。一件衬衣？不要。烧酒呢？不要。砍刀？不要。盐呢？也不要。拉丽达：领水员看到你回来一定会很高兴，胡姆，他才真是你的朋友呢，对吗？胡姆：是的。拉丽达：谢谢你的鲇鱼，可惜是腌的。领水员：他也不知道那两个人的名字，老板娘，他什么也没说，只说是两个白人，他们使得他仇恨所有的中间人了，他说是那两个人把他搞到这种田地的。拉丽达：他们骗了你？他们抢了你？胡姆：他们还劝说我。拉丽达：胡姆，我想跟你谈谈，为什么我一叫你你总是转过身去？胡姆一声不吭。你害羞吗？胡姆：那是我带给你的，汪毕萨妇女正在给它放血。她：一头小鹿？他，谦卑地：对，一头小鹿。拉丽达：瞧你，我们一起吃吧，你去砍柴。胡姆：你不饿吗？她：饿得很，自从他们外出以来，我就没吃过肉，胡姆。二人往回走，拉丽达走进茅屋，望着小阿基里诺：胡姆，他长大了吧？胡姆：长大了。这孩子讲土人的话比讲我们的话还要好。他：是的。她：胡姆，你有孩子吗？他：有过，可现在没有了。她：你孩子多吗？他：不多。这时下起雨来，黑压压的密云笼罩在鲁布纳树上纹丝不动，把黑水洒下。大雨一连下了两天，整座岛变成了一片泥塘，水洼那里茫茫一片，许多死鸟掉落在茅屋门前。拉丽达：可怜的人呀，你们还在外面奔波呢，快用皮子、橡胶盖住身子吧。伏屋：他妈的，快，狗东西。他见人就骂：就在那片河滩上找个洞穴，点起火。潘达恰在煮草药，领水员聂威斯像汪毕萨人一样在嚼烟草。拉丽达：这回他会不会给我带点儿东西回来？项链？手镯？羽毛？花束？他爱我吗？她：要是让老板知道就糟了。他：知道了又怎么样？她：到了晚上他会不会想念我？他：这又不是什么坏事，只是一件小小的礼物，因为我生病的时候，您对我太好了。她：他又整洁又有教养，每次见我总是脱帽致意，伏屋啊，不要骂我吧，我是个坏女人？伏屋会报复的，每当我从领水员身边走过，他就用火辣辣的眼睛盯着我看。他在想我吗？想摸我？拥抱我？脱掉衣服，到我床上来吧。他要我吻他吗，吻他的嘴？吻他的脊背？圣徒呀圣徒，让他们今天就回来吧。

这一年，许多人都发了财。种植园主们一天到晚都在庆祝棉花丰收。在皮乌拉中心和格劳总会，人们用法国香槟干杯。六月份，皮乌拉建城周年典礼时举行了庆祝大典，有彩车游行和民间舞会。六个马戏团在荒沙地上搭起了帐篷，权贵们还从利马雇来乐队给舞会伴奏。这一年也是多事之秋，琼加开始在多罗戴奥的小酒吧里干活，胡安娜·宝拉和帕特罗西纽·纳雅相继去世了,皮乌拉河河水充裕,没有发生虫灾。于是旅行推销员、棉花经纪人一窝蜂地扑向皮乌拉,棉花收成在酒店里改换着主人;商店、旅馆、住宅与日俱增。有一天传开了一个消息:"河沿附近,屠场后面,开了一家妓院。"

其实那也不是一座正式的房子,只是用一扇汽车库的门堵起来的一条肮脏的小巷,用土坯砌墙分成若干间。一盏小红灯照着正门,庭院后部用两只木桶搭上木板,就成了酒吧。一共有六名妓女,都是上了年纪、皮肉松弛的外乡女人。好开玩笑的人说:"那些没被烧死的女人回来了。"起初,屠场妓院门庭若市,周围充满了男人,散发着酒气。于是《回声与新闻》《时代报》和《产业报》上刊登了一些影射性的短文和抗议信,请求当局予以取缔。但想不到第二家妓院又出现了,还是在卡斯提亚区。这回不是小巷了,而是一所带花园和凉台的小别墅。教士和女士们气急败坏地征集签名,要求关闭屠场妓院,但后来也就放弃了此意。只有加西亚神父顽固地唱反调,继续在梅利诺广场教堂的讲经台上呼吁惩罚众生,预言大难临头:"上帝赐给了你们一个丰收年,现在歉收年就要降临到皮乌拉人的头上来了。"但事实并非如此,第二年,棉花收成同上一年一样好。妓院不只两家,而是四家了,其中一家还开在离教堂只有几个街区的地方,奢华整洁,妓女是白皮肤的,也不太老,似乎是从首都来的。

就在这一年,琼加和多罗戴奥干了一架,还摔了酒瓶子。在警察局,琼加出示证件,表明自己是这个酒吧唯一的主人,这背后到底是怎么一回事?有什么样的秘密交易?但不管怎么说,从此以后,琼加就成了酒吧的业主。她和蔼可亲,很得力地经营着酒吧,而且善于让那些醉汉尊重自己。这个姑娘毫无曲线,缺乏风趣,黝黑的皮肤,铁石的心肠。人们看到她坐在柜台后面,发网下翘出乌黑的头发,抿着嘴,一双眼睛漠然地望着一切,令人扫兴。她穿着平底鞋、短袜、男式衬衣。她从不用口红和寇丹,也不涂脂抹粉。同这种穿着打扮和举止行动正相反,她的声音却极富有女性味道,连说起粗话来也是如此。她那双又粗又厚的手掌搬桌子、开酒瓶,给色胆包天的男人吃耳光,都同样方便。人们都说,由于胡安娜·宝拉的引导,她才养成粗性子、硬心肠。对男人存有戒心、爱财、孤僻,都是胡安娜教给她的。洗衣妇去世的时候,琼加给她办了一场堂堂皇皇的丧事。美酒、鸡汤、咖啡,彻夜不断,随意取用。乐队进来了,老琴师走在前面,参加守灵的人们伸直了脖子偷偷地看着他们,眼睛里充满了调皮的神色。安塞尔莫先生和琼加并没有拥抱,琼加只是一视同仁地向他、圆球和年轻人伸出手来,请他们入内,同对待别人一样,彬彬有礼地招待他们。乐队奏起了哀乐,她全神贯注地听着。人们注意到她很能自我克制,表情虽然生硬但又镇静自若。相反,安塞尔莫先生却神情忧郁,思绪迷乱,像念经一样地唱着歌。这时一个小孩跑来说,屠场妓院等得不耐烦了,乐队应该八点开始演奏,而当时十点都过了。胡安娜·宝拉死后,曼加切利亚区人说琼加总会搬来和老人同住的,但她却搬到小酒吧去住了。据说她就睡在柜台底下的一张草垫子上。就在琼加跟多罗戴奥吵翻、变成酒吧老板的那个时候,安塞尔莫先生已不在屠场妓院而在卡斯提亚的妓院演奏了。

琼加的小酒吧很快发展起来。她亲自动手粉刷墙壁,用照片和画片加以装饰,桌子上铺了五颜六色的花台布,还雇用了一个厨娘。小酒吧变成了工人、卡车司机、卖冰棒的以及警察们光顾的饭馆。多罗戴奥同琼加闹翻之后就搬到汪卡潘巴去住了,但过了几年又回到皮乌拉。正如人们所说:"生活就是如此。"多罗戴奥最后反倒成了小酒吧的顾客。他看到原来属于自己的那个小酒吧如此兴旺,不禁黯然神伤。

一天,这家酒吧兼饭馆关了门,琼加也悄然不见了。但是几个星期之后,她带了一队工人回到区里来。工人们拆除了土坯墙,砌起了砖墙,房顶上铺了锌板,还开了几扇窗子。琼加一天到晚微笑着在工地上忙个不停，帮助工人。老人激动了，他们交换着不言自明、令人回忆往昔的目光："兄弟，绿房子要还魂了。""真是有其父必有其女。""本性难移嘛。"这时乐队又不在卡斯提亚区妓院而是在布宜诺斯艾利斯区妓院中演奏了。每次去那里，安塞尔莫先生总是要求圆球和年轻人在加依纳塞腊停留一刻。他们走上沙地，站在工地前面，但老琴师的眼睛几乎什么都看不见。工程进展得怎么样啦？门安上了吗？走近点儿大概能看得出吧？房子是什么样子的？他的焦虑、他的提问流露出某种骄傲情绪。曼加切利亚区人开着玩笑鼓舞他："老琴师，琼加怎么样了？发财致富喽，您看到她正在盖的房子吗？"他高兴地微笑着。那些见色思迁的老人迎上来问道："安塞尔莫先生，又要搞起来？"这时他就装出疑惑不解、神秘莫测的样子。他假装糊涂：我什么都不知道，我要走了，你们说些什么呀？什么绿房子？

一天早晨，琼加精神十足，健步来到曼加切利亚区。她一面在尘土飞扬的小巷中走着，一面打听老琴师的下处。后来终于在帕特罗西纽·纳雅那间茅屋中找到了他。他正躺在一张木床上呼呼大睡，胳臂弯搭在脸上，露出汗水浸湿的白色胸毛。琼加走进来关上门。这时外面传开了琼加来访的消息，曼加切利亚区人都到附近来走动，透过芦苇向屋里张望，或耳贴街门，把听到的互相传递。片刻之后，老琴师面带愁容，沉思着走到街上，派个孩子去把圆球和年轻人唤来。琼加这时已经笑嘻嘻地坐到了木床上。老琴师的两个朋友来了，门又关上了。"这不是来看爸爸的，是来雇用乐师的，"曼加切利亚区人窃窃私语，"琼加要同乐队一起搞什么名堂。"他们在茅屋中关了一个小时还多，等到他们出来，曼加切利亚区人由于等烦了，都走光了，但从自己的家中还是看到了他们。老琴师又一次像患梦游病似的，张着嘴，跌跌撞撞地迤逦而行，年轻人则好像受了伤，琼加却挽着圆球的胳膊，看上去很高兴，口中讲个不停。他们一同回到安赫利卡·梅赛德斯酒店里，吃了拼盘之后，年轻人和圆球又弹又唱，而老琴师却仰望屋顶，抓耳挠腮，脸色瞬息万变，一会微笑，一会悲苦。琼加一走，曼加切利亚区人就围了上来，急于想听到有所说明。安塞尔莫先生神情迷惘，年轻人只是耸肩，只有圆球一个人回答问题。曼加切利亚区人说道："老头儿，别发愁了，再说，为琼加演奏，会有你的好处的。房子也要刷上绿颜色吗？"

"那时他喝醉了，所以我们都没在意，"圆球说道，"塞米纳里奥先生讥诮地大笑起来。"

但是警长又把手枪掏了出来，一手抓住枪柄，一手握着枪管，使劲地想把枪掰开。他周围的人开始望着他，都笑不出声来了，坐在位子上直扭动。大家突然感到不对劲。只有琴师还在喝酒：俄式轮盘赌？又呷了一小口：什么是俄式轮盘赌，小伙子们？

"俄式轮盘赌就是试试谁是英雄好汉那玩意儿，"警长说道，"老人家，您马上就会知道的。"

"我是看利图马那种若无其事的样子，才发觉他认了真。"年轻人说道。

塞米纳里奥面孔伸向桌子，哑口无言，全身僵直，连他那双好斗的眼睛也似乎露出不知所措的神色。警长终于掰开了左轮，取出子弹，一颗颗地竖起来，在杯子、瓶子和装满烟灰的烟灰缸中间排成一排，理整齐。

塞尔瓦蒂卡抽泣起来。

"我倒是被他那副若无其事的样子骗了，"琼加说道，"要不然我早就在他取子弹的时候把枪夺下来了。"

"你怎么了，警长？"塞米纳里奥说道，"这是什么意思？"他的声音都变了。年轻人点点头：是的，这回可把他的气焰打下去了。

琴师把杯子放在桌上，不安地嗅来嗅去：又吵起来了，小伙子们？别这样，还是好好地接着说恰皮罗·塞米纳里奥的事吧。妓女们都从桌旁跑开了:丽达、桑德腊、玛丽贝儿连跑带跳;罂粟花、玉绣珠像惊鸟一样尖叫着,几个人挤在楼梯口叽叽喳喳讲个不停,眼睛睁得大大的,惊恐万状。圆球和年轻人抓起琴师的两臂,把他几乎腾空架起,一直架到乐队的角落里。

"你们怎么不劝劝他呢?"塞尔瓦蒂卡嘟囔地说道,"好好说,他会懂道理的,哪怕试试呢?"

琼加是试图劝说来着:把枪收起来,你这是想吓唬谁?

"琼加,你可听见了,是他先骂娘的,"利图马说道,"还骂希普里亚诺中尉,可他连中尉认识都不认识就骂人家。我要看看骂人的人到底有多大本事。"

"你怎么了,警长?"塞米纳里奥叫了起来,"你在演什么戏?"

何塞费诺打断他的话:塞米纳里奥先生,你装蒜也没用,你干吗要装作喝醉了的样子?你还是承认害怕了吧,正正经经地就说自己害怕了。

"他那位朋友也想拦住他,"圆球说道,"'兄弟,我们走吧,别惹是非了。'可塞米纳里奥反倒硬起来了,还打了他朋友一巴掌。"

"还打了我一巴掌呢,"琼加说道,"'放开我,'瞧他多粗鲁:'他妈的,放开。'"

"你他妈的假小子,"塞米纳里奥说道,"放开,要不我揍死你。"

利图马用手指夹住左轮枪,眼睛看着转轮上的五个小孔,他讲话的声音很有节制,好像在上课:先看清楚,枪可是空的,里面一颗子弹也没有。

"塞尔瓦蒂卡,我的印象里他好像不是在对我们大家讲话,而是在对左轮枪讲话。"年轻人说道。

琼加站起身,穿过舞池冲出门,随手"砰"的一声把门带上。

"到需要他们的时候就不来了,"琼加说道,"我一直跑到格劳军营才碰到两个警察。"

警长拿起一颗子弹，小心地举到蓝色灯泡前瞧了瞧：得先挑好子弹，然后再塞进枪膛里。猴子控制不住了：老兄，够了，咱们到曼加切利亚区去吧。何塞几乎哭着劝道：别动枪动棒的了，照猴子说的办吧，老兄，咱们走吧。

"当时发生的事他们也不对我讲，我可不能原谅他们，"琴师说道，"雷昂兄弟俩和姑娘们的叫喊弄得我神经很紧张，但我怎么也没想到他们会动枪，我还以为他们在吵架呢。"

"当时谁也说不准会发生什么事，大师，"圆球说道，"塞米纳里奥也掏出枪在利图马面前晃了一下。我们想，枪这玩意随时都会走火的。"

利图马一直神态自若。猴子：别放开他们，挡住他们，要出事了，安塞尔莫先生，你来劝吧。何塞：你要为没出世的孩子着想，老兄，别固执了，我们还是回到曼加切利亚区去吧。啪的一声，利图马把枪合上了：我的枪上好了。他镇静而自信地：一切都准备好了，塞米纳里奥先生，还等什么？还不准备准备？

"倒好像是一对恋人，你怎么劝也没用，黏在一起了，"年轻人叹了一口气，"有了一支枪，就让利图马忘乎所以了。"

"利图马也把我们给搞懵了，"圆球说道，"塞米纳里奥他的用人一样对他唯命是从。利图马一下令，他就掰开左轮枪，取出所有的子弹，留了一颗；这可怜的家伙手指都发抖了。"

"他大概预感到要一命呜呼了。"年轻人说道。

"好了，现在你把手放在转轮上，不要看，把转轮转一下，子弹在什么位置上就不知道了。用力转，像玩轮盘赌那样，"警长说道，"琴师，这就叫做俄式轮盘赌，明白了吗？"

"废话少说，"塞米纳里奥说道，"开始吧，他妈的臭乔洛。"

"塞米纳里奥先生，你骂了我四次了。"利图马说道。

"看他们转动转轮那样子叫人浑身发冷，"圆球说道，"像是两个小孩在转陀螺。"

"姑娘,你看到皮乌拉人是什么样子了吧,"琴师说道,"为了自尊心就可以玩命。"

"什么自尊心,"琼加说道,"纯粹是喝醉了,是要我的好看。"

利图马的手离开转轮:还得抓阄看谁先开枪,不过谁先来倒也没什么关系。他举起枪说了一声:好吧,我先来。他把枪口顶在自己的太阳穴上。人们闭上了眼睛,他眼睛一闭就扳动了枪机,啪的一声,牙齿一打战,他的脸色发白了,众人的脸色也发白了。他一张嘴,大家也跟着把嘴一张。

"别说了,圆球,"年轻人说道,"你没看见她在哭?"

安塞尔莫先生在塞尔瓦蒂卡头发上抚摩了一下,递给她一块彩色手帕:姑娘,别哭了,事情反正过去了,也就不要紧了。"年轻人递了一支香烟给琴师。

警长把手枪放在桌上,拿起一只空杯子慢慢喝了起来,但是没有人笑他;他满脸是汗,仿佛刚从水里出来。

"没出什么事,您别激动,"年轻人请求道,"这对您没有好处,我发誓,没出什么事。"

"你这下子可叫我见世面了,"猴子结结巴巴地说道,"老兄,我现在求求你,咱们还是走吧。"

何塞仿佛大梦初醒:老兄,你这回可办了一件大事,要名垂青史了。楼梯口那里的妓女们又发出了嗡嗡的谈话声;桑德腊呜呜大哭起来。年轻人和圆球:师傅,安静些,放心吧。塞米纳里奥勃然大怒,一言不发把桌子一拍:妈的,现在该我了,你们都住口。他举起左轮贴在太阳穴上,眼也不闭,胸部胀得鼓鼓的。

"我和警察进来的时候就听到了枪声,"琼加说道,"还有人们的叫喊声。我们不停地用脚踢门,最后还是警察用枪托把门砸开的,你们不来开门嘛。"

"琼加，那会儿刚刚死了人，"年轻人说道，"谁还顾得上去开门？"

"塞米纳里奥身子向前一倾，倒在利图马身上，"圆球说道，"二人相撞，同时摔倒在地上。塞米纳里奥的朋友叫了起来：快去找塞瓦约斯医生。但大家都惊呆了，谁也没动，再说叫医生也没用了。"

"利图马呢？"塞尔瓦蒂卡问道，声音极低。

他看着溅在自己身上的血，用手在身上到处乱摸。他大概以为是自己的血，也顾不得站起来，就坐在地上在自己身上乱摸。这时警察进来了，手里拿着枪对准众人：别动，要是警长出了事，有你们大家好看的。但没有人理会他们，仨二流子和妓女跑开了，把椅子撞得东倒西歪。琴师东摇西晃，最后抓住一个人：谁死了？然后又使劲地摇着另外一个人：是谁死了？一个警察站在楼梯口迫使想逃跑的人退回去。琼加、年轻人和圆球弯身向塞米纳里奥看去，只见他嘴啃泥趴在地上，手里还握着左轮，头发间冒着殷红的鲜血。他的朋友跪在地上用手捂着脸。利图马仍在浑身乱摸。

"警察说：警长，出了什么事？他冒犯了您，所以您就结果了他？"圆球说道，"但是利图马也昏了头，转了向，光是回答：是的，是的。"

"这位先生是自杀的，"猴子说道，"跟我们没关系，让我们走吧，家人在等着我们呢。"

但是警察已经把门闩好，手指放在枪机上，口吐脏言，怒目而视地把住门。

"行行好，发发善心，放我们走吧，"何塞不停地求着，"我们刚才在消遣，根本没参与此事，难道要我们起誓不成？"

"玛丽贝儿，从楼上拿条毯子下来给他盖上。"琼加说道。

"你的头脑倒还清醒，琼加。"年轻人说道。

"后来我把毯子丢掉了，血迹用什么都洗不掉。"琼加说道。

"这些人净干怪事，"琴师说道，"活着跟人两样，死得也与众不同。"

"您说的是谁,大师?"年轻人说道。

"塞米纳里奥一家呗。"琴师说道,他张着嘴仿佛还要说什么,但没有说下去。

"我想何塞费诺不会来接我了,"塞尔瓦蒂卡说道,"天太晚了。"

店门敞着,阳光从门中像团火直射进来,大厅的各个角落都像是在燃烧。全区房顶上天高无云,一片蔚蓝,荒沙地那金黄色的脊背和矮小稀疏的稻谷清晰可见。

"姑娘,我们送你回去,"琴师说道,"你用不着雇出租车了。"

第四部

在船桨的推动下，几条独木舟静悄悄地靠了岸，伏屋、潘达恰和聂威斯一跳上岸就钻进了灌木丛，深入数米之后，三人蹲了下来，低声交谈着。此时汪毕萨人把独木舟拖上浅滩，藏在树荫里，抹去河岸泥地上的足迹，也跟着钻进了灌木丛。他们手里拿着吹箭筒、斧头、弓，脖子里挂着一束束弩箭，腰里挎着刀子和装有毒液的短筒。他们的面孔、胸部、臂膀和双腿都画满了花纹，好像过节似的，牙齿和指甲也染了色。潘达恰和聂威斯背着猎枪，而伏屋则只带着左轮枪。一个汪毕萨人跟他们说了几句话，就猫下身来弹跳着消失在树林中。老板觉得好些了吗？老板根本就没病过，这是谁在胡说八道？老板：别大声讲话！人们紧张起来，一个个沉默的人影分散开藏在树下，汪毕萨人左闻右嗅，动作谨慎，眼睛闪着光，嘴唇的偶尔张合喷出一股茴香酒和草药汁的气味，他们曾经在扎营的浅滩上围着篝火整整喝了一夜。几个人把包着棉花的箭头伸进毒液筒里蘸着，另外几个在把吹箭筒中的脏东西吹出来；他们谁也不看谁，安安静静等了一刻。当刚才走掉的那个汪毕萨人像只动作轻柔的猫一样再次出现的时候，太阳已经升起老高，金黄色的阳光把他们赤裸的身子上红红紫紫的花纹照得模模糊糊,树林也被照得光怪陆离。灌木丛的绿色已经看得清清楚楚,树皮越发显得粗糙,树顶上传来了震耳欲聋的鸟叫声。伏屋欠身同刚回来的汪毕萨人谈了几句,又转过身来:姆腊托人正在森林里打猎,村里只有妇女和儿童,没看见有橡胶和皮毛。那还值得去吗?老板:我想还是去一趟,也许他们把东西都藏起来了呢,这群狗东西。其余的汪毕萨人把刚回来的人围住,也谈论了起来;他们不停地用单音节向他问这问那,他用不高不低的声音回答着,还助以手势和头部的轻微动作。众人分成三组,由老板、潘达恰和聂威斯分头带领,三路人不慌不忙地齐头并进,每路都有两个汪毕萨人用砍刀在前面开道。人们走过的地方,土地发出低吟,高大的杂草和树枝被人体一碰,发出嘎嘎的响声向两旁倒去,但等人一走过,立即又竖立起来,交叉起来。众人走了好一会工夫,光线突然明亮,太阳显得离人们近了。阳光斜射着稀疏矮小的植物,这时景色也不那么单调,而是更加清晰了。众人停止前进,远望过去,山脚前有一块宽敞的空地,几间茅屋,里玛奇湖的水面一片平静。老板和潘达恰、聂威斯三人又向前走了几步,观察了一会儿:茅屋建筑在离湖不远的一片光秃秃的灰色高地上,几乎荒无人烟的村子后面是一片平坦的棕色湖滩,右侧有一片树林延伸过来,几乎直抵茅屋。潘达恰,你看,姆腊托人可能从这儿逃跑。潘达恰转过身来连比带画地解释起来,汪毕萨人围上来听着,不断点头称是。这一队人排成单行,猫着腰用手扒开藤蔓走远了。老板、聂威斯和另外几个人又一次回过头来向村子看了一眼:这时村子里有人在活动的迹象,茅屋之间几个活动着的人影隐约可见,有几个人排成一行慢慢地朝湖边走去,头上顶着什么,大概是垫圈或瓦罐,身后还跟着几点小小的黑影,大概是狗,也许是小孩。聂威斯,你看到了吗?老板:橡胶没有看到,不过晾在支架上的东西倒可能是皮子。老板:我弄不懂,这个地区是有橡胶树的,中间人不是还来收购过橡胶吗?这些姆腊托人一直是这么懒惰,很难叫他们多干点活。汪毕萨人的交谈声也越来越高、越来越激烈了；他们有的蹲着，有的站着，有的倚在矮树上注视着茅屋、河滩上模糊不清的人影和那些拖拖拉拉的黑影。这时他们的神色不再那么温顺，而是变得难以驾驭。他们中间有一种贪婪的蛮勇神气从饥饿的眼神中流露出来，甚至连绷紧的皮肤都像美洲豹一样紧张得发亮。他们的双手激动地抓紧吹箭筒，摸弄着弓和刀。他们拍打着大腿，染成红色的、钉子般的牙齿咬得山响，有的则嚼着藤蔓和烟草。伏屋走近他们，和他们谈起话来。他们吐着唾沫咕哝着，表情掺杂着高兴、好战和激动。伏屋一条腿跪在地上，在聂威斯旁边观察。人影从湖边回来了，他们懒洋洋地迈着沉重的步子走着，茅屋之间和一些地方已经升起了火，一股像小树一样的烟雾升向灿烂的天空。一条狗叫了起来，伏屋和聂威斯互相看了一眼，汪毕萨人把吹箭筒放在嘴边，走到林边用眼寻视。但是狗没有出现，只是时叫时停，躲在安全的地方，谁也看不见。军队会不会在某一天也登上我们的岛、埋伏在茅屋里等着我们呢？老板，您没有想到过这一点吗？您是想不到的。不过，我想到了，每次外出时我都想到了，我想到，等我们回到岛上的时候，军队正在崖上向我们瞄准；我们会看到一切都被烧毁，汪毕萨人妇女被杀害，我的老婆也被掳去，起初想到这一点，我还有点儿害怕，现在不了，只是有些紧张。老板，您从来没感到过害怕吗？从来没有，穷人要是害怕就得穷一辈子。聂威斯：我做不到这点，所以我一直是个穷光蛋。可是光害怕是不能使你摆脱贫困的。聂威斯：我是个安分守己的人，而您老板则不同。我也有过不顺利的时候，但很快就过去了，早晚我会成为富翁的。老板，我不怀疑这点，你总是能够如愿以偿的。突然，一阵杀声震撼了宁静的清晨，原来是赤裸的汪毕萨人号叫着正在冲出树林，向村子跑去，一边打着手势，一面爬上高坡。在这群飞奔着的人体中，远远望去，潘达恰的白色短裤隐约可见；他们发出的呼喊声令人想起野兽的惨叫声。此时许多狗都叫了起来，从茅屋里闯出一些人影,尖叫声和不停的骚动使斜坡上像开了锅。人们跌跌撞撞,你推我搡地向树林逃来。这时,人影被辨认出来了:是妇女。第一路身上涂抹得花花绿绿的汪毕萨人已经到达坡顶。伏屋和聂威斯身后的汪毕萨人叫嚣着,蹦跳着,树枝震得发抖,鸟声全已消失。老板回头指了指空地和妇女:可以去了。可是众人原地不动地又站了一会儿,互相咕哝着鼓励的话,气喘吁吁,顿足跺脚。蓦然,一个人举起吹箭筒冲了上去,穿过他们与空地之间的狭窄灌木丛,到了空地上。其他人也喊得脖粗脸红地跑了上去,领水员和伏屋跟在后面。空地上,妇女们高举双手,仰望苍空,到处乱转,接着又分成几群,几群又分成若干单独的人影。她们有的跳来跳去,有的来回乱跑,有的跌倒在地,最后都一个接着一个地躲到闪着黑红颜色的毛皮后面。伏屋和聂威斯向前走着,前前后后都是呼喊声,仿佛来自被阳光照得发光的尘土里一样。两人就在尘土的包围中走上坡来。姆腊托人的村子里,汪毕萨人在茅屋之间跑来跑去,把薄薄的墙板踢得粉碎,用砍刀劈开茅草铺的房顶,有一个人往空中抛石头,还有一个扑灭了篝火。他们摇摇摆摆,是喝醉了酒吗?还是精神失常?要么是太疲乏了?伏屋跟在众人后面摇撼着他们,向他们询问,向他们下命令。潘达恰汗流浃背,坐在一只瓦罐上,眼睛瞪得大大的,张大了嘴指了指一间尚完好的茅屋:那儿有个老头,我说破了嘴皮,他们还是砍了他的头,老板。有几个汪毕萨人已经安静下来,在地上乱扒乱掘。在另一处,有人则把毛皮、橡胶和毯子背到空地上。呼喊声已经集中到被围在茅屋架子里的妇女那儿;三个汪毕萨人在离几步之外的地方面无表情地看守着她们。老板和聂威斯走进茅屋,茅屋地上跪着两个汪毕萨人,在他们之间可以看到一双满是皱皮的短腿,下身用一只木盒盖着,往上是肚皮,无毛的胸部瘦骨嶙峋,皮肤呈棕色。其中一个汪毕萨人转过身来,把已经只在少量滴血的人头拿给他看,而地上,瘦弱的双肩之间的颈腔还不停地冒着一股股的鲜血。老板:你瞧他们这副鬼脸,这群鬼东西。但聂威斯像螃蟹一样边退边跳地出了茅屋。两个汪毕萨人面无表情,眼光呆滞,一声不响地木然听着伏屋的尖声叫骂。伏屋边骂边做手势,挥舞左轮枪。等伏屋住了口,两个汪毕萨人也走了出来。屋外,聂威斯扶着墙板在呕吐:简直不能相信,到现在我还对杀人感到害怕。你也别不好意思,谁看了都会感到恶心的,这群狗东西,潘达恰是干什么吃的?我下的命令也不管用了?这些汪毕萨人不接受教训,早晚也会让人杀了头,他妈的叫人枪毙了,踢死了,才会老实听话。二人回到空地,汪毕萨人都分散了,地上一切都摆得整整齐齐:蜥蜴皮、鹿肉、蛇、南瓜、项链、橡胶,还有几束毛蕊花。妇女们一直闹嚷嚷地挤在一起,不停地东张西望。狗还在叫。伏屋对着光线检查皮子,掂量橡胶。聂威斯退后几步,坐在一棵倒下的树干上,潘达恰来到他的身旁。聂威斯:是那个巫师被杀了吗?谁知道呢,我只知道他并未想逃跑,汪毕萨人进了茅屋,他还安坐在屋里煎草药呢。他没喊?谁知道呢,反正我是没有听到,他起初想拦阻他们,后来才想到要逃,但一走路两腿直打颤,大便也流出来了,我倒是没闻到大便味。老板发火了,倒不是因为他们杀了人。因为没听他的话?是的。村子里几乎什么都没有,皮子是坏的,橡胶的质量也是最差的,他肯定还要发火的。他干吗还装作没事的样子?他不是生病了吗?我们都是基督徒,可是在岛上就忘了琼丘人终究是琼丘人,到现在才明白不能再这样生活下去了,要是有木薯酒,我非大醉一场不可。你瞧,他们又和老板吵了,他要发火了,要发火了。汪毕萨人像一堵墙把伏屋围了起来,只听得伏屋的声音像阳光灿烂的清晨中的闷雷在响着,可是汪毕萨人都像惊雷似的在激烈地发吼,他们挥舞拳头,口吐唾沫,浑身乱抖。在他们那蓄着直发的头部上端,只见老板伸出握着左轮的手指向天空。砰的一枪,汪毕萨人嘟囔了一会儿就住口了。老板又放了一枪,妇女们也不哭了,只有狗还在吠叫。潘达恰:为什么老板非要立即离开?汪毕萨人累了,我也累了,他们想庆祝一番也是合理的。他们不是由于得到了皮子和橡胶想庆祝一下,而是想乐一乐,因为早晚有一天敌人会忍无可忍,要杀掉他们的。潘达恰,老板生病了,他想装作没病的样子,但是又装不来。他从前不也是兴致很高吗?他本人不想乐一乐?他现在对女人连看都不看一眼,动不动就发火。也许是因为想发财又不能如愿,就疯了。这时伏屋和汪毕萨人又活跃地交谈起来,没有火气也不吼叫了,只听得一片活跃的叽喳声,紧张而热烈,几个人面孔上还露出了高兴的表情。妇女们抱着孩子,搂着小狗,一声不响地紧挤在一起。他真的病了吗?聂威斯:就在胡姆离开岛子前的那天晚上,我到他的房间去,什么都看见了,阿丘阿尔姑娘在用树汁给他揉腿,他一见我就冒了火:妈的,滚出去。他不愿意让人知道他病了。这时伏屋一声令下,只见汪毕萨人卷起皮子,扛起橡胶球,用脚乱踏乱踩毁掉了老板不要的东西,潘达恰和聂威斯也走到了人群里。这群狗东西越来越不像话了,不听我的话,还跟我争吵,妈的,我早晚要整治整治他们。他们是想庆祝一下,再说这儿还有这么多的女人呢,您干吗不同意呢,老板?你也是个浑蛋。我?这地区有军队,你不知道吗?山区人,你真笨,他们一醉就是两天,你他妈的第一个就得喝醉,姆腊托人也可能转回来,我们就可能被军队撞见,我可不愿因小失大,你去命令他们把货物搬到船上去,快点。几个汪毕萨人走下高坡,潘达恰走在他们后面,一面在身上乱抓,一面催他们快走,但是那几个人还不死心,不慌不忙,一声不响地慢吞吞走着。留在高坡上的人还在嘟嘟囔囔,留恋不舍地来回走动,躲避着伏屋的眼睛,伏屋手握左轮枪监视着他们。最后有几堵墙板烧了起来,汪毕萨人停住脚步,伏伏贴贴地等待着茅屋全部烧掉,随后众人踏上了归途,走下那光秃秃的高坡的时候还不时地回头望着那些抓土灭火的妇女。到了树林里,人们还得重新用砍刀开路,众人在一条两旁都是树干、藤蔓、小水洼的狭窄阴暗小路上走着,到达河滩的时候,潘达恰和他带领的人已经把独木舟从树枝的掩盖下划了出来，并且装好了货。大家上了船就出发了。领水员在最前面的独木舟上用撑篙测量水的深度。一行人除了中间吃饭稍事停留外，一直航行了一个下午，到了天黑时分，独木舟在一个隐蔽在浓密刺草下的河滩上下了锚，众人点起篝火，拿出食品，烤了几块木薯根。潘达恰和聂威斯叫老板来吃，老板：不，我不想吃。他以臂作枕在河滩上仰躺下来；众人吃完了，也盖上从姆腊托人那儿抢来的毯子，一个挨着一个地躺了下来。不知怎么老板会变成这个样子，不吃不喝，也不讲话。也许是腿上的毛病，你没看见他走路很吃力吗？总是落在后面。他一定很疼痛，无论干什么，从不脱掉裤子和靴子。黑暗中，各种嘈杂声，小昆虫的飞声，河水拍击河岸、草叶和土地发出的声音，交织在一起，四面八方，到处都能听到。周围一片黑暗，萤火虫发出闪闪烁烁的光亮。潘达恰：老板抢了姆腊托人一块羽布，让我看见了，这种羽布比汪毕萨人做的更漂亮，更鲜艳；他往裤子里藏的时候，我看到的。是吗？潘达恰，胡姆为什么要从岛上逃走？喂，你别打岔，老板想把那块羽布送给沙普蜡姑娘？他真的爱上她了？两个人语言不通怎么能爱上？其实老板并不太喜欢她。那就有可能把姑娘送给你。等我们到家的时候？当天晚上？他愿意的话可能就在我们到家的当天晚上。那么那块羽布又是给谁的呢？给一个阿丘阿尔姑娘吗？老板要送给你一个阿丘阿尔姑娘吗？他谁也不肯送，他一个人独占了，他就喜欢有羽毛的服装，再说这也是一件纪念品。

1

鲍妮法西娅在茅屋脚下等来了警长,一阵风吹得她头发竖了起来,像鸡冠。她那心满意足的神气、两脚站在沙地上的姿态和那圆突结实的臀部,都使她看来像只小公鸡。警长笑了,他抚摩着鲍妮法西娅赤裸的手臂:说真的,我从远处一看见你就激动了。她抬起绿色的眼睛看着他,太阳反映在两个眼珠中,仿佛两只小小的箭头在跳动。

"你的鞋子擦得真亮,"鲍妮法西娅说道,"制服也像是新的。"

一丝欣慰的微笑使得警长的面孔变圆了,他的视线模糊了。

"是帕雷德斯太太给我洗的,"他说,"我还担心要下雨呢。我们的运气真好,一点儿云都没有,像是皮乌拉的天气。"

"你没注意到吗?"鲍妮法西娅说道,"你不喜欢我的这身衣服?是新做的呢。"

"噢,我倒没注意,"警长说道,"你穿着挺好看,黑头发的人最适合穿黄色的衣服了。"

鲍妮法西娅穿的是件无袖连衣裙,胸口开成方形,裙子底部很宽大。警长笑容满面,一面端详着她,一面抚摩她的手臂。她一动不动,望着警长的眼睛:拉丽达借给我一双白色的皮鞋,我昨天晚上试了一下，有些痛，等去教堂的时候我再穿。警长朝她的脚看了一眼：一双赤脚陷在沙地里。我可不喜欢你打赤脚，亲爱的，在这儿还没什么，等我们离开此地的时候，你就得总穿着鞋子了。

"我得先习惯习惯呀，"鲍妮法西娅说道，"你没见我在传教所的时候只穿凉鞋吗？凉鞋和皮鞋不一样，凉鞋不夹脚。"

拉丽达在栏杆上出现了：中尉有消息吗，警长？她的头发上扎着缎带，脖子上一串项链在闪闪发光，还抹了胭脂，涂了口红。警长：太太，你真漂亮，我倒想同您结婚了呢。拉丽达：中尉还没有回来？有什么消息吗？

"什么消息也没有，"警长说道，"只是说他还没有到达博尔哈警备队。大概雨下得太大了，半路上翻了船。您干吗这么为他担心？他又不是您的儿子。"

"您快走吧，"拉丽达不礼貌地说道，"在做弥撒以前看到未婚妻是不吉利的。"

"未婚妻？"安赫利卡嬷嬷发火了，"你是说她给人家做妾、做姘妇吧？"

"不，亲爱的嬷嬷，"拉丽达低声下气地坚持说，"她是警长的未婚妻。"

"警长？"住持说道，"什么时候开始的？这是怎么回事？"

两位嬷嬷疑团满腹，惊奇万分，凑近拉丽达。拉丽达神态自若，合着双手，低着头，但是用眼角偷偷地看着嬷嬷，装出笑容。

"不吉利就得怪您和阿德连先生，"警长说道，"是你们使我陷得这么深的，太太。"

拉丽达张口大笑，高兴得浑身从头到脚都颤了起来，她扳着手指念起咒语，驱赶魔鬼。这时鲍妮法西娅离开了警长几步。

"快到教堂去吧，"拉丽达再三说道，"您要是倒了霉，还要连累她呢。您到这儿来干什么？"

警长把手伸给鲍妮法西娅：还能干什么？太太，我是来看看我亲爱的人儿来的。鲍妮法西娅跑开了，突然，她也和拉丽达一样，交叉起手指为警长驱起邪来。警长越来越兴奋了：巫婆，真是两个巫婆。他哈哈大笑：要是我们曼加切利亚区的人见见这两位巫婆，该有多好啊。

嬷嬷们不同意。安赫利卡嬷嬷那发抖的拳头从袖口露了出来，在空中挥舞着，接着又消失在袍子的皱褶中间：她不能再踏进这个门。两位嬷嬷和拉丽达站在庭院里，面对嬷嬷宿舍；孤儿们在庭院后面果园的果树中间跑来跑去。住持似乎有点神思恍惚。

"她最想念的就是您了，安赫利卡嬷嬷，"拉丽达说道，"她总是说：我的运气比别人都好，我有许多妈妈，最好的就是亲爱的安赫利卡嬷嬷。她认为您肯定会帮我求求住持嬷嬷的，亲爱的嬷嬷。"

"这姑娘是个会耍手腕的魔鬼，"拳头又露出来，然后又消失了，"我可不吃她这套甜言蜜语。她要是愿意，就让她跟她的警长走好了，但是不能进这个门。"

"她为什么不自己来，而是打发你来？"住持说道。

"亲爱的嬷嬷，她害羞呢，"拉丽达说道，"您是接待她还是把她赶出去，她没有把握。难道出身土人就没有自尊心吗？原谅她吧，您瞧，她都快结婚了。"

"我正要去找您呢，警长，"领水员聂威斯说道，"没想到您来了。"

领水员走出来，站在拉丽达身旁，倚在平台的栏杆上；他穿着白色细布长裤，长袖圆领衬衣，没戴草帽，脚登厚底皮鞋。

"快走吧，"拉丽达说道，"阿德连，你带他先去吧。"

领水员走下台阶，两腿僵硬得像木棒。警长向拉丽达行了军礼，又向鲍妮法西娅挤挤眼。两个人朝传教所走去；他们没有走跟涅瓦河平行的小路，而是从山丘树林中穿过去。警长，有什么感觉？昨晚的告别①

---

① 根据西方习惯，青年男女结婚前夕都要同自己的朋友聚会，表示告别。

玩到什么时候？在帕雷德斯那儿？警长：一直闹到两点，讨厌鬼喝醉了，穿着衣服就往水里钻；阿德连先生，我也有点醉了。中尉有什么消息吗？没有，怎么了？您怎么总是问起他？大概遇到大雨了，也许翻了船，幸亏我没跟他留在那里，他还要几天才能回来呢，听说圣地亚哥河那一带有暴雨。喂，您坦白说，对这门婚事还满意吧，警长？警长笑了，片刻后，眼中流露出一种茫然的神色，忽然用手把胸脯一拍：这女人已经钻到这儿来了，阿德连先生，所以我才决定同她结婚。

"您的行为就跟虔诚的基督徒一样，"阿德连·聂威斯说道，"在这儿只有年纪大了才去教堂结婚，嬷嬷们和维兰修神父苦口婆心地劝说大家要举行结婚仪式，但是没有人听，可您却亲自带未婚妻到教堂去，而且她又没有怀孕。姑娘可高兴了，昨天晚上还说一定要做个好妻子呢。"

"我们家乡有一句俗话：心灵是不会骗人的，"警长说道，"我的心告诉我，她会是个好妻子的，阿德连先生。"

二人慢慢地走着，躲开水洼，但是警长的长靴和领水员的长裤还是都溅满了泥点。阳光经过山丘树木的过滤，射了进来，光线闪烁不定，使山丘有着一种凉爽的感觉。传教所的脚下，金黄色的圣玛丽亚·德·涅瓦镇静静地屹立在各条小路和树丛之间。二人越过一个山包，走上了格棱未干的小径，再往上，小教堂的门口，一群阿瓜鲁纳人来到斜坡边看他们，其中有乳房松软的妇女、光屁股的小孩和眼神阴郁的蓬发男人。众人给二人让路，几个小孩咕哝着向他们伸出手来。走进教堂之前，警长掸了掸制服，扶了扶帽子，聂威斯也放下卷起的裤脚管。教堂里的人多了起来，充满了鲜花和油灯气味。黑暗中，法毕奥先生的秃头像个果子在闪光，他这回系了条红领带，坐在长凳上向警长打招呼。警长把手放在帽檐上还了礼。镇长的身后坐着讨厌鬼、小个子、黑鬼和黄毛，四个人在打哈欠，个个都是口臭眼肿。帕雷德斯夫妇带着孩子占了两条长凳,这些孩子的头发都是湿漉漉的。教堂的另一翼是孤儿们,一律身穿罩衣,留着一样的发式。孤儿们一动不动地跪着,众多眼睛像是一群好奇的萤火虫追赶着踮着脚同前来参加弥撒的人——握手的警长。镇长摸摸秃头:警长,在教堂里要脱帽,要像我一样光着头。几个警察笑了。警长脱下帽子,用手理了理乱糟糟的头发,走到第一排长凳,坐在领水员聂威斯的身边。领水员:祭坛布置得真漂亮,对吧?很漂亮,阿德连先生,嬷嬷们太可爱了。红色的黏土瓶里插满了鲜花,编成环状的兰花从十字架一直拖到地上,祭台两旁各有一排羊齿草花盆,一直排到墙根。教堂的地面也洒过了水,显得熠熠发亮。从点燃的烛台上升起一股透明而有香味的烟柱,在暗影中同天花板上飘荡着的蒸气混在一起,增加了浓度。警长,您瞧,新娘和伴娘来了。一阵低语声,众人的脑袋转向门口。鲍妮法西娅穿着白色高跟鞋,身材显得同拉丽达一样高,黑色的面纱盖住了她的头发,一双机灵的大眼睛在长凳中间看来看去。拉丽达在同帕雷德斯夫妇耳语,她那身印花衣服给这教堂一角增添了一种活泼、骄傲和青春的色彩。法毕奥先生弯身在鲍妮法西娅耳边说了些什么,她笑了。警长:可怜的姑娘,她心慌了,阿德连先生,您瞧她多么腼腆呀,等会儿我们敬她一杯,她就好了。警长:她怕和嬷嬷们见面,怕得要死,她认为嬷嬷们会骂她,阿德连先生,她的眼睛多美啊,是不是?领水员把手放在嘴上,警长看了祭坛一眼,在胸前划了个十字。鲍妮法西娅和拉丽达走过来坐在他们身旁,片刻后,鲍妮法西娅跪了下来,开始祷告。她双手合着,两眼紧闭,嘴唇微动,就这样祷告了一会儿。这时铁门吱嗌一声开了,嬷嬷们走进教堂,住持走在前面;嬷嬷们一对一对地走到祭坛前跪了下来,在胸前画个十字,然后一声不响地坐到长凳上。当孤儿们开始唱起来的时候,众人站了起来,这时维兰修神父进来了,他那把红色的胡子就像紫色长袍上的胸饰。鲍妮法西娅仍然跪着,她用面纱擦了擦眼里的泪水,接着也站了起来。她身体笔挺，目不旁视地走到领水员和警长之间。她在整个弥撒中一直很拘谨，在嬷嬷和孤儿们高声祈祷、众人下跪坐下又起立的过程中，她一直盯着祭坛和兰花做的花环之间的地方。这时，维兰修神父走到新人跟前，警长以立正的姿势站了起来，神父的红胡子离鲍妮法西娅只有几厘米。他向警长提了个问题，警长脚跟一碰，有力地回答：是的。神父又问鲍妮法西娅，她的回答几乎听不见。这时维兰修神父衷心地笑了，把手伸向警长，然后又伸向鲍妮法西娅，她在神父手上吻了一下。教堂的气氛似乎活跃起来了，孤儿们停止了歌唱，只听得一片不高不低的交谈声、笑语声和轻微的动作声。领水员和拉丽达拥抱了新人。聚集在新人周围的人群中，法毕奥先生开着玩笑，小孩们嬉笑着：讨厌鬼、小个子、黑鬼和黄毛挨个向警长道贺。住持却过来把众人赶开了：先生们，这是教堂，要保持肃静，到院子里去吧。她的声音压倒了别的声音。拉丽达和鲍妮法西娅跨出铁门，接着众人也走了出来，最后嬷嬷们也走了。拉丽达：傻瓜，放开我，鲍妮法西娅。嬷嬷们摆了一张桌子，铺上台布，桌上放满了果汁和甜饼。拉丽达：快放开我，人家给你贺喜来了。庭院地上的石子熠熠生辉，嬷嬷宿舍的白墙上映着点点阳光，像是爬藤形成的阴影。道袍的窸窣声、低语声、欢笑声和制服包围着拉丽达，拉丽达：亲爱的嬷嬷们，她不好意思见你们呢，连看都不敢看你们。鲍妮法西娅仍然搂着拉丽达不放，把头埋在拉丽达的印花衣服里，这时警长在接受众人的拥抱，也拥抱着众人。拉丽达：她哭了，嬷嬷们，瞧这小傻瓜；鲍妮法西娅，你干吗这样呀？嬷嬷们，她看到你们就哭了。住持：傻孩子，别哭了，过来，让我拥抱你一下。鲍妮法西娅突然放开拉丽达，一转身倒在住持的怀里，接着又一个一个地拥抱了其他嬷嬷。鲍妮法西娅，你可要继续做祷告啊。是的，亲爱的嬷嬷。要做个好基督徒。嗯。你可别忘了我们。嗯，我永远不会忘记你们。鲍妮法西娅紧紧地拥抱着嬷嬷们，嬷嬷们也紧紧地拥抱着她。拉丽达控制不住，面颊上不觉流下了大颗大颗的泪珠，弄脏了脂粉：对，对，她会永远爱你们。人们发现了拉丽达脸上的疙瘩。她一直在为你们祈祷呢。还有斑点，伤痕。嬷嬷们太好了，维兰修神父，都为他们准备好了。法毕奥先生：大家注意，巧克力茶都冷了，我饿了，可以开始了吗，格莉塞尔塔嬷嬷？她把鲍妮法西娅从格莉塞尔塔嬷嬷怀中夺过来：当然可以，法毕奥先生。人群散开了，两个孤儿用扇子扇着摆满盆盆罐罐的桌子。两个孤儿之间有一个人影在晃动。鲍妮法西娅，你猜猜，这一切是谁给你准备的？鲍妮法西娅呜咽起来：嬷嬷，告诉我，您原谅我了？她扯着住持的袍子：因此才命人给我准备了这礼物？住持用细长的粉色手指朝天空指了指：你乞求上帝宽恕了吗？你忏悔了吗？我每天都在忏悔，嬷嬷。那么上帝已经饶恕你了，不过你得猜猜，这一切是谁为你准备的？鲍妮法西娅破涕为笑。是谁？她用眼睛在嬷嬷中间寻找着：她在哪儿？她到哪儿去了？那人影分开两个孤儿，驼着背迤迤逦逦地走了出来，她的脸色比以前更加阴郁了：你这没良心的，总算想起我来了，你这忘恩负义的孩子。鲍妮法西娅立即扑了过去，倒在她的怀里，安赫利卡嬷嬷摇晃了一下。镇长和众人开始吃起甜饼来。安赫利卡嬷嬷：是我，是你亲爱的嬷嬷准备的，我虽然一直没有去看你，魔鬼，但是我做梦都梦见你。我也是日日夜夜都想念您。安赫利卡嬷嬷：快尝尝这个，还有那个，喝点儿果汁。

"她根本不让我进厨房，法毕奥先生，"格莉塞尔塔嬷嬷说道，"这回可得表扬表扬安赫利卡嬷嬷，这一切都是她为她那个宠儿准备的。"

"为了她，我什么没干过，"安赫利卡嬷嬷说道，"我当过她的保姆、用人，现在又成了她的厨娘。"

安赫利卡嬷嬷脸上气鼓鼓的，但声音已经软了下来，像土人那样咕哝着，眼睛里突然充满了泪水，嘴唇抖了起来，最后放声大哭，用她那关节突出的枯干的手拍打着鲍妮法西娅。嬷嬷和警察们传递着盆子，把杯子斟满酒，法毕奥先生和维兰修神父高声笑着，帕雷德斯的一个孩子爬到桌子上,他妈妈揍了他几下。

"您瞧,嬷嬷们多么喜欢她,阿德连先生,"警长说道,"多么宠爱她。"

"喂,怎么都哭起来了?"领水员说道,"大家心里不是都很高兴吗?"

"亲爱的嬷嬷,我可以给她们吃点儿吗?"鲍妮法西娅指着孤儿们说道。孤儿们在嬷嬷宿舍前排成三行,有的向她微笑,有的则胆怯地向她打招呼。

"她们今天都有特殊的加餐,"住持说道,"不过,你去拥抱她们一下吧。"

"她们都为你准备了礼物,"安赫利卡嬷嬷咕哝道。泪水和哭相使她的面孔变了形,"我们也为你准备了礼物;我给你做了一身衣服。"

"我一定每天来看您,"鲍妮法西娅说道,"我来帮您干干活,亲爱的嬷嬷,我还要来倒垃圾。"

鲍妮法西娅离开安赫利卡嬷嬷向孤儿们走去,孤儿们也散开来欢呼着向她迎来。安赫利卡嬷嬷挤出客人堆,凑近警长,这时她的脸色不那么苍白了,但却又阴郁起来。

"你能做个好丈夫吗?"她摇着警长的胳膊咕哝着,"你要是打她,要是跟别的女人胡搞,哼,你就等着吧。你要好好对待她。"

"当然,嬷嬷,"警长惶惑地回答,"我是非常爱她的。"

"你醒了,"阿基里诺说道,"自从我们离开岛以来,你睡得这么好,还是第一次呢,以前我总是一睁眼就看到你望着我。"

"我梦见胡姆了,"伏屋说道,"一整夜我都看见了他,阿基里诺。"

"好几次我都听见你在呻吟,有一次好像你还哭了呢,"阿基里诺说道,"是因为梦见胡姆了吗?"

"真怪,老头,"伏屋说道,"我无论发生什么事,都不做梦,可这次却梦见了胡姆。"

"你梦见那阿瓜鲁纳人在干什么?"阿基里诺说道。

"我梦见他在潘达恰煎草药的小河滩上奄奄一息地躺着,"伏屋说道,"有一个人走近他,对他说:跟我来吧。他说:我动不了啦。老头,一夜都是这种梦。"

"也许他真的要死了,"阿基里诺说道,"没准儿他昨夜就死了,是来向你告别的。"

"大概那些仇恨他的汪毕萨人把他干掉了,"伏屋说道,"你等等,别这样,不要走。"

"你是无所谓的,"拉丽达气喘吁吁地说道,"你每次都是随随便便地叫我过来,既然你不行了,为什么还要叫我来呢,伏屋?"

"我当然行,"伏屋尖声说道,"你想一上床就干,也不给我时间,还要生气,我行的,婊子。"

拉丽达一翻身仰卧在吊床上,吊床一摇晃,发出嘎吱嘎吱的响声,一缕蓝色的光线透过门缝和窗棂照了进来,随后一股热气和人声也飘然而入。光线还射不到吊床,但热气和人声吊床上的人却都感到了。

"你以为你能骗过我?你以为我是傻瓜?"拉丽达说道。

"我脑子里的事太多了,"伏屋说道,"我需要忘掉这些事。你太性急了。我是人,又不是畜生。"

"问题是你有病。"拉丽达低声说道。

"问题是我讨厌你脸上的疙瘩,"伏屋说道,"问题是你老了,我只是跟你不行,跟随便什么别的女人,干几次都行。"

"你也不过抱抱她们,吻吻她们,但真的干就不行了,"拉丽达一字一字地说道,"那些阿丘阿尔姑娘都讲给我听了。"

"你跟她们议论我?臭婊子!你跟土著女人议论我,你想找死?"伏屋气得浑身发抖,吊床跟着也摇晃起来。

"你知道胡姆每次消失不见都上哪儿去了吗？"阿基里诺说道，"到圣玛利亚·德·涅瓦镇去了。"

"到涅瓦镇去了？他到那儿去干什么？"伏屋说道，"你怎么知道他每次都是到圣玛利亚·德·涅瓦镇去的？"

"我也是不久前才知道的，"阿基里诺说道，"他最近一次跑掉是在八个月之前吧？"

"我已经不太算日子了，老头，"伏屋说道，"大概是的，八个月之前。你遇到胡姆了？是他对你讲的？"

"我们现在离远了，所以你可以知道了，"阿基里诺说道，"拉丽达和聂威斯就住在圣玛利亚·德·涅瓦镇，他们逃到那里的第二天，胡姆就去了。"

"你早就知道他们逃到那里去了？"伏屋说道，"你帮助他们逃的，阿基里诺？你难道也是条狗？你也背叛了我，老头。"

"所以你感到害臊，遮遮掩掩的，不敢当着我的面脱衣服，"拉丽达说道，吊床不再咯吱作响了，"但你那浑身臭气难道我闻不出来？两条腿都要烂掉了，伏屋，这比我的疙瘩更难看。"

吊床又一次激烈地摇晃起来，木桩也咯吱咯吱地慢声响着，但现在发抖的不是伏屋而是拉丽达了。伏屋裹在毯子里蜷缩着身子，色厉内荏，嘶哑着嗓子还想强词夺理，阴沉的脸上，两眼射出激动而慌张的光芒。

"你还辱骂我，"拉丽达低声说道，"你得了毛病还要怪我，这回是你把我叫上床来的，可你还生我的气。我一恼火就乱说了。"

"我是被长脚蚊咬的，臭婊子，"伏屋低声呻吟道，一边用赤裸的胳膊有气无力地拍打着自己，"是长脚蚊咬的，发了炎。"

"对，是长脚蚊咬的，你也没有发臭，你很快就会好起来的，"拉丽达抽泣着，"别这样，伏屋。人一生气就什么都不考虑了，什么话都说出来了；我给你倒杯水，好吗？"

"他们还盖了房子?"伏屋说道,"这对狗男女想在圣玛利亚·德·涅瓦镇定居吗?"

"圣玛利亚·德·涅瓦镇的警察雇用聂威斯当了领水员,"阿基里诺说道,"新来了一位中尉,比那个叫希普里亚诺的还年轻;拉丽达又要生孩子了。"

"最好让孩子死在肚子里,她也死掉算了,"伏屋说道,"老头,你说说,胡姆是不是到吊他的地方去了? 他总去圣玛利亚·德·涅瓦镇干吗? 是不是想去报仇?"

"去算旧账,"阿基里诺说道,"去要求归还列阿德基先生那次带着士兵到乌腊库萨去抢的橡胶,可人们不理他。聂威斯早就发觉他不是第一次去要求归还了,他每次逃离岛就是为了这事。"

"一面跟着我干,一面要求归还橡胶,"伏屋说道,"这笨蛋会把我们大家牵连进去的;他难道不懂?"

"与其说他笨,还不如说他疯了,"阿基里诺说道,"这么多年都过去了,还没完没了,都快死了还忘不了过去的事。我还没见过像他这么顽固的土人呢,伏屋。"

"我是下水塘去拖刚死掉的河龟的时候被长脚蚊和水蜘蛛咬的,伤口快干了,我一搔就发了炎,所以才发臭,傻瓜,你没看见?"

"不臭,不臭,"拉丽达说道,"我刚才说的是气话,伏屋,以前你不管什么时候都想干,我不得不找各种借口拒绝你,什么月经来了、我不行呀,等等,可你现在为什么变了,伏屋?"

"因为你的肉松了,你老了。只有身体结实的女人才能引男人上火,"伏屋尖声说道,吊床又开始摇动起来,"这和长脚蚊的咬伤没关系,母狗。"

"我也没说说是长脚蚊,"拉丽达说道,"再说你的确在痊愈,我也每到夜里就浑身发痛。我既然像你所说的那样,你干吗还叫我上来? 这不是让我受罪吗,伏屋? 你既然不行,就不要叫我上你的床。"

"我行！"伏屋尖叫起来，"只要我想干我就行，但是跟你我不想。滚开，去谈你的长脚蚊吧，你哪儿疼，我就朝哪儿给你放一枪，滚开，出去。"

伏屋不停地尖叫着，最后拉丽达拉开蚊帐，起身躺到另一只吊床上，伏屋也住了口。但木桩每过一阵还是在嘎吱作响，摇晃得很厉害，好像在发烧，很久以后茅屋里才静了下来。笼罩在周围树林夜晚发出的沙沙声中。拉丽达睁着眼仰卧着，手里抓着吊床上的麻绳，一只脚伸在蚊帐外面，几十只小飞虫贪婪地一拥而上，叮在她的脚趾和指甲上，用又细又长的刺在她的皮肤上刺来刺去，还发出嗡嗡的叫声。拉丽达把脚在木桩上一磕，小虫惊飞了，但片刻后又围了回来。

"这么说，胡姆这狗东西是知道他们在什么地方了，"伏屋说道，"可他对我只字未讲；你们都在跟我作对，阿基里诺。恐怕连潘达恰也晓得。"

"这说明他还未习惯，他的一切所作所为都是为了返回乌腊库萨，"阿基里诺说道，"他大概很想念故乡，很喜爱自己的故乡。他跟你外出的时候真的劝说土人吗？"

"他说服土人老老实实把橡胶给我，"伏屋说道，"他还经常愤慨地向他们讲述那两个白人的事。你认识那两个人吗？他们是干什么的？我一直没打听到。"

"是在乌腊库萨住下来的那两个人吗？"阿基里诺说道，"我有一次听列阿德基先生讲起过，是两个外国人①。他们是来鼓动琼丘人、煽动琼丘人去杀那里的白人的，胡姆就是因为听了他们的话才落到这种地步。"

"我也搞不清，他到底是恨这两个人还是喜欢这两个人，"伏屋说道，"有时一提起鲍尼诺和特奥费洛就恨不得要杀死他们，有时又像

---

① 阿基里诺这样认为。

是要好朋友。"

"阿德连·聂威斯也这么说,"阿基里诺说道,"他说胡姆对这两个人一会儿一个看法,犹疑不决,今天说他们是好人,明天又说他们是坏人,是恶魔。"

拉丽达踮脚走出茅屋,外面空中潮气腾腾,打湿了毛皮。潮气钻进口鼻,令人头昏脑涨。汪毕萨人已经熄掉篝火,他们就睡在静静地紧排在岛边的黑色木筏上,一条狗跑来在汪毕萨人的脚上擦来擦去。畜栅旁边的棚子里睡着三个阿丘尔姑娘,合盖着一条毛毯,脸上闪着橡胶一样的光亮。拉丽达来到潘达恰茅屋的门前,往里一看,裙子立即被汗水沾湿,贴在身体上。黑暗中只见一条肌肉发达的腿夹在沙普腊姑娘那一双平滑无毛的大腿中间,一只手按在胸前。她又看了一会儿,半张着嘴,呼吸急促起来。接着,她跑向旁边的一间茅屋,推开藤制的门,黑暗的角落里,阿德连·聂威斯的床上发出一阵响声,领水员大概惊醒了,大概认出了她那被夜色映在门槛上的身影和两股溪流般及腰的长发。床板吱吱地响了起来,一个三角形的、白白的身体向她走来:晚安。那是一个男人的体型。出了什么事?他那带有惊讶的声音犹有睡意。拉丽达一言不发,像是刚刚长跑过,呼吸急促地等待着。还要等上许多时间,快乐的鸟语和嘈杂声才会来代替黑夜的呢喃,鸟儿和彩蝶才会在岛上翩跹起舞,清晨那清澈的阳光才会照亮鲁布纳树多节的树干,但此刻仍然是萤火虫的时光。

"可我要告诉你,"伏屋说道,"我最感到痛心和悲伤的就是我的运气太坏,阿基里诺。"

"盖上点儿吧,别动,"阿基里诺说道,"那边有一条小船,你最好藏起来。"

"可你得快点儿划,"伏屋说道,"这儿不能呼吸,要闷死的,快划!"

太阳像夏日时分那样灿烂，光芒四射，望一眼就会刺人流泪。心灵感到了灼热，它要穿过大街，在罗望子树下走过，到长凳那儿去坐坐。你还是快起来吧，睡不着觉，床还有什么用呢。像你的发丝那样细的沙尘也许正落在老桥上，你还是到北方星旅馆去坐坐吧，把帽子往下拉拉，到那里去等候她，她就会来的，不要这样心焦。哈辛托：安塞尔莫先生，您瞧，全城空荡荡的，一派凄凉。清道夫过去了，沙尘又把一切搞得很脏。你往市场拐角那边看，驴驮着篮子过来了，现在不正是全城醒来的时候吗？她已经到那里了，又轻盈又恬静。她滑行般地走进广场，胡安娜把她送到凉亭附近，安排她坐下，抚摩她的双手和头发。她是那么温顺，双膝并拢，两臂交叉。啊，她就是你那多少不眠之夜的补偿！加依纳塞腊区女人用棍子赶着驴走了。你在椅子上坐直，坐舒服些，继续望着她。爱情从天而降，是大大方方地来的还是遮遮掩掩地来的？而你却说什么这是怜悯、柔情、同情，还有送给她一些礼物的愿望。你还是放开爱情的缰绳，随它去吧，慢慢而行，颠颠小跑，驰骋飞奔，都可以。爱情是知道自己的归宿的，现在想它还嫌太早。这时候你还是赌赌看：她身上穿的是白衣还是黄衣？也许扎着发带，那你就能看到她的耳朵；也许没扎发带，所以头发散乱，今天你就看不到她的耳朵了；她是穿着凉鞋来的还是光脚来的？你即便赢了，赢家也是哈辛托。哈辛托：您今天怎么给这么多小费？昨天您才给一半，而吃得却一样多。他怎么会知道呢？他什么也不懂：安塞尔莫先生，您好像面带睡意。您从不睡觉吗？你：这是个老习惯了，我不吃早饭是不去睡的，早晨空气可以使头脑清醒，而我那个地方又吵又闹又是烟酒味，我这就回去，对我来说，夜晚刚刚开始。哈辛托：我最近想去看您。你：来吧，孩子，来找我好了，我们喝一盅，我给你开了账，你知道吗？但是现在最好还是让哈辛托离开吧，你一个人留下来，不要让人把你的桌子占了去。让早晨快快降临吧，这样就会有人来，最好是一个有钱的女人走近她，带她散散步，把她带到北方星旅馆来,那你就请她吃糖。心灵又一次感到悲伤、烦躁,岁月也并不能使之平息:哈辛托,把咖啡端开,拿杯酒来,再来一杯。一瓶好酒喝掉了半瓶。中午时分,恰皮罗、堂欧塞比奥和塞瓦约斯医生来了:快把他扶到马上去,送他回绿房子,姐妹们会让他躺下来照顾他的。你还是从马鞍上下来吧,在沙丘中间打个瞌睡,像个包袱一样在地上滚滚,然后再爬回大厅。妓女们:就让他睡在这儿吧,他太重了,抬不到顶楼上去,快把尿盆拿来,他吐了,拿条毯子下来,把靴子给他脱掉。吐的东西又脏又苦,胆汁和苦酒流成了小河。眼皮发痒,臭气冲天,醉得肌腱都松弛了。是的,爱情是遮遮掩掩地到来的,起初仿佛是一种同情心:她大概才十六岁,就经历了这么大的不幸,一生中只有黑暗和沉默,那可怜的脸蛋啊。你想想看,当时是什么情景,她发出的呼声,她感到的恐怖,她那双眼流露出多么大的恐惧啊。你也去看看吧:尸体、血沫、伤口、蛆虫。那时塞瓦约斯医生说:再给我讲一遍,这不可能,多么可怕,她那时昏过去了?她是怎么活下来的?你还可以想象一下:黑色的兀鹰先是在空中盘旋,继而在沙丘中间飞来飞去,像是一片乌云笼罩了荒漠。沙地上羽毛成堆,弯曲的鹰嘴发出凄厉的叫声。掏出左轮枪干掉它!那边还有一只,再干掉它!妓女们:老板,您怎么啦?您为什么那么恨加依纳塞腊区的人?他们得罪您了?你:子弹,快!把它们都打下来,把它们都打穿。你还是装出痛苦和亲热的样子走近她吧,这有什么不好的,给她买点奶糖、蜜饯、糖果。你闭上眼睛,梦境又来困扰:你和她二人待在顶楼上,你手指并拢,像弹三角琴那样抚摩她,她比丝绸或棉花都温软,同音乐一模一样。你不要睁开眼睛:继续抚摩她的双颊。不要醒来吧。起初是好奇,继而是那么一点儿怜悯之意,突然却害怕起来,不敢问个究竟。妓女们谈论说,塞丘拉的匪徒袭击了他们,杀死了他们,当人们找到她的时候,堂娜塞西亚已经裸着身子死去,突然有人喊出了她的名字,说她是个可怜的孩子。你突然感到浑身发热，口吃起来：我这是怎么了，妓女们会疑神疑鬼的，我是怎么了。啊，天啊！一个常去北方星旅馆的阔佬把她带到了旅馆，给她要了一杯冷饮。你感到闷气了，嫉妒了：我得走了，早安！沙地、绿门、一瓶甘蔗酒，把三角琴也带到顶楼上去弹。是爱情还是同情？假面具正在撕下。像今天一样，那天早晨也是阳光灿烂，妓女们：这个女人老了，不要收留她吧，也许有病呢，还是先请塞瓦约斯医生检查检查吧。你：你说你叫什么名字？你得换个名字，不要叫安东妮娅。她：遵命，老板，您从前心爱的女人也叫这个名字。你的脸又红了，感到发烧，说真的，这个女人来得真不是时候。夜晚令人懒洋洋的，不能成眠。窗外景色单凋，天上布满群星，空中沙尘徐徐而落。左边是皮乌拉城，黑暗中闪烁着万家灯火；一片白的是卡斯提亚区；皮乌拉河上，老桥就像一只巨大的蜥蜴架在两岸。让喧闹的夜晚赶快过去吧，天快亮吧，拿起三角琴，不管下面怎样叫你，你也别下去，你在黑暗中为她弹琴，缓缓地柔声为她低唱。来吧，托妮达，我在为你唱小夜曲，你听到了吗？那西班牙人并没有死，他在那边，在教堂拐角处出现了，脖子上围着蓝色的纱巾，靴子亮得像镜子，白色上衣里面还穿着背心。你又一次感到浑身发热，热浪使你血管发胀，脉搏加速，你的眼睛要警惕些，看他是不是也到凉亭中去了，是的。他在走近她？是的。他在向她微笑？是的。她又在晒太阳了，一动不动，天真无邪，安安稳稳。周围有几个擦皮鞋的和乞丐。堂欧塞比奥走到长凳跟前；她发觉了，感到一只手在摸自己的下巴。她在座位上挺直了身子？是的。你猜猜看他在对她讲些什么：早安，托妮达，这早晨可真美啊，阳光暖而不热，可惜还在落沙。也许他在说：你要是能看到亮光该多好啊，天空一片蔚蓝，蓝得像拜达的海水。太阳穴在跳动，心潮翻滚，心脏都要跳出来了，内心仿佛中了暑。他们一起走过来了吗？是的。他挽着她的臂膀吗？是的。哈辛托：安塞尔莫先生，你不舒服吗？你的脸色可不太好。回答他说你有点儿累，再来一杯咖啡和皮斯科酒。他们朝你的桌子走来了？是的。快站起来，伸出手去：堂欧塞比奥，您好。堂欧塞比奥：亲爱的，这位小姐和我来陪陪您，可以吗？她就在你的面前，在你的身旁，看她一眼，不要害怕。那就是她的脸庞、羽翅般的眉毛，而那紧闭着的眼皮之后却是一片黑暗，紧闭着的双唇之中却是一张不能说话的小口。那是她的鼻子，她的颧骨。你瞧她那晒得黝黑的长长的双臂，浅色卷曲的发梢垂在肩上，光滑的前额不时皱起来。堂欧塞比奥：怎么样，来杯牛奶咖啡？噢，你大概吃过早饭了，还是来些甜的东西吧，年轻人最喜欢吃甜的了，您呢，您以前不是也挺喜欢吃甜的吗？来个榅桲果？再来杯洋桃汁，怎么样？哈辛托！你还是接受吧，应付他一下：我以前是爱吃甜的。这个细细的圆柱是她的脖子，你要掩饰起内心的沸腾，打个哈欠，抽口烟。她的双手犹如嫩茎上的花朵，深深的眼睑在阳光的照射下使睫毛仿佛染上了金黄色。你要跟他谈谈，向他微笑。这么说您最后还是买下了旁边那所房子，还要加以扩大，再雇几个店员喽。你要装出很感兴趣的样子，去刺刺他：您还要在苏依阿那开个分号吗？还是在奇克拉约？我真为您高兴。你的神色也要同口气一样：说真的，您很久没来看我了。她心不在焉，神情庄重，一心一意地在喝着咖啡，几滴黄澄澄的汁液在她的小嘴里闪闪发光。工作啰，义务啰，家庭啰，就是那么回事，堂欧塞比奥，还是放松放松吧。堂欧塞比奥已经有了几根白发，他张开手指，夹起一个榅桲果：姑娘们怎么样了？很想念您呀，总是问起您，您什么时候来，我亲自招待您。你瞧她，在吃东西，瞧她那副牙齿，又贪吃又洁白。驴驮着篮子走过来了，快把帽檐往下拉拉，向她微笑，跟她谈谈。加依纳塞腊的洗衣妇在问候：你们两位真是好心人，托妮达，快跟两位先生握握手；我替她谢谢两位了。五根柔软的手指握在你的手里，一阵凉意沁人心脾，却又一闪即逝，现在多么平静啊，不是吗？多么平静，堂欧塞比奥，就是这个道理，您以前体会不到，您到死也未必有此感觉。这是怎么说的，真不好意思，安塞尔莫，哪怕这次由我付账呢，您真叫我过意不去。你：不行，您一分钱也不必出，这里一切都是您的，这不就是您的家吗？那天您驱走了我的害怕心理，把她带到我的桌子上来，这样就不会引起人们的注意了，人们就不会给我脸色看了。你满意了，噢，现在你可以每天早晨放心大胆地走向长凳，抚摩她的头发，买水果送她，把她带到北方星旅馆，在炙热的阳光下同她一起散步，像那几天那样爱她了。

"驴每天从家门前经过，真是看不厌。"鲍妮法西娅说道。

"山里没有驴吗，嫂子？"何塞说道，"我还以为山里最多的就是牲口呢。"

"但是没有驴，"鲍妮法西娅说道，"有那么一两头，不像这儿这么多。"

"他们来了，"猴子站在窗旁说道，"快穿鞋，嫂子。"

鲍妮法西娅赶忙穿鞋，左脚怎么也伸不进去：见鬼。她站起来，穿着高跟鞋摇摇摆摆步履不稳地走到门口，把门打开。何塞费诺向她伸出手来，她吸了一口热空气。接着进来的是利图马，带进一股光线。房间又暗了。利图马脱下制服：我热死了，老兄，拿着帽子，咱们喝点豌豆酒吧。利图马倒在椅子里闭上了眼睛。鲍妮法西娅走到隔壁房间。何塞费诺躺在何塞旁边的席子上：这倒霉的热天气，把人搞得脾气都坏了。旁边缝中渗入一柱光线，光柱中，灰尘和小虫子看得清清楚楚。门外鸦雀无声，仿佛炙热的太阳把孩子和野狗都驱散了。猴子离开窗子：我们都是二流子，好逸恶劳，狂嫖滥赌；我们都是二流子，今日来此开怀畅饮。但是其他人只是在饮了第一杯豌豆酒之后才跟唱。

"我们刚才正在跟嫂子谈论皮乌拉来着，"猴子说道，"皮乌拉最引她注意的是驴。"

"还有沙多树少,"鲍妮法西娅说道,"山里全是一片绿色,而这儿却是一片土黄,天气热得也不一样。"

"不同的是皮乌拉是个城市,有高楼大厦,有电影院,"利图马打着哈欠解释道,"圣玛利亚·德·涅瓦则是个破镇子,人们光着屁股,到处是苍蝇,雨下个不停,所有的一切,包括人,都被雨水沤烂了。"

鲍妮法西娅两只小兽般的眼睛躲藏在额前蓬发的后面,绿光闪闪,充满敌意地窥探着。她那一半还在鞋外的左脚使劲想伸进去。

"可是圣玛利亚·德·涅瓦镇有两条河,终年有水,水量也大,"停了一刻,鲍妮法西娅轻轻地说道,"皮乌拉河的河水太少了,而且只有夏天才有。"

四个二流子爆发出一阵大笑,"二加二等于三,三加二等于四"①,鲍妮法西娅脸红了。利图马满脸是汗,眼也不眨,胖胖的身躯在椅子里慢慢地摇晃着。

"对于文明,你还没习惯,"他终于叹了一口气,"过一段时间,你就会看到两地的差别,到那时,提到山区的事,你连听也不要听了。说自己是森林人时,你还会感到不好意思呢。"

四加二等于五,五加二等于六,利图马老兄反驳你了吧。鲍妮法西娅没好气地用左脚登着鞋跟,最后终于伸进鞋里。

"我才不会感到不好意思呢,"鲍妮法西娅说道,"谁也不会为自己的故乡感到羞耻。"

鲍妮法西娅站起来,那两只受了委屈的小兽小心翼翼地看着光滑的地板,几乎脚不离地地一个接着一个慢慢地给他们斟满酒。

"你要是出生在皮乌拉,就不会走路像踩鸡蛋了,"利图马睁开眼睛笑着说道,"你就会习惯穿鞋了。"

"你别挑嫂子的刺了,"猴子说道,"你呢,也不要惹他发火了,

---

① 一种无聊的玩笑。

嫂子。"

金黄色的豌豆酒滴在滑溜的地上,但没倒进何塞费诺的杯中。鲍妮法西娅的嘴、鼻、手一起颤抖起来:这又不是什么罪过。她的声音发抖了:这是上帝安排的。

"嫂子,这当然不是什么罪过,谁也没有办法,"猴子说道,"曼加切利亚区女人也并不习惯穿高跟鞋。"

鲍妮法西娅把酒瓶放上壁架,就坐下了,两只小兽也静了下来。她那两只不听话的脚突然悄悄地互相一蹬,当即把鞋子蹬了下来。她从容不迫地把鞋子放在椅子下面,这时利图马也不在椅子里摇晃了,仨二流子也不唱了。一阵机灵而好斗的骚动在她那双深绿色的眼珠中一闪,流露出了一种大胆的神情。

"这个女人还不了解我,还不知道是在跟谁一起生活,"利图马对雷昂兄弟说道,接着又提高了嗓门,"你现在不是琼丘人,而是警长利图马的老婆了,快把鞋穿上。"

鲍妮法西娅既不回答也不动。利图马站起来,大汗淋淋,满面怒容,一记清脆的耳光呼啸着打过去,她闪也不闪一下。雷昂兄弟跳了起来挡在中间:老兄,这太过分了。他们抓住利图马:别这样。二人半开玩笑半斥责:你要控制一下你那曼加切利亚区的脾气。汗水浸透了利图马咔叽衬衣的胸部和背部,只有袖子和肩部还是干的。

"她还得受受教育,"说着又在椅上摇了起来,但随着他讲话的节奏越来越快了,"在皮乌拉就不能像野蛮人那样,再说,在这个家里谁说了算?"

两只小兽透过鲍妮法西娅的手指缝偷偷地窥视着,让人几乎看不见;她是在流泪?何塞费诺又给自己倒了点儿豌豆酒,雷昂兄弟也坐了下来:俗话说,打是疼骂是爱;丘鲁卡纳斯女人总是说:我丈夫越是打我,就越说明他爱我。也许山里人的想法不一样。一加一等于三。嫂子,原谅他吧,抬起脸来,好好的,笑一个。但是鲍妮法西娅还是把脸藏着。利图马打着哈欠站了起来。

"我去睡个午觉,"他说,"你们待着吧,把这瓶酒喝光,等会儿我们就到那儿去。"他瞟了鲍妮法西娅一眼,故意操着男子汉的口气说道:"家里没有乐趣,就到外面去找。"

他朝仨二流子没精打采地挤挤眼,进了另一间屋子,接着就听到他吹起一支民歌,床垫发出了吱吱的声音。剩下的人继续喝酒。一杯,没人讲话,两杯,到了第三杯就听到里面发出了鼾声,既深沉又有节奏。两只小兽又出现了,在乱发后一张一闪,已经没有泪水了。

"整夜整夜地巡逻,把他的脾气都搞坏了,"猴子说道,"你别往心里去,嫂子。"

"怎么能这样对待自己的老婆呢,"何塞费诺一边说,一边寻找鲍妮法西娅的目光,但鲍妮法西娅却看着猴子,"真是个不折不扣的丘八。"

"老兄,你懂得怎样对待女人,是吧?"何塞说道,朝里间的门瞥了一眼,仍是深沉的鼾声。

"那当然,"何塞费诺微笑着在席子上向鲍妮法西娅凑了凑,"她要是我的老婆,我绝不会跟她动手;我是说绝不会动手打她,而是动手摸她。"

这时两只小兽吃了一惊,胆怯地望着退了色的墙壁、房梁、窗子上嗡嗡叫着的苍蝇,落在光柱中的金黄色的尘埃,以及地板上的木纹。何塞费诺住了嘴,用头去触鲍妮法西娅那赤裸裸的双脚。鲍妮法西娅把脚缩了回去。雷昂兄弟:你简直是条无孔不钻的蚯蚓。何塞费诺:我是诱惑夏娃的那条蛇。

"圣玛利亚·德·涅瓦镇的街道跟这儿不一样,"鲍妮法西娅说道,"都是土街,又总是下雨,一下雨就满街泥泞,鞋跟就会陷在泥里,女人就不能走路了。"

"就像踩鸡蛋一样;利图马太粗野了,"何塞费诺说道,"再说他这也是胡说八道,其实鲍妮法西娅走路的姿态挺美的,我看所有的女人都希望能像她那样走路。"

雷昂兄弟同时把头转向里间的门,一个头刚转回来,一个头又转了过去。鲍妮法西娅又颤抖了起来:谢谢您的夸奖。她的手和嘴也抖了起来:但我知道您只不过是说说而已。她的声音抖得更加厉害:听您这口气,我知道您说这话不是真心的。她的脚又向后缩了缩。何塞费诺把头钻到椅子底下,拖长调子闷声说道:我是从心里这么想的。他轻声慢语,甜甜地:要是没有人,我会把一切向你诉说。

"二流子,你请便吧,"猴子说道,"这就是你的家,这里只有一对又聋又哑的人,你要是愿意,我们就出去看看下雨没有,随你们的便。"

"那就去吧,"何塞费诺的声音很不自然,但又甜得像音乐,"让我留下来安慰安慰鲍妮法西娅吧。"

何塞咳嗽了一声站起身来,踮着脚走到里间的门前,又微笑着走回来:他真累坏了,睡得像头死猪。两只好奇而不安分的小兽不倦地打量着壁架的木头、椅子腿、席子的边沿和躺在上面那长条的身体。

"我们嫂子可不喜欢奉承,"猴子说道,"何塞费诺,你瞧她脸红了。"

"嫂子,你还不了解皮乌拉人,"何塞说道,"你别往坏处想,我们就是这样,一见女人话就多了。"

"过来,鲍妮法西娅,"何塞费诺说道,"让他们去看看下雨没有。"

"你再没完没了,她可要告诉利图马了,"猴子说道,"利图马就要发火了。"

"让她去告诉他好了,"何塞费诺的声音温和而诱人,"我不在乎,你们是了解我的,我要是爱上了一个女人,我就说出来,不管是谁。"

"你呀,豌豆酒的劲上来了,"何塞说道,"声音低点儿。"

"我喜欢鲍妮法西娅,"何塞费诺说道,"让他知道好了。"

鲍妮法西娅合起抱住膝盖的双手，抬起脸，在那两只吃惊的小兽下面，她的嘴角露出一丝勇敢的微笑。

"老兄，你跑得太快了，"猴子说道，"百米第一。"

"你可不要在这条道上走下去了，"何塞说道，"你把她吓坏了。"

"他听见了会生气的，"鲍妮法西娅看了何塞费诺一眼，结结巴巴地说道；何塞费诺向她飞了一个吻，她望着天花板、壁架、地板："他知道了会生气的。"

"让他去生气好了，有什么关系？"何塞费诺说道，"伙计们，你们想知道吗？鲍妮法西娅早晚有一天会成为我的老婆。"

她紧盯着地板，嘴里发出喃喃低语，不知在说些什么。雷昂兄弟咳嗽着，眼睛不离开隔壁的房间。停了一刻，发出一声鼾声，接着又发出一声更长的鼾声，这是使人放心的信号。

"得了，何塞费诺，"猴子说道，"她又不是皮乌拉人，她根本不了解我们。"

"你别怕，嫂子，"何塞说道，"跟他谈谈，要不干脆打他耳光。"

"我不怕，"鲍妮法西娅说道，"就怕他晓得；他听见了会……"

"何塞费诺，向她道个歉，"猴子说道，"就说你是开玩笑的，你瞧把她吓成什么样子了。"

"鲍妮法西娅，我是开玩笑，"何塞费诺笑了，向后坐了坐，"我发誓这是开玩笑，你别怕。"

"我不害怕，"鲍妮法西娅结结巴巴地说道，"我不怕。"

2

"为什么搞得这么复杂？从什么时候开始这么讲究方式的？"黄毛说道，"为什么不破门而入，死活把他拖出来？"

"因为警长想立功，"小个子说道，"你没见他最近执行任务多么积极吗，他要像上帝要求的那样把事情干好。都是这门婚事把他变成这个样子的。"

"他这一结婚，讨厌鬼可嫉妒死了，"黄毛说道，"好像昨天他又到帕雷德斯那儿喝酒去了，他又骂自己没抢先；他说：我又一次失掉了搞女人的机会。那女人也许有那么点儿魅力，可我看讨厌鬼太过分了。"

二人埋伏在野藤中间，把枪对准领水员的茅屋，茅屋是由木桩架高的，离二人不几米远，一丝微弱的灯光越来越亮，甚至照亮了栏杆的一角。没有人出来吗，弟兄们？一个人影弯身向黄毛和小个子问道。没有，警长。我把讨厌鬼和黑鬼埋伏在对面，里面的人算是插翅难逃了，不过，你们也别乱来，弟兄们，警长慢条斯理地说道，我需要你们的时候会叫你们的。警长的动作很从容。天空中几缕轻云没有遮住月光，只是把它滤了下来。在远处，圣玛利亚·德·涅瓦镇在其背后一片黑暗的树林和粼粼的河水衬托下,像是一堆星光在闪烁。警长不慌不忙地打开枪套,掏出左轮,打开保险,又向两个警察低语了几句,像往常那样从容不迫地向茅屋走去,逐渐被野藤和黑夜吞没。片刻之后,他又出现在栏杆上被灯光照亮的那个角落,他的面孔在板壁缝透出的微光中闪了一下。

"你注意到他那走路和说话的样子没有?"黑鬼说道,"直愣愣的,他以前可不是这个样子。"

"那琼丘姑娘把他像柠檬一样榨干了,"讨厌鬼说道,"两个人肯定白天干三次,晚上干三次,为什么他总是一有借口就离开哨所?肯定是同那姑娘睡觉去了。"

"他在蜜月期嘛,也难怪,"黑鬼说道,"你嫉妒死了,讨厌鬼,别装蒜了。"

这两个人趴在一片河滩上,以离河很近的灌木丛作掩护,手中拿着步枪,只是没有对准茅屋。从河滩望去,茅屋在黑暗中显得高大而倾斜。

"他变得骄傲了,"讨厌鬼说道,"为什么我们不是命令一到就马上来抓聂威斯?什么等天黑吧、得先作个计划,什么先把茅屋包围起来,一派鬼话,没别的,我看他是想给法毕奥先生加深印象,显得自己是个大人物,黑鬼。"

"中尉走运了,大概要升官,"黑鬼说道,"而我们呢,根本没份,你瞧着吧。你没听到博尔哈那个报信人说的话吗?现在镇长是一口一个中尉怎样怎样,好像在岛上发现疯子的不是我们而是他。"

"那琼丘姑娘肯定给他喝了迷药,黑鬼,"讨厌鬼说道,"这药一喝,人就变呆,所以他显得疲沓沓的,一停步就睡着了。"

"哎呀,见鬼,"警长说道,"您怎么还没走,怎么了?"

拉丽达和阿德连·聂威斯在茅屋的席门里一动不动地看着他,脚下有一只装满香蕉的瓦盆,油灯冒着难闻的白烟。警长在门槛上呆住了，帽檐下双眼惊慌地眨着：小阿基里诺没告诉您？警长的声音有点狼狈：我是两小时前告诉他的，阿德连先生，我告诉小鬼说，叫您快逃，这可是生命攸关的大事。他不知所措地摆弄着左轮枪：真见鬼。领水员像是嘴里嚼着东西：小阿基里诺告诉我了，我已经把孩子们打发走，到对岸一个熟人那儿去了。他嘴角上的皱纹慢慢地展到了面颊。警长：到现在您怎么还不走？孩子躲不躲倒没关系，主要是您，阿德连先生。警长用左轮枪连连拍着大腿，我已经拖了好几个小时，太太，赶快收拾一下吧，我没法再拖下去，我已经给了您足够的时间了，阿德连先生。

"警长现在在骂领水员，"小个子说道，"过后他可以对法毕奥先生说，是他单独闯进去的，一个人就抓住了他。他是想跟中尉分享功劳，这个皮乌拉人在积极活动着调回去呢。"

随着灯光一闪，茅屋里传出了一阵低语，就像平静水面上的一圈微波，在黑夜中浮动，但并未打破黑暗。

"等中尉回来，我们找他谈谈，"黄毛说道，"求他派我们押送俘虏到伊基托斯去，那我们就起码有几天假。"

"那姑娘不太好看，又矮又粗，随你怎么说，"黑鬼说道，"可有许多人都想跟她睡觉，首先是你，你一喝醉就谈论她。"

"我当然想跟她睡，"讨厌鬼说道，"但你难道会和一个土著姑娘结婚吗？我一辈子也不干这种事，兄弟。"

"警长完全可能把领水员干掉，然后就说他企图拒捕，不得不把他干掉，"小个子说道，"为了得勋章，这皮乌拉人什么都干得出来。"

"如果最后一切都错了怎么办？"黄毛说道，"博尔哈的报信人到的时候，我看到了中尉的报告，我根本不信，小个子，聂威斯的面孔根本不像土匪，他是个好人。"

"谁也没有生着一副土匪的面孔，"小个子说道，"或者大家都像土匪。不过，看到报告我也愣住了，你估计他会被判几年徒刑？"

"谁知道呢,"黄毛说道,"肯定不会少,他们抢了许多人,这儿的人都下了狠心了,你没见他们一直让我们搜捕这些强盗吗,折腾了这么长时间,虽说现在土匪已经不抢了。"

"我不相信领水员是个土匪头,"小个子说道,"再说,如果他抢过不少东西,现在也不至于像个饿死鬼。"

"他怎么会是土匪头呢?"黄毛说道,"这叫代人受过,如果那些土匪抓不到,肯定要让聂威斯和疯子代那些土匪受罚的。"

"警长,我向他哭,求他,"拉丽达说道,"自从你们到岛上去以后,我一直向他哭,求他:我们逃吧,躲一躲吧,阿德连。现在您又派小阿基里诺来报信,孩子们采了果子,我们给孩子们收拾好了;小阿基里诺也求他,可他就是不听,不理不睬的。"

灯光射在拉丽达的面孔上,照亮了她那突出的颧骨、颊上的疙瘩、脖子上的疖子和嘴边的发梢。

"虽说您是穿老虎皮的,可您的心真好,"阿德连·聂威斯说道,"因此我答应了做您的傧相。"

警长并没有听他讲话,一转身匍匐下来,巡视着平台,并把手指放在嘴边:阿德连先生,我从栏杆上不声不响地跳下去。他又指了指河流、天空:然后我数十下就朝天开枪,接着我就跑出去喊人:弟兄们,领水员从那边跑了。随后我就带着警察往那边跑,阿德连先生,您在暗中把船推到河里,进入马拉尼翁河之后再发动马达。然后就加快速度,不能让他们抓住,阿德连先生,这很要紧,我可能失败,可您千万不能让他们抓到。拉丽达:对,就这么办,我去解船,拿桨,我来帮你。她结结巴巴地说着,前额的皱纹消失了,皮肤好像一下子年轻起来:阿德连,衣服和吃的都准备好了,别的也不需要带了,我帮你划船,到达警备队之前就进山。警长:别响。他朝外面望了望:你们要趴在船上,小心不要抬头,弟兄们见了肯定要开枪,小个子的枪法可准了。

"我很感谢您,但是我想了很久,从水上逃跑根本不可能,"阿德连·聂威斯说道,"这种时候没有人能通过峡谷,神仙也不能,警长。中尉不是困在圣地亚哥河了吗?可圣地亚哥河比起马拉尼翁河来又是微不足道的了。"

"可是,阿德连先生,"警长说道,"您想怎么办?我真不懂。"

"唯一可行的办法是钻山,就像上次一样,"聂威斯说道,"可我不想这样做,警长,自从你们去了岛上以后,我一直在考虑,我不愿意在我这下半辈子再去山里颠沛流离。我当时不过是个领水员,只是指挥船只,就跟现在替你们干活一样,所以他们不会把我怎么样的;我在此地的表现一直安分守己,所有的人都可以作证,嬷嬷们、中尉,还有镇长,都可以证明。"

"他们好像没有吵,"小个子说道,"不然就会听到高声讲话声,他们好像在谈心呢。"

"警长到的时候,他大概在睡觉,现在等着他穿衣服呢。"黄毛说道。

"领水员也许正在和拉丽达干事呢,"讨厌鬼说道,"警长大概把聂威斯捆了起来,当着他的面也跟拉丽达干起来了呢。"

"你怎么净往脏事上想,讨厌鬼?"黑鬼说道,"你好像也吃了迷药,一天到晚地想这种事,再说拉丽达满脸疙瘩,谁喜欢跟她干?"

"她到底是个白种女人,"讨厌鬼说道,"我宁可要一个满脸疙瘩的白种女人也不要一个没有疙瘩的琼丘女人。她只是脸上这样,我看见过她洗澡,她那双大腿可漂亮了。她马上就要成为单身一人,需要有人去安慰安慰。"

"没有女人你简直发疯了,"黑鬼说道,"老实说,我也这样,只是不经常。"

"您长着脑袋是干什么用的,阿德连先生?"警长说道,"不从水上走,您就完蛋了。中尉的报告里说,那疯子快要死了,您没见他们要把责任推到您一个人身上吗,别这么固执了。"

"他们最多把我关上几个月,不过以后我就可以安安稳稳地过日子了;我还可以回到这儿来,"阿德连·聂威斯说道,"我要是钻了山就再也见不到老婆孩子了。我不想像野兽那样活到死。我没杀过人,潘达恰和土人都可以证明;我在这儿的行为也好得像个基督徒。"

"警长是为了你好才劝你的,"拉丽达说道,"听话吧,阿德连,不管怎么说,你也得为孩子想想啊,阿德连。"

拉丽达用脚在地上擦来擦去,手里摆弄着香蕉;她的声音都变了,这时阿德连·聂威斯开始穿衣服,穿上一件发皱的衬衣,扣子都没有了。

"您不知道我多么舍不得您,"警长说道,"您仍然是我的朋友,阿德连先生。鲍妮法西娅也会伤心的,她跟我一样,还以为您早走了呢。"

"把鞋子也拿去,阿德连,"拉丽达呜咽道,"穿上吧。"

"不要了,"领水员说道,"给我保存起来,等我回来再穿。"

"不,不,还是穿上吧,"拉丽达大声坚持道,"把鞋子穿上。"

霎时间,领水员的脸色变了,露出尴尬的神色,不知所措地看了看警长一眼,蹲下来把厚底皮鞋穿上。警长:阿德连先生,我会尽一切可能照顾您一家人的,您至少可以不必为此担心。领水员站起身来,拉丽达凑上去拉他的胳膊。领水员:你不会哭的,对吗?我们一起经历了千辛万苦,你从来没有哭过,现在你也不要哭,我很快就会获释的,那时我们的日子就会更加安定了,眼下你要照顾好孩子。拉丽达机械地连连点头,她又显得衰老了,抽泣着,眼睛瞪得有盘子那么大。警长和阿德连·聂威斯走到平台,下了台阶。二人刚刚踏上野藤就听得一声尖叫刺破了黑夜,从对面的暗影里传来了黄毛的声音:哈,鸟儿出窝了。警长不得不喊:妈的,举起手来,别动,不然就毙了你?阿德连·聂威斯服从了,双臂高举走在前面。警长、黄毛和小个子跟在后面,在田畦上慢慢地走着。

"怎么耽搁这么久,警长?"黄毛说道。

"我审问了他一会儿,"警长说道,"还让他向老婆告别了一番。"

到了灯芯草丛中,讨厌鬼和黑鬼迎了上来,一句话没说就加入了这一行人。就这样,几个人一声不响地沿小径走到了圣玛利亚·德·涅瓦镇。一路上所到之处,从各家茅屋中传出阵阵窃窃私语,还有人躲在卡皮罗纳树间和房柱下观看,但没有人上前,也没有人询问。到了码头前,只听得近处一阵赤脚的奔跑声。警长,拉丽达来了,她的胆子可大了,要来闹事。但是拉丽达喘着气越过众警察,在领水员聂威斯身旁站住了:你忘记带吃的了,阿德连。说着递过一个包裹,随后就像来时那样跑走了,脚步声消失在黑暗中。当众人到达哨所的时候,从远处传来一阵哭声,像是猫头鹰在啼叫。

"你看见了吧,黑鬼?"讨厌鬼说道,"我不是跟你说过吗,她的身段美极了,比任何琼丘女人都美。"

"唉,讨厌鬼,"黑鬼说道,"你怎么不想些别的,真讨厌。"

"明天下午到,伏屋,正是时候,"阿基里诺说道,"我先上岸打听一下,附近有个地方,你可以连人带船先躲一躲。"

"人家要是不同意呢?"伏屋说道,"那我怎么办?我的命就完了吗,阿基里诺?"

"你先别往坏处想,"阿基里诺说道,"要是找到我那个熟人,他肯定会帮忙的,再说,有钱能使鬼推磨。"

"你要把钱全部给他们?"伏屋说道,"别当傻瓜,你自己留点儿,起码留够做生意的本钱。"

"我不要你的钱,"阿基里诺说道,"以后我就回伊基托斯去办货,在当地做买卖,等货全部脱手,我就到圣巴勃罗来看你。"

"你为什么不跟我讲话?"拉丽达说道,"难道罐头是我吃掉的不成？我全部都给你了。罐头吃光了也要怪我。"

"我不想跟你讲话，"伏屋说道，"也不想吃，把这东西丢掉吧，去把那几个阿丘阿尔姑娘叫来。"

"你想让她们给你烧水？"拉丽达说道，"她们正在烧，是我叫她们烧的。你哪怕吃点鱼呢，伏屋，这是鲱鱼，是胡姆刚拿来的。"

"你干吗不顺着我？"伏屋说道，"我想从远处看伊基托斯一眼，哪怕光看看灯火呢。"

"你疯了，伙计？"阿基里诺说道，"你不怕水上巡逻队？这儿的人全都认识我。我是愿意帮助你的，但进监狱我可不干。"

"圣巴勃罗那地方怎么样，老头？"伏屋说道，"你去过许多趟吗？"

"去过几回，都是路过，"阿基里诺说道，"那儿雨下得不多，也没有沼泽地，但是圣巴勃罗分两个部分，我只去过移民区，是做生意去的。你将住在另外一个区，相隔两公里左右。"

"白人多吗？"伏屋说道，"有一百个吗，老头？"

"可能还要多，"阿基里诺说道，"天晴的时候他们就赤身裸体地到河滩去玩耍，太阳对他们有好处，不过也许是为了引起过往船只的注意，他们大喊大叫地找船上人要吃的，要香烟。要是不睬他们，他们就骂人，向人抛石子。"

"看你一谈起他们就厌恶的样子，我敢说你会把我甩在圣巴勃罗不管的，我也就再也见不到你了，老头。"

"我答应过你，"阿基里诺说道，"我对你食言过吗？"

"也许是你第一次也是最后一次食言呢，老头。"伏屋说道。

"要我帮忙吗？"拉丽达说道，"让我把靴子给你脱下来吧。"

"滚出去！"伏屋说道，"我叫你你再来。"

三个阿丘阿尔姑娘端着两只热气腾腾的土钵静悄悄地走了进来，放在吊床跟前，也不看伏屋一眼又退了出去。

"我是你的老婆，你不要不好意思，"拉丽达说道，"为什么我要出去呢？"

伏屋头一侧瞪了她一眼，两只眼睛就像烧红的木块：滚，洛列托婊子！拉丽达一转身走出茅屋，外面天色黑了下来，空气闷得像是要暴发一场雷雨，汪毕萨人的居民点里，篝火在噼啪作响，火光染红了鲁布纳树，也使人看出那边一片骚动，人来人往，尖叫声、吵嚷声不断。潘达恰坐在自己茅屋外的栏杆上，两腿悬空摆动着。

"他们怎么了？"拉丽达说道，"怎么这么多的篝火？为什么乱糟糟的？"

"打猎的人回来了，老板娘，"潘达恰说道，"您没看见妇女们做了一整天的木薯酒吗，要庆祝一番呢，他们想请老板也参加。老板怎么火气这样大，老板娘？"

"还不是因为阿基里诺先生到现在还没来，"拉丽达说道，"罐头吃光了，酒也快没了。"

"差不多有两个月那老头没来了，"潘达恰说道，"这回看样子是不会来了，老板娘。"

"现在你是无所谓了，对吧？"拉丽达说道，"你现在有老婆了，别的就什么都不管了。"

潘达恰爆发出一阵大笑，沙普腊姑娘出现在茅屋门前，满身饰物，又是花冠又是手镯和脚镯，颧骨和乳房上刺着花。她朝拉丽达笑了笑，就挨着她在栏杆上坐了下来。

"白人的话，她学得比我还好，"潘达恰说道，"她很喜欢您，老板娘。她现在有点害怕，因为外出打猎的汪毕萨人回来了，不论我怎么劝，她还是怕他们。"

沙普腊姑娘向掩住悬崖的灌木丛指了指，只见领水员聂威斯正走过来。他手拿草帽，没穿衬衣，裤脚卷到膝盖处。

"我一整天都没看到你，"潘达恰说道，"你在钓鱼？"

"嗯，我一直走到圣地亚哥河，"聂威斯说道，"不过，运气不好，要来暴风雨了，鱼儿不是逃掉就是藏在深水里。"

"汪毕萨人回来了，今晚要大大庆祝一番呢。"潘达恰说道。

"我说为什么胡姆又走了呢，"聂威斯说道，"我看见他划着独木舟从水洼那里走的。"

"他在外面要待上两三天，"潘达恰说道，"这个土人对汪毕萨人还是害怕。"

"不是怕，只是不想白白让他们把脑袋割掉，"领水员说道，"你懂的，人一喝醉就恨上心头，这对他不利。"

"你也去参加土人的庆祝吗？"拉丽达说道。

"我划船划累了，我要去睡了。"聂威斯说道。

"病人到了那儿是禁止出来的，不过有时也出来，"阿基里诺说道，"当他们有什么要求的时候，就自己做个木筏，推到水里，划到移民区，他们说：不满足我们的要求，我们就上岸。"

"住在移民区的都是些什么人，老头？"伏屋说道，"有警察吗？"

"没有，我没看到过警察，"阿基里诺说道，"住在移民区的都是病人的家属，老婆、孩子，他们在那儿还种了地呢。"

"连家人也这么厌恶病人？"伏屋说道，"连亲人都不顾了，阿基里诺？"

"有些事再亲也没用，"阿基里诺说道，"那些家属也不习惯，而且害怕传染。"

"这么说来，根本没有人去看望病人了，是禁止探病了吗？"伏屋说道。

"不，相反，好多人都去探望病人，"阿基里诺说道，"进入病区以前要先到一条船上，给你肥皂让你洗澡，脱掉衣服，穿上一件齐胸的围裙。"

"你为什么总是叫我相信你会去看望我呢，老头？"伏屋说道。

"从河上就可以看到病房，"阿基里诺说道，"房子很好，有些就跟伊基托斯的房子一样，是砖砌的。你在那儿肯定要比在岛上生活得好，伙计，你会交上朋友，也没人打扰你。"

"你还是把我弄到一个河滩上去吧，老头，"伏屋说道，"你呢，路过就给我带点吃的，我藏起来，没人会看到我。还是不要把我送到圣巴勃罗去吧，阿基里诺。"

"你连走路都走不动了，伏屋，你自己还不知道，伙计？"阿基里诺说道。

"你这么怕汪毕萨人，怎么还让他们的巫师给你治发烧？"拉丽达说道；沙普腊姑娘笑而不答。

"她本来不愿意，是我硬把巫师叫来的，老板娘，"潘达恰说道，"那巫师又是唱又是跳，又是往她鼻孔里吐烟草。她连眼睛也不敢睁，连害怕带发烧，浑身发抖。我估计，一惊一怕，病也就好了。"

一声雷鸣，下起雨来，拉丽达跑到屋檐下去避雨，潘达恰仍坐在栏杆上，伸出腿去接雨水。几分钟之后雨停了，空地笼罩在一片水雾之中。领水员的茅屋没有灯光了。老板大概睡了，这阵雨仅仅是个预告，真正的暴雨要冲散汪毕萨人的集会呢，小阿基里诺听到雷声会害怕的。拉丽达跳下台阶想去看看孩子，她穿过空地走进了茅屋。伏屋把脚伸进土钵里，腿上的肌肉就像土钵的颜色一样，生着一片片的红色鳞斑。伏屋一面盯着拉丽达，一面拉过了蚊帐。伏屋，你干吗要不好意思？她拉开蚊帐，看见了他的腿。她咕哝着：我看看有什么不好？他弯下腰去摸靴子。伏屋：你不要管。他终于抓起靴子，向她掷去，但没打中，只是在她身旁飞过，撞在木床上，但孩子没有哭。拉丽达又走出茅屋，外面细雨蒙蒙。

"人要是死了呢，老头？"伏屋说道，"就在当地下葬吗？"

"当然就在当地，"阿基里诺说道，"不会抛到亚马孙河里去的，这不是基督徒干的事。"

"你将来要在河上漂泊吗,阿基里诺?"伏屋说道,"你没想过有一天你会死在船上吗?"

"我愿死在故乡,"阿基里诺说道,"我在莫约潘巴虽说没有什么人了,亲人、朋友都没有了,但我还是希望能埋在那儿的公墓里,我也不知道这是为了什么。"

"我也希望能回到大坎普去,"伏屋说道,"打听打听我的亲戚和我小时的朋友的情况,也许有人还记得我。"

"有时我后悔没找个同伙,"阿基里诺说道,"好多人都提出要跟我一起干,入股合买一条船。旅行生活吸引着所有的人。"

"你为什么不接受呢?"伏屋说道,"你现在老了,该有个伙伴了。"

"我太了解这些人了,"阿基里诺说道,"我教他们做生意,给他们介绍主顾,这样相处还不错,可到后来他们就会想,赚这么一点钱还要两个人分,划不来。可我又老了,最后吃亏的还是我。"

"我们不能在一起了,我心里很难过,阿基里诺,"伏屋说道,"这一路我一直在想这事。"

"我这种买卖不是你干的,"阿基里诺说道,"你野心太大,你是不满足于我这买卖赚的这点小钱的。"

"可现在你看,野心大又有什么用呢,"伏屋说道,"每次最后弄得还不如你,虽说你并没有野心。"

"是上帝不帮忙,伏屋,"阿基里诺说道,"什么事情都得靠上帝帮忙。"

"上帝为什么不帮我而总是帮别人呢?"伏屋说道,"就拿列阿德基说吧,为什么帮他成功偏叫我失败呢?"

"等你死了,你自己去问上帝吧,"阿基里诺说道,"你叫我怎么能知道呢,伏屋。"

"我们去看一会儿,大雨一来就去不成了,老板。"潘达恰说道。

"好吧，只看一会儿，"伏屋说道，"要是不去，这些狗东西要对我们不满的。聂威斯不去吗？"

"他刚才到圣地亚哥河钓鱼去了，"潘达恰说道，"现在睡了，老板，熄灯好一会儿了。"

伏屋和潘达恰离开茅屋，朝汪毕萨人居民点的红色火光走去。拉丽达坐在茅屋那滴着水的叉形支柱上等待着，不久，领水员穿着长裤和衬衣出现了：都准备好了。但拉丽达又不想走了：明天再说吧，马上要下暴雨了。

"明天不行，现在就得走，"阿德连·聂威斯说道，"老板和潘达恰在参加晚会，汪毕萨人已经烂醉如泥，胡姆在河汊里等着我们，他可以一直把我们送到圣地亚哥河。"

"我不能把小阿基里诺撇掉，"拉丽达说道，"我不愿遗弃亲生儿子。"

"谁也没说要把他撇掉，"聂威斯说道，"我是说要把孩子带着。"

聂威斯走进茅屋，出来时怀里抱着孩子，也不对拉丽达讲话就朝龟塘走去，她低泣着跟在身后，但到了悬崖处也就不哭了，挽住了领水员的胳膊。聂威斯先让她上了独木舟，然后把孩子递过去，接着小船就在水洼那深黑色的水面上划动起来，那排鲁布纳树的树影后面隐约闪烁着篝火的光亮，传来汪毕萨人的歌声。

"我们这是到什么地方去？"拉丽达说道，"你总是一个人干，什么也不对我讲，我不想跟你走了，我要回去。"

"别出声！"领水员说道，"出了水洼再讲话。"

"天快亮了，"阿基里诺说道，"我们连眼还没闭一会儿呢，伏屋。"

"这是我们最后一个晚上在一起了，"伏屋说道，"我心里难过，阿基里诺。"

"我也很难过，"阿基里诺说道，"但我们不能在这儿再待下去了，得继续向前走，你饿吗？"

"还是找个河滩吧,老头,"伏屋说道,"看在友谊的分上,阿基里诺,不要去圣巴勃罗了。你随便把我放到什么地方都行,我不愿死在那儿,老头。"

"坚强点,伏屋,"阿基里诺说道,"你瞧,我算过了,从岛上出来整整三十天了。"

事情就是如此,现实与愿望合而为一了,要不然为什么她那天早晨来了呢,难道是她早已辨别出了你的声音,你的气味?快去跟她谈谈,你瞧,她的脸上露出了一丝微笑和期待的神情,去抓住她的手,握那么几秒钟,你会发现她的肌肤里藏着那么一种谨慎的担心,血液里有一种微妙的警觉。你瞧,她的嘴唇在翕动,睫毛在闪动,她是不是想知道:你为什么把我的胳膊抓得那么紧?你为什么抚弄我的头发?你的手为什么抱住我的腰?为什么你讲话时把脸靠得那么近?你要对她解释:托妮达,这是为了让你不至于把我同别人混淆,因为我希望你能辨别出是我,我口中的气息和声音正是我对你讲的话语。不过你要谨慎点,警惕点,当心有人看见,不过现在倒是一个人也没有。你抓起她的手,再放下:托妮达,你害怕了,为什么抖得这么厉害?你要恳求她原谅你。就在那里,阳光又染黄了她的睫毛,她很可能在沉思、犹豫、想象。你:托妮达,这不是什么坏事,不要怕。她内心在挣扎,在猜想为什么、怎么办。那边有人,哈辛托在擦桌子,恰皮罗在谈论棉花、斗鸡、他睡过的女人,几个妇女在叫卖蛋糕。她心情沉重、忧伤,在黑暗中乱抓。为什么?怎么办?你:我疯了吗?这不可能,我在害她受罪,你真不害臊,还是骑上马,再次回到荒沙地,回到你的大厅、顶楼上去吧。拉上窗帘,把蝴蝶叫上来,命她不要出声,脱掉衣服:过来,不要动,你还是个孩子呢。你吻她、爱她吧,她的双手犹如花朵。她:真有意思,老板,你真的那么喜欢我吗?让她穿上衣服,下楼回到大厅里去:蝴蝶,你为什么要说话?

她：我看您准是爱上谁了，用我来泻火。你：滚开，哪个姑娘都不能再到顶楼上来。又是一片孤寂，三角琴，甘蔗酒。大醉一场，倒在床上，你也在黑暗中乱抓吧。她有权利让人爱吗？我有权利爱她吗？如果这是犯罪，我在乎吗？黑夜是那么漫长，总不能成眠；那么空虚，没有她来解忧。下面在嬉笑、碰杯、开玩笑，喧闹的六弦琴声中有一丝笛声隐约可闻，人们在翩翩起舞。安塞尔莫，这是犯罪，你忏悔吧。你：这不是犯罪，神父，除非她死了，我决不忏悔。神父：她是被迫的，你使用了暴力。你：她不是被迫的，她虽然看不见我，但我们互相了解；她虽然没对我讲话，但我们互相热爱。事情就是这样，上帝是伟大的。托妮达，你认得出我，不是吗？你试试看，紧握她的手数到六，她还在握；数到十，你看她不是还不放开你的手吗；数到十五，她那柔软的小手仍充满信任地放在你的手中。这时沙尘已经停止，一阵凉风从河上升起。托妮达，跟我到北方星旅馆去吃点什么。她的手在寻找谁的胳膊？她是要谁来搀扶过广场？你：她在寻找我的胳臂，而不是欧塞比奥的；她要我搀扶着她，而不是恰皮罗。这么说她是爱你的啰？你又感到了曾经有过的感觉：黝黑而年轻的肉体，臂膀上的汗毛，在桌下她与你膝抵着膝。托妮达，李子汁还可口吗？她的膝头一动不动，那是在掩饰着一种快感。堂欧塞比奥，说来您的生意真是兴隆，您在苏依那那开的分号是最兴旺的了。塞瓦约斯医生：阿列塞算是去世了，是皮乌拉城的一个损失，他可算是最有学问的人了。肌肤感到一股幸福的暖流，心中一团火直升太阳穴，腕下的血管仿佛化脓的伤口在跳动。这时不光是膝头，还有那纤足也靠在粗大的皮靴上，显得无力抗拒；那足踝，那苗条的大腿也紧贴着你。你：上帝是伟大的，不过她也许是无意的、是偶然的吧？你再试试挨紧她，她退缩了吗？还紧贴着你吗？她也在靠上来？你：亲爱的姑娘，你不是在戏弄我吧？你对我有什么感觉吗？强烈的欲念再次出现，最好有那么一次，二人单独待在一起，不是在这里，而是在顶楼上；不是在白天,而是在夜晚;不是穿着衣服,而是裸着身子。托妮达,别离开我,挨着我别动。夏日闷热的清晨,擦皮鞋的、乞丐、女贩子、做完弥撒的教徒,北方星旅馆里充满顾客,谈论着棉花、大水、星期天的烤肉野餐。突然你感到她的手在寻找,找到了,抓住了你的手。注意,小心点,不要看她,也不要动,只是微笑。棉花、打赌、狩猎、硬鹿肉、可恨的虫灾;与此同时,你从握在你手中的她那小手里听到了一种神秘的信息。这长时间偷偷地握手、轻轻地搔弄传出的声音,你要理解啊。啊!托妮达,托妮达,托妮达。不要再犹疑了,明天一大早你躲在教堂里偷偷地望着,听着沙尘落在罗望子树叶上发出的轻微沙沙声,紧张地等待着,眼睛盯着被凉亭和树木半遮掩的街角。时间在穹顶下、拱门下停滞了,铺地的砖也严肃起来,长凳上空无一人。无情的意志,你感到背部一阵冷汗,腹部一阵空虚。驴、加依纳塞腊区的洗衣妇、篮子,还有那飘然而行的倩影。最好不要有人来,洗衣妇也最好快快走掉。神父也别出来。现在你要快跑出来,外面已经大亮,跑出教堂的前庭,跑下宽宽的台阶,跑到马路上,跑到阴凉的街角。张开你的双臂迎接她,你看,她的脑袋俯在你的肩上;摸摸她的头发,掸去她头发上的黄色尘沙。不过你要当心,北方星旅馆就要开门,哈辛托也就要打着哈欠出现,居民和外地人就要走来,快点。不要甜言蜜语,吻她,她的脸泛出红潮。不要害怕,你美极了,我爱你,不要哭了。你的嘴印在她的面颊上,你瞧,她的激动慢慢过去了,她的姿态又柔顺起来,你唇下的面颊犹如炎夏芬芳的雨水,天际的彩虹。带她走吧:我们不能这样下去了,跟我走吧,托妮达,我会照顾你的,我会对你百依百顺的,同我在一起你会幸福的,住过那么一个时期,我们就离开皮乌拉,我们将在阳光照耀下欢畅地生活。快带她走吧。房檐还在滴着沙尘,人们仍在酣睡,在床上伸着懒腰,但你还得看看清楚,观察观察周围。把手伸给她,扶她上马。不要让她紧张,对她讲话要慢声细语:搂住我的腰,搂紧点,马上就要到了。太阳又在城市上空升起，空气温和起来，街上空无一人，快马加鞭。你快看，她是怎样紧紧地抓住你啊，她抓皱了你的衬衣，身体紧紧贴着你，你看她容光焕发：你还不懂吗？还不快跑？不要让人看到我们？我们远走高飞？我愿不愿意跟你走？你：托妮达，托妮达，你知道我们到什么地方去吗？为了什么？我们两个是什么人？你要过老桥，但不要进卡斯提亚区，那里的人爱起早；你要沿着河边的稻豆地快走。现在到了荒沙地，狠狠踢马，让它跳，让它快跑，让它的蹄子踏乱沙地那平滑的脊背，扬起飞尘，遮人眼目。牲口累得嘶鸣起来，她的手紧搂着你的腰，微风不时地把她的头发吹进你的嘴里，你尝到了她的发香。你要不停地踢马。就要到了，还是用鞭子吧。再吸一口清晨的气息吧，这是今晨的尘土和疯狂激动的气息。你要悄悄地进去，抱起她，走上顶楼那狭窄的楼梯；你感到她的双臂仿佛一串活的项链围着你的脖子。她听到了鼾声，口中发出担心的声音，露出了白闪闪的牙齿。你：没有人看到我们，是人们在睡觉，托妮达，放心吧。你要把妓女们的名字告诉她：萤火虫、小蛤蟆、花朵、蝴蝶，还有其他一些人，但她们由于狂饮纵欲都太疲乏了，根本不会听到我们的，也不会说闲话的。你只要向她们说一下，她们是很懂事的。你说下去，她们叫什么？叫妓女。你还要把顶楼上看到的景象向她讲一讲，给她描述一下河流、棉花田以及远山那灰蒙蒙的轮廓、中午时分皮乌拉闪闪发光的房顶、卡斯提亚区白色的房屋、无际的荒漠和天空。你：托妮达，我来为你看，我把眼睛借给你，我的一切都是属于你的。让她想象一下河水涌来时的情景吧：一条条细长的蛇在十二月的某一天就会沿着河床蜿蜒爬行而至，然后汇集在一起，膨胀起来。它的颜色吗？你告诉她是棕绿色的，越流越宽，越流越长。让她听听钟声，让她想象一下人们迎着钟声走出家门的情景，孩子们放枪玩的情景，妇女们浇花、浇蛇纹石的情景，主教穿着红袍为行人洒圣水的情景。你给她讲讲人们跪在堤岸的情形、集市的样子，那里到处都是摊贩、帐篷、冰棒和各种叫卖声。你告诉她那些迎风骑马而过的有福气的权贵们叫什么名字,那些穿着短裤游泳的加依纳塞腊区人和曼加切利亚区人,还有那些站在老桥上跳水的勇士都叫什么名字。你告诉她现在河流确实成了河流,混浊而肮脏,日夜不停地流向卡达卡奥斯。你告诉她,安赫利卡·梅赛德斯是什么人,她会成为她的朋友的;你说她做的菜,她一定喜欢吃的。托妮达,有辣味菜、什锦土豆汤、干烧羊肉、什锦拼盘、连泡沫酒都有,但我不希望你喝醉。别忘了还有三角琴,你:我要每夜为你一个人奏一首小夜曲。你要对她低声耳语,把她放在你的膝头,不要强迫她,要耐心点,轻轻地抚摩她,或者只是闻闻她,不要碰她,不要匆忙,要温柔地等待她把嘴唇凑上来,你要不停地在她耳边柔声细语。她身体轻盈,皮肤散发出一股淡淡的幽香。你要像拨动琴弦那样抚摩她臂上的软毛。你对她讲话要低声,轻轻地脱去她的鞋子,吻她的纤足。她姗姗走路的脚后跟那么白净,脚背那么富于曲线。小巧的脚趾含在你的嘴里,她在黑暗中发出了咯咯的笑声。她还在笑,你搔她痒了吗?你要不停地吻她那细巧的脚踝,浑圆结实的膝盖。你要小心翼翼地把她放倒,让她躺好,慢慢地温存地解开她的衬衣,抚摩她。她的身子发硬了?那你就放开她,等会儿再去摸她。对她说话,说你爱她,要像对小孩那样宠爱她,你是为了她而活着的,但不要挤压她,不要咬她,轻轻地搂住她,把她的手拉到裙子上,让她自己解扣子。你:托妮达,我来帮助你,我给你脱,姑娘。于是你躺在她的身旁,告诉她你是怎样的感觉,她的乳房是什么样子的。你:像是两只小白兔。吻她的乳房,告诉她你喜爱这对乳房,经常梦见这对白白的乳房每到夜晚就跳进顶楼,你刚要伸手去抓,它们就逃掉了。你:现实的乳房,活生生的,更加甜蜜。黑暗中窗帘在掀动,房间里的摆设显出模糊不清的轮廓,她那白嫩柔润的肉体一动不动。你顺着她的肉体一次又一次地抚摩,告诉她哪里是你的膝盖,哪里是你的手臂,哪里是你的双肩以及你的感觉。告诉她你爱她，永远爱她。你：托妮达，亲爱的姑娘，亲爱的小姑娘。你把她紧紧搂在怀里，这时才可以去摸她的腿，轻轻地把它们分开，要轻些，听话，不要太急。吻她之后再离开些，然后再吻，安慰她。她的身子软了下来，松弛了，一种懒洋洋的醉意抓住了她，她呼吸急促，伸出双臂在召唤你。你感到顶楼开始旋转，开始燃烧，开始消失在炙热的沙丘之中。你对她说：你是我的妻子，不要哭吧，不要像濒死的人那样抱着我。你对她说：你的生活刚刚开始。你哄她，逗她玩，揩干她的脸颊，给她唱歌，哄她入睡。你对她说：睡吧，我就是你的枕头，托妮达，我要为你护枕达旦。

"今天一早，利图马就被押到利马去了，"鲍妮法西娅抽泣着说道，"说是要关好几年呢。"

这有什么关系？皮乌拉的监狱还不如牛棚。何塞费诺在房间里踱了几步：囚犯生活在污垢之中。他靠在窗台上：在皮乌拉他会饿死的。在街灯微弱的光线照射下，圣米盖尔中学、教会和梅利诺广场上的苏洋木树看起来像是梦境。对无赖不给他们饭吃，只让他们吃粪。利图马就是无赖，这些可怜的人要是不把粪吃下去……所以说还是押到利马去的好。

"连让我送送他都不允许，"鲍妮法西娅低泣着，"要把他押到利马去，为什么不早点儿通知我一声？"

送别亲人不是太悲伤了吗？何塞费诺凑近她刚刚坐下去的沙发。鲍妮法西娅愤怒地把脚上的鞋子甩掉，全身剧烈地震抖着。还是这样好，对利图马也好，否则他也要伤心的。你到哪儿去弄钱呢？车票贵得要命，罗亥罗公司对我讲过了。何塞费诺把手搭在她的肩上：可怜的人儿，你到利马去干什么？还是留在皮乌拉的好，我来照顾你，我会使你忘掉一切的。

"他是我的丈夫，我得到利马去，"鲍妮法西娅低泣着，"哪怕我每天去看看他都行,我给他送饭。"

利马跟这儿不一样,傻瓜,他在那儿会吃得很好、受到很好的对待的。何塞费诺搂紧了鲍妮法西娅,她挣扎了一会儿也就软了下来,最后也动心了。这个警长太粗野了。她:胡说。他难道没让你吃过苦头吗?她:不对。但她一下子倒在何塞费诺的怀里又哭了起来。何塞费诺抚爱着她的头发:这有什么关系?对你来说也是个运气,随遇而安,塞尔瓦蒂卡,我们总算摆脱他了。

"我是个坏女人,可你比我还坏,"鲍妮法西娅低声说道,"我们两个要下地狱的。你为什么叫我塞尔瓦蒂卡?我可不喜欢这个名字,你瞧你有多坏呀。"

何塞费诺轻轻把她推开,站起身来:你这话可不对,没有我你不早就饿死了?没有我你就像个叫花子。他身倚窗台,伸手在口袋里像做梦般地乱掏:说到头来,是你找到我头上来向我诉苦,抱怨那个警长的。他终于掏出一支香烟点上:男人有男人的骄傲,见鬼。

"你现在对我以'你'相称了,"他蓦地转向鲍妮法西娅,"以前你只是在床上这样称呼我,下了床还是'您'呀'您'的。你真是个怪人,塞尔瓦蒂卡。"

他回到她的身边,她开始往后退缩,但最后还是让他搂住了。何塞费诺笑了:"你那时害羞吗?都是你老家那些修女往你这傻瓜脑袋里灌输的吗?为什么光是在床上用'你'跟我相称?"

"我知道这是犯罪,但我也顾不得这许多了,"鲍妮法西娅低泣道,"你不知道,上帝会惩罚我的,也要惩罚你,这都是你的过错。"

瞧你这假惺惺的劲头,在这点上你倒好像皮乌拉女人,也像所有的女人;亲爱的乔洛姑娘,瞧你这假惺惺的劲头。你明白不明白,我今晚把你弄来,你就是我的老婆了。她:我不明白。她又要哭:我没有地方去,否则我是不会来的。何塞费诺把烟头啐在地上,鲍妮法西娅紧紧偎依在他的怀里。何塞费诺在她耳根轻声地讲着:你喜欢吗?

坦率些，塞尔瓦蒂卡，你坦白，就说那么一次，慢慢说，只告诉我一个人，你喜欢不喜欢，亲爱的？

"我喜欢，因为我是个坏女人，"她低声说道，"别问了，这是犯罪，别谈这种事了。"

跟我要比跟那个警长有意思吧？你讲，没有人听到的；我爱你，跟我更有乐趣吧？何塞费诺在她脖子上吻了一下，在她耳朵上咬了一口，裙子底下是那么结实、温暖、柔软。那个警察从来没有把你弄得喊出声来，对吧？鲍妮法西娅的声音发软：是的，第一次我也喊了，但只是由于感到疼。我只要高兴就能把你弄得喊出声来，对吗？我就高兴看见你喊出声来。鲍妮法西娅：别说了，何塞费诺，上帝在听着我们。他：我一摸你，你就变了样子；我喜欢你，你太热烈了。他放开了她，她也停止了软语；片刻之后，她又哭了起来。

"他是在浪费你，塞尔瓦蒂卡，"何塞费诺说道，"跟这个警长在一起，你就是失掉自己的青春，你干吗还要可怜他？"

"他是我的丈夫，"鲍妮法西娅说道，"我得到利马去。"

何塞费诺弯身从地上拣起烟屁股又点上。几个孩子在梅利诺广场跑着玩，一个孩子爬到塑像上面，加西亚神父住宅的小窗子还亮着灯，天还不太晚。你知道我昨天把手表当了吗？噢，塞尔瓦蒂卡，我还忘了告诉你，瞧我这脑子，真给忘掉了，一切我都和桑托斯太太谈好了，明天一清早。

"现在我不想去了，"鲍妮法西娅说道，"我不想去，我不去。"

何塞费诺把烟蒂向梅利诺广场一甩，但连桑切斯·塞罗大道都没甩到。他从窗口走开，鲍妮法西娅显得很坚定。他：你怎么了？你想同你那警长丈夫把我折磨死？你知道你的眼睛大，干吗还要睁得这么大？你到底是怎么了？鲍妮法西娅不哭了，摆出一副挑战的姿态，声音极为坚决：我不愿意，这是我丈夫的孩子。你用什么喂你丈夫的孩子？你丈夫的孩子生出来之前这段时间你吃什么？我何塞费诺为什么要一个别人的孩子？世界上最糟糕的就是不用脑子，上帝给你脖子上安个脑袋是干什么用的？见鬼。

"我去当用人，"鲍妮法西娅说道，"然后我就带着孩子去利马。"

"怀着个大肚子去当用人？你是在做梦，没有人愿意雇你，偶尔有人愿意雇，也是让你去擦地板，活儿那么重，你丈夫的孩子就要流产，生下来不死也是个怪胎，不信你去问问医生。她：死就死，只要不是我存心害的，我高兴这样。

鲍妮法西娅又抽抽搭搭地哭了起来，何塞费诺坐到她的身旁，把手臂搭在她的肩上：你这个没良心的，我也是好心没好报，我待你不错吧，对不对？我为什么把你带到家里来？还不是因为我爱你。我为什么养活你？也是因为我爱你。而你呢？说到头来，不管怎么说，我要个别人的孩子让人家笑话我？妈的，男子汉大丈夫可不能当小丑。再说桑切斯太太要收很多钱呀，一堆钞票，一头驴都驮不过来。可你，不感谢我还哭。你为什么对我这样，塞尔瓦蒂卡？看起来你并不爱我，可我是爱你的，亲爱的乔洛姑娘。他搔着她的脖子，在她耳根吹气。她啜泣着：我的故乡啊，亲爱的嬷嬷啊，我还是回老家吧，虽说那儿是土人住的地方，没有高楼大厦，没有汽车。我愿意回到圣玛利亚·德·涅瓦镇去，何塞费诺，何塞费诺。

"你回老家需要的钱比成个家还要多，"何塞费诺说道，"你讲呀讲的，连你自己也不知道在讲些什么，亲爱的，别这样了。"

他抽出手帕给她揩了揩眼睛，又在她眼睛上吻了一下，把她上身扳过来，热情地拥在怀里：我这样为你操心，为的是什么，还不是为了你好，为的是什么？妈的，为什么？为的是爱你。鲍妮法西娅叹着气，把手帕咬在嘴里：您想弄死我丈夫的孩子也是为我好？

"傻瓜，这不是弄死，难道这孩子已经生下来了？"何塞费诺说道，"干吗还是丈夫丈夫的，他已经不是你丈夫了。"

他当然是我丈夫，我们是在教堂里结婚的，对上帝来说，只有这种婚姻才算数。何塞费诺：你净说傻话，什么都要把上帝拉上，塞尔瓦蒂卡。她：你又来了，又来了。他：亲爱的乔洛姑娘，傻瓜，来，吻我一下。她：不。他：我要不爱你，我何必这样。他把她摇来摇去，用手搔她的腋窝，不让她站起来：傻瓜，扭性子，我的塞尔瓦蒂卡。她：你又来了，又来了。她破涕为笑，有一会儿工夫她的嘴不再躲来躲去。他吻了她：你爱我吗？再说一遍，就说这一遍，傻瓜。她：我不爱你。他：可我爱你，塞尔瓦蒂卡，你这么骄傲，不珍惜我对你的爱。她：你这是说说而已，其实并不爱我。他：你摸摸我的心，你瞧，它在为你跳动，你要是爱我，我会什么都依着你的。裙子底下是那么结实、温软、滑如凝脂，衬衣里面也是如此，还有那结实温暖、渴望抚摩的背部。何塞费诺的声音犹疑起来，像她一样压得低低的：就是你愿意，不要到桑托斯太太那儿去了。她控制住自己：杀了我，我也不去。又软声地：不过，我是爱你的，热烈无比地爱你。

3

"瞧你这副样子，"警长说道，"好像是我硬逼你离开此地的，你为什么不高兴？"

"我高兴，"鲍妮法西娅说道，"只是有点儿舍不得嬷嬷们。"

"别把箱子放得这么靠边，宾达多，"警长说道，"箱子绑得不结实，一碰就会落到水里去。"

"警长，到了天堂可别忘了我们，"小个子说道，"给我们写信，告诉我们城市的生活是什么样的，如果说真有城市的话。"

"皮乌拉是秘鲁最欢乐的城市了，太太，"中尉说道，"您会喜欢的。"

"是的，先生，"鲍妮法西娅说道，"既然是个欢乐的城市，我一定会喜欢的。"

领水员宾达多把所有的行李都搬上了船，这时又蹲在两只汽油桶之间检查马达。微风吹来，葡萄色的涅瓦河掀起层层细浪，浪花飞舞形成短暂的漩涡，向马拉尼翁河流去。警长勤快地在船上走来走去，微笑着检查行李和绳索。鲍妮法西娅似乎对这忙碌的气氛很感兴趣，却不时地把眼光从船上移开，向山丘方向张望，在那一望无际的天边,传教所在树间显得异常耀眼,它那锌板屋顶的外墙在清晨阳光的照耀下闪出柔光,而坎坷格棱的小径却被浮在地面上一动不动的一缕缕雾气遮住,是树林使微风转了方向,否则微风是会把雾气吹散的。

"我们不是急着要到达皮乌拉吗,亲爱的?"警长说道。

"是的,"鲍妮法西娅说道,"恨不得马上就到。"

"皮乌拉一定很远,"拉丽达说道,"生活也一定同这儿不一样。"

"听说比圣玛利亚·德·涅瓦镇要大一百倍,"鲍妮法西娅说道,"房子就跟嬷嬷们的画报里的一样。有人说那里树少、沙多,沙很多。"

"真舍不得你走,可是只要你幸福,我还是很高兴的,"拉丽达说道,"嬷嬷们知道了吗?"

"她们嘱咐了我许多话,"鲍妮法西娅说道,"安赫利卡嬷嬷哭了,真变成个老太婆了,我讲话她都听不见了,我得跟她大声说话。她几乎走不动路了,眼睛似乎总是在跳动,她把我带到小教堂一起祈祷。我再也见不到她了。"

"这老太婆太坏了,坏透顶了,"拉丽达说道,"一天到晚不停地唠叨:你这儿还没打扫,锅子还没洗。还总是拿下地狱吓唬我,每天早晨总是问我:你为自己的罪过忏悔了吗?净说阿德连的坏话,说他是土匪,骗了许多人。"

"她脾气不好,人也老了,"鲍妮法西娅说道,"她自己也知道活不长了,不过她对我倒是蛮好的,她喜欢我,我也爱她。"

"皮乌拉有苏洋木树、驴和通德罗,"中尉说道,"太太,离皮乌拉不远,你还可以看到大海,在海里游泳比在河里舒服多了。"

"还听说皮乌拉的女人是全秘鲁最漂亮的,太太。"讨厌鬼说道。

"喂,讨厌鬼,"黄毛说道,"皮乌拉女人漂亮不漂亮同太太有什么关系?"

"我是让她当心皮乌拉女人,"讨厌鬼说道,"别让她们把丈夫夺去。"

"她知道我是个规矩的人,"警长说道,"我只是想看到我的朋友,我的兄弟们。至于女人嘛,我有这一个就足够了。"

"你这个坏家伙呀,哼,"中尉说道,"太太,真得小心他点,他要不规矩,您就揍他。"

"如果可能,警长,您就打个包裹给我寄个皮乌拉女人来。"讨厌鬼说道。

鲍妮法西娅一会儿朝这个笑笑,一会儿朝那个笑笑,同时却咬着嘴唇,一种异常的表情不时地出现在脸上,眼里充满了泪水,嘴唇在颤抖,这神情片刻之后也就消失了,又眉开眼笑起来。这时小镇醒来了,白人们聚集在帕雷德斯的酒馆里,法毕奥先生的老年女仆打扫着镇公所的平台,老老少少的阿瓜鲁纳人拿着撑篙和鱼叉在卡皮罗纳树下走过,向涅瓦河走去。阳光照亮了蒲草铺的屋顶。

"还是快开船吧,警长,"宾达多说道,"最好马上就过峡谷,再晚就要起风了。"

"你先听我说,然后再拒绝,"鲍妮法西娅说道,"至少先让我说完。"

"最好不要订什么计划,"拉丽达说道,"计划不能实现反倒更糟,还是顾顾眼前吧,鲍妮法西娅。"

"我跟他讲过了,他也同意,"鲍妮法西娅说道,"他每星期给我一千个索尔,另外我还可以给人干活,你没见嬷嬷们教会我缝纫了吗?不过,邮寄会不会被人偷去,要经过好几道手呢,就怕到不了你手里。"

"我不要你寄钱给我,"拉丽达说道,"我要钱有什么用?"

"我有主意了,"鲍妮法西娅拍着脑门说道,"我寄给嬷嬷们,谁敢偷嬷嬷们?由嬷嬷们转给你。"

"虽说我极想离开此地,但总有点儿舍不得,"警长说道,"我现在就很伤心,弟兄们,我这还是第一次呢。虽然这地方没有什么,但是我对它却有了感情。"

微风变成了大风,高大的树木垂下了头,在矮树的顶上摇摇摆摆。山丘上嬷嬷宿舍的门开了,一个嬷嬷的影子匆忙走了出来,穿过庭院朝小教堂走去,大风吹胀了她的袍子,卷得像是波浪。帕雷德斯一家也出了家门,倚在栏杆上望着码头,摆手表示送行。

"这也是人之常情,警长,"黑鬼说道,"在这儿住了这么长时间,再加上跟此地人结了婚,我明白您是有点舍不得的。您就更舍不得了,太太。"

"多谢了,中尉,"警长说道,"如果在皮乌拉有什么能为您效劳的,您就吩咐好了。您什么时候去利马?"

"大约一个月之内,"中尉说道,"我得先去伊基托斯把那件事了结掉。祝你回乡一切顺利,亲爱的,没准儿有那么一天我会去皮乌拉呢。"

"攒点钱,有了孩子好用,"拉丽达说道,"阿德连老是说:下个月开始,六个月之后我们就能买台新马达了。可我们从来没攒下一个子儿,倒不是他乱花钱,都用在吃饭和孩子们身上了。"

"你可以去伊基托斯嘛,"鲍妮法西娅说道,"你请嬷嬷们把我寄给你的钱存起来,凑足了买张船票,你就可以去看阿德连了。"

"帕雷德斯对我说过,我永远也见不到他了,"拉丽达说道,"他还说我要死在这里,给嬷嬷们当一辈子用人。你别给我寄钱,你在那儿也需要用钱,城市里花费大。"

亲爱的兄弟,可以吗?警长点头同意。中尉拥抱了鲍妮法西娅一下,鲍妮法西娅连连眨眼,惊愕地晃着头,唇角、眼睛虽然还湿润着,但一直含着笑意。太太,该轮到我们了,讨厌鬼首先拥抱了她,黑鬼:妈的,抱这么长时间。讨厌鬼:警长,您可别往坏处想,这是朋友的拥抱。接着黄毛、小个子也拥抱了鲍妮法西娅。领水员宾达多已经解开了绳索,俯在撑篙上把船紧靠住码头。警长和鲍妮法西娅上了船,坐在行李上,宾达多抽出撑篙,水流立即冲来,冲得小船摇摇摆摆,慢慢地冲向马拉尼翁河。

"你一定要去看他,"鲍妮法西娅说道,"不管你要不要,我一定给你寄钱来。等他出了狱,你们就到皮乌拉来,我要像你们帮助我那样帮助你们,在皮乌拉没有人认识阿德连先生,随便在哪儿都能干活。"

"一看到皮乌拉你就会喜笑颜开的,亲爱的。"警长说道。

鲍妮法西娅把手放在船外,手指碰到水面,划出两道笔直的水流,水流随即在螺旋桨泛起的泡沫浊流中消失。在那暗色的水面上,时而能看到快速游着的小鱼。二人的头顶上,天空晴朗,但是在安第斯山方向的远处,飘浮着几片浓云,阳光像刀子一样直切而下。

"你只是舍不得嬷嬷们吗?"警长问道。

"也舍不得拉丽达,"鲍妮法西娅说道,"我无时不在想念安赫利卡嬷嬷,昨天晚上她抱住我久久不肯放开,伤心得话也说不出来了。"

"嬷嬷们太好了,"警长说道,"送了你多少礼物啊。"

"我们还会回来吧?"鲍妮法西娅说道,"哪怕是来玩一次呢。"

"谁知道呢,"警长说道,"到这儿来玩一次太远了。"

"别哭了,拉丽达,"鲍妮法西娅说道,"我会给你写信的,把我的一切告诉你。"

"自从离开了伊基托斯,我从来没有过朋友,"拉丽达说道,"小时候也没有。在岛上,阿丘阿尔姑娘、汪毕萨姑娘几乎不会说我们的话,只是在一些事情上才讲得通。你是我最好的朋友了。"

"你也是我最好的朋友,"鲍妮法西娅说道,"比朋友还好,拉丽达,你和安赫利卡嬷嬷是我在这儿最亲的亲人了。好了,别哭了。"

"你怎么不快点儿回来,阿基里诺?"伏屋说道,"你怎么不快点儿回来，老头？"

"我快不了呀，伙计，镇静点，"阿基里诺说道，"那家伙，问个没完没了，说什么修女不同意，医生不同意，我也说服不了他们。不过最后总算给我说服了，伏屋，一切都安排好了。"

"修女？"伏屋说道，"那儿还有修女？"

"就是护士一类的玩意儿，照顾病人的。"阿基里诺说道。

"你还是把我送到别的地方去吧，阿基里诺，"伏屋说道，"别把我留在圣巴勃罗，我可不愿意死在那儿。"

"那家伙把钱全部要走了，他答应要为你办许多事，"阿基里诺说道，"他要给你搞证明，要做各种安排，使得你不被人发觉。"

"你把我多年来的全部积蓄都给他了？"伏屋说道，"牺牲呀，奋斗呀，难道就是为了这个？为了让随便什么人全部拿了去？"

"我不得不一点点地加价，先是五百，不行，后是一千，还不行，那家伙不肯讨价还价，他说要是进了监狱，还要多花钱呢。他答应给你好的吃食、好的药品。怎么办呢，伏屋，不同意反倒更糟。"

天下着倾盆大雨，阿基里诺淋得浑身精湿，他一面诅咒着天气，一面把船撑出河汉。到了码头附近，他望见悬崖上有几个裸着身体的人影，就大叫起来，用汪毕萨话命令他们下来帮助他，人影顿时消失在随风摇摆的鲁布纳树后，接着红棕色的身体又出现了，蹦蹦跳跳地从泥泞的崖坡上滑下来。他们把船拴在桩上，脚下发出啪叽啪叽的踩水声，背上溅着雨滴，又把阿基里诺背上陆地。老人一面攀登悬崖，一面开始脱衣服，到了崖顶就把衬衣脱下了，到了居民点，也不理会妇女和孩子从茅屋中向他做出的种种友好表示，赶忙把裤子脱下，最后就剩下草帽和裤衩。他穿过一片小树林，朝白人居住的空地走去。潘达恰像猿猴似的从栏杆上荡了下来，上前拥抱阿基里诺。你又在做梦了？潘达恰笨拙地在老人耳朵旁结结巴巴地说着什么，满嘴药味。瞧你，连话都不会说了，放开我。潘达恰两眼露出痛苦的神情，口中流着涎水,眉眼乱动,情绪激动,用手不停地指着茅屋。阿基里诺看见沙普腊姑娘站在平台上愁眉不展,一动不动,几串项链和手镯遮住了脖子和手臂,脸上擦着浓浓的脂粉。

"他们逃跑了,阿基里诺先生,"潘达恰双眼乱翻,终于咕咕哝哝地说出话来,"老板在大发雷霆,几个月来一直关在屋里不出来。"

"现在他在茅屋里吗?"老头说道,"放开我,我去跟他谈谈。"

"你算老几,怎么自作主张起来了,"伏屋说道,"你回去,让那家伙把钱退给你,你把我送回圣地亚哥河,我宁可死在熟人堆里。"

"我们还是等到天黑吧,"阿基里诺说道,"等大家都睡了,我把你扶到探视病人的船上去,那个人就会来接你。别这样,伏屋,现在你先睡一会儿,想吃点什么吗?"

"你现在这样对待我,到了那儿他们肯定也会这样对待我的,"伏屋说道,"你什么都自作主张,也不问问我,而我却要听你的。命是我的,不是你的,阿基里诺,我不愿意,别把我留在这种地方,可怜可怜我吧,老头,我们还是回到岛上去吧。"

"我现在想听你的也不行了,"阿基里诺说道,"从这里划船到圣地亚哥河再把你藏起来,需要几个月的路程,现在汽油也没有了,又没有钱买。我是出于友谊才把你送到这儿来的,让你死也死在白人中间,而不是像土人那样死去。听话,还是睡一会儿吧。"

伏屋把毯子一直拉到下巴,人瘦得身体在毯子下几乎看不出来,蚊帐仅仅罩住半个吊床,周围乱七八糟,东倒西歪的罐头盒、果皮、剩有酒底的瓢以及残羹剩饭,到处都是,屋里散发一种怪味,苍蝇嗡嗡地乱飞。老人在伏屋的肩上拍了一下,伏屋还在呼呼地大睡,于是老人用手推了推他,伏屋睁开眼,两只布满血丝、炭火般的眼睛疲惫不堪地落在阿基里诺脸上。炭火熄了又亮,如此几次,伏屋才用肘撑着吊床,微微欠起身来。

"我在河汊里碰上大雨了,"阿基里诺说道,"浑身都湿透了。"

阿基里诺一面说着,一面拧着衬衣和裤子,用力地拧来拧去,然后晾在吊床的绳子上。外面的雨还在哗哗地下着,一缕光线落在田畦和空地的泥土上,大风狂吼着,把树木吹得摆来摆去,有时一股多彩的蛇形闪电照亮了夜空,接着就是一阵雷鸣。

"那婊子跟聂威斯跑了,"伏屋说着又闭上了眼睛,"那对狗男女逃跑了,阿基里诺。"

"他们跑了,反正你也不在乎,"阿基里诺用手扇着衣服说道,"老婆不好,宁可打光棍。"

"我倒不在乎那婊子,"伏屋说道,"可她是跟那领水员跑的,我非找到他算账不可。"

伏屋眼也不睁地转过脸来,吐了一口痰,又把毯子拉到嘴上。伙计,你最好看准再吐,差点儿吐在我的身上。

"你有几个月没来了?"伏屋说道,"我等你等了几个世纪。"

"你这次搞的货物多吗?"阿基里诺说道,"多少橡胶球?多少毛皮?"

"运气不好啊!"伏屋说道,"我们去的村子都是空空的,这次一点儿货也没搞来。"

"你现在不能外出了,腿不听使唤,到山里去是不可能的了,"阿基里诺说道,"还说什么要死就死在熟人堆里!你以为汪毕萨人会永远跟着你?他们随时都可能跑掉。"

"我可以躺在吊床上发号施令,"伏屋说道,"胡姆和潘达恰会按照我的指示带领他们干的。"

"你别傻乎乎的了,"阿基里诺说道,"汪毕萨人恨胡姆,只是由于你在,他们才没干掉他。潘达恰被他那草药弄得迷迷糊糊的,我们一离开,他连话都不会说了。这一切全完了,伙计,你还是清醒清醒吧。"

"货卖得价钱好吗?"伏屋说道,"赚了多少钱回来?"

"五万索尔,"阿基里诺说道,"你别不满足,我带去的东西只能值这些钱,这还是费了我好大劲赚来的呢。到底出了什么事?一点货物也没有搞到,这还是第一次呢。"

"那儿全区都给烧光了,"伏屋说道,"那些狗东西有了准备,都躲起来了。我本想再往远处走走,哪怕是城市,我也要闯闯,不搞到橡胶不罢休。"

"拉丽达把钱也偷走了吗?"阿基里诺说道,"没给你留点?"

"什么钱?"伏屋把毯子拉到嘴巴上,身子缩了缩,"你指的是什么钱?"

"我给你赚来的钱呗,伏屋,"阿基里诺说道,"用你抢来的东西赚的钱呗。我知道你藏了起来,现在到底还剩多少?五千索尔?一万索尔?"

"你他妈的别想拿走,这钱是我的。"伏屋说道。

"我很可怜你,你别叫我难过了,"阿基里诺说道,"你别这样看我,我不怕你看,你最好还是回答我的问题。"

"她忘了偷钱,大概是因为害怕,也许是因为太匆忙,"伏屋说道,"她知道钱藏在什么地方。"

"也可能是由于可怜你,"阿基里诺说道,"她也许想:他完蛋了,剩下孤独一人,我们还是把钱留给他吧,这样起码可以让他心里好过些。"

"那对狗男女要是把钱都偷了去反倒更好,"伏屋说道,"没有钱,那家伙可能就不会同意我留下来,那么你也会因为心肠好不会把我甩在山里,而把我送回岛上去。"

"瞧你现在不是心情好多了吗?"阿基里诺说道,"你猜我要干什么?我去砍几个香蕉煮煮吃。从明天起你就要有正常的饭吃了,这是最后一次吃土人的饭。"

老人笑了笑,躺在那张空吊床上,用脚一蹬,吊床摇晃起来。

"我要是同你作对，就不会回来了，"老人说道，"我这儿有五万索尔，这钱我本来可以吞掉，我早知道这次你是一点儿货也搞不来的。"

大雨冲刷着平台，打在屋顶上发出啪啪的闷声，外面刮进来的热风把蚊帐吹得掀了起来，仿佛白鹤展翅。

"你用不着盖得这么严实，"阿基里诺说道，"我知道你的腿正在脱皮，伏屋。"

"那婊子没跟你讲我是让长脚蚊咬的？"伏屋嗫嚅地说道，"我抓破了，发了炎。就会好的，那对狗男女想倒好，以为我瘫在这儿不会去找他们了，我倒是要看看谁笑在最后，阿基里诺。"

"你别打岔，"阿基里诺说道，"你真的是在好起来？"

"再给我吃点，老头，"伏屋说道，"还有吗？"

"把我这点吃掉吧，我不想吃了，"阿基里诺说道，"我现在也喜欢吃了，在这点上我倒很像汪毕萨人。我每次早晨醒来都先砍几个香蕉煮着吃。"

"比起大坎普和伊基托斯来，我更想念那个岛，我觉得岛就是我唯一的祖国，我连汪毕萨人都会想念的，阿基里诺。"

"你会想念所有的人的，可你却不想念你的儿子，"阿基里诺说道，"你就是没有提起过你的儿子，拉丽达把他带走了，你不在乎？"

"也许不是我的儿子呢，"伏屋说道，"没准儿这婊子……"

"别胡说，住口！"阿基里诺说道，"几年来我是了解你的，你骗不了我，对我说真话，你的病到底是在好转还是更重了？"

"你别用这种口气对我讲话，"伏屋说道，"他妈的，我不允许你这样。"

他由于心虚，所以声音越来越小，变成一种喃喃低语。阿基里诺从吊床上起来向他走去，伏屋把脸一蒙，害怕地缩成一团。

"对我，你就不要害羞了，伙计，"老人低声说道，"让我看看。"

伏屋不回答，阿基里诺抓住毯子的一角，把毯子掀了起来。伏屋没穿靴子。老人看了一眼,他的手几乎像是一只兽爪钳在毯子上,眉头皱了起来,嘴张得大大的。

"我很遗憾,可是时间到了,伏屋,"阿基里诺说道,"该走了。"

"再等一会儿,老头,"伏屋说道,"给我点支烟,吸完烟我们就到那家伙那儿去。再等十分钟,阿基里诺。"

"可得快点儿吸,"老人说道,"那家伙在等着我们呢。"

"你索性都看看吧,"伏屋躲在毯子下呻吟着,"连我都不敢看;你再往上看。"

他把双腿一曲一伸,毯子落在地上,这时阿基里诺全看清楚了,大腿又瘦又黄,鼠蹊惨白,下身毛都脱落,那东西变成了一个肉钩子,只有肚皮的肉还完好。老人赶忙弯腰把毯子拾起盖在吊床上。

"你看到了吧,你看到了吧,"伏屋抽噎道,"你看,我再也不算个男子汉了,阿基里诺,你看到了吧?"

"他还答应随时都可以给你香烟抽,"阿基里诺说道,"你要知道,只要你想抽烟,就可以向他要。"

"我恨不得马上就死,"伏屋说道,"不知不觉地突然死去,你把我裹在毯子里,把我的尸首吊在树上。汪毕萨人就是这样做的。只不过每天早晨没有人来哭我而已。你笑什么?"

"我笑你假装抽烟,为的是让烟消耗得时间长些,多拖些时间。反正我们不管怎么样都得走,拖一两分钟有什么用呢,伙计?"

"我怎么到那儿去呢,阿基里诺?"伏屋说道,"太远了。"

"你死在那儿总比死在这里强,"老人说道,"在那儿有人照顾你,病就不会恶化了。我认识一个人,用你的钱行点贿,他就会收留你,证件什么的,有没有都不要紧。"

"我们到不了那里的,老头,在河上我就会被人抓住。"

"我也不敢肯定说不能到,"阿基里诺说道,"虽说我们只在夜间航行,而且只走河汊小道。不过,我们今天就得出发,不要让潘达恰和那些土人看到，不能让任何人晓得，只有这样，你到了那边才安全。"

"又是警察又是军队，"伏屋说道，"你没看见他们都在搜捕我？从这儿根本走不出去，许多人都等着向我报复呢。"

"他们肯定不会到圣巴勃罗去寻你，"老人说道，"他们即使明知道你在圣巴勃罗，也不会去找你，何况不会有人晓得。"

"老头，老头，"伏屋哭泣道，"你是个好心肠的人，求求你，你不是信上帝吗？看在上帝的面上，把我留在这儿吧，阿基里诺，你要理解我。"

"我当然理解你，伏屋，"老人起身说道，"不过，天黑了，我怎么着也得把你送到那里去，那家伙要等得不耐烦了。"

天又黑了，地面松软，踏下去一直陷到脚踝。老是那些地方：河岸、田地中间越来越狭窄的小路、一片稻豆地，还有那片荒漠。你：托妮达，从这边走，那边不通，不能让卡斯提亚人看到我们。无情的沙尘还在下，你给她披上披肩，把你的帽子给她戴上，如果她不愿让沙尘打伤面孔的话，就让她把头低着点儿。老是这些声音：棉田中呼呼的风声、六弦琴奏出的音乐、歌声、喧闹声，还有那黎明时分哞哞的牛鸣。你：托妮达，过来，我们在这里坐一会儿，休息一下，然后再接着散步。老是那些东西：黑色的圆房顶、一闪一灭眨着眼睛的繁星、重重叠叠的荒沙、蓝色的沙丘，远处是那孤独耸立的建筑和它那紫色的灯光、进进出出的人影；有时是在早晨：一个骑马的人、几个雇工、一群山羊、卡洛斯·罗哈斯的船，河对岸就是屠场的灰色大门。你告诉她黎明是什么样子的。你：托妮达，你在听我讲话吗？你在睡觉？要是下雨起雾，就只能朦胧地望见钟楼、房顶、凉台。你问她冷不冷，要不要回去。用你的上衣给她盖上腿，让她偎依在你的肩头。突然又是一阵嘈杂声，那是陌生人在夜间催马奔跑。她的身子突然一惊。直起你的身子，你看，是谁在奔跑？打个赌：是恰皮罗、堂欧塞比奥,还是登普雷孪生兄弟?你:我们坐舒服些,弯下腰,你别动,不要害怕,是两匹马,就在那边,在暗处。是谁?为什么?怎么回事?你:他们从附近跑过去了,骑着两匹野马,简直像发疯一样;他们到了河边,又回去了,姑娘,别怕。她的脸转动着,仿佛在询问;她心神不定,嘴唇发抖,指甲像是钉子那样抓紧你的手,仿佛在问为什么?怎么办?她的呼吸和你的呼吸混在一起,你要让她镇静下来。你:托妮达,听我说,他们走了,他们跑得很快,我没看见他们的面孔。但她还是那么执拗、烦躁,在黑暗中询问着:谁?为什么?怎么办?你:别这样,管他是谁,小傻瓜。还是想个办法让她分分心吧:你钻到披巾下面去,藏起来,我给你蒙上,他们来了,一大群人,要是看见我们,就会杀掉我们的。你感到她在激动,烦躁和恐惧,让她靠拢些,拥抱她,紧紧地偎在你的怀中。你:托妮达,靠紧些,再靠紧些。现在你可以对她说,这一切都是骗她的,其实一个人也没有。小姑娘,我骗了你,来,吻我一下。今天你不要讲话,在她身旁听着她,她的侧影仿佛一条船,荒漠就像是海,她本人在划船,镇静自若地绕过沙丘和灌木丛。你不要打断她,不要踩踏她投射的影子。你点上一支烟,吸一口;你要想,你是幸福的,为了知道她是否感到幸福,你愿意贡献出自己的一切。你跟她聊天,跟她开玩笑,你:我正在抽烟,等你长大了我再教你抽烟,女孩子是不能抽烟的,抽烟会呛着的。你笑,也要逗她笑,求她笑。你:托妮达,别总是这样严肃,千万别这样。疑惧又出现了,这是一种咬啮生活的苦恼。你:我知道了,永远是那些声音,老是关在屋里,当然要腻烦了,不过,耐心些吧,过不了多久我们就到利马去,找一所房子,光我们两个人住,那时你就用不着东藏西躲的了;我要买各种东西送给你,你等着吧,托妮达,你等着吧。她又感到痛苦了,你:姑娘,你从来不生气,不过最好别这样,还是生一次气吧,摔打东西吧,大哭大喊吧。但她脸上的表情依然淡漠如故,太阳穴轻轻地跳动着,眼睑下垂，紧闭双唇，现在只有回忆和那么一点淡淡的忧伤。你：所以妓女们才那么喜爱你，她们对你多好啊，什么也不说，给你买糖，给你穿衣，给你梳头；她们简直变成另外一种人了，她们互相争吵，互相倾轧，但是对你却是那么和善、殷勤。你告诉她们：是我把她弄来的，我把她拐来了，我爱她，她要同我住在一起，你们应该帮助我。她们激动了，坚决主张留下你：我们向您发誓，我们保证会对得起您的信任。她们叽叽喳喳，七嘴八舌，你瞧她们，都那么激动、好奇，面带笑容。她们非要上顶楼看看你，跟你谈几句不可。剩下她和你了，你：那些女人喜欢你，是因为你年轻？是因为你不讲话？因为你使她们担心？那天夜晚，河流在黑暗中淌着，城里没有一丝光亮，月光几乎照不到荒沙地上，那一块块模糊不清的斑点也是忧伤的，她仿佛离你很远，孤独无助。你呼唤她，你：托妮达，你听到吗？你感觉怎样？她为什么那样拉着你的手，是不是那猛下的沙尘惊吓了她。你：托妮达，过来，披上披肩，沙尘就要过去了，你以为人们会撞见我们，把我们活埋吗？你为什么发抖？你怎么了？你喘不过气来？你要回家吗？不要这样呼吸。你一直没有发觉，你：我真蠢，但可怕的是我什么都不懂，我不知道你到底发生了什么事，也猜不出来，你的心像喷泉，疑问就是喷出的火花；你在想我是什么样子的，妓女们是什么样子的，她们的面孔是什么样子的，你脚下的地板是什么样子的，你听到的声音是从哪儿来的，你自己是怎样的，这些声音是什么意思，你是不是以为所有的人都跟你一样？我们光是听，不要回答？有人给我们送饭、侍候我们睡觉、扶我们上楼梯吗？托妮达，托妮达，你对我有什么感想？你知道什么是爱情吗？你为什么吻我。但是你必须要费一番心思不要把自己的苦恼传染给她，你要降低声调，温柔地对她说：没关系，我们的感情是一致的。当她感到痛苦的时候，你也愿意痛苦。让她忘掉这些嘈杂声，你：托妮达，不要再想了，否则我要得神经病了。你要告诉她城市是怎样的，那可怜的加依纳塞腊区洗衣妇在痛苦地哭泣,还有那驴、篮子和人们在北方星旅馆的那些议论。你:托妮达,所有人都在打听你的下落,寻找你,人们在哀悼:可怜的孩子,会不会被人杀害了?也许是外乡人把她拐走了?人们在编造各式各样的谣言、流言蜚语。你问问她还记得这些吗、愿不愿意回到广场上去、愿不愿意再到凉亭边上去晒太阳、还想念那加依纳塞腊区洗衣妇吗。你:你想再见到她吗?我们要不要把她也带到利马去?但是她听不见,也不想听,仿佛有什么东西使她与世隔绝,在折磨她,她的手在发抖,仿佛受了惊。你:你怎么了?你疼吗?要不要我给你揉揉。你要顺她的心,她指哪儿你就摸哪儿,不要太重,顺着她的肚皮揉下去,就在这里揉,十次、一百次。噢,我明白了,你肚子痛,大概吃得不舒服,你要小便吗?我来帮助你。要大便?那你就让她蹲下来,让她莫担心,你就是她的帐篷,打开披巾就遮住她头上的沙尘了,沙尘就不会打扰她了。但这一切都无济于事,她的面颊流满了泪水,身上的痛苦在加剧,面孔在抽搐。知道她在哭泣,但猜不出原因,这太可怕了。托妮达,我能做些什么?你叫我怎么办是好?你把她抱起来,边跑边吻。你:就要到了,离家近了。喝杯马黛茶,你服侍她睡一觉,明天就好了。你劝她不要哭,看在上帝的分上不要哭了。你去把安赫利卡·梅赛德斯叫上来给她治治。安赫利卡·梅赛德斯:老板,她是肚子痛。你:要不要来杯热茶?拔拔火罐?安赫利卡·梅赛德斯:不要紧,不要害怕。你:要不要来杯马黛茶?要么来杯白酒?她的手总是揉着、捂着、摸着,总是在那个部位上。你真蠢,真蠢,竟没有发觉。妓女们兴高采烈地挤满了顶楼,散发出脂粉、爽身粉、凡士林的气味。她们叽叽喳喳,蹦蹦跳跳:你们瞧,老板竟没有发觉,真是太天真了,简直是个孩子。你看她们挤在一起,围着托妮达,向她祝贺,并嘱咐她一些注意事项。你还是随她们让托妮达开开心吧。你走下大厅,开瓶酒,倒在软椅上为自己干杯吧。你感到迷惘,困惑之中夹杂着高兴。你闭上眼睛听她们讲。起码有两个人,加上蝴蝶,三个人,加上蝙蝠,四个人:瞧您真傻,老板,您说说她为什么不出血了?老板,什么时候月经不来的?这样我们就可以知道确切的分娩日期了。酒意上来了,一阵轻微的兴奋使你两腿发软,后悔和不安消失了。你:我从来没替她算过日子,但这有什么关系呢?明天生、八个月之后生有什么两样?反正托妮达要发胖,孩子生下来,她的情绪也许会好起来。你跪在她的床边,你:没什么,我们要大大庆贺一番。你将要宠爱孩子,给孩子换尿布,如果是个女孩,最好长得像她。明天就让妓女们到堂欧塞比奥那儿去购买必需的物品,店员们也许要讥笑她们,谁要生孩子了?是谁的孩子?如果是个男孩,就让他叫安塞尔莫。你还得到加依纳塞腊区走一趟,找几个木匠,让他们带上木板、钉子、锤子,造一间小屋,随便编造个借口就行。托妮达,托妮达,你想吃什么东西,呕吐吧,发脾气吧,我懂得所有的女人都是这样的,你摸得到孩子了吗?在动吗?你最后一遍再问问自己:这到底是好事还是坏事?生活是不是理应如此?如果她当时不愿意,如果你和她未发生关系,事情又会是什么样子?这是不是一场梦?事情是不是总和梦想背道而驰?你再做最后一次努力,扪心自问你是不是甘心情愿,是不是由于她已经死去或是由于自己已经年老,所以你逆来顺受,产生了宁可自己死去的想法。

"你还要等他吗,塞尔瓦蒂卡?"琼加说道,"他没准和别的女人在一起呢。"

"和谁在一起?"琴师说道,"和桑德腊吗?"

"不是,师傅,"圆球说道,"是那个前天才开始的姑娘。"

"他本来说是来接我的,太太,他也许忘了,"塞尔瓦蒂卡说道,"我这就走。"

"先吃早点,姑娘,"琴师说道,"小琼加,请她吃点儿什么吧。"

"那当然啰,拿个碗来,"琼加说道,"奶壶里有热牛奶。"

乐师们在紫色灯泡的照射下坐在靠近柜台的桌子上吃早点,这时只有紫色灯泡还亮着。塞尔瓦蒂卡坐在圆球和年轻人阿历杭德罗中间。到现在为止,你还没有说过话呢,你真是个不爱说话的姑娘,你在老家也是这样吗?你老家的女人也都这样吗?透过窗子可以看到黑暗中的街区,空中高悬着三颗发着微光的星星,是三圣星吧。不,太太,我们家乡的女人都喜欢讲话,讲呀讲的像鹦鹉似的。琴师正在咬着一块面包:鹦鹉?塞尔瓦蒂卡:是的,是我家乡的一种鸟。琴师停止了咀嚼:怎么,姑娘,你不是在皮乌拉出生的?不,先生,我的家乡在很远很远的地方,在山里,我也不知道我是在什么地方出生的,不过我一直住在一个叫圣玛利亚·德·涅瓦镇的地方;那地方很小,先生,没有汽车,没有高楼大厦,也没有电影院,跟皮乌拉可不一样,你知道吗?琴师又嚼起面包来:山里?鹦鹉?他大吃一惊,头一仰忽然戴上眼镜:姑娘,我早就忘记这些了,圣玛利亚·德·涅瓦镇是在哪条河的岸边?是不是离伊基托斯很近?还是很远?山里,这太奇怪了。年轻人嘴里连续喷出的大小一样的烟圈逐渐扩大、变形、消散在舞池里:我也很想去看看亚马孙河,听听那里印第安人的音乐,那儿的音乐和土生白人的可不一样呢,对吗?先生,完全不一样,那儿的人很少唱歌,唱歌也是悲哀的歌曲,不像玛丽内拉、圆舞曲那么欢快?但年轻人喜欢的就是悲哀的音乐:歌词都是什么样的?很富有诗意吗?你懂得他们的话吗?不,我不会讲他们的话。她低下了头,琼丘话我只能结结巴巴地说一两个字,听多了也就懂了,不过说来您不会相信,那儿有许多白人,琼丘人倒很少,他们待在山里不出来。

"你怎么会落到那个人手里的?"琼加问道,"你看上何塞费诺那可怜鬼什么了?"

"这又有什么关系,琼加,"年轻人说道,"爱情嘛,爱情和理智是两码事。爱情是禁不住提问的,也作不出回答;这是一位诗人说的。"

"你别怕,"琼加笑了,"我只是问问而已,开个玩笑,我对人们的生活看得多了。"

"您怎么了,师傅?想起心事来了?"圆球问道,"您的牛奶都凉了。"

"您的牛奶也要凉了,小姐,"年轻人说道,"快喝掉吧,您还要面包吗?"

"你到什么时候才不跟妓女们以您相称?"圆球说道,"年轻人,你太滑稽了。"

"我对妇女们一视同仁,"年轻人说道,"对我来说,妓女和修女没什么区别,我一律尊重。"

"那你为什么要在你的曲子里骂女人?"琼加说道,"你简直是个窝囊废作曲家。"

"我不是骂她们,而是向她们讲道理。"年轻人微微一笑,嘴里吐出最后一个相当完整的白色烟圈。

塞尔瓦蒂卡站起身来:太太,我太困了,我要走了,谢谢您的早点。可是琴师一把抓住她的臂膀,她的身体猛地一晃:姑娘,等等,你到哪个二流子家去?到梅利诺广场一带?我们送你去,圆球,去叫辆出租车来,我也困极了。圆球站起来走了出去,开门时一阵清凉的微风吹到桌旁,大街还在黑暗之中。你们注意到没有,皮乌拉的天气真怪,昨天这个时候太阳已经老高了,热得炙人,也没有下沙尘,茅屋像洗刷过一样干净。可今天这偷懒的黑夜却不走了,如果黑夜永远留下来,不知会是什么样子。年轻人指了指那幅以窗为框构成的天空画:就拿我来讲,我会感到幸福的,可许多人并不喜欢。琼加用手敲了敲自己的太阳穴:瞧这个年轻人竟想些古怪的事,疯疯癫癫的;现在有六点了吧?塞尔瓦蒂卡交叉双腿,手肘撑着桌子:森林地区天亮得很早,这个时候大家早就起床了。琴师:是的,对,这个时候森林里天空就现出了红、绿、蓝各种色彩。琼加:什么?年轻人:什么?师傅,你到过森林地区?没有,这是我想象出来的;奶壶里要是还有牛奶,我还想喝点儿。塞尔瓦蒂卡给他倒了一杯,加了糖。琼加疑惑地望着琴师,琴师脸色阴郁。年轻人又点了一支烟,灰色透明的烟圈又从他嘴里飘扬而出,朝那黑乎乎的窗口飞去,一个接着一个,在半路上瞬息消散。在光明的问题上,他想的总是同别人相反。几个烟圈混在一起,形成一团烟雾。太阳一出来,别人总是高兴,情绪欢乐,而黑夜总是令人悲伤。烟雾稀薄起来,最后消散得看不见了。然而他却是白天感到痛苦,天一黑精神就来了;这样的人都是夜游神。年轻人:就跟狐狸和猫头鹰一样,琼加、圆球、我,现在又加上你,姑娘,都一样。这时忽然听得砰的一声门响,门槛上,只见圆球抱着何塞费诺的腰:你们看,我碰到了谁。塞尔瓦蒂卡站了起来。圆球:他独自一人在公路上自言自语。

"瞧你过的是什么日子,何塞费诺,"琼加说道,"都站不住了。"

"早上好,小伙子,"琴师说道,"我们以为你不会来接她了,正准备送她回去呢。"

"别跟他讲话,大师,"年轻人说道,"他醉得狠了。"

塞尔瓦蒂卡和圆球把何塞费诺扶到桌旁。何塞费诺:我没醉,你竟胡说,我来请你们喝最后一杯,你们谁也别动,叫小琼加拿啤酒来。琴师站起来:小伙子,谢谢你的好意,只是天太晚了,出租车在等我们呢。何塞费诺做了个鬼脸,精神来了:你们大家都要有乳臭了,还喝牛奶,这是小孩子吃的。琼加:就这样吧,再见,你们把他也送走。众人走出门,格劳军营一带天际露出一线蓝色的晨曦,街上茅屋后面睡意蒙眬的人影在活动,火堆发出噼啪的响声,微风吹来了腥臭气。圆球和年轻人搀着琴师,塞尔瓦蒂卡扶着何塞费诺,大家穿过沙地到了公路,一齐钻进一辆出租车。三个乐师坐在后座。何塞费诺笑了:塞尔瓦蒂卡吃醋了,老人,她问我为什么喝这么多的酒,到哪儿去了,同谁在一起。我想向她坦白,琴师。

"你做得对,姑娘,"琴师说道,"曼加切利亚区人最坏了,你永远也别相信他。"

"怎么了?"何塞费诺说道,"你在动什么鬼脑筋?你在干什么?别碰她,伙计,不然我就白刀子进去,红刀子出来。伙计,你要干什么?"

"我可没惹谁,"司机说道,"汽车太狭窄了,又不是我的过错,我碰着您了吗?小姐?我老老实实地开车,可不敢惹麻烦。"

何塞费诺放声大笑:这家伙不懂开玩笑。又是一阵哈哈大笑:你想摸就摸吧,我同意了。司机也笑了:先生,我对您的玩笑认真了呢。何塞费诺转向三个乐师:今天猴子过生日,跟我们一起来吧,大家庆祝一番,雷昂兄弟可喜欢你了,老头。圆球拍了他一掌:何塞费诺,师傅累了,该休息休息了。何塞费诺也疲乏了,支持不住了,打起哈欠来,闭上了眼睛。出租车经过大教堂,阿玛斯广场的路灯已经熄灭,沾满尘埃的罗望子树的暗影紧紧地笼罩在雨伞般圆穹顶的凉亭上。塞尔瓦蒂卡:别这样,这样不好,我求求你了。她那一双受了惊的绿色大眼睛在寻找何塞费诺的眼睛。他嘲弄般地伸出一只手:这可不好。他爆发一阵大笑,司机斜眼看了他一下。汽车在利马大街上行驶,一边是《产业报》报社,一边是市府的铁栅门。她:我不想去。可猴子昨天满一百岁,在等着你呢,雷昂兄弟是我的兄弟,应该让他们高兴高兴。

"何塞费诺,你别招惹这姑娘,"琴师说道,"她累了,让她安静安静吧。"

"她不愿去我家,琴师,"何塞费诺说道,"也不愿意去看那两个二流子,说是不好意思,你想有这种事吗?伙计,停一停,我们在这儿下车。"

出租车刹住车,塔克纳大街和梅利诺广场还笼罩在黑暗之中,但桑切斯·塞罗大街却被一队驶向新桥的卡车前灯照得通亮。何塞费诺一跃而下,塞尔瓦蒂卡一动不动,二人开始拉扯起来。琴师:别动手,小伙子,好好说嘛。何塞费诺:你们大家都来,司机也来,猴子今天满一千岁，都老掉牙了。这时圆球命令司机开车，车开动了。那队卡车吼叫着朝河边驶去，车灯变成了一点点红光，桑切斯·塞罗大街也暗了下来。何塞费诺吹起口哨，搂住塞尔瓦蒂卡的肩头。她这时不再抗拒了，老老实实地在他身旁走着。何塞费诺开了门，随身把门关上。猴子正蜷卧在一张长椅上呼呼大睡，一只落地灯照射在他的头上。房间里一股辛辣的烟雾在空瓶、酒杯、烟蒂、剩饭残羹中间缭绕飘荡。你们都累垮了？这是曼加切利亚区人的样子吗？何塞费诺跳着脚：还说什么曼加切利亚区人是打不倒的呢。一个不连贯的声音从隔壁房间里发出来。何塞钻到我的床上去了，我非杀了他不可。猴子欠起身来，摇摇头：谁他妈的累垮了？他眼睛突然一亮，笑了起来：上帝呀。他的声音发软了：这是谁来了。猴子站了起来：很久没有看到你了。他跌跌撞撞向她走去：真高兴见到你。何塞费诺：我办到没办到？像个曼加切利亚区人吧，说话算数。猴子张开双臂，他头发蓬乱，咧嘴大笑，迤逦着向她走去：很久没见了，你变漂亮了，你干吗往后退呀，嫂子，来祝贺我吧，你不知道今天是我的生日？

"他真的满一百万岁了，"何塞费诺说道，"别这么别扭，塞尔瓦蒂卡，拥抱他一下算了。"

猴子一下子倒在椅子上，打开一瓶酒送到嘴边喝了起来。叭的响了一记耳光，像是一块石子落进水里一样：嫂子，你太坏了。何塞费诺笑了起来。猴子又让她打了一记耳光：嫂子，你太坏了。塞尔瓦蒂卡东闪西躲，杯子打得粉碎；猴子在她后面跌跌撞撞，嬉皮笑脸地追赶。隔壁房间里唱了起来：我们都是二流子，好逸恶劳，只会狂饮。何塞的歌声渐渐弱下去；何塞费诺也哼了起来，蜷缩在落地灯下，手里的酒瓶慢慢滑了下来。这时塞尔瓦蒂卡和猴子挤在一个角落里不动了，她不停地打着他耳光。坏嫂子，真疼啊，你干吗要打我，还是吻吻我吧。他笑了；她看到猴子的怪相也笑了，未露面的何塞也笑了。我漂亮的嫂子。

尾声

镇长用指节在嬷嬷宿舍的门上轻轻敲了三下，门开了，格莉塞尔塔嬷嬷的红脸膛极想对胡利奥·列阿德基装出笑容，眼睛却惶恐不安地飘向圣玛利亚·德·涅瓦镇的广场，而且嘴唇在发着抖。镇长走了进来，女孩子温驯地在后面跟着，二人穿过黑洞洞的过道到了住持的办公室，此时镇上的呼喊声已经有所平息，就像每星期六孤儿们到河边去时镇上的嘈杂声一样，显得很遥远。到了办公室里，镇长一下子倒在一只帆布椅子上，松了一口气，闭上了眼睛。女孩子低着头仍然站在门口，但是过了一会儿，住持进来的时候，她就跑到了胡利奥·列阿德基的身旁。列阿德基站起来：嬷嬷，早上好。住持报以冷淡的微笑，用手一指，表示请他坐下，而自己却在写字台旁站着。嬷嬷，我看她在乌腊库萨村里一副野人的样子很可怜，您看她的眼睛，多么聪明啊，我想在传教所里可以让她受点儿教育，我这样做对吗？胡利奥先生，这很好。住持就像刚才的微笑一样，冷淡而保持着距离，也不看女孩子一眼：我们就是干这项事业的。嬷嬷，她一点儿不懂西班牙语，但肯定会很快学会，这孩子可聪明了，一路上一点麻烦也没给我添。住持注意听着，一动不动，就像钉在墙上的木十字架一样。等胡利奥·列阿德基住了嘴,她既不表示同意,也不发问,双手抓着袍子,抿着嘴唇。嬷嬷,那我就把她留在您这儿了。胡利奥·列阿德基站了起来向住持微微一笑:我得走了,这件事真棘手,叫人头痛,淋了一路雨,千辛万苦,搞到现在还未合眼,真想睡一会儿,可朋友们还等着我去吃午饭,要是不去,他们会不高兴的,现在的人都是小心眼儿。住持把手放下,这时外面的嘈杂声又大了起来,有几秒钟的时间还显得很近,仿佛呼喊声不是从广场上传来的,而是在菜园和小教堂里爆发的;接着嘈杂声又小了,像刚才那样不紧不慢,拖得长长的,倒也不刺耳。住持眨了眨眼睛,还没走到门口就停了下来,转向镇长,她苍白的脸上双唇湿润,没有笑容:胡利奥先生,上帝会记住您对这女孩做的好事的。她的声音中有一丝悲意:我只是想提醒您,一个基督徒应该学会原谅人。胡利奥·列阿德基点头称是,微微低下了头,双臂交叉,姿态严肃,温良而庄重,此时嬷嬷激烈了起来:胡利奥先生,您做事应该想着点儿上帝,想着点儿您的亲人。嬷嬷的脸红了:胡利奥先生,想想您的妻子吧,她可是个好人,善心的人。镇长再次点头称是:我不也是个可怜人、不幸的人吗?他的面孔越发显得忧心忡忡:我也是没受过教育的。他用左手轻轻摸着自己的面颊:我也不知道自己干了些什么事。他的前额出现了几条皱纹。小女孩偷偷地看着他们俩,一双受了惊的充满野性的绿色眼睛藏在头发后面闪闪发光。镇长用不高的声音说道:嬷嬷,我比任何人都感到痛心,这也是违背我的本性和思想的,确实很痛心,但这不是为了我个人,我反正要离开圣玛利亚·德·涅瓦镇了,我是为了留下来的人,为了本萨斯、埃斯卡维诺、阿基拉,也为是了您,为了这些孤儿和这个传教所,您不愿意这个地方平安无事吗,嬷嬷?不过,胡利奥先生,一个基督徒要除暴安良还有别的手段呢,我知道您是好意,但对您的手段我不敢苟同,您应该跟他们讲道理,镇上的人不是都听您的话吗?别再打那个可怜的人了。嬷嬷,我可要使您失望了,我很遗憾,但我想这是唯一的办法了。难道没有别的办法了？嬷嬷，用传教士的办法吗？这个办法用了几个世纪了，而他们又进步了多少？我也是为了不让后人埋怨我，这个亡命之徒和他的手下人毒打了博尔哈警备队一个班长，杀害了一个新兵，还敲诈堂佩德罗·埃斯卡维诺。住持突然地：不，不对。她发火了：不，不对。她提高了嗓门：报复是不人道的，是野蛮人干的，你们是在对那可怜的人进行报复，你们为什么不审判他？为什么不关进监牢？您不觉得这样做不对吗，不能这样对待一个人。胡利奥·列阿德基用指头抚摩着女孩肮脏的头发，低头说道：嬷嬷，这不是报复，连惩罚都称不上，嬷嬷，这是为了惩前毖后，如果我给人留下这种坏印象离开此地，我就太惨了。我必须这样做，这是为了大家好，我很留恋圣玛利亚·德·涅瓦镇，镇上的事忙得我都顾不上自己的事，买卖也赔了钱，但我并不后悔，嬷嬷，这个镇子不正是由于我才进步的吗？现在有了镇公所，很快还要设立警察局，人们就可以平平安安地生活了，嬷嬷，这一切可不能失掉啊。我们传教所得首先感谢您为圣玛利亚·德·涅瓦镇做的好事，胡利奥先生，但是要杀害一个可怜的无辜者就没有一个基督徒能理解，没有人教过这个人什么是善，什么是恶，这难道是他的过错？嬷嬷，我们不是要杀他，也不会把他关监狱，他本人肯定宁可这样也不愿坐牢，嬷嬷，我们并不恨他，而是希望他学好，懂得什么是善，什么是恶，他们如能这样理解，就不会恨我们了。双方沉默了一刻，接着镇长把手伸给住持，握了一下就出去了，女孩子也跟在他后面，但没走几步就被住持抓住胳臂。女孩并不想挣脱，只是低下了头。胡利奥先生，她有名字吗？我们得给她行洗礼呢。您问这女孩吗，嬷嬷？我也不知道，不过反正不会有一个基督徒的名字，你们就给她取个名字吧。镇长鞠躬走出嬷嬷宿舍，大步穿过传教所的院子，迅速走下了小路。到了广场，他朝胡姆望了一眼，只见他双手举过头被绑着，像铅锤一样吊在卡皮罗纳树上，悬空的双腿和看热闹的人头之间有着一米的距离，空隙之间充满了阳光。本萨斯、阿基拉和埃斯卡维诺已经离去，只有罗贝托·德尔加多班长、几个士兵和聚成一团的老老少少阿瓜鲁纳人留在那里。班长不再吼叫，胡姆也住了口。胡利奥·列阿德基看了看码头，空空的小船在随波荡漾，原来货已卸完。太阳很厉害，黄得发白的阳光直射下来，列阿德基朝镇公所走了几步，但是在经过卡皮罗纳树下时，止步仰头看了一眼，他用手把帽檐向下拉了拉，但刺眼的阳光还是照得他两眼发胀。怎么只看到胡姆的嘴？他是不是昏了过去？他的嘴似乎张着，他看见我了没有？还在骂屁鲁人？还在骂班长？不，他没出声，也许他的嘴不是张着的。他吊着的姿势使肚皮缩了进去，拉长了身子，像是个又高又瘦的人，而不是原来的那个短粗的土人。他这样悬空吊着，一动不动，太阳晒着他的修长身子，使镇长产生一种奇异的感觉。列阿德基继续向前走，进了镇公所，所里烟雾腾腾，他一面咳嗽着，一面和人握手，互相拥抱，开玩笑，欢笑声不绝于耳。有人往他手里递了一杯啤酒，他一饮而尽，坐了下来，周围一片说话声：这回我们可是流了不少汗，胡利奥先生，我们太需要您了，您走了，我们会很想念您的。列阿德基：我也会想念你们的，不过，是时候了，我也该管管自己的事了，种植园、锯木厂、伊基托斯的旅馆，许多事都没人管，朋友们，在这个镇上我损失了不少钱财，人也老了，我不喜欢搞政治，我的本分是干活吃饭。几只殷勤的手又斟满了他手中的杯子，在他肩上拍打着，还接过他的盔帽：胡利奥先生，许多人，包括河对岸的人，都祝贺您来了。列阿德基揩了揩额角、脖子和面孔：阿雷瓦洛，我累了，连着两夜没合眼了，我浑身骨头痛。曼努埃尔·阿基拉和佩德罗·埃斯卡维诺不时地离开人群，走到装有铁纱的窗子前面，远处可以望见广场上的卡皮罗纳树，好奇的人还在吗？是不是都热跑了？胡姆呢？是不是他那满是泥垢的身体溶化在阳光中了？也许是同棕色的树皮混在一起辨别不出了？朋友们，不能让他死掉，为了惩一儆百，一定得让这个土人回到乌腊库萨去讲讲他的经历。胡利奥先生，他不会死的，让他晒晒太阳反而更好。曼努埃尔·阿基拉，是你在讲话吗？你买货物可不要再不付钱了，堂佩德罗，你可得注意不要让人说我们干了什么暴行，我们只是让他们规矩点儿而已。那当然，胡利奥先生，我会把差价付给这群歹徒的。埃斯卡维诺：我唯一的要求就是像以前一样同他们做生意。胡利奥先生，那个叫法毕奥·古埃斯达的先生是个可信赖的人吗？阿雷瓦洛·本萨斯，是你在讲话吗？如果不是个可信赖的人，我也就不会为他的任命进行活动了，几年来他一直跟着我干，此人干事有点漫不经心，但他的忠诚和殷勤却是少有的，我肯定你们会同他合得来的。但愿别再发生什么纠纷了，时间浪费得太可怕了。此时胡利奥·列阿德基已经好了点：朋友们，我刚才进来的时候感到有点头昏。是不是饿了，胡利奥先生？那我们去吃午饭吧，基罗加上尉在等着我们呢。顺便问一声，这位上尉人品如何，胡利奥先生？人各有弱点，彼德罗先生，不过总的来说是个好人。

1

"你有一年多没来看我了。"伏屋大声说道。

"我听不清。"阿基里诺说道,把手像一个喇叭筒一样放在耳朵上,一会儿看看棕榈树和卡帕纳哇树交叉的枝叶,一会儿朝着棚栏尽头、从羊齿草丛中露出茅屋的方向紧张地张望。

"一年多了,"伏屋叫道,"你有一年多没来了,阿基里诺。"

这回老人听懂了,他那满是眼屎的眼睛盯了伏屋一会儿,接着又迷惘地望了望河边上泥泞的河水、树木、弯曲的小路和树丛:没有这么多日子,伙计,只有几个月。茅屋边仿佛一片沙漠,没有任何响声,但他还是不敢大意:伏屋,他们会不会像上次那样光着屁股挤满小路大喊大叫地向我跑来?我那次不得不跳进水里去,你肯定他们不会来吗,伏屋?

"一年零一个星期了,"伏屋说道,"我每天都在算,等你走了,我就从头开始,我每天一早首先做的事情就是画线。开初,我画不来,现在我用脚跟用手一样灵活,用两个脚趾夹着一根小棒;你要看看吗,阿基里诺?"

他伸出两只健康的脚,扒了扒沙土,又在一堆石子中挖了几下,把两个完好的脚趾像蝎子的镊子一样分开来，夹起一块石子。他脚的动作很快，在沙地上划了一下马上就缩回去，留下一条小小的直线，几秒钟之后就被风刮平了。

"你做这种事干什么，伏屋？"阿基里诺说道。

"你看到没有，老头？"伏屋说道，"我就这样每天画一条线，为了墙上能容下，线条越划越小。今年的线有一大堆，有二十排。每次你来，我就把我的一份饭给护士吃，求他把墙刷上一层石灰，把线条盖掉，那我就可以重新开始画以后的日子。今天晚上我就把我的饭给他吃，明天他就会来刷石灰的。"

"好，好，"老人打手势让伏屋静下来，"就算你说得对，有一年了，好吧，你别激动，也别喊叫。我早来不了呀，现在对我来说航行不是一件容易的事喽，我爱打瞌睡，胳臂也不听使唤了，你没看见我老了吗？我可不想淹死在水里，谋生靠河，但可不能葬身河底啊，伏屋。你干吗总是叫喊？嗓子不痛吗？"

伏屋一跳坐到阿基里诺跟前，把脸凑到老人的脸下。老人露出一副厌恶的表情，赶忙躲开了。伏屋嘴里嘟嘟囔囔地还是动个不停，最后老人看了他一眼：好了，好了，我看见了。老人堵住鼻子，伏屋回到原地。我说为什么刚才听不懂你讲的话呢，原来你嘴里没牙，就这样吃饭？你吃饭不用牙，不感到噎吗？伏屋摇摇头。

"修女把饭给我泡湿了再吃，"他大声说道，"面包、水果都先用水泡软，泡化，我就能咽下去；就是说话说不清了，声音出不来。"

"我捂鼻子，你可别生气，"阿基里诺用手指夹住鼻翼，发出嗡嗡的声音，"我一闻到你的气味就头晕，上一次你的气味一直不散，到了船上我就吐了。我要知道你吃饭这么费劲，就不给你带饼干来了，饼干会把你牙床磨痛的，下次给你捎几瓶啤酒和可口可乐来。但愿我能记住，你瞧，我现在脑筋不行了，容易忘事，什么都忘。我老了，伙计。"

"现在没有阳光还这么臭呢，"伏屋说道，"出太阳的时候，我们就到河滩上去，那时连修女和医生都捂鼻子，说是臭气太重了。我自己倒闻不出，已经习惯了，你知道到底是什么病吗？"

"别这么大声喊，"阿基里诺望了望天上的云，团团灰色浓云中点缀着一片片白云，遮满了天空，一缕铅灰色的光线缓慢地射下来，照在树上，"我看要下雨了，下雨我也得走，我不在这儿睡觉，伏屋。"

"你还记得岛上开的那种花吗？"伏屋在原地像皮肤发红的无毛猴子一样颠动着说，"就是那种太阳一出就开、天一黑就谢的黄花，汪毕萨人说这花叫精灵花，你还记得吗？"

"下大雨我也得走，"阿基里诺说道，"我不会在这儿过夜的。"

"我这病就同那种黄花一样，"伏屋说道，"太阳一出就开花，流脓水，就是这脓水有气味，阿基里诺。但还不错。不痒了，这一来，人就舒服多了，一高兴我们也就不吵嘴了。"

"别这么大声音，伏屋，"阿基里诺说道，"你看，天阴起来了，风也大了，修女说这天气对你不好，你还是回到茅屋里去；我这就走了，早点走好。"

"但是不管出太阳还是阴天，我们都没有什么感觉，"伏屋说道，"我们从来没有感觉，一天到晚闻的就是这种气味，也就不觉得臭了，好像这就是生活的气息；你懂吗，老头？"

阿基里诺放开鼻子，深深吸了一口气，脸上堆满了皱纹；他蹙了蹙草帽下的眉头。风吹动着他那细棉布做的衬衣，不时露出瘦弱的胸部，骨瘦如柴，皮肤发亮。老人低下眼偷偷一看：伏屋待在那里，仿佛一只大死螃蟹。

"这气味像什么？"伏屋说道，"像烂鱼的气味？"

"不管怎么样，你别大喊大叫，好不好？"阿基里诺说道，"我该走了，下次来给你捎点不用嚼就能咽下去的软食来，我到几家商店去打听打听。"

"你坐，你坐，"伏屋大声叫道，"你站起来干吗，阿基里诺？坐下，坐下。"

伏屋一跃跪在阿基里诺脚下，寻找着他的目光。但老人还是眼望着乌云、棕榈、睡意盎然的河水、肮脏的浪花。河的下游，一个棕色泥土的小岛骄傲地把河水分割成为两部分。伏屋这时凑到阿基里诺的腿旁，老人坐了下来。

"再坐一会儿吧，阿基里诺，"伏屋高声说道，"还早呢，老头，刚来就要走。"

"噢，我想起来了，我要告诉你一件事，"老人用手一拍自己的前额，接着往下一看，伏屋那只好脚正在扒着沙土，"我四月份到圣玛利亚·德·涅瓦镇去了一趟。你瞧我这脑子，真不管用了，差一点儿没告诉你就走了。海军雇用了我，他们的一个领水员生病了，他们把我带到一艘能在水上飞行的炮艇上，我在那儿干了两天。"

"你是怕我抓住你不放，怕我抓住你的腿，所以才坐下来的，阿基里诺，"伏屋大声说道，"否则你就可以从容地离去了。"

"你别尖叫，行不行，让我讲下去，"阿基里诺说道，"拉丽达胖得像头猪，起初我和她谁也认不出谁来了，她还以为我死了呢。一见面，她激动得放声大哭。"

"前几次你还在我这儿待一整天，"伏屋说道，"你睡在船上，第二天还回来跟我聊天，阿基里诺。有时还待上两三天，可这回你刚来就要走。"

"他们叫我到他们家里住，伏屋，"阿基里诺说道，"拉丽达有了一堆孩子，我也记不清有多少了，反正很多。小阿基里诺长大成人了，当了船夫，现在到伊基托斯工作去了。这孩子同小时候比，大不一样了，眼睛也不那么细长了。别的孩子也都长大了。你要是看见拉丽达，根本不会相信就是她，胖多了。你还记得我是用这双手给她接生的吗？小阿基里诺简直是个男子汉了，很可爱。聂威斯的孩子长大了，那个警察①的孩子也长大了，没人能分清楚，都像拉丽达。"

"这儿的病人原来都很羡慕我，"伏屋高声说道，"因为你来看我，而他们却没有人来探望。后来他们就讽刺我了，因为你总是隔很久才来，我说，他还是会来的，只是他要航行，沿河做生意，不管怎么说，他早晚总会来的。可这回你好像不会再来了似的，阿基里诺。"

"拉丽达把她的情况都讲给我听了，"阿基里诺说道，"她本来不想要孩子了，可是那警察不干，后来又生了好几个，圣玛利亚·德·涅瓦镇上的人把她的孩子都叫做讨厌鬼，当然不光是叫那警察的孩子，连聂威斯和你的孩子都这样叫。"

"拉丽达？"伏屋高声喊道，"是拉丽达吗，老头？"

伏屋一激动，一颗红色的脓包出了水，一阵呻吟，加上一股臭气，使老人捂起鼻子，头向后仰去。雨开始下起来，风把树木吹得沙沙作响，另一边，灌木丛摇摇摆摆，发出枝叶相撞的沙声。雨还不大，是蒙蒙细雨。阿基里诺站了起来。

"你看见了，雨下起来了，我得走了，"老人用鼻音说道，"我得在船上睡觉了，淋上一夜，下着雨不能划船，马达停住，我又没有力气，非让激流冲走不可。我跟你讲了拉丽达的事你又难过了？你怎么不大声讲话了，伏屋？"

伏屋比刚才蜷缩得更厉害了，驼着背缩成一团，他不回答，只是用那只好脚拨弄着散在河沙上的鹅卵石，把鹅卵石堆起来又拨散，拨散了又堆起来，还把周围抹抹平，在这些细致而缓慢的动作中贯注着一种忧郁之情。阿基里诺向前走了两步，眼光一直盯着伏屋发红的脊背、被雨水冲刷的骨骼。他向后退了退，已经分不清哪里是溃疮，哪里是皮肤，一片红红紫紫闪烁变幻。阿基里诺松开鼻子，深深吸了一口气。

---

① 指讨厌鬼。显然，拉丽达在聂威斯被捕之后又与讨厌鬼同居了。

"别伤心,伏屋,"他喃喃地说道,"我不管多累,明年也会再来看你的,给你带点儿软食来,我说话算数。你为拉丽达的事生气了?你又回忆起过去的时光了?生活就是这样,伙计,至少你比别人强多了,想想聂威斯吧。"

老人一面低声讲话,一面向后退去,到了小路上。两旁高地上种着庄稼,空气中充满了强烈的植物气息,是树汁、橡胶和植物发芽的气息,一片温暖而稀薄的蒸气袅袅升起。老人继续向后退去,从远处,他还能看见那堆血红的活肉待在那里,一动不动,最后消失在羊齿草的后面。阿基里诺一转身向茅屋的方向跑去,一面低声说道:伏屋,我明年一定来,你别伤心。这时,大雨瓢泼而下。

2

"快！神父，"塞尔瓦蒂卡说道，"我租了汽车在那儿等着您呢。"

"等一会儿，"加西亚神父一面哑着嗓子回答，一面揉着眼睛，"我得去穿好衣服呀。"

说着就钻回家里。塞尔瓦蒂卡向出租车司机做了个手势，让他再等一会儿。空荡荡的梅利诺广场上的路灯周围，一群群飞虫在扑打着，发出噼啪的声音。天高星繁，桑切斯·塞罗大街上出现了首批夜间行驶的卡车和公共汽车。塞尔瓦蒂卡一直等在马路上，门又开了，加西亚神父走了出来，面孔缩在一条灰色的大围巾里面，一顶毡帽一直拉到眉头。二人上了车，车就开了。

"师傅，开快点儿！"塞尔瓦蒂卡说道，"师傅，要开全速。"

"远吗？"加西亚神父问道，他的话最后变成了一声长长的哈欠。

"稍微远点儿，神父，"塞尔瓦蒂卡说道，"在格劳总会那一带。"

"那你为什么到这儿来？"神父不满地说道，"布宜诺斯艾利斯教区是干什么的？你干吗不去叫鲁比奥神父而偏偏要来叫醒我？"

三星酒店已经打烊，但里面还有灯光。神父，是太太希望让您去的。有三个人在街角上拥抱着乱唱，再远一点，一个人对着墙脚在小便。一辆满载木箱的卡车毫无顾忌地在大街中央开着,出租车司机不断按喇叭,把前灯开了又关,关了又开,要求超车,但无济于事。突然神父的毡帽凑到塞尔瓦蒂卡的嘴前:哪位太太希望我去?卡车终于让开了,出租车才得以开过去。神父,是琼加太太。神父突然一惊:什么?谁要死了?长袍开始颤抖,一种作呕的感觉噎住了神父在围巾下发出的声音:我这是去为谁忏悔?

"安塞尔莫先生,神父。"塞尔瓦蒂卡低声说道。

"琴师要死了?"司机大吃一惊,叫了起来,"什么病?真是他?"

汽车猛然刹住,在格劳大街上发出刺耳的声音,接着又一下子以更快的速度向前驶去,前灯射出长长的灯光,车速不断增加,连到了街口都不减速,只是猛按喇叭宣布自己要快速通过。这时神父的毡帽迷惘地在塞尔瓦蒂卡的面前摇来摆去,咽喉中似乎发出含混不清的声音,仿佛在与一种堵住它、闷住它的东西做着无情的斗争。

"本来老琴师正在兴高采烈地演奏,突然一下子倒在地上了,"塞尔瓦蒂卡叹着气说道,"神父,那可怜的人全身发紫。"

一只手猛然从黑暗中伸出,抓住塞尔瓦蒂卡的肩膀摇撼起来,使她发出了呻吟声。我们这是到妓院去?她吓得向车门缩去:不,神父,不是去妓院,是去绿房子,他在绿房子里,他快要死了。为什么要推搡我?我干了什么错事?加西亚神父放开她,一把扯下脖子上的围巾,一边吃力地喘着气,一边把嘴凑到车窗上,就这样待了一阵子。他弯着身子,闭着眼睛,痛苦地吸着夜晚的清新空气,随后一下子仰倒在座位上,又把围巾围起来。

"不要脸,绿房子就是妓院,"神父声音嘶哑地说,"我知道你是什么人,我也知道你为什么半裸着身子,还涂脂抹粉的。"

"没找个医生看看吗?"司机问道,"小姐,真是个不幸的消息。请原谅我插嘴,不过我对琴师很熟悉。谁不了解他呀,所有人都很看重他。"

"找了医生,"塞尔瓦蒂卡说道,"塞瓦约斯医生已经去了,但是医生说他不死才怪呢。大家都在哭,神父。"

加西亚神父蜷缩在座位上,一言不发,但围巾下一直不断地发出断断续续的微弱的声音。出租车在格劳总会铁门前停了下来,发动机还在突突作响,冒着烟。

"本来应该开到区里,"司机说道,"但沙地太软,会把车陷进去的,真是对不起了。"

塞尔瓦蒂卡解开手帕,掏出钱付给司机。神父也下了车,怒气冲冲地关上车门,顺着沙地大步走去。他不时地还要倒退几步,脚陷了下去,拔出来再踏到凹凸不平的沙地表面上。在明亮的夜晚,可以看到他在淡黄的沙丘中间向前走着,驼着背,宛如一只黑色的大兀鹰。走了一半路,塞尔瓦蒂卡赶上了他。

"神父,您认识他?"她低声问道,"可怜的人,不是吗?虽然眼睛几乎瞎了,但看他那弹琴的样子,真是美极了。"

神父不回答,耸着肩,跨着大步带劲地走着,呼吸越来越急促。

"神父,真怪,"塞尔瓦蒂卡说道,"怎么听不到声音了?每天晚上乐队的音乐都能传到这儿,而且传得还要远,公路上都能听得清清楚楚。"

"住口,不要脸的东西,"加西亚神父咆哮着说,连看也不看她一眼,"闭上你的嘴。"

"神父,您别生气,"塞尔瓦蒂卡说道,"我也不知道我在说些什么,我太伤心了,您不了解安塞尔莫先生的为人。"

"不要脸的东西,我太了解他了,"加西亚神父嘟囔着说,"你出生以前我就认识他了。"

神父还说了些令人难解的话,发出了一种嘶哑而急促的怪声。本区的各家茅屋门前都有人。他们所到之处,人们发出窃窃私语。晚安。几个妇女在胸前画十字。塞尔瓦蒂卡敲了门,不一会儿,一个女人的声音回答：打烊了，不接客了。太太，是我，神父也来了。里面静了一刻，接着急促的脚步声响起，门开了，一线光线透过烟雾照在加西亚神父那瘦削苍老的脸上、脖子上和那条晃来晃去的围巾上。他走了进去，身后跟着塞尔瓦蒂卡。两个男人从柜台那里向他问候，他并不回礼，也许他连围在两张桌子旁面孔模糊的人们发出的低声致意都没听到。他粗鲁地站在空无一人的舞池面前，一动不动。一个看不清面孔的人出现在他面前，他才不满地简短问道：人在哪里？琼加本来已经向他伸出了手，但又缩了回来，指了指楼梯：在那里，还是让人引您去吧。塞尔瓦蒂卡挽起神父的胳膊：神父，我带您去。二人穿过大厅，上了一楼。在过道里，神父一下子甩开塞尔瓦蒂卡的手。过道里有四扇同样的门，塞尔瓦蒂卡在其中一扇门上轻轻地敲了敲，打开门，闪到一旁，等神父一进去，她把门一带就回到大厅去了。

"外面冷吗？"圆球问道，"你在发抖。"

"把这杯酒喝下去，"年轻人阿历杭德罗说道，"喝了酒就暖和了。"

塞尔瓦蒂卡拿起酒杯喝了下去，用手揩了揩嘴。

"神父大发雷霆，"她说，"在汽车里抓住我的肩膀推来推去，我还以为他要揍死我了呢。"

"他的脾气不好，"圆球说道，"想不到他会来。"

"太太，塞瓦约斯医生一直在楼上吗？"塞尔瓦蒂卡问道。

"刚才下来喝了杯咖啡，"琼加回答说，"他说还是老样子。"

"小琼加，我要再喝一杯，我需要喝点酒镇静镇静，"圆球说道，"我没有钱，你从我账上扣除好了。"

琼加同意了，给他们俩斟满了杯子，接着她手拿酒瓶向舞池边上的几张桌子走去。桌旁的妓女们在小心地嘀咕着。你们要喝点什么吗？不喝了，太太，谢谢您了。你们没有必要再待着了，可以走了。又是一阵更长的嘀咕声，表示反对，一张桌子在吱吱作响。太太，您如果不在乎，我们还是留下来吧，可以吗？琼加：当然可以，随便你们。琼加返回柜台,那些人影接着又低声讲起话来。两位乐师沉默地喝着酒,不时地向楼梯张望。

"为什么不演奏点儿什么?"琼加神色惘然,用不高不低的声音说道,"他听到你们演奏的音乐,也许会很高兴呢。他会感到你们在陪伴着他。"

圆球和年轻人在犹豫。塞尔瓦蒂卡:弹吧,弹吧,太太说得对,他会高兴的。人影也停止了低语。好吧,我们就弹吧。两人慢慢走到乐队待的角落,圆球靠墙坐在矮凳上,年轻人从地上捡起六弦琴,先奏了一曲悲歌,好久之后才大胆地唱起来,声音含混,毫无感情,但是慢慢地提高了调门,最后恢复了他们往常那种从容而生动的劲头。可以看出,他们在演唱年轻人的作品时,显得甚为感动。他们用缓慢而忧伤的声音唱一首诗,圆球有时跟不上音乐,就住口不唱。琼加递给他们两杯酒,她也似乎思绪混乱,走路不如往日沉着大方,而是踮着脚,双臂不摇,也不看人,仿佛受了惊,失了魂。太太,塞瓦约斯医生下来了。圆球和年轻人停止演奏,妓女们也站了起来,琼加和塞尔瓦蒂卡向楼梯口跑去。

"我给他打了一针,"塞瓦约斯医生用手帕擦着前额,"但是不要抱太大希望。"

他舔舔嘴唇:琼加,我渴得要命,上面真热。琼加向酒吧柜台走去,转身回来手里拿着一杯啤酒。塞瓦约斯医生于是同年轻人、圆球及塞尔瓦蒂卡在一张桌子旁坐下。妓女们也坐回原处,又单调地低声议论起来。

"生活就是如此,"塞瓦约斯医生喝了一口酒,叹了一口气,把眼闭上,接着又睁开眼,"这一天我们每个人都会轮到的,而我比你们诸位要早得多。"

"医生,他很痛苦吧?"圆球问道,声音带有醉意,但目光和表情都很正常。

"还好，我给他打了针，"医生回答说，"他现在没有感觉，虽然不时地还醒过来那么几秒钟，但并没有痛苦。"

"他们刚才为他演奏来着，"琼加低声说道，声音变了，眼神迷离，"我们想他会高兴的。"

"房间里听不到，"医生说道，"不过我耳朵不好，也许安塞尔莫会听到的。我想知道一下他确切的年龄，恐怕有八十多岁了吧，他比我大，我都靠七十岁了。琼加，再给我来一杯。"

接着大家沉默了下来，沉默了好久。琼加不时站起来，到柜台去拿啤酒和皮斯科酒。妓女们还在那边叽叽喳喳地议论，有时激烈地争起来，有时遮遮掩掩几乎听不到。蓦然，所有的人一起站了起来，跑向楼梯口。加西亚神父正在沉痛地走下楼来，帽子、围巾都没有戴。他向塞瓦约斯医生做了一个手势，医生抓着楼梯扶手就上了楼，消失在过道里。神父，出了什么事？各种问题齐声而起，但好像这种哄问声把人们吓住了一样，大家又同时住了嘴。神父像窒息了一样嘴里咕囔着，牙齿剧烈地打战，目光徘徊着，不在任何人的脸上停留。年轻人和圆球互相抱住，其中一人抽泣起来。不一会儿，妓女们揉起了眼睛开始悲叹，接着互相倒在怀里失声痛哭。只有琼加和塞尔瓦蒂卡搀扶着神父，因为他此时正在发抖，痛苦而执拗地转动着眼睛。两个女人把他拖到椅子前，他全无知觉地任凭她们扶他坐下，揉擦他的前额，毫不抗拒地喝着琼加往他口里灌的皮斯科酒。他的身体一直在发抖，但眼神已经镇静了下来。他两眼发呆，周围有一圈黑色的眼圈。不一会儿，塞瓦约斯医生在楼梯口出现了，他一边慢慢地摸着自己的脖子，一边低着头不慌不忙地走下梯来。

"他死了，到上帝那儿去安息了，"他说道，"这是目前最要紧的。"

后面桌子周围的人影也安静了下来，但又响起了痛苦的、更为微弱的窃窃私语声。抱在一起的俩乐师在哭泣，圆球哭得很厉害，而年轻人则耸动着双肩无声地啜泣。塞瓦约斯医生坐了下来，一丝悲伤的神情在他的胖脸上一闪：神父，您跟他谈了话吗？加西亚神父摇了摇头。塞尔瓦蒂卡在给他揉着前额，他蜷缩在椅子里竭力想说话：安塞尔莫没认出我来。他嘴里发出一种嘶哑的嘘声，目光又一次无目的地在周围探索，人们唯一听懂的是"北方星"几个字。他的声音淹没在圆球的痛哭声中，几乎听不见。

"那是当时的一家旅馆，我那时还年轻呢，"塞瓦约斯怀念地对琼加说道，但她根本没有听，"旅馆就坐落在阿玛斯广场上，观光旅馆现在的那个地方。"

3

"你一路上光睡觉了,也不看看风景,"拉丽达说道,"马上就要到了,可别耽误了。"

她的胳膊肘靠着船栏杆,汪巴恰诺①则倚着摆动的木桶坐在甲板上,睁开金鱼眼:我要是睡着反倒好了。他的声音显得很弱,人像是生了病,接着他又闭上眼睛,防止再次呕吐:拉丽达,我肚子里的东西都吐光了,可还是想吐,都怪你,我是想留在圣玛利亚·德·涅瓦镇的。拉丽达上半身探出栏杆,贪婪地观赏着远方一片红色的房顶、白色的门槛、高耸在城里的棕榈树和码头上来来往往清晰的人影。甲板上的人争先恐后地想挤到栏杆旁来。

"讨厌鬼,别这么懒洋洋的,风景真好,不要错过机会,"拉丽达说道,"这就是我的故乡,讨厌鬼,多么大啊,多么美丽啊,帮我找找小阿基里诺。"

汪巴恰诺那无精打采的脸上装出一丝强笑,粗胖的身体蠕动了一会儿,最后总算吃力地站了起来。甲板上的人骚动了,乘客们检查着

---

① 讨厌鬼的名字。

自己的行李，扛上肩头。受到这种骚动的感染，船上的琼丘人咕哝着讲起话来，鸡咯咯地叫着，使劲地扇动翅膀，狗也竖耳摆尾地乱跳乱叫。一声汽笛刺破空间，烟筒中冒出的烟变浓了，煤灰雨点似的落到人们身上。船进了港，在一群汽艇、载有香蕉的木筏和独木舟中间继续前进。讨厌鬼，看到他了吗？注意点儿，他肯定来了。讨厌鬼又感到一阵不舒服：我他妈的运气真不好。他感到一阵作呕，但没有吐出来，只是狠狠吐了几口唾沫，油腻腻的面孔憋得发紫，露出一副苦相，眼睛也红了。船桥上，一个身材矮小的男人挤眉弄眼地大声发号施令，两个赤脚裸身的船员扑上船头，把缆绳向码头抛去。

"你真叫人扫兴，讨厌鬼，"拉丽达眼盯着港口说道，"久别之后我回到了伊基托斯，可你又病了。"

漂着油花的河水荡漾着，水上的罐头盒、木箱、破报纸、各种垃圾漂荡不止，轮船周围都是些舢板（其中有的是新上的漆，桅杆上飘着小旗）、小艇、木筏、浮标和平底驳船。码头上，木板搭的浮桥附近，一小群乱七八糟的搬运夫向旅客大声叫嚷，报着自己的名字，拍打着自己的胸脯，都想挤到浮桥的最前面。搬运夫身后有一道铁丝网和几间木栅房，里面挤满了接旅客的人。他在那儿，讨厌鬼，就是戴帽子的那个，个子长得多高啊，成了小伙子了，快向他招手。汪巴恰诺睁开了无神的眼睛。快向他打招呼。讨厌鬼举起手懒洋洋地摆了摆。轮船稳了下来，两个船员跳上码头，拉起绳索系在缆桩上，这时搬运夫们又是叫又是跳，鼻眼乱动，矫揉作态，以期引起旅客们的注意。一个身穿蓝色制服、头戴白色帽子的人在木板浮桥前面漠然地走动着。铁丝网后面，人们笑容满面，挥舞双手，在这一片嘈杂声中，尖叫的汽笛有规律地时断时续。阿基里诺！阿基里诺！阿基里诺！汪巴恰诺的面孔恢复了血色，笑得也自然起来，不再是一副苦相了。他拖着一只鼓囊囊的箱子和一只旅行袋，在扛着大包小包的妇女中间挤出一条路来。

"是的，他胖了，还穿上了白衬衣，"汪巴恰诺机械地说道，"可到了，这河水，我可受不了，不习惯，一路上我可受够了罪。"

穿蓝色制服的人在检票，对每个旅客都友好地推一下，推到那些猴子般等得不耐烦的搬运夫中间。他们一拥而上，连说带劝地夺去旅客们带的小动物和包裹，要是有人坚决不肯放开包裹，他们就辱骂人家。搬运夫也就那么十来个，但他们的吵嚷声就像有上百个。他们个个浑身肮脏，头发蓬乱，骨瘦如柴，仅穿着满是补丁的裤子，只有那么一两个才穿着撕成碎条的衬衣。汪巴恰诺左右开弓地把他们推开。老板，您给多少钱就多少钱。走开。搬运夫又拥了上来。见鬼。五个列尔，老板。汪巴恰诺：走开，让开路。他终于甩掉了搬运夫，摇摇晃晃地走到铁丝网边，小阿基里诺迎了上来，二人拥抱在一起。

"你留了小胡子，头上也擦了油，"汪巴恰诺说道，"你变样子了，阿基里诺。"

"这里同圣玛利亚·德·涅瓦镇可不一样，穿着打扮得好一点儿，"小阿基里诺微微一笑，"一路辛苦了，今天一早我就来等你们了。"

"你妈妈一路上很好，她很高兴，"汪巴恰诺说道，"我可是晕了一路，一直呕吐不止，许多年没坐船了。"

"喝一杯就好了，"小阿基里诺说道，"我妈妈呢？怎么还不过来？"

拉丽达身体强壮，斑白的头发散披在背上，正处于搬运夫的包围之中。她弯着腰朝着其中一个，嘴唇直动，以一种挑战的好奇心瞪着他。怪事，他们没见她没有行李吗？他们想干什么？想扛她本人是怎么的？小阿基里诺笑了，掏出一盒印加牌香烟，递给汪巴恰诺一支，替他点上。这时拉丽达把一只手搭在那个搬运夫肩上激烈地讲着，搬运夫不露声色地听着，摇头表示拒绝，一会儿过后，他就走开了，回到其余搬运夫中间，接着又跳又叫地跟在其他旅客后面跑去。拉丽达轻盈地来到铁丝网前，张开双臂和小阿基里诺拥抱起来，汪巴恰诺则在旁吸着烟，这时他的脸色在袅袅上升的烟雾中已经恢复正常，露出称心如意的样子。

"你已经成人了,就要结婚了,我也很快要抱孙子了。"拉丽达一会儿搂过小阿基里诺,一会儿推开他,让他转转身子,"变成个漂亮的小伙子了。"

"知道你们住在什么地方吗?"小阿基里诺说道,"就住在阿梅莉娅父母的家里。我本来找好了一家客栈,但他们说,那可不行,我们家可以安排床位,就在大门里面。真是个好人家,你们会成为好朋友的。"

"什么时候举行婚礼?"拉丽达问道,"我带来了一套新衣服,到那天我要试试新呢。讨厌鬼得买条领带,他那条太旧了,我没让他带来。"

"星期日举行,"小阿基里诺说道,"一切都准备好了,教堂的钱也付了,就在阿梅莉娅父母家聚会一下,明天我要向朋友们告别。可是你们还没告诉我我的兄弟们的情况呢,你们都好吗?"

"都好,他们做梦都想到伊基托斯来,"汪巴恰诺说道,"连你那最小的弟弟都想出来,跟你一样。"

三人离开码头到了堤岸上,小阿基里诺扛着箱子,挎着旅行袋,汪巴恰诺吸着烟,拉丽达则贪婪地观赏着公园、房子、行人、汽车:讨厌鬼,这城市还漂亮吧?可大变样子了,同我小的时候一点都不一样了。汪巴恰诺:嗯。脸色无精打采地:乍一看还算漂亮。

"您当警察的时候没到过这儿吗?"小阿基里诺问道。

"没有,只到过海边上的几个地方,"汪巴恰诺说道,"后来就到了圣玛利亚·德·涅瓦镇。"

"我们步行可不成,阿梅莉娅住得很远,"小阿基里诺说道,"我们叫辆出租车吧。"

"过一天我想去看看我出生的地方,"拉丽达说道,"我那房子还在吗,阿基里诺?看到伯利恒区我非哭不可,那房子也许还在,一点没变呢。"

"你的工作怎么样?"汪巴恰诺说道,"工资还可以吧?"

"眼下工资不高,"小阿基里诺说道,"鞣制厂老板答应我们明年增加工资。你们的船票就是用他预付的工资买的。"

"什么是鞣制厂?"拉丽达说道,"你不是在一家工厂里做工吗?"

"鞣制蜥蜴皮的地方就是鞣制厂,"小阿基里诺说道,"厂里还生产皮鞋和钱包。我刚进厂的时候什么也不会,现在还带徒弟了呢。"

小阿基里诺和汪巴恰诺朝每辆驶过的出租车喊着,但没有一辆停下来。

"我现在不晕船了,"汪巴恰诺说道,"但这城市又使我头晕起来,在这儿我也不习惯。"

"您是认准了圣玛利亚·德·涅瓦镇,"小阿基里诺说道,"全世界您就喜欢那个镇子。"

"你说对了,我反正不要住在城里,"汪巴恰诺说道,"我宁愿住在乡下,我喜欢那宁静的生活。我申请退伍的时候就对你妈妈说过,我死也要死在圣玛利亚·德·涅瓦镇。我非这么做不可。"

一辆破旧的老爷汽车在他们面前刹住了车,吱吱哑哑地仿佛要散架。司机把箱子放到车顶上,用绳子捆牢,拉丽达和汪巴恰诺坐在后座,小阿基里诺坐在司机旁边。

"妈妈,您托我的事我打听到了,"小阿基里诺说道,"费了好大力气,起初没有人知道,把我东支西使的,最后总算打听到了。"

"什么事?"拉丽达说道,她像喝醉了酒一样望着伊基托斯的街道,嘴边露出微笑,神态甚为感动。

"关于聂威斯先生的事,"小阿基里诺说道,汪巴恰诺身子骤然一挺,朝窗外望去,"去年他才被放出来。"

"坐了这么多年的牢?"拉丽达说道。

"他大概到巴西去了,"小阿基里诺说道,"从监狱出来的人大都到玛纳奥去了，本地不给工作；他既然像人们所说的那样是个有经验的领水员，没准儿在玛纳奥找到了工作。只是这么久没到河上去了，也许把这行当给忘记了呢。"

"我想他不会忘记的。"拉丽达说道，再次被街道的景色吸引住了——街道狭窄拥挤，人行道高出地面，房门都带有栏杆，"至少他总算放出来了，还算不坏。"

"你的未婚妻姓什么？"汪巴恰诺问道。

"姓玛林，"小阿基里诺说道，"是个黑发姑娘，也在鞣制厂工作；你们没收到我寄去的照片吗？"

"多年没想起往事了，"拉丽达说道，她突然转向小阿基里诺，"我今天重返故乡，你却对我提起了阿德连。"

"一坐汽车我就头晕，"汪巴恰诺说道，"还要多久才能到，阿基里诺？"

4

格劳军营的背后，沙丘之间，天空曙色熹微，黑暗却仍然笼罩着城里。彼德罗·塞瓦约斯医生和加西亚神父臂挽臂走过荒沙地，上了停在公路旁的一辆出租车。加西亚神父把围巾一直围到嘴上，帽子拉得低低的，光剩下一双火辣辣的眼睛和浓眉下肉墩墩的大鼻子露在外面。

"您现在感觉怎样？"塞瓦约斯医生掸了掸裤脚说道。

"头还发晕，"加西亚神父咕哝道，"等会儿睡一觉就好了。"

"您这种样子不能马上去睡，"塞瓦约斯医生说道，"我们先吃些早点，吃点热的东西有好处。"

加西亚神父做了个厌烦的手势：这种时候不会有店铺开门。但是塞瓦约斯医生打断他，抢先问司机道：安赫利卡·梅赛德斯的酒店开门了吗？该是开了，先生。加西亚神父咕哝道：她开门倒是很早，噢，不要到那儿去。他的手在塞瓦约斯医生脸前发抖。不要到那儿去。手又抖起来，接着缩回去，全身蜷缩成一团。

"您不要老是这也不好那也不好的，"塞瓦约斯医生说道，"那家酒店跟您有什么关系？一夜不眠之后，我们主要是去暖暖胃口，别装模作样了。您知道，您要是现在就上床，肯定会睡不着。到安赫利卡·梅赛德斯酒店里喝点什么去，聊聊天。"

一阵粗气透过围巾吹了过来，加西亚神父一言不发地在座位上翻来覆去。出租车进入了布宜诺斯艾利斯区，穿过公路两旁一排排花园别墅，绕过暗淡无光的纪念碑，朝着教堂硕大的黑影滑去。格劳大街上，几家商店玻璃上映射出清晨的曙光，垃圾车停在观光旅馆对面。司机嘴里叼着香烟，一缕灰色的烟雾从唇间喷出，飞向后座，加西亚神父咳嗽起来，塞瓦约斯医生把车窗稍微打开。

"自从为多米迪拉·雅腊守灵那夜以后，您就没再到曼加切利亚区去过吗？"塞瓦约斯医生问道。没有回答。加西亚神父闭着眼睛，嘴里发出阴郁的鼾声。

"您不知道那次守灵他差点儿被人打死吗？"司机说道。

"别说了，"塞瓦约斯医生低声说道，"要是让他听见了，非对你发火不行。"

"老琴师真的死了吗，先生？"司机说道，"就是为了这个，才把你们请到绿房子去的吗？"

桑切斯塞罗大街像道地洞似的延伸着，两旁便道的暗影中，每隔一段种着一棵小树，一直排列下去。大道的尽头，一片模糊不清的房顶和荒沙地之上，一团初升的朝霞在眨眼。

"今天一早死的，"塞瓦约斯医生回答道，"怎么，你以为像我和加西亚神父这样岁数的人还会在琼加那儿过夜？"

"先生，这种事可不论岁数，"司机笑了，"我有一个同事送一个女人去找加西亚神父，听说叫塞尔瓦蒂卡。我的同事告诉我说琴师要死了，先生，真是不幸。"

塞瓦约斯医生心不在焉地望着路旁刷着石灰的屋墙、装着门环的大门、索拉里家新盖的房子。人行道上刚种上的苏洋木树，圈在方形地块里显得柔弱而骄傲。在这个城市里，消息传得可真快。司机放低了声音：不过我想知道一下，人们说的到底是真是假，先生。他对着反射镜偷偷看了加西亚神父一眼：真是加西亚神父烧了琴师的绿房子吗？您去过绿房子吗？真的像人们说的那么高大、那么漂亮吗？

"皮乌拉怎么是这样的呢？"塞瓦约斯医生说道，"一桩事谈了三十年，不感到烦吗？可把加西亚神父的一生搞苦了。"

"先生，请您别说皮乌拉人的坏话，"司机说道，"我可是在皮乌拉土生土长的。"

"我也是，"塞瓦约斯医生说道，"再说，我也没对旁人说，我是在想，在自言自语。"

"不过总有点影子吧，先生，"司机说道，"不然，为什么人们老是谈论这件事呢？为什么老是讲什么'纵火犯''纵火犯'的呢？"

"我怎么知道？"塞瓦约斯医生说道，"你怎么不敢问问加西亚神父本人？"

"他那个脾气！我才不去碰他呢，"司机笑了，"不过至少请您告诉我到底有没有过绿房子？还是人们捏造出来的？"

这时汽车通过桑切斯·塞罗大街的新路段。旧的公路接上了柏油路面，几辆卡车从南面开来，直驶苏依阿那、达拉腊和冬贝斯，再也用不着穿经城里了。人行道又宽又低，灰色的电线杆是刚刚漆过的，还有一个极高的钢筋水泥架子，大概将要盖成一幢比克里斯蒂娜饭店还要高的摩天大楼。

"最现代化的住宅区紧挨着最破旧的居民区，"塞瓦约斯医生说道，"我想曼加切利亚区的日子也不会长了。"

"跟加依纳塞腊区一样，先生，"司机说道，"拖拉机开进来，新房子盖起来，跟这些房子一样，给有钱人居住。"

"那么，叫曼加切利亚区人，还有他们的山羊和驴到什么地方去呢？"塞瓦约斯医生说道，"在皮乌拉，人们又到哪儿去喝可口的玉米酒呢？"

"曼加切利亚人要愁眉苦脸了，先生，"司机说道，"对他们来说，琴师就是上帝，比桑切斯·塞罗还受欢迎。这会儿人们大概在为安塞尔莫先生守灵，像为多米迪拉那样为他祷告呢。"

出租车离开桑切斯·塞罗大街，跳动了几下，摇晃着驶进一条两旁都是茅屋的狭窄土路。汽车驶过处，扬起一阵尘土，惊怒了一群野狗，它们贴着挡泥板边跑边吠。先生，曼加切利亚人起早是有道理的，这里比城里天亮得要早。透过尘雾，在蓝色的晨曦中可以看到在家门口铺席而卧的人体、头顶瓦罐走向街角的妇女以及那睡意未消神情漠然的驴。马达的吼声吸引了孩子们从茅屋中跑出，有的光着屁股，有的衣衫褴褛，一边跑一边高声打招呼。怎么了？出了什么事了？没什么，神父，我们到了禁区。

"就停在这儿吧，"塞瓦约斯医生说道，"我们也走走。"

二人从车上下来，臂挽臂互相搀扶着慢慢走上一条弯曲的小路，后面跟着蹦蹦跳跳的孩子。纵火犯！孩子们尖叫着，大笑着。纵火犯！纵火犯！塞瓦约斯医生做了一个捡石子要向他们掷去的动作：妈的，讨厌的小鬼。幸好二人已经到了。

安赫利卡·梅赛德斯的酒店比别的酒店都大，三面幌子在砖砌的门面上迎风招展，使它增添了一种优雅迷人的色彩。塞瓦约斯医生和加西亚神父打着喷嚏走进门来，挑了两张凳子和一张粗面桌子坐下来。地面刚刚洒过水，整个酒馆散发出一种湿土、芫荽和芹菜的味道。其他桌子和柜台都没有人。孩子们挤在门口，探着又脏又乱的脑袋叫喊着：安赫利卡太太！瘦细的胳膊伸了进来：安赫利卡太太！笑得露出了牙齿。塞瓦约斯医生沉思着搓着双手，加西亚神父一个哈欠接着一个哈欠，眼角瞄着门口。健壮的安赫利卡·梅赛德斯出现了；她容光焕发，朝气勃勃。她的裙边在凳子间转来转去。塞瓦约斯医生站了起来。医生。她张开双臂：真是太高兴了，这么早您就来了，真是奇迹，您有好几个月没来了。安赫利卡，你越来越漂亮了，有什么办法不见老？有什么秘诀？二人终于停止了寒暄。安赫利卡，你瞧我把谁给你带来了？你不认识他吗？加西亚神父也好像吓了一跳，手脚都没处放了。早上好。这是围巾里面发出的粗鲁的吼声，同时毡帽也抖了几抖。圣母啊，这是加西亚神父。安赫利卡·梅赛德斯双手掬到心窝，眼睛露出兴奋的神情，鞠了一个躬：亲爱的神父，真高兴见到您；医生，您把神父带来，这太好了。一只瘦削的手毫无热情、犹犹豫豫地举了起来，但没等安赫利卡·梅赛德斯去吻就缩了回去。

"老姐，能不能给我们弄点儿热的东西来吃？"塞瓦约斯医生说道，"我们一夜未睡，累得半死。"

"当然可以，当然可以，这就去，"安赫利卡·梅赛德斯用裙子边抹着桌子，"肉汤还是什锦拼盘？再来几杯泡沫酒？噢，不，喝这种酒还太早。我给你们冲杯果汁和牛奶咖啡。怎么？医生，你们还没有睡觉？您要把我们的加西亚神父带坏了。"

一声讥讽的哼哼声从围巾里面发出，头一扬，毡帽竖了起来，加西亚神父用深邃的目光瞪了安赫利卡·梅赛德斯一眼。安赫利卡·梅赛德斯马上不笑了，她满腹疑团转向两指撑颐、面带忧伤的塞瓦约斯医生：亲爱的医生，你们从哪儿来？她的声音微弱胆怯，双手按住裙边，与桌子保持几厘米的距离，动也不动。老姐，我们从琼加那儿来。安赫利卡·梅赛德斯叫了起来：从琼加那儿来？她的脸色变了。从琼加那儿来？手捂住了嘴。

"是的，老姐，安塞尔莫死了，"塞瓦约斯医生说道，"我知道，这对你来说是个不幸的消息，对我们所有的人来说都是这样。有什么办法呢？人生就是如此。"

安塞尔莫先生？安赫利卡·梅赛德斯说话结巴了，半张着嘴，头扭到一边。亲爱的神父，他死了吗？她的鼻子不停地掀动，双颊陷了进去。门口的孩子们撒腿就跑。她一扬头扭着双臂：医生，他死了？她放声痛哭。

"人总是要死的，"加西亚神父一面敲着桌子，一面咆哮道，围巾解开了，他那未刮过的脸显得发青，嘴一抖，面孔都变了样子，"你、我、塞瓦约斯医生，都要轮到这一天，谁也逃不掉。"

"喂，神父，你要镇静点儿。"塞瓦约斯医生搂着安赫利卡·梅赛德斯说道。这时安赫利卡·梅赛德斯用裙子擦着眼哭了起来："老姐，你也要镇静点儿，加西亚神父有点儿紧张，最好现在不要同他讲话，什么也不要问他。去，给我们做点热的来，别哭了。"

安赫利卡·梅赛德斯点点头，但还是手捧脸哭着离开了，从另一间屋子里传出了她自言自语的悲叹声。加西亚神父拣起围巾，重新绕在脖子上，然后摘下毡帽，两鬓发灰的直发稀疏地遮掩着平滑的、长有瘢痣的头顶。他握起拳头撑着下巴，一丝沉思的皱纹出现在前额上，留长的胡楂使他的面孔显得龌龊而衰老。塞瓦约斯医生点燃了一支烟。天已大亮，阳光射进酒店，染黄了茅草，也晒干了地面，空中飞着嗡嗡作响的绿蝇；外面人声、狗吠声、羊咩声、驴叫声，还有各家各户的嘈杂声，越来越大。旁边屋里安赫利卡·梅赛德斯在祈祷，又是叨叨地念着女圣徒的名字，又是祷告上帝和圣母。"医生：那个假小子①请我们两个去，是故意的。"

"那又是为了什么呢，医生？"加西亚神父咕哝道，"她是什么目的呢？"

"管它呢，"塞瓦约斯医生望着消散的烟雾说道，"也许不是故意的，可能是偶然的。"

"傻话，她派人把你我叫去肯定是有用意的，"加西亚神父说道，"她是想让我们受会儿罪。"

塞瓦约斯医生耸耸肩。一缕阳光正好照在他的前额中央，半边脸又红又亮，半边脸则像一个铅灰色的大斑点。他的眼睛露出微醉的

---

① 指琼加。

样子。

"我很不精明,"他停了片刻说道,"从来没想到这点,不过您说得对,也许她是故意让我去受罪的。琼加是个奇怪的女人,我还以为她本人并不知道呢。"

医生转向加西亚神父,那个铅灰色的大斑点扩大了,占据了整个面孔,只有耳朵和颌骨还沐浴在金黄色的阳光里。加西亚神父斜眼扫了塞瓦约斯医生一眼:什么事情您以为她不知道。

"是我把她接生出来的这件事,"塞瓦约斯医生抬起头,阳光照亮了他的脑袋,突出了他那亮光光满是瘢点的秃顶,"谁会对她讲呢?安塞尔莫肯定是不会的,他自己还以为琼加蒙在鼓里呢。"

"在这个搬弄是非的城市里,无论什么事情最后总能传得满城风雨,"加西亚神父咕哝道,"三十年过去了,人们还是全知道了。"

"她从来不到我的诊所里来,"塞瓦约斯医生说道,"从来也不求我什么,但这次却来找我了。如果她真的是为了让我们受会儿罪,她算是达到了目的。这使我一下子什么都想起来了。"

"您的情况很明显,"加西亚神父咕哝道,仿佛是在同桌子讲话,"此人既然看到过我母亲的去世,那么也让他看看我父亲的死亡。可是这个假小子为什么要我也非去不可呢?"

"您这是干什么?"塞瓦约斯医生说道,"您怎么了?"

"医生,请您跟我来一下,"右侧传来一个声音,在门道中回荡,"您一会儿就知道了,现在没有时间。"

"您以为我听不出是您吗?"塞瓦约斯医生说道,"出来,安塞尔莫,干吗要躲躲藏藏的?您疯了吗?"

"走吧,医生,快点儿,"那声音撕裂般地在黑暗的门道中不断发出回声,"我那位要死了,塞瓦约斯医生,跟我去一趟吧。"

塞瓦约斯医生举起油灯寻找,最后在离门不远的地方发现了安塞尔莫。他没有喝醉,也没有发疯,而是害怕得不断地颤抖,眼珠在红肿的眼泡里发疯般地乱转,背紧贴着墙,仿佛要把墙壁挤塌。

"您的妻子?"塞瓦约斯医生愣了一下问道,"安塞尔莫,您的妻子?"

"他们两个可以都死掉,但我不能原谅这件事,"加西亚神父在桌上猛击一下,坐的凳子也吱吱响了起来,"我不原谅这种丑事;即使一百年以后,我也认为这是一种无耻的行为。"

前厅的门开了,安塞尔莫像是看见鬼影一样向后退去,躲避那圆锥形的灯光。一个身穿白色长袍的人在庭院中走了几步,到了门道处停了下来:孩子,谁在那儿?怎么不进去?塞瓦约斯医生放下油灯,用身子挡住了安塞尔莫:"是我,妈妈,我要出去一下。"

"您到堤岸去等我,"塞瓦约斯医生低声说道,"我去拿药箱。"

"喝肉汤吧,"安赫利卡·梅赛德斯把两盆热气腾腾的肉汤放在桌上,"里面放盐了。请稍等一会儿,什锦拼盘马上就来。"

她已经不哭了,但声音中仍带有悲意,而且披上了一条黑色的披肩。她转身朝厨房走去,但走路不像往日那样扭摆了。塞瓦约斯医生沉思着在搅肉汤,加西亚神父用四个手指端起盆子,凑到鼻子上闻了闻热腾腾的香气。

"我也是一直不能理解,那时我也认为是一种无耻的行为,"塞瓦约斯医生说道,"我现在年纪大了,一生中经历了不少事,所以现在看起来,那根本算不上什么无耻的行为。那天晚上您要是看到了,就不会这么憎恨那可怜的安塞尔莫了。加西亚神父,我敢向您发誓。"

"医生,上帝会报答您的,"安塞尔莫边哭边跑,不时撞到树上、长凳上和堤岸的栏杆上,"医生,您要什么都可以,我把所有的钱都给您,医生,还有我的生命。"

"您这是想感动我?"加西亚神父隔着肉汤望着塞瓦约斯医生,不满地说道,一面还在闻着肉汤,"难道我也应该大哭一场不成?"

"其实这也没什么,我的朋友,事情反正过去了,"塞瓦约斯医生说道,"这都怪小琼加,昨夜使我回想起了往事,到现在还在想。我跟您讲这些是想找个解脱,您不要介意。"

加西亚神父用舌尖试了试肉汤,吹了吹,喝了一口,打了个嗝,咕哝几句表示道歉的话,接着就一面吹一面小口小口地喝起来。不一会,安赫利卡·梅赛德斯端着一只什锦拼盘和李子汁又出来了,这回她把披肩蒙到了头上。医生,味道还好吗?她竭力把声音放得自然些。老姐,味道好极了。有些烫嘴,稍微凉凉才能喝。瞧,我给你们做的拼盘样子多好看啊,我要去煮咖啡了,不管你们要什么,尽管说,亲爱的神父。塞瓦约斯手捧着盆子,仔细地观察晃来晃去的浑浊肉汤表层。神父开始切开肉块,带劲地嚼了起来。蓦然,他不动了:是不是大家都知道这件事了?他嘴张得大大的:那些堕落的男男女女是不是都知了?

"关于那段恋爱史,妓女们从一开始就知道,这也是理所当然的,"塞瓦约斯医生一面摸着汤盆的边沿,一面低声说道,"我想除了她们之外,再没有别人了。有一道通后院的楼梯,我们就是从这楼梯登上顶楼的,大厅里的人没有看到我们。下面乱糟糟的一片喧闹,大概安塞尔莫早已吩咐妓女们要让人们好好地乐一番,使他们没心思去胡猜出了什么事。"

"您对那个地方倒很熟悉,"加西亚神父又嚼了起来,"我想您不是第一次去吧。"

"我去过几十次了,"塞瓦约斯医生说道,眼中闪出一点火花,"那时我才三十岁,正当年,我的朋友。"

"下流,愚蠢,"加西亚神父不满地说道,然而,送到嘴边的叉子又放了下来,"三十岁?我那时差不多也是这个年龄。"

"当然,我们是同一代人,"塞瓦约斯医生说道,"安塞尔莫也是,只不过比我们大几岁。"

"那时候留下来的人不多了,"加西亚神父哑声说道,"许多人都是由我们埋葬的。"

但是塞瓦约斯医生没有听。他的嘴唇在翕动,眨着眼。肉汤晃动起来,洒了几滴在桌子上。神父怎么能想象得出呢,连他当时看到了床上的人都不敢相信,又有谁还能想象得出。

"别光顾自言自语的,"神父牙缝中发出了咕哝的声音,"您别忘了我还在这里,什么东西想象不出来?"

"安塞尔莫的妻子就是那个女孩,"塞瓦约斯医生说道,"我进去的时候看到床头有一个胖胖的红发女郎,人们都叫她蝙蝠,看样子不像是病人。我正要上前跟她开个玩笑,却看到了床上的人,还有血。我的朋友,您不知道,床单上、地上,整个房间都染遍了血迹,好像是刚刚砍了一个人的头。"

加西亚神父不切肉了,只是狠狠地用叉子叉着肉块,把肉块串起,在盆子边上揉来揉去。滴着汤的肉块没有送进嘴里:女孩出血了?神父全身颤抖,手和叉子也抖了起来:到处都是血?他喉咙里的一阵嘶哑突然噎住了他:是那女孩出的血?一缕口水顺着胡子梢流了下来。笨蛋,还不放开她,这不是亲吻的时候,会把她闷死的,要让她喊出声来才好,笨蛋,还不赶快拍打她的脸颊。这时何塞费诺把手指放到唇边:别嚷嚷,你没看见周围都是邻居吗?你没听见他们在谈话吗?塞尔瓦蒂卡好像没听见他的话,反而尖声叫了起来。何塞费诺掏出手帕,弯下身子,堵住了她的嘴。桑切斯太太不动声色地把塞尔瓦蒂卡发紫的大腿熟练地搬来搬去,不断地掏着,探着。塞瓦约斯医生看到了女孩的面孔。神父,我的手脚也开始颤抖起来,我忘掉了女孩正在死去,而我是前来搭救她的!我嘴里只是说着:对!对!毫无疑问正是安东妮娅,啊,上帝。安塞尔莫先生不再吻了,他倒在床脚旁,又提出要把全部钱财给医生:塞瓦约斯医生,她的命啊,您救救她吧。何塞费诺吃了一惊:桑切斯太太,您不是说她死了吗?救救她吧，桑切斯太太，救救她吧。桑切斯太太：嘘！她只是昏了过去。这太好了。不要吵闹，马上就好了。用布给她擦擦额角上的汗。塞瓦约斯医生猛地把脸盆塞给他：再烧点水来，笨蛋，光顾哭，不帮忙。医生挽起袖子，解开领口，现在却镇静了下来。安塞尔莫没有接住脸盆，从手中落在地上：医生，救救她吧。他拿起脸盆，爬到门口：医生，她是我的命根子。他出去了。

"你这婊子养的，"塞瓦约斯医生说道，"安塞尔莫，你疯了不成，你怎么能这样干，简直是个畜生，安塞尔莫。"

"把药箱递给我，"桑切斯太太说道，"现在我给她喝点马黛茶，马上就会醒过来的。把这东西拿走，埋掉，别让人看见。"

"当时还有点儿希望吗？"加西亚神父咕哝道，一面把肉块切成小块，戳来戳去，拖来拖去，"当时女孩还有救吗？"

"送医院也许有救，"塞瓦约斯医生说道，"可惜不能搬动。于是我明知她会死去，却也不得不在黑暗中给她动了手术。然而小琼加得救了。这不能不说是个奇迹。小琼加一落地，她母亲就死了。"

"奇迹，奇迹，"加西亚神父嘟嘟囔囔地说道，"在这里什么都是奇迹。基罗加夫妇遇害，女孩得救，也说是奇迹，她倒不如当时死了的好。"

"您还记得那个走过凉亭的姑娘吗？"塞瓦约斯医生问道，"我还记得，我现在还仿佛看到她在那里晒太阳。可是那天晚上，我可怜安东妮娅，但更可怜安塞尔莫。"

"他不配，"神父哑声说道，"他不配您的可怜和同情，他什么都不配。这场悲剧都是他一手造成的。"

"您要是看见他那又是捶胸顿足又是吻我的脚求我拯救姑娘的样子，您也会怜悯他的，"塞瓦约斯医生说道，"您知道，要不是我那位老姐的话，琼加也完了。是我那位老姐帮我照料她的。"

二人沉默了。加西亚神父正要把一块肉往嘴里送，但做了一个厌恶的表情，又放下了叉子。这时安赫利卡·梅赛德斯用手赶着苍蝇又端来了一罐果汁。

"你听到我们俩的谈话了吗，老姐？"塞瓦约斯医生问道，"我们在回忆安东妮娅去世那天晚上的情况，简直是一场梦，不是吗？我对神父说，是你帮我救活了琼加。"

安赫利卡·梅赛德斯神情严肃地注视着他，既不惊讶也不紧张，仿佛没有听懂他的话。

"我什么也记不得了，"她终于用极低的声音说道，"我那时虽说是厨娘，但什么也记不得了。不要再谈这些事了。我八点要去做弥撒，去为安塞尔莫先生祈祷，让他在墓中安息，然后再去为他守灵。"

"你那时有多大岁数？"加西亚神父咕哝着问道，"我记不起你当时是什么样子的了。安塞尔莫和那群堕落的女人我还记得，可你，我就记不得了。"

"我那时还是个孩子，亲爱的神父。"安赫利卡·梅赛德斯的手就像一把极为有劲地快速扇动的扇子，不让苍蝇飞近拼盘和果汁。

"不超过十五岁，"塞瓦约斯医生说道，"你那时真漂亮，老姐。我们都把眼睛盯着你。安塞尔莫说：她可不是妓女，只能看不能动。他就像保护女儿一样保护着你。"

"我那时真的是个黄花姑娘，可加西亚神父不愿相信，"一丝狡黠的光芒闪过安赫利卡·梅赛德斯的眼睛，但她的脸上仍带着严肃的面具，"我每次颤抖着去忏悔，您总是说，离开那魔鬼房子吧，你已经被上帝判了罪。这您也不记得了吗？"

"在忏悔室里说的话可要守秘密啊，"神父用一种快活的沙哑声音说道，"还是把这些事藏在心里吧。"

"魔鬼房子？"塞瓦约斯医生说道，"您还认为安塞尔莫是魔鬼吗？他真的浑身都是硫黄气味？真的是跟虔诚的教徒作对的吗？"

安赫利卡·梅赛德斯和医生都笑了。过了一会儿，围巾里面发出了一种出人意料的粗俗声音，像是咳得作呕又像是发闷的笑声。

"那时魔鬼只在绿房子里，"加西亚神父喉咙发哑，"现在魔鬼到处都有，那个假小子的房子里有，大街上有，电影院里也有，全皮乌拉都变成了魔鬼房子。"

"可是曼加切利亚区没有变，亲爱的神父，"安赫利卡·梅赛德斯说道，"魔鬼从来没有到这儿来过，我们也不会让它进来。多米迪拉圣徒在这一点上帮了我们的忙呢。"

"她还不是圣徒，"加西亚神父说道，"你不是给我们煮咖啡去的吗？"

"是的，已经煮好了，"安赫利卡·梅赛德斯说道，"我去端来。"

"我至少有二十年未熬过夜了，"塞瓦约斯医生说道，"现在困劲完全过去了。"

安赫利卡·梅赛德斯转身走掉之后，苍蝇又扑上了拼盘，布下许多黑点。外面，光屁股的孩子们又从门前跑过。透过茅草可以看到人们在高声谈话，几个老人在对面茅屋门前晒太阳，聊天。

"他起码感到后悔了吧？"加西亚神父咕哝着问道，"他明白那女孩的死亡是他的过错了吗？"

"他跟在我的身后跑出来，"塞瓦约斯医生说道，"倒在沙地上滚来滚去，要我杀死他。我把他带到我家里，给他打了一针，叫他走：我什么也不知道，什么也没看见，好了，您可以走了。但是他并没有回家，而是到河边等洗衣妇去了；她叫什么来着，就是收养安东妮娅的那个女人？"

"他总是疯疯癫癫的，"神父咕哝道，"我希望他后悔也是为他好，可以求上帝饶恕他。"

"他虽然没有表示后悔，但他受的罪足以惩罚他了，"塞瓦约斯医生说道，"再说，也需要搞清楚他是不是真的罪有应得。安东妮娅如果不是他的受害者而是他的同伙呢？她如果是真的爱上了他呢？"

"别胡说八道了,"加西亚神父咕哝道,"我看您的心软了。"

"我一直有这个疑问,"塞瓦约斯医生说道,"妓女们说他对她百依百顺,她看上去也很高兴。"

"拐走一个盲女,把她关进妓院,又使她怀孕,"加西亚神父咕哝道,"您认为这都是正常的吗?他做得很对?这是世界上最正常的事?还要为此给他发奖?"

"一点儿也不正常,"塞瓦约斯医生说道,"不过您先别喊,小心您的气管炎。我只是说谁也不知道姑娘是怎么想的。安东妮娅本来不懂什么是好什么是坏,但终究是安塞尔莫把她变成了一个完美的女人。我一直认为……"

"住口,您这个人,"加西亚神父用手拍打苍蝇,苍蝇一哄而飞,"一个完美的女人?修女难道是不完美的女人?我们神父不干下流事,难道就是不完美的人?我不允许您有这种愚蠢的异教徒思想。"

"您这是在同幽灵吵架,"塞瓦约斯医生微笑着说,"我不过是想告诉您安塞尔莫真的爱她,而且很可能她也爱他。"

"我不喜欢这种谈话,"加西亚神父咕哝道,"我们两个的意见不会一致。我也不愿跟您吵。"

"这就行了,"塞瓦约斯医生喃喃说道,"你瞧谁来了。"

我们都是二流子,好逸恶劳,滥赌狂饮;我们都是二流子,今晨来此吃早点。妈的谁在这儿?

"我们走吧,"加西亚神父发怒地咕哝道,"我不愿同这些强盗待在一起。"

还没等加西亚神父站起身来,雷昂兄弟就拍着手走了过来:加西亚神父,您的头发乱了;亲爱的神父,熬夜熬得眼睛都红了。二流子们在加西亚神父周围又蹦又跳:皮乌拉今天不会下雨也不会下沙尘了。二流子们要跟神父握手:这可是奇迹中的奇迹。二流子们拍着神父的肩膀:曼加切利亚区人接待这位贵客,可真是个喜庆的日子。

他们穿着汗背心，没穿袜子，不系鞋带，浑身汗味。加西亚神父躲在围巾里面，藏在毡帽下面，眼望着又叮上苍蝇的拼盘，一动不动。

"我不许你们这样无礼，"塞瓦约斯医生说道，"孩子们，别耍贫嘴了，神父可是个德高望重的人。"

"医生，谁也没对他失礼呀，"猴子说道，"看到神父光临此地，我们感到三生有幸。其实，我们不过是想让他伸手来给我们握握而已。"

"从来没见过有曼加切利亚区人不好客的，医生，"何塞说道，"早上好，安赫利卡太太，这么一件大事可得庆贺一番，端点吃的来跟神父干杯。我们今天要同神父讲和。"

安赫利卡·梅赛德斯手端两杯咖啡，非常严肃地走来。

"您怎么一副生气的样子，安赫利卡太太？"猴子问道，"客人来了，您不高兴？"

"你们是本城最坏的人，"神父咕哝道，"你们是皮乌拉城罪恶的渊薮。就算要把我杀死，我也不能跟你们一块儿喝酒。"

"加西亚神父，您别冒火呀，"猴子说道，"我们不是取笑您。看到您重返曼加切利亚区，我们实在是太高兴了。"

"堕落分子，懒汉，"加西亚神父又要赶苍蝇，"堕落的人们，你们有什么权利同我讲话？"

"您瞧，医生，"猴子说道，"这是谁对谁无礼？"

"你们让神父安静安静吧，"安赫利卡·梅赛德斯说道，"安塞尔莫先生去世了，神父和医生一直在照料他，一夜没睡呢。"

她把咖啡放在桌上，又回到厨房里。当她的人影消失在后面房间时，酒店里只听到小匙的丁当声、塞瓦约斯医生喝咖啡的吮吸声和加西亚神父吃力的呼吸声。雷昂兄弟互相望着，像昏了头，转了向。

"你们看见了吧，孩子们，"塞瓦约斯医生说道，"今天可不是开玩笑的日子。"

"安塞尔莫先生去世了，"何塞说道，"猴子，老琴师去世了。"

"医生，他可是个大好人啊，"猴子结结巴巴地说道，"伟大的艺术家，皮乌拉的光荣，最好的人。塞瓦约斯医生，我的心都碎了。"

"他像是我们大家的父亲，"何塞说道，"猴子，圆球和年轻人可要哭死了。医生，他们是琴师的学生，也是琴师的莫逆之交，您不知道他们对他可照顾了。"

"加西亚神父，我们刚才真是什么也不知道，"猴子说道，"对刚才的玩笑，还请神父多多原谅。"

"他就这么突然死掉了？"何塞说道，"昨天他还好好的呢，昨天晚上我们在这儿跟他一同吃饭，当时他还又是笑又是闹的呢。"

"他现在在哪儿，医生？"猴子问道，"我们要去看看他。何塞，还得去借黑领带呢。"

"在他死去的地方，"塞瓦约斯医生回答，"在琼加那里。"

"他死在绿房子里？"猴子说道，"没把琴师送进医院？"

"这对曼加切利亚区来说可是个大地震，医生，"何塞说道，"有没有琴师可大不一样。"

二流子们摇头摆尾地继续谈论着，一会儿满腔悲恸，一会疑团重重；有时自言自语，有时对谈，而加西亚神父则口不离杯地喝着咖啡，嘴唇几乎蒙在围巾里。塞瓦约斯医生已经喝光了自己的一杯，手里摆弄着小匙，用一只手指支着匙子，使之不失去平衡。雷昂兄弟终于住了口，坐在边上的桌子旁。塞瓦约斯医生向他们敬烟，一会儿过后安赫利卡·梅赛德斯进来的时候，他们个个都皱着眉头，沉默地在吸闷烟。

"利图马大概就是为了此事今天才没有来，"猴子说道，"他大概在陪着小琼加。"

"小琼加平时装着一副冷冰冰无所谓的样子，"何塞说道，"但此时她的内心也一定在流血，安赫利卡太太。人同此心，心同此理嘛。

安赫利卡太太,您不这样认为吗?"

"她也许很伤心,"安赫利卡·梅赛德斯说道,"不过这个女人从来都叫人摸不透,难道还能做个好女儿?"

"您怎么这样说话,老姐?"塞瓦约斯医生说道。

"雇用自己的父亲,您认为这样做对吗?"安赫利卡·梅赛德斯问道。

"对塞瓦约斯医生来说,什么都对,"加西亚神父咕哝道,"年纪大了,他反倒发现世上没有坏事了。"

"您这是在说讽刺话,"塞瓦约斯医生微笑着说,"不过请您注意,这里面确实有对的地方。"

"安赫利卡太太,安塞尔莫先生要是不到琼加那儿去演奏,恐怕早就死了,"猴子说道,"艺术家就得靠自己的艺术吃饭,在琼加那里演奏有什么不好?琼加给的工资可多呢。"

"请您快点把咖啡喝掉吧,我的朋友,"塞瓦约斯医生说道,"我一下子又困起来了,眼睛都睁不开了。"

"猴子,快看,我们的老兄来了,"何塞说道,"瞧他那副哭丧脸。"

加西亚神父蓦地把鼻子伸到咖啡杯里,嘴里发出一阵低低的咕哝声,原来塞尔瓦蒂卡手里提着鞋,眼睛抹着浓黛,没有涂口红,正在弯身凑近他,吻他的手。利图马掸着上衣、绿点子领带和黄色皮鞋上的尘土,他那没有梳好的头发上油光光地擦着凡士林,脸色苍白,正在严肃地向塞瓦约斯医生致意。

"安赫利卡太太,想在这儿给安塞尔莫先生举行守灵仪式,"利图马说道,"琼加让我通知您一声。"

"在我这里?"安赫利卡·梅赛德斯说道,"为什么不在他去世的地方举行?干吗要移动他、移动这可怜的人呢?"

"你难道要大家去妓院为他守灵?"神父嗓音嘶哑地说,"你的头脑去哪里了?"

"神父,我很乐意把地方借给她,"安赫利卡·梅赛德斯说道,"我只是认为把死者搬来搬去是犯罪;这不是亵渎神明吗?"

"你懂得亵渎神明是什么意思吗?"神父咕哝道,"不懂就别乱讲。"

"圆球和年轻人去买棺材了,"利图马在雷昂兄弟中间坐了下来,"马上就会送来,一切由琼加付钱,包括酒和鲜花。安赫利卡太太,她说您只要借房子用用就行了。"

"我认为守灵仪式在曼加切利亚区举行是对的,"猴子说道,"死者是曼加切利亚区人,要由他的弟兄们为他守灵。"

"加西亚神父,琼加希望您来做弥撒,"利图马说道,他想尽量显得自然些,但是讲得太慢了,"我们到您家里去告诉您,但叫不开门。幸好在这儿遇到您了。"

盛肉汤的空盆滚到了地上,黑袍在桌上掀起一阵旋风:这太过分了。加西亚神父敲打着拼盘:谁给你权利跟我讲话?利图马也一跳站了起来:纵火犯,你的口气不小呀,纵火犯。加西亚神父想站起来,在塞瓦约斯医生怀里挣扎着:无赖,豺狼。塞尔瓦蒂卡一面扯着利图马的上衣让他住嘴,一面喊着:不要无礼,他是神父。你们也要把他的嘴堵起来。你要下地狱吗,无赖?在地狱里你要付出代价,你知道什么是地狱吗,无赖?加西亚神父脸涨得通红,嘴角也歪了,像块破布一样在发抖。利图马怎么也推不开塞尔瓦蒂卡:纵火犯,从来还没有人骂过我、叫过我无赖呢,纵火犯。加西亚神父上气不接下气地喊着,这比一直喊不出更糟,他伸出双手在空中乱抓乱舞:下流的寄生虫、豺狼。此时雷昂兄弟也来拉住利图马。我实在忍不住了,我早就想揍这老头子一顿,什么神父,他妈的纵火犯!塞尔瓦蒂卡哭了起来。安赫利卡·梅赛德斯抄起一只凳子在利图马脸前挥舞着,仿佛只要利图马上前一步,她就要砸到他脑袋上去。门外的茅草后面、酒店周围,群头乱钻,激动地注视着屋里发生的事。眼睛、头发,到处皆是;人们在手推肘搡,一片喊声越来越大,仿佛要传遍全区。在孩子的齐声尖叫中，不时听得出琴师的名字、二流子们的名字，还有神父的名字；纵火犯、纵火犯。这时加西亚神父喘咳大作，双臂高举，眼睛瞪得大大的，眼珠仿佛两团火球，舌头也伸了出来，嘴里吐出了白沫。塞瓦约斯医生托着他的双手，塞尔瓦蒂卡给他扇风，安赫利卡·梅赛德斯给他捶背。利图马似乎也乱了方寸。

"谁也不会让人家无端地白骂，"利图马说道，声音装得很勇敢，"这不能怪我，你们都看到了，是他先骂人的。"

"老兄，你也太没礼貌了，他到底是一位老人，"猴子说道，"他整夜没有合眼呢。"

"利图马，是你不对，"何塞说道，"去道个歉，你看把他气成什么样子了。"

"请您原谅，"利图马结结巴巴地说道，"您消消气吧，别这样。"

但神父还是咳得乱抖，作呕；鼻涕、口水、眼泪流了一脸。塞尔瓦蒂卡用自己的裙子给他擦额角，安赫利卡·梅赛德斯竭力想给他喝杯水。利图马面色苍白，请求他原谅：神父……加西亚神父尖叫起来：你们还要我怎么样？利图马吓了一跳：我也并不是想气死您。利图马扭着双手。

"你别怕，神父是气管炎发作，嗓子里进了沙尘，一会儿就好了。"塞瓦约斯医生说道。

但利图马还是冷静不下来。神父还在骂他，余怒未消。利图马倒在雷昂兄弟怀里悲泣，几乎哭出了声：一个人怎么有这么多的苦恼和不幸呢？他一脸哭相，有时差点放声大哭。老兄，冷静些，我们了解你。利图马捶胸顿足：人们把琴师脱光，给他沐浴，又给他穿上衣服，谁能忍受得了这一切？他也是人呀。雷昂兄弟：老兄，冷静一点，打起精神来。但他冷静不下来。见鬼，见鬼，他冷静不下来。他双手捧头倒在凳子上。加西亚神父不咳了，只是呼吸还吃力，脸色也平静了。塞尔瓦蒂卡跪在他身边：亲爱的神父，您好点了吗？他点点头。她的堕落是情有可原的,那就随她去吧。神父咕哝着:你真是个苦命的女人,不过你也太愚蠢了,命里注定要养活一个窝囊废、杀人犯,你太愚蠢了。塞尔瓦蒂卡:是的,神父,您不要生气了,冷静些,事情过去了就算了。

"老兄,你就随他去骂,"猴子说道,"如果这能使他冷静下来的话。"

"好吧,我让他骂,我忍了,"利图马低声说道,"让他骂我窝囊废、杀人犯,骂吧,随便他骂什么。"

"你住口,豺狼。"神父咕哝道,但声音不那么激烈了,显然是没有劲了。门外茅草后面发出一阵笑声。"住口,豺狼。"

"我已经住口了,"利图马咆哮起来,"可你也别老是骂个不停。我也是人,我不喜欢让人骂。加西亚神父,闭起嘴来吧。塞瓦约斯医生,请您让他闭嘴吧。"

"事情过去就算了,"安赫利卡·梅赛德斯说道,"别讲粗话了,这在您也是犯罪呀,神父,别这么生气了。再来杯咖啡?"

加西亚神父从口袋里掏出发黄的手帕:好的,再来杯咖啡。他用力擤了擤鼻涕。塞瓦约斯医生带着厌恶的表情抹了抹自己的眉毛,拭去衣领上的唾沫星子。塞尔瓦蒂卡摸了摸神父的额头,理了理他两鬓的发丝。他阴沉着脸,但驯服地随她这样做。

"加西亚神父,我们的老兄请您原谅,"猴子说道,"他对刚才发生的事深表遗憾。"

"还是让他去求上帝原谅吧,告诉他不要再剥削女人了,"加西亚神父已经完全缓和下来,平静地咕哝道,"你们这些游手好闲的人也应该求上帝原谅。你还要养活这对懒汉?"

"是的,亲爱的神父。"塞尔瓦蒂卡答道,街上又是一阵哄笑;塞瓦约斯也很有兴味地听着。

"你倒还算坦率,"神父用手帕抠着鼻孔,咕哝着,"你简直是个地地道道的傻瓜，苦命的女人！"

"神父，我也是多次这么对自己说，也当面对他们这么说过，真的。"塞尔瓦蒂卡承认道。

安赫利卡·梅赛德斯又端来了一杯咖啡。塞尔瓦蒂卡回到雷昂兄弟桌旁。挤在门外和茅草后面的人群开始散去，孩子们也发出刺耳的尖叫声散开，到满是尘埃的街上跑着玩去了。每个过往的行人都在酒店门前停下来，探头探脑地朝着弯身小口小口地啜着咖啡的神父指指点点，然后离去。安赫利卡·梅赛德斯、二流子们和塞尔瓦蒂卡凑在一起用不高不低的声音议论着吃食、饮料，估计着有多少人参加守灵，嘴中叨念着人名和数目字，讨论着价钱。

"您的咖啡喝完了吗？"塞瓦约斯医生问道，"我们今天还得大忙一天呢！去睡吧。"

没有回答。神父已经安然睡去，脑袋耷拉在胸前，围巾的一角浸在咖啡杯里。

"他睡着了，"塞瓦约斯医生说道，"不知叫醒他又会怎么样。"

"要不要给他铺张床？"安赫利卡·梅赛德斯说道，"在另外一个房间里，给他盖得暖暖的，也不会吵醒他。"

"不，不要了，还是叫醒他吧，我送他回去，"塞瓦约斯医生说道，"他不是个肯低头的人，不过我了解他，安塞尔莫的去世对他的影响太大了。"

"他倒是应该高兴，"猴子低声说道，"他在街上一看到安塞尔莫先生就骂，他恨死安塞尔莫了。"

"可是老琴师并不回骂，装作没有听见，躲到对面人行道上去走。"何塞说道。

"其实他并不是那么恨安塞尔莫先生，"塞瓦约斯医生说道，"起码最近几年来就不那么恨了，只是这在他变成了习惯和癖好。"

"应该倒过来，"猴子说道，"安塞尔莫先生有足够的理由恨他。"

"别这么说,这可是犯罪,"塞尔瓦蒂卡说道,"神父是上帝的使者,不能恨的。"

"他烧了绿房子,确有其事,"猴子说道,"但我从来没有听到安塞尔莫先生说过他半句坏话,这说明老琴师心胸开阔。"

"安塞尔莫先生的绿房子真的烧掉了,医生?"塞尔瓦蒂卡问道。

"这事我不是给你讲过一百遍了吗?"利图马说道,"你干吗还要问医生?"

"因为各人有各人的说法,"塞尔瓦蒂卡说道,"我想知道事实真相,才问医生的呢。"

"闭上你的嘴,让我们男人安安静静谈一会儿。"利图马说道。

"我也爱老琴师,"塞尔瓦蒂卡说道,"我跟他的关系比你还多一层呢,他难道不是我的同乡吗?"

"他是你的同乡?"塞瓦约斯医生问道,哈欠打了一半。

"当然,姑娘,"安塞尔莫先生说道,"我跟你一样,不过我不是圣玛利亚·德·涅瓦镇人,这个镇子在哪里我都不知道。"

"真的吗,安塞尔莫先生?"塞尔瓦蒂卡说道,"你也是该地生人?大森林可美了,不是吗?有许多树木,鸟儿也多,那里的人也善良,不对吗?"

"人嘛,到处都一样,姑娘,"琴师说道,"大森林确实美极了。那里的一切我都忘了,只有那颜色还没忘,所以我连三角琴也涂上了绿色。"

"安塞尔莫先生,在这里大家都看不起我,"塞尔瓦蒂卡说道,"说某某人是森林地区人就等于骂他。"

"不要这样看,姑娘,"安塞尔莫先生说道,"其实这是个亲热的称呼,人们叫我塞尔瓦蒂卡①,我就不在乎。"

---

① 意即丛林里的女人。

"事情真是离奇，"塞瓦约斯医生一面抓着脖子，一面打哈欠，"不过终究是可能的。孩子们，他的三角琴是绿色的吗？"

"安塞尔莫先生是曼加切利亚区人，"猴子说道，"他生在这儿，生在曼加切利亚区，而且从来未离开过曼加切利亚。我听他说过千百次了：我是曼加切利亚区年纪最大的人。"

"他的三角琴当然是绿色的，"塞尔瓦蒂卡断然说道，"他每次都让圆球重新涂过。"

"安塞尔莫是森林地区的人？"塞瓦约斯医生说道，"可能，终究是可能的，为什么不可能呢？事情真怪。"

"这婆娘胡说八道，医生，"利图马说道，"塞尔瓦蒂卡从来没对我们讲过这件事。这是她刚刚编造出来的。不然你为什么现在才说出来？"

"从来没有人问过我，"塞尔瓦蒂卡说道，"你不是说女人不应该讲话吗？"

"安塞尔莫先生为什么对你讲这些事？"塞瓦约斯医生问道，"以前每次问他是在哪里出生的，他都岔开话题。"

"因为我也是森林地区的人呗，"塞尔瓦蒂卡回答，骄傲地环视周围一眼，"因为我们是同乡。"

"你在拿我们开心，你这个捡来的货。"利图马说道。

"我是让人捡来的，可你喜欢我的钱，"塞尔瓦蒂卡说道，"你不认为我的钱也是捡来的吧？"

雷昂兄弟和安赫利卡·梅赛德斯笑了；利图马皱皱眉头，塞瓦约斯医生仍在出神地抓着脖子。

"别惹我发火了，我的小婆娘，"利图马勉强地笑了笑，"今天不是吵嘴的日子。"

"我看你倒是当心别惹她发火，"安赫利卡·梅赛德斯说道，"她不管你，你就得饿死。你可别把家长惹火了，二流子。"

雷昂兄弟听了这话，哈哈大笑，他们再也不哭丧着脸了，反而快活起来。利图马最后也笑了。安赫利卡·梅赛德斯兴致也高了起来：她什么时想走就让人家走吧，她还像是情妇那样跟你们混在一起吗？她还像怕魔鬼那样怕何塞费诺？要是没人管，他非杀了她不可。

"姑娘，安塞尔莫以后再也没有跟你谈起过大森林吗？"塞瓦约斯医生问道。

"医生，安塞尔莫先生是曼加切利亚区人，"猴子说道，"她胡说什么是安塞尔莫先生的同乡，表示自己是个重要人物；人反正死了，死无对证嘛。"

"有一次我问他在那边有家眷没有，"塞尔瓦蒂卡说道，"他说，谁知道呢，也许都死光了。不过，他有时也否认。说自己生是曼加切利亚区的人，死是曼加切利亚区的鬼。"

"您听见了没有，医生？"何塞说道，"她说自己是安塞尔莫先生的同乡不过是寻寻开心而已。你终于说真话了，嫂子。"

"我不是你的嫂子，"塞尔瓦蒂卡说道，"我是个婊子，是个捡来的孤儿。"

"你这话可别让加西亚神父听见，否则他又要发怒了，"塞瓦约斯医生把手指放在嘴唇上说道，"孩子们，还有一个二流子呢？你们怎么没同他在一起？"

"我们闹翻了，医生，"猴子说道，"我们不许他进入曼加切利亚区来。"

"他是一个坏坯子，医生，"何塞说道，"他是一个坏人，坏到底了，您不知道吗？甚至有一次还因为盗窃被捕了呢。"

"你们以前可是莫逆之交呢，同他在一起，你们把全皮乌拉城闹得鸡犬不宁了。"塞瓦约斯医生说道。

"问题是他不是曼加切利亚区人，"猴子说道，"他不够朋友，医生。"

"还是得去请个神父做弥撒,参加守灵,做祈祷。"安赫利卡·梅赛德斯说道。

听了这话,雷昂兄弟和利图马三人不约而同地沉下脸来,皱起眉头,点头同意。

"安赫利卡太太,到萨雷斯教会学校请个神父吧,"猴子说道,"要不要我陪您去?有个神父很和气,还同学生们踢足球呢,是多梅尼哥神父。"

"会踢足球,可不会讲西班牙语①,"围巾里面又嘶哑地咕哝起来,"多梅尼哥神父,哼,简直是胡闹。"

"神父,您说得对,"安赫利卡·梅赛德斯说道,"不过也是为了安排一场上帝要求那样的守灵仪式。您说说看,我们能请谁来呢?"

加西亚神父站了起来,把毡帽戴戴正。塞瓦约斯医生也站了起来。

"我来,"加西亚神父做了个不耐烦的手势,"那个假小子不是要我来吗?那还有什么可说的?"

"是的,亲爱的神父,"塞尔瓦蒂卡说道,"琼加太太最希望您来了。"

加西亚神父脚不离地,拖着长袍,佝偻着身子,默默地朝门口走去;塞瓦约斯医生掏出钱包。

"您这是怎么了,医生?"安赫利卡·梅赛德斯说道,"算我请客,您把神父带到这里来,我高兴还来不及呢。"

"那就谢谢你了,老姐。"塞瓦约斯医生说道,"不管怎么说,我得把这钱留下来作为守灵仪式的开支。晚上见,我也来。"

塞尔瓦蒂卡和安赫利卡·梅赛德斯送到门口,吻了吻神父的手,回到酒店里。加西亚神父和塞瓦约斯医生臂挽臂,头顶灿烂的阳光,

---

① 多梅尼哥神父是意大利人。

挤在驮着木柴和瓦罐的驴、浑身绒毛的小狗和不停地尖叫着"纵火犯,纵火犯,纵火犯"的孩子中间迎风走去。神父还是老样子:顽强地拖着脚步,脑袋垂在胸前,边走边咳,嗓音嘶哑。当他们走进一条直巷的时候,一队闹声沸鼎的人群迎面而来。二人赶快躲开,身贴茅草做的墙壁,以免被人群撞倒。这群男男女女簇拥着一辆破旧的出租车,走了调的细声细气的汽车喇叭不停地响着。从茅屋中又走出来许多人,加入了人群。几个妇女号啕大哭,有的则举起手指在空中画十字。一个孩子站在他们面前,但并不看他们,孩子活泼的眼睛发着愣:老琴师去世了。孩子拉拉塞瓦约斯的袖子:汽车里面是琴师、三角琴和他的一切。接着打了个手势,一下子跑掉了。加西亚神父和塞瓦约斯医生迈着碎步走上桑切斯塞罗大街时已经困顿不堪了。

"我来找您,"塞瓦约斯医生说道,"我们一起去参加守灵。您至少要睡够八个小时。"

"知道了,知道了,"加西亚神父咕哝道,"不要老是叮嘱我。"

译后记

孙家孟

应该说，秘鲁作家马里奥·巴尔加斯·略萨对我国读者来说已经不是一个陌生的名字了，他的作品深深地吸引着我国的文学界和广大读者，恐怕可以说，巴尔加斯·略萨是当代拉丁美洲作家中作品被译成中文最多的作家之一。同样，在世界其他地区，巴尔加斯·略萨的作品也引起了极大的兴趣，他的作品一经问世，不仅立即被译成多种文字，研究他的创作思想和创作技巧的专著和文章也层出不穷，使他成为世界文坛瞩目的作家。

二十世纪六十年代形成的拉丁美洲"文学爆炸"绝不是一个偶然的现象，而是有着深刻的历史渊源。拉丁美洲人民在政治上摆脱了西班牙和其他殖民主义国家的桎梏之后，一直在寻求自己的文学发展道路。不少文学家一方面继承并发扬本民族的文学传统，一方面吸取其他国家各流派的写作技巧，在文学创作方面做了大胆而成功的实验。从二十世纪四十年代阿斯图里亚斯发表《玉米人》开始，经过六十年代的"文学爆炸"，到今天，按时间顺序先后形成了社会现实主义、心理现实主义、魔幻现实主义和结构现实主义。但这四个流派不是截然分开的，而是互相交错、互相渗透的，是你中有我、我中有你。更确切地说，实际上是一个流派的四个变体，其共同点是现实主义，这就是拉丁美洲文学创作的优秀传统。马里奥·巴尔加斯·略萨的作品之所以能吸引我国和世界其他地区的广大读者，正是由于强烈的现实感。打开巴尔加斯·略萨的小说，几乎每一页都能使人毫不犹豫地把他的作品看作现实主义作品。他自己曾说过："我认为一切伟大的文学作品必须以具体现实作为基础。"他又说："小说家只有从自己的个人经历出发，才能创作出故事。"

《绿房子》是巴尔加斯的第二部作品。如果说《城市与狗》是他的成名作，那么这部作品则是他的代表作。该小说发表于一九六六年，当年即获批评奖，次年又获罗慕洛·加列戈斯国际文学奖（这是当时世界上奖金之高仅次于诺贝尔文学奖的第二大文学奖），成为震撼文坛的一件大事。这部小说的写作正是基于作者本身的经历。一九五八年，巴尔加斯·略萨正要去巴黎的前夕，获得了一次去亚马孙地区旅行的机会。关于这次旅行，他写道：

在上玛拉尼昂河流域的那几个星期里，我们参观了部落、屯子和村镇。那是一次难忘的经历，因为那次旅行向我展示了我的国家的另一个天地。从利马到奇凯斯和乌拉库萨这两个村子，等于从二十世纪跳回到石器时代，等于同赤身裸体生活在最原始状态之中并受着非常残酷剥削的同胞们进行接触。而剥削者们也都是些可怜的赤脚的半文盲商人，他们用低得可笑的价钱从部落里购得橡胶和皮毛做生意，印第安人如果有任何摆脱他们的企图，他们便野蛮地加以惩罚。我们到达乌拉库萨村的时候，首长出来迎接我们。首长是阿瓜鲁纳人，叫胡姆。见到他、听他讲述自己的经历，是非常令人震惊的，因为此人不久前因试图建立一间合作社而痛遭毒打。……在圣玛利亚·德·涅瓦那小小的镇子里，于二十世纪四十年代建立了一个传教所，修女们为部落的女孩们开办了一所学校，但由于女孩们不愿意上学，修女们就求助于警察，强迫女孩上学。有些女孩在传教所待上一段时间后，就同家人失去了联系，于是她们被托给……路经该镇的工程师、军人和商人，等等。这些人却把女孩们带走当了用人……

在那次旅行中，作者还听到了关于日本人伏屋的传说，最后他写道："我在一九五八年的那次旅行中的所见、所闻、所为的许多事情后来都被我酿成了故事。"

再往前溯，早在巴尔加斯·略萨十岁的时候，他的全家从玻利维亚迁回秘鲁，曾在皮乌拉住了一段时间。那是一个四郊都是荒漠的城市，曼加切利亚区、加依纳塞拉区，还有该市的第一座妓院"绿房子"，都给童年的巴尔加斯·略萨留下了很深的印象。他后来写道：

<blockquote>
《绿房子》就是从这个回忆中产生的。在这部小说中，我试图通过妓院在皮乌拉人的生活和想象中所引起的混乱和一群冒险家在亚马孙河流域的所作所为及其不幸遭遇，以虚构的方式把秘鲁两个相距遥远、差别很大的地区——沙漠地区和森林地区——联结起来。
</blockquote>

《绿房子》这部长篇小说概括了二十世纪六七十年代以来整个秘鲁北部（从沿海的沙漠地区到亚马孙河流域的森林地区）长达四十年的社会生活。皮乌拉市由一座落后小城发展成为一座现代化的城市，而森林地区仍处在原始状态中，仍然是国内外冒险家活动的舞台。他们勾结官府，占岛为王，杀人越货，对土著进行掠夺和剥削，这不禁使人想起了拉美二十世纪三十年代土著主义作家们的作品，但《绿房子》的容量更大，所揭示的主题也更为深刻，它涉及整个秘鲁北部社会生活的各个方面和社会上各式各样的人物，从政客到二流子，从修女到妓女，从孤儿到医生，从军官到士兵，从神父到妓院老板，从外国冒险家到忍无可忍起而反抗的印第安人，等等。科学技术发展了，城市现代化了，然而人还是那些人，他们的生活、遭遇、命运并没有因此而有所改善，仍然处在原始的落后状态。这正是秘鲁甚至拉丁美

洲许多国家的悲剧性现实。然而巴尔加斯·略萨并不满足于揭露和控诉这不合理的社会,他在作品中描写了胡姆的反抗,虽然这一反抗被野蛮地镇压了,但它告诉人们,秘鲁是一座火山,类似的反抗将随时爆发,最后必将把这不合理的社会埋葬掉。

巴尔加斯·略萨的创作以其结构的新颖见长,他的几部作品在结构上富有特点,因此许多评论家称他为结构现实主义大师。结构现实主义并不是一种固定的写作手法,而是在反映现实时寻求结构的多样化,以全面地反映现实。巴尔加斯·略萨的每部作品都有着不同的结构,这正说明他在反映现实时不断探索,不断求新,不断寻求更好地反映现实的手法。获得个人经历并不难,难的是把这经历变成文学形式。如果没有作者的写作形式,小说本身也就不存在了。《绿房子》的风格、结构、叙事体系本身构成了它的本质、它的存在。

《绿房子》全书由五个互有联系的故事组成:1. 鲍妮法西娅的故事,包括她同利图马结婚,故事发生在森林地区的圣玛利亚·德·涅瓦镇。2. 伏屋的一生,从他由巴西逃到秘鲁直到生病被送到圣巴勃罗进行隔离,这是通过他同阿基里诺的谈话叙述出来的,故事发生在森林地区。3. 安塞尔莫的一生和绿房子的兴衰史,其中包括琼加和第二座绿房子的建立,故事发生在皮乌拉。4. 胡姆的反抗,故事发生在森林地区。5. 四个二流子的故事,发生在皮乌拉。其中,以利图马最为重要,他在圣玛利亚·德·涅瓦镇同鲍妮法西娅结婚后,二人回到皮乌拉,成为联系这两个地区的桥梁人物。

从全书的结构上看,小说由四个部分和一个尾声组成。每个部分由一篇序言和若干章组成,每章又包括若干场景。作者把上述五个故事加以小块切割,然后打破时空次序,把这些情节小块巧妙地安排到各个场景中去。现以第一部为例,列表如下:

序　言　（圣玛利亚·德·涅瓦镇传教所的嬷嬷们在警察的
　　　　帮助下到土著村落去搜捕女孩）

第一部
　　场景1　（鲍妮法西娅故事中的一个小块）
　　场景2　（伏屋故事中的一个小块）
　　场景3　（安塞尔莫故事中的一个小块）
　　场景4　（胡姆故事中的一个小块）
　　场景5　（四个二流子故事中的一个小块）

第二部　（五个场景，按上述次序安排五个故事的小块）

第三部　（同上）

第四部　（同上）

　　每部的序言主要是叙述在森林地区的圣地亚哥河一带和圣玛丽亚·德·涅瓦镇发生的事；以下各部、各章、各场景的安排与第一部大同小异，只是第二、四两部只有三章，第三、四两部各章中的场景只有四个，这是因为到后来，胡姆的故事消失了，鲍妮法西娅的故事同二流子的故事合并在一起了。尾声部分的各章则是几个主要人物的结局。有的评论家把这样的结构称为"零件组合法"或"情节小块组合法"。

　　在这样的结构安排中，时间和空间被分割成若干小块，然后打乱次序被安排在各个场景之中，人们初读起来颇感吃力，但越往下读，就会逐渐发现每个场景都是经过精心安排的，读者会被几个悬念同时抓住，产生一种非一口气看完不可的好奇心，直到最后得到一种恍然大悟的感觉，因而觉得回味无穷。在阅读中，读者之所以深深被吸引，正是因为一面阅读一面要破译作者安排的编码，这实际上就等于参与了写作，而作者也正是以此手法达到了缩短、甚至取消与读者之间的距离这一目的。

除了这独具匠心的结构安排，作者还使用了许多现代文学的写作技巧，如"中国套盒法"在小说中就得到了独特而充分的应用。小说中巴西籍日本人伏屋的一生是在他患了麻风病被其同伙阿基里诺乘船送往圣巴勃罗进行隔离治疗的途中通过二人的谈话叙述出来的，但这种"叙述"不是采用传统的叙述手法，而是通过电影镜头的急剧转换来完成的。二人对话时，镜头一转，切入了第三者、第四者，甚至第五者，由后者来回答或解释前两个人对话中提出的问题。如：

"你偷了他不少钱吧，伏屋？"阿基里诺问道。
"五千索尔，胡利奥先生。"法毕奥先生说道，"还有我的护照，一套银制餐具。我算完蛋了，列阿德基先生……"

前一句话是阿基里诺在途中向伏屋提出的问题，而后一句话却是法毕奥先生对胡利奥·列阿德基的回答，这二人正是伏屋的受害者，前者正在向后者讲述伏屋在旅馆中的所作所为。

又如利图马和塞米纳里奥用俄式轮盘赌进行决斗这一情节，是通过琼加和乐队成员向塞尔瓦蒂卡讲述当时情况叙述出来的。当然这种"叙述"也是通过电影镜头的急剧转换完成的，但这其中有了新的变化，请看例子：

①"他们三人进来的时候，只有两个顾客。"圆球说道，"就坐在那张桌子上，其中的一个就是塞米纳里奥。"
②雷昂兄弟和何塞费诺这时已经走到酒吧柜台，大喊大叫，装模作样地举杯敬酒：琼加，小琼加，我们真喜爱你……
③"别装疯卖傻了，喝点儿什么？不喝就请出去。"琼加说道，接着转向乐队，"怎么不演奏了？"
④"我们当时不能演奏了，"圆球说道，"这些二流子简直闹

翻了天，看得出他们真是高兴极了。"

⑤"那天晚上他们简直是腰缠万贯的富翁。"琼加说道。

⑥"你看，你看，"猴子一面噘着嘴唇，一面把排成扇形的钞票给琼加看，"你猜猜有多少？"

⑦"你太贪财了，琼加。瞧你的眼珠子都快瞪出来了。"何塞费诺说道。

⑧"这钱肯定是偷来的。"琼加反驳道，"你们要喝什么？"

⑨"他们恐怕早就喝醉了。"塞尔瓦蒂卡说道，"他们就是那么爱开玩笑……"

上述引文中，①④⑤⑨是琼加、乐队成员和塞尔瓦蒂卡之间的谈话，而②③⑥⑦⑧是当时的情景和对话。这里从②可以看出一组对话引出的不止是另一组对话了，而是加上了情景的描述。这两组对话同时出现，使读者仿佛一边听着前一组对话中的叙述，一边用望远镜看后一组中的人物在过去的行动和谈话。

凡此种种多角度的转换，都是在瞬息之间完成的，既无区分章节的符号，也无作者的插叙。有时甚至没有标点符号。对话与叙述混在一起，过去与现在混在一起，此地与彼地混在一起，甚至对白与独白混在一起，幻想与现实混在一起，所以读者不能像读一般小说那样一行一行、一字一字地去"读"，而是要像看多镜头电影画面或像看万花筒那样去"看"。当然，作者还成功地使用了一些其他写作技巧，如自由间接引用语、意识流等，这里就不一一介绍了。